Guy de Maupassant

Bel Ami

Pierre und Jean

Romane

GUY DE MAUPASSANT

Gesamtausgabe der Novellen und Romane
in zehn Taschenbüchern

Herausgegeben von Ernst Sander

Band I	Das Haus Tellier und andere Novellen (8560)
Band II	Madame Baptiste und andere Novellen (8561)
Band III	Miss Harriet und andere Novellen (8562)
Band IV	Die Erbschaft und andere Novellen (8563)
Band V	Yvette und andere Novellen (8564)
Band VI	Die kleine Roque und andere Novellen (8565)
Band VII	Die nutzlose Schönheit und andere Novellen (8566)
Band VIII	Ein Leben / Stark wie der Tod. Romane (8567)
Band IX	Bel Ami / Pierre und Jean. Romane (8568)
Band X	Mont-Oriol / Unser Herz. Romane (8569)

Guy de MAUPASSANT

GESAMTAUSGABE DER
NOVELLEN UND ROMANE

Bel Ami
Pierre und Jean

Romane

Goldmann Verlag

Nachdruck der Ausgabe München 1964

Aus dem Französischen von Georg Goyert (»Bel Ami«) und
Ernst Sander (»Pierre und Jean«)

Made in Germany · 1. Auflage · 9/87

Umschlagentwurf: Design Team München,
unter Verwendung eines Fotos der Zeichnung
»Monsieur Louis Pascal« von Henri de Toulouse-Lautrec (1893)
Foto: Josef S. Martin / Artothek, Planegg
Satz: IBV Satz- und Datentechnik GmbH, Berlin
Druck: Presse-Druck Augsburg
Verlagsnummer: 8568
MV · Herstellung: Martin Strohkendl
ISBN 3-442-08568-3

Inhalt

Bel Ami

Roman

Französischer Titel: Bel Ami
Erstdruck: Le Gil-Blas, 8. April – 30. Mai 1885
Erste Buchausgabe: Verlag Victor Havard, Paris 1885

Erster Teil

I

Als die Kassiererin ihm auf sein Fünffrancsstück herausgegeben hatte, verließ Georges Duroy das Restaurant. Da er von Natur aus und als ehemaliger Unteroffizier gern den Schneidigen spielte, warf er sich in die Brust und zwirbelte seinen Schnurrbart mit jener forsch-militärischen Geste, die ihm so gut vertraut war, und überflog die späten Gäste mit einem jener Blicke, wie sie einem hübschen Burschen eigen sind und die wie die Schnabelhiebe eines Sperbers treffen.

Die Frauen sahen ihm nach: drei kleine Arbeiterinnen, eine Musiklehrerin unbestimmten Alters, die mit ihrer unordentlichen Frisur, dem immer staubigen Hut und dem immer schief sitzenden Rock einen vernachlässigten Eindruck machte, und zwei Bürgersfrauen mit ihren Männern, Stammgäste dieser Garküche zu festen Preisen.

Als er den Bürgersteig erreicht hatte, blieb er einen Augenblick stehen und überlegte, was er unternehmen sollte. Es war der 28. Juni, und er hatte noch drei Francs und vierzig Centimes, mit denen er bis zum Ende des Monats reichen mußte. Dafür konnte er zweimal zu Mittag essen, wenn er auf das Frühstück verzichtete, oder zweimal frühstücken, wenn er sich das Mittagessen verkniff.

Er überlegte, daß die Morgenmahlzeit nur zweiundzwanzig Sous kostete, während er für ein Mittagessen mindestens dreißig Sous opfern mußte. Begnügte er sich mit dem Frühstück, dann blieben ihm ein Franc und zwanzig Centimes, wofür er sich zwei Imbisse, bestehend aus Brot und Wurst und dazu zwei Glas Bier, auf dem Boulevard leisten konnte. Das war ein kostspieliges Vernügen, das er sich abends zu gern gönnte. Er begann die Rue Notre-Dame-de-Lorette hinunterzugehen.

Er ging einher wie damals, als er noch die Husarenuniform trug, mit vorgestreckter Brust und ein wenig breitbeinig, als wäre er gerade aus dem Sattel gestiegen. Ohne auf jemanden Rücksicht zu nehmen, ging er seinen Weg durch die Menge, stieß die Passanten an, um ihnen nicht ausweichen zu müssen. Den ziemlich schäbigen Zylinder hatte er etwas schief auf dem Kopf, und laut klangen seine Absätze auf dem Pflaster. Es sah so aus, als wollte er immer jemanden oder etwas herausfordern: die Passanten, die Häuser, die ganze Stadt – er, der herrliche Soldat, der nun Zivilist geworden war.

Wenn sein Anzug auch nur sechzig Francs kostete und etwas auffallend und ein wenig gewöhnlich war, so machte Duroy in ihm doch einen eleganten Endruck. Groß, gut gebaut, blond – ein Kastanienblond, das ins Rötliche überging –, mit dem hochgedrehten Schnurrbart, der auf seiner Oberlippe zu schäumen schien, den blauen, hellen Augen, die von einer kleinen Pupille durchlöchert waren, mit seinem von Natur aus krausen, in der Mitte gescheitelten Haar, glich er dem Helden eines Hintertreppenromans.

Es war einer jener Sommerabende, an denen man in Paris erstickt. Die Stadt, die so heiß war wie eine Badestube, schien in der drückenden Nacht zu schwitzen. Aus den Granitrachen der Abwasserkanäle strömte stinkender Hauch und aus den niedrigen Fenstern der Küchen im Kellergeschoß der gemeine Geruch von Spülwasser und alten Saucen. In Hemdsärmeln saßen die Hausmeister rittlings auf Strohstühlen in den Hauseingängen und rauchten ihre Pfeifen, und müden Schrittes gingen die Passanten mit dem Hut in der Hand an ihnen vorbei.

Als Georges Duroy den Boulevard erreicht hatte, blieb er wieder stehen. Er wußte immer noch nicht, was er tun sollte. Am liebsten wäre er zu den Champs-Élysées oder zur Avenue du Bois de Boulogne gegangen, wo unter den Bäumen die Luft ein wenig frischer war. Dazu aber hatte er noch ein anderes Verlangen: Er sehnte sich nach einem Liebesabenteuer.

Wie stellte er sich dieses Abenteuer vor? Das wußte er nicht; aber seit einem Vierteljahr schon wartete er darauf, jeden Tag und jeden Abend. Dank seines guten Aussehens hatte er hier und da ein wenig Liebe gestohlen, aber er wartete immer auf mehr und Besseres.

Seine Taschen waren leer, aber heiß wallte ihm das Blut. Seine Gier steigerte sich immer mehr, wenn er an den Straßenecken die Dirnen flüstern hörte: »Kommst du mit?« Aber er wagte es nicht, ihnen zu folgen, weil er sie nicht bezahlen konnte. Und dann wollte er auch etwas anderes: andere, weniger gemeine Küsse.

Und doch liebte er die Orte, an denen es von Dirnen wimmelte, ihre Bälle, ihre Cafés, ihre Straßen. Er liebte ihre Berührung, sprach gern mit ihnen, duzte sie, roch gern ihr aufdringliches Parfüm und fühlte sich wohl in ihrer Nähe. Sie waren Frauen, die für die Liebe geschaffen waren. Er verachtete sie nicht, kannte ihnen gegenüber nicht jenen Ekel, der allen Männern, die für ihre Familien zu sorgen haben, eigentümlich ist.

Er lenkte seine Schritte nach der Madeleine und folgte dem Menschenstrom, der sich in der Schwüle des Abends träge dahinwälzte. Die großen Cafés waren dicht besetzt, quollen über bis auf den Bürgersteig, breiteten ihre trinkenden Gäste im hellen und harten Licht ihrer erleuchteten Schaufenster aus. Vor ihnen, auf kleinen, runden oder viereckigen Tischen, standen Gläser mit roten, gelben, grünen, braunen und in allen Farben schillernden Flüssigkeiten, und im Innern der Karaffen sah man die dicken, mit Eis gefüllten, durchsichtigen Zylinder funkeln, die das schöne klare Wasser kühlten.

Duroy hatte seine Schritte verlangsamt, und das Verlangen nach einem Trank machte ihm die Kehle trocken.

Ihn quälte ein brennender Durst, der Durst einer Sommernacht, und er dachte an das köstliche Gefühl, wenn einem ein kühlendes Getränk durch die Kehle rinnt. Aber wenn er heute abend auch nur zwei Glas Bier trank, dann mußte er morgen auf sein karges Abendessen verzichten, und er kannte die hungrigen Stunden am Ende des Monats nur zu gut.

Er sagte sich: »Bis zehn Uhr muß ich aushalten, dann trinke ich ein Glas Bier im Américain. Einen Durst habe ich zum Verrecken!« Und er betrachtete alle diese Menschen, die an den Tischen saßen und tranken, alle diese Menschen, die nach Herzenslust ihren Durst stillen konnten. Frech und selbstsicher ging er an den Cafés vorbei und taxierte nach Aussehen und Kleidung, was jeder der Gäste an Geld in der Tasche hatte. Und eine Wut packte ihn gegen die Menschen, die hier in aller Ruhe sitzen konnten. Wenn man ihre Taschen durchsuchte, fand man sicher Goldstücke in ihnen, Silbergeld und kupferne Sous. Jeder hatte durchschnittlich mindestens zwei Louis in seiner Börse. Im Café saßen ungefähr hundert Gäste. Hundert mal zwei Louis machte viertausend Francs! Er murmelte: »Die Schweine!« und ging mit wiegenden Schritten weiter. Hätte er einen von ihnen an einer dunklen Straßenecke zu packen gekriegt, er hätte ihm den Hals umgedreht, ganz gewiß, ohne jedes Bedenken, wie er bei den Manövern dem Federvieh der Bauern den Hals umgedreht hatte.

Und er dachte an die zwei Jahre, die er in Afrika verbracht hatte, dachte daran, wie er in den kleinen Posten im Süden die Araber ausgeplündert hatte. Ein grausames und heiteres Lächeln spielte um seine Lippen, als er sich eines Streiches erinnerte, der drei Leuten vom Stamm der Uled-Alan das Leben gekostet, aber ihm und seinen Kameraden zwanzig Hühner, zwei Schafe und Gold eingebracht hatte und dazu ein Erlebnis, über das man ein halbes Jahr hatte lachen können.

Die Schuldigen hatte man nie entdeckt... Man hatte sie übrigens kaum gesucht, denn der Araber galt als die natürliche Beute des Soldaten.

In Paris war das anders. Hier konnte man nicht mit dem Säbel an der Seite und dem Revolver in der Faust, fern aller bürgerlichen Gerichtsbarkeit, so mir nichts dir nichts auf Raub ausgehen. Im Herzen lebten ihm alle Instinkte des Unteroffiziers, der auf ein erobertes Land losgehen wird. Er sehnte sich nach diesen zwei Jahren in der Wüste. Schade, daß er nicht dort geblieben war. Er hatte von seiner Heimkehr mehr erwartet... Und jetzt! Schön hereingefallen war er jetzt! Mit leichtem Schnalzen bewegte er die Zunge im Mund, als wollte er feststellen, bis zu welchem Grad sein Gaumen ausgedörrt wäre.

Erschöpft und langsam schob sich die Menge um ihn vorüber, und immer wieder dachte er: Diese Schweine! Diese Halunken! Alle haben sie die Taschen voll Geld! Er rempelte die Leute an und pfiff lustige Melodien. Herren, die er angestoßen hatte, wandten sich schimpfend nach ihm um, und die Damen sagten: »So ein Flegel!«

Er ging am Vaudeville vorbei und blieb dann vor dem Café Américan stehen. Er überlegte, ob er nicht doch ein Glas Bier trinken solle; er meinte vor Durst vergehen zu müssen. Doch ehe er sich entschloß, warf er einen Blick auf das leuchtende Zifferblatt der Uhr, die auf dem Fahrdamm stand. Es war ein Viertel nach neun. Er kannte sich; sobald das Glas Bier vor ihm stand, würde er es hinunterstürzen. Und was sollte er dann bis elf Uhr anfangen? Er ging weiter. »Ich gehe bis zur Madeleine und dann denselben Weg langsam zurück.«

Als er die Ecke der Place de l'Opéra erreicht hatte, begegnete er einem dicken, jungen Mann, dessen Gesicht er schon einmal gesehen zu haben glaubte. In seinen Erinnerungen kramend, folgte er ihm und fragte sich immer wieder mit halblauter Stimme: »Wo habe ich den Kerl denn schon mal gesehen?«

Aber alles Überlegen war umsonst, er konnte sich nicht erinnern. Und dann sah er auf einmal durch einen eigenartigen Vorgang in seinem Gedächtnis denselben Mann weniger dick und jünger, in Husarenuniform. »Natürlich, Forestier!« sagte er laut. Er beschleunigte seine Schritte und klopfte bald dem vor ihm Gehenden auf die Schulter.

Der wandte sich um, sah ihn an und sagte: »Was wünschen Sie?«

Duroy begann zu lachen: »Erkennst du mich denn nicht?«

»Nein.«

»Georges Duroy von den sechsten Husaren.«

Forestier streckte ihm beide Hände entgegen: »Nein, so was! Wie geht es dir?«

»Sehr gut, und selbst?«

»Nicht so besonders... Die Lunge ist auf einmal nicht mehr in Ordnung. Von zwölf Monaten des Jahres huste ich sechs, habe mir in dem Jahr, als ich nach Paris zurückkam, eine Bronchitis geholt, die ich seitdem nicht wieder losgeworden bin. Das ist jetzt vier Jahre her.«

»Dabei siehst du aber ganz gut aus.«

Forestier ergriff den Arm seines alten Kameraden und erzählte ihm von seiner Krankheit, den Ärzten, die er konsultiert, und was sie gemeint und ihm geraten hatten, und von den Schwierigkeiten, bei seinem Beruf ihre Ratschläge zu befolgen. Man riet ihm, den Winter im Süden zu verbringen. Aber das konnte er einfach nicht. Er war verheiratet, war Journalist und hatte eine gute Stellung. «Ich redigiere den politischen Teil bei der ›Vie Française‹, für den ›Salut‹ schreibe ich die Senatsberichte und für den ›Planète‹ hin und wieder die literarische Chronik... Ich habe meinen Weg gemacht.«

Duroy sah ihn erstaunt an. Er hatte sich sehr verändert, war viel reifer geworden. Sein Benehmen, seine Haltung, sein Äußeres verrieten den gesetzten, selbstsicheren Mann, dessen Bauch zudem noch anzeigte, daß er gut aß und trank. Früher war er mager, schmächtig und geschmeidig gewesen, ein Leichtfuß, der gern Krach machte und zu allen Streichen aufgelegt war. Innerhalb von drei Jahren hatte Paris ihn vollkommen verändert. Dick und ernst war er geworden, hatte an den Schläfen bereits ein paar graue Haare, und doch war er eben erst siebenundzwanzig Jahre alt.

»Wohin gehst du?« fragte Forestier.

»Nirgendwohin«, antwortete Duroy, »vor dem Nachhausegehen mache ich noch einen kleinen Bummel.«

»Komm doch mit in die ›Vie Française‹, wo ich noch ein paar Korrekturen zu erledigen habe. Und hinterher trinken wir zusammen ein Glas Bier.«

»Gern.«

Und Arm in Arm gingen sie weiter mit jener leichten Vertraulichkeit, wie sie zwischen Schul- und Regimentskameraden üblich ist.

»Und was machst du in Paris?« fragte Forestier.

Duroy zuckte mit den Schultern. »Ich krepiere vor Hunger. Nach meiner Dienstzeit wollte ich hier mein Glück machen... oder besser in Paris leben. Seit einem halben Jahr bin ich bei der Nordbahn mit einem jährlichen Gehalt von fünfzehnhundert Francs angestellt. So weit habe ich es glücklich gebracht.«

»Viel ist das gerade nicht«, entgegnete Forestier.

»Da bin ich ganz deiner Meinung... Aber was soll ich machen? Ich bin allein, ich kenne niemanden und habe an niemanden eine Empfehlung. An gutem Willen fehlt es mir nicht, wohl aber an den Mitteln und Wegen.«

Sein Kamerad musterte ihn vom Kopf bis zu den Füßen, wie jemand, der einen Gegenstand abschätzt. Dann sagte er voller Überzeugung: »Hier kommt es einzig und allein auf das Auftreten an. Ein Mensch mit ein wenig Grütze im Kopf wird hier leichter Minister als Bürochef. Man muß sich einfach aufdrängen und nicht erst lange fragen und bitten. Konntest du denn wirklich nichts Besseres finden als die Stelle bei der Nordbahn?«

»Ich habe überall gesucht«, antwortete Duroy, »aber nichts gefunden. Augenblicklich habe ich was in Aussicht, die Stelle eines Stallmeisters in Pellerins Tattersall. Da bekäme ich mindestens dreitausend Francs.«

Forestier blieb plötzlich stehen. »Laß die Finger davon, und wenn man dir zehntausend Francs böte; laß dich auf den Stumpfsinn nicht ein, wenn du dir nicht die Zukunft für alle Zeiten verbauen willst. In deinem Büro bist du versteckt, niemand kennt dich. Da kannst du jeden Tag verschwinden und deinen Weg machen, wenn du das Zeug dazu in dir fühlst. Aber bist du erst mal Stallmeister, dann ist alles vorbei. Da könntest du geradeso gut Haushofmeister in einem Haus werden, in dem das vornehme Paris diniert. Hast du erst mal den Herren der feinen Gesellschaft und deren Söhnen Reitstunden gegeben, dann können sie sich nicht daran gewöhnen, dich als ihresgleichen zu betrachten.« Er schwieg, überlegte ein paar Sekunden und fragte dann: »Hast du das Abitur?«

»Nein, ich bin zweimal durchgefallen.«

»Das spielt keine Rolle, wenn du die Klassen bis dahin nur

durchgemacht hast. Wenn von Cicero und Tiberius die Rede ist, dann weißt du doch ungefähr, was das für Brüder waren?«

»So ungefähr schon.«

»Das genügt auch vollkommen. Mehr weiß kein Mensch über sie, bis auf ein paar alte Esel, die sich einfach nicht zu helfen wissen. Es ist wirklich nicht schwer, sich ein Air zu geben. Man darf sich nur nicht bei seiner Unkenntnis erwischen lassen. Man muß manövrieren, allen Schwierigkeiten geschickt aus dem Weg gehen und die anderen mit Hilfe eines Lexikons bluffen. Alle Menschen sind so dumm wie die Gänse und so dämlich wie die Karpfen.« Das sagte er ohne jede Erregung, ganz ruhig, wie jemand, der das Leben kennt, und lächelnd betrachtete er die an ihnen vorbeiströmende Menge. Aber plötzlich fing er an zu husten. Er blieb stehen, um den Anfall vorübergehen zu lassen Dann sagte er ziemlich mutlos: »Ist es nicht fürchterlich, daß man so eine Bronchitis nicht loswerden kann? Und dabei sind wir mitten im Sommer. Im Winter gehe ich nach Mentone und kuriere mich aus, auf alle Fälle... Ich muß für meine Gesundheit mal was tun.«

Sie hatten inzwischen den Boulevard Poissonnière erreicht und standen bald vor einer großen Glastür, gegen deren Scheiben innen eine Zeitung geklebt war. Drei Leute standen vor der Tür und lasen die Zeitung.

Über der Tür breitete sich, wie ein Ruf, ein Schild, dessen Buchstaben aus Gasflammen bestanden: »La Vie Française.« Und die Spaziergänger, die plötzlich in das Licht gerieten, das diese drei leuchtenden Worte verbreiteten, standen auf einmal in voller Helle, klar und deutlich, als stünden sie im Tageslicht, und verschwanden dann ebenso schnell wieder in der Dunkelheit.

Forestier stieß diese Tür auf. »Komm«, sagte er.

Duroy trat ein, ging eine prunkhafte und schmutzige Treppe hinauf, die man von der Straße aus sehen konnte, und war bald in einem Vorzimmer, in dem zwei Angestellte saßen, die seinen Kameraden grüßten. Der Weg führte weiter in eine Art Warteraum, der schmutzig und alt und mit unechtem, fleckigem und stellenweise verschlissenem grünem Samt, der aussah, als hätten ihn die Mäuse zernagt, ausgeschlagen war.

»Setz dich«, sagte Forestier, »in fünf Minuten bin ich wieder da.« Und er verschwand durch eine der drei Türen, die der Raum aufwies.

Ein seltsamer, eigenartiger, unbeschreiblicher Geruch, der Geruch des Redaktionsbüros, hing in diesem Raum. Unbeweglich saß Duroy da; er war ein wenig eingeschüchtert, vor allem aber überrascht. Dann und wann eilten Leute an ihm vorbei. Sie kamen durch die eine und verschwanden durch die andere Tür, bevor er noch Zeit gehabt hatte, sie zu betrachten.

Bald waren es junge, sehr junge Leute mit geschäftiger Miene. Sie hatten ein Blatt Papier in der Hand, das im Wind ihres Laufes hin und her flatterte. Bald waren es Setzer, deren mit Druckerschwärze besudelte Blusen einen schneeweißen Hemdkragen und eine Tuchhose sehen ließen, wie sie von feinen Leuten getragen werden. Mit aller Vorsicht trugen sie Streifen gedruckten Papiers, frische, noch feuchte Korrekturabzüge. Manchmal kam auch ein kleiner Herr in das Zimmer. Er war mit zu auffälliger Eleganz gekleidet, der Gehrock saß ein wenig zu sehr auf Taille, die enge Hose war um die Waden ein wenig zu stramm, und die Füße steckten in zu spitzen Schuhen – irgendein feiner Reporter, der die neuesten Nachrichten aus der Gesellschaft für die Abendausgabe brachte.

Und dann kamen wieder andere. Sie waren ernst und taten wichtig und trugen Zylinder mit flachen Rändern, als wenn diese Hutform sie von allen anderen Menschen unterscheiden sollte.

Forestier kam zurück, Arm in Arm mit einem großen, hageren, dreißig- bis vierzigjährigen Herrn in Frack und weißer Binde. Er hatte dunkles Haar und einen in Spitzen ausgezogenen Schnurrbart. Er wirkte unverschämt und selbstzufrieden.

»Auf Wiedersehen, verehrter Meister«, sagte Forestier zu ihm.

Der andere drückte ihm die Hand: »Auf Wiedersehen, mein Lieber.« Den Spazierstock unter den Arm geklemmt, ging er pfeifend die Treppe hinunter.

»Wer war das?« fragte Duroy.

»Jacques Rival, der berühmte Berichterstatter und Duellant. Er hat eben seine Korrekturen erledigt. Garin, Montel und er sind die drei besten und geistreichsten literarischen Berichterstatter von Paris. Bei uns verdient er jährlich dreißigtausend Francs für zwei Artikel in der Woche.«

Und als sie im Begriff waren, das Haus zu verlassen, begegneten sie einem kleinen Herrn mit langem Haar. Er war dick, ein wenig unsauber. Keuchend kam er die Treppe herauf.

Forestier grüßte ihn besonders tief. »Norbert de Varenne«, sagte er, »der Dichter und Verfasser der ›Toten Sonnen‹, auch einer, der Unsummen verdient. Jede Geschichte, die er uns bringt, kostet dreihundert Francs, und dabei haben die längsten keine zweihundert Zeilen. Aber gehen wir ins Napolitain, ich komme um vor Durst.«

Kaum hatten sie an einem Tisch im Café Platz genommen, als Forestier rief: »Zwei Bier!« Er leerte sein Glas auf einen Zug, während Duroy das seine langsam, in kleinen Schlucken trank, jeden Tropfen genießend, als wäre er eine unerhörte Kostbarkeit.

Sein Gefährte schwieg, er schien nachzudenken. Dann sagte er plötzlich: »Warum solltest du es nicht einmal mit dem Journalismus probieren?«

Der andere sah ihn erstaunt an. »Aber ich habe noch nie eine Zeile geschrieben.«

»Ach was, man versucht es, man fängt an. Für mich könntest du zum Beispiel Erkundigungen einziehen, allerlei Aufträge erledigen und Besuche machen. Für den Anfang bekämst du zweihundertfünfzig Francs und das Wegegeld extra. Soll ich mal mit dem Direktor sprechen?«

»Ich wäre dir ungeheuer dankbar.«

»Komm morgen zu mir zum Essen. Es kommen nur fünf bis sechs Gäste, mein Chef, Herr Walter, und seine Frau, Jacques Rival und Norbert de Varenne, den du vorhin gesehen hast. Dazu eine Freundin meiner Frau. Abgemacht?«

Duroy zögerte. Er wurde rot und wußte nicht, was er sagen sollte. Schließlich meinte er kleinlaut: »Ich habe keinen passenden Anzug.«

Forestier war starr. »Du hast keinen Frack? Verdammt! Den mußt du aber unbedingt haben. In Paris kann man eher ohne Bett als ohne Frack leben.« Er griff in seine Westentasche, holte ein paar Goldstücke hervor, nahm zwei Louis und legte sie vor seinen Kameraden auf den Tisch. Dann sagte er voller Herzlichkeit: »Das kannst du mir wiedergeben, wenn du dazu in der Lage bist. Leihe oder kaufe dir auf monatliche Abzahlung die Sachen, die du brauchst. Vergiß aber die Anzahlung nicht. Sieh zu, wie du die Sache deichselst. Auf alle Fälle komm zum Essen zu uns. Morgen um halb acht, Rue Fontaine 17.«

Verwirrt nahm Duroy das Geld und stammelte: »Das ist zu lieb von dir. Ich danke dir, sei gewiß, daß ich dir das nie vergessen werde...«

Der andere unterbrach ihn: »Red doch nicht... Noch ein Glas?« Und er rief: »Kellner, zwei Bier.«

Als sie ihr Glas geleert hatten, fragte der Journalist: »Sollen wir noch einen kleinen Bummel machen?«

»Gern.«

Und sie machten sich wieder auf den Weg nach der Madeleine.

»Was sollen wir tun?« fragte Forestier. »Da reden die Leute, es gäbe für den Bummler in Paris genug zu tun. Aber das ist nicht wahr. Wenn ich abends mal bummle, weiß ich nie, wohin ich gehen soll. Der Bois ist nur amüsant in Begleitung einer Frau, und die hat man nicht immer zur Hand. Die Konzertcafés sind was für meinen Apotheker und seine Frau, aber nicht für mich. Was soll man also unternehmen? Nichts! Man müßte hier einen Sommergarten haben wie den Park Monceau, und der müßte die ganze Nacht geöffnet sein, und dazu gute Musik und kühle Getränke unter den Bäumen. Das wäre kein Vergnügungsort, sondern ein Ort, an dem man richtig bummeln könnte. Der Eintritt müßte ziemlich hoch sein, damit die schönen Frauen kommen. Die Wege müßten mit Sand bestreut sein, überall Sitzgelegenheiten, damit man der Musik aus der Ferne oder der Nähe lauschen könnte. So was Ähnliches gab es früher einmal bei Musard. Leider ein wenig zu sehr Kneipe und zu viel Tanzmusik, nicht geräumig genug, zu wenig Schatten, zu wenig Dunkelheit. Einen schönen, großen Garten müßte man haben. Das wäre das Richtige. Wohin möchtest du?«

Duroy wußte in seiner Verlegenheit nicht, was er anworten sollte. Dann platzte er heraus: »Ich bin noch nie in den Folies-Bergère gewesen. Dahin ginge ich gern einmal.«

»Die Folies-Bergère! Verdammt noch mal! Da schmort man wie in einer Bratküche... Aber meinetwegen! Lustig ist es da immer.«

Und sie drehten sich auf dem Absatz um, die Rue Faubourg-Montmartre zu erreichen.

Die erleuchtete Fassade des Theaters warf hellen Schein in die vier Straßen, die hier münden. Vor dem Ausgang wartete eine lange Reihe von Droschken auf den Schluß der Vorstellung.

Forestier ging hinein.

Duroy hielt ihn zurück. »Wir haben noch keine Karten.«

»Wenn ich dabei bin, braucht nicht gezahlt zu werden«, erwiderte der andere wichtig.

Als sie sich der Kontrolle näherten, grüßte ihn der eine der drei Kontrolleure. Der in der Mitte reichte ihm die Hand.

Der Journalist fragte: »Haben Sie noch eine anständige Loge?«

»Gewiß, Herr Forestier.«

Er nahm den Coupon, den man ihm reichte, stieß die gepolsterte Tür auf, deren Flügel mit Kupfer beschlagen waren, und sie befanden sich in dem Saal.

Wie ein sehr feiner Nebel verschleierte Tabaksdunst die fernen Teile, die Bühne und die andere Seite des Theaters. Sich unaufhörlich in zarten weißen Wölkchen aus allen Zigarren und allen Zigaretten erhebend, die alle diese Leute rauchten, stieg dieser leichte Nebel unablässig in die Höhe, ballte sich unter der Decke zusammen und bildete unter der weiten Kuppel, um den Leuchter, über der Galerie des ersten Stockwerks, die von Zuschauern dicht besetzt war, einen Himmel aus Rauchwolken.

In dem weiten Eingangsflur, der zu der kreisrunden Wandelhalle führte, wo die aufgeputzten Mädchen und die dunkle Menge der Herren herumgehen, wartete eine Gruppe von Frauen vor einer der drei Theken, hinter denen, geschminkt und welk, drei Verkäuferinnen von Getränken und Liebe thronten, auf die Ankömmlinge. Die hohen Spiegel hinter ihnen spiegelten ihre Rücken und die Gesichter der Vorübergehenden wider.

Forestier drängte sich schnell durch die einzelnen Gruppen wie jemand, der verlangen kann, daß man Rücksicht auf ihn nimmt. Er näherte sich einer Schließerin. »Loge siebzehn«, sagte er.

»Hier, bitte.«

Und sie wurden in einen kleinen, hölzernen Käfig eingeschlossen, der keine Decke hatte. Er war mit rotem Stoff ausgeschlagen und enthielt vier Stühle, die mit demselben Stoff überzogen waren und so eng nebeneinander standen, daß man kaum zwischen ihnen hindurch konnte.

Die beiden Freunde setzten sich. Rechts und links schlossen sich in einem weiten Bogen, dessen zwei Enden auf der Bühne mündeten, lauter Käfige an, in denen ebenfalls Zuschauer saßen, von denen man nur Kopf und Brust sah.

Auf der Bühne arbeiteten drei junge Männer, ein großer, ein mittelgroßer und ein kleiner, einer nach dem anderen am Trapez. Sie hatten enganschließende Trikots an.

Zuerst näherte sich der Große mit kurzen, schnellen Schritten dem Rand der Bühne. Lachend grüßte er die Zuschauer mit einer Handbewegung, als würfe er allen eine Kußhand zu.

Unter dem Trikot zeichneten sich die Muskeln der Beine und Arme ab. Er wölbte den Brustkasten, um auf diese Weise seinen zu sehr vorspringenden Magen zu verbergen. Sein Gesicht erinnerte an das eines Friseurgehilfen, denn ein tadelloser Scheitel teilte sein Haar in zwei gleiche Hälften. Mit einem anmutigen Sprung erreichte er das Trapez, und an den Armen hängend, drehte er sich auf einmal wie ein rollendes Rad, oder er schwebte mit steifen Armen und unbeweglichem Körper gleichsam im Leeren, sich an der starren Stange nur durch die Kraft seiner Handgelenke haltend.

Dann sprang er auf den Boden und grüßte wieder lächelnd. Das Parkett raste Beifall. Er trat zurück, stellte sich an eine Kulisse und achtete darauf, daß bei jedem seiner Schritte die Muskeln seiner Beine zur Geltung kamen.

Jetzt trat der zweite vor. Er war weniger groß, untersetzter. Er machte die gleiche Übung wie sein Kollege, wiederholte sie noch einmal. Das Publikum dankte ihm mit noch tosenderem Beifall.

Aber Duroy achtete kaum auf das, was auf der Bühne vor sich ging. Er hatte den Kopf gewendet und sah unaufhörlich in die große Wandelhalle mit ihren Herren und Dirnen.

»Schau mal ins Parkett«, sagte Forestier zu ihm, »nur Spießer mit ihren Frauen und Kindern, gutmütige, blöde Gesichter, wollen mal was sehen. In den Logen Boulevardiers, ein paar Künstler, ein paar Halbweltdamen und dann hinter uns die seltsamste Mischung, die es in Paris gibt. Wer sind diese Männer? Beobachte sie. Alle Berufe, alle Gesellschaftsschichten, aber das Gesindel überwiegt. Kleine Angestellte, Bankbeamte, Verkäufer, Schreiber, Reporter, Zuhälter, Offiziere in Zivil, Stutzer im Frack, die gut zu Abend essen, in die Oper rennen, diese vor Schluß der Vorstellung verlassen, um sich noch eben in den Italiens zu zeigen, und dazu noch die vielen anderen, die jeder Analyse trotzen. Und was die Frauen angeht, so gibt es hier nur eine Sorte: Halbwelt aus dem Américain, die Dirne zu einem oder zwei Louis. Scharf sind sie hinter dem Fremden her, der auch fünf Louis springen läßt, und wenn sie frei sind, benachrichtigen sie ihre Stammgäste. Seit sechs Jahren kennt man sie alle. Das ganze Jahr über sieht man sie jeden Abend an denselben Orten, nur dann nicht, wenn sie ihre ramponierte Gesundheit im Saint-Lazare oder Lurcine wieder in Ordnung bringen.«

Duroy hörte schon lange nicht mehr auf das, was der andere sagte. Eine der Frauen hatte sich an den Logenrand gelehnt und sah ihn an. Es war eine üppige Brünette mit weißgeschminktem Fleisch, mit schwarzen Augen, die mit Hilfe des Farbstiftes länglich gemacht worden und von dichten, künstlichen Wimpern beschattet waren. Ihre zu starken Brüste strafften die dunkle Seide ihres Kleides, und ihre angemalten Lippen – sie waren so rot wie eine frische Wunde – verliehen ihr etwas Tierhaftes.

Durch eine Klopfbewegung winkte sie eine ihrer Freundinnen, die vorbeiging, heran. Es war eine Blondine mit rötlichem Haar. Sie war ebenso fett wie die andere. Sie sagte zu ihr mit einer Stimme, die jeder hören mußte: »Sieh den mal! Ein hübscher Kerl! Für zehn Louis kann er mich haben.«

Forestier wandte sich um und schlug Duroy auf den Schenkel: »Das gilt dir, du hast Erfolg. Ich gratuliere.«

Der ehemalige Unteroffizier war rot geworden. Mit einer mechanischen Bewegung fühlte er nach den beiden Louis in seiner Westentasche. Der Vorhang war inzwischen gefallen, die Kapelle spielte einen Walzer.

»Wollen wir nicht mal durch die Halle gehen?« fragte Duroy.

»Wie du willst.«

Sie verließen ihre Loge und wurden sofort vom Strom der sich ergehenden Menge mitgerissen. Gedrückt, gestoßen, gedrängt, hin und her geschoben, gingen sie weiter, während ein wahrer Wald von Hüten vor ihnen herwogte. Und Arm in Arm gingen die Dirnen durch diese Männermenge, durchquerten sie ohne alle Schwierigkeit, glitten zwischen Ellbogen und Brüsten und Rücken hindurch, als wenn sie in ihrem eigentlichen Element wären. In dieser Flut aus Männern schienen sie sich so wohl zu fühlen wie der Fisch im Wasser.

Wie berauscht ließ Duroy sich mitreißen. Lüstern sog er das Gemisch aus Tabaksdunst, menschlichem Geruch und dem Parfüm der Dirnen in sich hinein. Aber Forestier schwitzte, keuchte und hustete. »Wir wollen in den Garten gehen«, sagte er.

Sie wandten sich nach links und betraten eine Art gedeckten Gartens, dem zwei große, geschmacklose Springbrunnen etwas Kühle gaben. Unter Taxus- und Thujabüschen, die in Holzkästen gepflanzt waren, saßen Männer und Frauen an Blechtischen und tranken.

»Noch ein Glas Bier?« fragte Forestier.

»Gern.«

Sie setzten sich und sahen die Menge vorbeiströmen.

Dann und wann näherte sich eins der Weiber ihrem Tisch und fragte mit nichtssagendem Lächeln: »Wollen Sie mich nicht einladen?« Und wenn Forestier dann antwortete: »Ja, zu einem Glas Wasser aus dem Springbrunnen«, dann ging sie weiter und sagte vor sich hin: »Alter Esel.«

Aber die dicke Brünette, die sich vorhin an den Rand der Loge der beiden Kameraden gelehnt hatte, kam arrogant und frech Arm in Arm mit der fetten Blondine. Die beiden Frauen paßten herrlich zusammen und bildeten ein schönes Paar.

Als sie Duroy sah, lächelte sie, als wenn ihre Augen sich schon intime und geheime Dinge verraten könnten. Sie nahm einen Stuhl und setzte sich ruhig ihm gegenüber. Sie forderte ihre Freundin auf, auch Platz zu nehmen, und rief dann mit heller Stimme: »Ober, zwei Grenadinen!«

Erstaunt sagte Forestier: »Genieren tust du dich nicht gerade.«

»Dein Freund hat es mir angetan«, erwiderte sie. »Wirklich ein netter Kerl. Seinetwegen könnte ich eine Sünde begehen.«

Vor Verlegenheit wußte Duroy nicht, was er sagen sollte. Albern lächelnd drehte er seinen Schnurrbart.

Der Kellner brachte die Limonaden, die die beiden Frauen auf einen Zug hinunterstürzten. Dann standen sie auf, und mit einem kleinen, freundschaftlichen Kopfnicken und einem leichten Schlag mit dem Fächer auf Duroys Arm sagte die Brünette: »Vielen Dank, mein Herzchen. Gesprächig bist du ja nicht gerade.« Sich in den Hüften wiegend, gingen sie weiter.

Forestier begann zu lachen: »Na, du hast aber Erfolg bei den Weibern! So was muß man ausnutzen. Damit kann man es weit bringen.« Er schwieg ein paar Sekunden, dann fuhr er mit der verträumten Stimme jener, die laut denken, fort: »Durch die kommt man am schnellsten ans Ziel.« Und da Duroy immer noch lächelte, ohne zu antworten, fragte er: »Willst du noch bleiben? Ich gehe, ich habe genug.«

»Ich bleibe noch ein wenig. Es ist noch früh«, entgegnete der andere.

Forestier erhob sich. »Na, dann auf Wiedersehen morgen. Vergiß das nicht. Rue Fontaine 17. Um halb acht.«

»Abgemacht. Bis morgen also. Und vielen Dank.«

Sie reichten einander die Hand, und der Journalist entfernte sich. Als er gegangen war, fühlte Duroy sich freier. Wieder betastete er voller Freude die beiden Goldstücke in seiner Westentasche. Dann stand er auf und eilte suchend durch die Menge.

Bald hatte er die beiden Frauen, die blonde und die brünette, gefunden, die immer noch wie stolze Bettlerinnen durch das Männergedränge gingen.

Er ging geradewegs auf sie zu; doch als er in ihrer Nähe war, verließ ihn der Mut.

»Hast du die Sprache wiedergefunden?« fragte die Brünette.

»Schon lange«, stotterte er. Etwas anderes wollte ihm nicht einfallen.

Alle drei blieben sie stehen, wurden aufgehalten, hielten selbst die Bewegung in der Wandelhalle auf, bildeten einen Strudel um sich.

Dann fragte sie plötzlich: »Kommst du mit zu mir?«

Vor Gier zitternd, antwortete er brutal: »Ja, aber ich habe nur einen Louis in der Tasche.«

Sie lächelte gleichgültig. »Das schadet nichts.« Zum Zeichen, daß er jetzt ihr gehörte, ergriff sie seinen Arm.

Während sie hinausgingen, dachte er, daß er sich mit den anderen zwanzig Francs leicht für die Gesellschaft am nächsten Abend einen Frack würde leihen können.

II

»Herr Forestier, bitte?«

»Dritte Etage, Tür links.«

Diese Auskunft hatte der Hausmeister in einem Ton gegeben, der die Hochachtung verriet, die er für seinen Mieter empfand. Und Georges Duroy stieg die Treppe hinauf.

Er war ein wenig verlegen, schüchtern und fühlte sich in seiner Haut nicht besonders wohl. Zum erstenmal in seinem Leben trug er einen Frack und war weder mit ihm noch mit allem, was dazu gehört, restlos zufrieden. Wenn die Schuhe auch sehr elegant waren – er hatte immer großen Wert auf elegantes Schuhwerk gelegt –, so waren es doch keine Lackschuhe. Das Hemd hatte er am Morgen für vier Francs fünfzig im Louvre gekauft. Der Einsatz war schon leicht zerknittert. Seine anderen Hemden waren alle mehr oder weniger verschlissen, selbst das beste von ihnen hätte er für den Abend nicht anziehen können.

Die ein wenig zu breite Hose brachte seine Beine nicht zur Geltung und schien sich um die Waden zu rollen. Sie sah genauso schäbig aus wie alle weiten Kleidungsstücke am Leib eines anderen als des ersten Besitzers. Nur der Frack saß einigermaßen.

Langsam ging er die Stufen hinauf. Er hatte Herzklopfen und Angst. Vor allem quälte ihn der Gedanke, er könnte lächerlich erscheinen. Da sah er plötzlich vor sich einen Herrn im Abendanzug, der ihn betrachtete. Sie standen einander so dicht gegenüber, daß Duroy einen Schritt zurückwich. Dann blieb er verdutzt stehen: Der Herr war er selbst, sein Spiegelbild in einem hohen Spiegel, der auf dem Treppenabsatz im ersten Stock eine tiefe Perspektive vortäuschte. Er bebte vor Freude. Er hätte nie gedacht, daß er so gut aussah.

Da er zu Hause nur einen kleinen Rasierspiegel besaß, hatte er sich nicht ganz betrachten können, und da er die verschiedenen Teile seines improvisierten Anzugs nur sehr schlecht hatte sehen können, hatte er sich dessen Unvollkommenheiten übertrieben, und der Gedanke, er könnte grotesk wirken, hatte ihn nicht zur Ruhe kommen lassen.

Aber als er sich jetzt plötzlich in dem Spiegel sah, hatte er sich nicht wiedererkannt. Er hatte sich für einen anderen gehalten, für einen Herrn der feinsten Gesellschaft, der ihm auf den ersten Blick sehr elegant und sehr chic vorgekommen war. Und als er sich jetzt sorgfältig betrachtete, mußte er zugeben, daß das Ganze durchaus zufriedenstellend war.

Darauf studierte er seine Haltung wie ein Schauspieler, der mit seiner Rolle beschäftigt ist. Er lächelte sich zu, reichte sich die Hand, machte Gesten, brachte Gefühle zum Ausdruck: Staunen, Freude, Zustimmung. Er probierte verschiedene Arten zu lächeln, gab seinen Augen bald diesen, bald jenen Ausdruck, um sich den Damen gegenüber galant zu zeigen, ihnen verständlich zu machen, daß man sie bewundert und begehrt.

Im Treppenhaus öffnete sich eine Tür. Er fürchtete, überrascht zu werden, und begann die Treppe schneller hinaufzugehen. Jetzt fürchtete er, von einem Gast seines Freundes bei seinem Tun gesehen worden zu sein.

Als er die zweite Etage erreichte, sah er wieder einen Spiegel. Er ging jetzt langsamer, um sich vorbeigehen zu sehen. Sein Äußeres kam ihm wirklich elegant vor. Er hielt sich gut. Ein maßloses Selbstvertrauen füllte auf einmal seine Seele. Mit einem solchen Aussehen mußte er Erfolg haben. Sein Wunsch, es zu etwas zu bringen, mußte in Erfüllung gehen. Seine Entschlossenheit und die Unabhängigkeit seines Geistes würden ihn alles erreichen lassen. Er hatte jetzt Lust, die Treppe bis zur dritten Etage hinaufzustürmen. Vor dem dritten Spiegel blieb er wieder stehen, drehte sich den Schnurrbart mit der ihm vertrauten Bewegung, nahm den Hut ab, fuhr sich glättend über das Haar und sagte halblaut, wie er das öfters tat: »Eine ganz großartige Erfindung.« Dann streckte er die Hand nach der Klingel aus und läutete.

Die Tür wurde fast sofort geöffnet, und er befand sich einem befrackten, ernsten, glattrasierten Diener gegenüber, der in seiner Haltung so vollkommen war, daß Duroy sich wieder verwirrt fühlte, ohne aber einen Grund für dieses Gefühl angeben zu können. Vielleicht hatte er unbewußt den Schnitt seines Fracks mit dem des Dieners verglichen.

Der Diener, der Lackschuhe trug, nahm den Mantel, den Duroy auf dem Arm getragen hatte, um so zu verhindern, daß man dessen viele Flecken sah, und fragte: »Wen darf ich melden?« Und er warf den Namen hinter eine gehobene Portiere, in einen Salon, in den man eintreten mußte.

Duroy, der plötzlich seine Selbstsicherheit verlor, wurde von einer lähmenden Angst befallen. Sein Atem ging auf einmal schwer. Er war im Begriff, seinen ersten Schritt in ein Leben zu tun, auf das er gewartet, von dem er so lange schon geträumt hatte. Und doch ging er weiter. In einem großen, hellerleuchteten Zimmer, das voller Pflanzen war wie ein Treibhaus, stand eine junge blonde Frau, die ihn erwartete.

Aus der Fassung gebracht, blieb er stehen. Wer war die lächelnde Dame? Dann fiel ihm ein, daß Forestier verheiratet war. Der Gedanke, daß diese hübsche, blonde, elegante Dame die Frau seines Freundes sein mußte, vergrößerte nur seine Verwirrung. Er stammelte: »Gnädige Frau, ich bin...«

Sie reichte ihm die Hand. »Das weiß ich. Charles hat mir von Ihrer gestrigen Begegnung erzählt. Ich freue mich, daß er auf den Gedanken gekommen ist, Sie zu bitten, heute abend mit uns zusammen zu speisen.«

Er errötete bis hinter die Ohren, wußte nicht, was er sagen sollte. Er hatte ein Gefühl, als würde er vom Kopf bis zu den Füßen genau geprüft, abgewogen und beurteilt.

Am liebsten hätte er sich entschuldigt, hätte am liebsten irgendeinen Grund erfunden, die Mängel seines Anzugs zu erklären. Aber ihm fiel nichts ein, und dann wagte er es auch nicht, dieses heikle Thema zu berühren.

Er setzte sich in den Sessel, auf den sie deutete, und als er fühlte, wie der elastische und weiche Samt des Sitzes unter ihm nachgab, als er fühlte, wie er versank und, doch gestützt, umschlungen wurde von diesem liebkosenden Möbel, dessen Rükkenlehne und Armlehnen ihn hielten, glaubte er, in ein neues und reizvolleres Leben einzutreten, etwas Köstliches in Besitz zu nehmen, jemand zu werden, gerettet zu sein; er sah Frau Forestier, deren Augen ihn nicht losgelassen hatten, an.

Sie trug ein Kleid aus fahlblauem Kaschmir, das ihre geschmeidige Gestalt und ihren üppigen Busen voll zur Geltung brachte.

Das Fleisch der Arme und des Halses tauchte aus einem Schaum weißer Spitze auf, mit denen die kurzen Ärmel und das Mieder eingefaßt waren. Ihr Haar, das in einem Knoten auf dem Kopf zusammengehalten wurde und sich im Nacken leicht kräuselte, bildete eine leichte Wolke blonden Flaums über dem Hals.

Unter ihrem Blick, der ihn, ohne daß er hätte sagen können, weshalb, an den der Dirne erinnerte, die er am Abend vorher in den Folies-Bergère getroffen hatte, fand Duroy seine Selbstsicherheit wieder. Sie hatte graue Augen, blaugraue Augen, deren Ausdruck durch diese Farbe seltsam wurde, eine schmale Nase, volle Lippen, ein etwas fleischiges Kinn, ein unregelmäßiges und verführerisches, liebes Gesicht, in dem aber die Bosheit nicht fehlte. Es war eines jener Frauengesichter, in dem jede Linie eine besondere Anmut offenbart, eine besondere Bedeutung zu haben scheint, in dem jede Bewegung etwas sagt oder verbirgt.

Nach kurzem Schweigen sagte sie: »Sind Sie schon lange in Paris?«

Immer sicherer werdend, antwortete er: »Erst seit ein paar Monaten, gnädige Frau. Ich bin bei der Eisenbahn angestellt. Aber Forestier hat mir Aussicht gemacht, daß er mir vielleicht zu einer Stellung als Journalist verhelfen kann.«

Ein kaum sichtbares Lächeln huschte über ihr Gesicht. Es war voller Wohlwollen. Leise sagte sie: »Ich weiß es.«

Die Klingel hatte wieder geläutet. Der Diener meldete: »Frau de Marelle.«

Es war eine kleine dunkelhaarige Frau, eine von jenen, die man Brünetten nennt.

Mit schnellen Schritten betrat sie das Zimmer. Sie trug ein dunkles, einfaches Kleid, das ihren Körper wie angegossen umschloß.

Eine Rose, die sie in dem dunklen Haar trug, zog dic Blicke auf sich, schien ihr Äußeres zu unterstreichen, ihren besonderen Charakter hervorzuheben und ihr etwas Lebhaftes, Plötzliches zu geben, wie es zu ihr paßte.

Ein kleines Mädchen in kurzem Rock folgte ihr.

Frau Forestier eilte Frau de Marelle entgegen: »Guten Tag, Clotilde.«

»Guten Tag, Madeleine.«

Sie umarmten einander. Dann bot das Kind mit der Sicherheit einer Erwachsenen ihre Stirn zum Kuß und sagte: »Guten Tag, Cousine.«

Frau Forestier küßte sie. Dann stellte sie vor: »Herr Georges Duroy, ein guter Freund von Charles... Frau de Marelle, meine Freundin und entfernte Verwandte.« Sie fügte hinzu: »Wir sind hier heute abend ganz zwanglos zusammen, ohne jede Feierlichkeit, in aller Gemütlichkeit.«

Der junge Mann verbeugte sich.

Aber schon wieder wurde die Tür geöffnet, und ein kleiner dikker, rundlicher Herr erschien. An seinem Arm hing eine große und schöne Frau. Sie war viel größer, viel jünger als er und machte einen sehr distinguierten und ernsten Eindruck. Es war Herr Walter, der Deputierte, Finanzier, Geld- und Geschäftsmann. Er war Jude und stammte aus dem Süden. Er war der Direktor der »Vie Française«. Die Dame, die neben ihm ging, war seine Frau, eine geborene Basile-Ravalau, die Tochter des gleichnamigen Bankiers.

Und dann erschienen in kurzen Abständen Jacques Rival, der auffallend elegant war, und Norbert de Varenne, dessen Frackkragen durch die dauernde Berührung mit seinem langen Haar, das ihm bis auf die Schultern hing und diese mit einem weißen Staub übersäte, speckig geworden war.

Seine schlecht geknotete Krawatte war auch nicht mehr ganz sauber. Mit der Anmut eines alten Beau ging er auf Frau Forestier zu, ergriff ihre Hand und küßte sie auf das Gelenk. Und während er sich über die Hand beugte, ergoß sich sein langes Haar wie Wasser über den nackten Arm der jungen Frau.

Dann erschien Forestier. Er entschuldigte sich, daß er ein wenig zu spät komme. Er sei durch den Fall Morel in der Redaktion zurückgehalten worden. Der radikale Deputierte Morel habe das Ministerium wegen einer Kreditforderung für die Kolonisierung Algeriens um Auskunft gebeten.

Der Diener meldete: »Es ist serviert, gnädige Frau.« Und man begab sich in das Eßzimmer.

Duroy saß zwischen Frau de Marelle und ihrer Tochter. Wieder überfiel ihn Verlegenheit, denn er fürchtete, mit Gabel, Löffel und den verschiedenen Gläsern nicht zurechtzukommen. Vier Gläser standen vor ihm, von denen eins einen bläulichen Schimmer hatte. Was mochte wohl aus diesem Glas getrunken werden?

Während man die Suppe aß, wurde kaum ein Wort gesprochen. Dann fragte Norbert de Varenne: »Haben Sie den Prozeß Gauthier gelesen? Eine seltsame Geschichte.«

Und dann unterhielt man sich über diese Ehebruchsgeschichte, in der auch noch Erpressung eine große Rolle spielte. Man sprach nicht darüber, wie man im Familienkreis über Ereignisse spricht, von denen die Zeitungen berichten, sondern wie unter Ärzten über eine Krankheit, unter Gemüsehändlern über Gemüse gesprochen wird. Man war nicht entrüstet, man wunderte sich weiter gar nicht über die Tatsachen. Mit einer berufsmäßigen Neugier, einer absoluten Gleichgültigkeit dem Verbrechen selbst gegenüber suchte man nach den tieferen, geheimen Gründen. Man bemühte sich, die Motive klar zu erkennen, alle psychischen Phänomene aufzuspüren, aus denen das Drama geboren wurde, das das wissenschaftliche Ergebnis eines besonderen geistigen Zustandes war. Auch die Damen beteiligten sich leidenschaftlich an diesem mühsamen Suchen. Dann wurden andere Ereignisse besprochen, kommentiert, von allen Seiten beleuchtet, auf ihren Wert hin untersucht und mit dem praktischen, besonderen Blick der Nachrichtenhändler, der Zeilenschinder, deren Stoff immer wieder die menschliche Komödie ist, betrachtet, wie die Kaufleute die Waren, die sie dem Publikum vorsetzen wollen, abwägen und von allen Seiten genau betrachten oder untersuchen.

Dann kam man auf ein Duell zu sprechen, und Jacques Rival ergriff hierzu das Wort. Das war sein ureigenstes Gebiet. Hier war er der maßgebliche Kenner.

Duroy wagte es nicht, an der Unterhaltung teilzunehmen. Von Zeit zu Zeit betrachtete er seine Nachbarin, deren runder Busen ihn erregte. An einem Goldfaden hing an ihrem Ohr ein Diamant, wie ein Wassertropfen sah er aus, der über ihr Fleisch glitt. Dann und wann machte sie eine Bemerkung, die stets ein Lächeln auf ihren Lippen erweckte. Sie war witzig, lieb, ihre Bemerkungen waren immer eine Überraschung; sie war wie ein Mädchen, das alles weiß, das die Dinge sieht, wie sie sind, ohne sich deswegen weiter Sorgen zu machen, das alles mit leichter, aber gutmütiger Skepsis beurteilt.

Vergeblich suchte Duroy nach einem Kompliment, das er ihr machen könnte, und da er keins fand, befaßte er sich mit ihrer Tochter, goß ihr zu trinken ein, reichte ihr die Schüsseln, bediente sie.

Das Kind, das viel ernster war als seine Mutter, dankte mit ernster Stimme und kurzem Nicken: »Zu liebenswürdig, Herr Duroy«, und dann hörte es nachdenklich dem zu, was die Erwachsenen sagten.

Das Essen war ausgezeichnet, und jeder war voll des Lobes. Herr Walter fraß wie ein Scheunendrescher, er sprach fast kein Wort und betrachtete mit schiefen Blicken unter dem Kneifer hervor die Speisen, die man ihm reichte. Norbert de Varenne nahm es mit ihm auf und ließ hin und wieder einen Tropfen Sauce auf den Hemdeinsatz fallen.

Lächelnd und ernst hatte Forestier die Augen überall, wechselte mit seiner Frau verständnisvolle Blicke, wie Menschen, die zusammen eine schwierige Arbeit erledigen, mit deren Verlauf sie sehr zufrieden sind.

Die Gesichter röteten sich, die Stimmen wurden lauter. Immer wieder sagte der Diener den Gästen ins Ohr: »Corton... Château-Laroze?«

Duroy fand den Corton nach seinem Geschmack und ließ sich immer wieder sein Glas füllen. Eine köstliche Heiterkeit begann ihn zu ergreifen, eine warme Heiterkeit, die ihm aus dem Bauch in den Kopf stieg, ihm durch die Glieder rann, ihn ganz durchdrang. Er war auf einmal ganz Behagen, Behagen des Lebens und der Gedanken, des Leibes und der Seele.

Es überkam ihn das Verlangen, zu sprechen, sich bemerkbar zu machen. Man sollte ihn anhören, er wollte gewürdigt werden wie alle diese Männer, deren geringste Äußerungen mit Beifall aufgenommen wurden.

Die Unterhaltung riß nicht ab, man erörterte diese Ansicht und dann jene; durch ein Wort, ein Nichts veranlaßt, sprang man auf ein anderes Thema über, und nachdem man die Tagesereignisse besprochen und nebenbei noch tausend andere Fragen gestreift hatte, kam man auf Morels Interpellation bezüglich der Kolonisierung Algeriens zurück.

Zwischen zwei Gängen machte Herr Walter ein paar scherzhafte Bemerkungen, denn er war skeptischen und vorsichtigen Geistes. Forestier sprach über seinen Artikel, der am nächsten Tag erscheinen sollte.

Jacques Rival verlangte eine Militärverwaltung und dazu Landzuweisung an alle Offiziere, die dreißig Jahre in den Kolonien gedient hätten. »Auf diese Weise«, sagte er, »schafft man eine tatkräftige Gesellschaft, die das Land kennt und liebt, die seine Sprache spricht und über alle ernsten Lokalfragen Bescheid weiß, mit denen die Neuankömmlinge nicht fertig werden.«

Norbert de Varenne unterbrach ihn: »Alles kennen sie, nur von der Landwirtschaft haben sie keine Ahnung. Sie sprechen arabisch, aber wie man Rüben pflanzt und Getreide sät, das wissen sie nicht. Sie sind gewiß gute Fechter, aber vom Düngen haben sie keine Ahnung. Man sollte dieses neue Land jedem weit öffnen. Die klugen Köpfe machen bestimmt ihren Weg, die anderen aber gehen zugrunde. Das ist das soziale Gesetz.«

Es folgte ein kurzes Schweigen. Man lächelte.

Georges Duroy öffnete den Mund, und erstaunt über den Klang seiner Stimme, als hätte er sich noch nie sprechen hören, sagte er: »Was in jenem Land ganz besonders fehlt, ist die fruchtbare Erde. Wahrhaft fruchtbare Ländereien sind dort genauso teuer wie in Frankreich und werden von reichen Pionieren, die ihr Geld investieren wollen, sehr gern gekauft. Die eigentlichen

Siedler aber, die Armen, die ihre Heimat verlassen, weil sie sie nicht ernährt, werden in die Wüste gedrängt, wo aus Mangel an Wasser nichts wächst.«

Alle sahen ihn an. Er fühlte, wie er errötete.

Walter fragte: »Kennen Sie Algerien?«

»Ja«, entgegnete er, »zweieinhalb Jahre war ich drüben und habe während dieser Zeit drei Provinzen kennengelernt.«

Den Fall Morel vergessend, fragte ihn Norbert de Varenne über eine Eigentümlichkeit in den dortigen Sitten, die ihm ein Offizier berichtet hatte. Es handelte sich um Mzab, jene seltsame, kleine arabische Republik mitten in der Wüste, im ödesten Teil dieses glühendheißen Landes.

Duroy war zweimal in Mzab gewesen und schilderte die Sitten dieses seltsamen Landes, in dem die Wassertropfen Goldwert haben, in dem jeder Bewohner zu öffentlchen Arbeiten verpflichtet ist und wo in Handel und Gewerbe eine Ehrlichkeit herrscht, an der die zivilisierten Völker sich ein Beispiel nehmen könnten.

Durch den Wein angeregt und von dem Wunsch zu gefallen beseelt, sprach er mit einer Art prahlerischer Begeisterung. Er erzählte kleine Regimentsanekdoten, schilderte einzelne Züge aus dem Leben der Araber, vergaß auch nicht die Kriegsabenteuer. Er fand sogar ein paar farbige Worte, um eine Vorstellung von diesem gelben und kahlen Land zu vermitteln, das unter der verzehrenden Glut der Sonne so unendlich trostlos ist.

Die Damen hatten die Augen auf ihn gerichtet. Frau Walter sagte mit ihrer langsamen Stimme: »Sie könnten doch über Ihre Erlebnisse eine reizende Artikelserie schreiben.« Walter sah den jungen Mann über den Rand seines Kneifers hinweg an, was er immer tat, wenn er jemanden genauer betrachtete.

Forestier ergriff die Gelegenheit: »Verehrter Herr Chef, ich erzählte Ihnen bereits von Herrn Georges Duroy. Ich bat Sie, ihn mir für die Abteilung ›Politische Informationen‹ zuzuteilen. Seit Marambot fort ist, habe ich niemanden für dringende und vertrauliche Erkundigungen, und darunter leidet die Zeitung.«

Walter wurde sehr ernst. Er nahm den Kneifer ab, um Duroy genau anzusehen. Dann sagte er: »Gewiß ist Herr Duroy sehr originell. Wenn er morgen um drei Uhr zu mir kommt, könnten wir die Sache besprechen und gleich zu einem Abschluß kommen.« Nach kurzem Schweigen wandte er sich dem jungen Mann ganz zu: »Schreiben Sie uns doch gleich eine nette Artikelserie über Algerien. Erzählen Sie Ihre Erlebnisse und flechten Sie die Frage der Kolonisierung hinein, wie Sie das eben taten. Das ist aktuell, sehr aktuell und wird unseren Lesern große Freude machen. Aber beeilen Sie sich. Ich muß den ersten Artikel morgen oder übermorgen haben, solange man in der Kammer den Fall verhandelt... um das Publikum zu ködern.«

Mit jener ernsten Anmut, die alles beherrschte, was sie tat und ihre Worte zu einer besonderen Gunst machte, fügte Frau Walter hinzu: »Und einen ganz reizenden Titel haben Sie schon: ›Erinnerungen eines Chasseur d'Afrique‹... Sind Sie nicht auch meiner Meinung, Herr Norbert?«

Der alte Dichter, dem erst sehr spät der Ruhm erblüht war, verabscheute und fürchtete alle Neuen. Trocken antwortete er: »Ja, ausgezeichnet, vorausgesetzt, daß die Artikel den richtigen Ton treffen. Aber da liegt gerade die Schwierigkeit. Wie in der Musik: der richtige Ton.«

Frau Forestier bedachte Duroy mit einem wohlwollenden und lächelnden Blick, mit dem Blick der Frau, die von den Dingen etwas verstand und sagen zu wollen schien: »Du wirst deinen Weg schon machen.« Schon verschiedene Male hatte Frau de Marelle sich ihm zugewandt, und der Diamant in ihrem Ohr war dauernd in Bewegung, als wollte der feine Wassertropfen sich lösen und fallen. Das kleine Mädchen blieb unbeweglich und ernst und starrte auf seinen Teller.

Aber der Diener ging um den Tisch und füllte die bläulichen Gläser mit Johannisberger. Walter zugewandt, brachte Forestier einen Toast aus: »Auf das Gedeihen der ›Vie Française‹!«

Jeder machte dem lächelnden Chef eine kleine Verbeugung, und Duroy, von seinem Erfolg berauscht, leerte sein Glas auf einen Zug. Er hatte das Gefühl, als könnte er ohne jede Schwierigkeit ein ganzes Faß leeren. Einen ganzen Ochsen hätte er verspeisen und einen Löwen erwürgen können. Er fühlte übermenschliche Kräfte in sich, einen unbesiegbaren Entschluß in seiner Seele und unendliche Hoffnung dazu. Jetzt fühlte er sich im Kreis dieser Menschen wie zu Hause. Eben hatte er in ihrer Mitte festen Fuß gefaßt. Mit neuer Sicherheit betrachtete er die Gesichter, und zum erstenmal wagte er es, seine Nachbarin anzureden.

»So herrliche Ohrgehänge habe ich noch nie gesehen, gnädige Frau.«

Lächelnd wandte sie sich ihm zu: »Sie sind nach meinen Angaben gearbeitet... Wie ein Tautropfen, nicht wahr?«

Über seine Kühnheit erschrocken und fürchtend, er könnte eine Albernheit sagen, murmelte er: »Ganz reizend, aber dazu gehört auch das passende Ohr.«

Sie dankte ihm mit einem Blick, einem jener hellen Frauenblicke, die bis ins Herz dringen.

Und als er den Kopf wandte, begegnete er wieder Frau Forestiers Augen. Sie waren immer noch voller Wohlwollen, aber er glaubte, in ihnen eine hellere Freude, etwas wie Schalkheit, wie Ermutigung zu erkennen.

Die Herren sprachen jetzt alle zu gleicher Zeit, mit viel Gesten und großem Stimmaufwand. Man diskutierte das große Projekt der Untergrundbahn. Dieses Thema war erst am Ende des Nachtisches erledigt, denn jeder hatte über die schlechten Verkehrsverhältnisse in Paris, die Unzulänglichkeit der Straßenbahnen, den Ärger mit den Omnibussen und die Grobheit der Droschkenkutscher etwas zu sagen.

Dann verließ man das Eßzimmer, um den Kaffee einzunehmen. Aus Spaß bot Duroy dem kleinen Mädchen seinen Arm. Es dankte voller Ernst und reckte sich auf die Fußspitzen, um seinem Nachbarn die Hand auf den Ellbogen legen zu können.

Als er den Salon betrat, hatte er wieder ein Gefühl, als käme er in ein Treibhaus. In den vier Ecken des Raumes öffneten große Palmen ihre eleganten Blätter, stiegen hinauf bis zur Decke und entfalteten sich dort wie strahlendes Wasser.

Zu beiden Seiten des Kamins erhoben sich säulenrunde Gummibäume mit ihren langen dunkelgrünen Blättern, und auf dem Piano standen zwei unbekannte, runde, mit Blüten bedeckte Gewächse. Die Blüten des einen waren rot, die des anderen weiß. Sie sahen aus wie künstliche Blumen, wirkten so unwahrscheinlich, waren zu schön, um echt zu sein.

Die Luft war frisch, angefüllt von einem zarten Duft, den man nicht hätte definieren, dessen Namen man nicht hätte nennen können.

Und der junge Mann, der sich jetzt viel sicherer fühlte, betrachtete aufmerksam den Raum. Er war nicht groß. Außer den beiden Gewächsen auf dem Piano zog nichts die Blicke auf sich. Nirgendwo eine auffallende Farbe. Aber man fühlte sich hier behaglich, ruhig, ausgeruht, geborgen. Sanft umhüllte er einen, er gefiel, legte sich um den Körper wie eine Zärtlichkeit.

Die Wände waren mit einem alten, violetten Stoff bespannt, der mit kleinen Blumen aus gelber Seide, die nicht größer waren als Fliegen, gesprenkelt war.

Blaugraue Portieren, in die man mit roter Seide ein paar Nelken gestickt hatte, hingen vor den Türen, und Sitzgelegenheiten aller Formen und Größen standen, wie es der Zufall mit sich brachte, im Zimmer: Chaiselongues, große oder kleine Sessel, Puffs und Schemel waren mit Louis-XVI-Seide oder mit Utrechter Samt, dessen cremefarbener Grund rote Muster aufwies, überzogen.

»Nehmen Sie eine Tasse Kaffee, Herr Duroy?« Und mit jenem freundschaftlichen Lächeln auf den Lippen, das er nun schon kannte, reichte Frau Forestier ihm eine gefüllte Tasse.

»Vielen Dank, gnädige Frau.« Er nahm die Tasse, und als er sich ängstlich vorbeugte, um mit der silbernen Zange ein Stück Zucker aus der Zuckerdose zu nehmen, die das kleine Mädchen ihm reichte, flüsterte die junge Frau ihm zu: »Machen Sie Frau Walter ein wenig den Hof.« Sie entfernte sich, bevor er noch ein Wort hatte erwidern können.

Er leerte die Tasse, die er fürchtete auf den Teppich fallen zu lassen. Als er sich wieder ein wenig freier fühlte, suchte er nach Mitteln und Wegen, sich der Frau seines neuen Direktors zu nähern und eine Unterhaltung mit ihr anzuknüpfen.

Plötzlich bemerkte er, daß sie ihre leere Tasse in der Hand hielt. Und da sich in ihrer Nähe kein Tisch befand, wußte sie nicht, wohin sie sie stellen sollte.

Er eilte ihr zur Hilfe. »Darf ich Ihnen helfen, gnädige Frau?«

»Vielen Dank, Herr Duroy.«

Er trug die Tasse fort. Dann kam er wieder. »Wenn Sie wüßten, gnädige Frau, welche herrliche Augenblicke ich der ›Vie Française‹ verdankte, als ich drüben in der Wüste war. Es ist wirklich die einzige Zeitung, die man im Ausland lesen kann, weil sie literarischer, geistreicher und weniger eintönig ist als alle anderen. Alles findet man in diesem Blatt.«

Sie lächelte mit liebenswürdiger Gleichgültigkeit und antwortete ernst: »Es war nicht so einfach für meinen Mann, diese Art Zeitung zu schaffen, die einem neuen Bedürfnis entgegenkommt.«

Und sie begannen zu plaudern. Er redete mutig drauf los, sprach von den banalsten Dingen, aber seine Stimme war voller Charme, seine Blicke voller Anmut, und sein Schnurrbart war von unwiderstehlichem Zauber. Dicht und kraus sträubte er sich auf seiner Lippe, war von einem Blond, das ins Rötliche überging, wurde in den widerspenstigen Haaren der Spitzen ein wenig heller in der Farbe.

Sie sprachen von Paris, von seiner Umgebung, von den Ufern der Seine, den Badeorten, den Freuden des Sommers, von alledem, über das man so unendlich viel reden kann, ohne daß der Geist ermüdet.

Als sich dann Norbert de Varenne mit einem Glas Likör in der Hand näherte, stand Duroy auf und zog sich bescheiden zurück.

Frau de Marelle, die eben mit Frau Forestier gesprochen hatte, rief ihn. »Sie wollen sich also im Journalismus versuchen, Herr Duroy«, sagte sie ganz unvermittelt.

In vagen Ausdrücken sprach er über seine Pläne, um dann mit ihr dasselbe zu sprechen, was er mit Frau Walter gesprochen hatte. Aber da er dieses Thema jetzt besser beherrschte, war er ihr überlegen, wiederholte Dinge, die er eben gehört hatte, als hätte er sie alle selbst erlebt. Und unaufhörlich sah er seiner Nachbarin in die Augen, als wollte er dem, was er sagte, einen tieferen Sinn geben.

Sie ihrerseits erzählte ihm allerlei Geschichten mit einer Leichtigkeit und einem Schwung, wie sie nur den Frauen eigen sind, die wissen, daß sie geistreich sind, und immer lustig sein wollen. Sie wurde bald zutraulich, legte ihre Hand auf seinen Arm, sprach leiser, um Nichtigkeiten zu sagen, die auf diese Weise den Charakter der Intimität erhielten. Während er so dicht neben dieser jungen Frau saß, die sich mit ihm beschäftigte, wurde er innerlich immer erregter. Am liebsten hätte er sich ihr ganz verschrieben, hätte sie am liebsten geschützt, ihr gezeigt, was sie ihm galt, und wenn er nicht gleich auf ihre Fragen antwortete, so hatte das seinen Grund darin, daß seine Gedanken sich ganz mit ihr beschäftigten.

Aber plötzlich rief Frau de Marelle: »Laurine!«

Das Kind kam gelaufen.

»Setz dich zu uns, mein Kind, am Fenster ist es zu kalt.«

Duroy wurde von einer rasenden Lust ergriffen, das Mädchen zu küssen, als hätte er zugleich mit diesem Kuß auch die Mutter des Kindes geküßt. Galant und väterlich zugleich fragte er: »Gestatten Sie, daß ich Sie küsse, mein Fräulein?«

Das Kind sah ihn erstaunt an.

Lachend sagte Frau de Marelle: »Antworte. Heute will ich es einmal gestatten, später aber nicht.«

Duroy setzte sich, nahm Laurine auf den Schoß und berührte mit den Lippen das gewellte und weiche Haar des Kindes.

Die Mutter war erstaunt. »Daß sie nicht weggelaufen ist, das wundert mich. Für gewöhnlich läßt sie sich nur von Frauen küssen. Sie sind unwiderstehlich, Herr Duroy.«

Er wurde rot und antwortete nichts. Mit einer leichten Bewegung wippte er das Mädchen auf seinem Bein.

Frau Forestier trat zu ihnen. Erstaunt rief sie: »Welch ein Wunder! Laurine ist zahm wie ein Lämmchen!«

Mit einer Zigarre im Mund näherte sich Jacques Rival der Gruppe.

Duroy erhob sich, um sich zu verabschieden, denn er fürchtete, durch ein ungeschicktes Wort seinen bisherigen Erfolg in Frage zu stellen. Er grüßte, ergriff die Hand der Damen und drückte sie leicht, verabschiedete sich mit einem starken Händedruck von den Herren. Er bemerkte, daß die Hand von Jacques Rival trokken und heiß war und den Druck der seinen herzlich erwiderte. Die Hand Norbert de Varennes aber war feucht und kalt und entzog sich glitschig dem Druck der seinen. Walters Hand war kalt und weich, ohne Kraft und Ausdruck, die Forestiers fett und warm. Sein Freund flüsterte ihm zu: »Morgen um drei Uhr... Vergiß das nicht.«

»Bestimmt nicht! Da kannst du ganz unbesorgt sein.«

Als er auf der Treppe war, wäre er sie am liebsten hinuntergestürmt, so groß war seine Freude. Und er tat es, nahm jedesmal zwei Stufen, als er plötzlich in dem großen Spiegel der zweiten Etage einen Herrn erblickte, der ihm entgegengesprungen kam. Beschämt blieb er stehen, als wäre er bei etwas ertappt worden, das sich nicht gehörte. Dann betrachtete er sich lange und war erstaunt, daß er ein so hübscher Kerl war. Er lächelte sich selbstgefällig zu und verabschiedete sich von seinem Spiegelbild mit einem feierlichen Gruß, wie man ihn sonst nur hochgestellten Persönlichkeiten zuteil werden läßt.

III

Als Georges Duroy auf der Straße stand, überlegte er, was er tun sollte. Am liebsten wäre er gelaufen, hätte geträumt, hätte, milde Nachtluft atmend, an die Zukunft gedacht. Aber der Gedanke an die Artikelserie, um die Walter ihn gebeten hatte, ließ ihn nicht zur Ruhe kommen. Er beschloß, sich auf dem kürzesten Weg nach Hause zu begeben und sich an die Arbeit zu machen.

Er beschleunigte seine Schritte, erreichte den äußeren Boulevard, folgte ihm bis zur Rue Boursault, in der er wohnte. Das sechsstöckige Haus, in dem sich seine Wohnung befand, wurde von zwanzig Arbeiter- und Bürgerfamilien bevölkert, und als er jetzt beim Licht der Wachsstreichhölzer, die er anzündete, die schmutzige Treppe hinaufging, auf deren Stufen Papier, Zigarettenstummel und Küchenreste herumlagen, erfaßte ihn ein ungeheurer Ekel und der wilde Wunsch, möglichst schnell hier herauszukommen, wie die reichen Leute in einer sauberen, mit Teppichen belegten Wohnung zu wohnen. Es roch im Haus nach Essen, nach Aborten und unsauberen Menschen, nach Schmutz und altem Gemäuer; ein stagnierender Duft, den kein Luftzug hätte vertreiben können, füllte es von oben bis unten.

Sein Zimmer lag im fünften Stock. Wie auf einen tiefen Abgrund ging es auf die Gleisanlage der Westbahn oberhalb der Tunnelausfahrt, in der Nähe des Bahnhofs Batignolles, hinaus. Duroy öffnete das Fenster und lehnte sich gegen das verrostete eiserne Fenstergitter.

Unter ihm, in der Tiefe des düsteren Lochs, erinnerten drei unbewegliche rote Signale an die großen Augen eines wilden Tieres. Weiter sah man andere und in noch weiterer Ferne wieder andere. Jeden Augenblick zerriß langes oder kurzes Pfeifen die Nacht, einmal ganz nah, dann kaum vernehmbar, aus der Richtung, wo Asnières liegt. Sie klangen wie rufende, menschliche Stimmen. Ein Pfiff kam immer näher, von Sekunde zu Sekunde wurde sein klagender Ton deutlicher, und dann auf einmal erschien ein großes gelbes Licht, das mit dem Pfeifen um die Wette lief. Duroy sah, wie der lange Rosenkranz aus Eisenbahnwagen in dem Tunnel verschwand.

Dann sagte er sich: »An die Arbeit!« Er stellte die Lampe auf den Tisch. Aber als er anfangen wollte zu schreiben, stellte er fest, daß er nur Briefpapier zu Hause hatte.

Einerlei! Dann mußte er eben die Bogen auseinanderfalten und so in ihrer ganzen Größe benutzen. Er tauchte die Feder in das Tintenfaß und schrieb mit seiner schönsten Handschrift den Titel: »Erinnerungen eines Chasseur d'Afrique.« Dann suchte er nach dem Anfang des ersten Satzes.

Er nahm den Kopf in die Hände und starrte auf das weiße Viereck, das vor ihm lag.

Was sollte er schreiben? Nichts von dem, was er eben erzählt hatte, fiel ihm ein, keine einzige Anekdote, keine Tatsache, nichts. Dann kam ihm auf einmal ein Gedanke: Mit meiner Abreise muß ich anfangen. Er schrieb: »Es war im Jahr 1874, gegen Mitte Mai, als das erschöpfte Frankreich sich von den Katastrophen des furchtbaren Jahres erholte...«

Er kam nicht weiter, wußte nicht, wie er seine Einschiffung, seine Reise, seine ersten Begegnungen mit dem bereits Gesagten verbinden sollte.

Nachdem er zehn Minuten überlegt hatte, beschloß er, die Anfangsseite auf den folgenden Tag zu verschieben und jetzt gleich mit einer Schilderung Algeriens zu beginnen. Und er schrieb auf seinen Bogen Papier: »Algier ist eine ganz weiße Stadt...« Aber anderes fiel ihm nicht ein. Wohl sah er in Gedanken die hübsche, helle Stadt wie eine Kaskade aus flachen Häusern von ihrem Berg hinunterströmen ins Meer, aber er fand keine Worte, das auszudrücken, was er gesehen, was er empfunden hatte. Nach einer schweren Anstrengung fügte er hinzu: »Sie wird zum Teil von Arabern bewohnt...« Dann warf er die Feder auf den Tisch und stand auf.

Auf dem schmalen eisernen Bett, das reichlich eingelegen war, lag sein Alltagsanzug, leer, müde, schlaff, schäbig wie Kleider aus der Totenhalle, und auf einem Strohstuhl sein Zylinder mit der Öffnung nach oben, als warte er darauf, daß jemand ein Almosen hineinwerfe.

Die Wände, die mit einer grauen Tapete mit blauen Blumen tapeziert waren, hatten ebenso viele Flecken wie Blumen, alte, verdächtige Flecken, deren Herkunft niemand hätte erklären können, zerquetschtes Ungeziefer oder Ölflecken, Flecken von Fingern, die mit Pomade beschmiert waren, Seifenschaumspritzer, die während des Waschens die Wand getroffen hatten. Das alles roch nach dem beschämendsten Elend, nach dem Elend der möblierten Zimmer in Paris. Und eine Wut bemächtigte sich seiner gegen die Armut seines Lebens. Er sagte sich, daß er hier heraus, daß mit diesem elenden Dasein schon am nächsten Tag Schluß gemacht werden müsse.

Neuer Eifer packte ihn, er setzte sich wieder an seinen Tisch und begann wieder nach Sätzen zu suchen, um die seltsame und reizvolle Physiognomie Algiers zu schildern, dieses Vorzimmers des geheimnisvollen und tiefen Afrikas, des Afrikas der umherziehenden Araber und der unbekannten Neger, des unerforschten und verlockenden Afrikas, dessen unwahrscheinliche Tiere man uns oft in den zoologischen Gärten zeigt, Tiere wie aus Märchen: Strauße, diese Riesenhühner, Gazellen, diese göttlichen Ziegen, die ernsten Kamele, die ungeheuerlichen Flußpferde, die unförmigen Rhinozerosse und die Gorillas, die erschrecklichen Brüder des Menschen.

Er fühlte, wie ihm langsam die Gedanken kamen. Vielleicht

hätte er sie gesagt, aber in formulierte Sätze konnte er sie nicht bringen. Seine Ohnmacht erregte ihn, wieder stand er auf, die Hände feucht von Schweiß und das Blut in den Adern klopfend.

Seine Blicke fielen auf die Rechnung der Wäscherin; der Hausmeister mußte sie nach oben gebracht haben. Wilde Verzweiflung bemächtigte sich seiner. In einer Sekunde war seine ganze Freude verschwunden und mit ihr sein Selbstvertrauen und sein Glaube an die Zukunft. Alles war aus. Nichts würde er erreichen. Er fühlte sich leer, unfähig, unnütz und verdammt.

Wieder lehnte er sich in das Fenster. Ein Zug verließ mit plötzlichem und wildem Tosen den Tunnel. Er fuhr durch Felder und Ebenen hin nach dem Meer. Und Duroy dachte auf einmal an seine Eltern. An ihnen fuhr dieser Zug vorbei, nur ein paar Meilen von ihrem Haus. Er sah das kleine Haus vor sich. Es stand oben auf einem Hügel, der Rouen und das weite Seinetal beherrschte, am Eingang in das Dorf Canteleu.

Sein Vater und seine Mutter hatten ein kleines Wirtshaus, in dem die Bürger aus den Vorstädten sonntags frühstückten. »Zur schönen Aussicht« hieß es. Sie hatten aus ihrem Sohn einen Herrn machen wollen und ihn aufs Gymnasium geschickt. Als er dann die Abiturientenprüfung nicht bestanden hatte, war er Soldat geworden, um Offizier, Oberst, General zu werden. Aber noch ehe die fünf Jahre zu Ende waren, war er alles, was mit Soldaten und Militär zusammenhing, gründlich leid und hatte nur einen Wunsch: nach Paris, um dort sein Glück zu machen.

Als er die Dienstzeit hinter sich hatte, war er gegen die Bitten seiner Eltern, die ihn, nachdem ihr Traum keine Wirklichkeit geworden war, bei sich behalten wollten, nach Paris gegangen. Wieder hatte er Hoffnung auf die Zukunft. Allerlei Ereignisse, die er noch nicht klar erkannte, die er aber sicher in Gang bringen und fördern würde, sollten ihm zum Sieg verhelfen.

Beim Regiment hatte er allerlei Erfolge gehabt, hatte manche Weibergeschichten erlebt, und manche seiner Abenteuer hatten sich sogar in einer höheren Gesellschaftsklasse abgespielt, denn er hatte die Tochter eines Steuereinnehmers verführt, die alles aufgeben wollte, um ihm zu folgen, und dann die Frau eines Anwalts, die ins Wasser gehen wollte, als er sie sitzen ließ.

Seine Kameraden sagten von ihm: »Der ist nicht auf den Kopf gefallen; der weiß sich zu helfen; der bringt es schon zu was.« Und er hatte sich vorgenommen, alles das zu sein, was seine Kameraden in ihm sahen.

Durch die tägliche Praxis des Soldatenlebens, durch die Beispiele von Plündereien in Afrika, durch unerlaubte Vorteile, verdächtige Betrügereien, aufgepeitscht auch durch den in der Armee gültigen Ehrbegriff, die bei den Soldaten üblichen Prahlereien, die patriotischen Gefühle, die Abenteuer, die sich die Unteroffiziere untereinander erzählten, und durch die Gloriole des Handwerks war das ihm angeborene normannische Gewissen eine Art Behälter mit dreifachem Boden geworden, in dem es Platz für alles gab.

Doch der Wunsch, es zu etwas zu bringen, beherrschte alles andere.

Ohne sich dessen bewußt zu werden, hing er wie jeden Abend seinen Träumen nach. Er stellte sich ein herrliches Liebesabenteuer vor, das ihm sofort die Erfüllung seiner Hoffnungen brächte. Er heiratete die Tochter eines Bankiers oder eines vornehmen Adeligen, der er auf der Straße begegnet war und die er sofort erobert hatte.

Das schrille Pfeifen einer Lokomotive, die allein den Tunnel verließ wie ein Kaninchen seinen Bau und über die Schienen nach dem Maschinenschuppen sauste, wo sie sich ausruhen würde, weckte ihn aus seinen Träumen.

Wieder ganz im Bann der wirren und frohen Hoffnung, die seinen Geist immer wieder beschäftigte, warf er eine Kußhand in die Nacht hinaus, einen Kuß der Liebe nach dem Bild der erwarteten Frau, einen Kuß der Gier nach dem so heiß ersehnten Glück. Dann schloß er das Fenster und begann sich auszuziehen. Leise sagte er vor sich hin: »Morgen früh geht es vielleicht besser. Jetzt kann ich mich nicht genügend sammeln. Und vielleicht habe ich auch ein wenig zu viel getrunken. In einer solchen Verfassung ist natürlich an eine ordentliche Arbeit nicht zu denken.« Er legte sich zu Bett, blies die Lampe aus und schlief auf der Stelle ein.

Schon früh wurde er wach, wie man an Tagen lebhafter Hoffnung oder großer Sorge früh erwacht. Er öffnete das Fenster, um, wie er sagte, eine Tasse frischer Luft zu trinken.

Die Häuser der Rue de Rome gegenüber, auf der anderen Seite des breiten Eisenbahngrabens, leuchteten im Licht der aufgehenden Sonne, als wären sie mit der weißen Helligkeit gestrichen. Rechts, in der Ferne, sah man die Hügel von Argenteuil, die Höhen von Sannois und die Mühlen von Orgemont in einem bläulichen und leichten Nebel, der an einen kleinen, flatternden und durchsichtigen Schleier denken ließ, den man über den Horizont geworfen hatte.

Duroy sah einige Augenblicke lang hinaus in die Landschaft und dachte: Wie schön müßte es sein, da draußen einmal einen ganzen Tag zu verbringen. Dann fiel ihm ein, daß er arbeiten müsse, und zwar sofort, und daß er den Sohn des Portiers gegen Zahlung von zehn Sous in sein Büro schicken müsse, um dort zu bestellen, daß er krank sei.

Er setzte sich an denTisch, tauchte die Feder in das Tintenfaß, nahm die Stirn in die Hand und suchte nach Gedanken. Vergeblich. Kein einziger stellte sich ein.

Aber er verlor den Mut nicht. Er dachte: Bah! Mir fehlt die Gewohnheit. Auch dieses Handwerk will gelernt sein. Für den Anfang muß man mir erst helfen. Ich gehe zu Forestier, der haut mir den Artikel in zehn Minuten hin.

Und er zog sich an.

Als er auf der Straße war, kam ihm der Gedanke, daß es für einen Besuch bei seinem Freund, der heute sicher länger schlief, noch zu früh sei. Er machte einen kleinen Bummel unter den Bäumen des äußeren Boulevard. Es war noch keine neun Uhr. Er erreichte den Park Monceau, in dem eben frisch gesprengt worden war. Er setzte sich auf eine Bank und begann zu träumen. Vor ihm ging ein junger, sehr eleganter Herr auf und ab. Er wartete sicher auf eine Frau.

Sie kam schnellen Schrittes und das Gesicht verschleiert. Sie reichten einander die Hand, sie nahm seinen Arm, und dann entfernten sie sich.

Ein wildes Bedürfnis nach Liebe füllte auf einmal Duroys Herz, ein Bedürfnis nach vornehmer, duftender und zarter Liebe.

Er stand auf, machte sich auf den Weg und dachte an Forestier. Der hatte Glück!

Er erreichte das Haus, in dem Forestier wohnte, in dem Augenblick, als jener es verließ.

»Du bist es! Und so früh! Wo fehlt es denn?«

Duroy, den die Situation ein wenig verwirrte, stotterte: »Ich komme mit dem Artikel, dem Artikel über Algerien, den Walter von mir haben will, nicht zurecht. Verwunderlich ist das weiter nicht. Ich habe ja noch nie einen Artikel geschrieben. Dazu gehört, wie zu allem anderen auch, Übung. Habe ich erst mal den Dreh heraus, dann wird es schon gehen. Aber den muß ich erst haben. Die Gedanken habe ich alle beisammen, aber ich bekomme sie nicht aufs Papier.« Er schwieg, zögerte ein paar Augenblicke.

Forestier lächelte boshaft: »Ich kenne das!«

Duroy fuhr fort: »Ich glaube, so geht es jedem Anfänger. Ja... Aber weshalb ich gekommen bin: ich wollte dich bitten, mir ein wenig zur Hand zu gehen... In zehn Minuten hast du den Artikel fertig und mir gezeigt, wie man so etwas anfaßt, auch was den Stil angeht. Ohne deine Hilfe werde ich einfach nicht fertig.«

Der andere lächelte immer noch. Er klopfte seinem alten Kameraden auf die Schulter und sagte: »Geh hinauf zu meiner Frau, die macht dir die Sache genauso gut wie ich. Ich habe sie auf diese Art Arbeit dressiert. Ich habe heute morgen keine Zeit, sonst hätte ich dir natürlich sofort geholfen.«

Duroy, dem plötzlich Bedenken kamen, zögerte, wagte nicht, den Vorschlag des Freundes anzunehmen. »Aber ich kann deine Frau doch um diese Stunde nicht belästigen?«

»Natürlich! Sie ist schon lange auf! Du findest sie in meinem Arbeitszimmer, wo sie für mich allerlei Aufzeichnungen ordnet.«

Der andere wollte nicht gehen. »Aber das geht doch nicht, ausgeschlossen...«

Forestier packte ihn bei den Schultern und schob ihn ins Haus. »Nun geh doch schon, wenn ich es dir sage... Du kannst wirklich nicht von mir verlangen, daß ich die drei Etagen hinaufklettere, um dich bei ihr anzumelden und ihr deinen Fall zu erklären.«

Duroy entschloß sich. »Dann vielen Dank. Ich gehe also zu

deiner Frau. Ich werde ihr aber nicht verschweigen, daß du mich gezwungen hast, mich an sie zu wenden.«

»Das tu nur! Auffressen wird sie dich bestimmt nicht... Und dann vergiß nicht: heute nachmittag um drei!«

»Sei unbesorgt!«

Forestier eilte davon, während Duroy langsam, Stufe um Stufe, nach oben ging. Er überlegte, wie er sein Anliegen am besten vorbrächte, und dachte voller Unbehagen an den Empfang, der ihn vielleicht erwartete.

Der Diener öffnete ihm die Tür. Er trug eine blaue Schürze und hatte einen Besen in der Hand. »Herr Forestier ist nicht zu Hause«, sagte er, ohne eine Frage abgewartet zu haben.

»Fragen Sie, ob Frau Forestier mich empfangen kann«, entgegnete Duroy, »und sagen Sie ihr, daß mich ihr Mann, den ich auf der Straße getroffen habe, zu ihr schickt.« Dann wartete er.

Der Diener kam zurück, öffnete rechts eine Tür und sagte: »Die gnädige Frau läßt bitten.«

Sie saß in einem Sessel vor dem Schreibtisch in einem kleinen Zimmer, dessen Wände vollkommen hinter Büchern verschwanden, die wohlgeordnet auf schwarzen Regalen standen. Die verschiedenfarbigen Einbände, rot, gelb, grün, violett und blau, brachten Farbe und Heiterkeit in diese monotone Aneinanderreihung von Büchern.

Lächelnd wandte sie sich um. Sie trug einen weißen, mit Spitzen besetzten Morgenrock. Sie reichte ihm die Hand, zeigte ihren nackten Arm in dem weit offenen Ärmel. »Schon?« sagte sie. Dann fuhr sie fort: »Das ist kein Vorwurf, sondern eine einfache Frage.«

Er stotterte: »Ach, gnädige Frau, ich wollte gar nicht zu Ihnen gehen, aber Ihr Gatte, den ich auf der Straße traf, hat mich förmlich dazu gezwungen. Ich bin derart verwirrt, daß ich gar nicht zu sagen wage, was mich zu Ihnen führt.«

Sie deutete auf einen Sessel. »Nehmen Sie Platz und sprechen Sie.«

In der Hand hatte sie einen Gänsekiel, mit dem sie zu spielen begann. Und vor ihr lag ein Bogen Papier, der zur Hälfte beschrieben war. Die Ankunft des jungen Mannes hatte sie in ihrer Arbeit unterbrochen.

Sie schien sich an diesem Schreibtisch bei ihrer gewöhnlichen Arbeit genauso sicher zu fühlen wie in ihrem Salon. Leichter Duft wehte aus dem Morgenrock, der frische Duft der eben beendeten Toilette. Und Duroy versuchte, sich den jungen und hellen, den molligen und warmen Körper, der von dem weichen Stoff umhüllt war, vorzustellen, glaubte, ihn vor sich zu sehen.

Da er kein Wort sagte, wiederholte sie: »Um was handelt es sich also?«

Zögernd antwortete er mit leiser Stimme. »Also... Aber nein, ich bringe es nicht über die Lippen... Ich habe gestern abend noch lange gearbeitet und heute morgen auch schon, um den Artikel über Algerien zu schreiben, um den Herr Walter mich bat... Aber es will nichts Gescheites daraus werden, ich habe alles wieder zerrissen... Ich kenne diese Art Arbeit noch nicht... und ich wollte Forestier bitten, mir ein wenig zu helfen...«

Laut lachend unterbrach sie ihn, glücklich, voller Freude und geschmeichelt: »Und da hat er Sie zu mir geschickt? Zu lieb!«

»Ja, gnädige Frau. Er meinte, Sie würden mir besser helfen können als er... Aber ich wagte es nicht... Ich wollte nicht... Das werden Sie ja wohl verstehen?«

Sie stand auf. »Die Zusammenarbeit mit Ihnen stelle ich mir ganz reizend vor. Wirklich ein ganz entzückender Einfall. Setzen Sie sich auf meinen Platz. In der Redaktion kennt man meine Handschrift. Und dann wollen wir einen Artikel bauen, dem der Erfolg nicht versagt bleibt!«

Er setzte sich, nahm eine Feder, legte einen Bogen Papier vor sich und wartete.

Frau Forestier, die stehen geblieben war, sah seinen Vorbereitungen zu. Sie nahm vom Kamin eine Zigarette und zündete sie an. »Ich muß bei der Arbeit rauchen«, sagte sie. »Nun sagen Sie mir mal, was alles Sie erzählen wollen!«

Er sah sie erstaunt an. »Das ist es ja gerade, ich weiß das nicht. Deshalb bin ich ja zu Ihnen gekommen.«

Sie antwortete: »Ja, wir wollen die Sache schon hinkriegen. Ich mache Ihnen die Sauce, das Gericht aber müssen Sie liefern.«

Er war verlegen. Endlich sagte er zögernd: »Ich möchte meine Reise von Anfang an erzählen...«

Sie setzte sich ihm gegenüber an die andere Seite des Schreibtisches und sah ihm in die Augen. »Dann erzählen Sie mir das alles einmal, für mich ganz allein, langsam, ohne etwas auszulassen. Ich wähle dann aus, was wir gebrauchen und verwenden können.«

Aber da er nicht wußte, wo er anfangen sollte, begann sie ihn zu fragen, wie ein Priester im Beichtstuhl das Beichtkind fragt. Sie stellte genaue Fragen, die ihn an vergessene Einzelheiten erinnerten, an Personen, mit denen er zusammen gewesen war, an andere, die er nur flüchtig gesehen hatte.

Nachdem sie ihn so gezwungen hatte, eine Viertelstunde lang zu sprechen, unterbrach sie ihn plötzlich: »Jetzt wollen wir anfangen. Nehmen wir an, Sie teilten einem Freund Ihre Eindrücke mit. Das gibt Ihnen die Möglichkeit, einen ganzen Haufen dummes Zeug zu sagen, allerlei Bemerkungen zu machen, natürlich und lustig zu sein, falls wir das können. Fangen wir also an. ›Mein lieber Henri, Du willst wissen, was Algerien ist... Du sollst es erfahren! Da ich in der kleinen Lehmhütte, die mir als Wohnung dient, nichts zu tun habe, will ich ein Tagebuch schreiben, in dem alles, was ich täglich, stündlich erlebe, verzeichnet sein soll. Dieses Tagebuch werde ich Dir dann schicken. Es wird stellenweise ein bißchen sehr ‚lebhaft' sein, aber das schadet nichts. Du brauchst es ja Deinen Freundinnen nicht zu zeigen...‹«

Sie unterbrach sich, um die ausgegangene Zigarette wieder anzuzünden. Sofort verstummte das quietschende Knirschen des Gänsekiels auf dem Papier. »Also weiter!« sagte sie.

»›Algerien ist ein großes, französisches Land an der Grenze der großen unbekannten Länder, die man die Wüste, die Sahara, Zentralafrika etc. etc. nennt. Algier ist die Pforte, die weiße und reizende Pforte in diesen seltsamen Kontinent.

Aber zuerst muß man einmal dort sein, und das ist mit allerlei Schwierigkeiten verbunden. Du weißt, daß ich ein ausgezeichneter Stallmeister bin, ich reite die Pferde des Obersten zu. Aber ein guter Reiter ist noch lange kein guter Seemann. Und das paßt auf mich.

Erinnerst Du Dich noch des Majors Simbretas, den wir immer nur Doktor Brechwurz nannten? Wenn wir glaubten, mal vierundzwanzig Stunden Krankenhaus verdient zu haben, meldeten wir uns – gesegnetes Land – krank und mußten zur Untersuchung.

In seiner roten Hose saß er breitbeinig auf seinem Stuhl. Die Hände ruhten auf seinen Knien, so daß die Ellbogen nach außen standen, und er rollte seine großen Augen und kaute an seinem weißen Schnurrbart.

Weißt Du auch noch, was er uns verschrieb?

‚Der Mann leidet an Magenstörungen. Verabreichen Sie ihm Vomitiv Nr. 3 nach meinem Rezept. Dann zwölf Stunden Bettruhe. Nachher ist er wieder gesund.'

Dieses Vomitiv war von durchschlagender Wirkung. Man schluckte es, weil einem nichts anderes übrig blieb. Hatte man diese Behandlung des Doktor Brechwurz hinter sich, dann hatte man die zwölf Stunden Bettruhe voll und ganz verdient.

Also, mein Lieber, will man Afrika erreichen, muß man vierzig Stunden lang eine ähnliche Kur durchmachen, und zwar nach dem Rezept der Compagnie Transatlantique.‹«

Sie rieb sich die Hände, war voller Zufriedenheit über ihre Idee.

Sie stand wieder auf, zündete sich eine neue Zigarette an und begann im Zimmer auf und ab zu gehen. Während sie weiter diktierte, blies sie kleine Rauchstrahlen durch das kleine Loch in der Mitte ihrer fest aufeinandergepreßten Lippen. Die Strahlen vergrößerten sich, verflogen, bildeten an manchen Stellen in der Luft graue Streifen, eine Art durchsichtigen Nebels, der einem Spinnweb glich. Mit der geöffneten Hand wischte sie zuweilen diese leichten und hartnäckigen Spuren weg. Dann wieder durchschnitt sie sie mit einer scharfen Bewegung ihres Zeigefingers und betrachtete mit ernster Aufmerksamkeit, wie die beiden Rauchstümpfe langsam verschwanden.

Duroy verfolgte alle ihre Gesten, jede ihrer Haltungen, alle Bewegungen ihres Körpers und ihres Gesichtes, die eine Folge dieses Spiels waren, an dem ihre Gedanken keinen Anteil hatten.

Jetzt erfand sie allerlei Reiseerlebnisse, schilderte Reisegefährten, die es nie gegeben hatte, und deutete ein Liebesabenteuer mit der Frau eines Infanteriehauptmanns an, die auf der Reise zu ihrem Mann war.

Als sie sich dann wieder gesetzt hatte, befragte sie Duroy über die Topographie Algeriens, von der sie keine Ahnung hatte. Nach zehn Minuten wußte sie genauso viel wie er und diktierte ein kleines Kapitel über politische und koloniale Geographie zur Unterweisung des Lesers und zum leichteren Verständnis der ernsten Fragen, die in den nächsten Artikeln behandelt werden sollten.

Dann unternahm sie einen Ausflug in die Provinz Oran, einen lustigen Ausflug, bei dem hauptsächlich von Frauen, Maurinnen, Jüdinnen und Spanierinnen, die Rede war. »Nur das interessiert«, sagte sie.

Sie endete mit einem Aufenthalt in Saida am Fuß der hohen Plateaux und einem netten kleinen Abenteuer zwischen dem Unteroffizier Georges Duroy und einer spanischen Arbeiterin, die in einer Spartograsflechterei in Ain-el Hadjar beschäftigt war. Sie erzählte von den Rendezvous, der Nacht in den steinigen und kahlen Bergen, wenn die Schakale, die Hyänen und arabischen Hunde in den Felsen schreien, heulen und bellen.

Mit froher Stimme sagte sie: »Morgen dann die Fortsetzung.« Sie stand auf. »So schreibt man einen Artikel, mein lieber Herr. Und nun setzen Sie Ihren Namen darunter.«

Er zögerte.

»Nun schreiben Sie doch!«

Da fing er an zu lachen und schrieb unten auf die Seite: »Georges Duroy.«

Rauchend ging sie im Zimmer auf und ab. Er betrachtete sie immer noch, fand nicht die passenden Worte, ihr zu danken, fühlte sich glücklich, in ihrer Nähe sein zu dürfen, war voll Dankbarkeit und sinnlichem Glück über diese keimende, innige Freundschaft. Es wollte ihm scheinen, als bildete alles, was sie umgab, einen Teil von ihr, alles, auch die mit Büchern bedeckten Wände. Die Sessel, die Möbel, die Luft, in der der Duft des Tabaks schwebte, hatten etwas Besonderes, Gutes, Mildes, Reizendes, das aber allein von ihr ausging.

Plötzlich fragte sie: »Was halten Sie von meiner Freundin Frau de Marelle?«

Er war überrascht. »Nun, ich finde sie... ich finde sie sehr reizvoll.«

»Nicht wahr?«

»Ganz gewiß.«

Er hatte Lust hinzuzufügen: »Aber nicht so reizvoll wie Sie.« Aber er wagte es nicht.

Und sie fuhr fort: »Wenn Sie wüßten, wie drollig, originell und intelligent sie ist. Eine Zigeunerin ist sie, eine echte Zigeunerin. Deswegen mag ihr Mann sie nicht mehr. Der sieht immer nur ihre Fehler und will ihre Qualitäten nicht anerkennen.«

Voller Verwunderung erfuhr Duroy, daß Frau de Marelle verheiratet war. Und doch war das ganz natürlich.

»Sie ist verheiratet?« fragte er. »Und was ist ihr Mann?«

Frau Forestier zuckte kaum merklich mit den Schultern und zog ebenso unmerklich die Augenbrauen hoch. Beide Bewegungen konnten alles und nichts bedeuten. »Er ist Inspektor bei der Nordbahn. Acht Tage eines jeden Monats ist er in Paris. Das nennt seine Frau dann Pflichtwoche, Fronwoche, oder auch die heilige Woche. Wenn Sie sie erst einmal genauer kennen, werden Sie bald merken, wie klug und lieb sie ist. Machen Sie ihr in den nächsten Tagen doch Ihren Besuch.«

Duroy dachte gar nicht mehr daran zu gehen. Er hatte ein Gefühl, daß er hier immer bleiben könnte, als wäre er hier zu Hause.

Aber geräuschlos öffnete sich die Tür, und ohne angemeldet zu sein, betrat ein großer Herr das Zimmer. Er stutzte, als er in Frau Forestiers Zimmer einen fremden Herrn sah.

Eine Sekunde lang schien Frau Forestier ein wenig verlegen, aber dann sagte sie mit ihrer natürlichen Stimme, obwohl eine leichte Röte ihr von den Schultern ins Gesicht kroch: »Aber treten Sie doch ein, mein Lieber. Darf ich Ihnen einen guten Freund von Charles, Herrn Georges Duroy, den zukünftigen Journalisten, vorstellen?« Dann fügte sie mit einer ganz anderen Stimme hinzu: »Der beste und intimste unserer Freunde, Graf de Vaudrec.«

Die beiden Herren begrüßten sich und sahen einander tief in die Augen. Kurz darauf zog Duroy sich zurück.

Man hielt ihn nicht zurück. Er stammelte ein paar Dankesworte, drückte die Hand, die die junge Frau ihm reichte, verbeugte sich noch einmal vor dem Grafen, der das kalte und ernste

Gesicht des Herrn der vornehmen Gesellschaft bewahrte, und verließ das Zimmer in einer Verwirrung, als hätte er eine arge Dummheit begangen.

Als er dann auf der Straße stand, fühlte er sich traurig, voller Unbehagen, hatte irgendwie das Empfinden, als bedrückte ihn ein verschleierter Kummer. Während er durch die Straße ging, fragte er sich, weshalb er auf einmal so melancholisch war. Er fand keine Antwort auf diese Frage. Immer wieder mußte er an das strenge Gesicht des schon ältlichen, grauhaarigen Grafen de Vaudrec, das ruhige und unverschämte Gesicht eines sehr reichen und selbstsicheren Herrn, denken.

Und dann wurde ihm klar, daß die Ankunft dieses Unbekannten, die ein reizendes Tête-à-tête störte, an das sein Herz sich schon gewöhnte, in ihm das Gefühl der Kälte und Verzweiflung hatte entstehen lassen, das in uns zu erwecken oft ein gehörtes Wort, ein gesehenes Elend, die geringsten Dinge genügen.

Und es wollte ihm auch so scheinen – warum, das wußte er nicht –, als wäre dieser Herr nicht gerade erfreut gewesen, ihm bei Frau Forestier zu begegnen.

Bis drei Uhr hatte er nichts zu tun. Und es war noch nicht Mittag. Er besaß noch sechs Francs und fünfzig Centimes. Er aß in einem Bouillon Duval zu Mittag. Dann bummelte er über den Boulevard. Als es drei schlug, ging er die Prunktreppe der »Vie Française« hinauf.

Mit verschränkten Armen saßen die Laufburschen auf einer Bank und warteten, während hinter einer Art Lehrerpult ein Portier die eingelaufene Post sortierte. Die Aufmachung konnte einem Besucher schon imponieren. Jeder hatte Haltung und Würde und Chic, wie sich das im Vorzimmer einer großen Zeitung gehörte.

»Ich möchte gern Herrn Walter sprechen«, sagte Duroy.

»Der Herr Direktor hat gerade eine Besprechung. Wenn der Herr einen Augenblick Platz nehmen wollen.« Und er deutete nach dem Wartezimmer, das schon voll von Besuchern war.

Man sah hier ernste, mit Orden geschmückte, gewichtige Männer und neben ihnen andere, deren Äußeres vernachlässigt, von deren Wäsche nichts zu sehen war und deren bis zum Hals zugeknöpfter Gehrock auf der Vorderseite Flecken aufwies, die an Kontinente und Meere auf einer Landkarte denken ließen. Unter den Männern befanden sich drei Frauen. Eine von ihnen war hübsch, sie lächelte und hatte sich für den Besuch besonders feingemacht. Sie sah aus wie eine Kokotte. Ihre Nachbarin mit dem tragischen, runzligen Gesicht hatte sich auch zurechtgemacht, aber in einer strengen Art. Sie hatte etwas Verbrauchtes, etwas Künstliches, das im allgemeinen alte Schauspielerinnen haben, eine Art falscher, abgestandener Jugend, wie ranzig gewordenes Parfum d'Amour.

Die dritte Frau trug Trauerkleider; sie saß still in einer Ecke in der Haltung einer verzweifelten Witwe. Duroy dachte, daß sie wohl hierher gekommen war, um zu betteln.

Mehr als zwanzig Minuten vergingen, ohne daß jemand gebeten worden wäre, bei dem Direktor einzutreten.

Da hatte Duroy eine gute Idee. Er ging zu dem Portier. »Herr Walter hat mich für drei Uhr bestellt«, sagte er. »Sehen Sie doch auf alle Fälle einmal nach, ob mein Freund Forestier hier ist.«

Man führte ihn durch einen langen Flur in einen großen Saal, in dem vier Herren an einem breiten grünen Tisch saßen und schrieben.

Vor dem Kamin stand Forestier; er rauchte eine Zigarette und spielte Fangball. Er spielte mit großem Geschick und fing die große Kugel aus Buchsbaum regelmäßig mit der kleinen Holzspitze auf. Er zählte »Zweiundzwanzig – dreiundzwanzig – vierundzwanzig – fünfundzwanzig.«

»Sechsundzwanzig«, rief Duroy.

Ohne die regelmäßige Bewegung seines Armes zu unterbrechen, sah sein Freund auf. »Da bist du ja! Gestern habe ich die Kugel siebenundfünfzigmal hintereinander aufgefangen. Nur Saint-Potin kann es noch besser als ich. Warst du schon beim Chef? Zum Totlachen, wenn der alte Norbert Fangball spielt. Er macht das Maul dabei auf, als wollte er die Kugel verschlucken.«

Einer der Redakteure wandte den Kopf nach ihm hin. »Was ich dir noch sagen wollte, Forestier, ich weiß, wo ein Spiel aus bestem Antillenholz zu verkaufen ist. Es soll der Königin von Spanien gehört haben. Kostet sechzig Francs. Ist nicht zu teuer.«

»Und wo wohnt der Verkäufer?« fragte Forestier. Und da er den siebenunddreißigsten Fang verfehlt hatte, öffnete er einen Schrank, in dem Duroy etwa zwanzig der herrlichsten Fangspiele sah. Sie standen mit Zahlen versehen in Reih und Glied, wie Kostbarkeiten in einer Sammlung. Nachdem er das Spiel, mit dem er gespielt, an seinen Platz gestellt hatte, wiederholte er: »Wo wohnt der Mann, der diese Kostbarkeit verkaufen will?«

»Der Besitzer ist der Kartenverkäufer des Vaudeville«, erwiderte der Journalist. »Wenn du Wert darauf legst, bringe ich dir das Ding morgen mit.«

»Abgemacht! Wenn es wirklich so schön ist, kaufe ich es. Man kann von diesen Dingern nie genug haben.« Dann wandte er sich Duroy zu: »Komm, ich bringe dich zum Chef, sonst sitzt du morgen früh um sieben noch hier.«

Sie durchquerten wieder das Wartezimmer, in dem die gleichen Menschen genauso saßen wie vorher. Sobald Forestier erschien, standen die junge Frau und die alte Schauspielerin schnell auf und gingen auf ihn zu.

Er führte sie eine nach der anderen in die Fensternische, und obgleich sie sich bemühten, leise zu sprechen, hörte Duroy, daß sie sich duzten.

Dann öffneten sie zwei gepolsterte Türen und befanden sich in dem Zimmer des Chefs.

Die wichtige Besprechung, die schon eine Stunde dauerte, bestand aus einer Partie Écarté mit einigen der Herren mit den flachen Hüten, die Duroy am Abend vorher aufgefallen waren.

Walter hielt die Karten und spielte mit konzentrierter Aufmerksamkeit und verschlagenen Bewegungen, während sein Gegner die leichten bunten Kartenblätter mit einer Geschmeidigkeit, Geschicklichkeit und Anmut, die den geübten Spieler verrieten, auf den Tisch warf, in die Hand nahm und handhabte. Norbert de Varenne, der in dem Sessel des Chefs saß, schrieb einen Artikel, und Jacques Rival lag mit geschlossenen Augen auf einem Sofa und rauchte eine Zigarre.

Die Luft im Zimmer war verbraucht; es roch nach dem Leder der Möbel, nach Tabak und Druckerschwärze. Es war jener allen Redaktionsstuben eigene Geruch, den alle Journalisten kennen.

Auf dem Tisch aus schwarzem Holz, der mit Kupfer eingelegt war, lag ein unvorstellbarer Haufen von Papieren: Briefe, Karten, Zeitungen, Zeitschriften, Rechnungen von Lieferanten, Drucksachen jeglicher Art.

Forestier drückte den Wettenden, die hinter den Spielern standen, die Hand und sah dann, ohne weiter ein Wort zu sagen, den Spielern zu. Als Walter gewonnen hatte, sagte er zu ihm: »Hier ist mein Freund Duroy.«

Der Direktor sah den jungen Mann über die Kneifergläser hinweg an und sagte dann: »Bringen Sie mir Ihren Artikel? Er käme heute gerade recht, wo wir die Interpellation Morel bringen.«

Duroy zog die vierfach gefalteten Blätter aus der Tasche. »Bitte sehr, Herr Walter.«

Walter schien sehr erfreut. Er lächelte. »Sehr gut, ganz großartig. Sie sind ein Mann von Wort. Wollen Sie den Artikel mal durchsehen, Forestier?«

Forestier beeilte sich zu antworten: »Ist nicht nötig, Herr Walter, ich habe den Artikel mit ihm zusammen geschrieben, um ihm mal zu zeigen, wie man so etwas anfaßt. Er ist ausgezeichnet.«

Und der Direktor, dem ein großer, magerer Herr, ein Abgeordneter des linken Flügels des Zentrums, die Karten für die neue Partie reichte, fügte hinzu: »Dann wäre ja alles in Ordnung.«

Aber Forestier ließ ihn die neue Partie nicht anfangen; er beugte sich zu ihm hinab und flüsterte ihm zu: »Sie hatten mir versprochen, Duroy als Ersatz von Marambot zu engagieren. Soll ich ihn zu den gleichen Bedingungen bei uns anstellen?«

»Selbstverständlich.«

Während Walter sich wieder dem Spiel widmete, ergriff der Journalist den Arm seines Freundes, um mit ihm zusammen das Zimmer zu verlassen.

Norbert de Varenne hatte nicht aufgesehen. Er schien Duroy nicht gesehen oder nicht erkannt zu haben. Jacques Rival dagegen hatte ihn mit einem demonstrativen und gewollt kameradschaftlichen Händedruck begrüßt, durch den er betonen zu wollen schien, daß jener sich in allen geschäftlichen Dingen unbedingt auf ihn verlassen könnte.

Sie kamen wieder durch das Wartezimmer, wo sie gleich von

den Blicken der dort Anwesenden empfangen wurden. Forestier sagte so laut, daß alle Anwesenden es hören konnten, zu der jüngeren der beiden Frauen: »Der Direktor wird Sie gleich empfangen. Er hat im Augenblick noch eine Besprechung mit zwei Herren der Budgetkommission.« Dann ging er schnell und mit wichtiger Miene weiter, als müßte er eine Depesche von allergrößter Bedeutung abfassen.

Als sie wieder in dem Redaktionszimmer waren, machte Forestier sich gleich an sein Fangspiel, und während er die ihm geglückten Fänge der Kugel weiterzählte, sagte er zwischendurch zu Duroy: »Also! Du findest dich hier täglich um drei Uhr ein, und ich sage dir dann, welche Besorgungen und Besuche du im Lauf des Tages entweder am Abend oder am Morgen zu erledigen hast... Eins – ich gebe dir ein Empfehlungsschreiben an den Chef des ersten Büros der Polizeipräfektur – zwei –, der dich an einen seiner Beamten verweisen wird. Von dem bekommst du alle wichtigen offiziellen und halboffiziellen Nachrichten – drei –, soweit sie die Präfektur betreffen. Wegen alles anderen wende dich an Saint-Potin, der dir die nötigen Anweisungen gibt – vier –, du wirst ihn gleich – er kommt gegen vier Uhr – oder morgen kennenlernen. Vor allen Dingen mußt du den Leuten – fünf –, zu denen ich dich morgen schicke, die Würmer aus der Nase ziehen und durch alle geschlossenen Türen hindurch zu deinem Ziel vordringen – sechs. Dafür bekommst du monatlich zweihundert Francs Fixum, dazu zwei Sous pro Zeile für alle interessanten Neuigkeiten, die du selbständig hereinbringst – sieben –, und ferner zwei Sous pro Zeile der Artikel, die du auf Bestellung verfaßt – acht.« Dann galt seine ganze Aufmerksamkeit nur seinem Spiel, und er zählte langsam weiter: »Neun – zehn – elf – zwölf – dreizehn.« Beim vierzehnten Mal fing er die Kugel nicht. Er begann zu fluchen. »Verdammte Schweinerei! Immer wieder bringt mir die Dreizehn Pech. Ich sterbe sicher an einem Dreizehnten.«

Einer der Redakteure, der mit seiner Arbeit fertig war, nahm ein Fangspiel aus dem Schrank. Es war ein auffallend kleiner Mann, der trotz seiner fünfunddreißig Jahre aussah wie ein Kind. Mehrere andere Redakteure, die inzwischen das Zimmer betreten hatten, begaben sich an den Schrank, aus dem jeder von ihnen ein Fangspiel nahm. Bald standen sie zu sechs nebeneinander, mit dem Rücken an der Wand, und warfen mit der gleichen, regelmäßigen Bewegung die je nach der Natur des Holzes roten, gelben oder schwarzen Kugeln in die Höhe. Bald war ein richtiges Wettspiel im Gang, und die Redakteure, die noch bei der Arbeit waren, standen auf, um die Treffer zu zählen und zu beurteilen. Forestier gewann mit elf Punkten. Der kleine Herr, der aussah wie ein Kind, hatte verloren. Er klingelte dem Bürodiener und bestellte: »Neun Bier!« Dann spielten sie weiter, bis die Erfrischungen kamen.

Duroy trank mit seinen neuen Kollegen ein Glas Bier. Dann wandte er sich an seinen Freund: »Was soll ich jetzt tun?«

Der andere antwortete: »Für heute habe ich keine Arbeit mehr für dich. Wenn du willst, kannst du nach Hause gehen.«

»Wird unser Artikel heute abend noch gedruckt?«

»Ja, aber darum brauchst du dich weiter nicht zu kümmern, die Korrektur lese ich. Schreibe die Fortsetzung für morgen und sei morgen wieder um drei Uhr hier.«

Nachdem Duroy aller Hände geschüttelt hatte, ohne den Namen des jeweiligen Besitzers einer Hand zu kennen, ging er leichten Herzens und frohen Gemüts die Prunktreppe hinunter.

IV

Georges Duroy schlief schlecht; die Ungeduld, seinen Artikel gedruckt zu sehen, ließ ihn keine Ruhe finden. Kaum graute der Tag, als er aufstand, und schon lange vor der Stunde, in der die Zeitungsträger von einem Kiosk zum anderen laufen, strich er durch die Straßen. Er ging bis zu der Gare Saint-Lazare, denn er wußte, daß die »Vie Française« hier eher zu haben war als in seinem Viertel. Aber auch hier kam er viel zu früh. Er ging auf dem Bürgersteig auf und ab.

Dann sah er die Zeitungsverkäuferin kommen. Sie schloß ihren Glaskasten auf. Kurz darauf erschien ein Mann, der einen großen Haufen zusammengefalteten Papiers auf dem Kopf trug. Er eilte herbei; es waren: der »Figaro«, der »Gil Blas«, das »Evénement« und zwei bis drei andere Morgenzeitungen, aber die »Vie Française« war nicht dabei.

Angst befiel ihn. Wenn man nun die »Erinnerungen eines Chasseur d'Afrique« auf den nächsten Tag verschoben, wenn der Artikel gegen alle Erwartung nicht gefallen, wenn Walter im letzten Augenblick darauf verzichtet hätte!

Als er wieder vor dem Kiosk stand, sah er, daß die Zeitung verkauft wurde, ohne daß er gesehen hatte, daß man sie brachte. Er stürzte sich förmlich darauf, entfaltete sie, nachdem er der Frau die drei Sous hingeworfen hatte, überflog die Titel der ersten Seite. Nichts. Sein Herz begann wild zu klopfen. Er öffnete die Zeitung, und tiefe Erregung ergriff ihn, als er am Ende einer Spalte in fetten Buchstaben las: »Georges Duroy.« Gott sei Dank! Tiefe Freude erfaßte ihn.

Ohne einen klaren Gedanken fassen zu können, begann er fast zu laufen. Die Zeitung hatte er in der Hand. Der Hut saß ihm schief auf dem Kopf. Am liebsten hätte er die Passanten angehalten und zu ihnen gesagt: »Kaufen Sie die Zeitung! Kaufen Sie unbedingt die Zeitung! Sie bringt einen Artikel von mir!« Wie die Zeitungsverkäufer abends auf dem Boulevard hätte er am liebsten aus vollem Hals gerufen: »Lesen Sie die ›Vie Française‹! Lesen Sie den Artikel von Georges Duroy: ›Die Erinnerungen eines Chasseur d'Afrique.‹« Und dann auf einmal überkam ihn die Lust, diesen Artikel selbst zu lesen, ihn an einem öffentlichen Ort, in einem Café, wo jeder ihn sah, zu lesen. Und er suchte ein Lokal, in dem schon Gäste waren. Es dauerte einige Zeit, bis er ein solches Lokal gefunden hatte. Schließlich fand er eine kleine Kneipe, in der ein paar Gäste vor einem Glas Wein saßen. Er bestellte ein Glas Rum. Geradeso gut hätte er sich zu dieser ungewöhnlichen Stunde ein Glas Absinth bestellen können. Dann sagte er: »Kellner, bringen Sie mir bitte die ›Vie Française‹.«

Ein Mann in weißer Schürze eilte herbei. »Die haben wir leider nicht. Aber wenn Sie den ›Rappel‹, das ›Siècle‹, die ›Lanterne‹ oder den ›Petit Parisien‹ wünschen...«

Wütend und empört erwiderte Duroy: »Das ist hier ja ein netter Ausschank! Dann holen Sie mir die neueste Nummer.«

Ein paar Augenblicke später brachte der Kellner ihm die Zeitung.

Duroy begann seinen Artikel zu lesen. Mehrere Male sagte er laut: »Ausgezeichnet, ganz großartig!«, um die Aufmerksamkeit seiner Nachbarn zu erregen und in ihnen den Wunsch wachzurufen zu wissen, was denn so Ausgezeichnetes in der Zeitung stand. Als er das Lokal verließ, ließ er die Zeitung auf dem Tisch liegen.

Der Wirt bemerkte es und rief ihm nach: »Sie haben Ihre Zeitung vergessen!«

Duroy erwiderte: »Die schenke ich Ihnen. Ich habe sie gelesen. Sie bringt übrigens heute einen ganz vorzüglichen Artikel.« Weiter sagte er nichts. Aber als er sich umwandte, sah er, daß einer seiner Nachbarn die Zeitung vom Tisch nahm, auf dem er sie liegen gelassen hatte.

Was soll ich jetzt tun? dachte er. Er beschloß, in sein Büro zu gehen, sich sein Gehalt auszahlen zu lassen und zu kündigen. Im voraus bebte er vor Freude, wenn er sich das Gesicht seines Vorstehers und seiner Kollegen vorstellte. Besonders freute er sich über die Verblüffung des Bürovorstehers, mit der er bestimmt rechnete.

Er ging langsam. Vor halb zehn wollte er nicht an Ort und Stelle sein. Übrigens machte die Kasse erst um zehn Uhr auf.

Das Büro, in dem er bisher gearbeitet hatte, war ein großer, dunkler Raum, in dem man im Winter fast den ganzen Tag über Gaslicht brennen mußte. Es ging auf einen hellen, engen Hof hinaus, auf den auch andere Büros schauten. In ihm arbeiteten acht Angestellte, und in einer Ecke, hinter einem Wandschirm verborgen, saß der Vorsteher.

Zuerst holte Duroy seine hundertachtzehn Francs und fünfundzwanzig Centimes. Sie befanden sich in einer gelben Tüte, in einer Schublade des Tisches des Kassenbeamten. Dann begab er sich mit Siegermiene in das Büro, in dem er so viele Tage verbracht hatte.

Kaum hatte er den Raum betreten, als Potel, sein Chef, ihn rief: »Ah! Sie sind es, Herr Duroy? Der Chef hat schon ein paarmal nach Ihnen gefragt. Sie wissen doch, daß er bei zweitägigem Fehlen ein ärztliches Attest verlangt.«

Duroy, der mitten im Zimmer stand, bereitete die Überraschung, die er sich ausgedacht hatte, vor. Mit lauter Stimme antwortete er: »Der kann mich hochblasen!«

Die Angestellten im Raum waren wie erstarrt, und mit entsetzter Miene erschien Potels Kopf über dem Wandschirm, der ihn wie ein Kasten umgab.

Er litt an Rheumatismus und verbarrikadierte sich hinter dem Schirm, weil er Angst vor jedem Luftzug hatte. Um seine Untergebenen beobachten zu können, hatte er den Wandschirm durchlöchert.

Man hörte die Fliegen summen. Schließlich fragte der Vorsteher zögernd: »Wie meinten Sie?«

»Daß der Herr mich hochblasen kann... Ich kündige hiermit. Ich habe eine Stelle als Redakteur bei der ›Vie Française‹. Fünfhundert Francs Fixum, dazu Honorar für meine Artikel. Heute steht bereits ein Artikel von mir in dem Blatt.«

Er hatte sich eigentlich vorgenommen, das Vergnügen ein wenig in die Länge zu ziehen, aber die Versuchung, mit allem gleich herauszuplatzen, war zu groß gewesen.

Die Wirkung war übrigens so, daß er sie sich stärker gar nicht wünschen konnte. Niemand im Zimmer rührte sich.

Duroy fuhr fort: »Ich werde jetzt Herrn Perthuis benachrichtigen, und dann komme ich noch einmal herein, mich zu verabschieden.«

Er verließ das Büro, um sich zum Chef zu begeben. Als dieser ihn sah, rief er: »Da sind Sie ja endlich! Sie wissen doch, daß ich...«

Duroy fiel ihm ins Wort: »Sie brauchen wirklich nicht so zu brüllen...«

Perthuis, einem dicken Mann mit einem Gesicht, das so rot war wie ein Hahnenkamm, versagte vor Staunen die Stimme.

Duroy fuhr fort: »Ich habe die Nase voll von Ihrem Laden. Ich habe heute morgen als Journalist angefangen. Eine prima Stellung... Ich habe die Ehre.« Er verließ das Zimmer. Er hatte seine Rache.

Er begab sich zu seinen Kollegen, ihnen noch einmal die Hand zu drücken. Aus Angst, sich zu kompromittieren, wagten sie kaum, mit ihm zu sprechen, denn da die Tür nicht ganz geschlossen gewesen war, hatten sie seine Unterhaltung mit dem Chef gehört.

Mit seinem Gehalt in der Tasche stand er bald wieder auf der Straße. In einem guten, aber billigen Restaurant, das ihm als solches bekannt war, leistete er sich ein leckeres Mahl. Nachdem er noch eine Nummer der »Vie Française« gekauft und auf dem Tisch, an dem er gegessen, liegen gelassen hatte, ging er in verschiedene Läden, wo er allerlei Kleinigkeiten kaufte, nur, um sie sich in seine Wohnung bringen zu lassen und seinen Namen nennen zu können. »Georges Duroy. Ich bin Redakteur bei der ›Vie Française‹«, fügte er hinzu. Dann nannte er die Straße und die Hausnummer, wobei er aber nicht zu erwähnen vergaß: »Lassen Sie die Sachen beim Portier abgeben.«

Da er noch Zeit genug hatte, ging er zu einem Lithographen, der im Beisein des Bestellers gleich die gewünschten Visitenkarten herstellte. Er ließ sich etwa hundert anfertigen. Unter seinem Namen war sein neuer Beruf verzeichnet.

Dann machte er sich auf den Weg nach der Redaktion.

Forestier empfing ihn von oben herab, wie man einen Untergebenen empfängt. »Gut, daß du da bist. Ich habe allerlei für dich zu tun. In zehn Minuten stehe ich zu deiner Verfügung. Ich will eben nur meine Arbeit fertigmachen...« Und er schrieb weiter an einem angefangenen Brief.

Am anderen Ende des großen Tisches saß ein kleiner, blasser, aufgeschwemmter Mann mit vollkommen kahlem und blankem Schädel. Die Nase berührte fast das Papier, auf das er schrieb, so kurzsichtig war er.

Forestier sagte zu ihm: »Einen Augenblick, Saint-Potin, wann interviewst du unsere Leute?«

»Um vier.«

»Duroy begleitet dich. Weihe ihn in die Geheimnisse unseres Berufs ein.«

»Abgemacht.«

Sich dann an seinen Freund wendend, fügte Forestier hinzu: »Hast du die Fortsetzung deines Artikels über Algerien mitgebracht? Der Anfang hat heute morgen ziemlichen Erfolg gehabt.«

Betroffen stammelte Duroy: »Nein, ich dachte, das hätte bis heute nachmittag Zeit... Ich hatte noch so mancherlei zu erledigen... Ich bin bis jetzt noch nicht dazu gekommen...«

Der andere gab durch ein Schulterzucken zu verstehen, wie unzufrieden er war. »Wenn du die Sache so wenig ernst nimmst, versaust du dir deine ganze Zukunft. Walter hat mit der Fortsetzung fest gerechnet; dann muß ich ihm sagen, daß sie erst morgen kommt. Wenn du glaubst, hier dein Geld mit Nichtstun verdienen zu können, dann bist du ganz gewaltig auf dem Holzweg.« Nach kurzem Schweigen fuhr er fort: »Man muß das Eisen schmieden, solange es heiß ist, verdammt noch mal!«

Saint-Potin stand auf. »Ich bin soweit«, sagte er.

Forestier lehnte sich in seinen Sessel zurück. Mit einer gewissen Feierlichkeit erteilte er seine Instruktionen. Dann wandte er sich an Duroy: »Es handelt sich um folgendes: Seit zwei Tagen halten sich in Paris auf: der chinesische General Li-Themg-Fao – er ist im Continental abgestiegen – und der Radscha Taposahib Ramaderao Pali, der im Bristol wohnt. Mit den beiden sollt ihr euch unterhalten.« Er wandte sich an Saint-Potin: »Vergiß die Punkte nicht, die ich dir besonders genannt habe. Frage den General und den Radscha nach ihrer Meinung über das Vorgehen Englands im Fernen Osten, nach ihrer Ansicht über das Kolonisations- und Herrschaftssystem, nach ihren Hoffnungen bezüglich eines Eingreifens Europas und im besonderen Frankreichs in ihre Angelegenheiten.« Wieder schwieg er. Dann fügte er, wie für sich selbst bestimmt, hinzu: »Es muß für unsere Leser von allergrößtem Interesse sein, zur selben Zeit zu erfahren, was man in China und in Indien über diese Fragen denkt, die in diesem Augenblick die öffentliche Meinung so sehr erregen...« Für Duroy fügte er hinzu: »Paß genau auf, wie Saint-Potin es macht. Er ist ein ausgezeichneter Reporter, und versuche dahinterzukommen, wie man innerhalb von fünf Minuten aus einem Menschen herausholt, was man wissen will.« Er wandte sich wieder seiner Arbeit zu mit der offenbaren Absicht, zwischen seinem alten Kameraden und seinem neuen Kollegen eine Distanz zu schaffen, die jenem klarmachte, wer er und wer jener wäre.

Als sie die Tür hinter sich hatten, fing Saint-Potin an zu lachen und sagte zu Duroy: »Der markiert nun mal zu gern! Genauso hat er uns zuerst behandelt! Man sollte fast meinen, er hielte uns für seine Leser.«

Dann gingen sie den Boulevard hinunter, und der Reporter fragte: »Sollen wir nicht was trinken?«

»Gern, es ist heiß.«

Sie gingen in ein Café und bestellten kühle Getränke. Und Saint-Potin begann zu sprechen. Er sprach über alle und berichtete geradezu verblüffende Einzelheiten über die Zeitung. »Der Chef! Ein alter waschechter Jude! Na, Sie wissen doch, Jud bleibt Jud! Das ist eine Rasse!« Und er erzählte die tollsten Dinge über dessen Geiz, diesen den Söhnen Israels eigentümlichen Geiz, der wegen zehn Centimes lautes Geschrei erhebt, mit der Köchin feilscht, in der schamlosesten Weise um Rabatt bettelt und nicht eher Ruhe gibt, als bis er sein Ziel erreicht hat, wie ein gemeiner Wucherer, wie einer, der Geld gegen Pfand verleiht. »Und dabei ein Gauner, der an nichts glaubt und jeden, den er kann, übers Ohr haut. Seine Zeitung, die halbamtlich, katholisch, liberal, republikanisch, alles und nichts ist, hat er nur gegründet, um seine Börsenspekulationen und mannigfachen Unternehmungen zu stützen. Er hat schon allerlei Macht in den Händen und verdient Millionen durch Gesellschaften, die keine vier Sous Kapital haben...«

Und er erzählte weiter, nannte Duroy nur immer wieder »mein lieber Freund«. »Und dabei redet dieser Geizhals, als wenn er Balzac in Person wäre. Neulich war ich zusammen mit dem Narren Norbert de Varenne und mit diesem Don Quijote Rival in seinem Arbeitszimmer, als Montelin, unser Administrator, mit seiner Ledertasche unter dem Arm, dieser Ledertasche, die ganz Paris kennt, ins Zimmer trat. Walter sah ihn an. ›Was gibt es Neues?‹ Und Montelin antwortet ganz naiv: ›Ich habe die sechzehntausend Francs, die wir dem Papierhändler schulden, bezahlt.‹ Wie von einer Tarantel gestochen saust der Alte in die Höhe. ›Was reden Sie da?‹ – ›Daß ich unsere Schuld an Privas bezahlt habe.‹ – ›Sind Sie denn verrückt geworden?‹ – ›Wieso?‹ – ›Wieso... wieso...‹ Walter nahm seinen Kneifer ab und putzte ihn. Dann lächelte er, ein seltsames Lächeln, das sich auf seinen feisten Backen zeigt, wenn er irgendeine Bosheit oder sonst was Ähnliches zu sagen hat. Höhnisch und überzeugt sagte er: ›Weil wir den Preis um vier- bis fünftausend Francs hätten drücken können.‹ Erstaunt erwiderte Montelin: ›Aber Herr Direktor, die Rechnungen waren doch in Ordnung, von mir nachgeprüft und von Ihnen genehmigt.‹ Da wurde der Chef wieder ganz ernst und erklärte: ›Wie kann ein Mensch nur so naiv sein! Man muß Schulden machen, um zu einem günstigen Arrangement zu kommen.‹« Und mit einem Kopfschütteln, das den Kenner verriet, fügte Saint-Potin hinzu: »Na, ist der nicht genau wie Balzac?«

Duroy, der nie eine Zeile von Balzac gelesen hatte, entgegnete voll Überzeugung: »Genauso!«

Und dann sprach der Reporter über Frau Walter, die er als alberne Gans bezeichnete, über Norbert de Varenne, der in seinen Augen ein alter Narr, und über Rival, der weiter nichts als ein Abklatsch von Fervacques sei. Endlich war er bei Forestier angekommen. »Was den angeht, so hat er Glück gehabt, als er seine Frau heiratete; das ist alles.«

»Was ist eigentlich mit dieser Frau los?« fragte Duroy.

Saint-Potin rieb sich die Hände. »Eine ganz schlaue, eine ganz gerissene Person. Sie ist die Geliebte eines alten Lebemannes, des Grafen de Vaudrec. Er hat sie ausgestattet und verheiratet.«

Duroy hatte auf einmal ein Gefühl der Kälte, eine Art nervösen Krampfes, das Bedürfnis, diesem alten Schwätzer gründlich über sein loses Maul zu fahren. Aber er unterbrach nur seinen Redefluß und fragte: »Heißen Sie wirklich Saint-Potin?«

Der andere antwortete in aller Einfachheit: »Nein, ich heiße Thomas. In der Redaktion bin ich für jeden nur Saint-Potin.«

Duroy bezahlte die Zeche und sagte: »Ich glaube, wir müssen uns auf den Weg machen. Wir haben ja noch den zwei vornehmen Herren unseren Besuch zu machen.«

Saint-Potin fing an zu lachen. »Sind Sie aber naiv! Glauben Sie denn allen Ernstes, ich ginge zu diesem Chinesen und diesem Inder, um sie nach ihrer Meinung über England zu fragen? Was die für die Leser der ›Vie Française‹ denken müssen, weiß ich doch viel besser als sie. Solche Chinesen, Perser, Hindus, Chilenen, Japaner und andere habe ich schon zu Hunderten interviewt. Meiner Meinung nach reden sie alle dasselbe. Ich brauche nur meinen Artikel über den letzten vorzunehmen, ihn Wort für Wort abzuschreiben. Was geändert werden muß, sind der Name, die Titel, das Alter und das Gefolge. Da muß ich genau aufpassen, sonst nimmt mich der ›Figaro‹ oder der ›Gaulois‹ ganz gewaltig hoch. Aber darüber erhalte ich die sicherste Auskunft in der Zeit von fünf Minuten beim Portier des Continental oder des Bristol. Wir wollen bis dahin zu Fuß gehen und unterwegs eine Zigarre rauchen. Ergebnis: Liquidation von hundert Sous für den Wagen… Sehen Sie, mein Lieber, so muß man diese Dinge anfassen.«

»Unter solchen Umständen Reporter zu sein muß doch allerlei einbringen?« fragte Duroy.

Geheimnisvoll entgegnete der andere: »Ganz richtig, aber die Nachrichten mit der verschleierten Reklame bringen viel mehr ein.«

Sie waren aufgestanden und gingen den Boulevard hinab in Richtung auf die Madeleine.

Plötzlich sagte Saint-Potin zu seinem Begleiter: »Wenn Sie was anderes vorhaben, Sie brauchen nicht mitzukommen.«

Duroy reichte ihm die Hand und verabschiedete sich.

Der Gedanke an den Artikel, den er heute abend noch schreiben mußte, ließ ihm keine Ruhe, und er begann zu überlegen, wie er die Fortsetzung wohl am besten gestaltete. Alles trug er zusammen: Ideen, Überlegungen, Urteile, Anekdoten, während er weiterging. Er ging bis in die Champs-Élysées, wo er nur wenig Spaziergängern begegnete, denn während dieser heißen Tage war Paris leer.

Nachdem er in einem kleinen Restaurant in der Nähe des Arc de Triomphe gegessen hatte, machte er sich über die äußeren Boulevards auf den Heimweg. Kaum hatte er sein Zimmer betreten, als er sich an die Arbeit setzte.

Aber als er das große Blatt weißen Papiers vor sich sah, war das ganze Material, das er zusammengetragen hatte, wie weggeblasen, als wäre sein Hirn plötzlich verdampft. Er versuchte, sich an dies oder das zu erinnern, es auf dem Papier festzuhalten; vergeblich, alles verflüchtigte sich in dem Maß, wie es ihm wieder einfiel, oder seine Gedanken und Erinnerungen kamen in so ungeordneten Massen, daß er nicht wußte, wie er sie darstellen, in welche Worte er sie kleiden, wie er seinen Artikel anfangen sollte.

Nachdem er sich eine Stunde lang abgequält hatte, nachdem er fünf Seiten mit Sätzen vollgeschrieben, die keinen Zusammenhang hatten, sagte er sich: »Ich bin in dem Handwerk noch nicht zu Hause. Ich muß noch einmal zu meinem Lehrer gehen.« Und gleich erfüllte ihn die Aussicht auf einen zweiten Morgen der Arbeit mit Frau Forestier, die Hoffnung auf dieses lange, intime, herzliche Tête-à-tête mit tiefer Freude. Er ging schnell zu Bett, denn jetzt hatte er fast Angst, sich wieder an die Arbeit zu machen, die ihm vielleicht sogar gelingen konnte.

Am nächsten Tag stand er ein wenig später auf, schob die Freude, die er von diesem Besuch für sich erwartete, hinaus, genoß sie im voraus. Es war schon nach zehn Uhr, als er bei seinem Freund klingelte.

Der Diener antwortete: »Herr Forestier arbeitet.«

Duroy war gar nicht der Gedanke gekommen, daß sein Freund zu Hause sein könne. Er ließ sich nicht abweisen. »Sagen Sie Herrn Forestier, ich sei es, ich käme in einer dringenden Angelegenheit.«

Nachdem er fünf Minuten gewartet hatte, führte man ihn in das kleine Arbeitszimmer, in dem er einen so schönen Morgen verbracht hatte.

An dem Platz, an dem er damals gesessen hatte, saß jetzt Forestier und schrieb. Er hatte einen Schlafrock an und trug Pantoffeln. Auf dem Kopf hatte er eine kleine Mütze. Seine Frau, die in das gleiche Morgenkleid gehüllt war wie neulich, lehnte am Kamin und diktierte, wobei sie eine Zigarette rauchte.

Duroy, der auf der Schwelle stehen blieb, murmelte: »Ich bitte sehr um Verzeihung. Hoffentlich störe ich nicht.«

Sein Freund wandte ihm ein wütendes Gesicht zu und knurrte: »Was willst du denn schon wieder? Beeile dich, wir haben es eilig.«

Verwirrt stammelte der andere: »Nein, ich wollte eigentlich nichts.«

Forestier wurde wütend. »Zum Teufel, stiehl uns nicht unsere kostbare Zeit. Du bist doch nicht bei uns eingedrungen, um uns guten Tag zu sagen?«

Trotz seiner Verwirrung entschloß sich Duroy: »Nein, ich komme mit meinem Artikel nicht zurecht... und du warst so... Sie waren so lieb... das letzte Mal, daß ich wage, noch einmal zu kommen...«

Forestier unterbrach ihn: »Du gehst einem langsam auf die Nerven. Glaubst du denn, ich würde dir deine Arbeit machen und du brauchtest am Ende des Monats nur dein Geld von der Kasse abzuholen? Du bist wohl nicht ganz bei Trost?«

Die junge Frau rauchte weiter, sie sagte kein Wort, lächelte nur ihr vages Lächeln, das eine liebenswürdige Maske für ihre ironischen Gedanken war.

Duroy, der rot geworden war, stammelte: »Verzeihung, ich hatte gedacht...« Und dann auf einmal mit deutlicher Stimme: »Ich bitte tausendmal um Verzeihung, gnädige Frau, nochmals meinen allerherzlichsten Dank für den reizenden Bericht, den Sie mich gestern hier schreiben ließen.« Dann grüßte er und sagte zu Charles: »Um drei Uhr bin ich in der Redaktion.« Und er verließ das Zimmer.

Er eilte nach Hause. Immer wieder sagte er sich: »Dann mache ich das Ding eben allein. Sie sollen ihr blaues Wunder erleben...« Kaum war er zu Hause angekommen, als er sich voller Wut an die Arbeit machte. Er setzte das von Frau Forestier begonnene Abenteuer fort, häufte Einzelheiten, wie man sie in den Romanen unter dem Strich findet, brachte ganz verblüffende Situationen und schwülstige Beschreibungen und das alles in einem Stil, wie ihn ein Schüler schreibt, und mit Ausdrücken, wie sie der Unteroffizier gebraucht. Eine Stunde später hatte er eine Chronik zusammengebraut, die einem Chaos aus Narrheiten glich. Seiner Sache ganz sicher, trug er, was er zustande gebracht hatte, in die »Vie Française«.

Der erste, dem er begegnete, war Saint-Potin. Dieser reichte ihm die Hand und fragte verschmitzt: »Haben Sie meine Unterhaltung mit dem Chinesen und dem Hindu gelesen? Ist die nicht lustig? Ganz Paris hat gelacht. Und dabei habe ich nicht einmal die Nasenspitze dieser Brüder zu sehen bekommen.«

Duroy, der nichts gelesen hatte, nahm sofort die Zeitung und überflog einen langen Artikel mit der Überschrift: »Indien und China«, während der Reporter auf die interessantesten Stellen besonders aufmerksam machte.

Geschäftig, eilig, keuchend kam Forestier auf die beiden zu. »Endlich! Ich brauche euch dringend.« Und er nannte ihnen eine ganze Reihe politischer Informationen, die er bis zum Abend haben müsse.

Duroy reichte ihm seinen Artikel. »Die Fortsetzung über Algerien.«

»Gut, ich will sie dem Chef geben.« Weiter sagte er nichts.

Saint-Potin und sein neuer Kollege verließen das Zimmer. Als sie im Flur waren, sagte jener: »Waren Sie schon an der Kasse?«

»Nein. Wozu?«

»Wozu? Geld holen! Immer einen Monat im Vorschuß sein. Man weiß nie, was passieren kann.«

»Das ist ja großartig.«

»Ich werde Sie mit dem Kassierer bekannt machen. Der macht keine Schwierigkeiten. Man bezahlt hier ganz prompt.«

Und Duroy ließ sich zweihundert Francs auszahlen, dazu achtundzwanzig Francs für seinen Artikel vom Abend vorher. Zusammen mit dem, was ihm noch von seinem Gehalt von der Eisenbahn übrigblieb, besaß er jetzt dreihundertvierzig Francs. Noch nie hatte er eine solche Summe sein eigen genannt, und er glaubte, bis in alle Ewigkeit davon leben zu können.

Saint-Potin nahm ihn mit in die Büros von vier oder fünf Konkurrenzblättern. Er hoffte, daß die Nachrichten, die er heimbringen sollte, schon von anderen eingeholt wären, und wenn das der Fall war, würde er sie dank einer wortreichen und mit Gerissenheit geführten Unterhaltung bald wissen.

Als der Abend hereinbrach, kam Duroy, der nichts mehr zu tun hatte, auf den Gedanken, in die Folies-Bergère zu gehen. Dreist und unverschämt sagte er zu dem Kontrolleur: »Ich heiße Georges Duroy und bin Redakteur der ›Vie Française‹. Ich war vor einigen Tagen mit Herrn Forestier hier, der mir versprach, mir Freibilletts zu besorgen. Ich weiß nicht, ob er daran gedacht hat.«

Man sah in einer Liste nach. Sein Name stand nicht in ihr.

Doch sagte der Kontrolleur, der ein sehr liebenswürdiger Mensch war, zu ihm: »Kommen Sie nur herein und wenden Sie sich persönlich an den Direktor. Er wird Ihrer Bitte sicher stattgeben.«

Er betrat das Lokal, und die erste Person, der er begegnete, war Rachel, die Frau, die er am ersten Abend nach Hause begleitet hatte.

Sie kam sofort auf ihn zu: »Na, mein Schatz, geht's gut?«

»Ausgezeichnet, und wie geht's selbst?«

»Nicht gerade schlecht... Weißt du, seit neulich abends habe ich zweimal von dir geträumt.«

Duroy lächelte geschmeichelt: »Sieh mal einer an! Und was bedeutet das?«

»Daß du mir gefallen hast und wir die Sache wiederholen können, wenn du willst.«

»Heute?«

»Gern.«

»Also abgemacht, aber höre mal...« Er zögerte, ein wenig verwirrt über das, was er zu sagen vorhatte. »Heute habe ich keinen Sou in der Tasche. Ich komme aus dem Club, wo man mich ganz gewaltig ausgenommen hat.«

Sie sah ihn forschend an, witterte die Lüge mit dem Instinkt der Dirne, die an Betrug gewöhnt ist und das Feilschen der Männer kennt. »Kleiner Scherzbold! So mußt du nicht mit mir reden, das ist nicht nett von dir.«

Er lächelte verlegen. »Wenn du mit zehn Francs zufrieden bist, mehr habe ich bestimmt nicht.«

Mit der Uninteressiertheit einer Dirne, die sich erlaubt, einer Laune nachzugeben, sagte sie: »Wie du willst, mein Lieber. Mir kommt es nur auf dich selbst an.« Und ihre verführerischen Augen zu dem Schnurrbart des jungen Mannes erhebend, nahm sie seinen Arm und hängte sich verliebt ein. »Zuerst wollen wir eine Grenadine trinken. Und dann machen wir zusammen einen kleinen Bummel. Am liebsten ginge ich mit dir in die Oper, um dich aller Welt zu zeigen... Und dann gehen wir ganz früh nach Hause.«

Erst spät wachte er im Bett der Dirne auf. Es war schon heller Tag, als er ihr Zimmer verließ. Sofort kam ihm der Gedanke, sich die neueste Nummer der »Vie Française« zu kaufen. Mit bebender Hand öffnete er die Zeitung. Sein Artikel war nicht in ihr zu finden. Er blieb auf dem Trottoir stehen, überflog die gedruckten Spalten und hoffte immer noch zu finden, was er suchte.

Ihm wurde auf einmal das Herz so seltsam schwer, denn nach den Strapazen einer Liebesnacht traf ihn dieser Schlag wie ein großes Unglück.

Er ging in seine Wohnung, legte sich angezogen auf sein Bett und schlief sofort ein.

Als er ein paar Stunden später das Redaktionsbüro betrat, begab er sich sofort zu Walter. »Ich habe mich sehr gewundert, daß mein zweiter Artikel über Algerien heute nicht erschienen ist.«

Der Direktor hob den Kopf und sagte kühl: »Ich habe den Artikel Ihrem Freund Forestier gegeben und ihn gebeten, ihn zu lesen. Er war nicht damit zufrieden. Sie werden ihn umarbeiten müssen.«

Ohne ein Wort zu erwidern, verließ Duroy wütend das Zimmer des Direktors und stand bald darauf in dem seines Freundes. »Warum hast du meinen Artikel heute morgen nicht erscheinen lassen?«

Der Journalist rauchte eine Zigarette. Er lag weit zurückgelehnt in seinem Sessel, die Füße hatte er auf seinem Tisch. Mit den Absätzen seiner Schuhe besudelte er einen angefangenen Artikel. Mit einer gelangweilten und fernen Stimme, die aus einem tiefen Loch zu kommen schien, sagte er ganz ruhig: »Der Chef fand ihn schlecht. Er hat mich beauftragt, ihn dir zurückzugeben, damit du ihn umarbeitest... Da liegt er.« Und er zeigte auf mehrere entfaltete Blätter, die unter einem Briefbeschwerer lagen.

In seiner Verwirrung fand Duroy kein Wort der Entgegnung. Während er seinen Artikel vom Tisch nahm und in die Tasche steckte, fuhr Forestier fort: »Heute gehst du zuerst auf die Präfektur...« Und er erteilte ihm eine ganze Reihe von Aufträgen.

Duroy verließ ihn, ohne daß ihm die scharfe Erwiderung eingefallen wäre, die er so gern geäußert hätte.

Am nächsten Tag brachte er seinen umgearbeiteten Artikel

wieder. Er wurde ihm wieder zurückgegeben. Als er ihn dann noch einmal umgearbeitet hatte und erleben mußte, daß er wieder abgelehnt wurde, begann er zu begreifen, daß er auf diese Weise nicht weiterkam und nur Forestier ihm helfen konnte.

Fortan erwähnte er seine »Erinnerungen eines Chasseur d'Afrique« mit keinem Wort mehr. Er nahm sich vor, geschmeidig und listig zu sein, da es anders nicht ging, und, bis sich was Besseres fand, seine Reportertätigkeit eifrig zu betreiben.

Er lernte die Kulissen des Theaters und der Politik kennen, kannte bald auch die Korridore und die Vorhallen der Staatsmänner und der Deputiertenkammer, die gewichtigen Gesichter der Kabinettsmitglieder und die verdrießlichen Mienen der schlafenden Türsteher.

Er hatte dauernde Beziehungen zu Ministern, Portiers, Generälen, Polizeibeamten, Fürsten, Zuhältern, Dirnen, Gesandten, Bischöfen, Kupplern, Hochstaplern, Herren der vornehmen Gesellschaft, Betrügern, Droschkenkutschern, Kellnern und noch vielen anderen, denn er war der interessierte und gleichgültige Freund aller dieser Leute geworden, sie in seiner Achtung verwechselnd, sie alle mit demselben Maß messend, sie mit demselben Blick beurteilend, weil er sie alle Tage sah, zu jeder Stunde, ohne daß sich sein Geist besonders auf die einzelnen hätte einstellen können, weil er mit allen dasselbe sprach, wie sein Beruf es erforderte. Er kam sich vor wie jemand, der nacheinander alle Weinsorten durchprobiert und schon bald außerstande ist, einen Château-Margaux von einem Argenteuil zu unterscheiden.

Er brachte es in kurzer Zeit zu einem beachtlichen Reporter, der seiner Informationen sicher, der gerissen, fix und verschlagen, für die Zeitung Gold wert war, wie Walter sagte, der von Redakteuren sicher mehr verstand als alle anderen.

Da er aber außer seinem Fixum von zweihundert Francs nur zehn Centimes für die Zeile bekam und das Boulevardleben, das Leben in den Cafés und Restaurants allerhand kostete, hatte er nie einen Pfennig in der Tasche. Er litt sehr unter diesen Verhältnissen.

Auch das muß ich noch lernen, dachte er, wenn er sah, daß gewisse seiner Kollegen die Taschen immer voll Geld hatten. Wie sie sich aber diesen Wohlstand verschafften, das war für ihn vorläufig noch ein tiefes Geheimnis. Es machte ihm ordentlich Freude, sich allerlei verdächtige Schiebungen auszumalen, durch die jene zu Geld kamen. Er mußte hinter dieses Geheimnis kommen, mußte Mitglied dieser geheimnisvollen und verschwiegenen Vereinigung werden, mußte Gewalt über seine Kollegen, die ohne ihn teilten, in die Hände bekommen.

Wenn er abends am Fenster seines Zimmers stand und die Züge vorbeifahren sah, dann überlegte er, wie er dieses Ziel erreichen könne.

V

Zwei Monate waren vergangen. Nun war es schon September, und das schnelle Glück, das Duroy erhofft hatte, wollte und wollte nicht kommen. Besonders große Sorge machte ihm seine immerhin untergeordnete Stellung, und vergeblich hielt er Ausschau nach dem Weg, der nach jenen Höhen führt, wo den, der sie erreicht, Ehren und Geld erwarteten. Er hatte ein Gefühl, als wäre er in seiner Tätigkeit als Reporter wie in einem Käfig gefangen, aus dem es kein Entweichen gab. Man schätzte ihn, aber man zollte ihm nur die Achtung, die sein Beruf verlangte. Forestier, dem er tausend Dienste erwies, lud ihn nicht mehr zum Essen ein, behandelte ihn wie einen Untergebenen, wenn er ihn auch nach wie vor duzte.

Hin und wieder – das soll nicht verschwiegen werden – brachte Duroy einen kleinen Artikel bei seiner Zeitung unter. Durch seine »Echos« hatte er es zu einer Geschmeidigkeit der Feder und einem Takt gebracht, die ihm beide fehlten, als er seinen zweiten Artikel über Algerien schrieb, und er lief heute keinerlei Gefahr mehr, daß man das, was er schrieb, ablehnte. Aber von da bis zu einem selbständigen größeren Aufsatz, der ganz seiner Phantasie entsprang, oder bis zur überlegenen Behandlung politischer Fragen war der Weg ebenso weit wie vom einfachen Kutscher zum selbstkutschierenden Herrn, der durch die Alleen des Bois fährt. Was ihn ganz besonders demütigte, war, daß ihm die Tore der

Gesellschaft verschlossen blieben, daß er keinen Verkehr hatte, wo er als gleichberechtigt angesehen wurde, daß er keine engen Beziehungen zu Frauen hatte, wenn ihn auch mehrere bekannte Schauspielerinnen mit interessierter Vertraulichkeit bei sich empfingen.

Er wußte übrigens aus Erfahrung, daß sie alle für ihn – ob sie nun gute oder schlechte Schauspielerinnen waren – eine besondere Zuneigung, eine augenblickliche Sympathie empfanden, und er ärgerte sich, daß er die nicht kannte, von denen seine Zukunft vielleicht abhing; das machte ihn ungeduldig wie ein Pferd, das laufen möchte und das man fest am Zügel hat.

Schon oft hatte er daran gedacht, Frau Forestier einen Besuch zu machen. Aber der Gedanke an ihre letzte Begegnung hielt ihn zurück, demütigte ihn, und dann wartete er auch darauf, von dem Gatten aufgefordert zu werden. Da fiel ihm eines Tages Frau de Marelle ein. Er erinnerte sich, daß sie ihn aufgefordert hatte, sie zu besuchen, und eines Nachmittags, als er nichts zu tun hatte, begab er sich zu ihr.

»Bis drei Uhr bin ich immer zu Hause«, hatte sie gesagt.

Um halb drei klingelte er bei ihr.

Sie wohnte in der Rue de Verneuil, in der vierten Etage. Auf das Klingeln hin öffnete ihm ein Dienstmädchen. Sie war klein, mit unordentlichem Haar. Sie rückte ihr Häubchen zurecht. »Ja, die gnädige Frau ist zu Hause«, sagte sie, »aber ich weiß nicht, ob sie schon aufgestanden ist.« Und sie stieß die nicht geschlossene Tür des Salons auf.

Duroy trat ein. Das Zimmer war ziemlich groß. Es enthielt nur wenig Möbel und machte einen vernachlässigten Eindruck. Die abgenutzten und alten Sessel standen in Reih und Glied an den Wänden, wie das Dienstmädchen es sich ausgedacht hatte, denn in nichts spürte man hier die Sorgfalt einer Frau, die ihr Zuhause liebt. Vier armselige Bilder – das eine stellte einen Kahn auf einem Fluß, das andere ein Schiff auf dem Meer, das dritte eine Mühle in der Ebene und das vierte einen Holzhauer im Wald dar – hingen schief an ungleichen Kordeln auf der Mitte der vier Wände. Man erriet, daß sie schon lange so hingen und in keiner Weise das nachlässige Auge einer Gleichgültigen beleidigten.

Duroy setzte sich und wartete. Er wartete lange. Dann wurde eine Tür geöffnet, und schnell betrat Frau de Marelle das Zimmer. Sie trug einen rosafarbigen Morgenrock aus japanischer Seide, der mit goldenen Landschaften, blauen Blumen und weißen Vögeln bestickt war. Sie rief: »Denken Sie sich nur, ich war noch nicht aufgestanden. Wie lieb von Ihnen, daß Sie mich besuchen! Ich dachte schon, Sie hätten mich vergessen.«

In freudiger Erregung streckte sie ihm beide Hände entgegen, und Duroy, der sich in der bescheidenen Wohnung schnell heimisch fühlte, ergriff beide Hände und küßte eine, wie er es Norbert de Varenne hatte tun sehen.

Sie bat ihn, Platz zu nehmen. Dann musterte sie ihn vom Kopf bis zu den Füßen. »Wie haben Sie sich verändert! Viel vorteilhafter sehen Sie aus, Paris hat Ihnen gut getan. Erzählen Sie, was es Neues gibt.«

Und sofort begannen sie zu plaudern, als wenn sie alte Bekannte wären; sie fühlten, wie sich gleich zwischen ihnen eine Vertraulichkeit entwickelte, empfanden, wie jenes Vertrauen, jene Intimität und jene Zuneigung in ihnen keimte, die aus zwei Wesen, die des gleichen Charakters und der gleichen Rasse sind, in fünf Minuten Freunde machen.

Plötzlich unterbrach sich die junge Frau und sagte mit einiger Verwunderung: »Seltsam, wie ich gleich zu Ihnen bin. Ich habe ein Gefühl, als kennte ich Sie schon zehn Jahre. Wir werden sicher gute Freunde. Wollen Sie?«

Er entgegnete: »Von Herzen gern.«

Und dabei lächelte sie ein Lächeln, das viel mehr verriet.

In ihrem leuchtenden und weichen Morgenrock fand er sie sehr verführerisch, wenn auch weniger fein als die andere in dem weißen Morgengewand, weniger anschmiegsam und zart, aber aufreizender, gepfefferter.

Als er bei Frau Forestier gewesen war, deren unbewegliches und anmutiges Lächeln lockte und Einhalt gebot, das zu sagen schien: »Sie gefallen mir« und gleichzeitig warnte: »Hüten Sie sich«, ein Lächeln, dessen wahren Sinn man niemals begriff, hatte er vor allem den Wunsch gehabt, zu ihren Füßen niederzufallen oder die Spitze ihres Mieders zu küssen, langsam die warme und duftende Luft einzuatmen, die von dort ausströmte, wo ihre Brüste sich wölbten. In Frau de Marelles Gegenwart beherrschten ihn viel brutalere Gelüste. Sie waren weniger kompliziert. Es war Begierde, die von den Linien ihres Körpers, der sich unter der leichten Kleidung abzeichnete, bis hinein in seine Finger bebte.

Sie sprach immer noch, säte in jeden Satz jenen leichten Geist, der ihr schon zur Gewohnheit geworden war, wie ein Arbeiter den richtigen Handgriff bei einer Arbeit tut, die anerkanntermaßen schwer ist, und über den die anderen nur staunen.

Er hörte ihrem Geplauder zu und dachte: Das sollte man sich merken! Man könnte eine ganz reizende Pariser Chronik schreiben, wenn man sie veranlaßte, über die Tagesereignisse zu sprechen.

Es wurde leicht, ganz leicht an die Tür geklopft, durch die sie das Zimmer betreten hatte. »Komm nur herein, Liebling!« rief sie.

Das kleine Mädchen betrat das Zimmer, ging auf Duroy zu und reichte ihm die Hand.

Erstaunt sagte die Mutter: »Da haben Sie eine Eroberung gemacht. Ich erkenne das Mädchen nicht wieder.«

Nachdem der junge Mann das Mädchen geküßt hatte, setzte er sie neben sich und richtete mit vollkommenem Ernst liebe Fragen an das Kind über das, was sie getan, seit sie sich das letzte Mal sahen.

Wie eine Erwachsene antwortete sie mit ihrer dünnen Stimme und ihrem ernsten Gesicht.

Auf der Pendule schlug es drei Uhr. Der Journalist erhob sich.

»Kommen Sie bald und oft wieder«, sagte Frau de Marelle, »wir plaudern dann wie heute, das wird mir immer eine große Freude sein. Aber warum sieht man Sie denn nicht mehr bei Forestiers?«

Er antwortete: »Die Umstände ... Ich habe zu viel zu tun. Hoffentlich sehen wir uns dort bald wieder.«

Er verabschiedete sich. Das Herz war ihm von Hoffnung geschwellt, warum aber, das wußte er selbst nicht.

Forestier erzählte er von diesem Besuch nichts.

Die Erinnerung an ihn verließ ihn in den nächsten Tagen nicht. Es war eigentlich mehr als die Erinnerung, war eine Art Gefühl der irrealen und dauernden Gegenwart dieser Frau. Es schien ihm, als hätte er etwas von ihr, das Bild ihres Körpers, mitgenommen, als wäre das Bild ihres Körpers in seinen Augen haften geblieben, als trüge er den Reiz ihres moralischen Seins in seinem Herzen.

Und er stand ganz unter dem zwingenden Einfluß ihres Bildes, wie es zuweilen vorkommt, wenn man reizende Stunden bei einem anderen Wesen verbracht hat. Man möchte sagen, daß man eine seltsame Besitzergreifung erlebt, die intim, wirr und verwirrend ist, weil sie in ihrer Köstlichkeit so geheimnisvoll bleibt.

Nach einigen Tagen wiederholte er seinen Besuch.

Kaum hatte ihn das Dienstmädchen in den Salon geführt, als Laurine erschien. Sie bot ihm nicht mehr die Hand, sondern die Stirn und sagte: »Mama läßt Sie bitten, ein wenig zu warten. Eine kleine Viertelstunde werde es wohl dauern, sie muß sich erst noch anziehen. Bis dahin leiste ich Ihnen Gesellschaft.«

Duroy, den die feierliche Art und Weise des Mädchens amüsierte, erwiderte: »Ich freue mich sehr, mein Fräulein, eine Viertelstunde lang mit Ihnen zusammen sein zu dürfen. Aber ich möchte Ihnen nicht verheimlichen, daß ich in keiner Weise ernst bin. Ich spiele den ganzen Tag. Ich schlage Ihnen vor, wir spielen zusammen ein wenig Fangen.«

Das Kind schien ihn nicht zu verstehen. Dann lächelte es, wie eine Frau es getan haben würde, über diesen Vorschlag, der sie ein wenig schockierte und ihr auch wieder Freude bereitete und sie auch in Staunen versetzte. Leise entgegnete sie: »Die Zimmer eignen sich nicht für ein solches Spiel.«

»Das ist mir ganz egal«, erwiderte er. »Ich spiele überall. Los, fangen Sie mich.« Und er lief um den Tisch, reizte sie, hinter ihm her zu laufen, was sie denn auch lächelnd und mit einer Art höflicher Herablassung tat. Dann und wann streckte sie die Hand aus, um ihn zu berühren, aber sie konnte sich nicht entschließen zu laufen.

Er blieb stehen und bückte sich, und wenn sie sich dann mit ihren kleinen, zögernden Schritten näherte, sprang er in die Höhe wie ein in einem Kasten eingeschlossener Teufel, und mit einem Sprung war er auf einmal am anderen Ende des Salons. Sie fand das sehr lustig und lächelte dann auch schließlich, wurde immer lebendiger und lief nun hinter ihm her, wobei sie lustige und ängstliche Schreie ausstieß, wenn sie glaubte, ihn zu fangen. Er verschob die Stühle, baute Hindernisse aus ihnen auf, zwang sie, eine Minute lang um ein und denselben Stuhl zu laufen, dann ließ er diesen Stuhl stehen und begann das gleiche Spiel mit einem anderen. Laurine war jetzt ganz bei der Sache, freudig gab sie sich dem neuen Spiel hin, und mit leicht gerötetem Gesicht rannte sie hinter Duroy her, ging auf jede seiner Listen ein, auf alle seine Finten.

Und als sie meinte, ihn endlich erwischt zu haben, nahm er sie in die Arme und hob sie bis unter die Decke, wobei er rief: »Gefangen!«

Voller Freude strampelte das Mädchen mit den Beinen, um sich zu befreien, und lachte laut auf.

In diesem Augenblick betrat Frau de Marelle das Zimmer. Erstaunt sagte sie: »Nein, so was! Laurine spielt... Sie sind der reinste Zauberer, Herr Duroy.«

Er stellte das Kind auf den Boden, küßte der Mutter die Hand, und sie setzten sich. Das Kind nahmen sie in ihre Mitte. Sie wollten plaudern. Aber Laurine, die für gewöhnlich so stumm war, war wie berauscht und sprach in einem fort, so daß man sie schließlich in ihr Zimmer schicken mußte.

Sie gehorchte ohne Widerrede, aber die Tränen standen ihr in den Augen.

Als die beiden allein waren, sagte Frau de Marelle leise: »Ich habe einen großen Plan und habe dabei an Sie gedacht. Da ich jede Woche bei Forestiers zum Essen bin, revanchiere ich mich von Zeit zu Zeit durch eine Einladung in ein Restaurant. Ich habe nicht gern Besuch in meiner Wohnung, weil ich nicht darauf eingerichtet bin, und dann habe ich auch vom Haushalt keine Ahnung, kann nicht kochen und nichts dergleichen. Ich mag so ein gebundenes Leben nicht. Ich lade sie also hin und wieder in ein Restaurant. Aber wenn wir drei dort zusammen sind, ist es nie besonders lustig, und meine Bekannten verkehren nicht mit

Forestiers, passen nicht zu ihnen. Ich sage Ihnen das, um eine ein wenig außergewöhnliche Einladung zu erklären. Ich bitte Sie, am kommenden Samstag mein Gast zu sein. Café Riche, um halb acht. Sie kennen doch das Lokal?«

Voller Freude nahm er die Einladung an. Sie fuhr fort: »Wir werden nur wir vier sein, eine Gesellschaft von zwei Paaren. Diese kleinen Feste sind für uns Frauen, die wir daran gewöhnt sind, immer sehr amüsant.«

Sie trug ein dunkelbraunes Kleid, das ihre Gestalt, ihre Hüften, ihre Brust und ihre Arme in herausfordernder und koketter Weise zur Geltung brachte. Und Duroy empfand ein wirres Staunen, fast etwas wie Verlegenheit, deren Grund ihm nicht ganz klar war, über das Mißverhältnis zwischen dieser gepflegten und raffinierten Eleganz und der sichtbaren Unbekümmertheit um die Wohnung, die sie innehatte.

Alles, was ihren Körper bekleidete, alles, was ihr Fleisch intim und direkt berührte, war zart und fein, auf ihre Umgebung aber legte sie keinen Wert.

Er verließ sie und hatte in einer Art Halluzination seiner Sinne ein Gefühl, als trüge er ihre dauernde Gegenwart mit sich. Mit einer immer größer werdenden Ungeduld erwartete er den Tag des Diners.

Wieder mußte er sich einen Frack leihen, denn seine Mittel erlaubten ihm immer noch nicht, sich einen Abendanzug zu kaufen. Als erster erschien er, ein paar Minuten vor der festgesetzten Zeit, im Café Riche.

Man führte ihn in das zweite Stockwerk und hier in einen kleinen Salon mit roten Tapeten, dessen einziges Fenster auf den Boulevard hinausging.

Ein viereckiger Tisch mit vier Gedecken breitete sein weißes Tischtuch aus, das so glänzend war, daß man glauben konnte, es sei lackiert. Und die Gläser, das Silberzeug, der Anwärmer funkelten lustig im Licht der zwölf Kerzen, die von zwei hohen Leuchtern getragen wurden.

Draußen sah man einen großen Flecken hellen Grüns, den die Blätter eines Baumes bildeten, auf die das helle Licht der Separees fiel.

Duroy setzte sich auf ein sehr niedriges Sofa, dessen Bezug dieselbe Farbe hatte wie die Tapete und dessen müde Sprungfedern unter ihm nachgaben, so daß er ein Gefühl hatte, als fiele er in ein Loch. In diesem ganzen großen Haus hörte er wirren Lärm, das Geräusch der großen Restaurants: klirrendes Geschirr und rasselndes Silberzeug, schnelle Schritte der Kellner über die Teppiche der Flure, Türen, die sich einen Augenblick lang öffneten und den Klang der Stimmen in all diesen kleinen Salons vernehmen ließen, in denen Menschen beim Diner waren.

Forestier trat ein und drückte ihm die Hand mit einer herzlichen Vertraulichkeit, die er ihm gegenüber im Büro der »Vie Française« nicht kannte. »Die beiden Damen kommen zusammen«, sagte er. »Ich finde diese intimen Diners zu reizend.« Dann betrachtete er den Tisch, drehte eine halbbrennende Gasflamme ganz auf, schloß einen der Flügel des Fensters, weil es zog, und suchte sich einen geschützten Platz. »Ich muß mich sehr in acht nehmen«, sagte er. »Vier Wochen lang ging es mir sehr gut, aber seit ein paar Tagen hat es mich wieder gehascht. Ich glaube, ich habe mich am Dienstag, als ich aus dem Theater kam, erkältet.«

Die Tür wurde geöffnet, und die beiden Damen erschienen. Ihnen folgte der Oberkellner. Sie waren verschleiert, verborgen, diskret, umgeben von jenem reizenden Geheimnis, in das sich die Frauen an jenen Orten hüllen, an denen Nachbarschaft und Begegnungen immer ein wenig verdächtig sind.

Während Duroy Frau Forestier begrüßte, schalt sie ihn, daß er sich so lange nicht habe sehen lassen. Dann wandte sie sich mit einem Lächeln an ihre Freundin: »Aber Sie ziehen Frau de Marelle mir vor. Für sie haben Sie immer Zeit.«

Man setzte sich. Der Oberkellner reichte Forestier die Weinkarte.

Frau de Marelle sagte: »Geben Sie den Herren, was sie wünschen. Und uns bringen Sie eisgekühlten Champagner, aber süßen, bitte, sonst nichts.« Als der Mann das Zimmer verlassen hatte, sagte sie mit aufgeregtem Lachen: »Heute abend trinke ich mir einen Schwips an. Wir wollen mal ein Fest, ein richtiges Fest feiern.«

Forestier, der ihre Worte nicht gehört zu haben schien, fragte: »Darf ich das Fenster schließen? Seit ein paar Tagen habe ich es wieder auf der Brust.«

»Aber gewiß doch.«

Er schloß den Flügel des Fensters, der noch offenstand, und kehrte mit heiterem, beruhigtem Gesicht an seinen Platz zurück.

Seine Frau sagte nichts, sie schien in Gedanken versunken. Sie starrte auf den Tisch und lächelte den Gläsern zu, mit jenem vagen Lächeln, das immer alles zu versprechen schien, um niemals etwas zu halten.

Die Ostender Austern wurden serviert; sie waren klein und fett, erinnerten an kleine Ohren, die in Muscheln eingeschlossen sind, und zergingen zwischen Gaumen und Zunge wie gesalzene Bonbons.

Nach der Suppe wurde eine Forelle serviert, die so rosa war wie das Fleisch eines jungen Mädchens. Und die Gäste begannen zu plaudern: zuerst über allerlei Stadtklatsch, über eine Dame der Gesellschaft, die von einem Freund ihres Mannes überrascht worden war, als sie mit einem ausländischen Prinzen in einem Separee soupierte.

Forestier lachte viel über diese Geschichte. Die Frauen aber meinten, der indiskrete Schwätzer sei ein Flegel und ein Feigling dazu.

Duroy war ganz ihrer Meinung und äußerte sich dahingehend, daß es Pflicht des Mannes sei, über derartige Geschichten, sei er nun selbst der Akteur oder der Vertraute oder auch nur der Zeuge, nie ein Wort, auch nicht das kleinste, verlauten zu lassen. Er fügte hinzu: »Wie reizend wäre das Leben, wenn wir einer gegenseitigen Diskretion absolut und immer sicher sein könnten. Was die Frauen oft, sehr oft, fast immer zurückhält, ist die Angst, ihr Geheimnis könne entdeckt werden... Nun, habe ich nicht recht? Wie viele würden sich einem schnellen Wunsch, der plötzlichen und heftigen Laune einer Stunde, einer Liebessehnsucht hingeben, wenn sie nicht fürchteten, durch einen nicht wiedergutzumachenden Skandal und mit schmerzlichen Tränen ein kurzes und leichtes Glück bezahlen zu müssen.« Er sprach mit geradezu ansteckender Überzeugung, als wenn er eine Sache, seine Sache verfochten hätte, als wenn er gesagt hätte: »Mit mir hätte man derartige Gefahren nicht zu befürchten. Probieren Sie es nur einmal!«

Die beiden Frauen sahen ihn an, und ihre Blicke schienen seine Auffassung zu bestätigen. Nach ihrer Meinung war das, was er sagte, nur zu richtig, durch ihr Schweigen gaben sie zu, daß ihre Moral gar bald ins Schwanken geriete, wenn sie mit absoluter Sicherheit auf ebenso absolute Verschwiegenheit rechnen könnten.

Forestier, der jetzt fast auf dem Sofa lag und die Serviette in den Westenausschnitt gesteckt hatte, um seinen Frack nicht zu beschmutzen, erklärte plötzlich mit dem überzeugten Lächeln des Skeptikers: »Donnerwetter! Wenn man einer absoluten Verschwiegenheit sicher wäre, könnte man allerlei erleben. Aber die armen Ehemänner!«

Und dann sprach man über die Liebe. Ohne an ihre Ewigkeit zu glauben, hielt Duroy sie doch für dauerhaft, denn sie schaffe Bindungen, zarte Freundschaft, Vertrauen. Die Vereinigung der Sinne sei nur das Siegel für die Vereinigung der Herzen. Von quälender Eifersucht, von Dramen und Szenen, von all dem Elend, das meist mit einem Bruch verbunden sei, wollte er nichts wissen.

Als er schwieg, seufzte Frau de Marelle: »Ja, das ist das Schönste im ganzen Leben, und wir verderben es oft durch unmögliche Forderungen.«

Frau Forestier, die mit einem Messer spielte, fügte hinzu: »Ja, es ist so herlich, wenn man geliebt wird...« Und sie schien weiter zu träumen, schien an Dinge zu denken, die sie nicht zu äußern wagte.

Als der erste Gang auf sich warten ließ, tranken sie von Zeit zu Zeit einen Schluck Champagner und knabberten an den Krusten, von denen sie die Krume entfernt hatten. Und langsam drang der Gedanke der Liebe wie ein Eroberer in sie ein, berauschte allmählich ihre Seelen, als wäre starker Wein, Tropfen um Tropfen, in ihre Kehlen geflossen, als erhitzte er ihr Blut, als verwirrte er ihren Geist.

Man servierte Lammkoteletts; zart waren sie und leicht und lagen auf einem dicken und kleinen Bett aus Spargelspitzen.

»Großartig!« sagte Forestier.

Und sie aßen langsam, genossen das zarte Fleisch und das crèmeartige Gemüse.

»Wenn ich eine Frau liebe«, sagte Duroy, »gibt es für mich nichts anderes auf der Welt.« Das sagte er mit tiefer Überzeugung; er berauschte sich an dem Gedanken des Liebesgenusses, wie er sich jetzt den Genüssen der reichen Tafel begeistert hingab.

Frau Forestier murmelte mit jenem Gesichtsausdruck, der keine Annäherung gestattete: »Kein Glück ist dem ersten Druck der Hände vergleichbar, wenn die eine fragt: ›Liebst du mich?‹ und die andere antwortet: ›Ja, ich liebe dich.‹«

Frau de Marelle, die schon wieder ein volles Glas Champagner auf einen Zug geleert hatte, sagte lustig, indem sie ihr Glas auf den Tisch stellte: »Ich bin weniger platonisch.«

Und alle lachten, und ihre leuchtenden Augen bestätigten ihre Worte.

Forestier legte sich auf das Sofa, öffnete die Arme und stützte sie auf die Kissen. Dann sagte er ernst: »Diese Offenheit ehrt Sie und beweist, daß Sie eine praktische Frau sind. Aber darf ich fragen, wie Herr de Marelle sich dazu stellt?«

Langsam hob sie die Schultern. Diese Bewegung verriet unendliche Verachtung. Dann sagte sie deutlich: »Was das angeht, so hat Herr de Marelle keine Meinung. Er enthält sich...«

Und die Plauderei, die die hohen Theorien über die Liebe aufgab, erging sich bald in den blühenden Gärten leichter Anzüglichkeiten.

Es war der Augenblick geschickter Zweideutigkeiten, in dem die Schleier durch Worte gehoben werden, wie man Röcke hochhebt, der Augenblick aller Listen der Sprache, geschickter und verschleierter Kühnheiten, aller schamlosen Heucheleien, der Augenblick jener Sätze, die mit verdeckten Ausdrücken entkleidete Bilder zeigen, die dem Auge und Geist die schnelle Vision alles dessen bieten, was man nicht sagen kann, und den Leuten der Gesellschaft eine Art subtiler und geheimnisvoller Liebe, eine Art unreiner Berührung der Gedanken durch die gleichzeitige, verwirrende und wie eine Umarmung sinnliche Heraufbeschwörung aller geheimen, schamlosen und heiß ersehnten Dinge der körperlichen Umarmung gestatten. Der Kellner hatte den Braten gebracht, Rebhühner und Wachteln, dann Erbsen, dann eine Terrine mit Gänseleberpastete und dazu einen Salat aus gezahnten Blättern, der wie grüner Schaum eine große Salatschüssel, die in ihrer Form an ein Waschbecken erinnerte, füllte. Sie hatten von alledem gegessen, ohne es eigentlich zu genießen, ohne zu ahnen, welche Herrlichkeiten sie zu sich nahmen, denn sie dachten nur an das, was gesprochen wurde, waren getaucht wie in ein Bad aus Liebe.

Die beiden Frauen gingen jetzt aus sich heraus und erzählten Dinge, die sonst wohl nicht über ihre Lippen gekommen wären. Frau de Marelle tat das mit einer natürlichen Kühnheit, die einer Herausforderung glich, Frau Forestier mit einer reizenden Zurückhaltung, einer Schamhaftigkeit in Ton und Stimme, in Lächeln und Haltung, die scheinbar die Dinge, die sie sagte, milderte, in Wirklichkeit aber stark unterstrich.

Forestier, der es sich auf dem Sofa bequem gemacht hatte, lachte, trank und aß in einem fort. Dann und wann warf er ein derart gewagtes, derart unzweideutiges Wort in die Unterhaltung, daß die beiden Frauen der Form halber ein wenig schokkiert taten und eine Verlegenheit markierten, die nur zwei bis drei Sekunden dauerte. Wenn er einen besonders derben Spaß geäußert hatte, fügte er hinzu: »So ist's richtig! Wenn das so weitergeht, macht ihr bestimmt noch Dummheiten.«

Der Nachtisch wurde serviert und dann der Kaffee. Und die Schnäpse füllten die erregten Geister mit einer schwereren und heißeren Verwirrung.

Wie Frau de Marelle es zu Beginn des Festes angekündigt, hatte sie sich einen Schwips angetrunken, und sie gab das ganz offen zu mit der heiteren und geschwätzigen Anmut einer Frau, die eine leichte Betrunkenheit übertreibt, um ihren Gästen einen Spaß zu bereiten.

Frau Forestier schwieg jetzt – vielleicht tat sie das aus Vorsicht. Duroy, der seiner nicht mehr ganz sicher war, der fürchtete, sich zu kompromittieren, bewahrte eine geschickte Zurückhaltung.

Man zündete sich eine Zigarette an, und plötzlich begann Forestier zu husten.

Es war ein furchtbarer Anfall, der ihm schier die Kehle zerriß. Sein Gesicht färbte sich rot, der Schweiß brach ihm aus, er erstickte fast in seiner Serviette. Als der Anfall vorbei war, knurrte er wütend: »Ich kann solche Feste einfach nicht mehr mitmachen; zu blöde!« Seine gute Laune war in dem Entsetzen vor der Krankheit, die seine Gedanken nicht mehr losließ, verschwunden. »Wir wollen gehen«, sagte er.

Frau de Marelle klingelte dem Kellner und verlangte die Rechnung. Man brachte sie ihr fast augenblicklich. Sie versuchte, sie zu lesen, aber die Zahlen tanzten ihr vor den Augen, und sie reichte sie Duroy: »Bezahlen Sie doch eben für mich, ich kann nichts mehr deutlich erkennen, ich habe zu viel getrunken.« Und gleichzeitig reichte sie ihm ihre Börse.

Die Rechnung betrug hundertunddreißig Francs. Duroy rechnete die einzelnen Posten nach. Er gab dem Kellner zwei Hundertfrancscheine, der Kellner gab ihm siebzig Francs zurück. »Wieviel soll ich dem Kellner geben?« fragte Duroy.

»Was Sie wollen, ich habe keine Ahnung.«

Er legte fünf Francs auf den Teller. Dann gab er der jungen Frau die Börse zurück, indem er sie fragte: »Darf ich Sie nach Hause begleiten?«

»Natürlich, allein finde ich meine Wohnung nicht wieder.«

Man verabschiedete sich von den Forestiers, und bald saß Duroy allein mit Frau de Marelle in einer fahrenden Droschke.

Er fühlte sie dicht neben sich, mit ihm zusammen eingeschlossen in diesen schwarzen Kasten, in den einen Augenblick lang grelles Licht fiel, wenn sie an einer Gaslaterne vorbeifuhren. Durch seinen Ärmel hindurch fühlte er die Wärme ihrer Schulter, und er fand nichts, das er ihr hätte sagen können, nichts, denn sein Geist war von dem gebieterischen Wunsch gelähmt, sie in die Arme zu schließen.

Was würde sie wohl tun, wenn ich es wagte? dachte er. Und die Erinnerung an all die losen Reden, die während des Diners geführt worden waren, machte ihn kühn, doch hielt ihn gleichzeitig die Angst vor einem Skandal zurück.

Auch sie sagte nichts, unbeweglich saß sie in der Wagenecke. Er hätte geglaubt, daß sie schlief, wenn er nicht das Funkeln ihrer Augen jedesmal gesehen hätte, wenn ein Lichtstrahl in das Innere des Wagens fiel.

Was dachte sie? Er fühlte, daß er nicht sprechen durfte, daß ein Wort, ein einziges Wort, das das Schweigen brach, seine Chancen zunichte machen würde. Aber die Kühnheit, die Kühnheit zur plötzlichen und brutalen Tat fehlte ihm.

Plötzlich fühlte er, daß ihr Fuß sich bewegte. Es war eine harte, nervöse, ungeduldige Bewegung, vielleicht aber war sie auch ein Ruf. Diese fast unmerkliche Bewegung jagte ihm einen Schauer über den Leib, und sich ihr lebhaft zuwendend, warf er sich auf sie, suchte ihren Mund mit seinen Lippen und ihr nacktes Fleisch mit seinen Händen.

Sie stieß einen Schrei aus, einen kleinen Schrei, wollte sich aufrichten, sich wehren, ihn zurückstoßen. Und dann auf einmal gab sie nach, als hätte ihr die Kraft zu längerem Widerstand gefehlt.

Aber schon nach kurzer Zeit hielt der Wagen vor dem Haus, in dem sie wohnte, und damit war Duroy davon entbunden, nach leidenschaftlichen Dankesworten zu suchen, nach Worten, die sie segneten und seine dankbare Liebe zum Ausdruck brachten. Aber sie erhob sich nicht, sie bewegte sich nicht, war wie betäubt durch das, was eben geschehen war. Da er fürchtete, der Kutscher könne irgendeinen Verdacht haben, stieg er als erster aus dem Wagen und reichte der jungen Frau die Hand.

Schwankend und ohne ein Wort zu sagen, verließ sie endlich den Wagen.

Er klingelte, und als die Tür geöffnet wurde, fragte er bebend: »Wann sehe ich Sie wieder?«

Sie antwortete so leise, daß er sie kaum hörte: »Kommen Sie morgen zu mir zum Frühstück.« Sie verschwand im Dunkel des Eingangs und schlug die schwere Türe zu. Wie ein Kanonenschuß hallte es durch das Haus.

Er gab dem Kutscher fünf Francs und machte sich mit schnellen und triumphierenden Schritten, das Herz von unbändiger Freude erfüllt, auf den Heimweg.

Endlich hatte er eine... eine verheiratete Frau, eine Frau der Gesellschaft, der vornehmen Gesellschaft. Wie leicht war das gewesen und wie unerwartet der Erfolg!

Bisher hatte er geglaubt, daß man, um an eines dieser so sehr ersehnten Wesen heranzukommen, es zu erobern, unendliche Sorgfalt aufwenden und unendlich lange warten müsse, sie belagern müsse mit Galanterien, mit Liebesworten, mit Seufzern und mit Geschenken. Und nun hatte sich ihm die erste, der er begegnete, beim kleinsten Angriff so schnell hingegeben, daß er aus dem Staunen nicht herauskam.

Sie war betrunken, dachte er, morgen sieht die Sache ganz anders aus. Morgen gibt es sicher Tränen. Dieser Gedanke beunruhigte ihn, aber schon bald sagte er sich: »Einerlei! Ich habe sie nun einmal und lasse sie so bald nicht wieder los.«

Und in der wirren Vision, in der sich seine Hoffnungen, Hoffnungen auf Größe, Erfolg, Ruhm, Vermögen und Liebe, verloren, sah er plötzlich, wie eine jener Girlanden aus Statistinnen, die sich im Himmel der Apotheosen entrollen, eine ganze Prozession von Frauen, von reichen, eleganten und mächtigen Frauen, die lachend vorübergingen, um eine nach der anderen in der goldenen Wolke seiner Träume zu verschwinden.

Und sein Schlaf wurde von Visionen bevölkert.

Als er am folgenden Tag die Treppe zu Frau de Marelles Wohnung hinaufging, war er doch ein wenig aufgeregt. Wie würde sie ihn empfangen? Und wenn sie ihn nun nicht empfing? Wenn sie dem Mädchen verboten hatte, ihn vorzulassen? Wenn sie erzählte...? Nein, sie konnte nichts sagen, wenn sie nicht wollte, daß man die ganze Wahrheit erriet. Er war also Herr der Situation.

Das kleine Dienstmädchen öffnete die Tür. Sie hatte ihr gewöhnliches Gesicht.

Das beruhigte ihn, als hätte er damit gerechnet, daß das Mädchen ihm ein verstörtes Gesicht zeigte. Er fragte: »Wie geht es der gnädigen Frau?«

Sie antwortete: »Wie immer.« Und sie führte ihn in den Salon.

Er ging auf den Kamin zu, um sich von dem Zustand seiner Frisur und seines Anzugs zu überzeugen. Er war gerade dabei, seine Krawatte vor dem Spiegel zurechtzuzupfen, als er die junge Frau im Spiegel sah. Sie stand auf der Schwelle des Salons und betrachtete ihn.

Er tat so, als hätte er sie nicht gesehen, und aus der Tiefe des Spiegels betrachteten sie einander ein paar Sekunden, beobachteten, belauerten sich, bevor sie einander gegenüberstanden.

Er wandte sich um. Sie hatte sich nicht gerührt und schien zu warten. Er eilte auf sie zu, stammelte: »Wie ich Sie liebe! Wie ich Sie liebe!« Sie öffnete die Augen und sank an seine Brust. Dann hob sie den Kopf zu ihm, und sie küßten einander lange.

Er dachte: So leicht hätte ich mir das nicht vorgestellt. Nun ist ja alles in bester Ordnung. Als sich ihre Lippen getrennt hatten, lächelte er, ohne ein Wort zu sagen, und versuchte, eine Unendlichkeit von Liebe in seinen Blick zu legen.

Auch sie lächelte; es war jenes Lächeln, das die Frauen haben, wenn sie einem Mann ihren Wunsch, ihre Einwilligung, ihren Willen, sich hinzugeben, anbieten. Leise sagte sie: »Wir sind allein. Laurine ißt bei einer Freundin.«

Er küßte ihr die Handgelenke und seufzte: »Tausend Dank! Ich bete Sie an!«

Sie nahm seinen Arm, als wäre er ihr Gatte gewesen, um bis an das Sofa zu gehen, auf das sie sich nebeneinander setzten.

Er suchte nach ein paar geschickten und verführerischen Worten. Da er sie nicht fand, stammelte er: »Sie sind mir doch nicht böse?«

Sie verschloß ihm den Mund mit der Hand. »Reden Sie doch so etwas nicht!«

Sie schwiegen, tauchten die Blicke ineinander und saßen mit zärtlich verschlungenen und glühenden Händen da.

»Wie habe ich mich immer nach Ihnen gesehnt!« sagte er.

»Reden Sie doch nicht!« sagte sie wieder.

Man hörte, wie das Dienstmädchen nebenan mit Tellern hantierte.

Er stand auf. »Ich halte es in Ihrer Nähe nicht mehr aus. Ich verliere den Kopf!«

Die Tür wurde geöffnet.

»Es ist serviert, gnädige Frau!«

Ernst bot er ihr seinen Arm.

Sie saßen bei Tisch einander gegenüber, sahen sich immer wieder an, lächelten sich immer wieder zu, waren nur der eine mit dem anderen beschäftigt, waren ganz eingehüllt in den so süßen Zauber einer beginnenden Liebe. Sie aßen, ohne zu wissen, was. Er fühlte einen Fuß, einen kleinen Fuß, der unter dem Tisch etwas suchte. Er nahm ihn zwischen seine Füße, ließ ihn nicht wieder los, preßte ihn mit aller Kraft.

Das Dienstmädchen kam und ging, brachte die Schüsseln und trug sie wieder hinaus, schien von allem nichts zu bemerken.

Als sie gegessen hatten, gingen sie wieder in den Salon, setzten sich wieder nebeneinander auf das Sofa.

Langsam rückte er ihr näher, versuchte, sie zu umarmen.

Aber ruhig wehrte sie ihn ab: »Seien Sie vorsichtig, es könnte jemand kommen.«

Er murmelte: »Wann kann ich mit Ihnen allein sein, um Ihnen zu sagen, wie sehr ich Sie liebe?«

Sie neigte sich seinem Ohr zu und sagte ganz leise: »Ich besuche Sie an einem der nächsten Tage einmal in Ihrer Wohnung.«

Er fühlte, wie ihm das Blut ins Gesicht stieg. »Bei mir… ist es… aber sehr bescheiden.«

Sie lächelte. »Das schadet nichts. Ich besuche ja Sie und nicht Ihre Wohnung.«

Nun bedrängte er sie, wollte wissen, wann sie komme. Als sie einen der letzten Tage der kommenden Woche nannte, flehte er sie stammelnd und mit heißen Augen an, den Tag vorzuverlegen, ergriff ihre Hände, als wollte er sie zerbrechen. Sein Gesicht war rot und wie im Fieber, war wilde Gier, jene gebieterische Gier, die auf intime Mahlzeiten folgt.

Es freute sie, daß er sie mit solcher Glut anflehte, und von Zeit zu Zeit gab sie einen Tag zu. Aber er flehte wieder: »Morgen… Sagen Sie doch morgen!«

Schließlich willigte sie ein. »Ja, morgen… Um fünf Uhr.«

Er stieß einen tiefen Freudenseufzer aus. Und nun sprachen sie auf einmal fast ruhig miteinander, als hätten sie sich seit zwanzig Jahren gekannt.

Ein Klingeln ließ sie erbeben. Schnell rückten sie auseinander.

Sie murmelte: »Das kann nur Laurine sein.«

Das Kind kam ins Zimmer, blieb verdutzt stehen, eilte dann aber auf Duroy zu. Es klatschte vor Freude in die Hände und rief: »Ach! Bel Ami!«

Frau de Marelle begann zu lachen. »Bel Ami! Laurine hat Ihnen einen neuen Namen gegeben. Es ist ein schöner Name der Freundschaft. Ich nenne Sie auch nur noch Bel Ami.«

Er hatte das Mädchen auf den Schoß genommen und mußte mit ihm nun alle die Spiele spielen, die er es gelehrt hatte.

Zwanzig Minuten vor drei erhob er sich, um sich in die Redaktion zu begeben. Auf dem Flur sagte er durch die noch nicht ganz geschlossene Tür noch einmal ganz leise: »Morgen, fünf Uhr.«

Und die junge Frau lächelte: »Ja« und verschwand.

Sobald er seine Arbeit erledigt hatte, überlegte er, wie er sein Zimmer herrichten könne, um seine Geliebte zu empfangen und nach Möglichkeit die Ärmlichkeit seiner Behausung zu verdekken. Er kam auf den Gedanken, die Wände mit japanischem Kram zu schmücken, und kaufte für fünf Francs eine ganze Sammlung von Crêpe, kleinen Fächern und kleinen Schirmen, mit denen er die zu sichtbaren Flecken der Tapete verdeckte. Vor die Fensterscheiben hängte er transparente Bilder: Schiffe auf Flüssen, Vogelschwärme in einem rosafarbenen Himmel, bunte Damen auf Balkons und Züge von kleinen schwarzen Männern durch Ebenen, die mit Schnee bedeckt waren.

Sein Zimmer, das gerade so groß war, daß man in ihm schlafen und sich setzen konnte, sah bald aus wie das Innere einer Laterne aus buntem Papier. Er war mit der Wirkung zufrieden und verbrachte den Abend damit, die Decke mit den aus dem bunten Papier, das er übrig behalten hatte, ausgeschnittenen Vögeln zu bekleben. Dann legte er sich zu Bett, und das Pfeifen der Züge sang ihn in Schlaf.

Am nächsten Tag kam er frühzeitig mit einer Tüte Kuchen und einer Flasche Madeira, die er beim Krämer gekauft hatte, nach Hause. Dann mußte er noch einmal das Haus verlassen, um zwei Teller und zwei Gläser zu kaufen. Das alles stellte er auf seinen Waschtisch, dessen schmutzige Platte er mit einer Serviette bedeckte. Das Waschgeschirr versteckte er unter dem Tisch.

Dann wartete er.

Sie kam gegen ein Viertel nach fünf, und verführt durch das bunte Geflatter der Zeichnungen rief sie: »Aber es ist doch ganz reizend bei Ihnen... Nur begegnet man zu vielen Menschen auf der Treppe.«

Er hatte sie in die Arme genommen, und leidenschaftlich küßte er ihr Haar zwischen Stirn und Hut durch den Schleier hindurch.

Anderthalb Stunden später begleitete er sie an den Droschkenplatz in der Rue de Rome. Als sie im Wagen saß, flüsterte er ihr zu: »Dienstag um die gleiche Stunde.«

Sie antwortete: »Dienstag um die gleiche Stunde.« Und da es schon dunkel geworden war, zog sie seinen Kopf durch die Wagentür noch einmal an sich und küßte ihn auf die Lippen.

Der Kutscher berührte sein Pferd mit der Peitsche. Sie rief: »Auf Wiedersehen, Bel Ami!« Und der Wagen rollte davon, gezogen von einem müde trabenden Schimmel.

Drei Wochen lang empfing Duroy Frau de Marelle jeden zweiten oder dritten Tag in seiner Wohnung, bald des Morgens, bald des Abends.

Als er eines Nachmittags auf sie wartete, hörte er lauten Lärm auf der Treppe und öffnete die Tür seines Zimmers. Ein Kind heulte, eine wütende Stimme, es war eine Männerstimme, schrie: »Was hat der Balg denn wieder zu brüllen?« Eine keifende Frauenstimme antwortete: »Die dreckige Person, die immer zu dem Journalisten geht, hat Nicolas auf dem Treppenabsatz umgeworfen. Was haben solche Weiber, die nicht einmal auf kleine Kinder Rücksicht nehmen, überhaupt in einem anständigen Haus zu suchen!«

Erschrocken zog Duroy sich zurück. Er hörte das Rascheln eines Kleides und eilige Schritte auf der Treppe von der dritten zur vierten Etage.

Kurz darauf wurde an seine Tür geklopft, die er wieder geschlossen hatte. Er öffnete, und Frau de Marelle stürzte außer Atem, wie von Sinnen, in das Zimmer. Sie stammelte: »Hast du das gehört?«

Er tat so, als wenn er von nichts wüßte. »Nein, was denn?«

»Wie man mich beschimpft hat?«

»Wer?«

»Die Leute, die unter dir wohnen.«

»Nein, so was! Was ist denn passiert?«

Sie konnte vor Schluchzen kein Wort sagen.

Er mußte ihr den Hut abnehmen, ihr das Korsett aufschnüren, sie auf das Bett legen, ihr die Schläfen mit einem feuchten Tuch betupfen. Sie erstickte fast. Als sie ein wenig ruhiger geworden war, brach ihr Zorn los.

Sie wollte, daß er sofort zu den Leuten gehe, sich mit ihnen schlage, sie umbringe.

Er wiederholte immer wieder: »Aber das sind doch Arbeiter, ungebildete Menschen. Und dann vergiß nicht, daß die Sache vor Gericht kommen kann, daß man dich wiedererkennt, verhaftet... Du wärest doch verloren. Mit solchen Menschen soll man sich nicht einlassen.«

Dann beschäftigte sie etwas anderes. »Wie nun weiter? Ich kann dieses Haus natürlich nicht wieder betreten.«

Er antwortete: »Das ist doch sehr einfach. Ich ziehe um.«

Leise entgegnete sie: »So schnell geht das nicht.« Aber sie schien einen Ausweg gefunden zu haben. Fast froh sagte sie: »Ich weiß, was wir tun. Laß mich nur machen, kümmere du dich um nichts. Ich schicke dir morgen eine Depesche.«

Nun lächelte sie schon wieder, war entzückt von dem Gedanken, den sie ihm nicht verraten wollte, und sie machte tausend Liebestorheiten.

Aber sie war doch wieder sehr aufgeregt, als sie die Treppe hinunterging, und sie mußte sich mit ihrer ganzen Kraft auf den Arm des Geliebten stützen, denn sie fühlte, daß ihre Beine ihr den Dienst versagen wollten.

Sie begegneten niemandem.

Da er spät aufstand, lag er am nächsten Tag um elf Uhr noch zu Bett, als der Depeschenbote das ihm von ihr versprochene Telegramm brachte.

Duroy öffnete es und las: »Müssen uns heute noch, fünf Uhr, in der Rue de Constantinople 6 treffen. Laß dir die Wohnung öffnen, die Frau Duroy gemietet hat. Einen Kuß von Clo.«

Punkt fünf war er bei dem Portier eines Hauses, in dem man

nur möblierte Wohnungen mieten konnte, und fragte: »Hat Frau Duroy hier eine Wohnung gemietet?«

»Ja.«

»Führen Sie mich bitte in die Wohnung.«

Der Mann, der zweifellos an heikle Situationen, die Vorsicht erforderten, gewöhnt war, sah ihn prüfend an. Dann suchte er aus den vielen Schlüsseln den, der zur Wohnung gehörte. »Sie sind doch Herr Duroy?«

»Natürlich.«

Und er öffnete die Tür zu einer kleinen Wohnung, die der Portiersloge gegenüber lag. Sie bestand aus zwei Zimmern und befand sich im Erdgeschoß.

Die Möbel des Salons, dessen noch einigermaßen neue Tapete mit Laubwerk verziert war, waren aus Mahagoniholz und mit grünem, gelbgemustertem Rips überzogen. Den Fußboden bedeckte ein geblümter Teppich, der so dünn war, daß man die Dielen fühlte.

Das Schlafzimmer war so klein, daß das Bett es zu drei Vierteln füllte. Es stand im Hintergrund des Zimmers, reichte von der einen Wand bis an die andere, ein breites Bett, wie man es immer wieder in möblierten Wohnungen findet, umgeben von blauen, schweren Vorhängen, die ebenfalls aus Rips waren. Bedeckt war es mit einer rotseidenen Daunendecke, die allerlei verdächtige Flecken aufwies.

Duroy hatte gleich allerhand Bedenken. Unzufrieden dachte er: Die Wohnung wird mich eine schöne Stange Geld kosten. Da werde ich mir wieder Geld leihen müssen. So ein Blödsinn!

Die Tür wurde geöffnet, und wie der Wind stürmte Clotilde in das Zimmer. Sie hatte die Arme weit geöffnet, und ihre Röcke rauschten. Sie war ganz entzückt. »Ist das hier nicht reizend? Und keine Treppen, gleich im Erdgeschoß! Man kann durch das Fenster hinaus und herein, ohne daß der Portier einen sieht. Wie herrlich werden wir uns hier lieben.«

Er umarmte sie ohne jede Freude, wagte nicht, die Frage zu stellen, die ihm auf den Lippen brannte.

Sie hatte ein großes Paket auf den Tisch in der Mitte des Zimmers gelegt. Sie öffnete es und entnahm ihm ein Stück Seife, eine

Flasche Eau de Lubin, einen Schwamm, drei Päckchen Haarnadeln, einen Korkenzieher und eine kleine Brennschere, um die Stirnlocken, die so leicht in Unordnung gerieten, wieder in Ordnung zu bringen. Und nun spielte sie Einzug, suchte für alles einen geeigneten Platz und war voller Freude.

Während sie die Schubladen öffnete, sagte sie: »Ich muß auch noch ein wenig Wäsche mitbringen, damit wir das Bett mal frisch beziehen können. Das ist hier wie für uns geschaffen. Wenn ich bei meinen Besorgungen mal in den Regen gerate, kann ich mich hier schnell trocknen. Jeder von uns hat einen Schlüssel, außer dem, der beim Portier bleibt für den Fall, daß wir beide den Schlüssel vergessen. Ich habe die Wohnung auf deinen Namen für ein Vierteljahr gemietet. Meinen Namen konnte ich ja nicht gut angeben.«

»Und wenn die Miete fällig ist, dann gibst du mir bitte Bescheid«, sagte er.

»Die Miete ist schon bezahlt«, erwiderte sie einfach.

»Dann bin ich sie dir also schuldig?«

»Nein, mein Liebling, das geht dich nichts an, ich will es nun einmal so.«

Er tat so, als wenn er böse würde. »So was gibt es unter keinen Umständen. Das kann ich nie und nimmer zulassen.«

Flehend kam sie zu ihm, legte ihm die Hände auf die Schultern und sagte: »Georges, nun laß mir doch die Freude. Ich möchte doch so gern, daß unser Nest mir, mir ganz allein gehört... Das kann dich doch nicht kränken. Wieso denn? Das soll mein Beitrag zu unserer Liebe sein. Sag, daß du einverstanden bist, Geo, nun sag's doch!« Sie flehte ihn an mit den Augen und dem Mund, mit ihrem ganzen Wesen.

Er ließ sich bitten, beharrte mit wütendem Gesicht bei seiner Weigerung und gab dann doch nach, dachte, daß es so in bester Ordnung sei.

Und als sie dann gegangen war, rieb er sich die Hände, und ohne in den Falten seines Herzens zu suchen, weshalb er zu dieser Meinung kam, dachte er: Sie ist wirklich eine liebe Frau.

Ein paar Tage später erhielt er wieder eine Depesche: »Mein Mann kommt heute abend nach einer sechswöchigen Inspektionsreise. Wir haben also acht Tage Pause. Es ist furchtbar, Liebster! Deine Clo.«

Duroy war wie vor den Kopf geschlagen. Er hatte ganz vergessen, daß sie verheiratet war. Zu gern hätte er den Mann kennengelernt.

Geduldig wartete er, bis ihr Mann Paris wieder verließ. Aber er war an zwei Abenden in den Folies-Bergère, und die Abende endeten bei Rachel.

Und dann kam eines Morgens wieder ein Telegramm. Es enthielt nur vier Worte: »Heute fünf Uhr. Clo.«

Vor der verabredeten Zeit trafen beide in der Wohnung ein. Voller Liebe warf sie sich ihm in die Arme, küßte ihm das ganze Gesicht. Dann sagte sie zu ihm: »Wenn wir uns ordentlich lieb gehabt haben, gehen wir zusammen essen. Ich habe mich frei gemacht.«

Es war gerade Anfang des Monats, und wenn sein Gehalt auch schon längst vertan war und Duroy von dem Geld lebte, das er sich überall zusammenborgte, so wollte es der Zufall doch, daß er gerade heute einigermaßen bei Kasse war. Im Grunde war er froh, daß er einmal Gelegenheit hatte, etwas für sie auszugeben. »Aber selbstverständlich, Liebste, wohin möchtest du gern?«

Gegen sieben Uhr machten sie sich auf den Weg und hatten bald den äußeren Boulevard erreicht. Sie stützte sich auf seinen Arm und sagte leise: »Wenn du wüßtest, wie ich mich freue, an deinem Arm auszugehen, wie gern ich mich an deiner Seite fühle.«

»Wollen wir mal zu Lathuile gehen?« fragte er.

»Nein«, entgegnete sie, »das ist zu fein. Ich möchte mal was Lustiges, was Gewöhnliches, ein Restaurant, in dem Angestellte und Arbeiter verkehren. Ich gehe zu gern in kleine Kneipen. Am schönsten wäre es ja, wenn wir aufs Land gehen könnten.«

Da er in dem Viertel nichts der Art kannte, gingen sie über den Boulevard und traten in eine Weinstube ein, wo man in einem besonderen Zimmer essen konnte. Durch die Fensterscheibe hatte sie zwei Mädchen ohne Hut gesehen, die mit zwei Soldaten an einem Tisch saßen. Im Hintergrund des schmalen und langen Raumes aßen drei Droschkenkutscher, und ein Mann, dessen Beruf man nicht erraten konnte, saß mit ausgestreckten Beinen auf seinem Stuhl, den Kopf weit nach hinten geneigt, und rauchte seine Pfeife. Seine Jacke schien ein Museum für Flecken, und in der Tasche, die aufgetrieben war wie ein Bauch, sah man den Hals einer Flasche, ein Stück Brot, ein Paket, das in Zeitungspapier gewickelt war, und ein Stück Bindfaden, das heraushing. Er hatte dichtes, krauses Haar, das vor Schmutz starrte. Seine Mütze lag unter dem Stuhl auf dem Fußboden.

Clotilde, die sehr elegant angezogen war, erregte Aufsehen. Die beiden Pärchen hörten auf zu flüstern, die drei Kutscher hörten auf zu diskutieren, und der Mann, der rauchte, nahm seine Pfeife aus dem Mund, spuckte auf den Fußboden und wandte halb den Kopf nach ihnen.

»Hier gefällt es mir«, sagte Frau de Marelle leise. »Das nächste Mal ziehe ich mich an wie eine Arbeiterin.« Und ohne jede Verlegenheit, ohne Ekel setzte sie sich an den Holztisch, dessen Platte vom Fett der Speisen glänzte, von den verschütteten Getränken gewaschen und von dem Kellner mit einem schmierigen Lappen abgewischt war. Duroy, der sich ein wenig verlegen und beschämt fühlte, suchte nach einem Haken, an dem er seinen Zylinder aufhängen könnte. Da er keinen fand, stellte er den Hut neben sich auf einen Stuhl.

Sie aßen ein Hammelragout, eine Scheibe Hammelkeule und dazu Salat. Wieder sagte Clotilde: »Hier gefällt es mir. Das ist so ganz nach meinem Geschmack. Hier amüsiere ich mich besser als im Café Anglais.« Und nach einer Weile: »Und wenn du mir eine ganz große Freude machen willst, dann gehst du mit mir in eine richtige Spelunke. Ich kenne eine hier ganz in der Nähe, die Reine Blanche.«

Überrascht fragte Duroy: »Wer hat dich denn dahin geführt?«

Er sah sie an und merkte, daß sie rot wurde, daß sie verwirrt war, als hätte diese plötzliche Frage in ihr eine zarte Erinnerung erweckt. Nach einem Zögern, wie es den Frauen eigen und das so kurz ist, daß man es erraten muß, antwortete sie: »Ein Freund«, und nach kurzem Schweigen fügte sie hinzu: »Der nicht mehr lebt.« Und in echter Trauer schlug sie die Augen nieder.

Und zum erstenmal dachte Duroy an alles, was er aus der Vergangenheit dieser Frau nicht wußte, und er begann zu träumen. Natürlich hatte sie schon Liebhaber gehabt, aber welcher Art waren sie gewesen? Aus welcher Gesellschaftsschicht stammten sie? Eine vage Eifersucht, eine Art Feindschaft gegen sie wurde in ihm wach, eine Feindschaft wegen all dessen, was er nicht wußte, all dessen, was ihm in diesem Herzen und in diesem Leben nicht gehört hatte. Er betrachtete sie, wütend über das Geheimnis, das dieser hübsche und stumme Kopf umschloß, der vielleicht gerade in diesem Augenblick mit Trauer und Bedauern an den anderen, an die anderen dachte. Wie gern hätte er in diese Erinnerung hineingesehen, wie gern in ihr gewühlt und gesucht, um alles zu wissen, alles zu kennen.

Sie wiederholte: »Führst du mich in die Reine Blanche? Dann wäre das Fest vollkommen.«

Er dachte: Was geht mich ihre Vergangenheit an? Ich wäre schön dumm, wenn ich mich deswegen aufregen wollte. Und lächelnd antwortete er: »Aber selbstverständlich, Liebling.«

Als sie wieder auf der Straße waren, sagte sie ganz leise, in dem Ton, in dem man Geständnisse macht: »Bisher habe ich es noch nie gewagt, dich darum zu bitten. Aber du kannst dir gar nicht vorstellen, wie gern ich alle die Orte besuche, die uns Frauen verboten sind. Während des Karnevals verkleide ich mich als Schuljunge. Du glaubst gar nicht, wie gut mir das Kostüm steht.«

Als sie den Tanzsaal betraten, drückte sie sich erschreckt und zufrieden zugleich gegen ihn, betrachtete mit strahlenden Augen die Dirnen und Zuhälter. Als wollte sie sich gegen eine mögliche Gefahr sichern, sagte sie von Zeit zu Zeit, wenn sie einen Schutzmann sah, der ernst und unbeweglich dastand: »Der Polizist sieht aber kräftig aus.« Nach einer Viertelstunde hatte sie genug, und er brachte sie nach Hause.

Nun begann eine Reihe von Besuchen aller verdächtigen Lokale, in denen sich das Volk amüsiert. Und Duroy entdeckte bei seiner Geliebten einen leidenschaftlichen Hang zu diesen lustigen Bummeltouren.

Sie kam zu dem gewöhnlichen Stelldichein in einem Leinenkleid, auf dem Kopf ein Häubchen wie eine Soubrette des Vaudeville. Und trotz der eleganten und gesuchten Einfachheit ihres

Kleides trug sie ihre Ringe, ihre Armbänder, ihre Ohrringe aus Diamanten, und wenn er sie bat, sie abzulegen, meinte sie: »Ach, man wird sie für Rheinkiesel halten.«

Sie hielt sich für ganz hervorragend verkleidet, und wenn sie in Wirklichkeit sich auch nur versteckt hatte, wie der Strauß es tut, so ging sie doch in die übelsten Spelunken.

Sie wollte absolut, daß Duroy sich als Arbeiter verkleidete. Aber hiervon wollte er nichts wissen. Er behielt seinen eleganten Straßenanzug an und wollte nicht einmal seinen Zylinder gegen einen weichen Hut vertauschen.

Sie hatte sich über seinen Eigensinn mit der Überlegung hinweggetröstet: »Dann glaubt man eben, daß ich eine Zofe bin, die mit einem jungen Mann der vornehmen Gesellschaft ein Verhältnis hat.« Und sie fand diese Komödie ganz köstlich.

So kamen sie in die Kneipen, in denen das Volk verkehrt, und setzten sich in verräucherten Lokalen auf wacklige Stühle vor einen alten Holztisch. Beißender Tabaksrauch und der Geruch nach gebratenem Fisch füllten den Raum. Männer in der Arbeiterbluse schrien und tranken Schnäpse. Und der erstaunte Kellner betrachtete dieses seltsame Paar, indem er zwei Kirschen in Branntwein vor sie niedersetzte.

Zitternd, ängstlich und entzückt zugleich begann sie den roten Saft der Früchte mit kleinen Schlucken zu trinken und blickte dabei unruhig und erregt um sich. Jede Kirsche, die sie hinunterschluckte, gab ihr ein Gefühl, als hätte sie eine Sünde begangen, jeder Tropfen der brennenden und gepfefferten Flüssigkeit, der ihr durch die Kehle floß, verschaffte ihr ein herbes Vergnügen, die Freude eines verbrecherischen und verbotenen Genusses.

Dann sagte sie halblaut: »Wir wollen gehen.« Und sie brachen auf. Schnell, mit gesenktem Kopf und kleinen Schritten, mit den Schritten einer Schauspielerin, die die Bühne verläßt, ging sie zwischen den an den Tischen sitzenden Trinkern durch, die ihr mit argwöhnischen und unzufriedenen Blicken folgten. Und wenn sie die Tür hinter sich geschlossen hatte, stieß sie einen tiefen Seufzer aus, als wäre sie einer furchtbaren Gefahr entronnen.

Zuweilen fragte sie Duroy bebend: »Was würdest du tun, wenn man mich in einem dieser Lokale beleidigte?«

»Dich natürlich beschützen«, antwortete er prahlerisch.

Und überglücklich drückte sie ihm den Arm. Vielleicht hatte sie unbewußt den Wunsch, man möchte sie einmal beleidigen, damit er sie schützte, damit sie es einmal erlebte, daß Männer sich ihretwegen, und wenn es auch solche Männer waren, mit ihrem Liebsten schlugen.

Aber diese Ausflüge, die sich zwei- bis dreimal in der Woche wiederholten, fingen an, Duroy zu ermüden, der dazu seit einiger Zeit nur mit allergrößter Schwierigkeit den halben Louis aufbrachte, den er zur Bezahlung des Wagens und dessen, was sie verzehrten, haben mußte.

Seine Not war jetzt viel größer als in den Tagen, als er Eisenbahnangestellter war, denn da er während der ersten Monate seines Journalistentums viel Geld ausgegeben hatte in der ständigen Hoffnung, am nächsten Tag große Summen zu verdienen, hatte er alle Hilfsquellen und alle Mittel, sich Geld zu verschaffen, erschöpft.

Das sehr einfache Verfahren, sich an der Kasse einen Vorschuß zu holen, konnte er nicht mehr anwenden, denn er schuldete der Zeitung bereits vier Monatsgehälter, wozu dann noch ein Vorschuß von sechshundert Francs auf sein Zeilenhonorar kam. Außerdem schuldete er Forestier hundert Francs, dreihundert Francs Jacques Rival, der sehr freigebig war, und ferner quälte ihn ein ganzer Haufen kleiner Schulden, die er nicht eingestehen konnte, Beträge von zwanzig Francs und sogar solche von hundert Sous.

Saint-Potin, bei dem er sich nach den Methoden erkundigt hatte, durch die er weitere hundert Francs hätte borgen können, hatte keinen Ausweg gefunden, obwohl er gerade in dieser Hinsicht besonders findig war. Duroy litt sehr unter dieser Not, die er viel stärker empfand als früher, weil jetzt seine Ansprüche und Bedürfnisse gewachsen waren. Ein dumpfer Zorn gegen jeden und alles schwelte in ihm. Er war beständig gereizt, und dieses Gereiztsein zeigte sich jeden Augenblick, bei den geringsten Anlässen.

Manchmal fragte er sich, wie er es nur fertiggebracht hatte, im Monat durchschnittlich tausend Francs auszugeben, denn irgendwelche Exzesse oder kostspielige Launen hatte er sich nie erlaubt. Und er mußte konstatieren, daß, wenn man in einem großen Restaurant auf dem Boulevard zu acht Francs frühstückte und für zwölf Francs dinierte, man gleich einen Louis ausgegeben hatte; und rechnete er noch zehn Francs für Kleinigkeiten, zehn Francs, die einem durch die Finger fließen, ohne daß man es merkt, dann kam er auf täglich dreißig Francs. Dreißig Francs täglich ergeben am Ende des Monats neunhundert Francs. In dieser Summe waren die Ausgaben für Kleidung, Schuhe, Wäsche und anderes noch nicht enthalten.

Am 14. Dezember hatte er keinen Sou mehr in der Tasche und sah auch keinen Weg, sich Geld zu verschaffen.

Wie er es früher getan hatte, so tat er es auch jetzt wieder: Er frühstückte nicht. Den Nachmittag verbrachte er in der Redaktion und arbeitete. In ihm gärte schlimme Wut, und er konnte kaum an etwas anderes denken als an seine mißliche Lage.

Gegen vier Uhr erhielt er ein Telegramm von seiner Geliebten: »Wollen wir nicht zusammen essen und dann ein wenig bummeln?«

Er antwortete: »Essen ganz unmöglich.« Dann überlegte er, daß es eine große Dummheit von ihm wäre, auf die Freuden zu verzichten, die sie ihm gewährte, und er fügte hinzu: »Aber erwarte dich um neun Uhr in unserer Wohnung.«

Um die Kosten für das Telegramm zu sparen, ließ er ihr seine Antwort durch einen Laufburschen ins Haus bringen und überlegte dann, wie er wohl zu einer Abendmahlzeit käme.

Um sieben Uhr hatte er noch keinen Ausweg gefunden. Und dabei konnte er es vor Hunger kaum noch aushalten. Dann griff er in seiner Verzweiflung zu einem ganz außergewöhnlichen Mittel. Er ließ seine Kollegen einen nach dem anderen das Büro verlassen, und als er allein war, klingelte er. Der Diener des Chefs, der zur Bewachung der Büros im Haus geblieben war, trat ein.

Duroy, der aufgestanden war, suchte nervös in allen Taschen und sagte dann plötzlich: »Hören Sie mal, Foucart, ich habe meine Börse zu Hause liegen lassen. Ich muß zum Essen ins Luxembourg. Leihen Sie mir doch fünfzig Sous, damit ich meinen Wagen bezahlen kann.«

Der Mann nahm drei Francs aus seiner Westentasche und fragte: »Ist das denn genug, Herr Duroy?«

»Das genügt… Vielen Dank.«

Nachdem er das Silbergeld genommen hatte, eilte er die Treppe hinunter und saß bald in einer Garküche, zu der er seine Zuflucht nahm, wenn es ihm dreckig ging.

Um neun Uhr saß er vor dem brennenden Kamin und erwartete seine Geliebte.

Sie kam, angeregt und heiter, von der kalten Luft draußen wie gepeitscht. »Wenn es dir recht ist«, sagte sie, »machen wir erst einen kleinen Bummel und sind dann um elf wieder hier. Es ist draußen herrlich.«

Verdrießlich antwortete er: »Warum denn ausgehen? Hier ist es doch so gemütlich.«

Ohne den Hut abzunehmen, fuhr sie fort: »Es ist wunderbarer Mondschein. Ein Spaziergang heute abend ist ein Genuß.«

»Schon möglich, aber ich will nicht ausgehen.«

Er hatte diese Worte mit wütendem Gesicht gesagt. Sie war verletzt, beleidigt. »Was hast du denn? Was ist denn los? Ich möchte gern spazierengehen… Das kann dich doch nicht ärgerlich machen.«

Wütend sprang er auf. »Das ärgert mich nicht, das ist mir zu blöd. Nun weißt du es.«

Sie gehörte zu jenen Frauen, die jeder Widerstand reizt und Unhöflichkeit aus dem Häuschen bringt. Verächtlich und mit kaltem Zorn sagte sie: »Ich bin einen derartigen Ton nicht gewöhnt. Dann gehe ich eben allein. Auf Wiedersehen!«

Er begriff, daß die Situation ernst wurde. Er ging auf sie zu, nahm ihre Hände, küßte sie und stammelte: »Verzeih mir, Liebling, ich bin heute abend so nervös und gereizt. Ich habe allerlei geschäftlichen Ärger.«

Ein wenig milder gestimmt, aber noch nicht versöhnt, antwortete sie: »Das geht mich nichts an. Ich will nicht der Prellbock für deine schlechte Laune sein.«

Er nahm sie in seine Arme, zog sie nach dem Sofa. »Hör doch, Liebling, ich wollte dich nicht verletzen. Was ich sagte, war ja nicht mein Ernst.« Er hatte sie gezwungen, sich zu setzen, und vor ihr niederkniend, sagte er: »Hast du mir verziehen? Sag mir, daß du mir verziehen hast.«

Sie antwortete kalt: »Gut! Aber laß das das erste und letzte Mal gewesen sein.« Sie stand auf und fügte hinzu: »Und jetzt wollen wir gehen.«

Er lag immer noch vor ihr auf den Knien, umfaßte ihre Hüften mit beiden Armen und stammelte: »Laß uns hier bleiben, ich bitte dich herzlich darum, ich flehe dich an. Tu mir den Gefallen. Ich hätte dich heute abend so gern für mich ganz allein. Sag ja, tu es!«

Hart und kalt entgegnete sie: »Nein! Ich will ausgehen und habe keine Lust, deinen Launen nachzugeben.«

Duroy aber ließ nicht locker: »Ich bitte dich noch einmal. Ich habe meine Gründe, schwerwiegende Gründe!«

Wieder antwortete sie: »Nein, und wenn du nicht mitkommen willst, gehe ich allein. Adieu!« Sie hatte sich aus seiner Umarmung befreit und ging auf die Tür zu.

Er eilte hinter ihr her und hüllte sie wieder in seine Arme. »Nun hör doch, Clo, meine liebe, kleine Clo, sei vernünftig... Tu mir den Gefallen...«

Sie antwortete nicht, schüttelte nur den Kopf. Sie wich seinen Küssen aus und versuchte, sich aus seiner Umarmung frei zu machen, um das Zimmer zu verlassen.

»Ich habe doch meine Gründe, Clo...«, stotterte er.

Sie blieb stehen und sah ihm in die Augen: »Das lügst du... Und welche Gründe?«

Er wurde rot, wußte nicht, was er sagen sollte.

Empört sagte sie wieder: »Du lügst also doch... Pfui Teufel!« Die Tränen traten ihr in die Augen, und mit einer wütenden und wilden Gebärde riß sie sich los.

Wieder faßte er sie bei den Schultern, und in seiner Verzweiflung war er bereit, alles zu gestehen, denn er wollte unter allen Umständen einen Bruch vermeiden. »Ich habe kein Geld... Nun weißt du es.«

Sie blieb stehen, sah ihm tief in die Augen, um in ihnen die Wahrheit zu erkennen. »Was sagst du da?«

Er war rot geworden bis an die Haarwurzeln. »Ich sagte, daß

ich kein Geld habe. Ist das denn so schwer zu begreifen? Keine zwanzig, keine zehn Sous, nicht so viel, daß ich den Schnaps bezahlen könnte, den wir in einem Café trinken. Du zwingst mich, dir diese beschämenden Dinge zu sagen. Es war also unmöglich, mit dir auszugehen... Stelle dir vor, ich hätte dir sagen müssen, daß ich unsere Zeche nicht bezahlen kann... Nein, das hätte ich nicht über die Lippen gebracht...«

Sie sah ihn immer noch an. »Ist das auch wahr?«

Er drehte alle Taschen um, die der Hose, der Weste und der Jacke, und sagte leise: »Bist du nun zufrieden?«

Plötzlich öffnete sie in aufflammender Leidenschaft weit ihre Arme, umarmte ihn und stammelte: »Ach, du armer Liebling, mein armer Liebling... Wenn ich das geahnt hätte... Wie ist denn das gekommen?« Sie zwang ihn, sich zu setzen, und setzte sich dann auf seinen Schoß. Sie küßte ihn immer wieder, seinen Schnurrbart, seinen Mund, seine Augen, und zwang ihn, ihr zu erzählen, wie er in diese Lage gekommen war.

Er erfand eine rührende Geschichte. Er habe seinem Vater helfen müssen, der in Geldschwierigkeiten geraten sei. Er habe ihm nicht nur alle seine Ersparnisse geschickt, sondern sich seinetwegen noch in Schulden gestürzt. Er fügte hinzu: »Ein halbes Jahr lang muß ich mich krumm legen, denn ich habe alle meine Hilfsquellen erschöpft. Da ist nun einmal nichts zu machen, das Leben bringt das mit sich... Aber es hat doch keinen Sinn, sich des Geldes wegen den Kopf zu zerbrechen.«

Sie flüsterte ihm ins Ohr: »Ich leihe dir was, darf ich?«

»Das ist sehr lieb von dir, mein Liebling«, entgegnete er voller Würde, »aber das kommt auf keinen Fall in Frage. Reden wir nicht mehr davon, du würdest mich verletzen.«

Sie schwieg. Dann umarmte sie ihn und flüsterte: »Du weißt ja gar nicht, wie sehr ich dich liebe.«

Es war einer ihrer schönsten Liebesabende.

Als sie sich trennten, sagte sie lachend: »Wenn einer in deiner Lage ist, dann freut er sich, wenn er in seiner Tasche oder im Rockfutter ein Geldstück findet.«

»Das kann ich dem Betreffenden nachfühlen«, sagte er voller Überzeugung.

Sie wollte zu Fuß nach Hause gehen, gab als Vorwand die herrliche Mondnacht an und tat über deren Schönheit ganz begeistert.

Es war eine kalte und heitere Nacht zu Anfang des Winters. Die Passanten gingen schnell, denn es fror. Die Absätze klangen auf den Trottoirs.

Beim Abschied fragte sie: »Sehen wir uns übermorgen wieder?«

»Wie gern!«

»Um die gleiche Zeit?«

»Um die gleiche Zeit!«

»Auf Wiedersehen, Geliebter.«

Und sie küßten und umarmten sich zärtlich.

Mit langen Schritten eilte er nach Hause. Er fragte sich, was er morgen erfinden sollte, um sich aus der Verlegenheit zu ziehen. Als er die Türe seines Zimmers erreicht hatte und in seiner Westentasche nach den Streichhölzern fühlte, geriet ihm zu seinem Staunen ein Geldstück in die Finger.

Sobald er Licht gemacht hatte, ergriff er das Geldstück, um es genauer zu untersuchen. Er war ein Zwanzig-Francs-Stück.

Er glaubte, er habe den Verstand verloren.

Er drehte es hin und her und konnte gar nicht begreifen, wie das Geld in seine Tasche gekommen war. Aber irgendwie mußte es ja hineingeraten sein. Vom Himmel war es sicher nicht gefallen.

Dann ging ihm auf einmal ein Licht auf. Ein wilder Zorn faßte ihn. Seine Geliebte hatte von einem Geldstück im Rockfutter gesprochen, das man plötzlich, im Augenblick der größten Not, findet. Ihr verdankte er dieses Almosen. Welche Schande!

Er schimpfte: »Die soll übermorgen was erleben! Der blüht eine herrliche Viertelstunde!« Er legte sich zu Bett, das Herz voller Wut und Demütigung.

Am nächsten Morgen erwachte er erst spät. Er hatte Hunger. Er versuchte, wieder einzuschlafen, wollte erst gegen zwei Uhr aufstehen. Dann aber sagte er sich: »Damit erreiche ich gar nichts... Ich muß unbedingt Geld auftreiben.« Er verließ seine Wohnung, hoffte, daß ihm auf der Straße ein guter Gedanke kommen werde.

Der Gedanke kam ihm aber nicht. Bei jedem Restaurant, an dem er vorbeikam, lief ihm das Wasser im Mund zusammen. Als er bis Mittag noch keinen Ausweg gefunden hatte, entschloß er sich plötzlich: »Ich will erst mal von Clotildes Geld frühstücken. Bis morgen kann ich es ihr schon wiedergeben.«

Er aß in einem Restaurant zu zwei Francs fünfzig Centimes zu Mittag. Im Büro gab er dem Diener die drei Francs zurück. »Hier, Foucart, was Sie mir gestern für den Wagen geliehen haben.«

Er arbeitete bis sieben Uhr, ging dann zum Abendessen und nahm von dem Geld wieder drei Francs. Nachdem er dann noch zwei Glas Bier getrunken hatte, beliefen sich die Ausgaben auf neun Francs und dreißig Centimes.

Aber da er innerhalb von vierundzwanzig Stunden weder Geld auftreiben noch Mittel und Wege finden konnte, sich einen neuen Kredit zu beschaffen, verbrauchte er am nächsten Tag von den zwanzig Francs, die er am Abend zurückgeben wollte, weitere sechs Francs fünfzig Centimes, so daß er zu dem verabredeten Rendezvous mit vier Francs zwanzig in der Tasche erschien.

Er war gräßlicher Laune und nahm sich vor, die Situation sofort zu klären. Er wollte seiner Geliebten sagen: »Ich habe die zwanzig Francs, die du mir in die Tasche gesteckt hast, gefunden. Ich gebe sie dir heute nicht zurück, weil meine Lage sich nicht geändert hat und ich noch keine Zeit gehabt habe, mich mit der Geldfrage zu befassen. Aber wenn wir uns wiedersehen, bekommst du dein Geld.«

Sie kam voller Zärtlichkeit und voller Angst. Wie würde er sie empfangen? Und sie küßte ihn immer wieder, um auf diese Weise einer sofortigen Erklärung aus dem Weg zu gehen.

Und er seinerseits sagte sich: »Die Frage kann auch etwas später erledigt werden. Eine Gelegenheit wird sich hierzu schon ergeben.«

Aber die Gelegenheit ergab sich nicht, und er sagte nichts, denn er scheute die ersten Worte in dieser peinlichen Angelegenheit.

Sie äußerte nicht den Wunsch, ausgehen zu wollen, und war so reizend wie nur eben möglich.

Sie trennten sich gegen Mitternacht, nachdem sie sich für den Mittwoch der kommenden Woche verabredet hatten, denn Frau de Marelle hatte mehrere Einladungen hintereinander.

Als Duroy am nächsten Tag sein Essen bezahlen wollte und in seiner Tasche die vier Geldstücke suchte, die ihm noch übrig geblieben waren, stellte er fest, daß er fünf Geldstücke in seiner Tasche hatte, von denen eins ein Goldstück war.

Einen Augenblick glaubte er, daß man ihm am Abend vorher irrtümlicherweise sein Zwanzigfrancsstück zurückgegeben habe. Dann aber begriff er. Unter der Demütigung dieses dauernden Almosens bekam er Herzklopfen.

Wie sehr bedauerte er jetzt, daß er den Mund nicht aufgetan hatte. Wenn er energisch zugegriffen hätte, wäre ihm das nicht passiert.

Vier Tage lang gab er sich die erdenklichste Mühe, irgendwo fünf Louis aufzutreiben. Inzwischen verbrauchte er den zweiten Louis Clotildes.

Und wenn er ihr auch mit wütendem Gesicht sagte: »Laß endlich den Unsinn, sonst werde ich wütend«, fand sie doch Mittel und Wege, ihm bei der nächsten Begegnung wieder zwanzig Francs, diesmal in die Hosentasche, zu stecken.

Als er sie entdeckte, fluchte er: »Verdammt noch mal!« und steckte sie in die Westentasche, in der sich kein Centime mehr befand.

Er beruhigte sein Gewissen durch folgende Überlegung: Ich gebe ihr alles zusammen wieder. Im Grunde handelt es sich nur um geliehenes Geld.

Auf seine verzweifelten Bitten hin erklärte sich der Kassierer endlich bereit, ihm täglich fünf Francs zu geben. Das genügte gerade für die Ausgaben für seine Mahlzeiten, aber sechzig Francs konnte er damit nicht zurückerstatten.

Da Clotilde ihm keine Ruhe ließ und er mit ihr die nächtlichen Wanderungen durch alle verdächtigen Lokale von Paris wieder aufnehmen mußte, ärgerte er sich schließlich nicht mehr darüber, wenn er nach ihren abenteuerlichen Spaziergängen einen Goldfuchs in einer seiner Taschen fand. Eines Tages fand er ihn sogar in seinem Stiefel und ein anderes Mal in dem Schongehäuse seiner Uhr.

Da sie Süchte hatte, die er im Augenblick nicht befriedigen konnte, war es nur zu natürlich, daß sie bezahlte, da sie nicht darauf verzichten wollte.

Er schrieb übrigens genau auf, was er auf diese Weise erhielt, denn er hatte die feste Absicht, es ihr eines Tages wiederzugeben.

Eines Abends sagte sie zu ihm: »Hältst du es für möglich, daß ich noch nie in den Folies-Bergère gewesen bin? Wollen wir nicht einmal hingehen?«

Er zögerte, denn er dachte daran, daß sie Rachel begegnen könnten. Dann aber sagte er sich: »Ich bin schließlich nicht verheiratet. Wenn die andere mich sieht, wird sie die Situation erfassen und mich nicht ansprechen. Und dann nehmen wir auch eine Loge.«

Ein Grund vor allem bestimmte ihn. Er freute sich, Frau de Marelle eine Loge in einem Theater anbieten zu können, ohne etwas dafür zu bezahlen. Das war eine Art Ausgleich.

Es ließ Clotilde so lange im Wagen warten, bis er den Kupon geholt hatte, damit sie nicht merkte, daß er ihn umsonst erhielt. Dann holte er sie, und sie betraten das Theater, von den Kontrolleuren ehrerbietig gegrüßt.

Eine ungeheure Menge füllte die Wandelhalle. Es kostete sie einige Mühe, sich durch das Gewimmel von Männern und Dirnen einen Weg zu bahnen. Endlich erreichten sie ihre Loge, saßen zwischen dem unbeweglichen Parkett und dem Gewoge der Galerie.

Aber Frau de Marelle hatte kaum einen Blick für die Bühne, ihr ganzes Interesse galt den Dirnen, die hinter ihrem Rücken auf und ab gingen. Immer drehte sie sich um, sie zu sehen, spürte Lust, sie zu berühren, ihr Mieder zu betasten, ihre Backen, ihr Haar, um endlich einmal zu erfahren, wie diese Wesen eigentlich waren. Plötzlich sagte sie: »Da hinten die große Brünette starrt uns die ganze Zeit über an. Eben glaubte ich, sie wolle uns ansprechen. Hast du sie auch gesehen?«

»Nein«, entgegnete er. »Du täuschest dich sicher.« Aber er hatte sie schon längst gesehen. Es war Rachel, die mit zornigen Augen und wilden Worten auf den Lippen um sie herumstrich.

Als Duroy sich vorhin durch die Menge drängte, hatte er sie

gestreift, und sie hatte zu ihm gesagt: »Guten Abend!« Und dabei hatte sie ein Auge zugekniffen, als wenn sie sagen wollte: »Ich bin im Bild.«

Aber aus Angst, von seiner Geliebten beobachtet zu werden, hatte er diese Artigkeit nicht beachtet und war mit hoch erhobenem Kopf und verächtlichem Mund an ihr vorbeigegangen.

Die Dirne, der eine unbewußte Eifersucht bereits im Nacken saß, machte kehrt, streifte ihn von neuem und sagte diesmal lauter: »Guten Abend, Georges.«

Wieder hatte er nicht geantwortet. Jetzt legte sie Wert darauf, erkannt und gegrüßt zu werden, und immer wieder ging sie an der Loge vorbei, auf einen günstigen Augenblick wartend.

Sobald sie merkte, daß Frau de Marelle sie betrachtete, berührte sie mit dem Finger Duroys Schulter. »Guten Abend, wie geht es denn?«

Aber er wandte sich nicht um.

»Was ist denn los?« fragte sie. »Bist du seit vergangenen Donnerstag taub geworden?«

Er antwortete wieder nicht, machte ein verächtliches Gesicht, durch das er zum Ausdruck bringen wollte, daß er keine Lust hatte, sich auch nur durch ein Wort mit diesem Frauenzimmer zu kompromittieren.

Sie begann zu lachen. Es war ein böses Lachen. Sie sagte: »Du bist also stumm geworden! Deine Dame hat dir wohl die Zunge abgebissen?«

Er machte eine wütende Geste und schrie erregt: »Was wollen Sie von mir? Scheren Sie sich zum Teufel, oder ich lasse Sie verhaften.«

Mit flammenden Augen und geschwellter Brust rief sie: »Ah! So einer bist du! Du dreckiges Luder! Wenn man mit einer Frau zusammen im Bett gelegen hat, dann grüßt man sie wenigstens. Wenn du heute mit einer anderen zusammen bist, so ist das noch lange kein Grund, mich nicht mehr zu kennen. Hättest du mir eben, als ich an dir vorbeiging, nur ein kleines Zeichen gegeben, ich hätte dich in Ruhe gelassen. Aber du wolltest den Stolzen markieren! Na, warte nur... Nicht einmal guten Tag sagst du mir, wenn ich dir begegne...«

Sie hätte noch lange in dieser Art weiter geschrien, wenn Frau de Marelle nicht die Tür der Loge geöffnet hätte und davongelaufen wäre. Sie eilte durch die Menge, suchte wie verzweifelt nach dem Ausgang. Duroy eilte hinter ihr her, suchte sie einzuholen.

Als Rachel die beiden fliehen sah, brüllte sie triumphierend: »Haltet sie! Haltet sie! Sie hat mir meinen Liebsten gestohlen.«

Das Publikum begann zu lachen. Aus Spaß faßten zwei Herren die Flüchtige bei den Schultern, wollten sie mit sich nehmen und versuchten, sie zu küssen; aber Duroy, der sie endlich erreicht hatte, befreite sie und zog sie auf die Straße.

Sie sprang in einen leeren Wagen, der vor dem Lokal stand.

Auch er stieg ein, und als der Kutscher fragte: »Wohin will der Herr?«, antwortete er: »Fahren Sie, wohin Sie wollen.«

Der Wagen setzte sich auf dem holprigen Pflaster langsam in Bewegung.

Clotilde, die von einer Art Nervenkrise befallen wurde, hatte die Hände vor das Gesicht geschlagen; sie erstickte fast.

Und Duroy wußte weder, was er tun noch was er sagen sollte. Als er dann hörte, daß sie weinte, stammelte er: »Höre doch, Clo, meine liebe, kleine Clo, laß dir doch alles erklären... Meine Schuld ist es nicht... Ich habe diese Frau früher einmal gekannt... Das ist schon lange her...«

Sie nahm plötzlich die Hände von ihrem Gesicht, und von der Wut einer verliebten und verratenen Frau gepackt, einer wilden Wut, die ihr die Sprache wiedergab, sagte sie keuchend, in abgehackten Sätzen: »Elender! Elender... Du Lump!... Soll man das für möglich halten?... So eine Gemeinheit... So eine Schande... Ach lieber Gott! Welche Schande.«

Je klarer ihre Gedanken wurden, desto aufgeregter wurde sie, desto mehr Argumente fand sie. »Mit meinem Geld hast du sie bezahlt... Ich gab ihm das Geld für diese Hure... Du Lump!«

Einige Sekunden lang schien sie ein noch kräftigeres Wort zu suchen, aber sie fand es nicht. Dann spie sie förmlich aus sich heraus: »Du Schwein... Du Schwein... Schwein... Mit meinem Geld hast du sie bezahlt... mit meinem Geld... Du Schwein.«

Kein anderes Wort fiel ihr ein. Immer wieder sagte sie: »Du Schwein... Du Schwein...«

Plötzlich beugte sie sich aus dem Wagenfenster, ergriff den Kutscher beim Ärmel und rief: »Halten Sie!« Dann öffnete sie die Tür und sprang auf die Straße.

Georges wollte ihr folgen, aber sie rief: »Ich verbiete dir auszusteigen!« Sie rief das so laut, daß die Passanten stehen blieben.

Und aus Angst vor einem Skandal blieb Duroy im Wagen sitzen.

Dann nahm sie ihre Börse aus der Tasche und entnahm ihr beim Licht der Laterne zwei Francs und fünfzig Centimes, die sie dem Kutscher gab. Mit bebender Stimme sagte sie: »Hier haben Sie das Fahrgeld... Ich bezahle, und den Schweinehund fahren Sie in die Rue Boursault in Batignolles.«

Die Gruppe aus Passanten, die sie umgab, begann zu lachen. Ein Herr sagte: »Bravo, kleine Frau!« Und ein junger Strolch, der an den Wagen herangetreten war, steckte den Kopf durch das offene Wagenfenster und rief mit überschriller Stimme: »Gute Nacht, Bibi!«

Dann setzte sich der Wagen wieder in Bewegung. Lautes Lachen schallte hinter ihm her.

VI

Für Georges Duroy brachte der nächste Morgen ein trauriges Erwachen.

Er zog sich langsam an, setzte sich dann an das Feuer und begann zu überlegen. Er fühlte sich am ganzen Körper wie zerschlagen, als hätte er am Abend vorher eine gewaltige Tracht Prügel bezogen.

Der Gedanke, sich irgendwie Geld verschaffen zu müssen, ließ ihm keine Ruhe, und er begab sich zu Forestier.

Sein Freund empfing ihn in seinem Arbeitszimmer, wo er vor dem Kaminfeuer saß. »Wo brennt es denn, daß du so früh aufgestanden bist?«

»Eine sehr ernste Sache. Ich habe eine Ehrenschuld.«

»Spielschulden?«

Er zögerte, dann gestand er: »Ja, Spielschulden.«

»Hoch?«

»Fünfhundert Francs.«

In Wirklichkeit schuldete er nur zweihundertundachtzig.

Skeptisch fragte Forestier: »Wem schuldest du die Summe?«

Duroy konnte nicht sofort antworten. »Einem gewissen Herrn de Carleville.«

»Und wo wohnt dieser Herr?«

»In der Rue... der Rue...«

Forestier begann zu lachen. »In der Straße, die nach dem Mond führt. Den Herrn kenne ich... Wenn du zwanzig Francs haben willst, die kann ich dir geben, aber keinen Centime mehr.«

Duroy nahm das Goldstück. Und dann ging er von Tür zu Tür, besuchte alle seine Bekannten. Gegen fünf Uhr hatte er achtzig Francs zusammen.

Da ihm noch zweihundert Francs fehlten, entschloß er sich kurzerhand, was er zusammengebracht hatte, für sich zu behalten. »Quatsch, was soll ich mir wegen dieser Flöte graue Haare wachsen lassen. Die kriegt ihr Geld wieder, wenn ich es habe.«

Vierzehn Tage lang lebte er sehr sparsam, regelmäßig und keusch, den Kopf voll von energischen Entschlüssen. Dann überfiel ihn auf einmal eine große Sehnsucht nach Liebe. Es wollte ihm scheinen, als hätte er schon viele Jahre lang keine Frau mehr in den Armen gehalten, und alle Frauen, denen er begegnete, ließen ihn erbeben wie den Matrosen, der nach langer Seefahrt endlich an Land kommt.

So ging er denn eines Abends in die Folies-Bergère in der Hoffnung, Rachel dort zu begegnen. Kaum hatte er das Lokal betreten, als er sie sah, denn sie war hier eigentlich jeden Abend zu finden. Lachend ging er auf sie zu und streckte ihr die Hand entgegen.

Aber sie betrachtete ihn von oben bis unten: »Was wünschen Sie von mir?«

Er versuchte zu lachen. »Sei doch nicht so!«

Sie drehte ihm den Rücken zu und sagte: »Mit solchen Halunken, wie Sie einer sind, will ich nichts zu tun haben.«

Das war eine schwere Beleidigung. Er fühlte, wie ihm das Blut ins Gesicht stieg. Allein kehrte er nach Hause zurück.

Forestier, dem es nicht gut ging und der wieder stark hustete, machte ihm in der Redaktion das Leben sauer. Er schien es ganz besonders darauf anzulegen, ihm die schwersten und langweiligsten Aufträge zu erteilen. Eines Tages – er war besonders gereizt – knurrte er, als er gerade einen schweren Hustenanfall hinter sich hatte und Duroy nicht mit der gewünschten Auskunft in das Büro kam: »Verdammt noch mal, du bist noch viel dümmer, als ich bisher geglaubt habe.«

Der andere hätte ihm am liebsten ins Gesicht geschlagen, aber er beherrschte sich und verließ das Büro. Er sagte sich: »Na warte, dich kriege ich schon.« Dann kam ihm ein Gedanke so schnell wie der Blitz, und er fügte seinen Worten hinzu: »Ich setze dir Hörner auf, mein Lieber!« Sich vor lauter Freude über seinen Einfall die Hände reibend, ging er nach Hause.

Schon am nächsten Tag wollte er seinen Plan ausführen. Er machte Frau Forestier einen Besuch, um das Terrain zu sondieren. Er fand sie lesend auf ihrem Sofa liegen.

Sie reichte ihm die Hand, ohne sich weiter zu rühren, wandte ihm nur den Kopf zu und sagte: »Guten Tag, Bel Ami.«

Er hatte ein Gefühl, als hätte er einen Schlag ins Gesicht bekommen. »Warum nennen Sie mich so?«

Lachend antwortete sie: »Ich war in der vergangenen Woche bei Frau de Marelle, und bei ihr habe ich Ihren neuen Namen erfahren.«

Das liebenswürdige Gesicht der jungen Frau beruhigte ihn. Was hätte er auch befürchten sollen?

Sie fuhr fort: »Sie verwöhnen sie... Zu mir kommt man nur, wenn Pfingsten auf den Freitag fällt.«

Er hatte sich zu ihr gesetzt und betrachtete sie mit einer neuen Neugierde, mit der Neugierde eines Liebhabers erlesener Kunstwerke. Sie war reizend, ihr Blond war zart und warm, und sie schien für Zärtlichkeiten wie geschaffen. Er dachte: Sie ist viel besser als die andere, daran ist nicht zu zweifeln. Wegen eines Erfolgs machte er sich keine Sorge, er hatte ein Gefühl, als brauchte er nur die Hand auszustrecken und sie zu nehmen, wie man eine Frucht pflückt. Er sagte entschlossen: »Es war besser, daß ich Sie nicht besuchte.«

Sie verstand ihn nicht und fragte: »Warum?«

»Warum? Erraten Sie das denn nicht?«

»Nein.«

»Weil ich in Sie verliebt bin, nur ein wenig, vorläufig nur ein wenig, und weil ich es nicht ganz werden will...«

Sie schien weder erstaunt noch beleidigt oder geschmeichelt. Sie lächelte nur ihr gleichgültiges Lächeln und entgegnete ganz ruhig: »Sie können trotzdem kommen, in mich ist man nie lange verliebt.«

Er war über den Ton, in dem sie das sagte, überraschter als über die Worte selbst und fragte: »Warum?«

»Weil das ganz unnütz ist und ich damit auch nicht hinter dem Berg halte. Hätten Sie mich Ihre Befürchtungen früher wissen lassen, so hätte ich Sie gleich beruhigt und aufgefordert, möglichst oft zu kommen.«

Pathetisch entgegnete er: »Als wenn man seine Gefühle meistern könnte!«

Sie wandte sich ihm zu. »Mein lieber Freund, für mich zählt ein Verliebter nicht mehr zu den Lebendigen. Er wird idiotisch, nicht nur das, er wird sogar gefährlich. Mit Leuten, die mich lieben oder behaupten, mich zu lieben, breche ich jeden Verkehr ab, weil sie mich langweilen und mir verdächtig sind wie ein tollwütiger Hund, der seine Anfälle bekommen kann. Ich zwinge Sie also zu einer moralischen Quarantäne, bis Sie Ihre Krankheit überwunden haben. Vergessen Sie das bitte nicht. Ich weiß sehr gut, daß die Liebe bei den Männern nur eine Art Appetit ist, während sie mir im Gegenteil eine Art... Seelengemeinschaft bedeutet, von der die Männer nichts wissen wollen. Sie verstehen ihren Buchstaben, ich aber fasse ihren Geist. Aber... Sehen Sie mich an...« Sie lächelte nicht mehr. Sie hatte ein ruhiges und kaltes Gesicht, und jedes Wort betonend, sagte sie: »Eines merken Sie sich: Nie und nimmer werde ich Ihre Geliebte werden. Es hat also gar keinen Sinn, und es wäre sogar schlimm für Sie, wenn Sie Ihren Wunsch nicht gleich aufgäben... Nachdem diese Operation vollzogen ist, wollen wir gute Freunde bleiben, aber ehrliche Freunde, die keine Hintergedanken haben.«

Er hatte verstanden, daß diesem Urteil gegenüber, gegen das

es keine Berufung gab, jeder Versuch von vornherein zum Mißerfolg verdammt war. Er zog sofort seine Schlüsse daraus; erfreut darüber, sich im Lebenskampf diese Bundesgenossin schaffen zu können, reichte er ihr beide Hände: »Ich bin der Ihre, gnädige Frau, in welcher Form Sie es auch wünschen.«

Sie fühlte die Aufrichtigkeit dessen, was er dachte, in seiner Stimme und überließ ihm ihre Hände.

Er küßte sie, erst die eine, dann die andere. Dann hob er den Kopf und sagte ganz einfach: »Wäre mir eine Frau wie Sie früher begegnet, ich hätte sie sofort geheiratet.«

Dieses Mal war sie gerührt, fühlte sich geschmeichelt durch diese Worte, wie das Frauen tun, wenn Komplimente ihr Herz erreichen, und sie warf ihm einen jener schnellen und dankbaren Blicke zu, die uns zu ihren Sklaven machen.

Und da ihm nichts einfiel, die Unterhaltung wieder in Gang zu bringen, sagte sie mit sanfter Stimme und einen Finger auf seinen Arm legend: »Ich will Ihnen gleich meine Freundschaft bezeigen. Sie benehmen sich sehr ungeschickt, mein Lieber ...« Sie zögerte und fragte dann: »Darf ich ganz offen sprechen?«

»Ja.«

»Ganz offen?«

»Ganz offen.«

»Machen Sie vor allem Frau Walter Ihren Besuch. Sie schätzt Sie sehr. Versuchen Sie, ihr zu gefallen. Bei ihr können Sie Ihre Komplimente anbringen, wenn sie auch eine anständige – vergessen Sie das nicht –, eine sehr anständige Frau ist. Lassen Sie von vornherein alle Hoffnung, hier vielleicht ein wenig ›naschen‹ zu können, fahren. Ihnen winkt unter Umständen viel mehr, wenn Sie es nur verstehen, sich beliebt zu machen. Ich weiß, daß Sie bei der Zeitung bisher nur eine untergeordnete Stellung bekleiden. Aber fürchten Sie nichts, sie empfangen alle ihre Redakteure mit dem gleichen Wohlwollen. Glauben Sie mir, gehen Sie einmal hin.«

Lächelnd antwortete er: »Vielen Dank. Sie sind ein Engel... ein Schutzengel.«

Und dann sprachen sie von anderen Dingen.

Er blieb lange, wollte ihr beweisen, daß er gern bei ihr war.

Und als er sich dann von ihr verabschiedete, fragte er wieder: »Wir sind also gute Freunde?«

»Das sind wir.«

Und da er die Wirkung seines Kompliments vorhin wohl gemerkt hatte, verstärkte er es jetzt, indem er sagte: »Und wenn Sie jemals Witwe werden, dann setzen Sie mich auf die Anwärterliste.« Dann verließ er sie schnell, um ihr nicht Zeit zu lassen, böse zu werden.

Ein Besuch bei Frau Walter war Duroy ein wenig peinlich, denn er war von ihr nicht aufgefordert worden, sie zu besuchen, und er wollte keine Ungeschicklichkeit begehen. Der Chef zeigte ihm sein Wohlwollen, schätzte seine Dienste und vertraute ihm alle schwierigen Aufträge an. Warum sollte er diese Gunst nicht benutzen und sich durch sie Eingang in sein Haus verschaffen?

Eines Morgens stand er früh auf und begab sich in die Markthallen, die er erreichte, als der Verkauf gerade begann. Für etwa zehn Francs kaufte er zwanzig wundervolle Birnen. Nachdem er sie sorgfältig in ein Körbchen verpackt hatte, um vorzutäuschen, daß sie aus weiter Ferne kamen, gab er sie bei dem Portier seines Chefs zusammen mit seiner Visitenkarte ab, auf der folgende Worte standen: »Georges Duroy bittet Frau Walter ergebenst, diese wenigen Früchte annehmen zu wollen, die er heute morgen aus der Normandie erhalten hat.«

Am nächsten Tag fand er in seinem Brieffach in der Redaktion einen Umschlag, der Frau Walters Karte enthielt, auf der er las, daß sie Herrn Duroy herzlich danke und samstags immer zu Hause sei.

Am nächsten Samstag machte er Frau Walter seinen Besuch.

Walter bewohnte am Boulevard Malesherbes ein Doppelhaus, das sein Eigentum war. Ein Teil war aus Sparsamkeit, wie sie praktischen Leuten eigen ist, vermietet. Ein Portier, dessen Loge sich zwischen den beiden Eingängen befand, öffnete die Tür nicht nur für den Besitzer, sondern auch für den Mieter und gab durch seine schöne Livree, die an die der Schweizergarde erinnerte, seine dicken Waden, die in weißen Strümpfen steckten, durch seinen Rock mit den goldenen Knöpfen und den roten Aufschlägen jedem der beiden Eingänge des Hauses ein reiches und vornehmes Aussehen.

Die Empfangsräume befanden sich im ersten Stockwerk. Vor ihnen lag ein Vorzimmer, das mit Tapisserien bespannt und mit Portieren am Ein- und Ausgang behangen war. Zwei Diener schlummerten auf Sesseln. Der eine von ihnen nahm Duroys Mantel, und der andere bemächtigte sich seines Stockes, öffnete eine Tür, ging dem Besucher ein paar Schritte voraus, trat dann beiseite, rief seinen Namen und ließ ihn in das leere Zimmer treten.

Verlegen schaute der junge Mann um sich, als er in einem Spiegel sitzende Menschen sah, die sich in weiter Ferne zu befinden schienen. Er irrte sich zuerst in der Richtung, denn der Spiegel hatte ihn verwirrt, dann ging er wieder durch zwei leere Salons und erreichte schließlich ein kleines Boudoir, das mit gelb getupfter blauer Seide ausgeschlagen war und in dem vier Damen an einem mit Teetassen gedeckten Tisch saßen und miteinander plauderten.

Trotz der Sicherheit, die er durch sein Leben in Paris erworben hatte, vor allem aber seiner Tätigkeit als Reporter verdankte, die ihn mit bedeutenden Persönlichkeiten in Berührung brachte, fühlte sich Duroy durch die Inszenierung seines Empfangs und die leeren Salons, die er durchschreiten mußte, ein wenig eingeschüchtert. Er stotterte: »Gnädige Frau, ich habe mir erlaubt...«, wobei er nach der Herrin des Hauses suchte.

Sie reichte ihm die Hand, die er, sich vorbeugend, ergriff. Und als sie zu ihm gesagt hatte: »Es ist zu lieb von Ihnen, daß Sie mich besuchen«, deutete sie auf einen Sitz, auf den er eher fiel als sich setzte, denn er hatte geglaubt, daß er höher sei.

Die Unterhaltung war verstummt. Eine der Damen begann wieder zu sprechen. Man sprach von der Kälte, die wohl sehr stark sei, aber doch nicht genüge, die Typhusepidemie zum Verschwinden zu bringen. Auch sei sie noch nicht so stark, daß man Schlittschuh laufen könne. Und jede der Damen äußerte ihre Meinung zu diesem ersten Pariser Frost. Dann erging man sich über die Vorzüge der einzelnen Jahreszeiten und führte alle jene banalen Gründe an, die in den Köpfen der meisten Menschen herumliegen wie Staub in den Wohnungen.

Eine Tür wurde leise geöffnet. Duroy wandte den Kopf und erblickte durch zwei Spiegelscheiben eine dicke Dame, die sich näherte. Sobald sie das Boudoir erreicht hatte, stand eine der Besucherinnen auf, reichte allen die Hand und verabschiedete sich. Und der junge Mann folgte mit dem Blick durch die anderen Salons ihrem schwarzen Rücken, auf dem Jettperlen funkelten.

Als sich die Aufregung, die dieser Personenwechsel mit sich brachte, gelegt hatte, sprach man ohne jeden Übergang von der Marokkofrage und dem Krieg im Orient und vergaß auch nicht, auf die schwierige Lage Englands in Südafrika einzugehen.

Die Damen sprachen über diese Fragen sozusagen aus dem Gedächtnis, als sagten sie eine anständige Komödie auf, die sie schon oft wiederholt hatten.

Wieder betrat ein neuer Gast das Boudoir. Es war eine kleine blonde Frau mit krausem Haar. Als sie erschien, erhob sich eine große hagere Dame unbestimmten Alters, um sich zu verabschieden.

Man sprach nun über die Aussichten des Herrn Linet, zum Mitglied der Académie gewählt zu werden. Die eben Angekommene war der festen Überzeugung, daß er von Cabanon-Lebas, dem Verfasser der schönen Bearbeitung des »Don Quijote« in Versen für die Bühne, geschlagen werde.

»Sie wissen doch, daß sie im nächsten Winter im Odeon zur Aufführung gelangt.«

»Ist das Tatsache? Ich werde nicht versäumen, mir diesen literarischen Versuch anzusehen.«

Frau Walter antwortete voller Anmut, ruhig und gleichgültig, ohne auch nur einen Augenblick in bezug auf das, was sie sagen mußte, zu zögern, denn ihre Ansicht war immer im voraus fertig und bereit.

Als sie sah, daß der Abend hereinbrach, klingelte sie nach Licht, ohne aber aufzuhören, dem Gespräch zu lauschen, das wie ein zahmes Bächlein dahinplätscherte. Ihr fiel auch gerade jetzt ein, daß sie vergessen hatte, bei dem Graveur vorzusprechen, um die Einladungskarten für das nächste Diner zu bestellen.

Sie war ein wenig üppig, aber immer noch schön, war in jenem gefährlichen Alter, in dem der Verfall beginnt. Aber sie erhielt ihre Schönheit durch tausenderlei Sorgen und Vorsichtsmaßnahmen, durch Hygiene und allerhand Hautcremes. Sie schien in allem besonnen, mäßig und vernünftig, war eine jener Frauen, deren Geist ausgerichtet ist wie ein französischer Garten. Ohne Überraschung geht man in ihm spazieren, und doch geht ein gewisser Zauber von ihm aus. Sie hatte Verstand, einen feinen, diskreten und sicheren Verstand, der bei ihr die Phantasie ersetzte, sie war gut und hingebend, von ruhigem Wohlwollen, freigebig jedem und allem gegenüber.

Sie bemerkte, daß Duroy bisher kaum gesprochen, daß man kaum den Versuch gemacht hatte, ihn ins Gespräch zu ziehen, und er sich anscheinend nicht sonderlich behaglich fühlte. Und da die Damen sich immer noch über die Académie unterhielten und dieses Thema auch für die nächste Zeit nicht aufgeben zu wollen schienen, fragte sie: »Sie sind über diese Dinge doch besser orientiert als wir. Wem würden Sie den Vorzug geben?«

Ohne zu zögern entgegnete er: »In dieser Frage, gnädige Frau, würde ich niemals das Verdienst der Kandidaten, über das sich immer streiten läßt, in Betracht ziehen, sondern ihr Alter und ihre Gesundheit. Ich würde nie nach ihren Ansprüchen, sondern immer nur nach ihrer Krankheit fragen. Ich würde auch nicht danach forschen, ob sie eine gereimte Übersetzung von Lope de Vega gemacht haben, doch würde ich es nicht unterlassen, mich nach dem Zustand ihrer Leber, ihres Herzens, ihrer Nieren und ihres Rückenmarks zu erkundigen. Was mich angeht, so halte ich eine gute Hypertrophie, eine gute Wassersucht und den Anfang einer anständigen Ataxie der Bewegungsnerven für hundertmal wertvoller als vierzig Bände Abhandlungen über die Vaterlandsidee in der Poesie der Berber.«

Dieser Meinungsäußerung folgte erstauntes Schweigen.

Lächelnd fragte Frau Walter: »Wieso?«

Und er antwortete: »Weil ich in allem immer nur nach dem suche, was den Frauen Freude machen kann. Und sehen Sie, gnädige Frau, die Académie hat in Wirklichkeit nur dann für sie Interesse, wenn eines ihrer Mitglieder stirbt. Und je mehr sterben, desto glücklicher müssen sie sein. Aber damit sie bald sterben, muß man sie ernennen, wenn sie alt und krank sind.« Und da seine Zuhörerinnen weiter staunten, fuhr er fort: »Mir geht es übrigens genau wie Ihnen, ich lese in den ›Pariser Nachrichten‹ gern vom Tod eines Mitglieds der Académie. Sofort frage ich mich: ›Wer wird seine Stelle einnehmen?‹ Und dann stelle ich meine Liste auf. Das ist ein Spiel, aber ein kleines reizendes Spiel, das man beim Hinscheiden eines der Unsterblichen in jedem Pariser Salon spielt: das Spiel des Todes und der vierzig Greise.«

Die Damen, die immer noch nicht ihre Fassung ganz wiedergefunden hatten, begannen ein wenig zu lächeln, denn sie mußten sich sagen, daß das, was er gesagt hatte, nur zu richtig war.

Sich erhebend, schloß er: »Sie ernennen sie, meine Damen, und Sie ernennen sie nur, um sie sterben zu sehen. Wählen Sie also nur alte, sehr alte, steinalte Herren, und um die anderen kümmern Sie sich weiter nicht.« Drauf verabschiedete er sich mit Grazie.

Kaum hatte er den Salon verlassen, als eine der Damen meinte: »Ein seltsamer Mensch! Wer ist er denn eigentlich?«

Frau Walter antwortete: »Einer unserer Redakteure, der im Augenblick noch keine besondere Stellung bei der Zeitung hat, der aber sicher schnell Karriere macht.«

Voll innerer Heiterkeit ging Duroy mit großen, tänzelnden Schritten über den Boulevard Malesherbes. Er war mit seinem Abgang sehr zufrieden und sagte vor sich hin: »Das hast du gut gemacht.« An diesem Abend versöhnte er sich mit Rachel.

Die nächste Woche brachte ihm zwei Ereignisse. Er wurde zum Chef der »Pariser Nachrichten« ernannt und von Frau Walter zum Diner eingeladen. Daß zwischen diesen beiden Ereignissen eine Verbindung bestand, bezweifelte er keinen Augenblick.

Die »Vie Française« war vor allen Dingen ein Geldblatt, der Chef war Finanzmann, dem die Presse und sein Mandat als Deputierter als Hebel gedient hatten. Sich aus der Gutmütigkeit eine Waffe machend, hatte er unter der lächelnden Maske des Biedermanns immer manövriert, aber er setzte bei seinen Geschäften, welcher Art sie auch sein mochten, nur die ein, die er abgetastet, auf die Probe gestellt, die er sozusagen beschnüffelt und bei denen er auf diese Weise Schlauheit, Kühnheit und Geschmeidigkeit festgestellt hatte. Duroy, den er zum Chef der »Pariser Nachrichten« gemacht hatte, schien ihm besonders wertvoll.

Diese Stellung hatte bisher der Redaktionssekretär Boisrenard innegehabt, ein alter, korrekter, pünktlicher und wie ein Beamter genauer Journalist. Seit zwanzig Jahren war er bei elf verschiedenen Zeitungen Redaktionssekretär gewesen, ohne seine Art, die Dinge zu tun oder zu sehen, auch nur im geringsten zu ändern. Er ging aus der einen Redaktion in die andere über, wie man aus einem Restaurant in ein anderes geht, und merkte kaum, daß das, was hier zusammengebraut wurde, ein wenig anders schmeckte. Um politische und religiöse Ansichten kümmerte er sich nicht. Er war der Zeitung, welcher Art sie auch war, treu ergeben in seiner Arbeit und wertvoll durch seine große Erfahrung. Er arbeitete wie ein Blinder, der nichts sieht, wie ein Tauber, der nichts hört, und wie ein Stummer, der niemals über etwas spricht. Er war ein Mann, der seine Berufsehre hochhielt und sich niemals für etwas hergegeben hätte, das seiner Meinung nach nicht vom besonderen Standpunkt seines Berufes aus anständig, loyal und korrekt war.

Walter, der ihn übrigens sehr schätzte, hatte schon oft daran gedacht, die »Pariser Nachrichten«, die nach seiner Meinung das Mark der Zeitung waren, einem anderen anzuvertrauen. In dieser Spalte setzte man Gerüchte in die Welt, hier beeinflußte man das Publikum und den Rentenmarkt. Zwischen den Bericht über zwei Ereignisse aus der Gesellschaft mußte man, ohne daß eine Absicht zu erkennen gewesen wäre, das Wichtige einschieben, mußte es viel eher nahelegen als deutlich sagen. Durch allerlei Andeutungen mußte man erraten lassen, was man wollte, mußte so dementieren, daß niemand das, was man sagte, glaubte. In den »Pariser Nachrichten« mußte jeder jeden Tag mindestens eine Zeile finden, die ihn interessierte, damit jeder sie las. An alles und alle mußte man denken, an alle Berufe, an Paris, an die Provinz, an die Armee und an die Maler, an die Geistlichkeit und an das Unterrichtswesen, an die Beamten und an die Kurtisanen.

Der Mann, der die »Pariser Nachrichten« leitete, der das Bataillon der Reporter kommandierte, mußte immer auf dem Quivive, mußte mißtrauisch und voraussehend, listig, flink und geschmeidig sein, mußte alle Schliche kennen, mußte einen unfehlbaren Riecher haben, mußte auf den ersten Blick erkennen, daß eine Nachricht falsch war, mußte beurteilen können, was gesagt und was verheimlicht werden mußte, mußte wissen, was seine Wirkung auf das Publikum nicht verfehlte. Und die Darstellung mußte so sein, daß sie die Wirkung vervielfältigte.

Boisrenard, der über eine lange Praxis verfügte, hatte weder die nötige Meisterschaft noch den nötigen Schneid. Vor allem fehlte ihm die Witterung für die geheimen Ideen seines Chefs.

Duroy leistete vollendete Arbeit und vervollständigte in wunderbarer Weise die Redaktion dieser Zeitung, die »auf den Strömungen des Staates und den Unterströmungen der Politik schwamm«, wie Norbert de Varenne sagte.

Die Inspiratoren und wirklichen Redakteure der »Vie Française« waren ein halbes Dutzend Deputierte, die an allen Spekulationen, die der Direktor lancierte oder stützte, interessiert waren. In der Kammer nannte man sie die »Walter-Clique«, und man beneidete sie, weil sie mit ihm und durch ihn viel Geld verdienten.

Als politischer Redakteur war Forestier nur der Strohmann dieser Geschäftsleute, der Vollstrecker der von ihnen suggerierten Absichten. Sie gaben ihm seine Leitartikel ein, die er immer nur zu Hause schrieb, weil er dort, wie er behauptete, ungestörter arbeiten könne.

Um aber dem Blatt einen literarischen und pariserischen Anstrich zu geben, hatte man zwei in verschiedenen Gattungen berühmte Schriftsteller verpflichtet, Jacques Rival, der aktuelle Plaudereien verfaßte, und Norbert de Varenne, den Dichter und phantasievollen Chronisten oder besser Erzähler der neuen Schule.

Und dann hatte man aus der großen Zahl der Schriftsteller für alles um wenig Geld Kunst-, Musik-, Theaterkritiker engagiert, dazu einen Redakteur für die Spalte »Verbrechen« und einen anderen für den Rennsport. Zwei Damen der Gesellschaft berichteten unter den Namen »Domino rose« und »Patte Blanche« über die Ereignisse in ihren Kreisen, über die Mode und das elegante Leben, über die Etikette und Lebensart und ließen sich dabei allerlei Indiskretionen über vornehme Damen zuschulden kommen.

Und so fuhr denn die »Vie Française«, von all diesen verschiedenen Händen gesteuert, durch die Strömungen und Unterströmungen.

Duroy war voller Freude über seine Ernennung zum Chef der »Pariser Nachrichten«, als er eine kleine lithographische Karte erhielt, auf der er las: »Herr und Frau Walter bitten Herrn Georges Duroy, ihnen das Vergnügen zu machen, am Donnerstag, dem 20. Januar, mit ihnen speisen zu wollen.«

Diese neue Gunstbezeigung, die der anderen so schnell folgte, erfüllte ihn mit solcher Freude, daß er die Einladungskarte küßte, als wäre sie ein Liebesbrief gewesen. Und dann begab er sich zu dem Kassierer, um mit ihm die Gehaltsfrage zu besprechen.

Im allgemeinen hat ein Nachrichtenchef sein eigenes Budget, aus dem er seine Reporter und die Nachrichten, seien sie nun gut oder nur mittelmäßig, bezahlt, die der eine oder der andere bringt, wie die Gärtner die Erträgnisse ihres Gartens zum Händler von Frühgemüse bringen.

Duroy waren anfänglich zwölfhundert Francs monatlich zur Verfügung gestellt, von denen, das hatte er sich fest vorgenommen, er einen guten Teil in seine eigenen Taschen fließen lassen wollte.

Auf seine dringenden Vorstellungen hin hatte sich der Kassierer schließlich bereitfinden lassen, ihm einen Vorschuß von vierhundert Francs auszuzahlen. Im ersten Augenblick hatte er die Absicht, Frau de Marelle die zweihundertachtzig Francs, die er ihr schuldete, zuzusenden, aber dann kam ihm der Gedanke, daß ihm auf diese Weise nur hundertzwanzig Francs blieben, mit welcher Summe er seinen neuen Dienst unmöglich in Gang halten konnte, und so verschob er die Rückzahlung auf später.

Die beiden ersten Tage verbrachte er damit, sich in seinem Büro einzurichten, denn in dem gemeinsamen Redaktionssaal bekam er nun einen eigenen großen Tisch mit einer ganzen Reihe von Brieffächern. Er saß an dem einen Ende dieses Saales, während Boisrenard, dessen Kopf mit dem ebenholzschwarzen Haar immer über ein Blatt Papier geneigt war, am anderen Ende des Saales saß.

Der lange Tisch in der Mitte gehörte den fliegenden Redakteuren. Meist diente er als Sitzbank. Entweder saßen sie mit baumelnden Beinen auf dem Tischrand oder mit untergeschlagenen Beinen wie die Türken mitten auf dem Tisch. Manchmal hockten fünf bis sechs auf diesem Tisch und gaben sich in der Haltung von chinesischen Götzen dem Fangspiel hin.

Auch Duroy hatte sich schließlich für diesen Zeitvertreib begeistert, und unter der Leitung und dank der Ratschläge von Saint-Potin war er bald ein Könner auf diesem Gebiet.

Forestier, der immer leidender wurde, hatte ihm sein Spiel aus Antillenholz anvertraut, denn er fand es ein wenig schwer. Mit kräftigem Arm handhabte Duroy die schwere Kugel am Ende ihrer Kordel und zählte leise dabei: »Eins – zwei – drei – vier – fünf – sechs.«

An dem Tag, an dem er bei Frau Walter zum Diner gebeten war, war es ihm zum erstenmal gelungen, bis auf zwanzig Treffer hintereinander zu kommen. Ein guter Tag, dachte er, heute habe ich Erfolg. Denn Geschicklichkeit im Fangspiel bedeutete in den Büros der »Vie Française« eine Überlegenheit.

Frühzeitig verließ er die Redaktion, um genügend Zeit zum Anziehen zu haben. Er ging die Rue de Londres hinauf, als er vor sich eine kleine Frau hergehen sah, in der er Frau de Marelle zu erkennen glaubte. Er fühlte, wie es ihm warm ins Gesicht stieg, und sein Herz begann schneller zu klopfen. Er überquerte die Straße, um sie von der Seite zu betrachten. Auch sie blieb stehen, um die Straße zu überqueren. Er hatte sich geirrt. Erleichtert atmete er auf. Schon oft hatte er sich die Frage gestellt, wie er sich verhalten sollte, wenn er ihr plötzlich begegnete. Sollte er sie grüßen oder so tun, als hätte er sie nicht gesehen? Ich würde sie einfach nicht sehen, dachte er.

Es war kalt, das Wasser in den Gossen war gefroren. Die Trottoirs waren trocken und grau im Gaslicht.

Als der junge Mann sein Zimmer betrat, dachte er: Ich muß umziehen. Diese Bude ist nun nichts mehr für mich. Er war nervös und voller Freude. Er wäre imstande gewesen, über die Dächer zu laufen, und während er von seinem Bett nach dem Fenster ging, wiederholte er: »Kommt das Glück? Ja, das Glück kommt. Ich muß an Papa schreiben.«

Hin und wieder schrieb er seinem Vater, und sein Brief brachte immer große Freude in das kleine Gasthaus in der Normandie, das am Rand der Straße auf dem hohen Hügel lag, von wo man einen Blick auf Rouen und das breite Seinetal hatte.

Von Zeit zu Zeit erhielt auch er einen blauen Umschlag, dessen Adresse in zittriger Schrift geschrieben war, und immer wieder las er die gleichen Zeilen zu Anfang des väterlichen Briefes: »Mein lieber Sohn, mit Gegenwärtigem lassen wir Dich wissen, daß es Deiner Mutter und mir gut geht. Viel Neues hat sich hier nicht ereignet. Doch muß ich Dir mitteilen...«

Im Herzen lebte ihm immer noch ein Interesse für das, was sich in seinem Dorf ereignete, für das, was es bei den Nachbarn Neues gab, für den Stand der Felder und der Ernte.

Während er seine weiße Krawatte vor dem Spiegel band, wiederholte er sich: »Ich muß Papa gleich morgen schreiben. Wenn der Alte mich heute abend in dem Haus sähe, in das ich gleich gehe, er käme aus dem Staunen nicht heraus. Donnerwetter, ich werde gleich ein Essen zu mir nehmen, wie er es sein Lebtag nicht gesehen hat.« Und plötzlich sah er die schwarze Küche hinter dem Saal des leeren Cafés vor sich, sah die Kasserollen, die einen gelben Schein auf die Wände warfen, sah die Katze vor dem Kaminfeuer in der Stellung einer zusammengekauerten Chimäre, den Holztisch, den die Zeit und die auf ihm verschütteten Getränke poliert hatten, sah die dampfende Suppenschüssel und eine brennende Kerze, die zwischen zwei Tellern stand. Und er sah auch den Mann und die Frau, den Vater und die Mutter, die beiden Bauern mit den langsamen Gesten, die bedächtig ihre Suppe löffelten. Er kannte die kleinsten Falten ihrer alten Gesichter, die geringsten Bewegungen ihrer Arme und ihres Kopfes. Er wußte sogar, was sie miteinander sprachen, wenn sie sich abends beim Essen gegenübersaßen.

Er dachte: Ich muß sie wirklich bald einmal besuchen. Als er seine Toilette beendet hatte, blies er das Licht aus und ging die Treppe hinunter.

Auf dem äußeren Boulevard sprachen ihn Dirnen an. Sie faßten seinen Arm. Er riß sich los und sagte mit einer Verachtung, als wenn sie ihn beleidigt und verkannt hätten: »Laßt mich in

Ruhe!« Für wen hielten sie ihn denn? Sahen diese Weiber denn nicht, wen sie vor sich hatten? Der Frack, den er angezogen hatte, um sich zum Diner bei sehr reichen und sehr bekannten, sehr wichtigen Leuten zu begeben, gab ihm das Gefühl einer neuen Persönlichkeit, das Bewußtsein, ein anderer Mensch, ein Mann der feinsten Gesellschaft, geworden zu sein. Selbstsicher betrat er das von hohen Bronzeleuchtern erhellte Vorzimmer und reichte den beiden Dienern, die sich ihm genähert hatten, mit einer natürlichen Geste seinen Stock und seinen Mantel.

Alle Salons waren hell erleuchtet. Frau Walter empfing ihre Gäste im zweiten Salon, der der größte war. Sie hatte für ihn ein reizendes Lächeln, und er reichte den beiden Herren, die vor ihm gekommen waren, Herrn Firmin und Herrn Laroche-Mathieu, Deputierten und anonymen Mitarbeitern der »Vie Française«, die Hand. Laroche-Mathieu genoß bei der Zeitung ein ganz besonderes Ansehen, das auf seinen großen Einfluß auf die Kammer zurückzuführen war. Jeder war der Überzeugung, daß er eines Tages Minister werde.

Dann erschienen Forestiers. Sie trug ein rosafarbenes Kleid und sah entzückend aus. Duroy war erstaunt, als er sah, wie vertraut sie mit den beiden Deputierten sprach. Länger als fünf Minuten plauderte sie leise mit Laroche-Mathieu vor dem Kamin. Charles sah sehr schlecht aus. Seit dem letzten Monat hatte er sehr abgenommen und hustete unaufhörlich. Immer wieder sagte er: »Ich müßte mich dazu entschließen, den Rest des Winters im Süden zu verbringen.«

Dann kamen Norbert de Varenne und Jacques Rival. Im Hintergrund wurde eine Tür geöffnet, und Herr Walter erschien mit zwei großen jungen Mädchen, von denen die eine sechzehn Jahre und hübsch, die andere achtzehn Jahre und häßlich war.

Wenn Duroy auch wußte, daß sein Chef Familienvater war, so konnte er seine Überraschung kaum verbergen. Er hatte an die Töchter seines Direktors immer nur gedacht, wie man an ferne Länder denkt, die man niemals sehen wird. Und dann hatte er sie sich auch kleiner vorgestellt, und nun sah er Frauen vor sich. Es überkam ihn etwas wie Verwirrung, die einen überfällt, wenn man seine Meinung berichtigen muß.

Nach der Vorstellung reichten sie ihm eine nach der anderen die Hand, setzten sich an einen kleinen Tisch, der zweifellos für sie bestimmt war, und begannen in einem Haufen von Seidenspulen zu wühlen, die in einem kleinen Korb lagen.

Man erwartete noch einen letzten Gast. Alle waren schweigsam, eine Beute jener Verlegenheit, die den Diners vorausgeht, an denen Menschen teilnehmen, die tagsüber ganz verschiedenen Beschäftigungen nachgehen und nicht in derselben geistigen Atmosphäre leben.

Als Duroy zufällig nach der Wand sah, sagte Herr Walter, der ziemlich entfernt von ihm stand, mit dem sichtbaren Wunsch, auf seine Schätze aufmerksam zu machen: »Sie betrachten meine Bilder?« Das »meine« betonte er besonders. »Ich will sie Ihnen zeigen.« Er nahm eine Lampe, damit man alle Einzelheiten erkennen könne. »Hier haben wir die Landschaften«, sagte er.

Auf der Mitte der Wand sah man ein großes Bild von Guillaumet, einen normannischen Strand unter einem Gewitterhimmel, darunter ein Waldstück von Harpignies, dann eine algerische Ebene von Guillaumet, mit einem Kamel am Horizont, einem großen Kamel auf hohen Beinen, das wie ein seltsames Denkmal aussah.

Walter ging weiter zur nächsten Wand und verkündete ernst wie ein Zeremonienmeister: »Die große Malerei.« Es waren vier Bilder: »Besuch im Krankenhaus« von Cervex, »Die Schnitterin« von Bastien-Lepage, »Die Witwe« von Bouguereau und »Die Hinrichtung« von Jean-Paul Laurens. Das Bild zeigte einen Priester aus der Vendée, der, an der Mauer seiner Kirche stehend, von einer Abteilung Revolutionssoldaten erschossen wurde.

Ein Lächeln huschte über das ernste Gesicht des Chefs, als er das nächste Bild zeigte: »Und hier die Humoristen.« Man sah zuerst ein kleines Bild von Jean Béraud: »Oben und unten.« Eine hübsche Pariserin stieg die Treppe eines fahrenden Omnibusses hinauf. Ihr Kopf wurde in der Höhe der Impériale sichtbar, und die Herren, die hier auf den Bänken saßen, entdeckten mit gieriger Befriedigung das junge Gesicht, das auf sie zukam, während die Männer, die auf der unteren Plattform standen, mit ärgerlichem oder begehrlichem Gesicht die Beine der jungen Frau betrachteten.

Walter, der die Lampe mit ausgestrecktem Arm hielt, wiederholte verschmitzt lachend: »Was sagen Sie dazu? Ist das nicht lustig?« Dann ließ er das Licht der Lampe auf ein anderes Bild fallen, »Die Rettung« von Lambert.

In der Mitte eines Tisches, an dem eben gegessen worden war, saß eine junge Katze und betrachtete erstaunt eine Fliege, die in einem Glas Wasser ertrank. Sie hatte die eine Tatze erhoben, bereit, das Insekt mit schnellem Schlag aus dem Wasser zu fischen. Aber so ganz entschlossen schien sie doch nicht. Sie zögerte. Was würde sie tun?

Dann zeigte der Chef einen Detaille: »Unterricht.« Das Bild zeigte einen Soldaten in einer Kaserne, der versuchte, einem Pudel das Trommeln beizubringen. Walter meinte: »Das Bild finde ich besonders geistreich.«

Duroy lachte zustimmend und tat begeistert: »Reizend ... ganz reizend ... rei ...« Er hörte mitten im Wort auf, als er hinter sich Frau de Marelles Stimme hörte, die eben den Salon betreten hatte.

Walter zeigte seine Bilder weiter und fuhr in deren Erklärung fort. Er zeigte jetzt ein Aquarell von Maurice Leloir: »Das Hindernis.« Eine Sänfte konnte in einer Straße nicht weiter, weil sich in ihr zwei herkulische Männer des Volkes prügelten. Und aus dem Fenster der Sänfte sah ihnen ein entzückendes Frauengesicht zu; ohne Angst und voller Geduld und mit einer gewissen Bewunderung sah es dem Kampf der beiden Kerle zu.

»Ich habe noch andere in den nächsten Zimmern, aber sie sind von weniger bekannten, weniger berühmten Künstlern. Dieses hier ist mein Salon carré. Augenblicklich kaufe ich nur Bilder von jungen, ganz jungen Künstlern. Ich hänge sie in unseren Wohnräumen auf und warte darauf, daß ihre Maler berühmt werden.« Leise fügte er hinzu: »Es ist jetzt die beste Zeit, Bilder zu kaufen. Die Maler haben nichts zu beißen und zu brechen. Sie haben keinen Sou, keinen einzigen Sou.«

Aber Duroy sah nichts mehr, er hörte Worte und verstand sie nicht. Frau de Marelle war da, hinter ihm. Was sollte er tun?

Würde sie ihm nicht, wenn er sie begrüßte, den Rücken kehren oder ihm eine Frechheit ins Gesicht schleudern? Und wenn er sie weiter nicht beachtete, was würde man dann von ihm denken? Er sagte sich: »Auf alle Fälle muß ich ein wenig Zeit gewinnen.« Er war so erregt, daß er einen Augenblick daran dachte, ein Unwohlsein zu heucheln, das ihm gestattete zu verschwinden.

Die Besichtigung der Wände war beendet. Walter stellte die Lampe auf einen Tisch, um Frau de Marelle zu begrüßen, während Duroy die Besichtigung der Bilder wieder von vorn anfing, als könnte er sie nicht genug bewundern. Er konnte keinen klaren Gedanken fassen. Was sollte er tun? Er hörte die Stimmen, hörte auch, was gesprochen wurde.

Jetzt rief ihn Frau Forestier: »Einen Augenblick, Herr Duroy!«

Er eilte zu ihr.

Es handelte sich um eine Freundin, die ein Fest gab und es gern hätte, wenn in der »Vie Française« darauf hingewiesen würde.

Er stotterte: »Aber gewiß, gnädige Frau, das ist doch selbstverständlich...«

Frau de Marelle war in seiner unmittelbaren Nähe. Er wagte nicht, sich umzudrehen und fortzugehen. Plötzlich glaubte er, er habe den Verstand verloren.

Mit lauter Stimme hatte sie gesagt: »Guten Abend, Bel Ami. Kennen Sie mich denn nicht mehr?«

Er drehte sich schnell um.

Lächelnd, mit Augen voller Heiterkeit und Liebe, stand sie vor ihm. Sie reichte ihm die Hand.

Zitternd ergriff er sie, immer noch fürchtete er eine Hinterlist, eine Perfidie.

Heiter fügte sie hinzu: »Was machen Sie denn? Man sieht Sie ja gar nicht mehr.«

Es gelang ihm nicht, seine Kaltblütigkeit wiederzugewinnen. Er stotterte: »Ich habe viel, sehr viel zu tun, gnädige Frau. Herr Walter hat mir einen neuen Posten anvertraut, der meine ganze Kraft und Zeit in Anspruch nimmt.«

Sie sah ihn an, und er konnte in ihren Augen nichts anderes entdecken als Wohlwollen. Sie entgegnete: »Das weiß ich, aber das ist doch kein Grund, seine Freunde zu vergessen.«

In diesem Augenblick betrat eine dicke Dame den Salon. Sie ging tief ausgeschnitten, hatte rote Arme und rote Backen, war auffallend gekleidet und frisiert und ging so schwerfällig, daß man ordentlich das Gewicht und die Dicke ihrer Schenkel fühlte.

Da man sie mit besonderer Hochachtung zu behandeln schien, fragte Duroy Frau Forestier: »Wer ist denn die Dame?«

»Die Vicomtesse de Percemur, die Verfasserin der mit ›Patte Blanche‹ unterzeichneten Artikel.«

Er war überrascht und hätte am liebsten laut gelacht. »Patte Blanche! Patte Blanche! Und dabei stellte ich mir immer eine junge Frau wie Sie vor! Das also ist Patte Blanche! Zum Totlachen!«

Ein Diener erschien in der Tür und rief: »Es ist serviert, gnädige Frau!«

Das Diner war banal und heiter zugleich, es war eins jener Diners, bei denen man von allem spricht, ohne etwas zu sagen. Duroy saß zwischen der älteren Tochter seines Chefs, der häßlichen Rose, und Frau de Marelle. Diese Nachbarschaft war ihm ein wenig peinlich, obwohl Frau de Marelle sich sehr behaglich zu fühlen schien und in ihrer bekannten geistreichen Art plauderte. Zuerst war er verwirrt, beklommen und zögernd wie ein Musiker, der die Note verloren hat. Langsam aber fand er seine Sicherheit wieder, und ihre Augen, die sich dauernd begegneten, fragten sich, und ihre Blicke mischten sich in intimer, fast sinnlicher Art wie früher.

Plötzlich glaubte er, daß etwas unter dem Tisch seinen Fuß streifte. Langsam schob er das Bein vor und begegnete dem seiner Nachbarin, das sich bei dieser Berührung nicht zurückzog. In diesem Augenblick sprachen sie nicht miteinander, jeder war mit seinem anderen Nachbarn beschäftigt.

Mit klopfendem Herzen schob Duroy sein Knie ein wenig weiter vor. Ein leichter Druck antwortete ihm. Da wußte er, daß ihre Liebe neu erblühte.

Und was sprachen sie dann? Viel war es nicht. Aber ihre Lippen bebten jedesmal, wenn sie sich ansahen.

Der junge Mann, der zu der Tochter seines Chefs liebenswürdig sein wollte, richtete von Zeit zu Zeit das Wort an sie. Sie antwortete, wie ihre Mutter geantwortet hätte, wußte immer gleich, was sie zu sagen hatte.

An Walters rechter Seite thronte die Vicomtesse de Percemur wie eine Fürstin.

Und Duroy, dem es Spaß machte, sie zu betrachten, fragte Frau de Marelle leise: »Kennen Sie die andere, die ihre Artikel mit Domino Rose unterzeichnet?«

»Natürlich, es ist die Baronin de Livar.«

»Sieht die auch so aus?«

»Nein, aber sie ist genauso lustig. Sie ist groß und hager, sechzig Jahre, falsche Locken, Zähne wie eine Engländerin, Geist und Toilette aus der Zeit der Restauration.«

»Wo hat man denn diese literarischen Scharteken aufgetan?«

»Die reich gewordenen Bürger sammeln immer gern die Trümmer des Adels.«

»Ist das der einzige Grund?«

»Ja.«

Dann begann ein politisches Gespräch zwischen Walter, den beiden Deputierten, Norbert de Varenne und Jacques Rival. Es dauerte bis zum Nachtisch.

Als man wieder im Salon war, näherte sich Duroy Frau de Marelle. Ihr tief in die Augen sehend, fragte er: »Darf ich Sie nachher nach Hause begleiten?«

»Nein.«

»Und warum nicht?«

»Weil Herr Laroche-Mathieu, der mein Nachbar ist, mich bis an meine Haustüre begleitet, wenn ich hier eingeladen bin.«

»Und wann werde ich Sie wiedersehen?«

»Kommen Sie morgen zum Essen zu mir.«

Und sie trennten sich, ohne weiter ein Wort miteinander gesprochen zu haben.

Duroy blieb nicht lange, er fand das Fest ziemlich langweilig. Als er die Treppe hinunterging, holte er Norbert de Varenne ein, der sich kurz vor ihm von seinen Gastgebern verabschiedet hatte.

Der alte Dichter hängte sich bei ihm ein. Da er die Rivalität Duroys nicht mehr zu fürchten hatte, denn ihre Arbeit für die Zeitung war grundsätzlich verschieden, zeigte er dem jungen

Mann jetzt ein fast großväterliches Wohlwollen. »Begleiten Sie mich ein Stück Wegs?« fragte er.

»Sehr gern, verehrter Meister«, entgegnete Duroy.

Und sie machten sich auf den Weg, gingen mit kleinen Schritten den Boulevard Malesherbes hinunter.

In dieser Nacht war Paris fast öde. Es war eine kalte Nacht, eine jener Nächte, die weiter scheinen als die anderen, in denen die Sterne höher stehen, in denen die Luft in ihrem eiskalten Hauch etwas bringt, das von weit hinter den Gestirnen herzukommen scheint.

In den ersten Minuten sprachen die beiden Männer kein Wort.

Um etwas zu sagen, meinte Duroy: »Herr Laroche-Mathieu macht einen sehr intelligenten und gebildeten Eindruck.«

»Finden Sie?« knurrte der alte Dichter.

Überrascht zögerte der junge Mann: »Ja... Er soll übrigens einer der fähigsten Köpfe der Kammer sein.«

»Das ist schon möglich. Im Reich der Blinden ist der Einäugige König. All diese Leute sind nur mittelmäßige Erscheinungen, weil sich ihr Geist zwischen zwei Mauern bewegt: Geld und Politik... Es sind die reinsten Schulfüchse, mein Lieber, mit denen man über nichts von all dem sprechen kann, was wir lieben. Ihre Intelligenz ist Schlick oder besser Schlamm, wie die Seine bei Asnières... Ach! Es ist ja so schwer, einen Menschen zu finden, der Weite in seinen Gedanken hat, der in einem das Gefühl erweckt, als atmete man die Winde des Meeres. Einige wenige habe ich gekannt, aber die sind schon lange tot.«

Norbert de Varenne sprach mit einer klaren Stimme, aber sie war verhalten. Hätte er ihr freien Lauf gelassen, sie hätte weit geklungen in der Stille der Nacht. Er schien überreizt und traurig, von einer jener Traurigkeiten, die manchmal die Seelen befallen, so daß sie beben wie die Erde unter dem Frost.

Er fuhr fort: »Aber was liegt schon an einem bißchen mehr oder einem bißchen weniger Geist... Alles hat ja doch ein Ende.« Er schwieg.

Duroy, dessen Herz vor Freude jubelte, sagte lachend: »Sie sehen heute aber schwarz, verehrter Meister.«

Der Dichter antwortete: »Das habe ich schon immer getan,

mein lieber Junge, und in ein paar Jahren werden Sie das auch tun. Das Leben ist wie ein Hügel. Solange man hinaufsteigt, blickt man nach dem Gipfel und fühlt sich glücklich; hat man aber die Höhe erreicht, dann sieht man plötzlich den Abstieg und das Ende, das der Tod ist. Wenn man hinaufsteigt, geht es nur langsam, aber wenn man hinabsteigt, dann geht es schnell. In Ihrem Alter ist man noch voller Freude. Man erhofft noch so viel, das übrigens nie Wirklichkeit wird. In meinem Alter erwartet man nur den Tod.«

Duroy begann zu lachen. »Eiskalt läuft es einem bei Ihren Worten über den Rücken.«

Norbert de Varenne fuhr fort: »Nein, heute können Sie mich noch nicht verstehen. Aber später werden Sie an das denken, was ich Ihnen jetzt sage.

Es kommt der Tag – und für viele kommt er früh –, an dem es mit dem Lachen zu Ende ist, denn hinter allem, was man betrachtet, sieht man dann den Tod.

Auch dieses Wort verstehen Sie noch nicht. In Ihrem Alter hat es keine Bedeutung. In meinem dagegen ist es fürchterlich.

Ja, plötzlich begreift man das Wort, ohne zu wissen, weshalb und warum, und dann hat alles im Leben auf einmal ein anderes Aussehen. Seit fünfzehn Jahren fühle ich ihn in mir; wie ein Tier ist er, das mich langsam zernagt. Von Monat zu Monat, von Stunde zu Stunde unterwühlt er mich wie ein Haus, das schließlich zusammenbricht. Er hat mich so entstellt, daß ich mich selbst nicht mehr kenne. Ich habe nichts mehr von mir, nichts mehr von dem strahlenden, frischen und starken Menschen, der ich mit dreißig Jahren war. Mit welch kluger und boshafter Langsamkeit hat er mein schwarzes Haar weiß gefärbt. Er hat mir meine glatte Haut und meine Muskeln genommen, meine Zähne, meinen ganzen Körper, und nur meine verzweifelte Seele hat er mir gelassen, und die wird er sich auch bald holen.

Ja, er hat mich zerbröckelt, der Lump, hat langsam und schrecklich, Sekunde um Sekunde, die Zerstörung meines ganzen Wesens vollendet. Und jetzt fühle ich, wie ich in allem, was ich tue, sterbe. Jeder Schritt bringt mich ihm näher, jede Bewegung, jeder Atemzug beschleunigt seine hassenswerte Arbeit. Atmen, schlafen, trinken, essen, arbeiten, träumen, alles, was wir tun, ist Sterben... Leben ist Sterben.

Zu der Erkenntnis werden auch Sie noch kommen. Sie brauchten nur eine Viertelstunde nachzudenken, und diese Erkenntnis stünde vor Ihnen.

Was erwarten Sie denn? Liebe? Noch ein paar Küsse, und dann können Sie nicht mehr.

Und weiter? Geld? Was wollen Sie damit? Frauen aushalten? Ein nettes Glück! Essen, fett werden und die ganze Nacht vor Gichtschmerzen brüllen?

Und weiter? Ruhm? Was nützt der einem, wenn man ihn nicht mehr in der Gestalt der Liebe erntet?

Ich sehe ihn jetzt so dicht vor mir, daß ich Lust habe, die Arme auszustrecken und ihn zurückzustoßen. Er bedeckt die Erde und erfüllt den Raum. Überall entdecke ich ihn. Die Insekten, die auf der Straße zertreten werden, die Blätter, die von den Bäumen fallen, das weiße Haar, das ich im Bart eines Freundes sehe, zerreißen mir das Herz und rufen mir zu: ›Da kommt er!‹

Er verdirbt mir alles, was ich tue, alles, was ich sehe, esse, trinke, alles, was ich liebe, den Mondschein, den Sonnenaufgang, das weite Meer, die schönen Flüsse, die laue Sommernacht.«

Langsam, ein wenig kurzatmig ging er seinen Weg, träumte laut, vergaß fast, daß einer ihm zuhörte.

»Und nie, nie kommt einer wieder. Man hebt die Gußform der erzenen Standbilder auf, immer wieder kann man sie neu schaffen. Aber mein Körper, mein Gesicht, meine Gedanken, meine Wünsche kehren nie wieder. Und doch werden Millionen und Milliarden von Wesen geboren mit Nase, Augen und Stirn, mit Backen und Mund wie ich, und sie haben auch eine Seele wie ich; aber ich komme nie wieder, nie erscheint etwas, das an mich erinnert, in diesen zahllosen und verschiedenen Wesen, die sich trotz ihrer Mannigfaltigkeit fast gleichen.

An was soll man sich denn halten? Woran können wir denn glauben?

Alle Religionen sind dumm mit ihrer kindischen Moral und ihren egoistischen Versprechungen, so unendlich dumm.

Nur der Tod ist gewiß.«

Er blieb stehen, faßte Duroy beim Kragen seines Mantels und sagte dann langsam: »Denken Sie an alles das, junger Mann, denken Sie tage-, monate-, jahrelang daran, und Sie werden das Leben mit anderen Augen sehen. Versuchen Sie, sich von allem, was Sie einengt, zu befreien, machen Sie die übermenschliche Anstrengung, aus Ihrem lebendigen Körper, aus Ihren Interessen und Gedanken und aus der ganzen Menschheit herauszukommen, um Ihre Blicke anderswohin zu richten, und dann werden Sie begreifen, wie unwichtig der Streit zwischen Romantikern und Naturalisten, wie unwichtig eine Diskussion über das Budget ist.«

Er ging jetzt schneller.

»Aber Sie werden auch die entsetzliche Not der Verzweifelten empfinden. In alle Ungewißheiten versunken, werden Sie sich verzweifelt wehren. Nach allen Seiten werden Sie um Hilfe rufen, und niemand wird Ihnen antworten. Sie werden die Arme ausstrecken, damit man Ihnen hilft, damit man Sie tröstet, liebt und rettet. Aber keiner wird kommen.

Warum nur müssen wir so leiden? Zweifellos wurden wir geboren, um mehr gemäß der Materie und weniger gemäß dem Geist zu leben. Aber durch das viele Denken wurde ein Mißverhältnis geschaffen zwischen unserer größer gewordenen Intelligenz und den unwandelbaren Bedingungen unseres Lebens.

Betrachten Sie nur die mittelmäßigen Menschen: Wenn sie kein allzu großes Unglück trifft, sind sie zufrieden und leiden nicht unter der gemeinsamen Not. Auch die Tiere fühlen sie nicht.«

Wieder machte er eine Pause, überlegte ein paar Sekunden lang und sagte dann müde und ergeben: »Ich bin ein verlorenes Wesen. Ich habe weder Vater noch Mutter, weder Bruder noch Schwester, weder Frau noch Kinder und auch nicht Gott.«

Nach kurzem Schweigen fügte er hinzu: »Ich habe nur meine Verse.«

Er hob den Kopf nach dem Firmament, an dem das bleiche Gesicht des Vollmondes strahlte.

Und dann deklamierte er:

»Und ich suche das Wort dieses dunklen Problems
Im schwarzen und leeren Himmel,
Wo bleich ein Gestirn sich bewegt.«

Sie kamen an den Pont de la Concorde; schweigend gingen sie über die Brücke und weiter am Palais Bourbon vorbei.

Norbert de Varenne begann wieder zu sprechen: »Heiraten Sie, mein lieber Freund, Sie wissen ja nicht, was es heißt, in meinem Alter allein zu leben. Heute erfüllt mich die Einsamkeit mit einer furchtbaren Angst. Die Einsamkeit in der Wohnung, vor dem Kamin, wenn der Abend kommt. Dann habe ich ein Gefühl, als wäre ich ganz allein auf der Welt, schrecklich allein, umgeben von vagen Gefahren, von unbekannten und schrecklichen Dingen. Und die Wand, die mich von meinem Nachbarn trennt, den ich nicht kenne, entfernt mich von ihm ebenso wie von den Sternen, die ich durch mein Fenster sehe. Eine Art Fieber befällt mich, ein Fieber aus Schmerz und Angst, und das Schweigen der Wände erschreckt mich. Es ist so tief, so tief und so traurig, das Schweigen des Zimmers, in dem man allein lebt. Es ist nicht nur ein Schweigen, das den Körper umgibt, sondern ein Schweigen um die Seele, und wenn ein Möbel kracht, dann erbebt man bis ins Herz, denn in dieser traurigen Behausung ist man auf kein Geräusch gefaßt.«

Wieder schwieg er kurze Zeit, um dann fortzufahren: »Wenn man alt wird, dann sehnt man sich nach Kindern.« Sie hatten inzwischen die Mitte der Rue de Bourgogne erreicht.

Vor einem hohen Haus blieb der Dichter stehen, klingelte, reichte Duroy die Hand und sagte: »Vergessen Sie das Geschwätz eines alten Mannes und leben Sie, wie es Ihr Alter von Ihnen verlangt. Auf Wiedersehen!« Und dann verschwand er in dem dunklen Flur.

Bedrückten Herzens nahm Duroy den Heimweg. Er hatte ein Gefühl, als hätte er ein Loch voller Gebeine gesehen, ein Loch, in das auch er unfehlbar eines Tages fiel. Er dachte: Lustig sieht das bei ihm gerade nicht aus. Was der sich so zusammendenkt, möchte ich nicht jeden Tag hören.

Er war stehen geblieben, um eine Frau vorüberzulassen, die

aus einer Droschke stieg und nach Hause ging. Gierig sog er den Duft von Verbenen und Iris ein, der da schwebte, wo sie gegangen war. Seine Lunge und sein Herz bebten plötzlich vor Hoffnung und Freude. Und der Gedanke an Frau de Marelle, die er am nächsten Tag wiedersehen würde, erfüllte sein ganzes Wesen.

Alles lächelte ihm zu. Das Leben empfing ihn voller Zärtlichkeit. Wie schön war es doch, wenn Hoffnungen in Erfüllung gingen.

Wie berauscht schlief er ein und stand früh auf, um einen kleinen Spaziergang durch die Avenue du Bois de Boulogne zu machen, bevor er sich zu seinem Rendezvous begab.

Der Wind war umgeschlagen, und während der Nacht war das Wetter milder geworden. Die Luft war lau, und die Sonne schien wie im April. Alle ständigen Besucher des Bois waren an diesem Morgen unterwegs, hatten dem Ruf des hellen und milden Himmels gehorcht.

Duroy ging langsam, trank die leichte Luft, die köstlich war wie ein Leckerbissen, den der Frühling beschert. Er ging am Triumphbogen vorbei, bog ein in die große Avenue, dem Reitweg gegenüber. Er betrachtete die galoppierenden oder trabenden Reiter, Männer und Frauen, die Reichen der Welt, und er beneidete sie kaum. Dem Namen nach kannte er sie fast alle, kannte die Höhe ihres Vermögens und die geheime Geschichte ihres Lebens, denn seine Arbeit hatte ihn zu einer Art Almanach der Pariser Berühmtheiten und Skandale gemacht.

Schlank und in dunklem Reitkleid, das ihnen wie angegossen saß, ritten die Damen vorbei, und von ihnen allen ging jenes Stolze und Unnahbare aus, das so viele Frauen zu Pferde haben.

Und Duroy machte sich ein Vergnügen daraus, halblaut, als sagte er die Litanei in der Kirche her, die Namen, die Titel und den Stand der Liebhaber, die sie hatten oder haben sollten, zu nennen. Und zuweilen, anstatt zu sagen: »Baron de Tanquelet, Prince de la Tour-Enguerrand«, murmelte er: »Lesbierinnen: Louise Michot vom Vaudeville, Rose Marquetin von der Oper.«

Dieses Spiel machte ihm viel Freude, als hätte er unter dem strengen Äußeren die ewige und tiefe Gemeinheit des Menschen erkannt und als hätte ihn diese Erkenntnis erfreut, erregt und getröstet.

Dann sagte er laut: »Heuchler!«, und seine Augen suchten die Reiter, über die die tollsten Geschichten erzählt wurden.

Er sah viele, die im Verdacht standen, beim Spiel zu betrügen, für die die Klubs jedenfalls die große, die einzige und sicher auch eine verdächtige Einnahmequelle waren.

Von anderen sehr bekannten Persönlichkeiten wußte man, daß sie von dem Vermögen ihrer Frau lebten, wieder andere sollten sogar von dem ihrer Geliebten leben. Viele hatten ihre Schulden bezahlt – was sicher sehr anständig war –, aber woher sie das erforderliche Geld hatten, das wußte niemand – ein sehr verdächtiges Geheimnis. Er sah Finanzleute, deren ungeheures Vermögen durch einen Diebstahl entstanden war und die man überall in den vornehmsten Häusern empfing, und dann Männer, die so geachtet waren, daß die kleinen Bürger den Hut vor ihnen zogen, deren freche Betrügereien bei den großen Staatsunternehmen für den, der hinter die Kulissen schaute, kein Geheimnis waren.

Alle sahen hochmütig und stolz aus, und frech waren ihre Augen, ob sie nun einen Backenbart oder einen Schnurrbart trugen.

Duroy lachte immer wieder, immer wieder sagte er: »Halunken, Gauner und Betrüger.«

In diesem Augenblick kam ein offener, niedriger, reizender Wagen an ihm vorbei. Er wurde von zwei trabenden Schimmeln gezogen, deren Mähne und Schwanz im Wind wehten. Eine kleine blonde Frau lenkte sie, eine bekannte Kurtisane, hinter der zwei Grooms saßen.

Duroy blieb stehen. Am liebsten hätte er diese Frau, die durch die Liebe groß geworden war, gegrüßt, hätte ihr Beifall gespendet, die auf dieser Promenade und zu dieser Stunde, die den aristokratischen Heuchlern gehörte, kühn und frech den Luxus entfaltete, den sie in ihrem Bett gewonnen hatte. Vielleicht fühlte er irgendwie, daß etwas Gemeinsames, ein natürliches Band sie miteinander verknüpfte, daß sie aus dem gleichen Geschlecht stammten, daß sie seelisch verwandt waren und daß sein Erfolg durch ebenso kühne Mittel erreicht wurde.

Langsamer kehrte er zurück, das Herz war ihm heiß vor Befriedigung, und etwas vor der verabredeten Zeit stand er vor der Tür seiner ehemaligen Geliebten.

Sie empfing ihn, bot ihm die Lippen, als wenn nichts zwischen ihnen passiert wäre, und für einige Augenblicke vergaß sie sogar die kluge Vorsicht, die sie in ihrer Wohnung seinen Zärtlichkeiten entgegensetzte. Dann küßte sie die gekräuselten Enden seines Schnurrbarts und sagte zu ihm: »Du kannst dir gar nicht denken, welchen Verdruß ich wieder habe. Ich habe mich schon auf einen schönen Honigmond gefreut, und nun hat sich mein Mann für sechs Wochen eingefunden. Er hat Urlaub. In diesen sechs Wochen muß ich dich aber sehen, ich kann es ohne dich nicht aushalten, besonders nicht nach unserem kleinen Zwist, und da habe ich mir folgendes ausgedacht: Montag kommst du zum Essen zu uns. Ich habe ihm schon von dir erzählt. Ich werde dich ihm vorstellen.«

Duroy zögerte. Er war ein wenig verlegen, denn noch nie hatte er sich einem Mann gegenüber befunden, dessen Frau er besaß. Er fürchtete, daß etwas ihn verraten könnte, eine gewisse Verlegenheit, ein Blick, irgend etwas. Er stotterte: »Nein, ich möchte die Bekanntschaft deines Mannes lieber nicht machen.«

Erstaunt stand sie vor ihm und sah ihn mit kindlichen Augen an. »Aber warum denn nicht? So etwas kommt doch alle Tage vor... Ich hätte dich nicht für so albern gehalten.«

Er war verletzt. »Gut, dann komme ich Montag zum Essen.«

Sie fügte hinzu: »Damit alles etwas natürlicher verläuft, lade ich die Forestiers ein. Spaß macht es mir bestimmt nicht, bei mir Gäste zu empfangen.«

Bis zum Montag dachte Duroy kaum an die bevorstehende Begegnung. Als er aber jetzt die Treppe zu Frau de Marelle hinaufging, fühlte er sich seltsam verwirrt, nicht weil es ihm widerstrebte, die Hand dieses Gatten zu ergreifen, seinen Wein zu trinken und sein Brot zu essen, sondern weil er vor etwas Angst hatte, vor was aber, das wußte er nicht.

Man führte ihn in den Salon, und wie immer mußte er warten. Dann öffnete sich die Tür des Zimmers, und er erblickte einen großen Herren mit weißem Bart, einer Auszeichnung im Knopfloch, ernst und korrekt, der mit geradezu kleinlicher Höflichkeit auf ihn zukam. »Meine Frau hat mir schon oft von Ihnen erzählt, Herr Duroy, und ich freue mich aufrichtig, Ihre Bekanntschaft zu machen.«

Duroy ging ihm entgegen und versuchte, seinem Gesicht einen herzlichen Ausdruck zu geben. Mit übertriebener Kraft drückte er die ihm entgegengestreckte Hand seines Gastgebers. Als er dann Platz genommen hatte, wußte er nicht, was er sagen sollte.

Herr de Marelle legte ein Stück Holz in den Kamin und fragte: »Sind Sie schon lange als Journalist tätig?«

»Erst seit einigen Wochen«, erwiderte Duroy.

»Dann haben Sie aber schnell Karriere gemacht.«

»Es geht.« Und dann redete er darauf los, ohne weiter an das zu denken, was er sagte, sagte all die Banalitäten, die unter Menschen, die sich nicht kennen, üblich sind. Er wurde jetzt sicherer und begann die Situation sogar amüsant zu finden. Er betrachtete das ernste und achtunggebietende Gesicht von Herrn de Marelle, und der Gedanke, daß er ihm Hörner aufsetzte, hätte ihn am liebsten laut auflachen lassen. Eine geradezu gemeine Befriedigung nahm Besitz von ihm, die Freude eines Diebes, dem sein Vorhaben gelungen ist, ohne daß jemand ihn in Verdacht hätte, eine hinterlistige und doch so köstliche Freude. Er hatte plötzlich Lust, der Freund dieses Mannes zu werden, sein Vertrauen zu gewinnen, ihm alle Geheimnisse seines Lebens zu erzählen.

Frau de Marelle betrat den Salon. Sie betrachtete ihn mit einem lächelnden und undurchdringlichen Blick. Dann ging sie auf Duroy zu, der es in Gegenwart ihres Mannes nicht wagte, ihr die Hand zu küssen, wie er das sonst immer tat.

Sie war ruhig und heiter wie jemand, der an alles gewöhnt ist, als fände sie in dem ihr angeborenen Hang zu Betrügereien diese Begegnung ganz natürlich und einfach. Laurine erschien und hielt weniger stürmisch als sonst Georges Duroy ihre Stirn zum Kuß hin, denn die Anwesenheit ihres Vaters schüchterte sie ein. Ihre Mutter sagte zu ihr: »Du nennst ihn heute ja nicht Bel Ami...« Und das Kind errötete, als hätte man eine grobe Indiskretion begangen, als hätte man etwas verraten, was man nicht sagen durfte, als hätte man ein intimes und ein wenig strafbares Geheimnis ihres Herzens offenbart.

Als die Forestiers kamen, war man über Charles' Aussehen entsetzt. In einer Woche war er stark abgemagert, und er war ungeheuer blaß. Er hustete unaufhörlich. Er sagte, daß sie auf Anordnung des Arztes am kommenden Donnerstag nach Cannes reisten.

Sie verabschiedeten sich früh, und Duroy sagte kopfschüttelnd: »Ich glaube nicht, daß er es noch lange macht.«

Frau de Marelle bestätigte heiter seine Meinung: »Er ist unrettbar verloren. Er kann sich freuen und seinem Schicksal danken, daß er eine so nette Frau gefunden hat.«

»Sie hilft ihm wohl viel?« fragte Duroy.

»Mehr als das. Sie tut alles. Sie ist auf dem laufenden von allem, sie kennt jeden, wenn sie auch anscheinend niemanden sieht. Sie bekommt, was sie will, wie und wann sie es will. Sie ist schlau, geschickt und intrigant wie keine andere. Sie ist ein Schatz für einen Mann, der es zu etwas bringen will.«

»Sie wird wohl schnell wieder heiraten?« meinte Duroy.

»Ja«, entgegnete Frau de Marelle. »Es würde mich gar nicht wundern, wenn sie jemanden in Aussicht genommen hätte, einen Deputierten – falls er nicht nein sagt –, denn es sind allerlei... moralische... Hindernisse zu überwinden. Aber wie dem auch sei, ich weiß nichts.«

Mit langsamer Ungeduld mäkelte Herr de Marelle: »Du machst immer Andeutungen und weißt doch, daß ich das nicht liebe... Was gehen uns die Angelegenheiten anderer Leute an? Wir haben genug mit uns selbst zu tun. Jeder sollte sich das zur Regel machen.«

Duroy verabschiedete sich. Sein Herz war ein wenig verwirrt und sein Geist voll vager Kombinationen.

Am nächsten Tag besuchte er Forestiers und fand sie beim Packen der Koffer.

Charles lag auf einem Sofa und atmete übertrieben mühsam. Immer wieder sagte er: »Seit einem Monat hätte ich schon da unten sein müssen.« Dann gab er Duroy eine ganze Reihe Ratschläge für die Zeitung, obwohl das alles schon in Ordnung und mit Walter abgemacht war.

Als Georges sich verabschiedete, drückte er seinem alten Kameraden herzlich die Hand. »Also dann auf baldiges Wiedersehen.« Als Frau Forestier ihn bis an die Tür begleitete, sagte er zu ihr: »Sie erinnern sich doch unseres Paktes? Wir sind Freunde und Verbündete, nicht wahr? Wenn Sie mich nötig haben – einerlei, um was es sich handelt –, zögern Sie nicht. Eine Depesche, ein Brief, und ich bin zur Stelle.«

Sie entgegnete leise: »Vielen Dank, ich werde das nicht vergessen.« Und auch ihr Auge sagte: »Danke«, und zwar auf eine viel tiefere und süßere Art.

Als Duroy die Treppe hinunterging, begegnete er Herrn de Vaudrec, den er schon einmal bei ihr getroffen hatte. Mit langsamen Schritten kam er die Treppe herauf. Er schien traurig: Vielleicht stimmte ihn die Abreise seiner Freunde so.

Duroy, der den Mann der Gesellschaft markieren wollte, grüßte ihn mit übertriebener Höflichkeit.

Ebenso höflich, doch mit einem gewissen Stolz, erwiderte der andere den Gruß.

Am Donnerstagabend fuhren Forestier und seine Frau ab.

VII

Charles' Abwesenheit gab Duroy in der Redaktion der »Vie Française« eine größere Wichtigkeit. Neben seinen »Pariser Nachrichten« unterzeichnete er auch einige Leitartikel, denn der Chef legte Wert darauf, daß jeder für das, was er schrieb, verantwortlich war und blieb. Er hatte einige Polemiken, aus denen er sich mit viel Geist herauszog, und seine dauernden Beziehungen zu den Staatsmännern bereiteten ihn langsam darauf vor, seinerseits ein geschickter und scharfsinniger politischer Redakteur zu werden.

Er sah nur eine dunkle Wolke an seinem Horizont. Sie kam von einem kleinen Oppositionsblatt, das ihn oder besser den Nachrichtenchef der »Vie Française«, Walters Wundernachrichtenchef, wie der anonyme Redakteur der »Plume« sagte, immer wieder angriff. Jeden Tag Perfidien und Insinuationen aller Art.

Eines Tages sagte Jacques Rival zu Duroy: »Sie haben aber viel Geduld.«

Der andere stammelte: »Solange es sich nicht um einen persönlichen Angriff handelt...«

Als er eines Nachmittags den Redaktionssaal betrat, reichte ihm Boisrenard die neueste Nummer der »Plume«. »Sie bringen schon wieder was gegen Sie!«

»Und weswegen?«

»Wegen der Verhaftung einer Frau Aubert durch einen Beamten der Sittenpolizei.«

Georges nahm die Zeitung, die der andere ihm hinhielt, und las unter der Überschrift: »Duroy amüsiert sich«: »Der erlauchte Reporter der ›Vie Française‹ berichtet uns heute, daß die Frau Aubert, deren Verhaftung durch einen Beamten der Sittenpolizei wir meldeten, nur in unserer Phantasie besteht. Die Person, um die es sich handelt, wohnt in der Rue de l'Écureuil 18, Montmartre. Wir verstehen übrigens nur zu gut, welches Interesse oder welche Interessen die Beamten der Bank Walter haben können, die des Polizeipräfekten zu unterstützen, der ihre Geschäfte duldet. Was den Reporter angeht, um den es sich hier handelt, so täte er besser daran, uns irgendeine seiner guten Sensationsnachrichten zu bringen, deren Geheimnis er allein kennt: Todesnachrichten, die am nächsten Tag dementiert werden, bedeutsame Worte von Herrschern, die den Mund nicht aufgetan haben, kurzum alle jene Informationen, auf denen die Walter-Profite beruhen, oder auch eine der kleinen Indiskretionen über die Gesellschaften ›erfolgreicher‹ Frauen oder über die Vorzüglichkeit gewisser Produkte, die für einige unserer Kollegen eine so ergiebige Einnahmequelle sind.«

Der junge Mann war eher bestürzt als wütend; er begriff nur, daß der Artikel etwas enthielt, das für ihn sehr unangenehm war.

»Von wem haben Sie diese Nachricht?« fragte ihn Boisrenard.

Duroy überlegte, aber die Quelle fiel ihm nicht ein. Dann auf einmal wußte er sie: »Von Saint-Potin.« Er las den Artikel der »Plume« noch einmal, und das Blut schoß ihm ins Gesicht, als er begriff, daß ihm der Vorwurf der Käuflichkeit gemacht wurde. »Nein, so was! Da behauptet man, ich ließe mich dafür bezahlen...«

Boisrenard unterbrach ihn: »Das ist es ja. Eine dumme Geschichte für Sie. Der Chef ist hierin sehr empfindlich. Das könnte sich in den ›Nachrichten‹ leicht wiederholen...«

In diesem Augenblick betrat Saint-Potin die Redaktion.

Duroy eilte ihm entgegen: »Haben Sie den Artikel in der ›Plume‹ gelesen?«

»Ja, und ich komme gerade von Frau Aubert. Sie existiert tatsächlich, aber sie ist nicht verhaftet worden. Dieses Gerücht entbehrt jeder Grundlage.«

Duroy eilte zum Chef, der ihn ein wenig kalt und mit argwöhnischem Blick empfing.

Walter hörte sich den Fall an und sagte dann: »Gehen Sie selbst zu der Frau und dementieren Sie die Sache in einer Art, daß man so etwas nicht wieder über Sie schreibt. Ich denke vor allem an die Folgen. Es ist für die Zeitung, für Sie und für mich eine sehr unangenehme Geschichte. Ein Journalist darf ebenso wenig beargwöhnt werden wie die Frau Caesars.«

Duroy stieg zusammen mit Saint-Potin, der ihm als Führer dienen sollte, in eine Droschke und rief dem Kutscher zu: »18, Rue de l'Écureuil, Montmartre.«

In einem hohen Haus mußte er sechs Etagen hinaufklettern.

Eine alte Frau in wollener Überziehjacke öffnete ihnen. »Was wollen Sie denn schon wieder von mir?« sagte sie, als sie Saint-Potin erblickte.

Er antwortete: »Ich bringe Ihnen hier einen Herrn, der Polizeiinspektor ist. Er interessiert sich für Ihren Fall.«

Sie ließ sie eintreten und erzählte: »Nach Ihnen sind schon wieder zwei hier gewesen wegen einer Zeitung, ich hab' ihren Namen vergessen.« Dann wandte sie sich an Duroy: »Der Herr wünscht also Auskunft?«

»Ja. Sind Sie von einem Beamten der Sittenpolizei verhaftet worden?«

Sie hob die Hände hoch: »Nie, verehrter Herr, nie und nimmer. Die Sache ist folgende: Ich habe einen Metzger, der immer gute Ware hat, leider wiegt er knapp. Ich habe das schon oft festgestellt und nie etwas gesagt. Und als ich dann zwei Pfund Koteletts von ihm haben wollte, weil meine Tochter und mein Schwiegersohn zu Besuch kamen, da habe ich gesehen, daß er mir Abfallknochen gab, es waren wohl Kotelettknochen, aber nicht die, die zu meinem Fleisch gehörten. Ich hätte ja ein Ragout daraus machen können, wenn ich aber Koteletts kaufe, dann will ich nicht die Abfälle der anderen haben. Ich weigere mich also, sie zu nehmen, er beginnt zu schimpfen, und ich schimpfe natürlich wieder. Kurzum, wir haben uns so gestritten, daß sich mehr als hundert Personen vor dem Laden ansammelten und sich den Bauch vor Lachen hielten. Endlich erschien dann ein Schutzmann und nahm uns mit zum Kommissar. Man schickte uns schon bald wieder fort. Ich kaufe jetzt bei einem anderen Metzger und gehe auch nie mehr am Haus des anderen vorbei, um allem neuen Streit aus dem Weg zu gehen.«

Als sie schwieg, fragte Duroy sie: »Ist das alles?«

»Das ist die ganze Wahrheit.« Sie bot ihm ein Glas Schnaps an, das er sich zu trinken weigerte. Die Alte wies ihn besonders darauf hin, in seinem Bericht nicht zu vergessen, daß der Metzger nicht genau wog.

Als Duroy wieder in seinem Büro war, verfaßte er die Antwort auf den Artikel der »Plume«.

»Ein anonymer Schreiberling der ›Plume‹ sucht mit mir Händel wegen einer alten Frau, die nach seiner Behauptung von einem Beamten der Sittenpolizei verhaftet wurde, was ich bestreite. Ich habe selbst die mindestens sechzigjährige Frau Aubert besucht, und sie hat mir bis ins kleinste ihren Streit mit einem Metzger erzählt, der es beim Abwiegen von Koteletts nicht besonders genau nahm, was dann eine Auseinandersetzung vor dem Polizeikommissar zur Folge hatte.

So sieht die Sache in Wirklichkeit aus.

Was die anderen Insinuationen des Redakteurs der ›Plume‹ angeht, so kann ich nur verächtlich lächeln. Auf derartige Anwürfe, besonders wenn sie anonym gemacht werden, antwortet man nicht.

Georges Duroy.«

Walter und Jacques Rival, der gerade angekommen war, hielten diese Notiz für ausreichend, und es wurde beschlossen, daß sie noch am gleichen Tag unmittelbar hinter den »Pariser Nachrichten« erscheinen sollte.

Duroy begab sich ein wenig aufgeregt und unruhig nach Hause. Was würde der andere antworten? Wer war dieser andere? Warum dieser gemeine Angriff? Bei dem Temperament der Journalisten konnte diese dumme Geschichte allerlei schlimme Folgen haben. Er schlief schlecht.

Als er am nächsten Tag seine Notiz gedruckt sah, kam sie ihm viel aggressiver vor als im Manuskript. Er hatte ein Gefühl, als hätte er gewisse Ausdrücke ein wenig mildern können.

Den ganzen Tag verließ ihn eine gewisse Erregung nicht, und auch in dieser Nacht schlief er wieder schlecht. Am nächsten Morgen war er schon früh auf, um die Nummer der »Plume« zu kaufen, die die Erwiderung auf seine Notiz enthalten mußte.

Das Wetter war wieder kalt geworden. Es herrschte starker Frost. Das Wasser in den Gossen war gefroren und bildete zwei Eisbänder, die sich an den Trottoirs entlangzogen.

Die Händler hatten die Zeitungen noch nicht erhalten, und Duroy dachte an den Tag, an dem sein erster Artikel »Erinnerungen eines Chasseur d'Afrique« erschien. Seine Hände und Füße waren steif vor Kälte und begannen ihm weh zu tun. Besonders die Fingerspitzen schmerzten ihn. Und er begann um den mit Glasscheiben versehenen Kiosk zu laufen, in dem die Verkäuferin, die in der Nähe des Heizbeckens saß, durch das kleine Fenster nur eine Nase und rote Backen zeigte, die von einer wollenen Mütze umgeben waren.

Endlich erschien dann der Zeitungsverteiler und reichte das erwartete Paket durch das Fenster, und die Frau gab Duroy die Nummer der »Plume«.

Er suchte seinen Namen, den er nicht fand. Schon atmete er auf, als er die Erwiderung zwischen zwei fetten Strichen sah:

»Der Herr Duroy von der ›Vie Française‹ gibt uns ein Dementi. Indem er uns dementiert, lügt er. Er gibt allerdings zu, daß eine Frau Aubert existiert und ein Beamter sie mit zur Polizei genommen hat. Er braucht dem Wort Beamter nur noch die zwei Worte ›der Sittenpolizei‹ hinzuzufügen, und die Sache stimmt.

Aber das Gewissen mancher Journalisten entspricht durchaus ihrem Talent.

Louis Langremont.«

Duroy bekam heftiges Herzklopfen. Ohne eigentlich zu wissen, was er tat, ging er nach Hause und zog sich an. Man hatte ihn also beleidigt, und zwar in einer Weise, daß jedes Zögern ausgeschlossen war. Und warum? Um ein Nichts. Wegen einer alten Frau, die sich mit ihrem Metzger gezankt hatte.

Als er sich angezogen hatte, begab er sich trotz der frühen Stunde – es war noch nicht acht Uhr – zu Walter.

Walter, der schon aufgestanden war, las die »Plume«. »Nun«, sagte er mit ernstem Gesicht, als er Duroy erblickte, »ein Zurück gibt es da nicht.«

Der junge Mann antwortete nichts.

Der Direktor fuhr fort: »Gehen Sie sofort zu Rival, der Ihre Interessen wahrnehmen wird.«

Duroy stammelte ein paar Worte und verließ dann seinen Chef, um sich zu Rival zu begeben, der, als er ankam, noch im Bett lag. Als Duroy klingelte, stand er auf, und als er die Entgegnung in der »Plume« gelesen hatte, sagte er: »Da ist nichts zu machen. Wer ist Ihr zweiter Sekundant?«

»Daran habe ich noch gar nicht gedacht.«

»Was meinen Sie zu Boisrenard?«

»Ja, Boisrenard.«

»Können Sie fechten?«

»Keine Ahnung.«

»Schießen?«

»Berühmt ist das auch nicht.«

»Während ich alles andere erledige, werden Sie üben. Ich bin gleich wieder da.« Er ging in sein Ankleidezimmer und erschien bald gewaschen, rasiert und angezogen wieder. »Kommen Sie mit«, sagte er.

Er wohnte im Erdgeschoß eines kleinen, vornehmen Hauses. Er führte Duroy in den Keller, einen großen Keller, den er in einen Fechtstand und einen Schießstand umgewandelt hatte. Alle Öffnungen nach der Straße hin waren geschlossen.

Nachdem er eine ganze Reihe von Gasflammen angezündet hatte, die bis an das Ende eines zweiten Kellers reichten, wo sich ein blau und rot gestrichener eiserner Mann erhob, legte er zwei Paar Pistolen neuesten Systems, zwei Vorderlader, auf den Tisch und gab dann Kommandos, als hätten sie sich schon auf dem Kampfplatz befunden. »Fertig?... Feuer... Eins, zwei, drei.«

Duroy, der wie vernichtet war, gehorchte, hob den Arm, zielte, schoß, und da er das Phantom oft mitten vor den Bauch traf – er hatte in seiner Jugend oft mit der alten Sattelpistole seines Vaters nach den Spatzen im Garten geschossen –, erklärte Jacques Rival zufrieden: »Gut... Sehr gut... Die Sache macht sich.« Dann verließ er ihn. »Schießen Sie bis Mittag. Hier ist Munition. Sie brauchen nicht damit zu sparen. Ich hole Sie zum Frühstück ab und erzähle Ihnen dann, was sich inzwischen ereignet hat.« Damit verließ er ihn.

Als Duroy allein war, schoß er noch ein paarmal. Dann setzte er sich und begann zu überlegen.

Wie dumm das alles war! Was bewies das denn? War ein Schweinehund etwa kein Schweinehund mehr, nachdem er sich geschlagen hatte? Was hatte ein anständiger Mensch, der beleidigt worden war, davon, wenn er sein Leben gegen einen Halunken aufs Spiel setzte? Und sein Geist, der sich so traurigen Gedanken hingab, erinnerte sich an das, was Norbert de Varenne über die geistige Armut der Menschen, über die Mittelmäßigkeit ihrer Gedanken und ihrer Sorgen, über die Albernheit ihrer Moral gesagt hatte. Laut sagte er: »Der Mann hat verdammt recht.«

Dann kam ihm auf einmal zum Bewußtsein, daß er durstig war, und da er hinter sich das Geräusch von tropfendem Wasser gehört hatte, drehte er sich um und sah eine Brause, an der er trank. Dann überlegte er weiter. Es war so traurig in diesem Keller, so traurig wie in einem Grab. Das ferne und dumpfe Rollen der Wagen erinnerte an das Grollen eines fernen Gewitters. Wieviel Uhr mochte es wohl sein? Die Stunden vergingen hier, wie sie in einem Gefängnis vergehen: Nichts zeigt sie an, nichts markiert sie als das Kommen des Kerkermeisters, der das Essen bringt. Er wartete... lange... lange.

Dann hörte er plötzlich Schritte, Stimmen. Es war Jacques Rival, der von Boisrenard begleitet wurde. Als er Duroy sah, rief er: »Alles erledigt.«

Der andere glaubte, die Sache sei durch eine Entschuldigung beigelegt. Er konnte sich vor Freude nicht halten. Er stotterte: »Dank... Tausend Dank!«

Rival fuhr fort: »Dieser Langremont ist ein forscher Kerl. Er hat alle unsere Bedingungen angenommen. Fünfundzwanzig Schritt, einmaliger Kugelwechsel auf Kommando beim Heben des Arms. So schießt man sicherer als beim Senken des Arms. Passen Sie mal auf, Boisrenard, was ich Ihnen vorhin sagte.« Er nahm eine Pistole in die Hand, begann zu schießen und zeigte den beiden, daß man besser traf, wenn man beim Heben des Arms den Schuß löste. Dann sagte er: »Und nun wollen wir was essen, es ist schon nach zwölf.«

Sie begaben sich in ein Restaurant in der Nähe. Duroy sagte kaum ein Wort. Er aß, damit die anderen nicht glauben sollten, er habe Angst. Dann begleitete er Boisrenard in die Redaktion, wo er zerstreut und mechanisch seine Arbeit erledigte. Man fand seine Haltung forsch.

Gegen Mitte des Nachmittags kam Rival zu ihm. Es wurde verabredet, daß seine Sekundanten ihn am nächsten Morgen um sieben Uhr in einem Landauer abholen würden, um dann in das Wäldchen von Vésinet zu fahren, wo die Sache ausgetragen werden sollte.

Das alles geschah wie nebenbei, ohne daß er daran teilgenommen hätte, ohne daß er ein Wort gesagt, seine Meinung geäußert hätte, ohne daß er annahm oder ablehnte. Und alles vollzog sich so schnell, daß er in seiner Verwirrung kaum begriff, um was es sich handelte.

Nachdem er mit Boisrenard, der ihn aus Anhänglichkeit den ganzen Abend über nicht allein gelassen, zu Abend gegessen hatte, ging er gegen neun Uhr nach Hause.

Als er allein war, durchmaß er einige Minuten lang sein Zimmer in großen Schritten. Er war zu erregt, als daß er einen klaren Gedanken hätte fassen können. Ein einziger Gedanke beherrschte ihn: »Morgen muß ich mich schießen«, ohne daß dieser Gedanke in ihm etwas anderes wachrief als eine wirre und starke Erregung. Er war Soldat gewesen, er hatte auf Araber geschossen, ohne große Gefahr für ihn, etwa so, wie man auf der Jagd auf einen Eber schießt.

Alles in allem hatte er getan, was er tun mußte. Er hatte sich so gezeigt, wie man es von ihm erwartete. Man würde darüber sprechen, würde seine Haltung billigen und ihn beglückwünschen.

Und dann sagte er laut, wie man es tut, wenn die Gedanken zu stark auf einen einstürmen: »So ein Schweinekerl!«

Er setzte sich und überlegte weiter. Auf seinen kleinen Tisch hatte er eine Karte seines Gegners, die ihm Rival gegeben hatte, um seine Adresse nicht zu vergessen, geworfen. Es las sie wieder, wie er sie schon zwanzigmal im Lauf des Tages gelesen hatte: »Louis Langremont, 176, Rue Montmartre.« Weiter nichts.

Genau betrachtete er die Buchstaben, die ihm auf einmal so geheimnisvoll, so voll beunruhigender Bedeutung schienen. Louis Langremont. Wer war dieser Mensch? Wie alt mochte er sein? Und wie groß? Wie sah sein Gesicht aus? War es nicht empörend, daß ein Fremder, ein Unbekannter so mir nichts dir nichts in sein Leben einbrach, ganz plötzlich, ohne jeden Grund, aus reiner Laune, wegen einer alten Frau, die sich mit ihrem Metzger gezankt hatte!

Noch einmal wiederholte er mit lauter Stimme: »So ein Schweinekerl!«

Unbeweglich und nachdenklich blieb er stehen, den Blick starr auf die Karte gerichtet. Eine Wut erwachte in ihm gegen dieses Stück Papier.

Es war eine haßerfüllte Wut, in die sich ein seltsames Gefühl des Unbehagens mischte. Die ganze Geschichte war ja zu blöde! Er nahm eine Nagelschere, die auf dem Tisch lag, und stieß sie in den gedruckten Namen, als wolle er jemanden erdolchen.

Er würde sich also schlagen, nein, sich schießen. Warum hatte er sich nicht für den Degen entschieden? Mit einer kleinen Wunde am Arm oder an der Hand wäre die Sache erledigt gewesen, während man bei der Pistole nie sagen konnte, wie die Sache ausging.

»Einerlei, forsch muß man sein«, sagte er sich.

Der Klang seiner Stimme ließ ihn erbeben, und er schaute um sich. Er begann sehr nervös zu werden. Er trank ein Glas Wasser und ging dann zu Bett.

Als er im Bett lag, blies er das Licht aus und schloß die Augen.

Es wurde ihm unter der Decke zu heiß, obwohl es in dem Zimmer sehr kalt war. Aber er konnte nicht einschlafen. Er wälzte sich von der einen Seite auf die andere, lag fünf Minuten auf dem

Rücken, legte sich dann auf die linke und dann auf die rechte Seite.

Er hatte wieder Durst. Er stand auf, um etwas zu trinken. Dann ergriff ihn tiefe Unruhe. »Habe ich etwa Angst?«

Warum begann sein Herz bei jedem ihm bekannten Geräusch in seinem Zimmer wie toll zu klopfen? Als seine Kuckucksuhr schlug, ließ ihn das Knirschen der Feder hochfahren. Und er mußte für ein paar Sekunden den Mund weit öffnen, um atmen zu können, so erschrocken war er.

Wie ein Philosoph erwog er die Möglichkeit, Angst zu haben.

Nein, er hatte keine Angst, denn er war entschlossen, diese Sache durchzustehen. Er hatte den festen Willen, sich zu schießen und nicht zu zittern. Und dennoch war er so erregt, daß er sich fragte: »Kann man auch gegen seinen Willen Angst haben?« Und nun überfiel ihn dieser Zweifel, diese Unruhe, dieses Entsetzen! Und wenn eine Kraft, die stärker war als sein Wille, gegen die jeder Widerstand nutzlos war, ihn beherrschte, was würde sich dann ereignen?

Er würde sich auf den Kampfplatz begeben, weil er es so wollte. Aber wenn er zitterte? Wenn er ohnmächtig wurde? Und er dachte an seine Stellung, an seinen Ruf, an seine Zukunft.

Er hatte auf einmal das Bedürfnis, aufzustehen und sich im Spiegel zu betrachten. Er zündete die Kerze wieder an. Als er sein Gesicht im Spiegel sah, erkannte er sich kaum wieder. Er hatte ein Gefühl, als hätte er sich noch nie gesehen. Seine Augen schienen ihm über die Maßen groß, und er war blaß ... Ja, er war blaß, sehr blaß.

Wie eine Kugel traf ihn plötzlich dieser Gedanke: Vielleicht bin ich morgen um diese Stunde tot. Und wieder begann sein Herz wild zu schlagen.

Er drehte sich nach seinem Bett und sah sich ganz deutlich auf ihm liegen. Er hatte das eingefallene Gesicht der Toten, und seine Hände, die sich nie wieder bewegen würden, waren wachsgelb.

Er bekam Angst vor seinem Bett, und um es nicht mehr zu sehen, öffnete er das Fenster und schaute nach draußen. Eisige Kälte fiel über ihn her, und keuchend trat er wieder ins Zimmer zurück.

Dann kam ihm der Gedanke, Feuer zu machen. Langsam schürte er es, ohne sich umzuwenden. Seine Hände zitterten ein wenig, wenn sie die Gegenstände berührten. Seine Gedanken verwirrten sich, wirbelten durcheinander, waren unzusammenhängend, flüchtig und schmerzlich. Er war wie berauscht, als wenn er getrunken hätte.

Und immer wieder fragte er sich: »Was soll ich tun, was soll aus mir werden?«

Wieder begann er im Zimmer auf und ab zu gehen, wobei er mechanisch wiederholte: »Ich muß energisch sein, sehr energisch...«

Dann sagte er sich: »Ich will an meine Eltern schreiben... für den Fall, daß mir etwas zustößt.« Und er setzte sich an den Tisch, nahm Briefpapier und begann zu schreiben: »Mein lieber Papa, meine liebe Mama...«

Diese Anrede schien ihm zu den tragischen Umständen wenig zu passen. Er zerriß das Blatt und nahm ein neues: »Mein lieber Vater, meine liebe Mutter, bei Tagesanbruch werde ich mich schießen, und da es leicht passieren kann...« Er wagte nicht weiterzuschreiben. Er sprang von seinem Stuhl auf.

Dieser Gedanke zermalmte ihn jetzt. Er hatte ein Duell. Er konnte ihm nicht aus dem Weg gehen. Was ging denn nur in seinem Innern vor? Er wollte sich schießen. Er hatte die feste Absicht und den festen Entschluß. Und doch schien es ihm, daß er trotz aller Willensanstrengung nicht die nötige Kraft aufbringen würde, sich auf den Kampfplatz zu begeben.

Von Zeit zu Zeit schlugen seine Zähne mit einem kleinen, harten Geräusch gegeneinander, und er fragte sich: »Hat mein Gegner sich schon einmal geschlagen?« Seinen Namen hatte er noch nie gehört. Wäre dieser Mann nicht ein guter Pistolenschütze, so hätte er sich bestimmt nicht so ohne weiteres, ohne Zögern, ohne jede Diskussion mit dieser Waffe einverstanden erklärt.

Duroy malte sich die Begegnung aus, stellte sich seine Haltung und die des anderen vor. Alle Einzelheiten des Kampfes sah er vor sich, und plötzlich sah er auch das kleine, schwarze und tiefe Loch des Laufes, aus dem die Kugel kam.

Da wurde er die Beute einer furchtbaren Verzweiflung. Sein

ganzer Körper bebte, wurde von wilden Zuckungen befallen. Er biß die Zähne aufeinander, um nicht laut zu schreien, hatte das wilde Bedürfnis, sich auf dem Fußboden zu wälzen, etwas zu zerreißen, in etwas zu beißen. Er sah ein Glas auf dem Kamin und erinnerte sich, daß er in seinem Schrank fast einen Liter Schnaps verwahrte. Aus der Militärzeit hatte er die Gewohnheit, jeden Morgen ein Gläschen zu trinken.

Er nahm die Flasche, setzte sie an den Mund und trank voller Gier. Er setzte sie erst wieder auf den Tisch, als ihm der Atem versagte. Er hatte ungefähr ein Drittel getrunken. Glühende Hitze verbrannte ihm bald den Magen, verbreitete sich in seinen Gliedern, stärkte seine Seele, indem sie sie verwirrte.

Er sagte sich: »Nun kenne ich ein Mittel.« Und da es ihm plötzlich zu heiß wurde, öffnet er wieder das Fenster.

Ruhig und eiskalt begann der Tag zu grauen. Die Sterne schienen an dem hellen Firmament zu sterben, und in dem tiefen Graben der Eisenbahn verblaßten die grünen, roten und weißen Signale.

Die ersten Lokomotiven kamen aus dem Schuppen und holten pfeifend die ersten Züge. Andere in der Ferne stießen immer wieder schrille Schreie aus, als wollten sie, wie die Hähne auf dem Land, die Welt wecken.

Duroy dachte: Vielleicht sehe ich das alles jetzt zum letztenmal. Als er fühlte, daß das Mitleid mit sich selbst wieder in ihm hochstieg, wehrte er sich dagegen. »Bis zu der Begegnung darf ich an nichts denken, nur so behalte ich meine Ruhe.« Und er begann sich anzuziehen.

Als er sich rasierte, überkam ihn eine Sekunde lang wieder ein Gefühl der Schwäche, als er dachte, daß er jetzt vielleicht zum letztenmal sein Gesicht sähe. Wieder trank er einen Schluck Schnaps und beendete seine Toilette.

Die Stunde, die dann kam, war nur schwer zu ertragen. Er ging im Zimmer auf und ab und bemühte sich, seine Seele unbeweglich zu machen. Als er ein Klopfen an der Tür hörte, glaubte er zusammenzubrechen, so heftig war die Erregung, die ihn befiel. Es waren seine Sekundanten... Schon!

Sie trugen Pelzmäntel.

Als Rival seinem Paukanten die Hand gereicht hatte, sagte er: »Eine sibirische Kälte draußen.« Und dann fragte er: »Na, wie geht es denn?«

»Sehr gut.«

»Aufgeregt?«

»Kein bißchen.«

»Die Sache wird schon klappen. Haben Sie etwas gegessen und getrunken?«

Boisrenard trug für diese besondere Gelegenheit das Ordensbändchen – es war gelb und grün – einer ausländischen Auszeichnung im Knopfloch, das Duroy bisher noch nie bei seinem Kollegen gesehen hatte.

Sie gingen die Treppe hinunter. In dem Landauer erwartete sie ein Herr.

Rival stellte vor: »Doktor Le Brument.«

Duroy reichte ihm die Hand und sagte: »Ich danke Ihnen.« Dann wollte er auf der vorderen Bank Platz nehmen und setzte sich auf etwas Hartes. Er fuhr in die Höhe, als hätte er sich auf Nadeln gesetzt. Es war der Pistolenkasten.

Rival wiederholte: »Nein, der Kämpfer und der Arzt gehören in den Fond des Wagens.«

Duroy begriff endlich und setzte sich neben den Arzt. Jetzt stiegen die beiden Sekundanten ein, und der Kutscher fuhr los.

Aber der Pistolenkasten genierte alle, besonders Duroy, der ihn am liebsten gar nicht gesehen hätte. Man versuchte, ihn hinter dem Rücken zu verstauen – er drückte ins Kreuz. Dann stellte man ihn zwischen Boisrenard und Rival – jeden Augenblick fiel er um. Dann schob man ihn unter eine der Bänke.

Die Unterhaltung schleppte sich mühsam hin, wenn der Arzt auch allerlei kleine Geschichten erzählte. Duroy hätte so gern seine Geistesgegenwart gezeigt, aber er fürchtete, die Zusammenhanglosigkeit seiner Gedanken zu verraten und den anderen zu zeigen, wie es wirklich in ihm aussah. Immer hatte er Angst, gleich von einem Zittern befallen zu werden.

Bald schon hatte der Wagen die Stadt hinter sich gelassen. Es war etwa neun Uhr. Es war einer jener harten Wintermorgen, in denen die ganze Natur leuchtet und hart ist wie ein Kristall. Die mit Rauhreif bedeckten Bäume schienen Eis geschwitzt zu haben. Die Erde klang unter den Schritten. Die trockene Luft trug die geringsten Geräusche in weite Ferne. Der blaue Himmel glänzte wie ein Spiegel, und die Sonne wanderte durch den Raum, leuchtend und kalt, und warf auf die erstarrte Schöpfung Strahlen, die nicht erwärmten.

Rival sagte zu Duroy: »Ich habe die Pistolen bei Gastine-Renette geholt. Er hat sie eigenhändig geladen. Der Kasten ist versiegelt. Ihre und die Ihres Gegners werden übrigens ausgelost.«

Duroy erwiderte mechanisch: »Vielen Dank.«

Und dann erklärte Rival seinem Paukanten bis ins kleinste, wie er sich zu verhalten hatte, denn er legte großen Wert darauf, daß er keinen Fehler beging. Jeden Punkt wiederholte er mehrere Male: »Und wenn der Unparteiische fragt: ›Sind Sie fertig, meine Herren?‹, dann antworten Sie laut und deutlich: ›Ja.‹ Und wenn er dann Feuer kommandiert, dann heben Sie schnell den Arm und schießen, bevor er ›drei‹ gesagt hat.«

Und Duroy wiederholte sich: »Wenn er Feuer kommandiert, dann hebe ich den Arm... Wenn er Feuer kommandiert, dann hebe ich den Arm... Wenn er Feuer kommandiert, dann hebe ich den Arm.« Er lernte es, wie Kinder ihre Schulaufgabe lernen. Immer wieder sagte er es vor sich hin, um es sich einzupauken: »Wenn er Feuer kommandiert, dann hebe ich den Arm.«

Der Landauer fuhr in ein Wäldchen, dann nach rechts in eine breite Allee und wieder nach rechts. Plötzlich öffnete Rival das Wagenfenster und rief dem Kutscher zu: »Jetzt über den kleinen Weg.« Und der Landauer bog in einen Weg, der von Wagenspuren aufgerissen war. Rechts und links von ihm stand Buschwerk, dessen tote Blätter, die einen schmalen Eisrand hatten, zitterten.

Immer noch wiederholte sich Duroy: »Wenn er Feuer kommandiert, dann hebe ich den Arm.« Dann dachte er: Ein Wagenunfall käme jetzt gerade zur rechten Zeit, dann wäre alles in Ordnung... Ja, wenn der Wagen jetzt umkippte, das wäre ein nie erhofftes Glück... Und wenn er sich ein Bein dabei bräche... Aber am Ende einer Lichtung sah er einen anderen Wagen stehen und vier Herren, die auf und ab gingen, sich die Füße wärmten. Er mußte den Mund weit öffnen, so schwer fiel ihm das Atmen.

Die Sekundanten stiegen zuerst aus, dann der Arzt und der Paukant. Rival hatte den Pistolenkasten genommen, und er und Boisrenard gingen zwei der fremden Herren entgegen, die auf sie zukamen. Duroy sah, wie sie sich feierlich begrüßten, dann zusammen auf die Lichtung gingen, wo sie bald den Boden und bald die Bäume betrachteten, als wenn sie etwas gefunden hätten, das herabgefallen wäre oder davonfliegen könnte. Dann zählten sie Schritte ab und stießen mit viel Mühe zwei Spazierstöcke in den gefrorenen Boden. Dann traten sie zu einer Gruppe zusammen und warfen ein Geldstück hoch und schauten dann nach, ob es die Bild- oder die Schriftseite zeigte.

Doktor Le Brument fragte Duroy: »Wie fühlen Sie sich? Haben Sie einen Wunsch?«

»Nein.« Er hatte ein Gefühl, als wäre er verrückt geworden, als schliefe er, als träumte er, als wäre plötzlich etwas Übernatürliches gekommen, das ihn ganz umhüllte.

Hatte er Angst? Vielleicht. Genau wußte er das nicht. Alles um ihn herum war anders geworden.

Rival trat jetzt zu ihm und sagte leise und voller Zufriedenheit: »Alles ist soweit. In bezug auf die Pistolen ist uns das Glück günstig gewesen.«

Aber das war Duroy ganz einerlei.

Man zog ihm den Mantel aus. Er ließ es ruhig geschehen. Man tastete die Taschen seines Gehrocks ab, um sich zu vergewissern, daß sie weder Papiere noch eine Brieftasche enthielten, die ihm gegen die Kugel hätten Schutz gewähren können.

Wie ein Gebet wiederholte er: »Wenn er Feuer kommandiert, dann hebe ich den Arm.«

Dann geleitete man ihn bis an einen der Spazierstöcke, die im Boden staken, und reichte ihm seine Pistole. Er sah sich gegenüber, nicht weit entfernt, einen Mann stehen. Er war klein, dickbäuchig und kahl. Er trug eine Brille. Es war sein Gegner.

Er sah ihn ganz deutlich, aber er dachte nur dies: Wenn er Feuer kommandiert, dann hebe ich den Arm und schieße.

In das große Schweigen des Raumes hallte eine Stimme. Sie schien aus weiter Ferne zu kommen und fragte: »Sind Sie fertig, meine Herren?«

Georges rief: »Ja!«

Dann befahl dieselbe Stimme: »Feuer!«

Er hörte nichts und sah nichts, er gab sich über nichts mehr Rechenschaft, er fühlte nur, daß er den Arm hob und mit aller Kraft am Abzug zog. Er hörte nichts.

Aber er sah ein winziges Rauchwölkchen am Ende des Laufes seiner Pistole. Und da der Mann ihm gegenüber immer noch aufrecht stand, in derselben Haltung wie er, sah er ein anderes winziges weißes Wölkchen, das sich über den Kopf seines Gegners erhob.

Sie hatten alle beide geschossen. Die Sache war erledigt.

Die Sekundanten und der Arzt betasteten ihn, knöpften ihm die Kleider auf und fragten ängstlich: »Sind Sie getroffen?«

Er antwortete: »Ich glaube nicht.«

Langremont war übrigens ebenso wenig getroffen wie sein Gegner, und Rival sagte verdrießlich: »Mit diesen verfluchten Pistolen ist es immer dasselbe, entweder man verfehlt sich oder man schießt sich über den Haufen. Ein ganz übles Instrument.«

Von Überraschung und Freude gelähmt, rührte Duroy sich nicht. Es war überstanden. Man mußte ihm die Pistole aus der Hand nehmen, die seine Finger immer noch umkrallten. Er hatte ein Gefühl, als hätte er sich mit der ganzen Welt geschlagen. Es war zu Ende. Welches Glück! Er hatte auf einmal einen solchen Mut, daß er einerlei wen gefordert hätte.

Die Sekundanten sprachen einige Minuten miteinander, verabredeten eine Zusammenkunft im Lauf des Tages, um das Protokoll aufzusetzen. Dann stieg man in den Wagen, und peitschenknallend fuhr der Kutscher, der auf seinem Bock lachte, davon.

Alle vier aßen zusammen in einem Restaurant auf dem Boulevard und besprachen das Ereignis.

Duroy schilderte seine Eindrücke. »Die ganze Geschichte hat mich weiter nicht erregt, in keiner Weise... Das haben Sie selbst gesehen.«

Rival antwortete: »Ja, Sie haben sich fabelhaft gehalten.«

Als das Protokoll abgefaßt war, überreichte man es Duroy, der es in den »Pariser Nachrichten« veröffentlichen sollte. Zu seinem Staunen las er, daß er mit Louis Langremont zwei Kugeln gewechselt habe. Etwas beunruhigt fragte er Rival: »Aber wir haben doch nur eine Kugel gewechselt.«

Der andere lächelte: »Ja, jeder eine Kugel, und das macht zwei Kugeln.«

Duroy, der sich mit dieser Erklärung zufrieden gab, sagte weiter nichts.

Walter umarmte ihn: »Bravo! Bravo! Sie haben die Fahne der ›Vie Française‹ verteidigt... Bravo!«

Am Abend zeigte sich Georges in den Redaktionen der großen Zeitungen und in den großen Cafés des Boulevard. Er traf seinen Gegner, der sich ebenfalls zeigte, zweimal.

Sie grüßten sich nicht. Wäre einer von ihnen getroffen worden, sie hätten einander die Hand gereicht. Jeder behauptete übrigens steif und fest, er habe die Kugel des anderen pfeifen hören.

Am nächsten Tag erhielt Duroy gegen neun Uhr morgens eine Depesche: »Lieber Gott, welche Angst habe ich ausgestanden! Komme gleich in die Rue de Constantinople, Liebling, damit ich Dich umarme... Wie tapfer Du bist! Ich bete Dich an... Clo.«

Er ging zu dem Rendezvous.

Sie warf sich in seine Arme und bedeckte ihn mit Küssen. »Ach Liebster, wenn du wüßtest, wie aufgeregt ich war, als ich heute morgen die Zeitungen las! Erzähle mir, sage mir alles, ich will alles wissen.«

Und er mußte alles bis ins kleinste berichten.

Sie sagte: »Wie schlecht mußt du in der Nacht vor dem Duell geschlafen haben.«

»Im Gegenteil, ich habe ausgezeichnet geschlafen.«

»Ich hätte kein Auge zumachen können. Und wie ging das auf dem Kampfplatz zu?«

Er gab ihr folgende dramatische Schilderung: »Als wir einander auf zwanzig Schritt, etwa viermal die Länge dieses Zimmers, gegenüberstanden, kommandierte Jacques, nachdem er gefragt hatte, ob wir fertig seien: ›Feuer!‹ Ich habe sofort meinen Arm gehoben und dabei leider den Fehler gemacht, nach dem Kopf zu zielen. Meine Pistole hatte einen sehr harten Abzug, und ich habe bisher immer nur mit Pistolen mit weichem Abzug geschossen. Dadurch bekam der Lauf einen Stoß nach oben. Einerlei, beinahe hätte er jedenfalls eins abgekriegt. Auch er schießt gut, der Kerl. Seine Kugel hat meine Schläfe gestreift. Ich habe den Luftzug ganz deutlich gespürt.«

Sie saß auf seinen Knien und hielt ihn umschlungen, als wollte sie an seiner Gefahr teilnehmen. Sie sagte: »Ach, mein lieber, liebster Liebling!«

Als er mit seinem Bericht zu Ende war, sagte sie zu ihm: »Weißt du, ich kann ohne dich nicht mehr leben. Ich muß dich sehen; aber solange mein Mann in Paris ist, ist das nicht so einfach. Manchmal habe ich morgens eine Stunde frei, bevor du aufgestanden bist, und ich könnte dich eben umarmen; aber ich mag nicht in das gräßliche Haus kommen... Was sollen wir tun?«

Ihm kam plötzlich ein Gedanke, und er fragte: »Was bezahlst du hier?«

»Hundert Francs monatlich.«

»Ich übernehme die Wohnung und beziehe sie gleich. Meine jetzige entspricht nicht meiner heutigen Stellung.«

Sie überlegte ein paar Augenblicke. Dann antwortete sie: »Nein, das will ich nicht.«

»Und warum nicht?« fragte er erstaunt.

»Weil...«

»Das ist doch kein Grund. Die Wohnung gefällt mir ausgezeichnet. Hier bin ich, und hier bleibe ich.« Er begann zu lachen. »Und übrigens ist die Wohnung auf meinen Namen gemietet.«

Aber sie weigerte sich immer noch. »Nein, nein, ich will es nicht.«

»Aber warum denn nicht?«

Da sagte sie ganz leise und voller Liebe: »Weil du dann andere Frauen mit hierher nimmst, und das will ich nicht.«

Er entrüstete sich: »Nie und nimmer würde ich das tun, das verspreche ich dir.«

»Und du nähmest sie doch mit.«

»Ich schwöre es dir.«

»Wirklich?«

»Wirklich und auf Ehrenwort. Es ist unser Heim, und nur uns beiden gehört es.«

Sie umarmte ihn in wilder Liebe. »Dann bin ich einverstanden,

Geliebter. Aber wenn du mich einmal, ein einziges Mal betrügst, dann ist es zwischen uns für immer aus.«

Er schwor ihr noch einmal mit tausend Eiden, und dann verabredeten sie, daß er noch am selben Tag einziehen würde, damit sie ihn besuchen könnte, wenn sie an seiner Tür vorbeikomme.

Dann sagte sie zu ihm: »Komm auf alle Fälle Sonntag zum Essen. Mein Mann findet dich ganz reizend.«

Er fühlte sich geschmeichelt. »Wirklich?«

»Ja, er ist ganz eingenommen von dir. Du hast mir doch erzählt, du seist in einem Schloß auf dem Land aufgewachsen...«

»Ja, und was soll das?«

»Dann hast du doch sicher von Landwirtschaft eine Ahnung?«

»Ja.«

»Unterhalte dich mit ihm über Gartenbau und Ernten, das hat er besonders gern.«

»Ich werde das nicht vergessen.«

Sie trennten sich, nachdem sie ihn lange umarmt hatte, denn das Duell hatte ihre Liebe zu neuer Glut entfacht.

Und während Duroy sich in die Redaktion begab, dachte er: Ein ganz seltsames Wesen! Ein ganz eigenartiger Vogel! Mag der Teufel wissen, was sie will und was sie liebt. Und dazu diese Ehe! Wer hat wohl die Verbindung dieses alten Mannes mit diesem tollen Weib vorbereitet? Welche Überlegung hat diesen Inspektor wohl dazu veranlaßt, diese Frau zu heiraten? Geheimnis! Wer weiß? Die Liebe, vielleicht? Und dann kam er zu folgendem Schluß: Jedenfalls ist sie eine reizende Geliebte, und ich wäre schön dumm, wenn ich sie laufen ließe.

VIII

Durch sein Duell war Duroy in die Reihe der Leitartikler der »Vie Française« aufgerückt. Aber da es ihm unendlich schwer fiel, neue Gedanken zu entwickeln, machte er es zu seiner Spezialität, gegen den Verfall der Sitten, die Entartung des Charakters, das Nachlassen der Vaterlandsliebe und die Blutlosigkeit der französischen Ehre zu wettern. (Auf das Wort Blutlosigkeit war er besonders stolz.)

Und wenn Frau de Marelle sich mit ihrem spöttischen, skeptischen und scharfen Geist, den man den Geist von Paris nennt, über seine Tiraden lustig machte und sie mit einem höhnischen Wort abtat, dann entgegnete er lächelnd: »Laß mich nur, auf diese Weise schaffe ich mir für später einen guten Ruf.«

Er wohnte jetzt in der Rue de Constantinople, wohin er seinen Koffer, seine Bürste, sein Rasiermesser und seine Seife, was sein ganzes Umzugsgut darstellte, gebracht hatte. Zwei- bis dreimal in der Woche kam die junge Frau, bevor er aufgestanden war, zog sich schnell aus, und noch zitternd von der Kälte draußen, schlüpfte sie zu ihm ins Bett.

Duroy aß jeden Donnerstag bei seiner Geliebten und machte dem Gatten den Hof, indem er sich mit ihm über Landwirtschaft unterhielt. Und da er selbst mit allem, was die Erde angeht, vertraut war und dies alles liebte, waren sie oft derart in ihr Gespräch vertieft, daß sie ihre Frau, die auf dem Sofa schlief, ganz vergaßen.

Auch Laurine schlief bald auf den Knien des Vaters, bald auf denen Bel Amis ein.

Und wenn der Journalist gegangen war, verfehlte Herr de Marelle nicht, mit dem doktrinären Ton, mit dem er die geringsten Dinge äußerte, zu sagen: »Wirklich ein sehr angenehmer Mensch und dazu über die Maßen gebildet.«

Der Monat Februar näherte sich seinem Ende. In den Straßen roch man wieder den Duft von Veilchen, wenn man an den Karren der Blumenverkäuferinnen vorbeiging.

Duroy lebte in einem wolkenlosen Himmel.

Eines Abends, als er nach Hause kam, fand er einen Brief, der unter die Tür geschoben war. Er betrachtete die Marke. Der Brief kam aus Cannes. Er öffnete ihn und las:

»Cannes, Villa Jolie.

Lieber Herr und Freund, Sie haben mir damals versprochen, daß ich in allem auf Sie rechnen könne. Ich muß Sie heute um einen grausamen Dienst bitten: mir zu helfen, mich nicht in Charles' letzten Augenblicken – er liegt im Sterben – allein zu lassen. Vielleicht wird er diese Woche nicht überleben, wenn er auch aufsteht. Der Arzt hat mich auf das Schlimmste vorbereitet. Ich habe weder die Kraft noch den Mut mehr, Tag und Nacht diesen Todeskampf mitanzusehen. Und ich denke mit Entsetzen an die letzten Augenblicke, die immer näher kommen. Nur Sie kann ich um etwas Derartiges bitten, denn mein Mann hat keine Verwandten mehr. Sie waren sein Kamerad. Er hat Ihnen die Tür, die in die Zeitung führt, geöffnet. Kommen Sie! Ich flehe Sie an. Ich habe niemanden, an den ich mich wenden könnte.

Ihre treue Kameradin

Madeleine Forestier.«

Wie ein Windstoß drang ein seltsames Gefühl in Duroys Herz, ein Gefühl der Befreiung, als öffnete sich vor ihm der weite Raum. Und er sagte vor sich hin: »Natürlich fahre ich. Der arme Charles. Was sind wir doch für armselige Geschöpfe.«

Der Chef, dem er den Brief der jungen Frau zeigte, gab knurrend seine Zustimmung. Er sagte: »Aber kommen Sie bald wieder. Sie sind hier unentbehrlich.«

Am nächsten Tag fuhr Duroy mit dem Sieben-Uhr-Expreß nach Cannes, nachdem er die Familie de Marelle durch ein Telegramm von seiner Reise benachrichtigt hatte.

Am nächsten Abend gegen vier Uhr war er an Ort und Stelle.

Ein Dienstmann brachte ihn nach der Villa Jolie. Sie lag auf halber Höhe in jenem Tannenwäldchen, das von weißen Häusern bevölkert wird und sich von Cannes nach dem Golf Juan erstreckt.

Das Haus war klein und niedrig. Es war in italienischem Stil gebaut. Es lag am Rand der Straße, die sich im Zickzack durch die Bäume schlängelt und bei jeder Kehre eine wunderbare Aussicht bietet.

Der Diener öffnete die Tür und sagte: »Ja, die gnädige Frau erwartet den Herrn mit großer Ungeduld.«

»Und wie geht es Herrn Forestier?« fragte Duroy.

»Nicht gut, lange macht er es nicht mehr.«

Der Salon, in den der junge Mann geführt wurde, war mit blaugeblümtem, rosafarbenem Stoff ausgeschlagen. Das breite und hohe Fenster ging auf die Stadt und das Meer hinaus.

Duroy sagte sich: »Verdammt fein eingerichtet für ein Landhaus. Wo nehmen die nur das Geld her?« Das Rascheln eines Kleides veranlaßte ihn, sich umzudrehen.

Frau Forestier streckte ihm beide Hände entgegen. »Wie lieb von Ihnen, daß Sie gekommen sind!« Und dann küßte sie ihn.

Sie sahen einander an.

Sie war ein wenig blaß, ein wenig mager geworden, aber sie war immer noch frisch und vielleicht auch hübscher mit ihrem zarteren Aussehen. Sie sagte: »Es ist grauenhaft. Er weiß, daß er verloren ist, und tyrannisiert mich entsetzlich. Ich habe ihm gesagt, daß Sie kommen. Aber wo haben Sie Ihren Koffer?«

»Den habe ich am Bahnhof gelassen«, erwiderte er, »da ich nicht wußte, in welchem Hotel ich nach Ihrer Meinung am besten absteige, um in Ihrer Nähe zu sein.«

Sie zögerte. Dann sagte sie: »Sie wohnen hier in der Villa. Das Zimmer ist übrigens schon für Sie hergerichtet. Er kann jeden Augenblick sterben, und wenn sein Tod in der Nacht einträte, dann wäre ich allein. Ich will Ihr Gepäck gleich holen lassen.«

Er verbeugte sich. »Ganz wie Sie wollen.«

»Und jetzt wollen wir nach oben gehen«, sagte sie.

Er folgte ihr. Sie öffnete in der ersten Etage eine Tür. Und Duroy sah in der Nähe eines Fensters, in einem Sessel sitzend und in eine Decke gehüllt, fahl im roten Licht der untergehenden Sonne, eine Art Leichnam, der ihn anstarrte. Er erkannte ihn kaum. Aber er erriet, daß es sein Freund war.

Es roch in diesem Zimmer nach Fieber, nach Aufgüssen, nach Äther und nach Teer: Es war dieser unnennbare und schwere Geruch der Zimmer, in denen ein Lungenkranker atmet.

Forestier hob die Hand mit einer müden und langsamen Bewegung. »Da bist du ja, kommst gerade recht, um mich sterben zu sehen. Ich danke dir.«

Duroy lachte gezwungen. »Dich sterben sehen! Das wäre kein amüsantes Schauspiel, und ich würde sicher nicht diese Gelegenheit für einen Besuch in Cannes wählen. Ich wollte dir nur mal guten Tag sagen und mich ein wenig ausruhen.«

Der andere murmelte: »Setze dich!«, und dann ließ er den Kopf hängen, als beschäftigten ihn verzweifelte Gedanken. Er atmete schnell und stoßweise und stöhnte oft, als wollte er die anderen daran erinnern, wie krank er sei.

Da seine Frau merkte, daß er nun nichts mehr sagen würde, trat sie an das Fenster, deutete mit einer Kopfbewegung nach dem Horizont und sagte: »Sehen Sie nur mal! Ist das nicht herrlich?«

Ihnen gegenüber senkte sich die mit Villen besäte Küste bis hinab zur Stadt, die halbkreisförmig am Strand lag, mit dem Kopf rechts nach der Mole, die die Stadt beherrschte, die von einem Bergfried überragt wurde, und mit den Füßen links bis zum Kap Croisette, gegenüber den Lérins-Inseln. In dem tiefblauen Wasser wirkten diese Inseln wie zwei grüne Flecken. Es sah aus, als schwämmen hier zwei riesengroße Blätter, so flach schienen sie, aus der Höhe betrachtet.

Und in weiter Ferne, den Horizont nach der anderen Seite des Golfes hin abschließend, über der Mole und dem Bergfried, zeichnete eine lange Reihe von bläulichen Bergen eine seltsame und reizende Linie aus Gipfeln, die bald rund, bald zackig, bald spitz waren, in einen leuchtenden Himmel. Sie endete mit einem großen, pyramidenförmigen Berg, der seinen Fuß in das offene Meer tauchte. »Das ist der Esterel«, sagte Frau Forestier.

Der Raum hinter den dunklen Gipfeln war rot. Es war ein blutiges und goldenes Rot, das das Auge nicht ertragen konnte.

Gegen seinen Willen stand Duroy ganz unter dem Eindruck dieses Tagesendes. Da er kein Wort fand, das bildhaft genug gewesen wäre, seiner Bewunderung Ausdruck zu verleihen, sagte er: »Ja, es ist phantastisch.«

Forestier hob den Kopf nach seiner Frau hin und sagte: »Gönne mir ein wenig frische Luft.«

Sie entgegnete: »Nimm dich in acht, es ist schon spät, die Sonne geht unter, du wirst dich wieder erkälten, und du weißt doch, daß das bei deinem Gesundheitszustand nicht gerade zu empfehlen ist.«

Er machte mit der rechten Hand eine fieberhafte und schwache Bewegung, die am liebsten ein Faustschlag gewesen wäre, und mit zornigem Gesicht, dem Gesicht eines Sterbenden, das die Schmalheit der Lippen, die Magerkeit der Backen und das

Hervorspringen aller Knochen zeigte, sagte er leise: »Du hörst doch, daß ich ersticke. Was liegt schon daran, ob ich einen Tag früher oder später sterbe. Verloren bin ich ja doch.«

Sie öffnete das Fenster weit.

Und die Luft, die ins Zimmer wehte, überraschte sie alle drei wie eine Zärtlichkeit. Es war eine weiche, laue, friedliche Brise, eine Frühlingsbrise, die schon genährt war von den berauschenden Düften der Blumen und der Büsche, die an dieser Küste wachsen. Deutlich erkannte man den Duft des Harzes und den scharfen Duft des Eukalyptus.

Mit kurzem, fieberhaftem Atem sog Forestier sie in sich hinein. Mit den Nägeln der Hände krallte er sich in die Armlehnen seines Sessels und sagte mit leiser, pfeifender, wütender Stimme: »Mach das Fenster zu. Ich kann das nicht ertragen. Lieber krepiere ich in einem Keller.«

Und langsam schloß seine Frau das Fenster. Dann blickte sie in die Ferne, die Stirn gegen die Scheibe gedrückt.

Duroy, der sich nicht gerade behaglich fühlte, hätte gern mit dem Kranken geplaudert und ihn beruhigt. Aber er wußte nicht, was er ihm zum Trost hätte sagen können. »Besser geht es dir nicht, seit du hier bist«, stotterte er.

Der andere zuckte mit müder Ungeduld die Schultern. »Das siehst du ja.« Und wieder ließ er den Kopf hängen.

Duroy fuhr fort: »Im Vergleich zu Paris ist es hier wunderschön. Da oben ist man noch mitten im Winter. Es schneit und friert und regnet und ist so dunkel, daß man schon um drei Uhr nachmittags die Lampen anzünden muß.«

»Was gibt es Neues bei der Zeitung?« fragte Forestier.

»Neues eigentlich gar nichts. Der kleine Lacrin vom ›Voltaire‹ vertritt dich. Aber er ist noch ziemlich unreif. Es ist die höchste Zeit, daß du wiederkommst.«

»Ich werde bald sechs Fuß tief unter der Erde liegen, mein Lieber«, erwiderte Forestier. Dieser Gedanke beschäftigte ihn unausgesetzt, immer wieder, bei jeder Gelegenheit äußerte er ihn, in jedem Satz, den er sagte, fühlte man ihn.

Dann schwiegen sie lange. Es war ein schmerzliches und tiefes Schweigen. Die Glut des Sonnenuntergangs verstrahlte langsam.

Und gegen den roten Himmel, der dunkler wurde, wurden die Berge schwarz. Ein farbiges Dunkel, ein Beginn der Nacht, der schon von dem Licht der sterbenden Glut in sich hatte, kam in das Zimmer, schien die Möbel, die Wände, die Tapeten, die Ecken mit Tönen zu färben, die ein Gemisch waren aus Schwarz und Purpur. Der Spiegel über dem Kamin, der den Horizont widerspiegelte, sah aus wie eine Blutlache. Frau Forestier rührte sich nicht. Sie stand immer noch am Fenster, die Stirn gegen die Scheibe gedrückt, mit dem Rücken nach dem Zimmer.

Und mit stoßweiser, röchelnder Stimme, die einem das Herz zerriß, sagte Forestier: »Wieviel Sonnenuntergänge werde ich noch erleben?... Acht... zehn... fünfzehn oder zwanzig... vielleicht auch dreißig... mehr aber nicht... Ihr habt noch Zeit... aber ich bin am Ende... Und wenn ich nicht mehr bin... geht alles, als wenn ich noch da wäre...« Er schwieg einige Minuten, dann fuhr er fort: »Alles, was ich sehe, sagt mir, daß ich es in ein paar Tagen nicht mehr sehen werde... Das ist fürchterlich... Nichts mehr werde ich sehen... nichts von dem, was es gibt... die kleinen Gegenstände, die man handhabt... die Gläser... die Teller... die Betten, in denen man so herrlich schläft... die Wagen... Wie herrlich ist es doch, abends eine Spazierfahrt zu machen... Wie gern möchte ich all dieses!« Mit den Fingern jeder Hand machte er eine nervöse und leichte Bewegung, als spielte er auf den beiden Armlehnen seines Sessels Klavier. Und sein Schweigen war peinlicher als seine Worte, so sehr fühlte man, daß er an entsetzliche Dinge dachte.

Und plötzlich erinnerte sich Duroy an das, was Norbert de Varenne vor einigen Wochen zu ihm gesagt hatte: »Jetzt sehe ich den Tod so nahe, daß ich oft Lust habe, den Arm auszustrecken, um ihn zurückzustoßen... Ich entdecke ihn überall. Die Insekten, die man auf den Straßen zertritt, die Blätter, die von den Bäumen fallen, das weiße Haar, das man im Bart eines Freundes sieht, das alles zerreißt mir das Herz und ruft mir zu: ›Da ist er!‹«

Was er damals nicht begriffen hatte, jetzt, da er Forestier sah, begriff er es. Und eine unbekannte, wilde Angst bemächtigte sich seiner, als hätte er dicht in seiner Nähe, auf dem Sessel, in dem dieser keuchende Mensch saß, den häßlichen Tod vor sich gesehen. Am liebsten wäre er aufgestanden, fortgelaufen, nach Paris zurückgekehrt... Wenn er das gewußt hätte, nie wäre er gekommen!

Wie vorschnelle Trauer füllte die Nacht jetzt das Zimmer und senkte sich auf den Sterbenden. Nur das Fenster war noch sichtbar, und gegen sein helleres Viereck hob sich die unbewegliche Silhouette der jungen Frau ab.

»Bringt man denn heute nicht die Lampe?« fragte Forestier gereizt. »Das nennt man nun Krankenpflege.«

Der Schatten des Körpers, der sich gegen das Fenster abhob, verschwand, und man hörte eine elektrische Klingel in dem tönendem Haus.

Bald kam ein Diener und stellte die Lampe auf den Kamin.

Frau Forestier sagte zu ihrem Mann: »Gehst du zu Bett, oder kommst du zum Essen nach unten?«

»Ich komme nach unten«, murmelte er.

Bis zum Essen verging noch eine Stunde, und während dieser Stunde saßen sie alle drei unbeweglich da, sagten nur dann und wann einmal ein Wort, ein gleichgültiges, unnützes Wort, als wäre es gefährlich, geheimnisvoll gefährlich gewesen, dieses Schweigen zu lange dauern, die stumme Luft dieses Zimmers, durch das der Tod strich, gerinnen zu lassen.

Endlich meldete der Diener, daß das Essen fertig sei. Es kam Duroy endlos vor. Sie sprachen nicht, sie aßen geräuschlos, zerkrümelten dann mit den Fingerspitzen Brot. Und der Diener, der bei Tisch bediente, ging in seinen Pantoffeln – das Knarren der Lederschuhe reizte Charles – geräuschlos hin und her. Nur das Ticken einer Holzuhr störte die Ruhe der Wände durch seine mechanische und regelmäßige Bewegung.

Sobald man mit dem Essen fertig war, zog sich Duroy, der vorgab, von der Reise ermüdet zu sein, in sein Zimmer zurück. Er trat ans Fenster, betrachtete den Vollmond am Himmel, der ihn an eine riesengroße Lampenkuppel erinnerte und auf die weißen Mauern der Villen sein hartes und verschleiertes Licht warf und auf das Meer gleichsam Schuppen aus sich bewegendem und süßem Licht streute. Und er suchte nach einem Grund, schnell wieder von hier fortzukommen, erfand allerlei Ausreden, Telegramme, die er erhalten haben wollte, und daß Walter ihn zurückrief.

Aber als er am nächsten Morgen aufwachte, schienen ihm seine Fluchtpläne kaum ausführbar. Frau Forestier fiel sicher nicht auf seine Schliche herein, und durch seine Feigheit würde er aller Wohltaten ihrer Ergebenheit verlustig gehen. Er sagte sich: »Zu ärgerlich! Aber solche Unannehmlichkeiten hat nun mal das Leben, und schließlich wird es auch wohl nicht mehr lange dauern.«

Der Himmel war blau, von jener strahlenden Bläue, die einem das Herz mit Freude füllt. Duroy ging hinunter bis ans Meer. Er war der Meinung, daß es immer noch früh genug wäre, wenn er Forestier im Lauf des Tages begrüßte.

Als er zum Frühstück nach Hause kam, sagte der Diener zu ihm: »Herr Forestier hat schon zwei- oder dreimal nach Ihnen gefragt. Vielleicht gehen Sie eben mal zu ihm.«

Er ging nach oben. Forestier schien in seinem Sessel zu schlafen. Seine Frau lag auf dem Sofa und las.

Der Kranke hob den Kopf.

Duroy fragte: »Nun, wie geht es heute? Du siehst wirklich nicht schlecht aus.«

Der andere entgegnete leise: »Es geht besser, ich fühle mich ein wenig kräftiger. Iß schnell mit Madeleine, wir wollen eine Spazierfahrt machen.«

Als die junge Frau mit Duroy allein war, sagte sie zu ihm: »Heute glaubt er, er sei gerettet. Den ganzen Morgen über macht er Pläne. Wir wollen gleich nach dem Golf Juan, um für unsere Pariser Wohnung Fayencen zu kaufen. Er will absolut hinaus, aber ich habe eine Todesangst, daß etwas passiert. Die Stöße des Wagens auf der holprigen Straße kann er sicher nicht vertragen.«

Als der Wagen vor der Villa hielt, ging Forestier, von seinem Diener gestützt, langsam die Treppe hinunter. Kaum saß er im Wagen, da verlangte er, daß man das Verdeck öffnete.

Seine Frau widersetzte sich. »Du wirst dich erkälten. Das ist doch der reine Wahnsinn.«

Er aber gab nicht nach. »Es geht mir viel besser, ich fühle es.«

Zuerst fuhren sie durch die schattigen Wege, die immer zwischen zwei Gärten herführen und aus Cannes eine Art englischen Parks machen, und dann fuhren sie auf der Straße nach Antibes weiter, immer am Meer entlang.

Forestier erklärte die Landschaft. Zuerst hatte er auf die Villa des Grafen von Paris aufmerksam gemacht. Dann nannte er andere. Er war heiter, aber es war die gewollte, künstliche und schwache Heiterkeit eines Menschen, der verurteilt ist. Er hob den Finger, denn er hatte nicht die Kraft, den Arm auszustrekken. »Da drüben ist die Insel Sainte-Marguerite und das Schloß, aus dem Bazaine entfloh. Was für Scherereien hat uns die Geschichte gemacht.«

Dann wurden Erinnerungen an seine Militärzeit in ihm wach. Er nannte mehrere Offiziere, die sie an besondere Vorkommnisse erinnerten. An einer Krümmung der Straße entdeckte er den ganzen Golf Juan mit seinem weißen Dorf im Hintergrund und dem Kap Antibes am anderen Ende. Und von plötzlicher, kindlicher Freude erfaßt, sagte Forestier: »Das Geschwader, gleich siehst du das Geschwader!«

In der Mitte der weiten Bucht sah man tatsächlich ein halbes Dutzend großer Schiffe, die aussahen wie mit Zweigen bedeckte Felsen. Sie waren seltsam, unförmig, ungeheuer, mit Auswüchsen, mit Türmen, mit Sporen, die sich in das Wasser bohrten, als wollten sie unter dem Meer Wurzel fassen.

Man konnte sich gar nicht vorstellen, daß diese Dinger sich zu bewegen vermochten, so schwer und so fest schienen sie mit dem Grund verbunden zu sein. Eine schwimmende, runde, hohe Batterie, die die Gestalt einer Sternwarte hatte, glichen sie jenen Leuchttürmen, die man auf Klippen baut.

Und ein großer Dreimaster fuhr an ihnen vorbei, um das offene Meer zu erreichen. Er hatte alle Segel gesetzt, weiß und fröhlich. Neben diesen Kriegsungeheuern, diesen Ungeheuern aus Eisen, diesen Ungeheuern, die auf dem Wasser kauerten, war er voller Anmut und Schönheit.

Forestier bemühte sich, sie zu erkennen. Er nannte sie bei ihrem Namen: »Colbert«, »Suffren«, »Admiral Duperré«, »Le Redoutable«, »La Dévastation«. Dann verbesserte er sich: »Nein, das andere ist die ›Dévastation‹.«

Sie kamen vor eine Art großen Pavillon, an dem ein Schild mit der Aufschrift hing: »Kunstfayencen vom Golf Juan.« Der Wagen fuhr um einen Rasenplatz und hielt vor der Tür.

Forestier wollte zwei Vasen kaufen, die in Paris in seiner Bibliothek stehen sollten. Da er nicht aussteigen konnte, brachte man ihm die einzelnen Modelle, eines nach dem anderen. Er konnte sich lange nicht entschließen. Immer wieder fragte er seine Frau und Duroy um Rat: »Ich hätte sie gern für das Möbelstück, das hinten in meinem Arbeitszimmer steht. Von meinem Sessel aus habe ich es immer vor mir. Ich lege Wert auf antike, auf griechische Form.« Er prüfte die Muster, ließ sich dann andere bringen, um doch auf die ersten zurückzukommen. Endlich entschloß er sich. Nachdem er bezahlt hatte, verlangte er, daß sie sofort abgeschickt würden. »In einigen Tagen kehre ich nach Paris zurück«, sagte er.

Sie traten die Heimfahrt an. Aber als sie am Golf entlangfuhren, kam plötzlich aus einem Tal ein kalter Wind, und der Kranke begann zu husten.

Es war zuerst gar nicht schlimm, ein kleiner Anfall. Aber er verschlimmerte sich, wollte nicht wieder aufhören, wurde schließlich eine Art Röcheln.

Forestier erstickte, und jedesmal, wenn er atmen wollte, zerriß der Husten, der aus der Tiefe seiner Brust kam, ihm die Kehle. Nichts beruhigte ihn, nichts brachte ihm Erleichterung. Man mußte ihn aus dem Wagen in sein Zimmer tragen, und Duroy, der seine Beine hielt, fühlte, wie die Füße bei jedem Zusammenkrampfen der Lunge zuckten.

Auch die Bettwärme milderte den Anfall nicht, der bis Mitternacht dauerte. Dann brachten die Narkotika endlich die tödlichen Hustenkrämpfe zum Verschwinden. Mit offenen Augen saß der Kranke bis zum Anbruch des Tages in seinem Bett.

Mit den ersten Worten, die er sagte, verlangte er nach dem Friseur, denn er legte Wert darauf, jeden Morgen rasiert zu werden. Er stand zu diesem Zweck auf, aber man mußte ihn sofort wieder zu Bett bringen. Er atmete so kurz, so hart und mühsam, daß Frau Forestier in ihrer Angst Duroy wecken ließ, der sich kurz vorher zu Bett gelegt hatte, um ihn zu bitten, den Arzt zu holen.

Nach kurzer Zeit kam er mit Doktor Gavaut zurück, der eine Medizin verordnete und noch allerlei Ratschläge gab. Als der Journalist ihn aus dem Zimmer begleitete und nach seiner Meinung fragte, sagte er: »Es ist die Agonie, morgen früh ist er tot. Setzen Sie seine arme Frau davon in Kenntnis und schicken Sie nach einem Priester. Ich kann hier nichts mehr tun. Aber ich stehe nach wie vor ganz zu Ihrer Verfügung.«

Duroy ließ Frau Forestier rufen. »Er liegt im Sterben. Der Arzt meint, man solle nach dem Priester schicken. Was meinen Sie?«

Sie zögerte lange. Nach reiflicher Überlegung sagte sie: »Ja, es ist besser so, in mancher Beziehung... Ich will ihn vorbereiten, will ihm sagen, daß der Pfarrer ihn gern besuchen möchte. Es wäre sehr lieb von Ihnen, wenn Sie einen geeigneten Pfarrer besorgten. Nehmen Sie einen, der nicht zu viel Getue macht. Versuchen Sie zu erreichen, daß er ihm nur die Beichte abnimmt und ihn mit allem anderen verschont.«

Der junge Mann kam mit einem alten Geistlichen zurück, der sich bereit erklärt hatte, auf Frau Forestiers Wünsche einzugehen. Als er das Zimmer des Sterbenden betreten hatte, verließ es Frau Forestier und setzte sich mit Duroy in den benachbarten Raum.

Sie war sehr blaß. »Den Ausdruck seines Gesichtes werde ich nie vergessen«, sagte sie. »In diesem Augenblick hat er den Tod sicher gesehen. Er hat ihn gesehen.«

Sie vernahmen die etwas laute Stimme des Priesters, der ein wenig taub war. Er sagte: »Aber nein, aber nein, so krank sind Sie doch nicht. Gewiß sind Sie krank, aber nicht todkrank. Der Beweis dafür ist, daß ich als Freund und Nachbar zu Ihnen komme.«

Was Forestier entgegnete, konnten sie nicht verstehen. Der Greis fuhr fort: »Nein, kommunizieren sollen Sie nicht. Darüber reden wir mal, wenn es Ihnen wieder besser geht. Aber wenn Sie die Gelegenheit meines Besuches benutzen wollen, um zu beichten, so soll es mir recht sein. Ich bin ein Hirte und ergreife jede Gelegenheit, meine Schäfchen zurückzuführen.« Dann folgte langes Schweigen. Zweifellos sprach Forestier mit seiner keuchenden und klanglosen Stimme.

Plötzlich sagte der Pfarrer in einem ganz anderen Ton, im Ton des Offizianten vor dem Altar: »Das Erbarmen Gottes ist ohne Grenzen. Sprechen Sie das Confiteor, mein Sohn... Aber vielleicht haben Sie es vergessen... Ich werde Ihnen helfen... Sprechen Sie mir nach: Confiteor Deo omnipotenti, Beatae Mariae semper virgini...« Er machte von Zeit zu Zeit eine Pause, damit der Sterbende ihm folgen konnte. Dann sagte er: »Und jetzt beichten Sie...«

Die junge Frau und Duroy bewegten sich nicht mehr, von einer seltsamen Verwirrung ergriffen, durch eine ängstliche Erwartung erregt.

Der Kranke hatte etwas ganz leise gesagt.

Der Priester wiederholte: »Welcher Art sündhafter Nachsicht haben Sie sich denn schuldig gemacht, mein Sohn?«

Die junge Frau erhob sich und sagte ganz einfach: »Wir wollen ein wenig in den Garten gehen. Wir dürfen seine Geheimnisse nicht hören.«

Und sie setzten sich auf eine Bank vor der Tür, unter einen blühenden Rosenstrauch, hinter sich ein Beet mit Nelken, die ihren starken und süßen Duft in die Luft strömten.

Nach einigen Minuten des Schweigens fragte Duroy: »Werden Sie bald nach Paris zurückkommen?«

»Ja«, antwortete sie, »sobald hier alles vorbei ist.«

»In etwa zehn Tagen also?«

»Später sicher nicht.«

Er fragte: »Hat er denn keine Verwandten?«

»Nur noch ein paar Vettern. Seine Eltern sind gestorben, als er noch klein war.«

Sie betrachteten beide einen Schmetterling, der sich seine Nahrung aus den Nelken holte und mit schnellem Flügelschlag von einer Nelke zur anderen flog. Und wenn er sich auf eine Blume niedergelassen hatte, dann bewegten sich die Flügel immer noch, nur langsamer. Lange verharrten sie in ihrem Schweigen.

Der Diener erschien, um ihnen zu sagen, daß der Herr Pfarrer fertig sei. Sie gingen zusammen ins Haus zurück.

Seit dem Vorabend schien Forestier noch magerer geworden zu sein.

Der Pfarrer hielt seine Hand. »Auf Wiedersehen, mein Sohn. Morgen früh komme ich wieder.« Und er ging.

Sobald er das Haus verlassen hatte, versuchte der Sterbende, der schwer atmete, seiner Frau die Hände entgegenzustrecken. Er stammelte: »Rette mich... rette mich... Liebste... Ich will nicht sterben... Ach, rette mich doch... Sage mir, was ich tun soll... Hole den Arzt... Ich nehme alles ein, was er will... Ich will nicht... ich will nicht...« Er begann zu weinen. Dicke Tränen flossen aus seinen Augen über seine fleischlosen Wangen. Und die eingefallenen Ecken seines Mundes legten sich in Falten wie die kleiner Kinder, die Kummer haben. Dann fielen seine Hände auf das Bett zurück und begannen eine dauernde, regelmäßige und langsame Bewegung, als wollten sie auf der Bettdecke etwas pflücken.

Seine Frau, die auch anfing zu weinen, sagte: »Nein, es ist nichts... Ein kleiner Anfall. Morgen geht es dir besser... Die Spazierfahrt gestern war ein wenig zu viel für dich.«

Forestiers Atem ging schneller als der eines Hundes, der gelaufen ist, so schnell, daß man die einzelnen Züge nicht zählen konnte, und so schwach, daß man ihn kaum hörte. Immer wieder sagte er: »Ich will nicht sterben... ich will nicht sterben... Lieber Gott, lieber Gott, was wird mit mir werden? Nichts werde ich mehr sehen, nichts... niemals wieder werde ich etwas sehen. Lieber Gott...« Er betrachtete etwas vor sich, das die anderen nicht sahen, etwas Häßliches, und seine starren Augen zeigten das Entsetzen, das er empfand. Seine beiden Hände vollführten immer noch die furchtbare und ermüdende Bewegung.

Plötzlich befiel seinen ganzen Körper heftiges Zittern, und er lallte: »Der Friedhof... Ich... Du lieber Gott.« Und dann sagte er nichts mehr. Unbeweglich lag er da, mit leeren Augen und keuchender Brust.

Die Zeit verging. Auf der Uhr eines Klosters in der Nähe schlug es Mittag. Duroy verließ das Zimmer, um ein wenig zu essen. Eine Stunde später kam er zurück. Frau Forestier weigerte sich, etwas zu sich zu nehmen. Der Kranke hatte sich nicht gerührt. Immer noch zog er seine mageren Finger über die Bettdecke, als wollte er sie seinem Gesicht nähern.

Die junge Frau saß in einem Sessel am Fuß des Bettes. Duroy setzte sich in einen anderen, der neben dem ihren stand. Schweigend warteten sie.

Eine Wärterin war gekommen, der Arzt hatte sie geschickt. Schlummernd saß sie in der Nähe des Fensters.

Duroy begann einzuschlummern, als er plötzlich das Gefühl hatte, daß etwas sich ereignete. Er öffnete die Augen gerade noch zeitig genug, um zu sehen, wie Forestier die seinen schloß, wie zwei Lichter, die erlöschen. Ein kleines Aufstoßen bewegte die Kehle des Sterbenden, und in den Mundwinkeln zeigten sich zwei kleine Blutgerinnsel, die langsam auf sein Hemd tropften. Seine Hände stellten ihr grauenvolles Suchen ein. Er hatte aufgehört zu atmen.

Seine Frau begriff, was geschehen war. Sie stieß eine Art Schrei aus, sank auf die Knie und schluchzte, das Gesicht in die Kissen des Bettes vergraben. Überrascht und erschrocken schlug Georges Duroy mechanisch das Zeichen des Kreuzes. Die Wärterin, die wach geworden war, näherte sich dem Bett. »Es ist zu Ende«, sagte sie. Und Duroy, der seine Kaltblütigkeit wiedergefunden hatte, sagte mit einem Seufzer der Erleichterung: »Es ist schneller gegangen, als ich glaubte.«

Als das erste Staunen vergangen und die ersten Tränen vergossen waren, beschäftigte man sich mit allem, was ein Toter verlangt. Bis zum späten Abend war Duroy unterwegs.

Sehr hungrig kam er nach Hause. Frau Forestier aß etwas. Dann setzten sich beide in das Sterbezimmer, um bei dem Toten zu wachen. Zwei Kerzen brannten auf dem Nachttisch neben einem Teller, auf dem in ein wenig Wasser ein Mimosenzweig lag, denn nirgendwo hatte man den üblichen Buchsbaumzweig auftreiben können.

Sie waren allein, der junge Mann und die junge Frau, neben dem, der nicht mehr war. Schweigend und in Gedanken versunken saßen sie da, betrachteten den Toten.

Georges, den das Dunkel um den Toten beunruhigte, konnte den Blick nicht von ihm wenden. Sein Auge und sein Geist, die von diesem fleischlosen Gesicht angezogen und gefesselt wurden, das das flackernde Licht noch hohler erscheinen ließ, blieben starr auf ihn gerichtet. Das war sein Freund Charles Forestier, der gestern noch mit ihm gesprochen hatte. Wie seltsam und furchtbar war doch dieses vollständige Ende eines lebenden Wesens. Wieder dachte er an die Worte Norbert de Varennes, der von der Angst vor dem Tod besessen war. »Niemals kommt einer wieder.« Millionen und Milliarden würden geboren, die sich ungefähr glichen, mit Augen und Nase, mit Mund und Schädel und darin Gedanken, ohne daß jemals der wiederkam, der dort in dem Bett lag.

Ein paar Jahre lang hatte er gelebt, hatte gegessen und getrunken, gelacht, geliebt, gehofft wie alle anderen auch. Und für ihn war nun alles zu Ende, für ewig zu Ende. Ein Leben! Ein paar Tage, und dann nichts mehr. Man wird geboren, man wird größer, man ist glücklich, man wartet, und dann stirbt man. Adieu, Mann oder Frau, auf diese Erde kommst du nicht zurück. Und doch trägt jeder in sich die fieberhafte und nicht zu verwirklichende Sehnsucht nach der Ewigkeit, jeder ist eine Art Universum im Universum, und jeder vergeht bald vollkommen im Dung der neuen Keime. Die Pflanzen, die Tiere, die Menschen, die Sterne, die Welten, alles wird lebendig und stirbt, um sich zu verwandeln. Und nie kommt ein Wesen zurück, sei es nun Insekt, Mensch oder Planet.

Eine wirre, ungeheure, erdrückende Angst lastete auf Duroys Seele, die Angst vor diesem unbegrenzten, unvermeidlichen Nichts, das bis in alle Ewigkeit jedes so kurze und elende Leben immer wieder vernichtete. Schon beugte er die Stirn unter seiner Drohung. Er dachte an die Fliegen, die nur ein paar Stunden leben, an die Tiere, denen ein paar Tage, und an die Menschen, denen einige Jahre auf Erden beschieden sind, die Welten, die einige Jahrhunderte leben. Welcher Unterschied bestand denn zwischen den einen und den anderen? Ein paar Morgenröten mehr, weiter nichts... Er wandte die Augen ab, um den Toten nicht mehr zu sehen.

Frau Forestier, die mit gesenktem Kopf dasaß, schien auch an schmerzliche Dinge zu denken. Ihr blondes Haar über dem traurigen Gesicht war so schön, daß ein süßes Gefühl, als wenn Hoffnung es berührte, in das Herz des jungen Mannes einzog. Warum sollte er jetzt schon verzweifeln, wenn er so viele Jahre noch vor sich hatte?

Er begann sie zu betrachten. In ihre Gedanken versunken, merkte sie es nicht. Er sagte sich: »Das einzig Gute im Leben ist die Liebe, ist der Augenblick, in dem man eine geliebte Frau in den Armen hält. Damit erschöpft sich das menschliche Glück.«

Welches Glück hatte der Tote gehabt, dieser klugen und reizenden Gefährtin zu begegnen! Wie hatten sie sich kennengelernt? Wie hatte sie sich dazu bereit gefunden, diesen mittelmäßigen und armen Burschen zu heiraten? Wie hatte sie es fertiggebracht, aus ihm so etwas wie eine Persönlichkeit zu machen?

Er dachte an alle Geheimnisse, die im Leben der Menschen verborgen sind. Er dachte an das, was man über den Grafen de Vaudrec erzählte, der sie ausgesteuert und verheiratet haben sollte.

Was würden sie nun tun? Wen würde sie heiraten? Einen Deputierten, wie Frau de Marelle meinte, oder einen Mann, dem eine Zukunft winkte, einen Forestier in verbesserter Ausgabe? Hatte sie schon Pläne oder feste Absichten? Wie gern hätte er das alles gewußt! Aber was kümmerte ihn das, was sie vorhatte? Das fragte er sich, und er erkannte, daß seine Unruhe in einem dieser wirren und geheimen Hintergedanken wurzelte, die man vor sich selbst verbirgt und entdeckt, wenn man sein Inneres gründlich durchforscht.

Ja, warum sollte er nicht selbst diese Eroberung versuchen? Wie stark würde er zusammen mit ihr sein und wie furchtbar! Wie schnell und wie sicher würde er zu Erfolg kommen!

Und warum sollte es ihm nicht gelingen? Er fühlte, daß er ihr gefiel, daß sie für ihn mehr als nur Sympathie empfand, daß sie eine jener Zuneigungen zu ihm hatte, die zwischen zwei ähnlichen Charakteren entstehen und die ebenso sehr gegenseitige Verführung wie eine Art stummer Mittäterschaft sind. Sie wußte, daß er intelligent, entschlossen und zäh war. Sie konnte Vertrauen zu ihm haben.

Hatte sie ihn nicht bei diesem so ernsten Anlaß zu sich gerufen?

Und warum hatte sie ihn gerufen? Berechtigte ihn das nicht zu der Annahme, daß sie etwas wie eine Wahl getroffen hatte, war das nicht ein Geständnis, eine Art Kundgebung dessen, was sie wollte? Wenn sie in dem Augenblick, in dem sie Witwe werden sollte, an ihn gedacht hatte, dann bedeutete das vielleicht, daß sie in ihm ihren neuen Gefährten, ihren Verbündeten sah.

Und ihn befiel eine Ungeduld, dies zu wissen, sie zu fragen, ihre Absichten kennenzulernen. Am nächsten Morgen wollte er wieder abreisen, denn er konnte mit dieser jungen Frau nicht allein in dem Haus bleiben. Er mußte sich also beeilen, mußte vor seiner Rückkehr nach Paris mit Geschicklichkeit und Vorsicht hinter ihre Pläne kommen, mußte es verhindern, daß sie nach Paris zurückkehrte, um hier vielleicht den Werbungen eines anderen nachzugeben und sich so zu binden, daß sie für alle Zeit für ihn verloren war.

Das Schweigen im Zimmer war tief. Man hörte nur das Ticken der Uhr auf dem Kamin, das harte, regelmäßige Ticken.

»Sie sind sicher müde«, sagte er.

»Ja, aber vor allem bin ich traurig«, entgegnete sie.

Der Klang ihrer Stimmen erstaunte sie. Sie klangen so seltsam in diesem unheimlichen Raum. Und sie betrachteten plötzlich das Gesicht des Toten, als warteten sie darauf, daß er sich bewege, daß er mit ihnen spreche, wie er es vor einigen Stunden noch getan hatte.

Duroy erwiderte: »Ja, es ist ein schwerer Schlag für Sie, eine vollkommene Umstellung Ihres Lebens, eine tiefe Umwälzung in bezug auf Ihr Herz und Ihre ganze Existenz.«

Sie seufzte tief, ohne zu antworten.

Er fuhr fort: »Es ist so traurig für eine junge Frau, plötzlich so allein zu sein, wie Sie es nun sein werden.« Dann schwieg er.

Sie sagte nichts.

Er meinte: »Auf alle Fälle wissen Sie, welchen Pakt wir geschlossen haben. Sie können über mich verfügen, wie Sie es wollen. Ich bin der Ihre in jeder Hinsicht.«

Sie reichte ihm die Hand, sah ihn an mit einem dieser melancholischen und süßen Blicke, die einen bis in das Mark der Knochen ergreifen. »Vielen Dank... Sie sind so gut. Wenn ich es wagte und dazu imstande wäre, etwas für Sie zu tun, würde auch ich sagen: ›Rechnen Sie auf mich.‹«

Er hatte ihre Hand, die sie ihm gereicht hatte, ergriffen, er drückte sie, empfand den glühenden Wunsch, sie zu küssen. Endlich entschloß er sich dazu, langsam näherte er sie seinem Mund und hielt die feine, ein wenig warme, fiebrige und duftende Haut gegen seine Lippen. Und als er dann fühlte, daß diese freundschaftliche Liebkosung begann, ein wenig zu lange zu dauern, gab er diese kleine Hand frei.

Weich sank sie hinab in den Schoß der jungen Frau, die sagte: »Ja, ich werde sehr einsam sein, aber ich werde mich bemühen, den Kopf oben zu behalten.«

Er wußte nicht, wie er ihr begreiflich machen sollte, daß er glücklich, sehr glücklich wäre, wenn sie seine Frau würde. Aber das konnte er ihr in dieser Stunde, an diesem Ort, vor diesem Toten nicht sagen. Aber vielleicht war es ihm möglich, einen jener zweideutigen, erlaubten und komplizierten Sätze zu sagen, die unter ihren Worten mehr als eine Bedeutung verbergen und alles zum Ausdruck bringen, weil sie in dem, was sie verschweigen, so berechnet sind.

Aber der Tote hinderte ihn, der starre Tote, der vor ihnen lag und den er zwischen sich und ihr fühlte. Seit einiger Zeit übrigens glaubte er, in der Luft des Zimmers einen verdächtigen Geruch wahrzunehmen, einen stinkenden Atem, der aus dieser verwesten Brust kam, der erste Aasgeruch, den die armen Toten, die auf ihrem Bett liegen, den Verwandten, die bei ihnen wachen, entgegenströmen, jenen furchtbaren Hauch, mit dem sie bald ihren Sarg füllen.

Duroy fragte: »Könnte man nicht ein wenig das Fenster öffnen? Ich glaube, die Luft ist hier ziemlich verbraucht.«

»Gewiß«, entgegnete sie, »ich habe dasselbe Gefühl.«

Er ging ans Fenster und öffnete es. Die ganze duftende Frische der Nacht strömte herein, ließ die beiden Kerzen flackern, die neben dem Bett brannten. Wie am Abend vorher goß der Mond sein reichliches und ruhiges Licht über die weißen Mauern der Villen und die weite, glänzende Fläche des Meeres. Duroy sog die Luft tief in sich hinein und fühlte plötzlich, wie tausend Hoffnungen in ihm wach wurden, fühlte sich gleichsam ergriffen von dem bebenden Nahen des Glücks. Er wandte sich um. »Schöpfen Sie auch ein wenig frische Luft«, sagte er. »Das Wetter ist so herrlich.«

Sie kam ganz ruhig zu ihm hin, stellte sich neben ihn an das Fenster.

Leise sagte er zu ihr: »Hören Sie zu und verstehen Sie richtig, was ich sagen will. Entrüsten Sie sich nicht, daß ich in einem solchen Augenblick zu Ihnen rede, aber übermorgen bin ich nicht mehr bei Ihnen, und wenn Sie wieder in Paris sind, ist es vielleicht zu spät... Ich bin nur ein armer Teufel und habe kein Vermögen. Eine wirkliche Stellung muß ich mir erst noch schaffen, das wissen Sie. Aber ich habe einen starken Willen, verfüge, wie ich glaube, auch über einige Intelligenz, und ich bin auf dem richtigen Weg. Bei einem Mann, der es zu etwas gebracht hat, weiß man, woran man ist. Bei einem Mann, der erst anfängt, weiß man nie, wo er endet. Um so schlimmer oder um so besser. Ich habe früher einmal in Ihrer Wohnung gesagt, daß es mein schönster Traum gewesen wäre, eine Frau wie Sie zu heiraten. Diesen Wunsch wiederhole ich Ihnen heute. Antworten Sie jetzt nicht. Lassen Sie mich weitersprechen. Ich mache Ihnen keinen Antrag. Ort und Zeit sind dazu nicht geschaffen. Ich lege nur Wert darauf, daß Sie wissen, daß Sie mich durch ein Wort glücklich machen können, daß Sie mich zu Ihrem brüderlichen Freund oder zu Ihrem Mann machen können, ganz wie Sie wollen, daß mein Herz und ich selbst ganz Ihnen gehören. Ich will nicht, daß Sie mir jetzt antworten. Ich will auch nicht, daß wir hier weiter darüber sprechen. Wenn wir uns in Paris wiedersehen, sollen Sie mir sagen, wozu Sie sich entschlossen haben. Und bis dahin kein Wort mehr.«

Er hatte das alles gesagt, ohne sie anzusehen, als hätte er die Worte hinausgesät in die Nacht. Sie schien ihn gar nicht gehört zu haben, so ohne jede Bewegung war sie geblieben. Mit starren, leeren Augen sah sie hinein in die weite Landschaft, über der das fahle Licht des Mondes lag.

Noch lange standen sie nebeneinander, Ellenbogen an Ellenbogen, schweigsam und in Gedanken versunken.

Dann sagte sie leise: »Es wird ein wenig kühl.« Sie wandte sich um und trat wieder an das Bett.

Er folgte ihr.

Als er sich näherte, stellte er fest, daß Forestier schon anfing zu riechen. Er rückte seinen Sessel ein wenig weg, denn diesen Verwesungsgeruch hätte er nicht lange ertragen können. Er sagte: »Wir müssen ihn morgen gleich einsargen lassen.«

Sie antwortete: »Ja, um acht Uhr kommt der Schreiner.« Und als Duroy seufzend sagte: »Der arme Kerl«, seufzte auch sie tief und in herzzerreißender Ergebung in ihr Schicksal.

Sie betrachteten ihn weniger oft, hatten sich schon mit dem Gedanken an diesen Tod vertraut gemacht, begannen schon im Geist mit diesem Verschwinden einverstanden zu sein, das sie eben empörte und entrüstete, sie, die auch sterblich waren.

Sie sprachen nicht mehr, wachten, wie es sich gehörte, ohne zu schlafen. Gegen Mitternacht fiel Duroy in leichten Schlaf. Als er wach wurde, sah er, daß auch Frau Forestier eingeschlafen war. Er nahm eine bequemere Stellung ein und schloß die Augen wieder. Er knurrte: »Im Bett ist es gemütlicher.«

Ein plötzliches Geräusch ließ ihn zusammenfahren. Die Wärterin trat ins Zimmer. Es war hellichter Tag. Die junge Frau, die ihm gegenüber in ihrem Sessel saß, schien ebenso überrascht wie er. Sie war ein wenig blaß, aber immer noch hübsch, frisch, nett, trotz der Nacht, die sie in einem Sessel sitzend verbracht hatte.

Duroy schaute nach dem Toten; er begann zu zittern und rief: »Sein Bart!« In den wenigen Stunden war der Bart auf diesem Fleisch, das in Verwesung überging, gewachsen, wie er in einigen Tagen auf dem Gesicht eines Lebenden wuchs. Und durch das Leben in diesem Toten erschreckt, standen sie da wie vor einem furchtbaren Wunder, vor einer übernatürlichen Drohung, einer Auferstehung, vor einem dieser anomalen Dinge, die so entsetzlich sind, die den Verstand verwirren und über den Haufen werfen.

Dann legten sich beide bis elf Uhr schlafen. Darauf wurde Charles eingesargt, und sie fühlten sich erleichtert und fast wieder heiter. Sie setzten sich einander gegenüber, um zu frühstükken, verspürten beide Lust, von tröstlichen, heiteren Dingen zu sprechen, wieder in das Leben zurückzukehren, denn mit dem Tod waren sie nun fertig.

Durch das weitgeöffnete Fenster strömte die süße Wärme des Frühlings, brachte zu ihnen den duftenden Hauch des Nelkenbeetes, das vor der Tür blühte.

Frau Forestier schlug Duroy vor, in den Garten zu gehen. Und sie gingen langsam um den Rasenplatz, atmeten voll Wonne die laue Luft, die nach Tannen und Eukalyptus duftete.

Und plötzlich begann sie zu sprechen, ohne ihm dabei das Gesicht zuzuwenden, wie er es in der vergangenen Nacht getan hatte, als sie zusammen am Fenster standen. Sie sagte die Worte langsam, leise und mit ernster Stimme. »Hören Sie, mein lieber Freund, ich habe mir alles gut überlegt, habe das bedacht, was Sie mir vorgeschlagen haben, und ich möchte Sie nicht abreisen lassen, ohne noch einmal mit Ihnen darüber gesprochen zu haben. Ich werde Ihnen übrigens weder ja noch nein sagen. Wir wollen warten, wollen sehen, wollen uns besser kennenlernen. Auch Sie sollen sich das alles noch einmal durch den Kopf gehen lassen. Gehorchen Sie nicht einer momentanen Stimmung. Wenn ich dies mit Ihnen bespreche, bevor Charles in der Erde ruht, dann nur, weil Sie nach dem, was Sie mir gesagt haben, wissen müssen, wer ich bin; denn es wäre ganz gut möglich, daß Sie mich, durch Ihr Wesen bedingt, nicht verstehen könnten, und damit wäre es zwecklos, den Gedanken, den Sie mir gegenüber zum Ausdruck brachten, weiter zu nähren... Verstehen Sie mich richtig. Für mich ist die Ehe keine Kette, sondern eine Vereinigung. Ich will frei sein, will tun und lassen können, was ich will, immer. Ich kann weder Beaufsichtigung noch Eifersucht oder eine Diskussion, deren Gegenstand mein Verhalten ist, vertragen. Ich verpflichte mich selbstverständlich, niemals den Namen des Mannes, den ich geheiratet habe, zu kompromittieren, ihn niemals hassenswert oder lächerlich zu machen. Aber dieser Mann müßte sich ebenso verpflichten, in mir seinesgleichen, eine Verbündete und nicht eine Untergebene, eine gehorsame und untertänige Gattin, zu sehen. Ich weiß, daß ich hier anders denke als die meisten Frauen, aber ich kann diese meine Einstellung nicht aufgeben... Und dann noch eins: Antworten Sie jetzt nichts, es hätte wenig Zweck und wäre wenig passend. Wir werden uns wiedersehen und vielleicht später über alles dies noch einmal sprechen. Gehen Sie noch ein wenig spazieren. Ich kehre zu ihm zurück. Bis heute abend.«

Er küßte ihr die Hand und ging, ohne ein Wort zu sagen, davon.

Am Abend sahen sie sich erst beim Essen wieder. Da sie beide sehr müde waren, suchte jeder schon bald sein Zimmer auf.

Charles Forestier wurde am nächsten Tag beerdigt. Ohne jeden Pomp fand die Beisetzung auf dem Friedhof von Cannes statt. Georges Duroy wollte den Pariser Schnellzug, der um halb eins von Cannes abfährt, benutzen.

Frau Forestier hatte ihn zum Bahnhof begleitet. Bis zur Abfahrt des Zuges gingen sie ruhig auf dem Bahnsteig auf und ab und sprachen von ganz gleichgültigen Dingen.

Der Zug lief ein, ein kurzer Zug, der nur aus fünf Wagen bestand, ein richtiger Schnellzug.

Der Journalist suchte sich einen Platz, kam dann wieder auf den Bahnsteig, um noch ein paar Augenblicke mit ihr zu plaudern. Tiefe Traurigkeit, Kummer und ein unendliches Bedauern, sie jetzt verlassen zu müssen, befielen ihn, als sollte er sie für immer verlieren.

Ein Beamter rief: »Marseille, Lyon, Paris einsteigen!« Duroy stieg ein und lehnte sich dann aus dem Wagenfenster, um ihr noch ein paar Worte zu sagen. Die Lokomotive pfiff, und langsam setzte sich der Zug in Bewegung.

Der junge Mann, der immer noch am Fenster stand, sah die junge Frau unbeweglich auf dem Bahnsteig stehen. Ihr Blick folgte ihm. Und als er sie dann fast nicht mehr sehen konnte, nahm er mit beiden Händen einen Kuß von seinem Mund, um ihn ihr zuzuwerfen.

Sie erwiderte ihn mit einer weniger auffallenden, zögernden, nur angedeuteten Geste.

Zweiter Teil

I

Georges Duroy hatte seine alten Gewohnheiten wieder aufgenommen. Er war in das kleine Erdgeschoß in der Rue de Constantinople umgezogen und lebte wie jemand, der ein neues Leben vorbereitet. Seine Beziehungen zu Frau de Marelle hatten etwas Eheliches, als wollte er sich im voraus für das kommende Ereignis üben. Und seine Geliebte, die sich oft über die geregelte Ruhe ihrer Vereinigung wunderte, sagte lachend: »Du bist noch hausbackener als mein Mann. Es war wirklich nicht der Mühe wert, einen Wechsel vorzunehmen.«

Frau Forestier war nicht zurückgekommen. Sie war immer noch in Cannes. Er erhielt einen Brief von ihr, in dem sie schrieb, daß sie vor Mitte April nicht kommen werde. Mit keinem Wort erwähnte sie in diesem Brief ihren Abschied. Er wartete. Er war jetzt fest entschlossen, falls sie noch zögern sollte, jedes Mittel anzuwenden, um eine Ehe zwischen ihr und ihm herbeizuführen. Er vertraute seinem Glück, vertraute der Kraft der Verführung, die er in sich fühlte, dieser vagen, aber unwiderstehlichen Kraft, der alle Frauen unterlagen.

Ein kurzer Brief benachrichtigte ihn, daß die Stunde der Entscheidung nahte: »Ich bin in Paris. Kommen Sie zu mir. Madeleine Forestier.«

Weiter nichts. Er hatte ihn mit der Post um neun Uhr erhalten. Um drei Uhr des gleichen Tages war er bei ihr.

Sie reichte ihm beide Hände und lächelte ihr liebenswürdiges Lächeln. Einige Augenblicke lang sahen sie einander tief in die Augen.

Dann sagte sie leise: »Wie lieb war es von Ihnen, daß Sie in jenen schrecklichen Tagen zu mir kamen!«

Er antwortete: »Ich hätte alles getan, was Sie von mir verlangt hätten.«

Und sie setzten sich.

Sie erkundigte sich, was es Neues gebe, erkundigte sich nach

Walter, nach allen seinen Kollegen und nach der Zeitung. »Sie fehlt mir sehr«, sagte sie, »sehr. Ich war in der Seele schon Journalistin geworden. Ich liebe dieses Handwerk.« Dann schwieg sie.

Er glaubte, sie zu verstehen, glaubte, in ihrem Lächeln, in dem Klang ihrer Stimme, in den Worten selbst eine Art Aufforderung zu erkennen. Und wenn er sich auch vorgenommen hatte, die Dinge nicht zu forcieren, so sagte er doch: »Warum... warum... sollten Sie denn dieses Handwerk nicht unter dem Namen Duroy wieder aufnehmen?«

Sie wurde plötzlich sehr ernst. Sie legte ihre Hand auf seinen Arm und sagte leise: »Davon wollen wir noch nicht sprechen.«

Aber er fühlte, daß sie einverstanden war, und vor ihr niederkniend, küßte er leidenschaftlich ihre Hände und sagte immer wieder: »Dank, tausend Dank... Ich liebe Sie.«

Sie stand auf.

Auch er erhob sich und sah, daß sie sehr blaß war. Da erkannte er, daß er ihr gefallen hatte, vielleicht schon seit langer Zeit. Und da sie einander gegenüberstanden, umarmte er sie, und dann küßte er sie auf die Stirn mit einem langen, zärtlichen und ernsten Kuß.

»Hören Sie, mein Freund, noch bin ich zu nichts entschlossen. Es wäre sehr gut möglich, daß ich mich für den Freund entschließe. Aber versprechen Sie mir, keinem Menschen ein Wort verlauten zu lassen, bis ich Ihnen die formelle Erlaubnis dazu gebe.«

Er schwor es ihr. Dann verabschiedete er sich. Sein Herz strömte über vor Freude.

Er war bei den Besuchen, die er ihr machte, sehr vorsichtig und drängte auch nicht auf ihre Zustimmung, denn sie hatte eine Art, von der Zukunft zu sprechen, »später« zu sagen, Pläne zu schmieden, in denen sie beide eine Rolle spielten, die viel deutlicher und doch viel zarter war als eine formelle Zusage.

Duroy arbeitete viel, er gab nur wenig aus, versuchte, etwas zu sparen, um nicht ohne einen Sou dazustehen, wenn er heiratete. Er wurde ebenso geizig, wie er bisher verschwenderisch gewesen war.

Der Sommer verging und dann der Herbst, ohne daß jemand auch nur den geringsten Verdacht gehabt hätte, denn sie sahen einander nur wenig, und wenn, in der natürlichsten Weise von der Welt.

Eines Abends sagte Madeleine zu ihm, wobei sie ihm tief in die Augen sah: »Haben Sie Frau de Marelle unseren Plan noch nicht mitgeteilt?«

»Nein. Ich habe Ihnen absolutes Schweigen versprochen und mein Versprechen auch gehalten.«

»Es dürfte der Augenblick gekommen sein, es ihr zu sagen. Ich werde Walters informieren. Also in dieser Woche noch, nicht wahr?«

Er war rot geworden. »Ja, gleich morgen.«

Sie wandte die Augen ab, als wollte sie seine Verwirrung nicht sehen, und fuhr fort: »Wenn Sie wollen, können wir Anfang Mai heiraten. Das würde ganz gut passen.«

»Ich gehorche freudig in allem.«

»Der zehnte Mai, der ein Samstag ist, wäre mir besonders lieb, weil es mein Geburtstag ist.«

»Also am zehnten Mai.«

»Wie Sie mir erzählt haben, wohnen Ihre Eltern in der Nähe von Rouen.«

»Ja, in der Nähe von Rouen, in Canteleu.«

»Ich möchte sie sehr gern kennenlernen.«

Er zögerte, war sehr verwirrt. »Nun... Sie sind...« Dann nahm er seinen Mut zusammen und sagte: »Meine liebe Freundin, meine Eltern sind Bauern und haben ein kleines Wirtshaus. Sie haben sich fürchterlich gequält, um mich was lernen zu lassen. Ich schäme mich ihrer gewiß nicht, aber ihre Einfachheit, ihre Bäuerlichkeit könnte Ihnen vielleicht peinlich sein.«

Sie lächelte, und ihr Gesicht strahlte in milder Güte. »Nein, ich werde sie sehr gern haben. Wir wollen sie besuchen. Ich will es. Aber darüber sprechen wir noch. Auch ich bin das Kind kleiner Leute, aber ich habe meine Eltern verloren. Ich habe niemanden mehr auf der Welt«, sie reichte ihm die Hand, »als Sie.«

Er fühlte sich gerührt, ergriffen, erobert, wie er es bisher noch von keiner Frau gewesen war.

»Ich habe an etwas gedacht«, sagte sie, »aber es ist so schwer zu erklären.«

»Was denn?« fragte er.

»Ja, mein Lieber, ich bin wie alle Frauen, ich habe... meine Schwächen, meine Eitelkeit. Ich liebe alles, was glänzt, alles, was einen Klang hat. Gern hätte ich einen adeligen Namen gehabt. Könnten Sie sich nicht gelegentlich unserer Hochzeit ein wenig adeln?« Nun war sie rot geworden, als hätte sie ihm etwas Unschickliches vorgeschlagen.

Er antwortete einfach: »Daran habe ich schon öfter gedacht, aber so einfach ist das wohl nicht.«

»Wieso denn?«

Er begann zu lachen. »Weil ich fürchte, mich lächerlich zu machen.«

Sie zuckte mit den Schultern. »Aber durchaus nicht... Jeder tut es, und kein Mensch lacht darüber. Sie brauchen nur Ihren Namen in zwei Teile zu zerlegen: Du Roy. Das ist doch schnell geschehen.«

Er antwortete gleich, wie jemand, der diese Frage genau kennt: »Nein, das geht nicht, das wäre zu einfach, zu gewöhnlich und zu bekannt. Ich hatte schon mal daran gedacht, den Namen meiner Heimat als Pseudonym zu verwenden und ihn dann allmählich meinem wirklichen Namen hinzuzufügen. Später könnte ich dann, wie Sie vorschlagen, meinen Namen in zwei Teile teilen.«

Sie fragte: »Der Name Ihrer Heimat ist Canteleu?«

»Ja.«

Aber sie zögerte. »Nein, die Endung gefällt mir nicht... Könnten wir das Wort nicht ein wenig umändern?« Sie hatte eine Feder ergriffen, schrieb allerhand Namen auf ein Blatt Papier und betrachtete sie einen nach dem anderen. Plötzlich rief sie: »Ich hab's, sehen Sie mal her!«

Sie reichte ihm das Blatt, auf dem er las: »Frau Duroy de Cantel.«

»Ja, das macht sich sehr gut.«

Sie war entzückt und wiederholte: »Duroy de Cantel... Duroy de Cantel... Frau Duroy de Cantel... Großartig ganz großartig.« Voller Überzeugung fügte sie hinzu: »Und Sie sollen mal sehen, wie schnell sich die Leute daran gewöhnen. Man muß nur die richtige Gelegenheit abpassen. Sonst ist es leicht zu spät. Von morgen an werden Sie Ihre Chroniken mit D. de Cantel und Ihre Nachrichten wic bisher mit Duroy unterzeichnen. Das ist bei der Presse so üblich, und niemand findet was dabei, wenn Sie einen Kriegsnamen annehmen. Gelegentlich unserer Heirat können wir das dann noch ein wenig ummodeln, indem wir unseren Freunden erzählen, daß Sie angesichts Ihrer Stellung auf das ›du‹ aus Bescheidenheit verzichtet hätten; aber schließlich brauchen wir das alles gar nicht zu sagen. Welches ist der Vorname Ihres Vaters?«

»Alexandre.«

Zwei oder dreimal sagte sie vor sich hin: »Alexandre, Alexandre«, lauschte genau dem Klang der Silben. Dann schrieb sie auf ein neues Blatt: »Herr und Frau Alexandre du Roy de Cantel haben die Ehre, Sie von der Heirat ihres Sohnes Georges du Roy de Cantel mit Frau Madeleine Forestier in Kenntnis zu setzen.« Sie betrachtete, was sie geschrieben hatte, ein wenig aus der Ferne, war mit dem Eindruck zufrieden und erklärte: »Mit ein wenig Methode hat man in allem, was man will, Erfolg.«

Als er wieder auf der Straße war, war er fest entschlossen, sich von nun an du Roy und sogar du Roy de Cantel zu nennen. Er hatte das Gefühl, eine neue, wichtige Persönlichkeit geworden zu sein. Er ging kecker durch die Straßen, trug den Kopf höher, drehte den Schnurrbart stolzer, ging einher wie ein Edelmann. Er fühlte in sich eine Art frohen Wunsches, den Passanten zu erzählen: »Ich heiße du Roy de Cantel.«

Aber kaum war er zu Hause, da erfüllte ihn der Gedanke an Frau de Marelle mit tiefer Unruhe, und er schrieb ihr sofort, daß er sie für den nächsten Tag erwarte. »Einfach wird das nicht sein«, sagte er sich. »Das gibt einen Sturm erster Ordnung.«

Dann schob er mit der ihm natürlichen Sorglosigkeit, die ihn allen unangenehmen Dingen des Lebens aus dem Weg gehen ließ, den Gedanken beiseite und begann einen Artikel über die neuen Steuern zu schreiben, die das Gleichgewicht des Haushalts bringen sollten. Er besteuerte das Adelsprädikat mit hundert Francs und die Titel vom Baron bis zum Prinzen mit fünfhundert bis tausend Francs im Jahr. Und er unterzeichnete den Artikel mit D. de Cantel.

Am nächsten Tag erhielt er von seiner Geliebten eine Depesche, die ihre Ankunft für ein Uhr meldete.

Er erwartete sie mit ein wenig Fieber, war aber fest entschlossen, die Dinge zu forcieren, von vornherein alles zu sagen und, wenn die erste Erregung sich gelegt hätte, mit Klugheit zu argumentieren, um ihr zu beweisen, daß er nicht immer Junggeselle bleiben könne und daß Herr de Marelle gar nicht daran denke, das Zeitliche zu segnen. Aus diesen Gründen habe er an eine andere denken müssen, um sich eine Lebensgefährtin zu schaffen.

Aber dennoch war er aufgeregt. Als es klingelte, begann sein Herz zu klopfen.

Sie umarmte ihn stürmisch. »Guten Tag, Bel Ami.« Als sie dann merkte, wie gleichgültig seine Umarmung war, betrachtete sie ihn und fragte: »Was hast du denn?«

»Setz dich«, erwiderte er, »wir haben ernste Dinge miteinander zu bereden.«

Sie setzte sich, ohne den Hut abzunehmen, schob nur den Schleier bis über die Stirn und wartete.

Er hatte die Augen niedergeschlagen. Er bereitete sein Debut vor. Mit langsamer Stimme begann er: »Meine liebe Freundin, du siehst mich in großer Verwirrung und Trauer und in noch größerer Verlegenheit, weil ich dir allerlei zu gestehen habe. Ich liebe dich sehr, ich liebe dich von ganzem Herzen, und deshalb ... und deshalb betrübt mich der Gedanke, dir Kummer zu bereiten, noch mehr als das, was ich dir zu sagen habe.«

Sie wurde blaß und begann zu zittern. Sie sagte: »Was ist denn passiert? Nun sag es doch endlich.«

Traurig und entschlossen, mit jener falschen Bekümmertheit, deren man sich bedient, wenn man ein glückliches Unglück verkündet, sagte er: »Ich heirate.«

Sie stöhnte wie eine Frau, die in Ohnmacht fällt. Es war ein schmerzvolles Stöhnen, das tief aus ihrer Brust kam, und sie konnte vor erstickender Erregung nicht sprechen.

Als er sah, daß sie nichts erwiderte, fuhr er fort: »Du kannst dir gar nicht vorstellen, was ich gelitten habe, bis ich mich zu diesem

Entschluß durchkämpfte. Aber ich habe weder eine große Stellung noch Geld. Ich bin allein, bin in Paris wie verloren und verlassen. Ich brauche jemanden, der mir mit seinem Rat beisteht, der mich tröstet und mich stützt. Eine Helferin und eine Verbündete habe ich gesucht und auch gefunden.«

Er schwieg, hoffte, daß sie antworten werde, war auf einen Zornesausbruch, auf Gewalttätigkeiten und Beschimpfungen gefaßt.

Sie hatte eine Hand auf ihr Herz gelegt, als wollte sie es beruhigen. Immer noch ging ihr Atem schwer und stoßweise, so daß sich ihre Brüste hoben und senkten, daß ihr Kopf sich leicht hin- und herbewegte.

Er ergriff ihre Hand, die noch immer auf der Armlehne ihres Sessels lag.

Aber sie entzog sie ihm mit einem Ruck. Dann sagte sie leise, als wäre ihr Geist verwirrt. »Ach du lieber Gott!«

Er kniete vor ihr nieder, ohne aber zu wagen, sie zu berühren, und durch ihr Schweigen erregter als durch alle Zornesausbrüche, mit denen er gerechnet hatte, sagte er: »Clo, meine kleine Clo, habe doch Verständnis für meine Lage, begreife doch, was ich bin. Wenn ich dich hätte heiraten können, wie glücklich wäre ich! Aber du bist verheiratet. Was konnte ich tun? Überlege dir das doch einmal. Ich muß in der Gesellschaft Fuß fassen, und das kann ich nicht, solange ich kein eigenes Heim habe. Wenn du nur wüßtest... An manchen Tagen hätte ich deinen Mann am liebsten umgebracht...« Er sprach mit seiner weichen, verschleierten, verführerischen Stimme, einer Stimme, die einem wie Musik ins Ohr drang.

Er sah, wie zwei Tränen langsam in ihren starren Augen größer wurden und ihr dann über die Backen rannen, während sich schon zwei neue am Rand der Lider bildeten. Leise sagte er: »Weine nicht, Clo, weine nicht, ich flehe dich an. Das zerreißt mir das Herz.«

Da machte sie eine große Anstrengung, raffte sich auf, würdig und stolz zu sein. Und dann fragte sie mit der bebenden Stimme einer Frau, die gleich in Tränen ausbrechen will: »Wer ist es?«

Er zögerte einen Augenblick. Dann begriff er, daß es sein mußte. »Madeleine Forestier.«

Frau de Marelle zitterte am ganzen Körper. Aber sie sagte kein Wort, war so sehr mit ihren Gedanken beschäftigt, daß sie vergessen zu haben schien, daß er immer noch vor ihr auf den Knien lag. Zwei durchsichtige Tropfen bildeten sich immer wieder neu in ihren Augen, tropften herab und bildeten sich wieder.

Sie stand auf.

Duroy erriet, daß sie nun gehen werde, ohne ihm ein Wort zu sagen, ohne ihm Vorwürfe zu machen, aber auch ohne ihm zu verzeihen. Und das kränkte, demütigte ihn bis in die Tiefe seiner Seele. Er wollte sie zurückhalten, faßte ihr Kleid, fühlte durch den Stoff ihre runden Schenkel, die sich zum Widerstand strafften. Er flehte: »Ich beschwöre dich, gehe doch nicht so von mir.«

Da betrachtete sie ihn von oben bis unten, betrachtete ihn mit jenem feuchten, verzweifelten, so reizenden und so traurigen Blick, der den ganzen Schmerz eines Frauenherzens verrät, und stotterte: »Ich habe... ich habe... nichts zu sagen und nichts zu tun... Du... du... hast recht... Du hast gewählt, was du haben mußtest.« Sich durch eine Bewegung aus seinen Armen befreiend, ging sie fort, ohne daß er den Versuch machte, sie länger zu halten.

Als er allein war, erhob er sich, verwirrt, als hätte er einen Schlag auf den Kopf erhalten. Dann sich mit dem Geschehenen abfindend, sagte er sich: »Soweit wären wir nun... Ohne große Szene... das gefällt mir schon besser.« Von einer großen Last befreit, fühlte er neue Lebenslust in sich. Und von dieser Kraft und dem Glauben an seinen Erfolg wie berauscht, begann er, mit den Fäusten gegen die Wand zu schlagen, als hätte er den Kampf gegen das Schicksal aufgenommen.

Als Frau Forestier ihn fragte: »Haben Sie mit Frau de Marelle gesprochen?«, antwortete er ganz ruhig: »Ja...«

»Und das hat sie weiter gar nicht erregt?«

»Nein, nicht im geringsten. Sie fand das alles in Ordnung.«

Die Verlobung wurde bald bekannt. Die einen waren erstaunt, die anderen behaupteten, das vorausgesehen zu haben, wieder andere hatten nur ein Lächeln und deuteten an, daß sie das weiter gar nicht überrasche.

Der junge Mann, der jetzt seine Chroniken mit D. de Cantel,

seine »Pariser Nachrichten« und die politischen Artikel, die er von Zeit zu Zeit schrieb, mit du Roy unterzeichnete, verbrachte die Hälfte seiner Zeit bei seiner Braut, die ihn mit einer brüderlichen Vertraulichkeit behandelte, in der aber wahre und verborgene Zärtlichkeit mitschwang, eine Art Verlangen, das sie zu verbergen suchte wie eine Schwäche. Sie hatte bestimmt, daß die Trauung in aller Heimlichkeit, nur in Gegenwart der Trauzeugen, vollzogen werden sollte und daß sie am selben Abend noch nach Rouen fuhren. Am nächsten Tag wollten sie dann die alten Eltern des Journalisten begrüßen und ein paar Tage bei ihnen bleiben.

Duroy hatte alles versucht, sie von diesem Plan abzubringen, doch alle seine Bemühungen waren umsonst gewesen, und so hatte er sich schließlich gefügt.

Der 10. Mai war gekommen. Die Neuvermählten hatten niemanden eingeladen und deshalb auf die kirchliche Trauung verzichtet. Nach der standesamtlichen Trauung gingen sie sofort nach Hause, packten ihre Koffer und fuhren mit dem Zug, der um sechs Uhr abends von der Gare Saint-Lazare abfährt, nach der Normandie.

Bis zu dem Augenblick, in dem sie allein im Abteil saßen, hatten sie keine zwanzig Worte miteinander gesprochen. Als sie jetzt unterwegs waren, sahen sie sich an und begannen zu lachen, um eine gewisse Verlegenheit zu verbergen, die keiner von ihnen zeigen wollte.

Langsam fuhr der Zug durch die lange Gare des Batignolles und dann schneller durch die häßliche Ebene, die von den Befestigungen bis zur Seine reicht.

Dann und wann sagten Duroy und seine Frau ein paar nutzlose Worte und sahen dann wieder zum Fenster hinaus.

Als sie bei Asnières über die Brücke fuhren, wurden sie fröhlich beim Anblick des Flusses mit seinen Kähnen, der Fischer und der Bootsfahrer. Die Sonne, eine herrliche Maisonne, goß ihr schräges Licht über die Fahrzeuge und den ruhigen Fluß, der sich nicht zu bewegen schien, der weder Strömung noch Wirbel zeigte, der wie erstarrt war unter der Hitze und Helle des zu Ende gehenden Tages. Ein Segelboot auf der Mitte des Flusses hatte seine großen Dreiecke aus weißer Leinwand auf seinen beiden Seiten ausgespannt, um den geringsten Wind aufzufangen, und sah aus wie ein großer Vogel, der davonfliegen will.

Duroy sagte: »Ich liebe die Umgebung von Paris. Ich denke an die gebratenen Fische, die ich hier gegessen habe. Bessere gibt es nirgendwo.«

Sie antwortete: »Und die Boote! Wie herrlich ist es, bei Sonnenuntergang über das Wasser zu gleiten.«

Und dann schwiegen sie, als hätten sie es nicht gewagt, diese Ergüsse über ihre Vergangenheit fortzusetzen, und sie blieben stumm, genossen vielleicht schon die Poesie des Bedauerns.

Duroy, der seiner Frau gegenübersaß, ergriff ihre Hand und küßte sie langsam. »Wenn wir wieder zu Hause sind, fahren wir manchmal nach Chatou zum Essen.«

Sie entgegnete: »Wir werden viel zu arbeiten haben«, in einem Ton, der zu bedeuten schien: »Man muß das Angenehme dem Nützlichen opfern.«

Immer noch hielt er ihre Hand, suchte unruhig nach einem Übergang, der ihm Zärtlichkeiten gestattete. Die Ungewißheit eines jungen Mädchens hätte ihn bestimmt nicht in Verlegenheit gebracht. Aber die wache und listige Intelligenz, die er in Madeleine fühlte, machte ihn in seiner Haltung unsicher. Er fürchtete, ihr albern, zu schüchtern oder zu brutal, zu langsam oder zu schnell vorzukommen. Immer wieder drückte er diese kleine Hand, ohne daß sie den Druck erwiderte. Er sagte: »Es kommt mir so komisch vor, daß Sie meine Frau sind.«

Sie schien überrascht. »Warum?«

»Ich weiß es nicht. Alles ist mir so seltsam. Ich möchte Sie küssen und wundere mich, daß ich das Recht dazu habe.«

Sie hielt ihm ruhig ihre Wange hin, die er küßte, als hätte er die Wange einer Schwester geküßt.

Er fuhr fort: »Das erste Mal, als ich Sie sah – Sie erinnern sich, es war das Diner bei Ihnen, zu dem Forestier mich eingeladen hatte –, habe ich gleich gedacht: Wenn ich eine solche Frau entdecken könnte!... Ich habe sie entdeckt und besitze sie nun.«

»Lieb von Ihnen«, sagte sie leise und sah ihn mit ihren immer lächelnden Augen an.

Er dachte: Ich bin zu kalt. Ich bin blöde. Ich müßte forscher vorgehen! Und er fragte: »Wie haben Sie eigentlich Forestier kennengelernt?«

Mit herausfordernder Bosheit fragte sie: »Reisen wir nach Rouen, um uns über ihn zu unterhalten?«

Er errötete. »Ich bin zu dumm! Aber Sie schüchtern mich ein.«

Sie war entzückt. »Ich? Nicht möglich! Wie kommt denn das?«

Er hatte sich dicht neben sie gesetzt.

Sie rief: »Schauen Sie mal, da ist ein Hirsch!«

Der Zug fuhr durch den Wald von Saint-Germain. Und sie hatte gesehen, wie ein erschrecktes Eichhörnchen mit einem Satz über einen Weg sprang.

Duroy, der sich über sie gebeugt hatte, als sie durch das offene Fenster schaute, küßte sie mit einem langen, verliebten Kuß in das Nackenhaar.

Ein paar Augenblicke lang blieb sie unbeweglich. Dann hob sie den Kopf. »Lassen Sie das, es kitzelt.«

Aber er ließ es nicht. Sachte, in erregender und langer Zärtlichkeit ließ er seinen gekräuselten Schnurrbart über ihr weißes Fleisch gleiten.

Sie schüttelte sich. »Nun lassen Sie das doch!«

Mit der rechten Hand, mit der er hinter sie gefaßt hatte, hatte er ihren Kopf ergriffen, den sie ihm jetzt zuwandte. Und dann stürzte er sich auf ihren Mund, wie ein Sperber auf seine Beute.

Sie wehrte sich, stieß ihn zurück, versuchte, sich zu befreien. Endlich gelang es ihr. Und wieder sagte sie: »Nun lassen Sie das doch.«

Aber er hörte nicht mehr auf das, was sie sagte. Er umarmte sie, küßte sie mit gierigem und bebendem Mund, versuchte, sie auf die Polster des Abteils niederzudrücken.

Mit einer verzweifelten Anstrengung machte sie sich frei, und sich schnell erhebend, sagte sie: »Nun hören Sie doch endlich damit auf! Wir sind doch keine Kinder mehr. Bis Rouen können wir doch warten.«

Mit hochrotem Kopf und durch diese vernünftigen Worte verletzt, blieb er sitzen, wo er saß. Als er sich dann einigermaßen beruhigt hatte, sagte er heiter: »Gut, ich werde also warten. Aber bis zu unserer Ankunft dort sage ich keine zwanzig Worte mehr. Und bedenken Sie, daß wir gerade erst durch Poissy fahren.«

»Dann werde eben ich reden«, erwiderte sie. Und dann sprach sie eingehend über das, was sie nach ihrer Rückkehr alles tun wollten. Sie wollten die Etage, in der sie bisher mit ihrem ersten Mann gelebt hatte, behalten. Duroy würde sicher Stellung und Bezüge Forestiers bei der »Vie Française« erben.

Vor ihrer Heirat hatte sie mit der Sicherheit eines Geschäftsmannes alle finanziellen Einzelheiten des Haushaltes geregelt.

Sie hatten Gütertrennung vereinbart, an alle Fälle, die eintreten konnten, hatte sie gedacht: Tod, Scheidung, Geburt eines oder mehrerer Kinder. Nach seiner Aussage brachte der junge Mann viertausend Francs mit in die Ehe. Eintausendfünfhundert Francs dieser Summe hatte er sich geliehen. Den Rest wollte er sich in dem Jahr vor der Hochzeit gespart haben. Das Vermögen der Frau betrug, wie sie sagte, vierzigtausend Francs, die Forestier ihr hinterlassen hatte.

Sie kam auf ihn zu sprechen und stellte ihn als Beispiel hin. »Er war sehr sparsam, machte keine Sprünge und arbeitete viel. Er wäre sehr bald ein reicher Mann gewesen.«

Duroy hörte ihr nicht mehr zu, seine Gedanken waren mit anderen Dingen beschäftigt.

Dann und wann machte sie eine Pause, um einem unausgesprochenen Gedanken nachzuhängen. Sie fuhr fort: »In drei bis vier Jahren können Sie ganz gut dreißig- bis vierzigtausend Francs verdienen. Wenn Charles am Leben geblieben wäre, hätte er so viel verdient.«

Georges, dem diese Lektion langsam zu viel wurde, sagte: »Ich meinte, wir führen nicht nach Rouen, um von ihm zu sprechen.«

Sie versetzte ihm einen Klaps. »Richtig!« Und sie lachte.

Wie ein artiger, kleiner Junge hatte er seine Hände auf den Knien liegen.

»Zu albern sehen Sie in dieser Stellung aus«, sagte sie.

Er erwiderte: »Das ist die Rolle, zu der Sie mich eben verurteilt haben, und nun spiele ich sie auch zu Ende.«

»Und warum?« fragte sie.

»Weil Sie die Leitung des Haushalts und auch meiner Person übernehmen. Als Witwe ist das ja auch Ihre Sache.«

Sie war erstaunt. »Was wollen Sie damit sagen?«

»Daß Sie über eine Erfahrung verfügen, aus der meine Unwissenheit nur lernen, und über eine Ehepraxis, vor der meine Junggesellenunschuld nur die Segel streichen kann... Weiter nichts.«

»Ein starkes Stück!« rief sie.

Er erwiderte: »Aber deshalb ist es doch so, wie ich sage. Ich kenne die Frauen nicht, Sie aber kennen die Männer, denn Sie sind Witwe... Sie werden mich heute abend erziehen, und wenn Sie wollen, können Sie jetzt gleich damit beginnen.«

Heiter und belustigt rief sie: »Na, hören Sie mal! Wenn Sie dabei auf mich rechnen...«

Wie ein Schüler, der seine Aufgabe hersagt, stammelte er: »Gewiß. Damit rechne ich... Ich rechne damit, daß Sie mir einen besonders gründlichen Unterricht erteilen: zwanzig Stunden, zehn für die Anfangsgründe, Lesen und Grammatik, zehn für Vervollkommnung und Rhetorik... Ich weiß nichts, gar nichts.«

Immer lustiger rief sie: »Du bist zu dumm.«

Er entgegnete: »Da du anfängst, mich zu duzen, will ich deinem Beispiel folgen und dir, Liebste, sagen, daß ich dich von Sekunde zu Sekunde mehr anbete und Rouen ziemlich weit finde.«

Er sprach jetzt wie ein Schauspieler, und sein Mienenspiel erfreute die junge Frau, die an die Manieren und die Heiterkeit der großen Bohème der Schriftsteller gewöhnt war.

Sie sah ihn von der Seite an und fand ihn wirklich reizend, spürte in sich die Lust, jetzt die Frucht zu pflücken, wie man einen Apfel vom Baum pflückt, und daneben das Zögern der Vernunft, welche rät, bis zum Essen zu warten und sie zu ihrer Zeit zu verspeisen. Unter den Gedanken, die sie bestürmten, ein wenig errötend, sagte sie: »Mein lieber Schüler, glauben Sie meiner Erfahrung. Küsse im Eisenbahnabteil sind nichts wert. Sie schlagen nur auf den Magen.« Und als sie dann fortfuhr: »Nie darf man das Korn zu früh mähen«, wurde sie noch röter.

Er grinste, erregt durch die Zweideutigkeit, die er aus diesem schönen Mund vernahm. Er schlug das Zeichen des Kreuzes und bewegte dazu die Lippen, als hätte er gebetet. Dann sagte er leise:

»Ich habe mich eben unter den Schutz des heiligen Antonius gestellt, des Schutzpatrons aller Versuchungen. Jetzt bin ich hart wie Bronze.«

Langsam senkte sich die Nacht herab, hüllte die weite Landschaft, die sich rechts von ihnen ausdehnte, in durchsichtiges Dunkel, das an einen leichten Crêpeschleier denken ließ. Der Zug fuhr an der Seine entlang, und die jungen Leute betrachteten im Fluß, der sich wie ein breites Band aus blankem Metall neben den Schienen ergoß, rote Reflexe, Flecken, die vom Himmel gefallen waren, den die untergehende Sonne mit Purpur und Feuer eingerieben hatte. Langsam verglomm dieses Leuchten, nahm tiefere Töne an, wurde trauriges Dunkel. Und die Landschaft versank in dem Schwarz mit jenem unheilvollen Beben, jenem Beben des Todes, das jede Dämmerung über die Erde ziehen läßt.

Diese Melancholie des Abends, die durch das offene Fenster strömte, drang in die eben noch so heiteren Seelen der beiden jungen Eheleute, die schweigsam geworden waren.

Sie waren dicht nebeneinander gerückt, um diesen Todeskampf des Tages, dieses schönen, hellen Maitages zu betrachten.

In Mantes hatte man die kleine Öllampe angezündet, die auf das graue Tuch der Polster ihr gelbes und zitterndes Licht warf.

Duroy faßte seine Frau um die Taille und drückte sie an sich. Seine wilde Lust von eben wurde Zärtlichkeit, schmachtende Zärtlichkeit, weiches Verlangen nach kleinen, tröstenden Liebkosungen, nach jenen Liebkosungen, mit denen man kleine Kinder beruhigt. Leise sagte er: »Immer will ich dich lieben, kleine Mad.«

Die Süße dieser Stimme erregte die junge Frau, jagte ihr ein schnelles Beben über das Fleisch, und sich über ihn beugend, bot sie ihm ihren Mund, denn er hatte seine Wange auf das warme Kissen ihrer Brust gelegt.

Es war ein sehr langer, stummer und tiefer Kuß, dann ein Auffahren, eine wilde Umarmung, ein kurzer keuchender Kampf, eine heftige und ungeschickte Vereinigung. Und dann lagen sie einander in den Armen, ein wenig enttäuscht alle beide, müde und immer noch zärtlich, bis das Pfeifen des Zuges die Nähe einer Station ankündigte.

Mit den Fingerspitzen das wirre Haar an den Schläfen zurechtschiebend, erklärte sie: »Das war zu dumm, wir sind die reinsten Kinder.«

Bis Rouen blieben sie fast unbeweglich, Wange an Wange, die Augen in die Nacht des Fensters gerichtet, durch die man zuweilen die Lichter der Häuser huschen sah. Und sie träumten, waren zufrieden, sich einander so nahe zu fühlen, und ihnen wuchs die Sehnsucht nach einer tieferen und freieren Umarmung.

Sie stiegen in einem Hotel ab, dessen Fenster auf den Kai hinausgingen. Nachdem sie sehr wenig zu Abend gegessen hatten, gingen sie zu Bett. Das Zimmermädchen weckte sie am nächsten Tag, als es eben acht Uhr geschlagen hatte.

Als sie die Tasse Tee getrunken hatten, die man ihnen auf den Nachttisch gestellt hatte, betrachtete Duroy seine Frau, und dann nahm er sie plötzlich mit der Freude eines glücklichen Menschen, der einen Schatz gefunden hat, in die Arme und sagte: »Meine kleine Mad, ich fühle, daß ich dich sehr... sehr... sehr... liebe.«

Sie lächelte ihr vertrauensvolles und zufriedenes Lächeln, erwiderte seine Küsse und sagte: »Und ich dich... vielleicht.«

Aber der Besuch bei seinen Eltern machte ihm Sorge. Er hatte seine Frau schon mehr als einmal gewarnt. Er hatte sie auf alles vorbereitet, hatte ihr Vorwürfe gemacht. Er hielt es für richtig, dasselbe jetzt wieder zu tun. »Sie sind Bauern, richtige Bauern, nicht solche, wie man sie in der Opéra-Comique sieht.«

Sie lachte. »Aber das weiß ich doch, das hast du mir doch schon mehr als einmal gesagt. Nun steh mal auf und laß mich auch aufstehen.«

Er sprang aus dem Bett und zog seine Socken an. »Gemütlich haben wir es in dem Haus nicht, ganz bestimmt nicht. In meinem Zimmer steht nur ein altes Bett mit Strohsack. Und Keilkissen kennt man in Canteleu nicht.«

Sie schien begeistert. »Um so besser... Es wird ganz reizend, neben dir schlecht zu schlafen und durch das Krähen der Hähne geweckt zu werden.«

Sie hatte ihren Morgenrock, einen Morgenrock aus weißem Flanell, angezogen, den Duroy sofort wiedererkannte. Dieser Anblick war ihm unangenehm. Warum? Er wußte, daß seine Frau ein ganzes Dutzend dieser Kleidungsstücke besaß. Aber sie konnte ihre Sachen doch nicht einfach wegwerfen und neue kaufen. Einerlei, am liebsten hätte er es gehabt, daß ihre Kleider und ihre Nachtwäsche, ihre Leibwäsche nicht die waren, die der andere vor ihm erlebt hatte. Es schien ihm, daß der weiche, warme Stoff noch etwas von der Berührung mit Forestier an sich hatte. Und er trat an das Fenster und zündete sich eine Zigarette an.

Der Anblick des Hafens, des breiten Flusses voll von Schiffen mit leichten Masten, von vierschrötigen Dampfern, die ihre Ladung auf die Kais spien, erregte ihn, obwohl er das alles seit langem kannte. Und er rief: »Donnerwetter, wie schön ist das!«

Madeleine eilte herbei und legte ihre beiden Hände auf die Schulter ihres Mannes, beugte sich zu ihm in einer hingebenden Bewegung, war entzückt und ergriffen. Sie wiederholte: »Ja, das ist schön. Ich wußte gar nicht, daß es so viele Schiffe gibt!«

Eine Stunde später machten sie sich auf den Weg, denn sie wollten bei den Alten, die seit einigen Tagen benachrichtigt waren, frühstücken. Ein offener, verrosteter Wagen brachte sie mit viel Gerassel über einen langen, ziemlich häßlichen Boulevard und durch Ebenen, in denen ein Fluß floß, bis an einen Hügel, den sie hinaufzuklimmen begannen.

Madeleine, die müde war, war unter der dauernden Liebkosung der Sonne, die sie köstlich im Fond des alten Wagens erwärmte, als läge sie in einem lauen Bad aus Licht und Landluft, eingeschlafen.

Ihr Mann weckte sie. »Sieh mal!« sagte er.

In drei Viertel der Höhe hatten sie haltgemacht, an einer wegen ihrer Aussicht berühmten Stelle, an die man alle Reisenden führt. Man überblickte von hier das ungeheure, lange und breite Tal, das der klare Fluß in vielen Windungen von dem einen zum anderen Ende durcheilt. Man sah ihn aus der Ferne kommen, gefleckt von zahlreichen Inseln und eine Biegung beschreibend, bevor er durch Rouen floß. Und dann erschien die Stadt auf dem rechten Ufer, ein wenig im Morgennebel ertrunken, mit Sonnenflecken auf den Dächern und ihren tausend leichten, spitzen oder gedrungenen, schmächtigen Kirchtürmen, die kostbar gearbeitet waren wie riesenhafte Schmuckstücke, ihren viereckigen oder runden Türmen mit ihren heraldischen Kronen, ihren Glockentürmen und Glockentürmchen, das ganze gotische Volk der Kirchengipfel, die überragt wurden von dem spitzen Turm der Kathedrale, einer überraschenden Spitze aus Bronze, häßlich, seltsam und riesengroß, die höchste der Welt.

Aber gegenüber, auf der anderen Seite des Flusses, erhoben sich rund und oben dick die kleinen Schornsteine der Fabriken in der weiten Vorstadt Saint-Sevère.

Zahlreicher als ihre Brüder, die Glockentürme, erhoben sie bis in das ferne Land ihre langen Säulen aus Backsteinen und stießen ihren von Kohle schwarzen Atem in den blauen Himmel.

Und der höchste von allen, der ebenso hoch war wie die Cheopspyramide, der zweite der Gipfel, der sein Sein der menschlichen Arbeit verdankt und fast mit seiner stolzen Schwester, dem Turm der Kathedrale, zu vergleichen ist, die große Feuerpumpe der Foudre, schien der König des arbeitenden und rauchenden Volkes der Fabriken, wie seine Nachbarin die Königin der spitzen Menge des geweihten Bauwerkes war.

Hinter der Arbeiterstadt dehnte sich ein Tannenwald. Und nachdem die Seine zwischen den beiden Städten passiert war, setzte sie ihren Weg fort, floß an einem großen, welligen, oben bewaldeten Hügel vorbei, der an manchen Stellen seine Knochen aus Stein zeigte, verschwand dann am Horizont, nachdem sie eine lange, runde Kurve beschrieben hatte. Man sah Schiffe, die den Fluß hinauf- und hinunterfuhren, gezogen von plumpen Schleppern, die dicke Rauchmassen ausspien. Inseln, die auf dem Wasser ausgebreitet waren, reihten sich immer die eine an die andere oder ließen große Zwischenräume zwischen sich, wie die ungleichen Perlen eines grünenden Rosenkranzes.

Der Kutscher wartete, bis die Reisenden sich genug ergötzt hatten. Er kannte aus Erfahrung die Dauer der Bewunderung aller Arten von Betrachtern.

Als der Wagen sich wieder in Bewegung gesetzt hatte, sah Duroy plötzlich in der Entfernung von einigen hundert Metern zwei alte Leute, die auf sie zukamen. Er sprang aus dem Wagen und rief: »Da sind sie! Ich erkenne sie!«

Es waren Bauersleute, ein Mann und eine Frau. Mit unregelmäßigen, schwankenden Schritten kamen sie näher, stießen oft mit der Schulter gegeneinander. Der Mann war klein und untersetzt. Er hatte ein rotes Gesicht und einen kleinen Schmerbauch. Trotz seines Alters machte er einen kräftigen Eindruck. Die Frau war groß und hager. Ihr Rücken war gebeugt und ihr Gesicht traurig: eine verbrauchte Bauersfrau, die seit ihrer Kindheit gearbeitet und nie gelacht hat, während der Mann mit den Gästen zusammensaß, trank und schwatzte.

Auch Madeleine war ausgestiegen. Als sie die beiden armen Wesen auf sich zukommen sah, krampfte sich ihr das Herz zusammen vor einer Traurigkeit, mit der sie nicht gerechnet hatte.

In dem schönen Herrn erkannten sie ihren Sohn nicht, und nie hätten sie in der schönen Dame in dem hellen Kleid ihre Schwiegertochter vermutet.

Ohne ein Wort zu sagen, gingen sie dem erwarteten Kind entgegen, ohne diese Menschen aus der Stadt weiter zu beachten, denen ein Wagen folgte.

Sie gingen an ihnen vorbei.

Georges lachte und rief: »Guten Tag, Vater Duroy!«

Beide blieben stehen, zuerst verdutzt, dann starr vor Staunen.

Die alte Frau faßte sich zuerst. Ohne einen Schritt auf ihn zuzutun, stammelte sie: »Du bist es, Junge?«

Der junge Mann entgegnete: »Natürlich bin ich es, Mutter Duroy!« Er ging auf sie zu und küßte sie mit einem Sohneskuß auf beide Backen. Dann legte er seine Backen an die des Vaters, der seine Mütze abgenommen hatte, eine schwarzseidene Rouenneser-Mütze, die sehr hoch war und der Mütze glich, die meist von Viehhändlern getragen wird.

Dann stellte Georges vor: »Dies ist meine Frau.«

Und die beiden Bauern betrachteten Madeleine. Sie betrachteten sie, wie man ein Wundertier betrachtet, mit einer Art erregter Angst, in die sich bei dem Vater befriedigte Zustimmung, bei der Mutter etwas wie eifersüchtige Feindschaft mischte.

Der Mann, dessen natürliche Fröhlichkeit durch süßen Apfelwein und Alkohol noch gesteigert war, faßte Mut und fragte verschmitzt: »Darf man ihr auch einen Kuß geben?«

Der Sohn antwortete: »Aber gewiß doch.«

Und Madeleine, die sich nicht sonderlich behaglich fühlte, bot den schallenden Küssen des Bauern ihre beiden Wangen. Als er sie geküßt hatte, fuhr er sich mit dem Handrücken über den Mund.

Dann küßte die alte Frau ihre Schwiegertochter mit feindseliger Zurückhaltung. Nein, das war nicht die Schwiegertochter, die sie sich gewünscht hatte, nicht die dicke, frische Bäuerin, die rot war wie ein Apfel und rund wie eine Fohlenstute. Wie eine Hure sah diese aufgeputzte und nach Moschus duftende Dame aus. Denn jedes Parfüm war für die alte Bäuerin Moschus.

Und hinter dem Wagen, der den Koffer der jungen Eheleute fuhr, setzten sich alle in Bewegung.

Der Alte ergriff den Arm seines Sohnes, ließ seine Frau und seine Schwiegertochter ein wenig vorgehen und fragte dann interessiert: »Nun, wie geht das Geschäft?«

»Sehr gut.«

»Das freut mich. Sag mal, hat deine Frau Geld?«

»Vierzigtausend Francs«, antwortete Georges.

Vor Bewunderung stieß der alte Mann einen leichten Pfiff aus und konnte nur sagen: »Donnerwetter!«, so sehr erregte ihn diese Summe. Dann fügte er mit ernster Überzeugung hinzu: »Eine verdammt schöne Frau ist sie.« Er fand sie ganz nach seinem Geschmack. Und immer hatte er als Frauenkenner gegolten.

Madeleine und die Mutter gingen wortlos nebeneinander her. Die beiden Männer holten sie ein.

Man hatte das Dorf erreicht, ein kleines Dorf am Rand der Straße. Es bestand aus zehn Häusern auf jeder Straßenseite, Wohnhäusern und Bauernkaten, die einen aus Backstein, die anderen aus Lehm, diese mit Stroh und jene mit Schiefer gedeckt. Das Café »Zur schönen Aussicht« des alten Duroy war ein kleines Haus, das aus einem Erdgeschoß und einem Speicher bestand. Es lag am Eingang in das Dorf, linker Hand. Ein Tannenzweig, der nach alter Sitte über der Tür hing, zeigte an, daß durstige Menschen hier ihren Durst löschen konnten.

In der Wirtsstube war der Tisch gedeckt. Man hatte zwei Tische zusammengeschoben und zwei Servietten als Tischtuch aufgelegt.

Eine Nachbarin, die zum Bedienen gekommen war, grüßte die schöne Dame mit einer tiefen Verbeugung. Als sie Georges erkannte, rief sie: »Bist du es wirklich, Junge?«

Heiter antwortete er: »Ja, ich bin es, Mutter Brulin.« Und er umarmte sie, wie er Vater und Mutter umarmt hatte. Dann wandte er sich seiner Frau zu. »Komm in unser Zimmer«, sagte er, »dort kannst du deinen Hut ablegen.«

Er ließ sie durch die Tür rechts in ein kaltes, mit Fliesen ausgelegtes, weißgestrichenes Zimmer eintreten. Das Bett hatte baumwollene Vorhänge. Über einem Weihwasserbecken hing ein Kruzifix, und zwei bunte Drucke, die Paul und Virginie unter einer blauen Palme und Napoleon I. auf einem gelben Pferd darstellten, schmückten einzig und allein dieses saubere, aber trostlose Zimmer.

Kaum waren sie allein, als er Madeleine umarmte: »Liebe Mad, ich freue mich, die Eltern mal wiederzusehen. In Paris denke ich kaum an sie, und wenn man sich dann wiedersieht, so freut einen das.«

Aber der Vater klopfte in diesem Augenblick mit der Faust gegen die Wand und rief: »Kommt, kommt, die Suppe ist aufgetragen.«

Und dann setzten sie sich zu Tisch.

Es war eine lange Bauernmahlzeit mit einer ganzen Reihe schlecht zueinander passender Gerichte. Nach dem Hammelbraten gab es Wurst und nach der Wurst ein Omelett. Vater Duroy, der durch den Apfelwein und ein paar Glas Wein angeheitert war, erzählte seine besten Witze, die er nur bei großen Festen von sich gab, zweideutige und unsaubere Geschichten, die, wie er behauptete, seinen Freunden passiert wären.

Georges, der sie alle kannte, lachte trotzdem, denn er war berauscht durch die Heimatluft, ganz im Bann der ihm eingeborenen Liebe zur Heimat, zu den vertrauten Orten seiner Kindheit, aller Gefühle, aller Erinnerungen, die er wiederfand, aller Dinge, die er wiedersah, die oft nur ein Nichts waren, eine Kerbe in einer Tür, ein wackliger Stuhl, der an irgend etwas erinnerte, des Duftes der Erde, des starken Harzduftes, der aus dem benachbarten Wald strömte, des Geruchs des Hauses, des Baches und des Misthaufens.

Mutter Duroy sprach nicht. Sie war traurig und streng, beobachtete ihre Schwiegertochter mit einem Haß, der plötzlich in ihrem Herzen wach geworden war, dem Haß der alten Arbeiterin, der alten Bäuerin mit den verarbeiteten Fingern und den entstellten Gliedern gegen diese Frau aus der Stadt, die ihr einen Widerwillen einflößte, als wäre sie verflucht und verworfen gewesen, als wäre sie ein unreines Wesen, das für das Nichtstun und die Sünde geschaffen wurde. Jeden Augenblick stand sie auf, um die Speisen zu holen, in die Gläser das gelbe und saure Getränk aus der Karaffe oder den rötlichen, moussierenden und gezuckerten Apfelwein aus den Flaschen zu gießen, deren Pfropfen knallten, als enthielten sie mit Kohlensäure versetzte Limonade.

Madeleine aß kaum etwas, sie sprach kaum, saß traurig da mit ihrem gewöhnlichen Lächeln, das auf ihrem Gesicht erstarrt war. Es war ein düsteres, resigniertes Lächeln. Sie war enttäuscht, wie ins Herz getroffen. Warum? Sie hatte auf dem Besuch bestanden. Sie hatte gewußt, daß sie zu Bauern, zu kleinen Bauern kam. Was hatte sie sich denn erträumt, sie, die für gewöhnlich nicht träumte?

Wußte sie es? Hoffen die Frauen nicht immer wieder etwas anderes, als in Wirklichkeit ist? Hatte sie sie aus der Ferne poetischer gesehen? Nein, aber vielleicht literarischer, vornehmer, liebevoller, dekorativer. Und dennoch wollte sie sie nicht so, wie sie sie aus Romanen kannte. Wie kam es denn, daß sie sie durch tausend Kleinigkeiten, durch tausend nicht sichtbare, nicht greifbare Grobheiten, durch ihr ganzes Bauerntum, durch ihre Worte, ihre Gesten und ihre Heiterkeit verletzten?

Sie dachte an ihre Mutter, über die sie nie mit jemandem sprach, eine verführte Lehrerin, die in Saint-Denis erzogen worden war und im Elend starb, als Madeleine zwölf Jahre alt war. Ein Unbekannter hatte das kleine Mädchen erziehen lassen. Sicher wohl ihr Vater? Genau wußte sie es nicht, doch vermutete sie es.

Die Mahlzeit nahm kein Ende. Gäste betraten die Wirtsstube, reichten Vater Duroy die Hand, konnten sich vor Staunen nicht lassen, als sie den Sohn sahen, blinzelten ihm verschmitzt zu, nachdem sie vorher einen Blick auf seine Frau geworfen hatten.

Und dieser Blick bedeutete: »Der alte Genießer! Ein sauberes Weib, die Frau von Georges Duroy.«

Andere, die weniger vertraulich waren, setzten sich an die Holztische und riefen: »Einen Liter... Einen Schoppen... Zwei Cognac... Einen Schnaps...« Und dann spielten sie Domino, schlugen die schwarz-weißen, kleinen, beinernen Vierecke krachend auf den Tisch.

Mutter Duroy war dauernd unterwegs, bediente die Gäste mit ihrem bekümmerten Gesicht, nahm das Geld in Empfang, wischte die Tische mit dem Zipfel ihrer blauen Schürze ab.

Der Rauch der Tonpfeifen und der Fünf-Centimes-Zigarren füllte die Wirtsstube.

Madeleine begann zu husten und sagte: »Sollen wir nicht mal ein wenig nach draußen gehen? Ich kann es hier nicht mehr aushalten.«

Aber man war noch nicht fertig. Der alte Duroy wurde verdrießlich. Da stand sie auf, setzte sich auf einem Stuhl vor die Tür und wartete, bis ihr Schwiegervater und ihr Mann ihren Kaffee und ihre Schnäpse getrunken hatten.

Schon bald gesellte Georges sich zu ihr. »Wollen wir mal bis an die Seine gehen?«

Voller Freude war sie hierzu bereit. »Ja, das wollen wir.«

Sie gingen den Hügel hinunter, mieteten in Croisset ein Boot und verbrachten den Rest des Nachmittags längs einer Insel unter den Weiden, beide schlummernd in der süßen Wärme des Frühlings und gewiegt von den kleinen Wellen des Flusses.

Erst als der Abend anbrach, machten sie sich wieder auf den Heimweg.

Für Madeleine war die Abendmahlzeit beim Licht einer Kerze noch qualvoller als die vom Mittag. Der alte Duroy war halb betrunken und sagte kein Wort mehr. Die Mutter hatte immer noch ihr strenges, grimmiges Gesicht.

Das kümmerliche Licht warf die Schatten der Köpfe mit ungeheuren Nasen und maßlosen Gesten auf die grauen Wände. Oft sah man eine riesenhafte Hand eine Gabel erheben, die wie eine Heugabel aussah und einen Mund suchte, der sich öffnete wie der Rachen eines Ungeheuers, wenn einer der Anwesenden sich ein wenig wandte und der gelben und flackernden Flamme sein Profil bot.

Als man mit Essen fertig war, zog Madeleine ihren Mann nach draußen, um nicht länger in dieser dunklen Wirtsstube zu bleiben, in der der scharfe Geruch von alten Pfeifen und verschütteten Getränken hing.

Als sie draußen waren, fragte er sie: »Langweilst du dich schon?«

Sie wollte protestieren.

Er unterbrach sie: »Nein, ich habe das längst gemerkt. Wenn du willst, fahren wir morgen wieder ab.«

»Das täte ich am liebsten«, entgegnete sie.

Langsam gingen sie einher. Es war eine laue Nacht, deren liebkosende und tiefe Dunkelheit voll leichter Geräusche, voll Rauschens und leichten Wehens zu sein schien. Sie gingen über einen schmalen Weg, unter Bäumen, die sehr hoch waren, zwischen zwei Buschwänden von undurchdringlichem Schwarz her.

Sie fragte: »Wo sind wir?«

Er antwortete: »Im Wald.«

»Ist er groß?«

»Sehr groß, einer der größten Wälder Frankreichs.«

Ein Duft nach Erde, nach Bäumen, nach Moos, dieser frische und alte Duft dichter Wälder, geschaffen aus dem Saft der Knospen und dem faulenden Laub des Dickichts, schien in diesem Weg zu schlummern. Als Madeleine den Kopf hob, sah sie zwischen den Baumwipfeln Sterne, und wenn auch kein Wind die Zweige bewegte, so fühlte sie doch um sich das leichte Beben dieses Ozeans aus Blättern.

Ein seltsamer Schauer ergriff ihre Seele und rann ihr über die Haut. Eine wirre Angst preßte ihr das Herz zusammen. Warum? Sie wußte es nicht. Aber sie hatte ein Gefühl, als wäre sie verloren, als versänke sie, als wäre sie von Gefahren umgeben, von allen verlassen, allein auf der Welt unter diesem lebendigen Gewölbe, das über ihr bebte. »Ich habe Angst. Ich möchte nach Hause«, flüsterte sie.

»Gut, kehren wir um.«

»Und morgen fahren wir nach Paris zurück?«

»Ja, morgen.«

»Morgen früh?«

»Morgen früh, wenn du willst.«

Sie kehrten nach Hause zurück. Die Alten waren schon zu Bett gegangen. Sie schlief schlecht, wurde dauernd geweckt durch alle für sie neuen Geräusche des Landes, den Schrei der Käuze, das Grunzen eines Schweines, das in einen Verschlag neben der Hauswand eingesperrt war, und das Schreien des Hahnes, der schon um Mitternacht zu krähen anfing.

Bei Tagesgrauen war sie schon auf und zur Abreise fertig.

Als Georges den Eltern eröffnete, daß er nach Paris zurück müsse, waren beide sehr ergriffen, aber sie wußten gleich, wer die treibende Kraft war.

Der Vater sagte einfach: »Kommst du denn bald mal wieder?«

»Gewiß, im Lauf des Sommers noch.«

»Das freut mich.«

»Hoffentlich bedauerst du nie, was du getan hast«, knurrte die alte Frau.

Er schenkte ihnen zweihundert Francs, um ihre Unzufriedenheit ein wenig zu besänftigen. Und als gegen zehn Uhr der Wagen kam, den ein Junge geholt hatte, umarmten die jungen Eheleute die alten Bauern und traten die Heimreise an.

Als sie den Hügel hinunterfuhren, begann Duroy zu lachen: »Das alles habe ich vorausgesehen. Es wäre schon besser gewesen, ich hätte dich mit Herrn und Frau du Roy de Cantel, mit meinem Vater und meiner Mutter, nicht bekannt gemacht.«

Auch sie lachte und erwiderte: »Jetzt bin ich ganz entzückt. Es sind wirklich brave Menschen, und ich fange schon an, sie lieb zu haben. Von Paris werde ich ihnen allerlei gute Sachen schicken.« Dann murmelte sie: »Du Roy de Cantel... Sollst mal sehen, niemand wundert sich über unsere Anzeigen. Wir werden erzählen, daß wir eine Woche auf den Besitzungen deiner Eltern waren.« Und sich ihm nähernd, streifte sie ihm den Schnurrbart mit einem Kuß: »Guten Morgen, Geo.«

Er antwortete: »Guten Morgen, Mad« und faßte sie mit der einen Hand um die Taille.

In der Ferne, im Hintergrund des Tales, sah man den Fluß, der sich wie ein silbernes Band unter der Morgensonne entrollte, sah man alle Fabrikschornsteine, die ihre Kohlenwolken in den Himmel atmeten, und alle spitzen Kirchtürme, die sich über die alte Stadt erhoben.

II

Das Ehepaar Duroy war seit zwei Tagen wieder in Paris, und der Journalist hatte seine alte Arbeit wieder aufgenommen, bis er die Nachrichtenabteilung abgab, um sich endgültig der Stelle zu bemächtigen, die Forestier bis dahin innegehabt hatte, und sich ganz der Politik zu widmen.

An diesem Abend kehrte er frohen Herzens zum Essen nach Hause, in die Wohnung seines Vorgängers, zurück. Er hatte den lebhaften Wunsch, seine Frau zu umarmen, deren körperlichem Reiz und deren Herrschaft er erlag, ohne daß er es eigentlich merkte. Als er am Ende der Rue Notre-Dame-de-Lorette an einem Blumenladen vorbeikam, kam ihm der Gedanke, für Madeleine einen Blumenstrauß zu kaufen, und er entschloß sich zu einem Strauß kaum erblühter Rosen, einem Strauß duftender Knospen.

Auf jedem Treppenabsatz betrachtete er sich selbstgefällig im Spiegel, der ihn immer wieder an sein erstes Betreten dieses Hauses erinnerte.

Da er den Schlüssel vergessen hatte, klingelte er, und derselbe Diener, den er auf den Rat seiner Frau behalten hatte, öffnete ihm die Tür.

»Ist meine Frau schon zu Hause?« fragte Georges.

»Ja.«

Als er durch das Eßzimmer ging, blieb er erstaunt stehen, als er sah, daß für drei gedeckt war. Und da die Portiere nach dem Salon geöffnet war, sah er, daß Madeleine in einer Vase auf dem Kamin einen Strauß Rosen ordnete, der genauso aussah wie der, den er eben gekauft hatte. Er war ärgerlich, unzufrieden, als hätte man ihm seine Idee, seine Aufmerksamkeit und die ganze Freude, die er sich davon versprochen hatte, gestohlen.

Als er eintrat, fragte er: »Hast du denn jemanden eingeladen?«

Ohne sich umzudrehen und ihre Blumen weiter ordnend, sagte sie: »Ja und nein. Es ist mein alter Freund, der Graf de Vaudrec, der die Gewohnheit hat, hier jeden Montag zu essen; er kommt, wie er immer gekommen ist.«

»Sehr gut«, murmelte Georges. Er stand hinter ihr, einen Strauß in der Hand. Er hatte Lust, ihn zu verbergen, ihn wegzuwerfen. Und dennoch sagte er: »Ich habe dir Rosen mitgebracht.«

Sie wandte sich plötzlich um, lächelte und rief: »Wie lieb von dir, daß du daran gedacht hast!« Und sie bot ihm ihre Arme und ihre Lippen mit so echter Freude, daß er sich getröstet fühlte.

Sie nahm die Blumen, roch daran und stellte sie mit der Lebhaftigkeit eines erfreuten Kindes in die leere Vase, der ersten gegenüber. Dann sagte sie, ihre Wirkung betrachtend: »Nun bin ich zufrieden, mein Kamin sieht wirklich herrlich aus.« Und fast sofort fügte sie mit überzeugtem Gesicht hinzu: »Vaudrec ist ein ganz reizender Mensch, du wirst gleich Kontakt mit ihm haben.«

Es klingelte. Es war der Graf. Ruhig trat er ein, als wäre er hier zu Hause. Nachdem er die Finger der jungen Frau galant geküßt hatte, wandte er sich dem Gatten zu und reichte ihm herzlich die Hand. Er fragte: »Geht es Ihnen gut, mein lieber du Roy?«

Er hatte nicht mehr sein kaltes, hochmütiges Gesicht von früher. Es war jetzt liebenswürdig, zeigte, daß die Situation nicht mehr die gleiche war. Überrascht versuchte der Journalist, sich liebenswürdig zu zeigen, dieses Entgegenkommens würdig zu sein. Nach fünf Minuten hätte man glauben können, daß sie einander seit zehn Jahren kannten und schätzten.

Madeleine, deren Gesicht strahlte, sagte zu ihnen: »Ich lasse euch einen Augenblick allein, ich muß mal in die Küche.« Und sie verließ das Zimmer, und die beiden Männer folgten ihr mit den Blicken.

Als sie zurückkam, sprachen die beiden Herren über ein neues Theaterstück und waren so sehr der gleichen Meinung, daß in ihren Augen etwas wie schnelle Freundschaft bei der Feststellung der gleichen Geistigkeit aufleuchtete.

Das Essen war reizend, ganz intim und herzlich. Der Graf

blieb lange, so wohl fühlte er sich in diesem Haus, in diesem neuen Haushalt.

Als er gegangen war, sagte Madeleine zu ihrem Mann: »Ist er nicht nett? Man muß ihn nur kennen. Er ist ein guter, zuverlässiger und treuer Freund. Wenn er nicht gewesen wäre...«

Sie vollendete den Satz nicht, und Georges sagte: »Ja, ich finde ihn sehr angenehm; ich glaube, daß wir uns sehr gut verstehen.«

Aber sie fiel ihm gleich ins Wort: »Wir haben heute abend noch allerlei zu arbeiten. Vor dem Essen konnte ich nicht mit dir darüber sprechen, weil Vaudrec so früh kam. Ich habe vorhin allerlei wichtige Nachrichten erhalten, Nachrichten über Marokko. Der Deputierte Laroche-Mathieu, der zukünftige Minister, hat sie mir zukommen lassen. Wir müssen einen großen, einen sensationellen Artikel schreiben. Ich habe Tatsachen und Zahlen. Wir wollen uns gleich an die Arbeit machen. Nimm doch mal die Lampe.«

Er nahm sie, und sie gingen in das Arbeitszimmer.

Die gleichen Bücher standen in den Regalen, auf denen die drei Vasen standen, die Forestier am Abend vor seinem Tod am Golf Juan gekauft hatte. Unter dem Tisch wartete der Fußsack des Toten auf Duroys Füße, der sich setzte und den elfenbeinernen Federhalter in die Hand nahm, an dem der andere gekaut hatte.

Madeleine lehnte sich an den Kamin. Sie zündete sich eine Zigarette an, erzählte von den Nachrichten, die sie erhalten hatte, und setzte ihm Plan und Gedanken des Artikels, der geschrieben werden sollte, auseinander.

Er hörte ihr aufmerksam zu und machte sich Notizen, und als er damit fertig war, machte er seine Einwürfe, griff die ganze Frage noch einmal auf, erweiterte sie, entwickelte seinerseits nicht mehr den Plan zu einem Artikel, sondern zu einem Feldzug gegen das augenblickliche Ministerium. Dieser Angriff sollte nur ein Anfang sein.

Seine Frau hatte aufgehört zu rauchen, so sehr interessierten sie seine Worte, die vor ihr ungeahnte Weiten eröffneten. Von Zeit zu Zeit sagte sie: »Ja... ja... Das ist gut... ausgezeichnet... sehr stark...« Und als er jetzt seinerseits zu Ende gesprochen hatte, sagte sie: »Nun wollen wir das alles zu Papier bringen.«

Aber der Anfang fiel ihm immer noch schwer. Mühevoll suchte er nach den passenden Worten.

Da beugte sie sich leicht über seine Schulter und sagte ihm, was er zu schreiben hatte, ganz leise ins Ohr. Dann und wann zögerte sie und fragte: »Wolltest du das sagen?«

»Ja«, antwortete er.

Sie fand scharfe Worte und giftige Einfälle, wie sie nur eine Frau finden kann, um den Ministerpräsidenten zu verletzen, und sie mischte Spöttereien über sein Gesicht mit denen über seine Politik, und zwar in so komischer Weise, daß der Leser lachen mußte und doch von der Richtigkeit ihrer Beobachtung überzeugt war. Zuweilen fügte Duroy ein paar Zeilen hinzu, die die Tragweite des Angriffes noch tiefer und mächtiger machten. Er beherrschte außerdem die Kunst der perfiden Zweideutigkeiten, die er bei der Abfassung der »Pariser Nachrichten« gelernt hatte, und wenn etwas, was Madeleine als sicher darstellte, ihm zweifelhaft oder kompromittierend erschien, dann formulierte er es so, daß man es nur ahnte, daß es sich dem Geist nachdrücklicher auferlegte, als wenn er es von vornherein bestätigt hätte.

Als der Artikel beendet war, las Georges ihn noch einmal laut vor. Sie fanden ihn beide großartig und lachten vor Freude und Überraschung, als hätte sich einer dem anderen offenbart. Sie sahen einander in die Augen, erregt vor Bewunderung und Rührung, und umarmten sich leidenschaftlich, mit einer Liebesglut, die aus ihrem Geist hineinströmte in ihre Körper.

Duroy nahm die Lampe wieder in die Hand. »Und jetzt machen wir ein Schläfchen«, sagte er mit glühenden Augen.

Und sie antwortete: »Gehen Sie voran, mein Herr und Gebieter, denn Sie tragen das Licht.«

Er ging voran, und sie folgte ihm in ihr Zimmer und kitzelte ihm den Hals mit der Fingerspitze zwischen Kragen und Haar, damit er schneller gehe...

Der Artikel erschien unter dem Namen Georges du Roy de Cantel und machte ungeheures Aufsehen. Die ganze Kammer geriet in Aufregung. Walter beglückwünschte den Verfasser und übertrug ihm die politische Redaktion der »Vie Française«. Die »Pariser Nachrichten« übernahm Boisrenard.

Und nun begann in der Zeitung eine geschickte und heftige Campagne gegen das Ministerium des Äußeren. Der Angriff, der immer geschickt war und sich auf Tatsachen stützte, der bald ironisch und bald ernst, manchmal lustig und dann wieder gewalttätig war, traf mit einer Sicherheit und Beharrlichkeit, daß man sich nur immer wieder wundern konnte. Immer wieder zitierten die anderen Zeitungen die »Vie Française«, brachten ganze Absätze zum Abdruck, und die Männer, die an der Macht waren, erkundigten sich, ob man diesem unbekannten und hartnäckigen Feind nicht mit einer Präfektur den Mund stopfen könne.

Du Roy wurde in den politischen Parteien berühmt. Daß sein Einfluß zunahm, das fühlte er an der Art, wie man ihm die Hand drückte und den Hut vor ihm zog. Durch die Wendigkeit ihres Geistes, durch die Geschicklichkeit, mit der sie sich Informationen verschaffte, und die Zahl ihrer Bekanntschaften setzte ihn seine Frau immer wieder in Staunen.

Wenn er nach Hause kam, fand er in seinem Salon immer einen Senator, einen Deputierten, einen hohen Beamten, einen General, die mit Madeleine wie mit einer alten Freundin in ernster Vertraulichkeit verhandelten. Woher kannte sie alle diese Leute? Durch die Gesellschaft, sagte sie. Aber wie hatte sie es fertiggebracht, ihr Vertrauen und ihre Zuneigung zu gewinnen? Er begriff das alles nicht. »Die wäre eine gerissene Diplomatin«, sagte er sich.

Oft kam sie zum Essen zu spät, war dann ganz außer Atem, rot und bebte vor Erregung. Und noch bevor sie den Schleier abgebunden hatte, sagte sie: »Heute habe ich ganz was Tolles erfahren. Stelle dir vor, der Justizminister hat zwei Beamte ernannt, die zu der gemischten Kommission gehörten. Dem wollen wir eins versetzen, daß ihm Hören und Sehen vergeht.«

Und der Herr Minister bekam eins versetzt, und am nächsten Tag noch eins und am übernächsten wieder eins. Der Deputierte Laroche-Mathieu, der jeden Dienstag in der Rue Fontaine aß, nachdem der Graf de Vaudrec die Woche begonnen hatte, schüttelte mit dem Ausdruck einer ganz besonderen Freude der jungen Frau und ihrem Mann die Hand. Immer wieder sagte er: »Das ist eine Campagne! Damit müssen wir doch Erfolg haben.«

Er hoffte in der Tat, daß es gelinge, für ihn das Ministerium des Auswärtigen, auf das er schon lange ein Auge geworfen hatte, zu ergattern.

Er war einer jener Politiker, die mehrere Gesichter haben. Er war ein Mann von Überzeugung, ohne große Mittel, ohne Kühnheit und ernste Kenntnisse, ein Provinzanwalt, der in der Provinzstadt eine Rolle spielte und zwischen allen extremen Parteien geschickt zu lavieren verstand, eine Art republikanischer Jesuit und liberaler Kämpfer zweifelhafter Natur, wie sie zu Hunderten auf dem Mist des allgemeinen Wahlrechts wachsen.

Sein Dorfmachiavellismus ließ ihn bei seinen Kollegen, bei allen Deklassierten und denen, die es zu nichts gebracht haben – aus diesen Menschen macht man ja gewöhnlich Deputierte –, als besonders starken und tüchtigen Mann erscheinen. Er war gepflegt, korrekt, vertraulich und liebenswürdig genug, um mit einem Erfolg rechnen zu können. In der etwas gemischten, trüben und wenig feinen Gesellschaft der hohen Beamten des Augenblicks spielte er eine ziemliche Rolle.

Überall sagte man über ihn: »Laroche wird Minister«, und er glaubte fester als alle anderen, daß Laroche Minister werde.

Er war einer der Hauptaktionäre von Walters Zeitung und in vielen Geldgeschäften sein Kollege und sein Teilhaber.

Du Roy unterstützte ihn voller Vertrauen und mit allerlei vagen Hoffnungen für kommende Zeiten. Übrigens tat er nichts anderes als Forestier: Er setzte Forestiers Arbeit fort. Dem hatte Laroche das Kreuz der Ehrenlegion versprochen, sobald der Tag des Triumphes gekommen wäre. Und dieser Orden würde nun die Brust des neuen Gatten Madeleines schmücken. Das war alles. Im Grunde hatte sich also gar nichts geändert.

Und man empfand so stark, daß alles beim alten geblieben war, daß seine Kollegen sich den Scherz erlaubten, ihn nur noch Forestier zu nennen, was ihn nicht wenig verdroß und ärgerte.

Kaum erschien er in der Redaktion, als auch schon jemand sagte: »Hör mal, Forestier.«

Er tat dann so, als hätte er nichts gehört, und kramte in den Briefen in seinem Fach. Aber schon ertönte die Stimme lauter: »He! Forestier!« Hier und da unterdrücktes Lachen.

Wenn du Roy dann auf dem Weg in das Büro des Chefs war, hielt der, der ihn gerufen hatte, ihn an: »Verzeihung, dich wollte ich einen Augenblick sprechen... Zu blöde, immer wieder verwechsle ich dich mit dem armen Charles. Das kommt aber nur daher, weil deine Artikel den seinen so verdammt ähnlich sind. Das haben andere auch schon festgestellt.«

Du Roy antwortete nichts, aber er kochte vor Wut. Ein dumpfer Zorn auf den Toten erwachte in seinem Herzen.

Auch Walter hatte erklärt, als man sich in seiner Gegenwart über die flagrante Ähnlichkeit in Stil und Inspiration zwischen den Artikeln des neuen und denen des früheren politischen Redakteurs wunderte: »Ja, das ist Forestier, aber ein kräftigerer, männlicherer, besser fundierter Forestier.«

Ein anderes Mal, als du Roy zufällig den Schrank mit den Fangspielen öffnete, sah er, daß die seines Vorgängers einen Trauerflor trugen, seines aber, dessen er sich bediente, wenn er unter der Leitung von Saint-Potin übte, mit einem rosa Schleifchen versehen war. Alle waren der Größe nach auf dem gleichen Brett aufgestellt. Auf einem Schildchen, wie man es an den Kostbarkeiten eines Museums findet, konnte man lesen: »Alte Sammlung Forestier und Cie. Forestier-du Roy Nachfolger. Unverwüstliche Artikel, können bei jeder Gelegenheit, selbst auf Reisen, benutzt werden.« Ganz ruhig schloß er den Schrank und sagte so laut, daß jeder es hören mußte: »Dummköpfe und Neidhammel gibt es überall.«

Aber er war in seinem Stolz getroffen, in seiner Eitelkeit verletzt, diesen Empfindungen, denen man so häufig bei Schriftstellern begegnet und die jene nervöse Empfindlichkeit zeitigen, die nicht nur bei dem kleinen Reporter, sondern auch bei dem genialen Dichter immer auf dem Quivive ist.

Das Wort »Forestier« tat ihm in den Ohren weh. Er hatte Angst davor, es zu hören, und wenn er es hörte, dann stieg ihm das Blut ins Gesicht.

Dieser Name war für ihn ein beißender Hohn, war viel mehr als Spott, war fast eine Beleidigung. Er rief ihm zu: »Deine Frau besorgt deine Arbeit, wie sie auch die des anderen besorgte. Ohne sie bist du nichts.«

Er war durchaus bereit zuzugeben, daß Forestier ohne Madeleine es zu nichts gebracht hätte. Aber was ihn anging, so lagen die Dinge doch ganz anders.

Und wenn er dann nach Hause kam, hörte der Spuk noch nicht auf, im Gegenteil! Das ganze Haus erinnerte ihn jetzt an den Toten, die Möbel, die Nippsachen, alles, was er nur berührte. In der ersten Zeit seiner Ehe hatte er kaum daran gedacht. Aber der Spott seiner Kollegen hatte seinem Geist eine Wunde geschlagen, die ein Haufen von Nichtigkeiten, die er bisher eigentlich gar nicht bemerkt hatte, jetzt verschlimmerte.

Er konnte keinen Gegenstand mehr in die Hand nehmen, ohne daß er glaubte, die Hand Charles' zu sehen, die sich darauf legte. Er betrachtete und faßte nur Dinge an, deren er sich früher schon bedient hatte, Dinge, die er gekauft, geliebt und besessen hatte. Und bald begann Georges sich auch über die Beziehungen Charles' zu seiner Frau zu erregen.

Er wunderte sich hin und wieder über diese Empörung seines Herzens, die er nicht verstand, und fragte sich: »Wie ist denn das nur möglich? Ich bin nicht auf Madeleines Freunde eifersüchtig. Ich kümmere mich nie um das, was sie tut. Sie kann gehen und bleiben, wo sie will; nur der Gedanke an diesen Charles bringt mich zur Weißglut.« Und dann sagte er sich: »Im Grunde war er doch ein arger Greis. Zweifellos verletzt mich das. Ich ärgere mich, daß Madeleine einen solchen Esel hat heiraten können.«

Immer wieder fragte er sich: »Wie ist es nur möglich, daß diese Frau ein solches Viehstück auch nur einen Augenblick lang hat lieben können?« Und seine Wut wuchs von Tag zu Tag durch tausend unbedeutende Kleinigkeiten, die ihn wie Nadelstiche trafen, durch die fortwährende Erinnerung an den anderen, die durch ein Wort Madeleines, durch ein Wort des Dieners oder des Kammermädchens heraufbeschworen wurde.

Eines Abends fragte du Roy, der gern Süßspeisen aß: »Warum haben wir eigentlich nie ein Zwischengericht? Das gibt es bei uns nie.«

Die junge Frau erwiderte heiter: »Da hast du auch recht... Das kommt sicher daher, weil Charles es nicht mochte.«

Er konnte sich nicht beherrschen und schnitt ihr mit einer ungeduldigen Bewegung das Wort ab. »Dieser Charles geht mir langsam auf die Nerven. Charles vorn und Charles hinten, Charles mochte dies, und Charles mochte das nicht. Da dieser Charles krepiert ist, soll man ihn endlich in Ruhe lassen.«

Verdutzt betrachtete Madeleine ihren Mann. Dieser plötzliche Ausbruch war ihr ganz unverständlich. Da sie aber eine kluge Frau war, ahnte sie, was in ihm vor sich ging, erkannte die langsame Wirkung dieser posthumen Eifersucht, die stündlich durch alles, was an den anderen erinnerte, vergrößert wurde.

Wenn sie das vielleicht auch für kindisch hielt, so war sie doch geschmeichelt und antwortete nichts.

Er ärgerte sich über sich, ärgerte sich, daß er seine gereizte Stimmung nicht hatte verbergen können. Als sie dann nach dem Essen an diesem Abend den Artikel für den nächsten Tag schrieben, blieb er mit den Füßen in dem Fußsack hängen. Als es ihm nicht gleich gelang, sich aus ihm zu befreien, schleuderte er ihn von sich und fragte lachend: »Hatte dieser Charles denn immer kalte Füße?«

Auch sie lachte, als sie entgegnete: »Ach! Er hatte ewig Angst vor Erkältungen. Er war ja immer ein wenig schwach auf der Brust.«

Heftig erwiderte du Roy: »Das haben wir ja erlebt.« Dann fügte er sanfter hinzu: »Und das war mein Glück.« Und er küßte seiner Frau die Hand.

Aber als sie dann zu Bett gingen, fragte er, immer noch von dem gleichen Gedanken gequält: »Trug Charles auch eine Nachtmütze, um sich gegen Ohrenerkältungen zu schützen?«

Sie ging auf den Scherz ein und entgegnete: »Nein, aber er band sich ein seidenes Tuch um den Kopf.«

Georges zuckte mit den Schultern und sagte mit der Verachtung des überlegenen Mannes: »So ein Pinsel!«

Von nun an wurde Charles für ihn dauerndes Gesprächsthema. Bei jeder sich nur bietenden Gelegenheit sprach er über ihn, nannte ihn nur noch den »armes Charles« und machte dabei ein unendlich mitleidiges Gesicht.

Und wenn er aus der Redaktion, wo man ihn wieder zwei- oder dreimal mit Forestier angeredet hatte, nach Hause kam, dann rächte er sich, indem er den Toten in seinem Grab mit gehässigen Spöttereien verfolgte. Er erinnerte an seine Fehler, an seine Lächerlichkeiten, seine Kleinlichkeit, zählte sie selbstgefällig auf, entwickelte und vergrößerte sie, als wollte er im Herzen seiner Frau den Einfluß eines gefürchteten Rivalen bekämpfen.

So sagte er: »Erinnerst du dich noch, Mad, wie dieser Esel von Forestier uns eines Tages beweisen wollte, daß die Dicken widerstandsfähiger seien als die Mageren?«

Dann wollte er über den Verstorbenen allerlei intime und geheime Einzelheiten wissen, die die junge Frau, der diese Fragen mehr als unangenehm waren, nicht preisgeben wollte. Aber er drängte sie, ließ ihr keine Ruhe. »Das kannst du mir doch erzählen! Er war sicher in solchen Augenblicken ganz besonders komisch!«

Sie antwortete ärgerlich: »Nun laß ihn doch endlich in Ruhe.«

Er aber quälte sie weiter: »Nun sag es schon: Im Bett war der Kerl sicher ganz besonders drollig.« Und immer wieder schloß er: »Ein ekelhafter Mensch!«

Als er eines Abends – es war gegen Ende Juni – am Fenster stand und eine Zigarette rauchte, brachte die große Hitze des Abends ihn auf den Gedanken, eine Spazierfahrt zu machen. Er fragte: »Was meinst du, Mad, sollen wir nicht ein wenig in den Bois fahren?«

»Aber gern.«

Sie nahmen einen offenen Wagen, erreichten die Champs-Élysées, dann die Avenue du Bois de Boulogne. Es war ein Abend, an dem sich kein Lüftchen regte, einer jener heißen Abende, an denen einem die Luft des überhitzten Paris wie die Glut eines Ofens in die Brust dringt. Ein ganzes Heer aus Droschken brachte ein ganzes Volk von Verliebten unter die Bäume. Eine hinter der anderen, bildeten diese Droschken eine endlose, nicht abreißende Reihe.

Georges und Madeleine hatten ihre Freude daran, diese Pärchen zu betrachten, die eng umschlungen in den Wagen saßen und an ihnen vorbeifuhren, die Frau in einem hellen Kleid und der Mann in einem dunklen Anzug. Es war ein ungeheurer Strom von Liebenden, der sich unter dem gestirnten und heißen Himmel nach dem Bois ergoß. Man hörte nur das dumpfe Rollen der Räder über die Erde. Sie fuhren vorbei, fuhren vorbei, die zwei Menschen in jedem Wagen, in die Polster geschmiegt, stumm, dicht aneinander gedrängt, verloren in die Halluzination des Begehrens, zitternd in der Erwartung der baldigen Umarmung. Die warme Dunkelheit schien voll von Küssen. Etwas wie flutende Zärtlichkeit, wie tierische Liebe beschwerte die Luft, machte sie noch erstickender. Alle diese Menschen, die der gleiche Gedanke berauschte, die gleiche Glut erfüllte, verbreiteten etwas wie Fieber um sich. Alle diese mit Liebe beladenen Wagen, über denen Liebkosungen zu flattern schienen, hinterließen auf ihrem Weg eine Art sinnlichen, subtilen und verwirrenden Hauches.

Auch Georges und Madeleine fühlten, daß sie von dieser Zärtlichkeit ergriffen wurden. Sachte faßten sie einander bei der Hand, ohne ein Wort zu sagen, ein wenig bedrückt durch die Schwere der Luft und die Erregung, die sie überkam.

Als die die Biegung erreichten, die an den Befestigungen vorbeiführt, umarmten sie sich, und sie sagte ein wenig verwirrt: »Wir sind genau wie damals auf der Fahrt nach Rouen.«

Der große Strom der Wagen hatte sich, als er den Wald erreichte, geteilt. Auf dem Chemin des Lacs, über den die jungen Leute fuhren, war der Raum zwischen den einzelnen Wagen größer geworden, aber die tiefe Nacht der Bäume, die durch die Blätter und die Rinnsale, die man unter den Zweigen fließen hörte, belebte Luft, eine Art Frische des weiten, nächtlichen, sternengeschmückten Raums, gaben den Küssen der fahrenden Pärchen einen durchdringenderen Zauber und geheimnisvolleres Dunkel.

Georges flüsterte: »Du liebe kleine Mad!« und preßte sie an sich.

Sie sagte zu ihm: »Erinnerst du dich noch des Waldes in deiner Heimat? Wie unheimlich war es da. Ich hatte ein Gefühl, als wäre er voll von schrecklichen Tieren, als wäre er ohne jedes Ende. Aber hier ist es reizend. Man fühlt Liebkosungen im Wind, und ich weiß, daß Sèvres auf der anderen Seite des Waldes liegt.«

Er antwortete: »Im Wald meiner Heimat leben nur Hirsche und Füchse, Eichhörnchen und Eber, und hier und da steht ein Forsthaus.«

Forsthaus... Forst... Förster... Forestier... Wieder stand der Tote vor ihm, wieder hörte er seinen Namen, als hätte ihn jemand aus dem Dickicht gerufen; er sprach nicht weiter, war wieder die Beute dieses seltsamen und dauernden Unbehagens, dieser eifersüchtigen Gereiztheit, die ihn zernagte, der er nicht beikommen konnte und die ihm seit einiger Zeit alle Freude am Leben verdarb. Nach Ablauf einer Minute fragte er: »Bist du hier auch abends öfter mit Charles gewesen?«

»Natürlich, sehr oft sogar«, erwiderte sie.

Und plötzlich hatte er Lust, nach Hause zu fahren, eine nervöse Lust, die ihm das Herz zusammenpreßte. Das Bild Forestiers lebte wieder in seinem Geist, besaß ihn ganz, quälte ihn. Er konnte nur noch an ihn denken, nur noch von ihm sprechen. Fast böse sagte er: »Sag mal, Mad...«

»Was denn, Liebster?«

»Hast du den armen Charles auch mal mit einem anderen betrogen?«

Voller Verachtung murmelte sie: »Dein albernes Gerede ist mir wirklich zu dumm.«

Aber dieser Gedanke ließ ihn nicht wieder los. »Nun sei mal ganz offen, Mad, sag! Du hast ihm Hörner aufgesetzt... Gestehe doch, daß du ihm Hörner aufgesetzt hast!«

Durch seine Worte beleidigt, schwieg sie.

Aber er ließ nicht locker. »Wenn es einer verdient hätte, dann sicher er. Ja, ja... Zu gern möchte ich wissen, ob Forestier einer von denen war... Das würde mir einen Riesenspaß machen.« Er fühlte, daß sie lächelte. Vielleicht kam ihr eine Erinnerung. Er drängte weiter: »Nun sag endlich... Was ist denn dabei? Es wäre doch nur sehr lustig, wenn du mir eingeständest, daß du ihn betrogen hast, wenn du das gerade mir eingeständest.«

Er bebte förmlich vor Hoffnung und Lust, gleich zu erfahren, daß Charles, der verhaßte Charles, der verabscheute Tote, ein Opfer dieser schmachvollen Lächerlichkeit geworden wäre. Und dann trieb ihn noch etwas anderes, das er nicht klar erkannte, dazu, es wissen zu wollen. Er wiederholte: »Nun sag es mir doch, Mad, liebe Mad. Verdient hätte er es wie kein anderer. Und du wärest schön dumm gewesen, wenn du ihm das erspart hättest... Nun sag!«

Sie hatte jetzt anscheinend Freude an seinem Drängen, denn sie lachte, aber dieses Lachen war kurz und stoßweise.

Er hatte seine Lippen dem Ohr seiner Frau genähert. »Sag's mir…«

Mit einer harten Bewegung rückte sie von ihm weg und sagte barsch: »Du bist wirklich zu blöde! Kann man denn auf eine solche Frage antworten?«

Sie hatte das in einem so eigentümlichen Ton gesagt, daß es ihrem Mann kalt über den Rücken lief. Er war verdutzt, erschreckt, ein wenig außer Atem, als hätte er eine starke seelische Erregung erfahren.

Der Wagen fuhr jetzt an dem See entlang, in den der Himmel seine Sterne gestreut zu haben schien. Zwei Schwäne, die in der Dunkelheit kaum sichtbar waren, schwammen langsam über seine glatte Fläche.

Georges rief dem Kutscher zu: »Nach Hause.«

Und der Wagen fuhr den gleichen Weg zurück, überholte die anderen, die im Schritt fuhren und deren große Laternen wie Augen in der Nacht des Bois leuchteten.

Wie seltsam sie das eben gesagt hatte! Du Roy fragte sich: »Ist das ein Geständnis?« Und die Fast-Sicherheit, daß sie ihren ersten Gatten betrogen hatte, machte ihn jetzt vor Zorn rasend. Er hatte Lust, sie zu schlagen, sie zu würgen, ihr die Haare auszureißen. Wenn sie ihm geantwortet hätte: »Wenn ich ihn hätte betrügen wollen, dann hätte ich es nur mit dir getan«, wie hätte er sie dann umarmt, umschlungen und geliebt.

Unbeweglich saß er da, mit verschränkten Armen, die Augen in den Himmel gerichtet, zu erregt, als daß er hätte nachdenken können.

Er fühlte nur, wie jener Groll in ihm gärte, wie jener Zorn in ihm wuchs, der im Herzen eines jeden Mannes gegen die Launen der weiblichen Begierde lauert. Zum erstenmal fühlte er diese wirre Angst des Ehemannes, der Verdacht schöpft. Er war eifersüchtig auf den Toten, eifersüchtig für den Toten, eifersüchtig für Forestier. Eifersüchtig auf eine seltsame und ergreifende Art, in die plötzlich der Haß gegen Madeleine einbrach. Wie konnte er Vertrauen zu ihr haben, da sie doch den anderen betrogen hatte?

Dann beruhigte er sich langsam, und sich gegen sein Leid stemmend, dachte er: Alle Frauen sind Dirnen, man muß sich ihrer bedienen, ohne ihnen etwas von sich zu geben.

Der Wagen fuhr schneller. Wieder fuhr er an den Befestigungen vorbei. Du Roy sah vor sich ein rötliches Licht am Himmel; wie das Licht einer riesenhaften Schmiede war es. Und dann vernahm er wirren, ungeheuren, dauernden Lärm, der aus unzähligen und verschiedenen Geräuschen bestand, einen dumpfen, nahen und fernen Lärm, vages, ungeheures, bebendes Leben, den Atem von Paris, das in dieser Sommernacht atmete wie ein erschöpfter Riese.

Georges dachte: Ich wäre schön dumm, wenn ich mir deswegen Kummer machte. Jeder für sich. Dem Kühnen gehört der Sieg. Alles ist nur Egoismus. Egoismus in bezug auf Ehrgeiz und Vermögen ist mehr wert als der Egoismus in bezug auf die Frauen und die Liebe.

Am Eingang in die Stadt stand auf seinen ungeheuren Beinen der Triumphbogen, eine Art unförmiger Riese, der bereit zu sein schien, sich in Bewegung zu setzen, um die breite Avenue, die vor ihm lag, hinunterzuschreiten.

Georges und Madeleine fuhren bald wieder in der Reihe der Wagen, die das ewige, schweigende und engumschlungene Paar zurückbrachten nach der Behausung, nach dem ersehnten Bett. Es schien, als glitte die ganze Menschheit an ihnen vorbei, berauscht von Freude, Lust und Glück.

Die junge Frau, die etwas von dem, was in ihrem Mann vor sich ging, gefühlt hatte, fragte mit ihrer weichen Stimme: »Woran denkst du, Liebster? Seit einer halben Stunde hast du kein Wort mehr gesprochen.«

Grinsend antwortete er: »Ich denke an all die Dummköpfe, die sich umarmen, und sage mir, daß man wirklich im Leben was anderes zu tun hat.«

»Ja, aber zuweilen ist auch das ganz schön«, entgegnete sie leise.

»Gewiß, wenn man nichts Besseres zu tun hat.« Und Georges' Gedanken gingen weiter, entkleideten in einer Art böser Wut das Leben aller Poesie. Ich wäre schön dumm, wenn ich mich genierte, mir irgend etwas versagte, mich aufregte und mich abquälte, mir die Seele zerschünde, wie ich es seit einiger Zeit tue. Forestiers Bild kam ihm in den Sinn, ohne ihn irgendwie zu reizen. Es schien ihm, als hätten sie sich versöhnt, als würden sie wieder Freunde. Er hatte Lust, ihm zuzurufen: »Guten Abend, lieber Freund!«

Madeleine, der dieses Schweigen peinlich war, fragte: »Was meinst du dazu, wenn wir bei Tortori vor dem Nachhausegehen noch ein Eis äßen?«

Er sah sie von der Seite an. Ihr feines blondes Profil erschien ihm im lebhaften Glanz einer Girlande aus Gasflammen, die ein Café-chantant ankündigte.

Er dachte: Sie ist schön. Um so besser! Wie du mir, so ich dir. Aber ehe ich mich wieder deinetwegen quäle... Nein, die Nummer fällt aus. Dann antwortete er: »Aber gewiß doch, Liebste.« Und damit sie nichts merkte, küßte er sie.

Es schien der jungen Frau, als wären die Lippen ihres Mannes eiskalt.

Er lächelte sein gewöhnliches Lächeln, als er ihr die Hand reichte, um ihr beim Aussteigen vor dem Café behilflich zu sein.

III

Als du Roy am nächsten Tag in die Redaktion kam, ging er gleich zu Boisrenard. »Mein lieber Freund«, sagte er zu ihm, »ich möchte dich um einen Dienst bitten. Seit einiger Zeit macht man sich einen Spaß daraus, mich Forestier zu nennen; das beginnt mir auf die Nerven zu gehen. Habe doch die Güte, die Kollegen davon in Kenntnis zu setzen, daß ich dem, der sich diesen Spaß noch einmal erlaubt, ins Gesicht schlage. Der Betreffende mag sich überlegen, ob dieser Scherz einen Degenhieb wert ist. Ich wende mich an dich, weil du ein besonnener Mensch bist, der böse Folgen zu verhindern imstande ist, und weil du damals bei meinem Duell mein Sekundant warst.«

Boisrenard übernahm den Auftrag.

Du Roy verließ die Redaktion, er hatte noch allerlei in der

Stadt zu erledigen. Eine Stunde später kam er wieder. Niemand nannte ihn Forestier.

Als er nach Hause kam, hörte er Frauenstimmen im Salon. Er fragte: »Ist Besuch da?«

»Frau Walter und Frau de Marelle«, antwortete der Diener.

Sein Herz begann ein wenig schneller zu schlagen. Dann aber sagte er sich: »Nur keine Bange!« und öffnete die Tür.

Clotilde saß in der Nähe des Kamins im letzten Tageslicht, das durch das Fenster fiel. Georges glaubte zu bemerken, daß sie ein wenig blaß wurde, als sie ihn sah. Nachdem er zuerst Frau Walter und ihre beiden Töchter begrüßt hatte, die wie zwei Schildwachen neben ihrer Mutter saßen, wandete er sich seiner ehemaligen Geliebten zu. Sie reichte ihm die Hand. Er ergriff sie und drückte sie absichtlich, als wollte er ihr sagen: »Ich liebe dich immer noch.« Sie erwiderte den Druck.

Er fragte: »Wie ist es Ihnen seit der Ewigkeit, die wir uns nicht gesehen haben, ergangen?«

Sie erwiderte obenhin: »Nun, ganz gut. Und Ihnen, Bel Ami?« Und sich Madeleine zuwendend, fügte sie hinzu: »Ich darf ihn doch noch Bel Ami nennen?«

»Aber gewiß, meinetwegen kannst du alles tun, was du willst.« Etwas wie Ironie schien in diesen Worten mitzuschwingen.

Frau Walter sprach von einem Fest, das Jacques Rival in seiner Junggesellenwohnung veranstalten wollte, einem großen Schaufechten, an dem die Frauen der Gesellschaft teilnehmen sollten. Sie sagte: »Es wird sicher sehr interessant. Leider haben wir niemanden, der uns mitnimmt, mein Mann muß an jenem Tag verreisen.«

Du Roy bot sich sofort an.

Sie nahm an. »Meine Töchter und ich sind Ihnen sehr verbunden.«

Er betrachtete die jüngere der Fräulein Walter und dachte: Die kleine Suzanne ist nicht übel. Sie sah aus wie ein zartes blondes Püppchen, war ein bißchen zu klein, aber zierlich, mit einer schlanken Taille, entwickelten Hüften und Busen, einem Miniaturgesicht mit blaugrauen Emailleaugen, die mit all ihren Schattierungen von einem Künstler gemalt zu sein schienen, der bis ins kleinste genau und voller Phantasie war. Ihr Fleisch war zu weiß, zu glatt, zu blank, zu einheitlich, ohne jedes Korn, ohne eigentliche Farbe. Ihr struppiges Haar war gekräuselt, war ein künstlerisches, leichtes Gestrüpp, eine reizende Wolke, in der Wirkung ähnlich dem Haar der Luxuspuppen, die man in den Armen von kleinen Mädchen sieht, die die Größe ihres Spielzeuges noch nicht erreicht haben.

Ihre ältere Schwester Rose war häßlich, flach, unansehnlich, eines jener Mädchen, die man nicht sieht, mit denen man nicht spricht und über die man nichts sagt.

Die Mutter erhob sich, und sich Georges zuwendend, sagte sie: »Ich darf also für nächsten Donnerstag, zwei Uhr, auf Sie rechnen?«

Er erwiderte: »Verfügen Sie ganz über mich.«

Als sie gegangen war, erhob sich auch Frau de Marelle: »Auf Wiedersehen, Bel Ami!«

Dieses Mal drückte sie ihm die Hand lange und kräftig. Und er fühlte sich durch dieses stumme Geständnis ergriffen, empfand auf einmal wieder ein starkes Verlangen nach dieser kleinen, zigeunerhaften Bürgerin, die trotz allem so lieb war und ihn vielleicht wirklich liebte! Ich will sie morgen mal besuchen, dachte er.

Sobald er mit seiner Frau allein war, begann Madeleine zu lachen. Es war ein freimütiges und heiteres Lachen. Sie sah ihm ins Gesicht und sagte: »Weißt du auch, daß Frau Walter in dich verliebt ist?«

»Rede doch nicht«, erwiderte er ungläubig.

»Du kannst dich darauf verlassen. In den höchsten Tönen hat sie von dir geschwärmt. Das berührt einen von ihr ganz seltsam. Sie möchte zwei Männer wie dich für ihre Töchter haben. Was sie selbst angeht, so kommt es für sie nicht in Frage, daß...«

Er verstand nicht, was sie meinte: »Wieso?«

Mit der Überzeugung einer Frau, die ihres Urteils sicher ist, antwortete sie: »Frau Walter gehört zu jenen Frauen, über die man nie auch nur das geringste geredet hat. Sie ist in jeder Beziehung unantastbar. Ihren Mann kennst du ja. Sie ist ganz anders. Sie hat übrigens genug darunter gelitten, einen Juden geheiratet zu haben; aber dennoch ist sie ihm treu geblieben. Sie ist eine anständige Frau.«

Du Roy war überrascht. »Ich dachte, sie sei auch Jüdin.«

»Sie? Nein. Sie ist im Hauptvorstand aller Magdalenenvereine. Sie ist sogar kirchlich getraut worden. Ich weiß nicht, ob der Chef sich damals hat pro forma taufen lassen oder ob die Kirche ein Auge zugedrückt hat.«

»Du meinst also, daß sie in mich verliebt ist?« fragte Georges.

»Ganz bestimmt und bis über beide Ohren. Wenn du nicht schon verheiratet wärest, würde ich dir raten, eher um Suzanne als um Rose anzuhalten.«

Sich den Schnurrbart drehend, erwiderte er: »Die Mutter wäre auch nicht zu verachten.«

Madeleine wurde ungeduldig: »Die gönne ich dir von Herzen. Aber ich habe keine Angst. In ihrem Alter begeht man nicht die erste Sünde. Da muß man schon früher anfangen.«

Wenn ich Suzanne wirklich hätte heiraten können..., dachte Georges. Dann zuckte er mit den Schultern: »Unsinn... Der Alte hätte mich niemals als Schwiegersohn angenommen.«

Er nahm sich vor, von nun an Frau Walters Verhalten ihm gegenüber genauer zu beobachten, ohne sich weiter dabei zu fragen, ob er jemals Vorteil daraus ziehen konnte.

Den ganzen Abend bestürmten ihn Erinnerungen an seine Liebe zu Clotilde, Erinnerungen voller Liebe und Sinnlichkeit zugleich. Er dachte an ihre drolligen und witzigen Einfälle, an die gemeinsamen Eskapaden. Er wiederholte sich: »Sie ist wirklich zu nett. Ja, ich will sie morgen besuchen.«

Und am nächsten Tag begab er sich gleich nach dem Essen in die Rue de Verneuil. Das gleiche Mädchen öffnete ihm die Tür, und vertraulich, wie die Dienstboten kleiner Bürger es sind, fragte sie: »Wie geht es denn, Herr du Roy?«

»Ganz gut, mein Kind«, antwortete er.

Er trat in den Salon, in dem ungeschickte Hände auf dem Klavier Tonleitern übten. Es war Laurine. Er dachte, daß sie ihn umarmen werde. Aber das Mädchen erhob sich ernst, grüßte feierlich wie eine Erwachsene und verließ das Zimmer. Sie spielte so sehr die Beleidigte, daß er nur staunen konnte.

Ihre Mutter betrat den Salon.

Er ergriff ihre Hand und küßte sie. »Wie oft habe ich an Sie gedacht«, sagte er.

»Und ich erst«, erwiderte sie.

Sie setzten sich. Sie lächelten sich an, sahen einander in die Augen und hätten sich am liebsten auf den Mund geküßt.

»Meine liebe kleine Clo, ich liebe dich.«

»Und ich dich auch.«

»Hoffentlich bist du nicht gar zu böse auf mich gewesen?«

»Ja und nein ... Die Geschichte hat mir natürlich viel Kummer gemacht, aber dann habe ich deine Gründe verstanden und mir gesagt: ›Eines Tages kommt er doch wieder zu mir zurück.‹«

»Ich wagte nicht zurückzukommen, denn ich wußte nicht, wie ich empfangen würde. Ich wagte es nicht, trotz meiner Sehnsucht ... Aber was hat denn Laurine? Sie hat mir kaum guten Tag gesagt und ist wütend aus dem Zimmer gegangen.«

»Das weiß ich nicht. Seit deiner Heirat will sie nichts mehr von dir wissen. Ich glaube, sie ist eifersüchtig.«

»Rede doch nicht.«

»Bestimmt, Liebling. Sie nennt dich nicht mehr Bel Ami, sondern nur noch Herr Forestier.«

Du Roy wurde rot. Dann näherte er sich der jungen Frau. »Gib mir deinen Mund.«

Sie reichte ihn ihm.

»Wo sehen wir uns wieder?«

»Natürlich in der Rue de Constantinople.«

»Ist denn die Wohnung nicht vermietet?«

»Nein, ich habe sie behalten.«

»Du hast sie behalten?«

»Ja, weil ich hoffte, daß du zurückkämst.«

Stolze Freude schwellte ihm die Brust. Diese Frau liebte ihn mit wahrer, beständiger und tiefer Liebe!

Leise sagte er: »Ich liebe dich!« Dann fragte er: »Und wie geht es deinem Mann?«

»Sehr gut ... Er war vier Wochen hier. Gestern ist er wieder abgereist.«

Du Roy konnte sich eines Lachens nicht erwehren. »Das trifft sich ja großartig.«

Naiv entgegnete sie: »Ja, das trifft sich herrlich. Aber auch wenn er hier ist, geniert er uns nicht. Das weißt du doch.«

»Ja, da hast du recht. Er ist übrigens ein ganz reizender Mensch.«

»Und wie gefällt dir dein neues Leben?«

»Weder gut noch schlecht. Meine Frau ist meine Kameradin und Mitarbeiterin.«

»Weiter nichts?«

»Weiter nichts. Was das Herz angeht...«

»Ich weiß schon. Aber sonst ist sie doch ganz nett.«

»Ja, aber sie erregt mich nicht.« Er näherte sich Clotilde und fragte sie leise: »Wann sehen wir uns wieder?«

»Nun, morgen, wenn du willst.«

»Ja... Morgen um zwei Uhr?«

»Um zwei Uhr.«

Als sie sich verabschiedeten, sagte er ein wenig verlegen: »Was ich dir noch sagen wollte, ich möchte die Wohnung in der Rue de Constantinople übernehmen. Ich will es. Das fehlte auch noch, daß du sie bezahlst!«

Voller Liebe küßte sie ihm die Hand und sagte leise: »Ganz wie du willst. Ich bin nur froh, daß ich sie behalten habe und wir uns dort wiedersehen.«

Und zufrieden verabschiedete du Roy sich von ihr.

Als er an dem Schaukasten eines Photographen vorbeiging, ließ ihn das Bild einer großen Frau mit großen Augen an Frau Walter denken. »Einerlei«, sagte er sich, »so übel kann sie nicht sein. Wie kommt es nur, daß sie mir bisher noch gar nicht aufgefallen ist? Bin doch neugierig, wie sie sich am Donnerstag mir gegenüber verhält.«

Während er voll innerer Freude, der Freude des Erfolgs in allen seinen Formen, der egoistischen Freude des geschickten Menschen, dem sein Unternehmen gelingt, der subtilen Freude, die aus geschmeichelter Eitelkeit und zufriedener Sinnlichkeit geboren wird und die Liebe zu den Frauen in einem wachruft, seines Weges weiterging, rieb er sich vergnügt die Hände.

Als der Donnerstag gekommen war, fragte er Madeleine: »Kommst du mit zu dem Schaufechten bei Rival?«

»Nein«, entgegnete sie, »das kann mich nicht reizen. Ich gehe in die Deputiertenkammer.«

Er holte Frau Walter in einem offenen Landauer ab, denn es war das herrlichste Wetter.

Als er sie sah, war er über alle Maßen überrascht, so schön und jung fand er sie. Sie trug ein helles Kleid, dessen ein wenig ausgeschnittenes Mieder unter einer gelblichen Spitze die Rundung ihrer Brüste ahnen ließ. Noch nie war sie ihm so frisch vorgekommen. Er fand sie wirklich begehrenswert. Ihr Gesicht war ruhig und ganz Würde, war das einer Matrone, für die die galanten Blicke der Männer nichts übrig haben. Wenn sie sprach, war es nie etwas Überraschendes, sondern immer nur Althergebrachtes und Maßvolles. Ihre Gedanken waren klug, methodisch, wohlgeordnet und hüteten sich vor jeder Übertreibung.

Ihre Tochter Suzanne, die ein rosa Kleid trug, sah aus wie ein frisch lackierter Watteau. Und ihre ältere Schwester schien die Lehrerin zu sein, die den Auftrag erhalten hatte, dieser Kostbarkeit von jungem Mädchen Gesellschaft zu leisten.

Vor Rivals Tür hielt eine ganze Reihe von Wagen. Du Roy bot Frau Walter den Arm, und sie traten ein.

Das Schaufechten wurde zugunsten der Waisenkinder des sechsten Arrondissements von Paris veranstaltet und stand unter dem Protektorat der Frauen der Senatoren und Deputierten, die zur »Vie Française« Beziehungen hatten.

Frau Walter hatte versprochen, mit ihren Töchtern zu kommen, doch hatte sie das Protektorat über die Veranstaltung abgelehnt, weil sie mit ihrem Namen nur Veranstaltungen deckte, die von der Geistlichkeit arrangiert wurden, nicht etwa, weil sie besonders fromm gewesen wäre, sondern weil nach ihrer Meinung ihre Heirat mit einem Juden sie zu einer gewissen religiösen Haltung zwang. Dazu hatte das von dem Journalisten organisierte Fest eine Art republikanischer Bedeutung, die leicht als antiklerikal gedeutet werden konnte.

Seit drei Wochen las man in den Zeitungen jeder Richtung: »Unser hervorragender Kollege Jacques Rival hat die ebenso geistreiche wie edelmütige Idee gehabt, zugunsten der Waisen des sechsten Arrondissements von Paris in seinem schönen

Fechtsaal, der zu seiner Junggesellenwohnung gehört, ein Schaufechten zu veranstalten. Die Einladungen gehen aus von den Damen Laloigne, Remontel, Rissolin, den Frauen der gleichnamigen Senatoren, und den Damen Laroche-Mathieu, Percerol, Firmin, den Frauen der bekannten Deputierten. In der Pause wird eine Sammlung veranstaltet und ihr Ertrag an Ort und Stelle dem Bürgermeister des sechsten Arrondissements oder seinem Vertreter übergeben.« Es war eine ungeheure Reklame, die der geschickte Journalist für sich aufgezogen hatte.

Jacques Rival empfing die Gäste am Eingang seiner Wohnung, in der ein Büfett aufgestellt war. Die Kosten hierfür sollten aus den Einnahmen vorweg gedeckt werden.

Mit einer liebenswürdigen Handbewegung deutete er nach der kleinen Treppe, die in den Keller führte, in dem sich der Fechtsaal und der Schießstand befanden. Und er sagte: »Unten, meine Damen, unten, das Schaufechten findet in den Kellerräumen statt.« Er eilte der Frau seines Direktors entgegen. Dann reichte er du Roy die Hand: »Guten Abend, Bel Ami.«

Der andere war überrascht: »Woher wissen Sie denn...?«

Rival schnitt ihm das Wort ab: »Von der hier anwesenden Frau Walter, die den Namen so schön findet.«

Frau Walter errötete: »Ja, das sage ich ganz offen: Wenn ich Sie besser kennte, würde ich Sie wie die kleine Laurine immer nur Bel Ami nennen. Der Name paßt ausgezeichnet zu Ihnen.«

»Aber ich bitte Sie, gnädige Frau, tun Sie es doch«, sagte du Roy lachend.

Sie hatte die Augen niedergeschlagen. »Nein, dazu ist unsre Bekanntschaft noch zu jung.«

Er erwiderte leise: »Darf ich hoffen, daß wir einander bald besser kennen?«

»Das müssen wir abwarten«, sagte sie.

Er verschwand in dem engen Eingang, den eine Gasflamme erhellte. Der plötzliche Übergang aus dem Licht des Tages in die gelbliche Helle hatte etwas Unheimliches. Kellergeruch strömte über die Wendeltreppe nach oben, ein Geruch von warmer Feuchtigkeit, feuchten, für diese Gelegenheit abgewischten Wänden, von Weihrauch, der an die Messe erinnerte, und den Ausdünstungen von Frauen, die nach Lubin, Iris, Verbene und Veilchen rochen.

Man vernahm in diesem Loch lautes Stimmengewirr, das Hin und Her einer erregten Menge.

Der ganze Keller wurde durch Girlanden aus Gasflammen und Papierlaternen erhellt, die in dem Blattwerk verborgen waren, mit dem man die von Salpeter überzogenen Steinwände verborgen hatte. Überall sah man nur Zweige. Die Decke war mit Farnkraut geschmückt, der Boden mit Blättern und Blumen bestreut. Man fand das reizend und einen geradezu köstlichen Einfall. In dem kleinen Keller im Hintergrund befand sich ein Podium für die Fechter. Es stand zwischen zwei Stuhlreihen für die Schiedsrichter.

Und in dem ganzen Keller boten die Bänke, die zu zehn und zehn je rechts und links aufgestellt waren, zweihundert Personen Platz. Man hatte vierhundert Einladungen verschickt.

Vor dem Podium standen junge Leute im Fechtkostüm und zeigten sich schon den Zuschauern. Sie waren schlank, hatten lange Glieder, wölbten die Brust und zwirbelten ihren Schnurrbart. Man nannte ihre Namen, nannte die Meister und die Amateure, alle Berühmtheiten auf dem Gebiet der Fechtkunst. In ihrer Nähe sprachen junge und alte Herren im Gehrock. Sie schienen mit den Fechtern sehr gut bekannt zu sein. Auch sie legten Wert darauf, gesehen, erkannt und genannt zu werden. Sie waren die Fürsten des Degens in Zivil, Sachverständige für Stich und Hieb.

Fast alle Bänke waren von Frauen besetzt. Sie sprachen viel, und die Stoffe ihrer Kleider rauschten. Sie bewegten ihre Fächer wie im Theater, denn schon herrschte in dieser mit Laub geschmückten Grotte eine Hitze wie in einer Schwitzkammer. Ein Spaßvogel rief von Zeit zu Zeit: »Orangeade! Limonade! Bier!«

Frau Walter und ihre Töchter nahmen ihre Plätze in der ersten Reihe ein. Sie waren für sie reserviert worden. Nachdem du Roy sie dort untergebracht hatte, verabschiedete er sich: »Ich muß Sie jetzt leider verlassen, die Bänke sind nur für die Damen bestimmt.«

Zögernd entgegnete Frau Walter: »Und doch hätte ich es gern, wenn Sie bei uns blieben. Sie könnten uns dann die Namen der Fechter sagen. Wenn Sie hier am Ende der Bank stehen bleiben, genieren Sie niemanden.« Sie sah ihn mit ihren großen, blauen, sanften Augen an. Sie bat: »Nun bleiben Sie doch... Herr... Bel Ami. Was sollen wir ohne Sie machen?«

Er erwiderte: »Es ist mir ein Vergnügen, Ihnen zu gehorchen, gnädige Frau.«

Von allen Seiten hörte man immer wieder: »Wie reizend ist es in diesem Keller!«

Georges kannte diesen gewölbten Raum nur zu gut! Er dachte an den Morgen, den er hier verbracht hatte, den Morgen vor seinem Duell. Ganz allein war er gewesen, allein einer kleinen weißen Zielscheibe gegenüber, die ihn aus dem Hintergrund des zweiten Kellers wie ein großes und furchtbares Auge anschaute.

Von der Treppe her ertönte Jacques Rivals Stimme: »Wir fangen gleich an, meine Damen!«

Und sechs Herren in enganliegenden Kostümen, die ihren Brustkorb ganz besonders zur Geltung brachten, stiegen auf das Podium und setzten sich auf die für die Schiedsrichter bestimmten Stühle.

Ihre Namen wurden genannt: General de Raynaldi, der Vorsitzende, war ein kleiner Mann mit langem Schnurrbart. Der Maler Josephin Roudet war ein großer, kahler Mann mit langem Bart. Ferner Matthéo de Ujar, Simon Ramoncel, Pierre de Carvin, drei junge elegante Leute, und Gaspard Merleron, der Fechtmeister.

Zwei Schilder wurden an den beiden Seiten des Kellers aufgehängt. Auf dem rechts stand: »Herr Crèvecœur«, auf dem links: »Herr Plumeau.«

Es waren zwei Fechtmeister, zwei gute Fechtmeister zweiten Ranges. Sie erschienen. Beide waren hager. Ihre Haltung war militärisch und ein wenig steif. Nachdem sie sich mit den Bewegungen eines Automaten mit den Waffen begrüßt hatten, begannen sie, sich anzugreifen. In ihrem Kostüm aus Leinwand und weißem Leder sahen sie aus wie zwei Pierrotsoldaten, die sich aus Spaß schlugen.

Dann und wann vernahm man das Wort Treffer. Und die

sechs Herren der Jury beugten mit Kennermiene den Kopf vor. Das Publikum aber sah nichts als zwei lebende Marionetten, die hin und her sprangen und dabei den Arm vorstreckten. Es verstand nichts, aber es war zufrieden. Doch kamen ihm diese beiden Männer wenig graziös und einigermaßen lächerlich vor. Man dachte an die Holzpuppen, die man am Neujahrstag auf den Boulevards verkauft.

Die beiden ersten Fechter wurden durch die Herren Planton und Carapin abgelöst, von denen der erste ziviler, der zweite militärischer Meister war. Planton war sehr klein und Carapin sehr dick. Es sah gerade so aus, als würde er beim ersten Florettstich platzen wie ein Luftballon. Man lachte. Planton sprang hin und her wie ein Affe. Carapin bewegte nur seinen Arm, der übrige Körper wurde durch seinen dicken Bauch unbeweglich gemacht, und alle fünf Minuten machte er mit einer derartigen Schwere und Anstrengung einen Ausfall nach vorn, daß man glauben konnte, er habe den schwersten und energischsten Entschluß seines Lebens gefaßt. Dann hatte er viel Mühe, wieder in die Grundstellung zurückzukommen.

Dann zeigten die Herren Porion und Lapalme ihre Künste, ein Meister und ein Amateur, die sich einer geradezu wilden Gymnastik hingaben, wütend hintereinander herliefen und die Richter zwangen, mit ihren Stühlen zu flüchten. Sie sausten vom einen Ende des Podiums zum anderen, der eine drang vor, und der andere wich zurück, und dabei machten sie ganz gewaltige und komische Sprünge. Beim Zurückgehen machten sie kleine Schritte, über die die Damen lachten, beim Vordringen aber große Schritte, die die Zuschauer ein wenig erregten. Dieser Kampf im Laufschritt wurde durch einen unbekannten jungen Mann kritisiert, der rief: »Nicht so wild, ihr habt ja Zeit genug!« Die Zuschauerschaft, die durch die Geschmacklosigkeit beleidigt war, rief: »Ruhe!« Das Urteil der Sachverständigen machte die Runde. Die Fechter hätten viel Feuer und Kraft an den Tag gelegt, doch hätten sie es zuweilen an Genauigkeit fehlen lassen.

Der erste Teil fand seinen Abschluß durch einen sehr schönen Kampf zwischen Jacques Rival und dem berühmten belgischen Fechtlehrer Lebègue. Rival gefiel besonders den Frauen gut. Er war wirklich ein schöner, gut gewachsener, geschmeidiger und behender Kerl und graziöser als alle, die bisher aufgetreten waren. Wenn er parierte oder einen Ausfall machte, legte er eine gewisse vornehme Eleganz an den Tag, die einen scharfen Gegensatz zu der kraftvollen, aber gewöhnlichen Art seines Gegners bildete. »Man merkt, daß er ein gebildeter Mensch ist«, sagte man und bedachte ihn mit lautem Beifall.

Aber seit ein paar Minuten beunruhigte die Zuschauer ein seltsamer Lärm in den Räumen über dem Keller. Es war ein wildes Hin und Her, das von lautem Lachen begleitet war. Die zweihundert Gäste, die nicht in den Keller hatten gelangen können, amüsierten sich offenbar auf eigene Faust. Auf der kleinen Wendeltreppe standen dicht gedrängt etwa fünfzig Personen. Die Hitze wurde unten unerträglich. Man rief: »Luft! Was zu trinken!« Und mit einer schrillen Stimme, die das Stimmengewirr übertönte, rief der Spaßvogel von vorhin wieder: »Orangeade! Limonade! Bier!«

Rival, der sein Fechterkostüm noch nicht ausgezogen hatte, erschien mit rotem Gesicht. »Die Erfrischungen werden sofort herumgereicht«, sagte er. Er eilte auf die Treppe zu. Aber jede Verbindung mit dem Erdgeschoß war abgeschnitten. Es wäre ebenso leicht gewesen, durch die Decke zu brechen wie durch die menschliche Mauer, die auf den Stufen stand.

Rival rief: »Reichen Sie doch mal Eisgetränke für die Damen!« Fünfzig Stimmen wiederholten: »Eisgetränke!« Endlich kam dann ein Tablett. Aber auf ihm standen nur noch leere Gläser. Sie waren auf ihrem Weg nach unten geleert worden.

Eine laute Stimme brüllte: »Man erstickt in der Bude! Schluß! Wir wollen nach Hause!«

Eine andere Stimme ließ sich vernehmen: »Die Sammlung!« Und wenn die Anwesenden auch vor Hitze umkamen, so wiederholten sie doch mit einer gewissen Heiterkeit: »Die Sammlung! Die Sammlung! Die Sammlung!«

Darauf gingen sechs Damen zwischen den Bänken her, und man hörte, wie Geldstücke auf die Teller fielen.

Du Roy nannte Frau Walter die Persönlichkeiten unter den Anwesenden. Es waren Herren der Gesellschaft, Journalisten der großen und alten Zeitungen, die mit einer gewissen Zurückhaltung, die in ihrer Erfahrung wurzelte, auf die »Vie Française« hinabsahen. Sie hatten so viele dieser politisch-finanziellen Zeitungen, Kinder einer nicht ganz sauberen Kombination, eingehen und durch den Sturz eines Ministeriums ruiniert werden sehen. Man sah hier auch Maler und Bildhauer, die im allgemeinen Sportsleute sind, einen akademischen Dichter, den man hier herumreichte, zwei Musiker und viele vornehme Fremde, deren Namen du Roy die Silbe Rast – was Rastaquouère bedeutete – folgen ließ, um auf diese Weise die Engländer nachzuahmen, so sagte er, die hinter ihren Namen das Wort Esquire setzen.

Jemand rief ihm zu: »Guten Tag, mein Lieber!« Es war der Graf de Vaudrec. Du Roy entschuldigte sich bei den Damen und bahnte sich einen Weg zu dem Grafen, ihn zu begrüßen.

Als er dann wieder in der Nähe der Damen stand, sagte er: »Ein ganz reizender Mensch, dieser Vaudrec. Bei dem fühlt man gleich, woher er stammt.«

Frau Walter antwortete nichts. Sie war ein wenig müde. Mühsam hob sich ihre Brust bei jedem Atemzug, was du Roy besonders interessierte. Hin und wieder fing er einen Blick der »Chefin« auf, einen verwirrten, zögernden Blick, der ein paar Sekunden auf ihm ruhte und sich dann gleich wieder abwandte. Und er sagte sich: »Sieh mal einer an... Sollte ich die auch schon auf den Schwung gebracht haben?«

Die Sammlerinnen kamen vorbei. Ihre Teller waren voll Silber und Gold. Auf dem Podium wurde ein neues Schild aufgehängt, auf dem zu lesen war: »Grrrroße Überraschung!« Die Mitglieder der Jury nahmen ihre Plätze wieder ein. Man wartete.

Zwei Frauen erschienen. Sie hatten ein Florett in der Hand und trugen Fechtkostüme: Trikot, kurzen Rock, der die Oberschenkel halb bedeckte, und dazu ein derartig gewölbtes Brustwams, daß sie den Kopf hoch tragen mußten. Sie waren hübsch und jung.

Lächelnd grüßten sie die Zuschauer. Langer Beifall brauste ihnen entgegen. Inmitten galanter Bemerkungen und geflüsterter Scherze gingen die beiden in Positur.

Liebenswürdiges Lächeln war auf den Lippen der Richter erstarrt, die die einzelnen Stöße mit einem kleinen Bravo quittierten.

Das Publikum hatte für diese Partie ganz besonderes Interesse und zeigte das auch den Fechterinnen, die bei den Männern allerlei Lüste und bei den Frauen jenen dem Pariser Publikum eigenen Geschmack für kecke Schelmerei und etwas freche Eleganz, für das nicht echte Schöne und die nicht echte Grazie erweckten, wie sie sich bei den Chanteusen der Konzertcafés und den Coupletsängerinnen in der Operette offenbaren.

Jedesmal, wenn eine der Fechterinnen einen Ausfall machte, lief ein Freudenschauer durch das Publikum. Die, die dem Saal den Rücken kehrte – es war ein molliger Rücken –, ließ die Münder sich öffnen und die Augen rund werden. Und es war nicht immer das Spiel ihres Handgelenks, das man betrachtete.

Man zollte ihnen stürmischen Beifall.

Dann folgte ein Säbelfechten. Aber niemand sah mehr zu, denn die ganze Aufmerksamkeit wurde durch das, was sich über ihnen zutrug, in Anspruch genommen.

Seit einigen Minuten hörte man, wie oben Möbel hin- und hergeschoben und über das Parkett gezogen wurden, als wäre man am Umziehen. Dann drangen auf einmal Pianoklänge durch die Decke, und man vernahm ganz deutlich das rhythmische Geräusch sich im Takt bewegender Füße. Die Gäste, die oben geblieben waren, tanzten, um sich dafür zu entschädigen, daß sie nichts zu sehen bekamen.

Zuerst erhob sich ein lautes Lachen bei den Gästen im Fechtsaal, dann erwachte bei den Frauen der Wunsch zu tanzen. Sie hatten nun kein Interesse mehr für das, was sich auf dem Podium ereignete, und begannen sich laut zu unterhalten.

Diesen von den Nachzüglern organisierten Ball fand man zu komisch. Die langweilten sich bestimmt nicht. Gern wären nun alle in den oberen Räumen gewesen.

Aber zwei neue Fechter hatten einander gegrüßt und gingen mit so viel Nachdruck in Fechterstellung, daß aller Augen ihre Bewegungen verfolgten.

Mit elastischer Grazie, maßvoller Kraft, mit einer solchen Sicherheit und einem solchen Maß an Gesten, einer solchen Korrektheit in der Haltung, einem solchen Maßhalten im ganzen Spiel machten sie ihre Ausfälle und gingen sie in die Grundstellung zurück, daß die unwissende Menge überrascht und entzückt war.

Ihre ruhige Schnelligkeit, ihre besonnene Geschmeidigkeit, ihre schnellen Bewegungen, die so berechnet waren, daß sie langsam erschienen, zogen die Blicke an und fesselten sie allein durch ihre Vollendung. Das Publikum fühlte, daß es etwas Schönes und Seltenes sah, daß zwei große Künstler in ihrem Fach ihnen das Beste zeigten, ihnen vorführten, was zwei Meister an Geschick, an klugem Können und körperlicher Geschicklichkeit zu entfalten imstande waren.

Niemand sprach mehr, so sehr waren die Blicke auf die Fechter gerichtet. Und als sie sich dann nach dem ersten Treffen die Hand reichten, erscholl lauter Beifall. Man trampelte, man brüllte, jeder kannte ihren Namen: Es waren Sergent und Ravignac.

Die erregten Geister wurden streitsüchtig. Die Herren sahen ihre Nachbarn an, als suchten sie Händel mit ihnen. Wegen eines Lächelns hätte man sich gefordert. Und wer nie ein Florett in der Hand gehabt hatte, fuchtelte jetzt mit seinem Spazierstock herum, als wollte er fechten.

Aber langsam verzog sich die Menge über die kleine Treppe nach oben. Endlich gab es was zu trinken. Allgemeine Empörung herrschte, als man feststellte, daß die Tänzer das Büfett geplündert hatten und dann mit der Erklärung verschwunden waren, es gehöre schon allerlei dazu, zweihundert Personen einzuladen, um ihnen nichts zu zeigen.

Kein Kuchen war mehr da, kein Tropfen Champagner, Limonade oder Bier, kein Bonbon, kein Stück Obst, nichts, nichts, nichts. Sie hatten alles geplündert, geraubt, vertilgt.

Man ließ sich die Einzelheiten von den Dienern erzählen, die ihre Lust, laut zu lachen, hinter einem traurigen Gesicht zu verbergen versuchten. »Die Frauen waren noch toller als die Männer«, versicherten sie, »und die haben gegessen und getrunken, was sie nur erwischen konnten.« Es klang wie der Bericht über die Plünderung einer Stadt während der Invasion.

Es blieb also nichts anderes übrig, als zu gehen. Den Herren taten die zwanzig Francs leid, die sie bei der Sammlung gegeben hatten. Sie waren empört darüber, daß die, die oben geblieben waren, sich gütlich getan hatten, ohne einen Centime dafür zu bezahlen.

Den Damen, unter deren Schutzherrschaft die Veranstaltung stand, wurden von den Sammlerinnen mehr als dreitausend Francs überreicht. Nach Abzug aller Kosten blieben für die Waisen des sechsten Arrondissements zweihundert Francs übrig.

Du Roy, der die Familie Walter begleitete, wartete auf seinen Landauer. Während der Rückfahrt saß er der »Chefin» gegenüber, und wieder begegnete er ihrem zärtlichen und flüchtigen Blick, der ihm ein wenig verwirrt vorkam. Er dachte: Ich glaube wahrhaftig, daß sie angebissen hat. Und er lächelte in dem Bewußtsein, daß er wirklich Glück bei den Frauen hatte, denn seit der Erneuerung ihrer Liebe schien Frau de Marelle ihn wahnsinnig zu lieben. Fröhlich kehrte er nach Hause zurück.

Im Salon wartete Madeleine auf ihn. »Ich habe allerlei Neuigkeiten«, sagte sie, »die Marokko-Affäre spitzt sich zu. Es sieht so aus, als ob Frankreich in ein paar Monaten ein Expeditionsheer hinüberschicken würde. Auf alle Fälle wird man sich dieser Gelegenheit bedienen, das Ministerium zu stürzen. Laroche wird dann das Auswärtige Amt an sich bringen.«

Um seine Frau ein wenig zu ärgern, tat du Roy so, als wenn er nichts von alledem glaubte. Man würde doch wohl die Dummheiten, die man im Fall Tunis gemacht habe, nicht wiederholen!

Aber sie zuckte nur ungeduldig mit den Schultern. »Ich sage dir, daß alles so kommt. Begreifst du denn nicht, daß es für sie ein großes Geldgeschäft ist? Bei den politischen Kombinationen kann man heute nicht mehr sagen: Cherchez la femme. Heute heißt es: Cherchez l'affaire!«

Um sie zu reizen, sagte er nur verächtlich: »Red doch nicht!«

Jetzt wurde sie ärgerlich. »Du bist genauso naiv wie Forestier.« Sie wollte ihn verletzen und war auf einen Zornesausbruch gefaßt.

Aber er lächelte nur und antwortete: »Dieser Hahnrei von Forestier?«

Wie vor den Kopf geschlagen, entgegnete sie leise: »Aber Georges.«

Frech und höhnisch meinte er: »Was willst du denn? Hast du mir neulich abend nicht gestanden, daß du ihm Hörner aufgesetzt hast?« Im Ton tiefen Mitleids fügte er hinzu: »Dieser arme Kerl!«

Madeleine wandte ihm den Rücken zu; sie hielt es für unter ihrer Würde, ihm etwas zu entgegnen. Nach einer Minute tiefen Schweigens sagte sie: »Dienstag abend haben wir Gäste. Frau Laroche-Mathieu und die Vicomtesse de Percemur kommen zum Abendessen. Willst du Rival und Norbert de Varenne einladen? Ich gehe morgen zu Frau Walter und Frau de Marelle. Vielleicht kommt auch noch Frau Rissolin.«

Seit einiger Zeit schuf sie sich allerhand Beziehungen, benutzte den politischen Einfluß ihres Mannes, um die Frauen der Senatoren und Deputierten, die die Unterstützung der »Vie Française« nötig hatten, um jeden Preis zu ihrem Verkehr zu zählen.

Du Roy antwortete: »Sehr gut, Rival und Norbert übernehme ich.« Er war zufrieden und rieb sich die Hände, denn nun hatte er etwas gefunden, womit er seine Frau ärgern konnte, womit er den dumpfen Groll, die wirre und beißende Eifersucht, die seit ihrer letzten Fahrt in den Bois an ihm nagte, befriedigen konnte. Wenn er in Zukunft von Forestier sprach, wollte er ihn immer nur Hahnrei nennen. Er fühlte, daß Madeleine hierdurch schließlich aus der Haut fahren würde. Während des Abends fand er zehnmal Gelegenheit, mit ironischer Gutmütigkeit von dem Hahnrei Forestier zu sprechen.

Er war nun nicht mehr böse auf den Toten, er rächte ihn.

Seine Frau tat so, als hörte sie es nicht, und blieb ihm gegenüber lächelnd und gleichgültig.

Da sie am nächsten Tag Frau Walter einladen wollte, legte er Wert darauf, ihr zuvorzukommen, denn er wollte die »Chefin« allein antreffen und sondieren, welches ihre Gefühle ihm gegenüber waren. Das machte ihm Spaß und schmeichelte ihm. Und dann: Warum nicht, wenn es möglich war?

Um zwei Uhr fand er sich am Boulevard Malesherbes ein. Man führte ihn in den Salon. Er wartete.

Frau Walter kam, mit glücklichem Eifer streckte sie ihm die Hand entgegen. »Welch guter Wind führt Sie zu mir?«

»Kein guter Wind, sondern nur der Wunsch, Sie zu sehen. Eine Gewalt hat mich zu Ihnen getrieben, ich weiß nicht, warum, denn ich habe Ihnen nichts zu sagen. Ich bin gekommen, und da bin ich nun. Verzeihen Sie mir diesen morgendlichen Besuch und die Offenheit, mit der ich ihn Ihnen erkläre.« Er sagte das galant und tändelnd, mit einem Lächeln auf den Lippen, und doch ließ er etwas Ernstes in seiner Stimme schwingen.

Sie blieb erstaunt, errötete ein wenig und sagte: »Aber... wirklich... ich verstehe Sie nicht... Sie überraschen mich...«

Er fügte hinzu: »Es ist eine heitere Liebeserklärung, um Sie nicht zu erschrecken.«

Sie setzten sich nebeneinander.

Sie nahm seine Worte auf. »Also doch eine ernste Erklärung.«

»Ja, schon lange wollte ich sie Ihnen machen... schon sehr lange. Aber dann wagte ich es doch nicht. Sie sollen ja so streng, so unnahbar sein...«

Sie hatte ihre Sicherheit wiedergefunden und antwortete: »Warum haben Sie denn den heutigen Tag dazu gewählt?«

»Ich weiß es nicht.« Dann senkte er die Stimme: »Oder besser, weil ich seit gestern immer nur an Sie denke.«

Plötzlich bleich geworden, sagte sie: »Lassen wir doch diese Kindereien und sprechen wir von etwas anderem.«

Er war so plötzlich vor ihr auf die Knie gesunken, daß sie Angst bekam. Sie wollte aufstehen. Aber mit der Kraft seiner Arme, die ihre Taille umfaßten, hielt er sie im Sessel fest und wiederholte mit leidenschaftlicher Stimme: »Ja, ich liebe Sie seit langem bis zum Wahnsinn. Antworten Sie mir nicht. Ich bin nicht bei Sinnen. Ich liebe Sie... Ach! Wenn Sie nur wüßten, wie sehr ich Sie liebe!«

Sie erstickte fast, keuchte, versuchte zu sprechen und konnte doch kein Wort sagen. Mit beiden Händen stieß sie ihn zurück, faßte in seine Haare, um zu verhindern, daß sein Mund sich dem ihren näherte. Sie wandte den Kopf von rechts nach links, von links nach rechts mit schneller Bewegung, schloß die Augen, um ihn nicht mehr zu sehen.

Er berührte sie durch ihr Kleid hindurch, betastete sie. Und sie gab nach unter dieser brutalen und starken Liebkosung. Plötzlich erhob er sich und wollte sie umarmen, aber eine Sekunde frei, war sie ihm entschlüpft, indem sie sich nach hinten bog, und jetzt floh sie von Sessel zu Sessel.

Ihm kam diese Verfolgung zu lächerlich vor, und er ließ sich auf einen Stuhl sinken. Er vergrub das Gesicht in den Händen und tat so, als wenn er schluchzte. Dann erhob er sich und rief: »Leben Sie wohl! Leben Sie wohl!« Und er eilte davon.

In der Vorhalle griff er ganz gelassen nach seinem Hut und Spazierstock, erreichte die Straße, indem er sich sagte: »Ich glaube, daß es bei ihr geschnappt hat.« Dann ging er auf das Telegraphenamt, wo er eine Depesche an Clotilde aufgab, in der er sie bat, am nächsten Tag in die Rue de Constantinople zu kommen.

Als er zur gewöhnlichen Zeit nach Hause kam, sagte er zu seiner Frau: »Hast du deine Leute alle eingeladen?«

Sie antwortete: »Ja, nur Frau Walter weiß noch nicht, ob sie an dem Abend frei ist. Sie zögert. Sie führte ganz seltsame Reden von Verpflichtung und Gewissen. Kurzum, ich bin nicht ganz klug aus ihr geworden. Ich denke aber doch, daß sie kommt.«

Er zuckte mit den Schultern: »Natürlich kommt sie.« Sicher war er seiner Sache allerdings nicht. Und bis zum Tag des Diners verließ ihn eine gewisse Unruhe nicht.

Am Dienstagmorgen erhielt Madeleine einen kurzen Brief von der »Chefin«: »Ich habe mich mit viel Mühe frei gemacht und werde sehr gern zu Ihnen kommen. Leider kann mein Mann mich nicht begleiten.«

Du Roy dachte: Ich habe schon den richtigen Riecher gehabt, daß ich nicht wieder zu ihr gegangen bin. Die hat sich schon beruhigt. Aber aufgepaßt!

Etwas unruhig erwartete er ihr Kommen. Sie kam, ein wenig kalt, sehr ruhig und sogar ein wenig hochmütig. Er aber tat sehr demütig, sehr bescheiden und unterwürfig.

Die Damen Laroche-Mathieu und Rissolin kamen in Begleitung ihrer Männer. Die Vicomtesse de Percemur sprach von der vornehmen Welt. Frau de Marelle sah in ihrem Phantasiekleid –

gelb mit schwarz –, einem spanischen Kleid, das ihre feine Gestalt, ihren Busen und ihre molligen Arme gut zur Geltung brachte und ihrem kleinen Vogelkopf etwas Energisches verlieh, entzückend aus.

An du Roys rechter Seite saß Frau Walter; während des ganzen Essens sprach er mit betonter Hochachtung nur über ernste Dinge mit ihr. Von Zeit zu Zeit sah er hinüber zu Clotilde. Sie ist wirklich hübscher und frischer, dachte er. Dann verweilten seine Augen bei seiner Frau, die er auch nicht übel fand, wenn in ihm auch immer noch ein dumpfer, hartnäckiger und böser Zorn gegen sie lauerte.

Aber die »Chefin« reizte ihn, weil ihre Eroberung nicht so leicht war und das Neue die Männer ja immer wieder reizt.

Sie wollte früh nach Hause. »Ich darf Sie wohl begleiten«, sagte er.

Sie dankte.

Er drängte: »Warum wollen Sie es denn nicht erlauben? Sie tun mir wirklich weh. Lassen Sie mich doch nicht glauben, daß Sie mir nicht verziehen haben. Sie sehen doch, daß ich ganz ruhig bin.«

Sie entgegnete: »Sie können doch nicht so einfach von Ihren Gästen weglaufen.«

Er lächelte: »In zwanzig Minuten bin ich wieder hier. Das merkt kein Mensch. Wenn Sie meine Begleitung ablehnen, kränken Sie mich tief.«

Leise sagte sie: »Dann kommen Sie mit.«

Sobald sie im Wagen saßen, ergriff er ihre Hand und küßte sie voller Leidenschaft. »Ich liebe Sie... Ich liebe Sie. Lassen Sie mich es Ihnen sagen. Ich werde Sie nicht berühren. Ich will Ihnen nur noch einmal sagen, daß ich Sie liebe.«

Sie stammelte: »Nach dem, was Sie mir versprochen haben, ist das nicht nett von Ihnen.«

Er schien eine große Anstrengung zu machen. Dann sagte er mit verhaltener Stimme: »Sie sehen, wie ich mich beherrsche. Und dennoch... Aber lassen Sie mich Ihnen nur dies eine sagen: Ich liebe Sie. Lassen Sie mich es Ihnen jeden Tag wiederholen, ja, lassen Sie mich fünf Minuten vor Ihnen auf den Knien liegen, um diese drei Worte zu sagen und Ihnen in Ihr angebetetes Antlitz zu schauen.«

Sie hatte ihm ihre Hand überlassen, und keuchend entgegnete sie: »Nein, ich kann es nicht und will es nicht. Bedenken Sie doch, was man alles reden könnte... Denken Sie an meine Diener... Denken Sie an meine Töchter... Nein, nein, es ist ganz unmöglich.«

Er fuhr fort: »Ich kann nicht leben, ohne Sie zu sehen. Ob nun bei Ihnen oder anderswo, ich muß Sie sehen, und wäre es auch nur fünf Minuten täglich, ich muß Ihre Hand berühren, muß die Luft atmen, die Ihr Kleid bewegt, ich muß die Linien Ihres Körpers sehen und Ihre schönen großen Augen, die mich wahnsinnig machen.«

Bebend lauschte sie dieser banalen Liebesmusik. Sie murmelte: »Nein, nein, es ist unmöglich... Schweigen Sie.«

Leise flüsterte er an ihrem Ohr, denn er merkte, daß man diese einfältige Frau allmählich einfangen mußte, daß man sie langsam dazu bestimmen mußte, in ein Rendezvous einzuwilligen, das zuerst sie und dann er, was Ort und Zeit betraf, festsetzen würde. »Nun hören Sie doch!... Es muß möglich sein... Ich werde Sie sehen... Ich werde an Ihrer Tür auf Sie warten... wie ein Bettler... Wenn Sie nicht kommen, werde ich zu Ihnen ins Haus kommen... Aber ich werde Sie sehen... werde Sie sehen... morgen.«

Sie wiederholte: »Nein, nein... Kommen Sie nicht. Ich werde Sie nicht empfangen. Denken Sie an meine Töchter.«

»Dann sagen Sie mir, wo ich Sie treffen kann... auf der Straße... irgendwo... irgendwann... wenn ich Sie nur sehe... Ich werde Sie begrüßen... werde Ihnen sagen: ›Ich liebe Sie...‹ und dann wieder verschwinden.«

Verwirrt zögerte sie. Und als der Wagen vor der Tür ihres Hauses hielt, sagte sie schnell: »Um halb vier gehe ich morgen in die Trinité.« Als sie ausgestiegen war, rief sie dem Kutscher zu: »Fahren Sie Herrn du Roy nach Hause.«

Als er wieder zu Hause war, fragte ihn seine Frau: »Wo warst du denn?«

»Ich hatte noch eine wichtige Depesche aufzugeben«, erwiderte er leise.

Frau de Marelle näherte sich ihnen: »Sie bringen mich doch nach Hause, Bel Ami? Sie wissen ja, daß ich Einladungen zu Diners bei Freunden, die so weit von meiner Wohnung wohnen, nur unter dieser Bedingung annehme.« Dann wandte sie sich an Madeleine: »Du bist doch nicht eifersüchtig?«

Frau du Roy antwortete langsam: »Nein, nicht besonders.«

Die Gäste verabschiedeten sich; Frau Laroche-Mathieu sah aus wie eine Dienstmagd aus der Provinz. Sie war die Tochter eines Notars, und Laroche hatte sie geheiratet, als er noch ein kleiner Anwalt war. Die schon betagte und anspruchsvolle Frau Rissolin ließ an eine ehemalige Hebamme denken, die ihre Bildung dem ständigen Besuch von Lesestuben verdankte. Die Vicomtesse de Percemur sah auf sie hinab. Ihre »weiße Pfote« berührte nur widerwillig diese gemeinen Hände.

Clotilde, die sich in ihren Spitzenschal gehüllt hatte, sagte beim Abschied zu Madeleine: »Dein Diner war wirklich wieder mal ganz reizend... Es wird nicht mehr lange dauern, und du hast den ersten Salon in Paris.«

Als sie mit Georges allein war, umarmte sie ihn. »Ach, mein lieber Bel Ami, jeden Tag liebe ich dich mehr.«

Der Wagen, in dem sie saßen, rollte wie ein Schiff.

»In unserem Zimmer ist es gemütlicher«, sagte sie.

»Ja«, antwortete er. Aber er dachte an Frau Walter.

IV

Die Place de la Trinité lag fast menschenleer in der leuchtenden Julisonne. Eine drückende Hitze lag über Paris, als wäre die schwere, verbrannte Luft auf die Stadt herabgesunken, eine dicke, heiße Luft, die in der Brust schmerzte.

Die Springbrunnen vor der Kirche rieselten nur dünn. Sie schienen des Rieselns überdrüssig, müde und matt, und das Wasser in dem Becken, in dem Blätter und Papierfetzen schwammen, sah ein wenig grünlich, trübe und bläulich aus.

Ein Hund, der über den steinernen Rand gesprungen war, badete in diesem zweifelhaften Wasser. Ein paar Leute, die auf den

Bänken des kleinen Gartens saßen, der das Portal umgibt, betrachteten das Tier voller Neid.

Du Roy zog seine Uhr. Es war erst drei. Er hatte noch eine halbe Stunde Zeit.

Er lachte, als er an dieses Rendezvous dachte. »Die Kirchen sind ihr für alles gut genug«, sagte er sich. »Sie trösten sie, weil sie einen Juden geheiratet hat. Sie geben ihr eine protestierende Haltung in der politischen Welt, eine Haltung, wie die feine Gesellschaft sie verlangt, und eine Zuflucht für ihre galanten Verabredungen. So bediente man sich der Religion wie eines En-tout-cas. Bei schönem Wetter ist er ein Spazierstock. Wenn die Sonne scheint, ist er ein Sonnenschirm, wenn es regnet, ein Regenschirm, und wenn man zu Hause bleibt, dann steht er in der Garderobe. Hunderte sind so. Sie kümmern sich einen Dreck um den lieben Gott. Aber sie können es dennoch nicht leiden, daß man Schlechtes über ihn sagt, und sie bedienen sich seiner hin und wieder, bedienen sich seiner gern als Vermittler, Kuppler. Wenn man ihnen vorschlüge, mit in ein Absteigequartier zu gehen, so fänden sie das eine beleidigende Zumutung, wohingegen es ihnen als durchaus in der Ordnung erscheint, am Fuß der Altäre eine Liebesgeschichte zu spinnen.«

Langsam ging er vor dem Becken hin und her. Dann sah er wieder auf die Turmuhr, die, verglichen mit seiner Uhr, zwei Minuten vorging. Sie zeigte drei Uhr fünf Minuten.

Ihm kam der Gedanke, daß er in der Kirche geradeso gut, wenn nicht besser, warten könne als draußen. Er betrat die Kirche. Kühle Kellerluft empfing ihn. Er atmete sie beglückt ein. Dann ging er zu seiner Orientierung durch das Schiff.

Auf das Geräusch seiner Füße, das tönend unter das hohe Gewölbe stieg, antworteten aus der Tiefe des weiten Bauwerks andere regelmäßige Schritte, verstummten und erklangen dann wieder. Die Neugierde trieb ihn, diesen Besucher der Kirche kennenzulernen. Es war ein dicker, kahler Herr, der, den Hut auf den Rücken haltend, mit erhobenem Kopf durch das Schiff ging.

Hier und da kniete eine alte Frau, das Gesicht in die Hände vergraben, und betete.

Ein Gefühl der Einsamkeit, Verlassenheit und Ruhe ergriff den

Geist. Das durch die bunten Fenster gedämpfte Licht tat den Augen gut. Du Roy war der Meinung, daß es hier »verdammt angenehm« sei.

Er ging wieder zurück nach der Tür und sah auf die Uhr. Sie zeigte erst ein Viertel nach drei. Er setzte sich an den Anfang des Haupteinganges und bedauerte, daß er hier nicht eine Zigarette rauchen konnte. Vom anderen Ende der Kirche, vom Chor her, hallten immer noch die Schritte des dicken Herrn.

Jemand betrat die Kirche. Georges wandte sich schnell um. Es war eine Frau des Volkes; sie trug ein Wollkleid, eine arme Frau, die in der Nähe des ersten Stuhls niederkniete; unbeweglich verharrte sie mit gefalteten Händen, den Blick zum Himmel gerichtet, die Seele davongetragen von den Schwingen ihres Gebetes.

Du Roy betrachtete sie interessiert und dachte, welcher Kummer, welcher Schmerz, welche Verzweiflung wohl dieses schwache Haupt marterten. Es war eine arme Frau, das sah man. Vielleicht hatte sie einen Mann, der sie schlug, vielleicht hatte sie ein Kind, das mit dem Tod rang.

Und er sagte sich: »Die armen Menschen! Viele haben es nicht leicht auf der Welt.« Ein wilder Zorn gegen die unbarmherzige Natur stieg in ihm hoch. Dann dachte er, daß diese Ärmsten wenigstens glaubten, daß der Himmel sich mit ihnen beschäftige, daß ihre Namen im Himmelsbuch verzeichnet seien mit Soll und Haben... Im Himmel... Wo denn?

Und du Roy, den das Schweigen der Kirche zu weiten Träumen veranlaßte, dachte auch an die Schöpfung und sagte dann vor sich hin: »Wie blöde und dumm das alles ist.«

Das Rascheln eines Kleides ließ ihn erbeben. Es war sie.

Er stand auf und ging ihr schnell entgegen.

Sie reichte ihm nicht die Hand. Leise sagte sie: »Ich habe nur wenig Zeit. Ich muß gleich wieder nach Hause. Knien Sie neben mir nieder, damit niemand etwas merkt.«

Und sie ging durch das große Schiff, suchte einen geeigneten und sicheren Ort, wie eine Frau, die das Haus gut kennt. Ihr Gesicht war dicht verschleiert, und sie ging mit Schritten, die man kaum hörte.

Als sie in der Nähe des Chors angekommen war, drehte sie sich um und murmelte mit jener geheimnisvollen Stimme, mit der man in den Kirchen spricht: »Die Seitenschiffe sind geeigneter. Hier wird man von allen gleich gesehen.« Sie grüßte das Tabernakel des Hauptaltars durch ein tiefes Senken des Kopfes und eine leichte Beugung des Knies, dann wandte sie sich nach rechts, ging ein paar Schritte auf den Eingang zu, faßte plötzlich einen Entschluß und kniete auf einem Betschemel nieder.

Georges kniete auf dem Betschemel neben dem ihren nieder, und beide versanken in Unbeweglichkeit, die starre Haltung des Gebets. »Dank, tausend Dank«, flüsterte er. »Ich bete Sie an. Immer wieder möchte ich Ihnen das sagen, möchte Ihnen erzählen, wie ich angefangen habe, Sie zu lieben, wie ich gleich in Ihrem Bann war, als ich Sie das erste Mal sah... Werden Sie mir eines Tages gestatten, Ihnen mein Herz auszuschütten, Ihnen das alles zu sagen?«

In einer Haltung tiefer Versunkenheit lauschte sie seinen Worten, und es sah aus, als hörte sie nichts. Zwischen den Fingern durch entgegnete sie: »Es ist ein Wahnsinn von mir, daß ich Ihnen gestatte, so zu mir zu sprechen, es ist ein Wahnsinn, daß ich hierher gekommen bin, ein Wahnsinn, daß ich tue, was ich tue, daß ich Sie glauben lasse, dieses... dieses Abenteuer könne eine Fortsetzung haben. Vergessen Sie alles... Sie müssen alles vergessen... und sagen Sie nie wieder darüber ein Wort zu mir.« Sie wartete.

Er suchte eine Antwort, entscheidende, leidenschaftliche Worte. Da er aber den Worten die Geste nicht hinzufügen konnte, verpuffte sein ganzes Unternehmen. Er fuhr fort: »Ich erwarte nichts und erhoffe auch nichts. Ich liebe Sie. Was Sie auch tun mögen, ich werde es Ihnen so oft, mit so viel Kraft und Glut wiederholen, daß Sie es am Ende doch begreifen. Ich will meine Liebe in Sie eindringen lassen, will Sie Ihnen in die Seele gießen, Wort für Wort, Stunde für Stunde, Tag für Tag, damit sie Sie durchdringe wie eine Flüssigkeit, die Tropfen um Tropfen auf Sie niederfällt, damit sie Sie erweiche und zwinge, mir eines Tages zu antworten: ›Auch ich liebe Sie.‹«

Er fühlte, wie ihre Schulter an der seinen bebte, wie ihre Brust wogte. Und jetzt sagte sie schnell: »Auch ich liebe Sie.«

Er zuckte zusammen, als hätte er einen Schlag auf den Kopf erhalten. Er seufzte: »O mein Gott!«

Mit keuchender Stimme fuhr sie fort: »Durfte ich Ihnen das sagen? Ich komme mir so sündhaft und verächtlich vor... ich... die ich zwei Töchter habe... aber ich kann nicht... ich kann nicht... Ich hätte das nicht geglaubt... nie hätte ich gedacht... aber es ist stärker als ich... Hören Sie... hören Sie... Immer nur habe ich Sie geliebt... das schwöre ich Ihnen... Seit einem Jahr liebe ich Sie im geheimen, im Geheimnis meines Herzens. Ich habe gelitten und gekämpft... ich bin am Ende meiner Kraft... ich liebe Sie...« Sie weinte in ihre gefalteten Hände, in denen sie ihr Gesicht verbarg, und sie bebte am ganzen Leib, geschüttelt von der Heftigkeit ihrer Erregung.

Georges flüsterte: »Geben Sie mir Ihre Hand, daß ich sie fühle, daß ich sie drücke...«

Langsam nahm sie die Hand von ihrem Gesicht. Er sah ihre tränenfeuchte Wange, sah einen hellen Tropfen, der bereit war, vom Rand der Wimper herabzufallen.

Er hatte ihre Hand ergriffen und drückte sie: »Wie gern tränke ich Ihre Tränen.«

Mit leiser und gebrochener Stimme, die einem Stöhnen glich, sagte sie: »Mißbrauchen Sie meine Schwäche nicht... Ich weiß nicht mehr, was ich tue.«

Am liebsten hätte er gelächelt. Wie hätte er an diesem Ort ihre Schwäche mißbrauchen können! Er legte ihre Hand, die er immer noch hielt, auf sein Herz und fragte: »Fühlen Sie, wie es klopft?« Er war mit seinen leidenschaftlichen Sätzen zu Ende.

Aber seit einigen Augenblicken kamen die regelmäßigen Schritte des Besuchers der Kirche näher. Er hatte die Altäre einen nach dem anderen besichtigt und ging zum zweitenmal durch das kleine, rechte Seitenschiff. Als Frau Walter ihn in der Nähe des Pfeilers hörte, der sie verbarg, entzog sie Georges schnell ihre Hand und bedeckte sich mit ihr wieder das Gesicht.

Und beide blieben unbeweglich auf den Knien liegen, als hätten sie zusammen glühende Gebete empor zum Himmel geschickt. Der dicke Herr ging dicht an ihnen vorbei, warf ihnen einen gleichgültigen Blick zu, und immer noch seinen Hut auf dem

Rücken haltend, wandte er sich nach dem unteren Teil der Kirche.

Aber du Roy, dem es darauf ankam, sie zu einem Rendezvous anderswo als in der Kirche zu bestimmen, flüsterte: »Wo werde ich Sie morgen wiedersehen?«

Sie entgegnete nichts. Sie schien wie leblos, wie eine Statue, die man das »Gebet« hätte nennen können.

Er fuhr fort: »Darf ich Sie morgen im Park Monceau erwarten?«

Sie wandte ihm ihr Gesicht zu, von dem sie die Hände genommen hatte, ein bleiches, von furchtbarem Leid verzerrtes Gesicht, und mit stockender Stimme erwiderte sie: »Lassen Sie... lassen Sie mich jetzt... Gehen Sie... nur fünf Minuten... Ich leide zu sehr... wenn ich in Ihrer Nähe bin... Lassen Sie mich beten... allein... fünf Minuten... Ich kann nicht mehr... Lassen Sie mich Gott anflehen, daß er mir verzeiht... daß er mich errettet... Lassen Sie mich... nur fünf Minuten.«

Ihr Gesicht verriet eine solche Hilflosigkeit und einen solchen Schmerz, daß er sich, ohne ein Wort zu sagen, erhob. Nach kurzem Zögern fragte er: »Darf ich gleich wiederkommen?«

Als sie Zustimmung genickt hatte, ging er in Richtung auf den Chor.

Sie aber versuchte zu beten. In übermenschlicher Anstrengung rief sie Gott an, rief mit bebendem Körper und erschreckter Seele hinein in den Himmel: »Habe Erbarmen mit mir!« Verzweifelt schloß sie die Augen, um den nicht mehr zu sehen, der sie gerade verlassen hatte. Sie verjagte ihn aus ihren Gedanken, sie wehrte sich gegen ihn, aber anstatt der himmlischen Erscheinung, die sie in der Not ihres Herzens erwartet hatte, sah sie immer nur den krausen Schnurrbart eines jungen Mannes.

Seit einem Jahr kämpfte sie Tag und Nacht gegen diese immer wachsende Besessenheit, gegen dieses Bild, das sie bis in die Träume verfolgte, das ihr Fleisch nicht zur Ruhe kommen ließ und ihre Nächte zur Qual machte. Sie kam sich vor wie ein Tier, das in ein Netz geraten ist, sich nicht rühren konnte, wie sie in den Armen dieses Mannes, der sie allein durch das Haar auf seiner Lippe und die Farbe seiner Augen besiegt und erobert hatte.

In dieser Kirche, in der Nähe Gottes, fühlte sie sich noch schwächer, noch verlassener und verlorener als zu Hause. Sie konnte nicht mehr beten, sie konnte nur noch an ihn denken. Schon litt sie darunter, daß er nicht mehr neben ihr kniete. Und dennoch kämpfte sie verzweifelt, wehrte sich, rief mit der ganzen Kraft ihrer Seele um Hilfe. Am liebsten wäre sie gestorben, denn sie, die bisher keine Sünden begangen hatte, war gar zu tief gesunken. Sie stammelte wirre Gebete, und doch lauschte sie auf des Geliebten Schritt, der in der Ferne der Gewölbe verklang.

Sie begriff, daß alles umsonst war, daß der Kampf zwecklos war. Und doch wollte sie nicht nachgeben. Und es kam eine jener Nervenkrisen über sie, die die Frauen zuckend und schreiend auf den Boden werfen. Sie zitterte an allen Gliedern, fühlte, daß sie gleich umsinken, zwischen die Stühle fallen und schrille Schreie ausstoßen werde.

Jemand näherte sich mit schnellen Schritten. Sie wandte den Kopf. Es war der Priester. Da stand sie auf, streckte ihm die gefalteten Hände entgegen und stammelte: »Ach! Retten Sie mich!... Retten Sie mich!«

Überrascht blieb der Priester stehen. »Was wünschen Sie von mir?« fragte er.

»Daß Sie mich retten! Haben Sie Erbarmen mit mir! Wenn Sie mir nicht helfen, bin ich verloren!«

Er betrachtete sie und fragte sich, ob sie wahnsinnig sei. Dann fragte er sie: »Was kann ich für Sie tun?« Es war ein großer, etwas dicker Mann mit vollen und hängenden Backen, die von dem sorgfältig rasierten Bart schwarz schimmerten, ein schöner Stadtvikar aus einem reichen Viertel, der an reiche Büßerinnen gewöhnt war.

»Hören Sie meine Beichte«, sagte sie, »und dann raten Sie mir. Helfen Sie mir, sagen Sie mir, was ich tun soll.«

»Ich höre Beichte nur samstags von drei bis sechs Uhr«, erwiderte er.

Sie umklammerte seinen Arm und wiederholte: »Nein, nein, nein! Sofort! Sofort! Es muß sein! Er ist in der Kirche. Er wartet auf mich!«

Der Priester fragte: »Wer wartet auf Sie?«

»Ein Mann, der mich ins Verderben stürzt, wenn Sie mich nicht retten... Ich kann ihm nicht entfliehen... Ich bin zu schwach... viel zu schwach... so schwach.« Sie fiel vor ihm auf die Knie und schluchzte: »Ach! Haben Sie doch Mitleid mit mir... Retten Sie mich, um Gottes willen retten Sie mich...«

Sie hatte sich an seiner schwarzen Soutane festgekrampft, damit er nicht davongehe. Und er schaute unruhig um sich, ob nicht ein böswilliges oder frommes Auge diese Frau vor seinen Füßen liegen sehe.

Endlich begriff er, daß er sich von ihr nicht freimachen konnte. »Stehen Sie auf«, sagte er, »ich habe zufällig den Schlüssel zu meinem Beichtstuhl in der Tasche.« Er suchte in seiner Tasche, zog einen Ring mit Schlüsseln hervor, wählte einen und ging dann eilig auf die kleinen Holzkästen zu, Abladeplätze für den Schutt der Seele, wo sich die Gläubigen von ihren Sünden befreien.

Er ging durch die Tür in der Mitte, die er hinter sich schloß, und Frau Walter, die sich in das kleine Nebengelaß begeben hatte, stammelte voller Inbrunst und von leidenschaftlicher Hoffnung beseelt: »Segnen Sie mich, mein Vater, denn ich habe gesündigt.«

Du Roy, der durch den Chor gegangen war, kam durch das linke Schiff zurück. Als er dessen Mitte erreicht hatte, begegnete er dem dicken, kahlen Herrn, der immer noch mit ruhigen Schritten durch die Kirche wanderte, und er fragte sich: »Was tut der hier eigentlich?«

Der Mann ging jetzt langsamer und betrachtete Georges. Er schien den Wunsch zu haben, mit ihm zu sprechen. Als er in seiner Nähe war, grüßte er und sagte sehr höflich: »Verzeihen Sie, wenn ich Sie störe, aber könnten Sie mir sagen, aus welcher Zeit diese Kirche stammt?«

Du Roy entgegnete: »Genau kann ich Ihnen das nicht sagen, ich glaube, sie wurde vor dreißig oder zwanzig Jahren erbaut. Ich habe sie heute zum erstenmal betreten.«

»Ich auch. Noch nie war ich in ihr.«

Der Journalist, der sich auf einmal für den Fremden interessierte, fuhr fort: »Sie scheinen sie sehr genau zu besichtigen. Sie betrachten sie in allen Einzelheiten.«

Der andere antwortete resigniert: »Ich besichtige sie gar nicht. Ich habe mich hier mit meiner Frau verabredet, und sie läßt auf sich warten.« Dann schwieg er. Nach ein paar Sekunden fuhr er fort: »Es ist draußen furchtbar heiß.«

Du Roy betrachtete ihn; er fand, daß er ganz gut aussah. Plötzlich glaubte er bei ihm eine Ähnlichkeit mit Forestier zu entdekken. »Kommen Sie aus der Provinz?« fragte er.

»Ja, ich bin aus Rennes. Sind Sie aus Neugierde in diese Kirche gegangen?«

»Nein, auch ich warte auf eine Frau.« Der Journalist grüßte ihn und ging dann lächelnd davon.

Als er sich dem Haupteingang näherte, sah er wieder die Bettlerin, die immer noch betend auf den Knien lag. Er dachte: Donnerwetter, die setzt dem lieben Gott aber arg zu. Er war nicht mehr erregt, er hatte kein Mitleid mehr mit ihr.

Er ging an ihr vorbei und dann wieder durch das rechte Seitenschiff, um Frau Walter wiederzufinden.

Von weitem betrachtete er die Stelle, an der er sich von ihr getrennt hatte, und wunderte sich, sie dort nicht mehr zu sehen. Er glaubte, sich im Pfeiler getäuscht zu haben, ging weiter bis zum ersten in der Reihe und kam denselben Weg wieder zurück. Sie war also fortgegangen! Er war überrascht und voller Wut. Dann kam ihm der Gedanke, daß sie ihn vielleicht suche, und er nahm seine Wanderung durch die Kirche wieder auf. Als er sie nicht fand, setzte er sich auf den Stuhl, auf dem sie gesessen hatte, in der Hoffnung, daß er sie hier treffen werde. Und er wartete.

Bald erregte ein Flüstern seine Aufmerksamkeit. Er hatte in diesem Teil der Kirche niemanden gesehen. Woher kam das Flüstern? Er stand auf, um ihm nachzugehen, und sah in der benachbarten Kapelle die Türen des Beichtstuhls. Aus der einen schaute das Stück eines Kleides hervor, das auf den Fliesen lag. Er kam näher, um zu sehen, wer die Frau sei. Er erkannte es. Sie beichtete!

Ihn überkam die wilde Lust, sie bei den Schultern zu packen und aus dem Kasten herauszureißen. Dann dachte er: Heute ist der Pfaff an der Reihe, morgen aber bin ich dran. Und ganz ruhig setzte er sich dem Beichtstuhl gegenüber, wartete, bis seine Zeit gekommen wäre, und konnte sogar schon über das Abenteuer lachen. Er mußte lange warten.

Endlich erhob sich Frau Walter, drehte sich um, sah ihn und kam auf ihn zu. Der Ausdruck ihres Gesichtes war kalt und streng. »Herr du Roy«, sagte sie, »ich bitte Sie, mich nicht zu begleiten, mir nicht zu folgen und nicht mehr allein zu mir zu kommen. Ich würde Sie nicht empfangen. Leben Sie wohl.« Und in würdiger Haltung verließ sie die Kirche.

Er ließ sie ruhig gehen, denn es war sein Prinzip, die Ereignisse niemals zu forcieren. Und als dann der Priester ein wenig verwirrt den Beichtstuhl verließ, ging er auf ihn zu, sah ihn an und knurrte ihm ins Gesicht: »Wenn Sie nicht einen langen Rock trügen, haute ich Ihnen ein paar in Ihre elende Fratze.« Dann drehte er sich auf dem Absatz um und verließ pfeifend die Kirche.

Unter dem Portal stand der dicke Herr. Er hatte den Hut jetzt aufgesetzt und die Hände auf dem Rücken. Er war das Warten leid. Mit den Augen suchte er den weiten Platz und alle auf ihn mündenden Straßen ab.

Als du Roy an ihm vorbeikam, grüßten sie sich.

Der Journalist, der nichts zu tun hatte, begab sich in die »Vie Française«. Kaum hatte er das Haus betreten, als ihm die Geschäftigkeit der Laufburschen verriet, daß etwas Ungewöhnliches im Gang war. Schnell betrat er das Büro des Direktors.

Walter war nervös. Stehend diktierte er in abgehackten Sätzen einen Artikel, gab zwischen zwei Absätzen seinen Reportern, die ihn umgaben, Aufträge und Boisrenard Verhaltungsmaßregeln und öffnete Briefe.

Als du Roy eintrat, stieß der Chef einen Freudenschrei aus. »Gott sei Dank! Endlich ist Bel Ami da!« Ein wenig verwirrt hielt er dann ein und entschuldigte sich: »Verzeihen Sie, daß ich Sie so genannt habe, aber die Ereignisse haben mich ganz verwirrt. Und dann höre ich zu Hause von meiner Frau und meinen Töchtern immer nur von Bel Ami reden, und so habe ich es mir schließlich angewöhnt. Sie sind mir deswegen doch nicht böse?«

Georges lachte: »Keineswegs, der Name hat für mich nichts Beleidigendes.«

Walter fuhr fort: »Sehr gut, dann werde ich Sie in Zukunft wie alle anderen auch Bel Ami nennen... Es haben sich allerlei wichtige Dinge ereignet. Das Ministerium ist mit dreihundertzehn Stimmen gegen zweihundert gestürzt. Unsere Ferien sind wieder einmal verschoben, ad calendas graecas verschoben, und heute haben wir den achtundzwanzigsten Juli. Spanien regt sich wegen Marokko auf, und das hat Durand de l'Aine und seinen Anhängern den Hals gekostet. Wir sitzen ganz gewaltig in der Patsche; Marrot ist beauftragt, ein neues Kabinett zu bilden. General Boutin d'Acre soll das Kriegsministerium und unser Freund Laroche-Matthieu das Außenministerium übernehmen. Er selbst wird Innenminister und Ministerpräsident. Wir werden halbamtliches Organ. Ich schreibe gerade den Leitartikel, eine einfache Darlegung der Grundsätze, und zeichne den Ministern ihren Weg vor.« Der Biedermann lächelte und fuhr fort: »Natürlich nur den Weg, den sie zu gehen beabsichtigen. Ich brauche etwas Interessantes, etwas Aktuelles über Marokko, eine wirksame, sensationelle Chronik... irgendwas... und das müssen Sie finden!«

Du Roy überlegte einen Augenblick, dann sagte er: »Ich hab's schon. Ich schreibe Ihnen eine Studie über die politische Lage unserer gesamten afrikanischen Kolonie mit Tunis links, Algerien in der Mitte und Marokko rechts, die Geschichte der Rassen, die dieses große Territorium bevölkern, und bringe dann die Erzählung einer Expedition an der marokkanischen Grenze bis zur großen Oase Figuig, die bisher noch kein Europäer betreten hat und die der Grund des augenblicklichen Konfliktes ist. Sind Sie damit einverstanden?«

Walter rief: »Ganz großartig! Und wie soll die Überschrift lauten?«

»Von Tunis bis Tanger.«

»Ausgezeichnet!«

Du Roy suchte in den Archiven der »Vie Française« seinen ersten Artikel: »Erinnerungen eines Chasseur d'Afrique«, der, mit einer anderen Überschrift versehen, ein bißchen umgemodelt, durchaus dem entsprach, was Walter haben wollte, denn in ihm war von Kolonialpolitik, von der Bevölkerung Algeriens und einer Expedition in die Provinz Oran die Rede. In drei Viertelstunden war der Artikel umgebaut und ausgefeilt, aktuell aufgezogen und enthielt manches Lob für das Kabinett.

Als der Direktor den Artikel gelesen hatte, sagte er: »Großartig, ausgezeichnet, vollendet. Sie sind unersetzlich. Meine Komplimente!«

In bester Laune ging du Roy zum Essen nach Hause. Trotz des Mißerfolges in der Trinité war er mit seinem Tag zufrieden, denn er fühlte, daß er die Partie gewonnen hatte.

Voller Erregung erwartete ihn seine Frau. Als sie ihn sah, rief sie: »Weißt du, daß Laroche-Mathieu Minister des Äußeren geworden ist?«

»Ja, ich habe bereits in diesem Zusammenhang einen Artikel über Algerien geschrieben.«

»Was denn?«

»Du kennst den Artikel, es ist der erste, den wir zusammen verfaßt haben: ›Erinnerungen eines Chasseur d'Afrique‹. Ich habe ihn nur ein wenig umgemodelt.«

Sie lächelte: »Der paßt ganz ausgezeichnet.« Sie überlegte einige Augenblicke und sagte dann: »Damals hast du die Fortsetzung nicht geschrieben. Das können wir jetzt nachholen. Auf diese Weise hätten wir eine ganze Artikelserie, die wie gerufen kommt.«

Er setzte sich an den gedeckten Tisch und antwortete: »Da hast du recht. Dem steht, nachdem dieser Hahnrei von Forestier gestorben ist, nichts mehr im Weg.«

Verletzt entgegnete sie: »Dieser Scherz ist mehr als deplaciert. Ich bitte dich, nun endlich einmal damit Schluß zu machen...«

Er wollte ihr eine ironische Antwort geben, als man ihm eine Depesche brachte, die nur folgenden Satz ohne Unterschrift enthielt: »Ich habe den Kopf verloren, verzeihen Sie mir, kommen Sie morgen um vier Uhr in den Park Monceau.«

Er verstand. Das Herz voller Freude, sagte er zu seiner Frau, indem er die Depesche in der Tasche verschwinden ließ: »Ich will es nicht mehr sagen. Es ist wirklich zu dumm. Ich gebe das ganz offen zu.« Und er begann zu essen.

Während des Essens dachte er nur an die wenigen Worte: »Ich

habe den Kopf verloren, verzeihen Sie mir, kommen Sie morgen um vier Uhr in den Park Monceau.« Sie gab also nach. Das hieß also: »Ich ergebe mich, ich gehöre Ihnen, wo und wann Sie wollen.« Er lachte.

Madeleine fragte: »Was hast du denn?«

»Viel ist es nicht. Ich dachte gerade an einen Priester, dem ich vorhin begegnet bin und der ein so drolliges Gesicht hatte.«

Am nächsten Tag war du Roy zur angegebenen Zeit im Park Monceau. Auf allen Bänken des Parks saßen Bürger, die es vor Hitze nicht aushalten konnten, und lässige Kindermädchen, die zu träumen schienen, während die Kinder sich im Sand der Wege rollten.

Er fand Frau Walter in der kleinen Ruine, in der eine Quelle fließt. Mit unglücklichem und unruhigem Gesicht ging sie immer wieder um das kleine Bauwerk mit den schlanken Säulen.

Kaum hatten sie sich begrüßt, als sie sagte: »Es sind viele Menschen in dem Garten!«

Er ergriff die Gelegenheit. »Ja, Sie haben recht. Sollen wir nicht anderswohin gehen?«

»Aber wohin?«

»Einerlei wohin... Vielleicht nehmen wir einen Wagen. Sie lassen dann an Ihrer Seite den Vorhang herunter, und kein Mensch sieht Sie.«

»Ja, das wäre mir schon lieber. Hier komme ich um vor Angst.«

»In fünf Minuten treffen Sie mich an dem Tor, das auf den äußeren Boulevard geht. Ich besorge schnell einen Wagen.« Und er eilte davon.

Als sie sich an der verabredeten Stelle getroffen und sie das Fenster an ihrer Seite mit dem Vorhang verschleiert hatte, fragte sie: »Wohin fährt uns der Kutscher?«

»Das lassen Sie Ihre Sorge nicht sein«, erwiderte Georges, »der Mann weiß Bescheid.« Er hatte dem Kutscher die Adresse seiner Wohnung in der Rue de Constantinople genannt.

»Sie glauben gar nicht«, sagte sie, »wie sehr ich Ihretwegen leide, was ich Ihretwegen alles durchmache. In der Kirche war ich gestern hart, aber ich wollte Sie um jeden Preis fliehen. Wenn ich mit Ihnen allein bin, habe ich immer so furchtbare Angst. Haben Sie mir verziehen?«

Er ergriff ihre Hände: »Ja... ja... Bei meiner Liebe zu Ihnen verzeihe ich Ihnen alles.«

Sie sah ihn flehend an: »Hören Sie... Sie müssen mir versprechen, mich zu respektieren... und nicht... und nicht... Sonst könnte ich Sie niemals wiedersehen.«

Er antwortete nicht gleich. Unter seinem Schnurrbart spielte das feine Lächeln, das die Frauen immer wieder verwirrte. Dann sagte er leise: »Ich bin Ihr Sklave.«

Sie erzählte ihm, wie sie sich ihrer Liebe zu ihm in dem Augenblick bewußt geworden sei, als sie hörte, daß er Madeleine Forestier heirate. Und sie berichtete allerlei Einzelheiten, nannte Daten und eine ganze Menge intimer Dinge.

Plötzlich schwieg sie. Der Wagen hatte gehalten. Du Roy öffnete die Tür.

»Wo sind wir?« fragte sie.

»Steigen Sie aus«, sagte er, »und gehen Sie in dieses Haus. Hier sind wir ungestört.«

»Aber wo sind wir denn?«

»Bei mir... Es ist eine Junggesellenwohnung, die ich für ein paar Tage gemietet habe, damit wir einen Platz haben, an dem wir uns sehen können.«

Durch den Gedanken an dieses Tête-à-tête erschreckt, krampfte sie sich mit den Händen fest in das Polster des Wagens und stammelte: »Nein, das tue ich nicht, das will ich nicht.«

Mit energischer Stimme sagte er: »Ich schwöre Ihnen, Sie zu respektieren... Und nun kommen Sie. Sie sehen doch, daß wir schon Aufsehen erregen. Gleich sind wir von einer neugierigen Menge umringt. Beeilen Sie sich... Beeilen Sie sich... Steigen Sie aus.« Und dann sagte er noch einmal: »Ich schwöre Ihnen, Sie zu respektieren.«

Ein Kneipenwirt, der auf der Schwelle seines Lokals stand, sah neugierig zu ihnen herüber. Sie wurde von Schrecken ergriffen und eilte in das Haus.

Sie wollte die Treppe hinaufgehen. Er ergriff ihren Arm. »Nein, hier im Erdgeschoß ist die Wohnung.« Und er drängte sie durch die Korridortür.

Kaum hatte er die Tür hinter sich abgeschlossen, als er sie packte, als wäre sie seine Beute.

Sie wehrte sich, kämpfte, stammelte: »O lieber Gott... lieber Gott...«

Leidenschaftlich küßte er ihr den Hals, die Augen, die Lippen, und es gelang ihr nicht, diesen wilden Liebkosungen aus dem Weg zu gehen. Und während sie ihn zurückstieß, während sie seinen Mund floh, erwiderte sie gegen ihren Willen seine Küsse.

Plötzlich hörte sie auf, sich zu wehren, sich zu sträuben, und besiegt fügte sie sich in ihr Schicksal und ließ sich von ihm ausziehen. Wie eine Kammerfrau entkleidete er sie mit leichten und zarten Fingern.

Sie hatte ihm das Mieder entrissen, um sich das Gesicht zu verdecken, und nun stand sie ganz weiß da inmitten ihrer Kleider, die zu ihren Füßen lagen.

Die Schuhe zog er ihr nicht aus. Er trug sie auf das Bett.

Mit gebrochener Stimme flüsterte sie ihm ins Ohr: »Ich schwöre Ihnen, daß ich noch nie... noch nie... einen Geliebten gehabt habe«, wie ein junges Mädchen, das gesagt hätte: »Ich schwöre, daß ich noch Jungfrau bin.«

Und er dachte: Das ist mir ganz einerlei.

V

Der Herbst war gekommen. Du Roys hatten den ganzen Sommer in Paris verbracht und während der Ferien der Deputierten in der »Vie Française« einen energischen Feldzug zugunsten des neuen Kabinetts geführt.

Obwohl man sich erst am Anfang des Oktobers befand, sollten die Kammern ihre Sitzungen doch schon wieder aufnehmen, denn die Verhältnisse in Marokko wurden bedrohlich.

Im Grunde glaubte niemand an eine Expedition nach Tanger, wenn auch an dem Tag, an dem das Parlament auseinanderging, ein Deputierter der Rechten, der Graf de Lambert-Sarrasin, in einer geistreichen Rede, der selbst das Zentrum seinen Beifall nicht versagt hatte, wie einst ein bekannter Vizekönig von Indien seinen Schnurrbart gegen den Backenbart des Ministerpräsidenten gewettet hatte, das neue Kabinett werde nicht umhin können, das alte nachzuahmen und eine Armee nach Tanger als Pendant zu der von Tunis zu schicken, schon der Symmetrie halber, wie man rechts und links auf den Kamin eine Vase stellt. Er hatte hinzugefügt: »Afrika ist in der Tat für Frankreich ein Kamin, meine Herren, ein Kamin, in dem unser bestes Holz verbrannt wird, ein Kamin mit besonders gutem Zug, den man mit dem Papier der Bank anzündet. Wie ein Künstler haben Sie sich die Laune erlaubt, die linke Seite des Kamins mit einer tunesischen Kostbarkeit zu schmücken, und Sie werden es erleben, daß Herr Marrot seinen Vorgänger nachahmen und die rechte Seite mit einer marokkanischen Kostbarkeit wird schmücken wollen.«

Diese Rede, die lange Zeit berühmt blieb, hatte du Roy als Thema für zehn Artikel über die algerische Kolonie, für seine ganze Serie, aus der zu Anfang seiner Arbeit bei der Zeitung nichts wurde, gedient, und er hatte einer militärischen Expedition energisch das Wort geredet, wenn er auch der festen Überzeugung war, daß sie nie und nimmer stattfinden werde. Er hatte die patriotische Saite erklingen lassen und bombardierte Spanien mit dem ganzen Arsenal verächtlicher Argumente, die man gegen die Völker anwendet, deren Interessen denen des eigenen Volkes entgegen sind.

Die »Vie Française« hatte durch ihre Beziehungen zu den Machthabern ganz bedeutend an Einfluß und Wichtigkeit gewonnen. Eher als die ernstesten Blätter brachte sie die politischen Neuigkeiten und deutete die Absichten der ihr befreundeten Minister an. Und alle Pariser Zeitungen und die Blätter der Provinz suchten bei ihr ihre Informationen. Man zitierte, man fürchtete sie und begann sie zu respektieren. Sie war nicht länger das verdächtige Organ einer Gruppe von politischen Schiebern, sondern das anerkannte Blatt des Kabinetts. Laroche-Mathieu war die Seele der Zeitung, und du Roy war sein Sprachrohr.

Walter, der stumme Deputierte und gerissene Direktor, verstand es, sich im Hintergrund zu halten, und befaßte sich, wie gesagt wurde, im geheimen mit einem großen Kupferminengeschäft in Marokko.

Der Salon Madeleines war ein einflußreiches Zentrum geworden, wo sich wöchentlich mehrere Mitglieder des Kabinetts trafen. Der Ministerpräsident hatte sogar zweimal bei ihr diniert. Und die Frauen der Staatsmänner, die früher allerlei Bedenken hatten, ihre Schwelle zu betreten, rühmten sich jetzt, ihre Freundinnen zu sein, und besuchten sie öfter als sie sie.

Der Minister des Auswärtigen war fast Herr in ihrem Haus geworden. Er kam zu jeder Stunde, brachte Depeschen und Informationen, die er entweder du Roy oder Madeleine diktierte, als wären beide seine Sekretäre.

Und wenn sich der Minister dann verabschiedet hatte und du Roy mit seiner Frau allein war, dann packte ihn die Wut, dann klang seine Stimme böse, und seine Worte waren perfide Anspielungen auf das Auftreten dieses mittelmäßigen Parvenus.

Aber sie zuckte verächtlich mit den Achseln und sagte: »Mache es doch wie er. Werde Minister, dann kannst du dich benehmen wie er. Bis dahin aber halte den Mund.«

Sie von der Seite ansehend, drehte er seinen Schnurrbart. »Eines Tages wird man vielleicht erfahren, wozu ich imstande bin.«

»Das müßte man erst abwarten«, sagte sie gelassen.

An dem Morgen, als die Kammern wieder zusammentraten, gab die junge Frau, die zu Bett lag, ihrem Mann, der sich anzog, um bei Laroche-Mathieu zu frühstücken, bei welcher Gelegenheit dieser ihm noch vor der Sitzung allerlei Instruktionen für den am nächsten Tag in der »Vie Française« erscheinenden Artikel geben wollte, manchen guten Ratschlag. Dieser Artikel sollte eine Art halbamtlicher Erklärung der wirklichen Pläne des Kabinetts sein.

Madeleine sagte: »Vergiß vor allem nicht, ihn zu fragen, ob General Belloncle nach Oran abkommandiert ist, wovon ja die Rede war. Das wäre sehr wichtig.«

Nervös antwortete Georges: »Ich weiß schon, was ich zu tun habe. Laß mich mit deinem Geschwätz gefälligst in Ruhe.«

Ganz ruhig fuhr sie fort: »Mein Lieber, du vergißt immer die Hälfte der Aufträge, die ich dir für den Minister mitgebe.«

Er knurrte: »Dein Minister hängt mir zum Hals heraus. Du hast mehr von ihm und durch ihn als ich. Er ist und bleibt ein alter Esel!«

Mit derselben Ruhe entgegnete sie: »Er ist ebenso wenig mein wie dein Minister. Er ist dir nützlicher als mir.«

Er hatte sich grinsend zu ihr gewandt. »Verzeihung, mir macht er nicht den Hof.«

Langsam erwiderte sie: »Auch mir macht er nicht den Hof. Aber er macht unser beider Glück.«

Er schwieg. Nach einigen Augenblicken sagte er: »Wenn ich zwischen deinen Anbetern zu wählen hätte, dann würde ich mich für den alten Vaudrec entscheiden. Was ist eigentlich mit dem los? Seit einer ganzen Woche habe ich ihn nicht mehr gesehen.«

Ohne sich zu erregen, sagte sie: »Er ist leidend, er hat mir geschrieben, daß er wegen eines Gichtanfalls zu Bett liegt. Du solltest dich mal nach seinem Befinden erkundigen. Du weißt, daß er dich mag. Er würde sich ganz bestimmt sehr freuen.«

»Gewiß, ich gehe gleich mal vorbei«, sagte Georges. Er hatte seine Toilette beendet. Er hatte schon den Hut aufgesetzt und betrachtete sich noch einmal, ob auch alles in Ordnung wäre. Als er nichts gefunden hatte, näherte er sich dem Bett und küßte seine Frau auf die Stirn. »Bis nachher, mein Liebling, vor sieben Uhr werde ich kaum zu Hause sein.« Und er verließ sie.

Laroche-Mathieu erwartete ihn schon, heute frühstückte er um zehn Uhr, denn vor Eröffnung des Parlaments traten die Minister um zwölf Uhr zusammen.

Sobald sie mit dem Privatsekretär des Ministers bei Tisch saßen – Frau Laroche-Mathieu hatte auf die gewohnte Frühstücksstunde nicht verzichten wollen –, begann du Roy von seinem Artikel zu sprechen, erklärte, wie er ihn sich dachte, zog hin und wieder seine Notizen zu Rate, die er sich auf Visitenkarten gemacht hatte. Als er seinen kleinen Vortrag beendet hatte, fragte er: »Oder wünschen Sie eine Änderung, Herr Minister?«

»Nur ein paar Kleinigkeiten. Sie sind vielleicht ein wenig zu positiv in der Marokko-Angelegenheit. Sie können ruhig von der Expedition sprechen, als wenn sie stattfinden würde, doch wäre es angebracht, Sie ließen irgendwie dabei durchblicken, daß sie nicht stattfindet und Sie selbst keinen Augenblick daran glauben. Lassen Sie das Publikum zwischen den Zeilen lesen, daß wir gar nicht daran denken, uns in dieses Abenteuer zu stürzen.«

»Soll geschehen. Ich habe verstanden und werde mich schon in dem angegebenen Sinn verständlich machen. Im Zusammenhang hiermit hat meine Frau mich beauftragt, Sie zu fragen, ob General Belloncle nach Oran abkommandiert wird. Nach dem, was Sie eben äußerten, vermute ich, daß es nicht der Fall ist.«

Der Staatsmann antwortete: »Nein.«

Dann sprach man von der kommenden Sitzungsperiode der Kammern. Laroche-Mathieu begann schwülstige Reden zu schwingen, bereitete auf diese Weise die Wirkung der Sätze vor, die er einige Stunden später über seine Kollegen dahinströmen lassen wollte. Er fuchtelte mit der rechten Hand umher, hob bald die Gabel, bald das Messer, bald ein Stück Brot, und ohne jemanden anzusehen, wandte er sich an die unsichtbare Versammlung und spie seine süßliche Beredsamkeit in die Gegend. Er war ein schöner Mensch, und sein Haar war gut frisiert. Sein kleiner Schnurrbart streckte auf der Lippe zwei Spitzen in die Luft, die aussahen wie die Stacheln eines Skorpions, und sein in der Mitte gescheiteltes und mit Brillantine eingefettetes Haar bildete an den Schläfen eine Sechs, wie sie der »schöne Mann« in der Provinz trägt. Er war ein bißchen fett, ein wenig aufgeschwemmt, wenn er auch noch jung war. Die Weste spannte sich über seinem Bauch. Der Privatsekretär aß und trank ganz ruhig, zweifellos war er an diese Beredsamkeit gewöhnt.

Aber du Roy, dem wegen des errungenen Erfolges des anderen die Eifersucht am Herzen nagte, dachte: Alter Esel! Was für Kretins sind doch diese Politiker. Und seinen eigenen Wert mit der Schwatzhaftigkeit dieses Ministers vergleichend, sagte er sich: »Verdammt noch mal, wenn ich nur hunderttausend Francs hätte, mich in meiner schönen Heimat Rouen als Deputierter aufstellen zu lassen, um meine braven, schlauen und doch tölpelhaften Normannen hereinzulegen – neben diesen ahnungslosen Hanswursten wäre ich ein ganz bedeutender Staatsmann.«

Mathieu-Laroche redete in einem fort, bis der Kaffee gereicht wurde. Als er dann feststellte, daß es schon spät war, klingelte er und ließ seinen Wagen vorfahren. Er reichte dem Journalisten die Hand: »Wir haben uns also verstanden?«

»Durchaus, Herr Minister. Sie können ganz auf mich rechnen.« Und du Roy schlenderte nach der Redaktion, um seinen Artikel zu schreiben, denn bis vier Uhr hatte er nichts zu tun. Um vier Uhr wollte er in der Rue de Constantinople Frau de Marelle treffen, mit der er zweimal in der Woche, am Montag und am Freitag, ein Rendezvous hatte.

Als er die Redaktion betrat, überreichte man ihm eine Depesche. Sie war von Frau Walter und lautete: »Ich muß dich heute noch unbedingt sprechen. Es handelt sich um etwas von äußerster Wichtigkeit. Erwarte mich um zwei Uhr in der Rue de Constantinople. Ich kann dir einen großen Dienst erweisen. Deine Freundin bis in den Tod Virginie.«

Er fluchte: »Verdammt! Diese Klette!« Er war plötzlich gräßlicher Laune. Er verließ sofort die Redaktion, denn er war nicht mehr in der Stimmung zu arbeiten.

Seit sechs Wochen versuchte er, sie wieder loszuwerden, aber ihre Anhänglichkeit war durch nichts zu erschüttern.

Nach ihrem Fall hatte sie die schlimmsten Gewissensbisse gehabt und bei drei aufeinander folgenden Begegnungen den Geliebten mit Vorwürfen und Verwünschungen überhäuft. Er war diese Szenen leid und konnte kaum noch diese reife und dramatische Frau ertragen. Er war einfach weggeblieben, in der Hoffnung, daß dieses Abenteuer so am schnellsten sein Ende finde. Aber da hatte sie sich wie verzweifelt an ihn geklammert, hatte sich in die Liebe gestürzt, wie man sich mit einem Stein am Hals in den Fluß stürzt. Und er hatte sich wieder einfangen lassen, aus Schwäche, aus Gefälligkeit, aus Rücksicht. Und sie hatte ihn eingesperrt in eine wilde und ermüdende Leidenschaft, hatte ihn mit ihrer Liebe verfolgt.

Täglich wollte sie ihn sehen, rief ihn durch Telegramme jeden Augenblick zu schnellen Begegnungen an der Ecke einer Straße, in einem Laden, in einem öffentlichen Garten.

Und immer wieder in den gleichen Sätzen sagte sie ihm, daß sie ihn anbete, vergöttere, und dann verließ sie ihn und beteuerte, daß sie so glücklich sei, ihn gesehen zu haben.

Sie war so ganz anders, als er sie sich erträumt hatte. Sie versuchte, ihn durch eine kindische Anmut, durch Liebeskindereien zu betören, die bei ihrem Alter lächerlich wirkten. Da sie bisher nie über die Stränge geschlagen hatte, jungfräulichen Herzens und jedem Gefühl verschlossen war und von Sinnlichkeit nichts wußte, war plötzlich bei dieser sittsamen Frau, deren vierzig Jahre ein fahler Herbst nach einem kalten Sommer schienen, eine Art späten Frühlings erblüht mit kleinen, schlecht entwickelten Blumen und dem Tod geweihten Knospen, das seltsame Erschließen einer Mädchenliebe, einer späten, glühenden und naiven Liebe, die unvorhergesehene Leidenschaften, kleine Schreie, wie sie ein sechzehnjähriges Mädchen ausstößt, peinliche Zärtlichkeiten und eine Anmut kannte, die alt war, ohne jemals jung gewesen zu sein. Sie schrieb ihm zehn Briefe an einem Tag, alberne Briefe, in seltsam poetischem und lächerlichem Stil, blumenreich wie die der Inder, voll von Tier- und Vogelnamen.

Sobald sie allein waren, umarmte sie ihn mit schwerfälligen Zärtlichkeiten wie ein unerfahrenes Mädchen, spitzte die Lippen und machte kindliche Sprünge, bei denen ihre schweren Brüste auf und ab tanzten unter dem Stoff ihres Mieders. Besonders angewidert fühlte er sich, wenn sie ihn »mein Rätzchen«, »mein Hündchen«, »mein Kätzchen«, »mein Herzblättchen«, »mein Vögelchen«, »mein Schätzchen« nannte, daß sie sich ihm immer wieder mit einer Komödie kindlicher Schamhaftigkeit anbot, mit kleinen ängstlichen Bewegungen, die sie für reizvoll hielt, und ihm Liebesspiele bot, wie sie unter verderbten Pensionsmädchen üblich sind. Sie fragte: »Wem gehört dieses Mündchen?« Und wenn er nicht gleich antwortete, sagte sie: »Mir gehört es.« So trieb sie es, bis er bleich vor Nervosität wurde.

Nach seiner Meinung hätte sie fühlen müssen, daß auch die Liebe Takt, Geschicklichkeit und äußerste Vorsicht verlangt, daß sie, die reife Frau, die Familienmutter und Dame der Gesellschaft, sich ihm mit einer Art verhaltener Leidenschaft, mit einer gewissen Strenge, vielleicht sogar mit Tränen – aber den Tränen Didos und nicht denen Julias – hätte hingeben müssen.

Immer wieder sagte sie: »Wie ich dich liebe, mein Kleiner! Liebst du mich auch, mein Schäfchen?«

Wenn er sie so reden hörte, wenn er aus ihrem Mund »mein Kleiner« oder »mein Schäfchen« hörte, dann hätte er ihr am liebsten »meine Alte« ins Gesicht geschleudert.

Sie sagte: »Welcher Wahnsinn, daß ich dir nachgegeben habe. Aber ich bedaure nichts. Ach! Die Liebe ist ja so schön.«

In ihrem Mund kam Georges jedes derartige Wort aufreizend vor. Leise sagte sie: »Ach! Die Liebe ist ja so schön!«, wie eine Naive auf der Bühne.

Und dann brachte sie ihn durch die Ungeschicklichkeit ihrer Liebkosungen außer sich. Unter den Küssen ihres schönen Geliebten, der ihr Blut so hell hatte aufflammen lassen, war sie plötzlich sinnlich geworden und zeigte bei ihren Umarmungen eine ungeschickte Glut und einen ernsten Eifer, über die du Roy nur lachen konnte und die ihn an alte Leute denken ließen, die noch versuchen, das Lesen zu lernen.

Anstatt ihn in ihren Armen zu erdrücken, anstatt ihn mit jenem tiefen und schrecklichen Blick glühend anzusehen, den gewisse Frauen in der Herrlichkeit ihrer letzten Liebe haben, anstatt ihn mit ihrem stummen und bebenden Mund zu beißen, wenn sie ihn unter ihrem festen und warmen, ermüdeten, aber unersättlichen Fleisch erdrückte, war sie zappelig wie ein junges Mädchen, und in dem Wunsch, anmutig zu wirken, schwatzte sie drauf los: »Hab' dich ja so lieb, Kleiner. Hab' dich lieb. Sei mal ganz lieb zu deinem Frauchen!«

Dann hätte er am liebsten geflucht, hätte am liebsten seinen Hut genommen und wäre nach draußen gelaufen, hätte am liebsten die Tür hinter sich zugeknallt.

In den ersten Tagen hatten sie sich in der Rue de Constantinople oft getroffen, aber du Roy, der eine Begegnung mit Frau de Marelle fürchtete, fand jetzt tausend Vorwände, sich diesen Rendezvous zu entziehen.

Dann hatte er fast jeden Tag zu ihr kommen müssen, bald zum Frühstück, bald zum Abendessen. Unter dem Tisch drückte sie seine Hand, reichte ihm hinter den Türen den Mund zum Kuß. Ihm aber machte es besonderen Spaß, mit Suzanne zu tändeln, die ihn durch ihre drolligen Einfälle erheiterte. In ihrem Puppenkörper war ein flinker, schlauer und spöttischer Geist, der immer wieder überraschte. Treffend und bissig spottete sie über alles und alle. Und Georges leistete diesem ihrem Hang Vorschub, trieb sie förmlich zur Ironie, und sie verstanden sich ganz ausgezeichnet.

Jeden Augenblick rief sie ihn: »Bel Ami, hören Sie doch mal... Bel Ami, kommen Sie doch mal!«

Und er verließ gleich die Mutter, um zu der Tochter zu eilen, die ihm dann irgendeine Bosheit zuflüsterte, worauf beide herzlich lachten.

Der Liebe der Mutter überdrüssig, empfand er gegen diese bald einen unüberwindlichen Ekel. Er konnte sie nicht mehr sehen, nicht mehr hören, konnte ohne Wut nicht mehr an sie denken. Er besuchte sie nicht mehr, ließ ihre Briefe unbeantwortet und kam nicht mehr, wenn sie ihn rief.

Endlich begriff sie, daß er sie nicht mehr liebte, und sie litt ganz furchtbar darunter. Aber noch gab sie nicht alles verloren. Sie spionierte ihn aus, folgte ihm, wartete in einer Droschke mit zugezogenen Vorhängen an der Tür der Zeitung, an der Tür seines Hauses, in den Straßen, durch die er, wie sie hoffte, kommen werde.

Er hätte sie am liebsten mißhandelt, beleidigt, geschlagen, ihr ins Gesicht gesagt: »Ich habe genug von dir, du hängst mir zum Hals heraus.« Aber wegen der »Vie Française« mußte er allerlei Rücksichten nehmen. So versuchte er denn, ihr durch Kälte, durch eine Härte, die er in scheinbare Rücksicht hüllte, und durch Worte, die zuweilen unmißverständlich waren, klarzumachen, daß alles ein Ende haben müsse.

Sie aber bemühte sich, allerlei Listen zu erfinden, ihn in die Rue de Constantinople zu locken, und er lebte seitdem immer in der Furcht, die beiden Frauen könnten sich eines Tages an der Haustür begegnen.

Seine Liebe zu Frau de Marelle dagegen war im Lauf des Sommers immer größer geworden. Er nannte sie »Wildling«, und wirklich, sie gefiel ihm. Sie waren dem Wesen nach miteinander verwandt, gehörten beide zu der abenteuerlichen Rasse der Vagabunden des Lebens, dieser mondänen Vagabunden, die, ohne es zu ahnen, mit den Zigeunern der Landstraße so große Ähnlichkeit haben.

Sie hatten einen reizenden Liebessommer, als wären sie bummelnde Studenten, miteinander verbracht, hatten Ausflüge unternommen nach Argenteuil, nach Bougival, nach Maison und

Poissy, wo sie dann frühstückten oder zu Abend aßen, waren stundenlang im Boot gefahren und hatten an den Ufern Blumen gepflückt. Sie liebte gebratene Seinefische, Kaninchenfrikassee und jenes Fischgericht mit der pikanten Sauce, das man Matelote nennt, saß gern in den Lauben der Kneipen und hörte gern die Rufe der Ruderer. An einem schönen, hellen Tag fuhr er gern mit ihr hinaus aus der Stadt, saß mit ihr auf dem Verdeck eines Vorortzuges, streifte gern mit ihr durch die Pariser Umgebung, in der die scheußlichsten Landhäuser der reichen Pariser Bürger wie Pilze aus der Erde schießen.

Und wenn er dann bei Frau Walter zu Abend essen mußte, haßte er die alte Geliebte in Gedanken an die junge, die er eben verlassen hatte, die im Gras des Flußufers seine Begierde gestillt und seine Liebesglut geerntet hatte.

Er glaubte, nun endlich ein wenig von der »Chefin« frei zu sein, der er unzweideutig und fast brutal seinen Entschluß, mit ihr zu brechen, zum Ausdruck gebracht hatte, als er in der Redaktion das Telegramm erhielt, das ihn für zwei Uhr in die Rue de Constantinople rief.

Während er auf dem Weg dorthin war, las er das Telegramm noch einmal: »Ich muß dich heute noch unbedingt sprechen. Es handelt sich um etwas von äußerster Wichtigkeit. Erwarte mich um zwei Uhr in der Rue de Constantinople. Ich kann dir einen großen Dienst erweisen... Deine Freundin bis in den Tod Virginie.«

Er dachte: Was mag die alte Eule schon wieder wollen? Ich wette, daß sie mir gar nichts zu sagen hat. Sie wird nur wiederholen, daß sie mich anbetet. Aber ich will doch mal sehen, was los ist. Sie redet von einer Sache von äußerster Wichtigkeit und einem großen Dienst. Vielleicht ist was Wahres dran. Und um vier Uhr kommt Clotilde, um drei Uhr spätestens muß die andere verschwinden. Hoffentlich begegnen sich die beiden nicht. Man hat nur seine Scherereien mit den Weibern. Und er dachte, daß seine Frau wirklich die einzige sei, die ihn nicht quälte. Sie lebte an seiner Seite, schien ihn auch in den Stunden, die der Liebe galten, sehr gern zu haben, denn sie duldete nicht, daß man die unverrückbare Ordnung der gewöhnlichen Beschäftigungen des Lebens antastete.

Während er sich langsamen Schrittes nach seinem Absteigequartier in der Rue de Constantinople begab, wühlte er sich in eine immer größere Wut gegen die »Chefin« hinein. »Wenn die mir nichts Wichtiges mitzuteilen hat, dann kann sie was erleben. Vor dem, was ich ihr dann flüstere, kann Cambronne die Segel streichen. Zuerst werde ich ihr beibringen, daß ich ihre Bude nicht mehr betrete.« Er betrat seine Wohnung, um auf Frau Walter zu warten.

Sie ließ nicht lange auf sich warten. Kaum hatte sie ihn gesehen, als sie sagte: »Du hast also meine Depesche erhalten, das ist ja fein.«

Er hatte wieder sein böses Gesicht. »Ich erhielt sie in der Redaktion. Ich war gerade auf dem Weg in die Kammer. Was hast du denn schon wieder?«

Sie hatte den Schleier in die Höhe geschoben, um ihn zu küssen, und näherte sich ihm ängstlich und unterwürfig wie ein Hund, der oft geschlagen wird. »Wie grausam du zu mir bist... Und wie hart deine Worte klingen... Was habe ich dir denn getan?... Du weißt gar nicht, wie sehr ich deinetwegen leide...«

»Geht das schon wieder los?« knurrte er.

Sie stand neben ihm, wartete auf ein Lächeln, eine Bewegung, um sich in seine Arme zu werfen. Leise sagte sie: »Um mich so zu behandeln, brauchtest du mich nicht zu verführen. Dann hättest du mich besser in meiner Anständigkeit und in meinem Glück gelassen. Weißt du noch, was du mir damals in der Kirche sagtest und wie du mich dann gewaltsam in dieses Haus brachtest? Und jetzt redest du auf einmal so mit mir. Wie empfängst du mich? Ach, lieber Gott, wie weh du mir tust!«

Er stampfte mit dem Fuß auf den Boden und schrie: »Sei endlich still! Ich habe genug von dem Gequake! Kaum bist du da, so fängt das Gejammer wieder an. Als hättest du, als wir anfingen, eben zwölf Jahre gezählt und als wärest du unschuldig und unwissend gewesen wie ein Engel. Nein, Verehrte, bleiben wir bei der Wahrheit, von einer Verführung einer Minderjährigen kann nicht die Rede sein. Wenn du dich mir hingegeben hast, so bist du voll und ganz selbst dafür verantwortlich. Ich danke dir dafür, ich bin dir durchaus dankbar, aber das heißt nicht, daß ich dir bis zum Tod am Rockzipfel hänge. Du hast einen Mann, und ich habe eine Frau. Keiner von uns ist frei. Wir haben uns beide eine kleine Extratour erlaubt, und die ist nun zu Ende.«

»Wie roh, grob und gemein du bist«, entgegnete sie. »Nein, ich war kein junges Mädchen mehr, aber ich hatte niemals geliebt, hatte nicht gesündigt...«

Er fiel ihr ins Wort: »Das weiß ich, das hast du mir schon zwanzigmal gesagt... Aber du hattest zwei Kinder, ich habe dir deine Jungfräulichkeit also nicht genommen.«

Sie wich vor ihm zurück. »Georges, das ist würdelos!« Mit beiden Händen griff sie sich nach der Brust, als wäre sie dem Erstikken nahe. Dann brach sie in haltloses Schluchzen aus.

Als er ihre Tränen sah, nahm er seinen Hut vom Kamin. »Jetzt auch das noch... Guten Abend! Hast du mich deswegen hierher bestellt?«

Sie machte einen Schritt, ihm den Weg zu verlegen. Sie zog ein Taschentuch aus ihrer Tasche und trocknete sich mit einer hastigen Bewegung die Augen. Unter der Anstrengung ihres Willens wurde ihre Stimme wieder sicherer, und sie sagte: »Nein, ich bin gekommen... dir eine politische Neuigkeit mitzuteilen... durch die du leicht fünfzigtausend Francs und mehr verdienen kannst... wenn du willst.«

Plötzlich milder gestimmt, fragte er: »Wieso? Um was handelt es sich denn?«

»Gestern abend habe ich zufällig eine Unterredung zwischen meinem Mann und Laroche mitgehört, das heißt, sie besprachen die Sache eigentlich offen vor mir. Aber Walter empfahl dem Minister, die Sache vor dir geheimzuhalten, weil du sonst alles enthüllen würdest.«

Du Roy hatte seinen Hut wieder auf den Kamin gelegt. Voller Aufmerksamkeit wartete er. »Um was geht es also?«

»Sie wollen sich Marokkos bemächtigen.«

»Rede doch nicht! Ich habe mit Laroche gefrühstückt. Bei dieser Gelegenheit hat er mir sozusagen das Programm des Kabinetts in die Feder diktiert.«

»Nein, Liebling, sie haben dich hinters Licht geführt, denn sie fürchten, daß man ihnen auf die Schliche kommen könnte.«

»Nun setze dich erst mal«, sagte Georges. Er selbst nahm in einem Sessel Platz.

Sie zog einen kleinen Schemel herbei, auf dem sie sich zwischen den Beinen des jungen Mannes niederkauerte. Dann sagte sie mit einschmeichelnder Stimme: »Da ich immer nur an dich denke, lausche ich auf alles, was man bei uns flüstert.« Und dann erzählte sie ihm, daß sie schon lange geahnt habe, daß man gegen sein Wissen etwas vorbereite, daß man sich seiner bediene, aber seine Teilhaberschaft am Geschäft vermeiden wolle. »Ja, wenn man liebt, wird man listig und gerissen«, sagte sie.

Und gestern abend hatte sie endlich alles begriffen. Ein großes, ein sehr großes Geschäft werde hinter den Kulissen geschoben. Jetzt lächelte sie, war glücklich über ihre Geschicklichkeit.

Sie redete sich ordentlich in Erregung hinein, sprach ganz wie die Frau eines Finanzmannes, die weiß, wie Börsencoups zustande kommen, die über die Entwicklung der Wertpapiere Bescheid weiß, sich in Hausse und Baisse auskennt, durch die innerhalb von zwei Stunden die Spekulation von Tausenden von kleinen Bürgern, von kleinen Rentnern, die ihr Geld in Werten angelegt haben, die durch den Namen anständiger, geachteter Politiker und Bankiers garantiert sind, zunichte gemacht wird.

Sie wiederholte: »Was die da zusammengebraut haben, ist eine tolle Geschichte. Walter hat die Sache in der Hand, und der versteht sich auf so was. Wirklich eine ganz große Sache.«

Ihre einführenden Worte machten ihn durch ihre Ausführlichkeit ungeduldig. »Nun mal schnell weiter.«

»Die Expedition nach Tanger war an dem Tag beschlossene Sache, an dem Laroche das Auswärtige Amt übernommen hat. Sie haben fast die ganze Marokko-Anleihe, die auf vierundsechzig oder fünfundsechzig gefallen war, aufgekauft. Sie sind dabei sehr geschickt vorgegangen, indem sie verdächtige und anrüchige Agenten als Käufer auftreten ließen. Auf diese Weise erweckten sie kein Mißtrauen. Sie haben sogar die Rothschilds hereingelegt, die sich nur wunderten, daß nach Marokko so große Nachfrage war. Man nannte ihnen die Zwischenhändler, alles mehr oder weniger gescheiterte Existenzen. Das hat die Großbanken beruhigt. Und nun wird die Expedition unternommen, und sobald wir da unten sind, garantiert der Staat die Schuld. Und dabei verdienen unsere Freunde fünfzig bis sechzig Millionen. Verstehst du das Geschäft? Nun kannst du dir auch wohl denken, welche Angst sie vor jeder Indiskretion haben.« Sie hatte den Kopf gegen die Weste des jungen Mannes und ihre Arme auf seine Beine gelegt. Sie drängte, sie preßte sich gegen ihn, fühlte, daß er jetzt wieder Interesse an ihr hatte, da sie bereit war, für eine Zärtlichkeit, ein Lächeln alles zu tun.

»Bist du deiner Sache auch ganz sicher?« fragte er.

»Ich glaube wohl«, sagte sie voller Überzeugung.

»Wirklich, eine ganz tolle Geschichte. Den Schweinehund Laroche werde ich mir mal ganz besonders vornehmen. Dieser Halunke! Der soll sich in acht nehmen! Kein Stück lass' ich an dem heil.« Dann begann er zu überlegen: »Eigentlich sollte man sich so etwas nicht durch die Finger gehen lassen.«

»Noch könntest du Anleihe kaufen, sie steht erst auf zweiundsiebzig.«

»Das schon, aber ich habe im Augenblick kein verfügbares Kapital.«

Sie sah mit flehenden Augen zu ihm auf. »Daran habe ich gedacht, mein Kätzchen, und wenn du sehr, sehr lieb bist und mich ein wenig lieb hast, dann gestattest du, daß ich dir Geld leihe.«

Er antwortete schroff, fast hastig: »Na, höre mal!«

Leise flehte sie: »Hör zu, du brauchst dir gar kein Geld zu leihen. Ich habe die Absicht, von dieser Anleihe für zehntausend Francs zu kaufen, um mir eine kleine Reserve zu schaffen. Ich werde jetzt für zwanzigtausend kaufen. Du beteiligst dich zur Hälfte daran. Ich zahle das Geld nicht an Walter zurück. Augenblicklich braucht überhaupt kein bares Geld aufgebracht zu werden. Wenn die Sache klappt, verdienst du siebzigtausend Francs, und wenn nicht, dann schuldest du mir zehntausend Francs, die du mir wiedergibst, wenn du dazu in der Lage bist.«

»Nein«, sagte er, »solche Kombinationen gefallen mir nicht.«

Und nun versuchte sie, ihn umzustimmen; sie bewies ihm, daß er die zehntausend Francs auf Ehrenwort aufnahm, daß er allerlei Gefahren riskierte, daß sie ihm keinen Centime vorstreckte, da die Walterbank ja vorläufig das Geld zahlte.

Sie wies ihn außerdem darauf hin, daß er in der »Vie Française« die politische Campagne geführt habe, die dieses Geschäft erst möglich machte, daß er schön dumm wäre, wenn er sich diese Gelegenheit nicht zunutze machte.

Er zögerte immer noch.

Sie fuhr fort: »In Wirklichkeit streckt Walter dir das Geld vor, und du hast ihm Dienste erwiesen, die mehr wert sind als diese zehntausend Francs.«

»Gut«, sagte er, »ich bin einverstanden. Also halb und halb. Wenn wir verlieren, zahle ich dir die zehntausend Francs zurück.«

Sie war so glücklich, daß sie sich erhob, seinen Kopf in beide Hände nahm und ihn gierig abküßte.

Zuerst wehrte er sich nicht, aber als sie dann kühner wurde, ihn umarmte und ihn mit Liebkosungen geradezu verschlang, dachte er daran, daß die andere jeden Augenblick kommen könne, daß, wenn er schwach würde, er Zeit verlieren und in den Armen der Alten eine Glut vertun würde, die er besser für die Junge aufsparte.

Sanft schob er sie zurück. »Laß doch den Unsinn«, sagte er.

Sie sah ihn mit verzweifelten Augen an. »Ach, Georges, nun darf ich dich auch nicht einmal mehr umarmen.«

»Nein«, antwortete er, »heute nicht. Ich habe Migräne, und jede Bewegung tut mir im Kopf weh.«

Folgsam hockte sie sich wieder zwischen seinen Beinen nieder. Sie fragte: »Willst du morgen bei uns essen? Ich würde mich so sehr freuen.«

Er zögerte. Dann aber wagte er es doch nicht, ihre Einladung abzulehnen. »Sehr gern.«

»Tausend Dank, Geliebter.« Langsam rieb sie ihre Wange mit einer einschmeichelnden und regelmäßigen Bewegung an der Brust des jungen Mannes, und eins ihrer langen schwarzen Haare blieb an seiner Weste hängen. Sie sah es, und ihr kam ein ganz närrischer Gedanke, einer jener abergläubischen Gedanken, die oft die ganze Vernunft der Frauen sind. Ganz sachte wikkelte sie dieses Haar um einen der Westenknöpfe. Dann tat sie dasselbe mit einem anderen Haar, das sie um den nächsten

Knopf wickelte, und dann wieder ein Haar um einen anderen Knopf, bis sie so um jeden Knopf ein Haar gewickelt hatte.

Wenn er gleich aufstand, würde er ihr die um die Knöpfe gewickelten Haare ausreißen. Das würde ihr weh tun, aber dieser Schmerz würde tiefes Glück für sie bedeuten. Und ohne es zu wissen, würde er etwas von ihr mit sich nehmen, eine kleine Haarsträhne, um die er sie niemals gebeten hatte. Es war ein Band, durch das sie ihn an sich fesselte, ein geheimes, unsichtbares Band, ein Talisman, den sie bei ihm zurückließ. Ohne es zu wollen, würde er nun an sie denken, von ihr träumen und sie am nächsten Tag ein wenig mehr lieben.

Plötzlich sagte er: »Ich muß dich jetzt verlassen. Man erwartet mich für das Ende der Sitzung in der Kammer. Ich kann heute unter keinen Umständen fehlen.«

Sie seufzte: »Du willst schon gehen?« Dann fuhr sie ergeben fort: »Geh, Liebling, morgen beim Abendessen sehen wir uns wieder.« Mit einem Ruck erhob sie sich. Auf ihrem Kopf empfand sie einen kurzen und lebhaften Schmerz, als hätte man sie mit Nadeln gestochen. Das Herz schlug ihr ein wenig schneller. Sie war glücklich, seinetwegen ein wenig gelitten zu haben. »Adieu«, sagte sie.

Er umarmte sie mit einem mitleidigen Lächeln und küßte ihr kalt die Augen.

Wie von Sinnen durch diese Berührung, sagte sie wieder: »Schon?« Und ihr flehender Blick zeigte nach dem Zimmer, dessen Tür offenstand.

Er schob sie von sich. Dann sagte er schnell: »Ich muß jetzt gehen, sonst komme ich noch zu spät.«

Sie reichte ihm die Lippen, die er kaum berührte.

Und als er ihr den Sonnenschirm gab, den sie vergessen hatte, sagte er wieder: »Wir müssen uns beeilen, es ist schon drei Uhr vorbei.«

Sie verließ vor ihm die Wohnung. Wieder sagte sie: »Also morgen um sieben Uhr.«

»Morgen um sieben Uhr«, wiederholte er.

Sie trennten sich. Er ging nach links, sie nach rechts.

Du Roy ging hinauf bis nach dem äußeren Boulevard. Dann

ging er den Boulevard Malesherbes wieder mit langsamen Schritten hinunter. Als er an dem Laden eines Konditors vorbeikam, sah er in einer Kristallschale kandierte Kastanien, und er dachte: Ich will Clotilde ein Pfund mitbringen. Er kaufte eine Tüte dieser gezuckerten Früchte, die sie so über alles gern aß. Um vier Uhr war er wieder in seiner Wohnung in der Rue de Constantinople, wo er seine junge Geliebte erwartete.

Sie kam ein wenig später, weil ihr Mann für eine Woche nach Paris gekommen war. Sie fragte: »Kannst du morgen abend bei uns essen? Er würde sich sehr freuen.«

»Nein, ich bin beim Chef eingeladen. Wir haben allerhand politische und finanzielle Dinge zu besprechen.«

Sie hatte den Hut abgesetzt. Jetzt zog sie das Mieder aus, das sie sehr beengte.

Er zeigte ihr die Tüte, die auf dem Kamin stand. »Ich habe dir kandierte Kastanien mitgebracht.«

Sie klatschte in die Hände. »Wie herrlich! Und wie lieb von dir!« Sie nahm sie, probierte eine und erklärte: »Sie sind köstlich. Ich weiß schon, daß ich keine einzige übrig lasse.« Dann fügte sie, Georges mit sinnlicher Heiterkeit ansehend, hinzu: »Allen meinen Lastern gibst du nach.« Langsam aß sie die Kastanien und schaute immer wieder in die Tüte, um nachzusehen, ob sie noch welche enthielt. Sie sagte: »Setze dich in den Sessel. Ich kauere mich dann zwischen deine Beine und knabbere meine Kastanien.«

Er lächelte, setzte sich und nahm sie zwischen die geöffneten Schenkel, wie er das eben bei Frau Walter getan hatte.

Sie blickte zu ihm auf und sagte mit vollem Mund: »Ich habe von dir geträumt, Liebling. Wir saßen zusammen auf einem Kamel und machten eine große Reise. Das Kamel hatte zwei Hökker, jeder von uns saß auf einem Höcker, und so ritten wir durch die Wüste. In einer Tüte hatten wir Butterbrote und in einer Flasche Wein mitgenommen, und wir verzehrten unsere Vorräte auf dem Höcker des Kamels. Aber das langweilte mich, weil wir anderes nicht tun konnten. Wir waren zu weit voneinander entfernt, und ich wollte absteigen.«

»Und das will ich auch«, sagte er. Er lachte und freute sich über die Geschichte, er veranlaßte sie, allerhand dummes Zeug zu reden, Kindereien zu erzählen, alle jene köstlichen Albernheiten, die Verliebte so daherschwatzen. Und all dieses, das er so liebte, wenn es aus dem Mund von Frau de Marelle kam, hätte ihn, wenn Frau Walter es gesagt hätte, rasend gemacht.

Auch Clotilde nannte ihn »Liebling«, »mein Kleiner«, »mein Kätzchen«. Diese Worte schienen ihm süß und schmeichelnd. Als die andere dieselben Worte sagte, reizten sie ihn und ekelten ihn an. Die Worte der Liebe, die immer die gleichen sind, nehmen den Geschmack der Lippen an, von denen sie kommen.

Aber während er sich über ihre Torheiten freute, dachte er an die siebzigtausend Francs, die er gewinnen würde, und plötzlich tippte er seiner Freundin mit zwei Fingern auf den Kopf und unterbrach ihren Redestrom. »Hör mal genau zu, mein Kätzchen. Ich möchte dir einen Auftrag an deinen Mann geben. Sage ihm, er solle gleich morgen für zehntausend Francs Marokko-Anleihe kaufen, die zweiundsiebzig steht. Ich verspreche ihm, daß er damit vor Ablauf eines Vierteljahres sechzig- bis achtzigtausend Francs verdient hat. Er soll aber zu keinem Menschen darüber sprechen. Sage ihm, die Expedition nach Tanger stehe fest, und der Staat werde die marokkanische Schuld garantieren. Anderen gegenüber laß hierüber kein Wort verlauten. Was ich dir eben gesagt habe, ist Staatsgeheimnis.«

Ganz ernst hörte sie zu. »Ich danke dir. Ich werde das meinem Mann heute abend noch ausrichten. Seiner kannst du ganz sicher sein. Er spricht mit niemandem darüber. Er ist in jeder Hinsicht zuverlässig. Von ihm ist nichts zu befürchten.«

Sie hatte alle Kastanien gegessen. Sie zerknüllte die Tüte und warf sie in den Kamin. Dann sagte sie: »Nun komm ins Bett.« Und ohne sich zu erheben, begann sie Georges' Weste aufzuknöpfen.

Plötzlich hielt sie inne und zog zwischen zwei Fingern ein langes Haar hervor, das sich in einem der Knopflöcher verfangen hatte. Sie begann zu lachen. »Sieh mal einer an! Du hast ein Haar von Madeleine mitgebracht. Das nenne ich einen treuen Ehemann.«

Wieder ernst geworden, betrachtete sie lange auf ihrer Hand

den kaum sichtbaren Faden, den sie gefunden hatte, und murmelte: »Madeleine hat doch braunes Haar.«

Er lächelte: »Es wird wohl von dem Kammermädchen sein.«

Aber sie untersuchte jetzt die Weste wie ein Detektiv und hatte bald ein zweites Haar gefunden, das um einen Knopf gewickelt war. Dann fand sie ein drittes. Sie wurde blaß, begann ein wenig zu zittern und rief: »Oh! Du hast mit einer Frau geschlafen, die dir um alle Knöpfe Haare gewickelt hat.«

Erstaunt stotterte er: »Nein, du bist wohl wahnsinnig geworden.« Dann erinnerte er sich, begriff, war zuerst ein wenig verwirrt, leugnete dann grinsend und war im Grund gar nicht so böse darüber, daß sie glaubte, er habe noch andere Geliebte.

Sie suchte weiter und fand noch mehrere Haare, die sie mit einer schnellen Bewegung von den Knöpfen wickelte und dann auf den Boden warf.

Mit ihrem feinen Fraueninstinkt hatte sie alles erraten. Wütend und dem Weinen nahe, stammelte sie: »Sie liebt dich, und sie wollte, daß du etwas von ihr mit nach Hause nimmst... Du bist zu gemein...«

Dann stieß sie einen Schrei, einen schrillen Freudenschrei aus: »Ach! Es ist eine... Hier ist ein graues Haar... Jetzt nimmst du schon alte Weiber... Die bezahlen dich wohl?... Mit alten Weibern gibst du dich jetzt ab... Dann brauchst du mich ja nicht mehr, behalte die andere...« Sie stand auf, nahm ihr Mieder, das auf einem Stuhl lag, und zog es hastig an.

Er wollte sie zurückhalten. Beschämt stotterte er: »Aber nein, Clo, das ist ja alles dummes Zeug. Ich weiß nicht, was das zu bedeuten hat... Nun höre doch, bleibe...«

Sie wiederholte: »Behalte die Alte, behalte sie... Laß dir aus ihren Haaren, aus ihren grauen Haaren einen Ring flechten... Das ist das Richtige für dich.«

Mit schnellen Bewegungen hatte sie sich angezogen, ihren Hut aufgesetzt und den Schleier vor das Gesicht gebunden. Als er sie an sich ziehen wollte, schlug sie ihm mitten ins Gesicht. Als er verwirrt dastand, öffnete sie die Tür und verschwand.

Als er allein war, packte ihn eine wilde Wut gegen die alte Walter. Die sollte was erleben!

Er kühlte die Backe mit kaltem Wasser. Dann verließ auch er die Wohnung. Er sann auf Rache. Dieses Mal würde er nicht verzeihen. Nein!

Er ging bis nach dem Boulevard und blieb dann vor dem Laden eines Juweliers stehen, um eine Uhr zu betrachten, die er schon lange gekauft hätte, wenn sie nicht eintausendachthundert Francs gekostet hätte. Mit plötzlich aufwallender Freude dachte er: Wenn ich meine siebzigtausend Francs gewinne, kann ich sie mir leisten. Und er träumte von alledem, was er mit den siebzigtausend Francs machen würde. Zuerst würde er Deputierter. Und dann würde er die Uhr kaufen und dann an der Börse spekulieren und dann... und dann...

Er hatte keine Lust, in die Redaktion zu gehen. Bevor er Walter wiedersah und seinen Artikel schrieb, wollte er mit Madeleine sprechen. Er machte sich auf den Weg nach Hause.

Als er die Rue Drouot erreichte, blieb er plötzlich stehen. Er hatte vergessen, sich nach dem Befinden des Grafen de Vaudrec zu erkundigen, der in der Chaussée d'Antin wohnte. Er ging also langsam zurück, dachte, in glückliche Träume versunken, an tausend Dinge, an schöne und gute Dinge, an baldigen Reichtum, aber auch an den Schweinehund Laroche und die lästige »Chefin«. Wegen Clotildes Wut machte er sich weiter keine Sorgen, denn er wußte, daß sie ihm schnell verzieh.

Als er den Portier des Hauses, in dem der Graf de Vaudrec wohnte, fragte: »Wie geht es Herrn de Vaudrec? Wie ich höre, ist er letzthin nicht ganz auf dem Damm gewesen«, antwortete der Mann: »Dem Grafen geht es sehr schlecht. Wahrscheinlich wird er die Nacht nicht überleben. Die Gicht hat das Herz ergriffen.«

Du Roy war so erschrocken, daß er nicht wußte, was er tun sollte. Vaudrec lag im Sterben! Wirre Gedanken sausten ihm durch den Kopf, die er sich nicht einzugestehen wagte.

Er stotterte: »Danke, ich komme noch einmal wieder.« Aber was er gesagt hatte, hatte er nicht begriffen. Dann sprang er in eine Droschke und ließ sich nach Hause fahren.

Seine Frau war schon heimgekommen.

Ganz außer Atem eilte er in ihr Zimmer und sagte sofort: »Weißt du, daß Vaudrec im Sterben liegt?«

Sie saß in einem Sessel und las einen Brief. Sie hob die Augen und sagte dreimal hintereinander: »Was sagst du da? Was sagst du da? Was sagst du da?«

»Daß Vaudrec im Sterben liegt. Die Gicht hat das Herz ergriffen.« Dann fügte er hinzu: »Was gedenkst du zu tun?«

Sie war aus ihrem Sessel aufgestanden. Sie war blaß. Ihre Backen zitterten nervös. Dann mußte sie auf einmal furchtbar weinen. Sie stand immer noch da, die Hände vor das Gesicht geschlagen, von Schluchzen geschüttelt und von Kummer und Schmerz zerrissen.

Aber plötzlich beherrschte sie ihren Schmerz. Sie trocknete sich die Tränen: »Ich gehe zu ihm, ich gehe zu ihm... Kümmere dich weiter nicht um mich... Wann ich wieder nach Hause komme, weiß ich noch nicht.«

Er antwortete: »Ja, das tu.«

Sie reichten einander die Hand, und sie verließ die Wohnung so schnell, daß sie vergaß, ihre Handschuhe mitzunehmen.

Nachdem Georges allein zu Abend gegessen hatte, schrieb er seinen Artikel. Er verfaßte ihn ganz nach den Absichten des Ministers und ließ den Leser verstehen, daß die Expedition nach Marokko nicht stattfinden werde. Dann brachte er den Artikel in die Redaktion, sprach ein paar Augenblicke lang mit dem Chef, steckte sich eine Zigarette an und verließ erleichtert – warum, das konnte er nicht sagen – das Haus der »Vie Française«.

Seine Frau war noch nicht wieder zu Hause. Er ging zu Bett und schlief ein.

Gegen Mitternacht kam Madeleine zurück.

Georges, der plötzlich wach wurde, richtete sich im Bett auf. Er fragte: »Nun?« Noch nie hatte er sie so blaß und so erregt gesehen.

Leise sagte sie: »Er ist tot.«

»Ach! Und er hat noch mit dir gesprochen?«

»Nein. Als ich kam, war er schon ohne Bewußtsein.«

Georges überlegte. Er hätte gern manche Fragen gestellt, aber er wagte es nicht. »Lege dich schlafen«, sagte er.

Schnell zog sie sich aus und glitt zu ihm ins Bett.

»Waren Verwandte an seinem Sterbebett?« fragte er.

»Nur ein Neffe.«

»So? Besuchte dieser Neffe ihn öfters?«

»Nie... Seit zehn Jahren hatten sie einander nicht mehr gesehen.«

»Hat er sonst noch Verwandte?«

»Nein, ich glaube nicht.«

»Dann wird dieser Neffe ihn beerben?«

»Das weiß ich nicht.«

»War Vaudrec sehr reich?«

»Ja, sehr reich.«

»Wie hoch war wohl sein Vermögen?«

»Genau weiß ich das nicht. Eine bis zwei Millionen vielleicht.«

Er stellte keine weiteren Fragen, und sie blies die Kerze aus. Still, wach, allein mit ihren Gedanken beschäftigt, lagen sie nebeneinander in der dunklen Nacht.

Er hatte keine Lust mehr zu schlafen. Die siebzigtausend Francs, die Frau Walter ihm versprochen hatte, erschienen ihm jetzt als eine gar winzige Summe. Plötzlich glaubte er, daß Madeleine weinte. Um sich dessen zu vergewissern, sagte er: »Schläfst du?«

»Nein.« Ihre Stimme klang tränenerstickt und bebte.

Er sagte: »Ich habe ganz vergessen, dir zu erzählen, daß dein Minister uns ganz gewaltig hereingelegt hat.«

»Wieso?«

Und er erzählte ihr lang und breit mit allen Einzelheiten, was Laroche und Walter ausgeheckt hatten.

Als er mit seinem Bericht zu Ende war, fragte sie: »Und woher weißt du das?«

Er erwiderte: »Du gestattest wohl, daß ich das für mich behalte. Ich frage dich ja auch nicht nach den Quellen deiner Informationen. Ich habe meine Quellen wie du die deinen, und die möchte ich auch behalten. Jedenfalls stehe ich für die Genauigkeit meiner Informationen ein.«

»Möglich ist das durchaus... Ich hatte schon immer das Gefühl, daß sie hinter unserem Rücken etwas unternahmen.«

Georges, dem aller Schlaf vergangen war, näherte sich seiner Frau und küßte ihr sachte das Ohr.

Sie stieß ihn zurück: »Laß mich bitte in Ruh... Ich bin zu so etwas wirklich nicht aufgelegt.«

Resigniert legte er sich auf die andere Seite und machte die Augen zu. Schließlich schlief er ein.

VI

Die Kirche war schwarz ausgeschlagen, und das große Wappen mit der Krone über dem Portal verkündete den Passanten, daß ein Edelmann beerdigt wurde.

Die Feier war zu Ende, langsam zogen die Teilnehmer an dem Sarg und dem Neffen des Grafen de Vaudrec vorbei, der Hände schüttelte und Grüße erwiderte.

Als Georges du Roy und seine Frau die Kirche verlassen hatten, gingen sie nebeneinander her, um sich nach Hause zu begeben. Keiner sagte ein Wort. Jeder war mit seinen Gedanken beschäftigt.

Endlich sagte Georges wie zu sich selbst: »Wirklich, das ist ganz erstaunlich.«

»Was denn?«

»Daß Vaudrec uns nichts hinterlassen hat.«

Sie errötete, als hätte plötzlich ein rosa Schleier ihren Hals und ihr Gesicht mit der weißen Haut bedeckt, und sagte: »Warum hätte er uns etwas vermachen sollen? Dazu liegt doch gar kein Grund vor.« Sie schwieg einige Augenblicke. Dann fuhr sie fort: »Vielleicht liegt ein Testament bei einem Notar. Der wird uns gegebenenfalls schon benachrichtigen.«

Er überlegte, dann sagte er: »Ja, das sollte man annehmen, denn schließlich war er ja unser beider bester Freund. Zweimal in der Woche hat er bei uns gegessen, und wenn er uns besuchte, war er immer willkommen. Er war bei uns wie zu Hause. Er liebte dich, wie ein Vater seine Tochter liebt, und er hatte keine Familie, keine Kinder, keine Brüder oder Schwestern, nur einen Neffen, von dem er nichts hörte und sah. Er hat sicher ein Testament gemacht. Mit viel rechne ich ja gar nicht, nur ein Andenken, das uns beweist, daß er an uns gedacht hat, daß er uns liebte, daß er die Liebe, die wir ihm entgegenbrachten, anerkannt hat. Diesen Beweis seiner Freundschaft war er uns eigentlich schuldig.«

Mit nachdenklichem und gleichgültigem Gesicht sagte sie: »Ja, es ist schon möglich, daß er ein Testament gemacht hat.«

Als sie zu Hause waren, überreichte der Diener Madeleine einen Brief. Sie öffnete ihn und gab ihn dann ihrem Mann.

»Kanzlei des Notars Lamaneur
17, Rue des Vosges

Gnädige Frau!

Ich habe die Ehre, Sie zu bitten, in einer Sie betreffenden Angelegenheit sich am Dienstag, Mittwoch oder Donnerstag bei mir einfinden zu wollen.

Mit vorzüglicher Hochachtung
Lamaneur.«

Georges war rot geworden. »Das kann nur das Testament sein. Seltsam, daß du und nicht ich das Schreiben erhältst. Ich bin doch schließlich der Haushaltungsvorstand.«

Zuerst erwiderte sie nichts. Nach kurzem Überlegen sagte sie: »Sollen wir sofort hingehen?«

»Mir ist es schon recht.«

Gleich nach dem Frühstück machten sie sich auf den Weg.

Als sie Lamaneurs Kanzlei erreichten, erhob sich der Bürovorsteher mit sichtbarem Eifer und führte sie gleich in das Zimmer seines Chefs.

Der Notar war ein kleiner, rundlicher Mann. Alles an ihm war rund. Sein Kopf sah aus wie eine Kugel. Diese Kugel saß auf einer anderen Kugel, und diese andere Kugel wurde von zwei so kurzen und kleinen Beinen getragen, daß diese fast auch wie eine Kugel aussahen.

Er begrüßte die beiden, deutete dann auf zwei Stühle, und sich an Madeleine wendend, sagte er: »Ich habe Sie hierher gebeten, gnädige Frau, um Ihnen von dem Testament des Grafen de Vaudrec, das Sie betrifft, Kenntnis zu geben.«

Georges konnte sich nicht enthalten zu sagen: »Das habe ich mir gedacht.«

Der Notar fuhr fort: »Ich werde Ihnen nun das übrigens sehr kurze Dokument vorlesen.« Er entnahm einer Mappe ein Schriftstück und las:

»Ich, der unterzeichnete Paul Émile Cyprien Gontran Graf de Vaudrec, körperlich und geistig gesund, gebe hiermit meinen letzten Willen kund.

Da der Tod uns jeden Augenblick treffen kann, will ich die Vorsicht gebrauchen, mein Testament zu schreiben, das bei dem Notar Lamaneur hinterlegt wird.

Da ich keine direkten Erben habe, hinterlasse ich mein Vermögen, das aus sechshunderttausend Francs in Wertpapieren und aus etwa fünfhunderttausend Francs in Grundbesitz besteht, Frau Claire-Madeleine du Roy, ohne an dieses Legat irgendeine Bedingung zu knüpfen. Ich bitte sie, diese Gabe eines toten Freundes anzunehmen und in ihr den Beweis einer ergebenen, tiefen und respektvollen Zuneigung zu sehen.«

Der Notar fügte hinzu: »Das ist alles. Das Testament trägt das Datum vom letzten August und ist an Stelle eines gleichen Dokuments angefertigt worden, das vor zwei Jahren abgefaßt wurde und auf den Namen Claire-Madeleine Forestier lautete. Dieses erste Testament befindet sich ebenfalls in meinem Besitz als Beweisstück dafür, daß der Wille des Grafen sich nicht geändert hat – falls gegen das Testament von seiten der Familie Einspruch erhoben werden sollte.«

Madeleine, die sehr blaß geworden war, sah vor sich hin. Georges drehte nervös den Schnurrbart.

Nach kurzem Schweigen fuhr der Notar fort: »Selbstverständlich kann die gnädige Frau das Legat nur mit Ihrer Einwilligung annehmen, Herr du Roy.«

Du Roy erhob sich und sagte kurz angebunden: »Ich bitte um Bedenkzeit.«

Lächelnd verbeugte sich der Notar und sagte mit betonter Liebenswürdigkeit: »Ich kann Ihre Bedenken voll und ganz verstehen, Herr du Roy. Ich darf wohl hinzufügen, daß der Neffe des Herrn de Vaudrec heute morgen von der letztwilligen Verfügung seines Onkels Kenntnis genommen und sich bereit erklärt hat, das Testament anzuerkennen, wenn ihm eine Summe von hunderttausend Francs bewilligt wird. Nach meiner Überzeugung ist das Testament unangreifbar, aber ein Prozeß – den Sie vielleicht lieber vermeiden – würde viel Staub aufwirbeln. Die Welt ist in ihren Urteilen oft sehr bösartig. Könnten Sie mich wohl über Ihre diesbezüglichen Absichten bis Samstag informieren?«

Georges verbeugte sich: »Gewiß, Herr Notar.« Dann grüßte er sehr förmlich, ließ seine Frau vorangehen, die bisher kein Wort gesagt hatte, und verließ das Büro mit einem derart kalten Gesicht, daß der Notar nicht mehr lächelte.

Als die beiden wieder zu Hause waren, knallte du Roy die Tür zu und warf seinen Hut auf das Bett. »Bist du Vaudrecs Geliebte gewesen?«

Madeleine, die ihren Schleier losband, fuhr herum. »Ich? Nein, so was!«

»Ja, du... Man hinterläßt sein ganzes Vermögen einer Frau nur, wenn...«

Ein Zittern hatte sie befallen, so daß es ihr nicht gelang, die Nadeln zu lösen, die das zarte Gewebe zusammenhielten. Sie überlegte einen Augenblick, dann sagte sie mit erregter Stimme: »Du bist wohl wahnsinnig geworden... Du bist... Du bist... Hast du eben nicht selbst gesagt, daß er dir hoffentlich etwas vermacht hat?«

Georges stand neben ihr, beobachtete ihre Erregung wie ein Untersuchungsrichter, der die geringste Unsicherheit bei einem Beschuldigten feststellen will. Jedes Wort scharf betonend, sagte er dann: »Ja, mir konnte er etwas vermachen, mir, deinem Mann, mir, seinem Freund, verstehst du, aber nicht dir, seiner Freundin, dir, meiner Frau. Das ist denn doch ein ganz gewaltiger, ein wesentlicher Unterschied, vom Standpunkt der Schicklichkeit und der öffentlichen Meinung aus gesehen.«

Madeleine sah ihn starr an, schaute ihm tief und seltsam in die Augen hinein, als wollte sie in ihnen etwas lesen, als wollte sie in ihnen jenes Unbekannte entdecken, das man nie, vielleicht hin und wieder einmal in schnellen Sekunden erhascht, in jenen Augenblicken der Unachtsamkeit, der Hingabe oder der Unaufmerksamkeit, die wie offengelassene Tore in das geheimnisvolle Innere der Seele sind. Langsam und betont sagte sie: »Und doch scheint es mir, daß man ein so großes Vermächtnis seinerseits an dich ebenso seltsam gefunden hätte.«

Barsch fragte er: »Warum?«

»Weil...« Sie zögerte. Dann fuhr sie fort: »Weil du mein Mann bist, weil du ihn erst seit kurzer Zeit kennst, weil ich schon lange seine Freundin bin, weil sein erstes Testament, das er noch zu Lebzeiten Forestiers abfaßte, schon zu meinen Gunsten lautete.«

Georges begann mit langen Schritten im Zimmer auf und ab zu gehen. Er erklärte: »Du kannst das einfach nicht annehmen.«

»Gut. Dann brauchen wir erst gar nicht bis Samstag zu warten. Wir können das sofort Lamaneur mitteilen.«

Er blieb vor ihr stehen. Wieder sahen sie einander in die Augen, in dem Bemühen, bis in das undurchdringliche Geheimnis ihrer Herzen vorzustoßen und die gegenseitigen Gedanken zu ergründen. Sie versuchten, in einer glühenden und stummen Frage das Gewissen in seiner Nacktheit zu sehen: der Kampf zweier Wesen, die nebeneinander leben und sich doch nie kennen, sich beargwöhnen, sich wittern, sich beobachten und einander doch nie bis in den schlammigen Grund der Seele kennen.

Und dann sagte er ihr plötzlich leise ins Gesicht: »Gestehe, daß du Vaudrecs Geliebte warst!«

Sie zuckte mit den Schultern: »Du bist zu blöde... Vaudrec mochte mich gern, sehr gern, aber sonst war nichts, nie.«

Er stampfte mit dem Fuß auf den Boden: »Du lügst. Das ist doch gar nicht möglich.«

In aller Ruhe erwiderte sie: »Und trotzdem ist es genauso, wie ich sage.«

Er nahm seine Wanderung durch das Zimmer wieder auf, blieb dann wieder stehen. »Dann sage mir doch mal, wie er dazu kommt, dir sein ganzes Vermögen zu hinterlassen.«

Sie tat das ganz ungezwungen und desinteressiert. »Das ist ganz einfach. Wie du vorhin schon sagtest, hatte er außer uns oder besser außer mir – er kennt mich von meiner Kindheit an – keine Freunde. Meine Mutter war Gesellschaftsdame bei seinen Verwandten. Immer kam er zu uns, und da er keine leiblichen

Erben hat, hat er an mich gedacht. Daß er mich ein wenig geliebt hat, ist durchaus möglich. Aber wo ist die Frau, die niemals in dieser Weise geliebt worden ist? Daß diese verborgene, geheime Liebe ihm meinen Namen in die Feder diktierte, als er an seinen letzten Willen dachte – warum nicht? Jeden Montag brachte er mir Blumen. Das hat dich weiter nicht in Erstaunen versetzt, aber dir brachte er keine mit. Aus dem gleichen Grund und weil er niemanden hat, dem er es geben konnte, gab er mir heute sein Vermögen. Es wäre doch mehr als seltsam, wenn er es dir vermacht hätte. Warum sollte er? Was bist du ihm?«

Sie sprach mit so viel Natürlichkeit und Ruhe, daß Georges zögerte. Schließlich antwortete er: »Einerlei, unter diesen Umständen können wir die Erbschaft nicht annehmen. Der Eindruck wäre geradezu erbärmlich. Ich möchte das Geschwätz nicht hören, und die lächerliche Person wäre allein ich. Die Kollegen sind sowieso eifersüchtig auf mich, für die wäre das ein gefundenes Fressen. Mehr als ein anderer muß ich auf meine Ehre achten und auf meinen guten Ruf. Es ist einfach ausgeschlossen, daß ich dulde, daß meine Frau ein Vermächtnis dieser Art von einem Mann annimmt, den die öffentliche Meinung bereits als ihren Geliebten betrachtet. Forestier hätte diese Bedenken vielleicht nicht gehabt, ich habe sie im höchsten Maß.«

Ruhig entgegnete sie: »Dann nehmen wir die Erbschaft nicht an, und damit haben wir dann eine Million weniger in unserer Tasche. Damit wäre die Sache erledigt.«

Wieder begann er durch das Zimmer zu wandern. Er dachte jetzt laut, sprach für seine Frau, ohne sich an sie zu wenden. »Ja, eine Million... Um so schlimmer... Als er sein Testament schrieb, ist ihm nicht klar gewesen, daß er gegen allen Takt und alle Schicklichkeit gröblichst verstieß. Ebenso wenig hat er erkannt, in welch schiefe und lächerliche Situation er mich brachte. Im Leben kommt es auf die Nuancen an. Hätte er mir die Hälfte hinterlassen, dann wäre alles in Ordnung gewesen.« Er setzte sich, schlug die Beine übereinander und begann seinen Schnurrbart zu drehen, wie er es tat, wenn er sich ärgerte, innerlich nicht zur Ruhe kam und mit seinen Gedanken nicht fertig werden konnte.

Madeleine nahm eine Stickerei, an der sie dann und wann ein wenig arbeitete. Während sie den passenden Faden wählte, sagte sie: »Ich brauche nur zu schweigen. Überlegen mußt du.«

Es dauerte lange, bis er antwortete. Zögernd sagte er schließlich: »Niemand wird begreifen, daß Vaudrec dich zur Universalerbin gemacht und ich dazu meine Zustimmung gegeben habe. Die Annahme des Vermögens in dieser Art bedeutet ein Eingeständnis; wir geben damit zu, daß du zu ihm in unerlaubten Beziehungen standest und ich damit einverstanden war. So würde man reden und nicht anders. Wir müßten einen Ausweg finden, einen Weg, die Sache in glaubhafter Weise zu beschönigen. Man müßte der Öffentlichkeit zum Beispiel zu verstehen geben, daß er das große Vermögen unter uns geteilt hat, daß er die eine Hälfte dem Mann, die andere der Frau vermachte.«

»Aber wie soll das denn möglich sein? Das Testament ist doch ganz formell?« fragte sie.

»Das ist weiter nicht schwer«, erwiderte er. »Du könntest mir die Hälfte der Erbschaft durch Schenkung übertragen. Da wir keine Kinder haben, ist das durchaus möglich. Auf diese Weise könnte man der öffentlichen Bosheit das Maul stopfen.«

Ein wenig ungeduldig erwiderte sie: »Daß man auf diese Weise der öffentlichen Bosheit das Maul stopfen könnte, will mir nicht in den Kopf. Vaudrecs Testament liegt doch von ihm unterschrieben vor.«

Wütend fuhr er sie an: »Müssen wir es denn jedem auf die Nase binden? Müssen wir es durch Anschlag an den Mauern bekanntgeben? Du bist wirklich ein wenig auf den Kopf gefallen. Wir sagen einfach, der Graf de Vaudrec habe uns sein Vermögen zu gleichen Teilen hinterlassen... Ohne meine Einwilligung kannst du das Erbe nicht antreten. Ich gebe sie dir unter der Bedingung, daß wir die Erbschaft teilen, denn nur so kann ich verhüten, zum Gespött der Welt zu werden.«

Wieder sah sie ihn mit durchdringenden Blicken an. »Ganz wie du willst, ich bin dazu bereit.«

Er stand auf und wanderte wieder durch das Zimmer. Wieder schien er zu zögern und mied jetzt den durchdringenden Blick seiner Frau. »Nein, es geht doch nicht... Vielleicht ist es doch das

Beste, wir verzichten; das ist würdiger, korrekter und anständiger. Auf diese Weise wäre jedem Verdacht der Boden unter den Füßen weggezogen, auch die Skrupulösesten könnten sich nur beugen.« Er blieb vor Madeleine stehen. »Wenn du willst, gehe ich allein zu Lamaneur, um ihn um Rat zu fragen und ihm unsere Bedenken vorzutragen. Ich werde ihn auch darauf aufmerksam machen, daß wir an eine Teilung gedacht haben, um von vornherein allem Gerede das Wasser abzugraben. Wenn ich die Hälfte des Erbes annehme, hat niemand mehr das Recht zu lächeln. Auf diese Weise erkläre ich ganz klar: ›Meine Frau nimmt an, weil ich annehme, ich, der ich ihr Mann bin, ich, der ich darüber zu befinden habe, was sie tun kann, ohne sich zu kompromittieren.‹ Alles andere brächte uns in des Teufels Küche.«

Ganz ruhig erwiderte Madeleine: »Wie du willst.«

Er wurde auf einmal lebendiger. »Ja, eine solche Teilung brächte alles in Ordnung. Wir erben von einem Freund, der uns nicht unterschiedlich behandeln, der vermeiden wollte, daß man sagen könnte: ›Er hat nach seinem Tod den einen oder den anderen vorgezogen, wie er das bereits zu Lebzeiten tat... Natürlich mochte er die Frau lieber, aber indem er sein Vermögen beiden zu gleichen Teilen hinterließ, hat er klar zum Ausdruck gebracht, daß seine Gefühle der Frau gegenüber rein platonisch waren. Wenn er daran gedacht hätte, hätte er es ganz bestimmt getan.‹ Aber das hat er nun leider nicht getan, leider hat er die Folgen nicht bedacht. Wie du eben ganz richtig sagtest: Dir brachte er jede Woche Blumen mit, dir wollte er seine letzte Erinnerung hinterlassen, ohne sich darüber klar zu sein...«

Sie unterbrach ihn fast gereizt: »Ist schon gut, ich habe alles verstanden. So vieler Worte deinerseits bedarf es gar nicht. Geh nur gleich zum Notar.«

Ihm stieg die Röte ins Gesicht, und er sagte: »Du hast recht, ich gehe sofort.« Er griff nach seinem Hut. In dem Augenblick, in dem er das Zimmer verließ, fügte er hinzu: »Ich werde versuchen, die Schwierigkeiten mit dem Neffen mit fünfzigtausend Francs aus dem Weg zu räumen.«

Hochmütig erwiderte sie: »Nein, gib ihm die hunderttausend Francs, die er verlangt. Wenn du willst, kannst du sie von meinem Teil nehmen.«

Plötzlich beschämt, antwortete er: »Das kommt gar nicht in Frage. Wir teilen natürlich. Wenn jeder fünfzigtausend Francs hergibt, bleibt uns immer noch eine runde Million.« Dann fügte er hinzu: »Bis gleich, meine kleine Mad.«

Und er setzte dem Notar seinen Plan auseinander, den, wie er behauptete, seine Frau ersonnen habe.

Am nächsten Tag unterzeichneten sie eine Schenkungsurkunde, nach der Frau Madeleine du Roy ihrem Mann fünfhunderttausend Francs übergab.

Als sie die Kanzlei verließen, machte Georges den Vorschlag, bei dem schönen Wetter zu Fuß bis auf die Boulevards zu gehen. Er zeigte sich sehr lieb, besorgt, voller Rücksicht und Zärtlichkeit. Er lachte, freute sich über alles, während sie ein wenig nachdenklich und streng blieb.

Es war ein ziemlich kalter Herbsttag. Die Menge eilte fast durch die Straßen. Du Roy führte sein Frau vor das Schaufenster des Juweliers, in dem er so oft die ersehnte Uhr betrachtet hatte. »Ich möchte dir gern ein nettes Schmuckstück kaufen«, sagte er.

Gleichgültig erwiderte sie: »Wenn du absolut willst.«

Sie betraten den Laden.

Er fragte: »Was magst du lieber: ein Collier, ein Armband oder Ohrringe?«

Der Anblick der schönen Dinge aus Gold und der kostbaren Steine verscheuchte ihre gewollte Kälte, und mit funkelnden und neugierigen Augen betrachtete sie die Vitrinen mit ihren Herrlichkeiten. Und plötzlich von einem Wunsch, der fast Begehrlichkeit war, erregt, sagte sie: »Sieh mal das niedliche Armband.«

Es war eine seltsam geformte Kette, deren Glieder jedes einen anderen Stein trug.

»Was kostet das Armband?« fragte Georges.

»Dreitausend Francs«, antwortete der Juwelier.

»Ich würde es nehmen, wenn Sie es mir für zweitausendfünfhundert überließen.«

Der Mann zögerte einen Augenblick. Dann sagte er: »Das ist mir leider nicht möglich.«

Du Roy erwiderte: »Ich würde auch diese Uhr für fünfzehnhundert nehmen. Das machte dann viertausend, die ich bar bezahlen würde. Abgemacht? Wenn Sie nicht wollen, gehe ich in einen anderen Laden.«

Der Juwelier zögerte wieder, doch schließlich sagte er: »Einverstanden.«

Nachdem der Journalist seine Adresse angegeben hatte, fügte er hinzu: »In den Deckel der Uhr lassen Sie bitte unter einer Freiherrnkrone meine Initialen G. R. C. verschlungen eingravieren.«

Als sie den Laden verließen, hängte sie sich mit einer gewissen Zärtlichkeit an seinen Arm. Sie fand ihn wirklich sehr geschickt und klug. Jetzt, da er von seinen Zinsen leben konnte, brauchte er auch einen Titel, das war doch selbstverständlich.

Der Juwelier grüßte sie: »Bis Donnerstag ist alles bestimmt fertig, Herr Baron.«

Sie kamen am Vaudeville vorbei, in dem ein neues Stück gegeben wurde.

»Wenn du willst, gehen wir heute abend ins Theater. Wollen mal versuchen, ob wir noch eine Loge bekommen können.«

Sie bekamen noch zwei Logenplätze.

»Sollen wir heute mal draußen essen?«

»Das wäre wirklich ganz nett.«

Er war glücklich wie ein Fürst und überlegte, was alles sie sonst noch unternehmen könnten. »Sollen wir Frau de Marelle abholen, damit sie den Abend mit uns verbringt? Wie ich gehört habe, ist ihr Mann da. Ich möchte ihn ganz gern begrüßen.«

Sie gingen zu den Freunden.

Georges, der vor der ersten Begegnung mit seiner Geliebten ein wenig Angst hatte, war gar nicht böse darüber, daß seine Frau ihn begleitete, denn so ging er jeder Erklärung aus dem Weg.

Aber Clotilde schien sich an nichts zu erinnern und überredete ihren Mann, die Einladung anzunehmen.

Das Essen war heiter, und der Abend verlief ganz reizend.

Erst spät waren Georges und Madeleine wieder zu Hause. Im Treppenhaus brannte kein Licht mehr. Von Zeit zu Zeit zündete der Journalist ein Wachsstreichholz an. Als sie den Treppenabsatz in der ersten Etage erreicht hatten, ließ die Flamme, die plötzlich unter dem Reiben entstand, in dem großen Spiegel ihre beiden Gestalten hell in dem Dunkel der Treppe erscheinen. Sie sahen aus wie Geister, die gleich wieder in der Nacht verschwanden.

Du Roy hob die Hand, damit sie ihre Spiegelbilder besser sähen, und dann sagte er mit sieghaftem Lachen: »Millionäre gehen vorbei.«

VII

Seit zwei Monaten war die Eroberung Marokkos vollendet. Als Herrin von Tanger besaß Frankreich die ganze afrikanische Mittelmeerküste bis nach Tripolis und hatte die Schuld des neu annektierten Landes garantiert.

Man erzählte, daß zwei Minister bei dieser Geschichte etwa zwanzig Millionen verdient hätten, und man nannte in diesem Zusammenhang ganz offen den Namen Laroche-Mathieu.

Was Walter angeht, so wußte jeder in Paris, daß er ein doppeltes Geschäft gemacht hatte. An der Anleihe hatte er dreißig bis vierzig Millionen verdient, und die Kupfer- und Eisenminen hatten ihm acht bis zehn Millionen eingebracht, wozu dann noch die Gewinne aus dem Verkauf von ungeheuren Ländereien kamen, die er vor der Eroberung sozusagen umsonst bekommen und gleich nach der französischen Besetzung für teures Geld an Siedlungsgesellschaften verkauft hatte.

Er war in wenigen Tagen einer der Herrscher der Welt geworden, einer dieser allmächtigen Finanzleute, die viel mächtiger sind als Könige, vor denen sich die Köpfe neigen, vor denen die Münder stammeln, vor denen sich alle Niedrigkeit, Feigheit und aller Neid des menschlichen Herzens offenbart.

Er war nicht mehr der Jude Walter, nicht mehr der Leiter einer anrüchigen Bank, der Direktor einer verdächtigen Zeitung, nicht mehr der Deputierte, dem man allerlei schmutzige Geschäfte nachsagte. Er war auf einmal HERR Walter, der reiche Israelit. Und das wollte er zeigen.

Da er wußte, daß der Fürst von Carlsbourg, der in der Rue du Faubourg Saint-Honoré eines der schönsten Häuser mit Garten auf die Champs-Élysées besaß, sich in Geldschwierigkeiten befand, machte er diesem den Vorschlag, ihm das Haus mit der gesamten Einrichtung innerhalb von vierundzwanzig Stunden abzukaufen. Er bot ihm drei Millionen. Der Fürst, den die hohe Summe reizte, nahm das Angebot an.

Schon am folgenden Tag bezog Walter sein neues Heim.

Dann beschäftigte ihn ein anderer Gedanke, der Gedanke eines Eroberers, der Paris besitzen will, ein Gedanke, dessen sich Bonaparte nicht zu schämen gebraucht hätte.

In dieser Zeit betrachtete die ganze Stadt ein großes Gemälde des ungarischen Malers Karl Marcowitch, das bei dem Experten Jacques Lenoble ausgestellt war und Christus darstellte, wie er über die Wogen schreitet. Begeistert nannte die Kritik dieses Gemälde das herrlichste Meisterwerk des Jahrhunderts.

Walter kaufte es für fünfhunderttausend Francs und ließ es gleich in sein Haus schaffen. Die Pariser Öffentlichkeit hatte das Nachsehen, während er auf diese Weise die Stadt zwang, über ihn zu sprechen, ihn zu beneiden, zu tadeln oder ihm zuzustimmen.

Dann ließ er durch die Zeitungen bekanntgeben, daß er alle bekannten Leute der Pariser Gesellschaft einlade, an einem bestimmten Abend in seinem Haus das Meisterwerk des ausländischen Künstlers zu betrachten, damit niemand ihm nachsagen könne, er habe ein Kunstwerk der Öffentlichkeit entzogen. Sein Haus stehe jedem offen, der kommen wolle. Er brauche an der Haustür nur die Einladung vorzuzeigen.

Diese Einladung war folgendermaßen abgefaßt: »Herr und Frau Walter beehren sich, Sie zu bitten, in ihrem Haus am 30. Dezember in der Zeit von neun Uhr bis Mitternacht das Gemälde von Karl Marcowitch zu besichtigen. Das Bild ›Christus schreitet über die Wogen‹ wird elektrisch beleuchtet.« In einem kleingedruckten Postscriptum hieß es: »Nach Mitternacht wird getanzt.«

Wer also bleiben wollte, konnte bleiben, und unter diesen würden die Walters ihren zukünftigen Verkehr wählen.

Die anderen würden das Bild, das Haus und seine Besitzer mit einer mondänen, frechen oder gleichgültigen Neugierde betrachten und dann wieder gehen, wie sie gekommen waren. Walter wußte ganz genau, daß sie später wiederkommen würden, wie sie auch zu seinen israelitischen Brüdern, die reich geworden waren, wiedergekommen waren.

Vor allem mußten alle die armseligen Schlucker mit den tönenden Titeln, von denen die Zeitungen immer wieder berichteten, erst mal sein Haus betreten, und sie würden es betreten, um den Mann zu sehen, der in sechs Wochen fünfzig Millionen verdient hatte, und sie würden auch kommen, um die zu sehen und zu zählen, die hierher kamen, und dann würden sie kommen, weil er den Takt und die Geschicklichkeit besessen hatte, sie in sein, des Israeliten, Haus zu bitten, um ein christliches Bild zu betrachten. Er schien ihnen zu sagen: »Ich habe fünfhunderttausend Francs für Marcowitchs religiöses Meisterwerk ›Christus schreitet über die Wogen‹ bezahlt. Und dieses Meisterwerk wird von nun an in meinem Haus, in dem Haus des Juden Walter, hängen.«

In der Gesellschaft, in der Gesellschaft der Herzoginnen und des Jockeiklubs, hatte man viel über diese Einladung, die im Grunde zu nichts verpflichtete, gesprochen. Man ging hin, wie man eine Ausstellung von Aquarellen bei Petit besuchte. Die Walters besaßen ein Meisterwerk. Für einen Abend öffneten sie ihr Haus, damit jeder es bewundern konnte. Dagegen war nichts einzuwenden.

Seit vierzehn Tagen brachte die »Vie Française« jeden Morgen eine kurze Nachricht über das Ereignis des 30. Dezembers und bemühte sich, die öffentliche Neugier zu reizen.

Du Roy platzte vor Wut über den Triumph seines Chefs. Mit seinen fünfhunderttausend Francs, die er von seiner Frau erpreßt hatte, war er sich ungeheuer reich vorgekommen. Als er aber jetzt sein kümmerliches Vermögen mit dem Millionenregen verglich, der auf den anderen niedergegangen war, ohne daß er selbst auch nur einen Tropfen abbekommen hatte, kam er sich arm, entsetzlich arm vor.

Jeden Tag wuchs seine neiderfüllte Wut. Und diese Wut galt jedem, galt den Walters, die er schon lange nicht mehr besucht hatte, galt seiner Frau, die, von Laroche getäuscht, ihm davon abgeraten hatte, sich in Marokkopapieren zu engagieren, galt aber ganz besonders dem Minister, der ihn hinter das Licht geführt, sich seiner bedient hatte, obwohl er zweimal in der Woche sein Gast war. Georges diente ihm als Sekretär, als Agent, als Federhalter, und wenn er nach seinem Diktat schrieb, dann hätte er diesen sieghaften Fatzke am liebsten erwürgt. Als Minister hatte Laroche nur geringen Erfolg, und um sein Portefeuille nicht zu verlieren, vermied er alles, was seinen ungeheuren Reichtum hätte verraten können. Aber du Roy fühlte diesen Reichtum in der arroganten Sprache dieses emporgekommenen, kleinen Anwalts, in seinen frecheren Gesten, in seinen kühneren Behauptungen und seinem unerschütterlichen Selbstvertrauen.

Laroche herrschte jetzt im Haus du Roy. Er hatte den Platz und die Besuchstage des Grafen de Vaudrec für sich in Anspruch genommen und sprach zu den Dienern, als wäre er ein zweiter Hausherr.

Wie ein Hund, der gern beißen möchte, es aber nicht wagt, ließ sich Georges, innerlich vor Wut bebend, das alles gefallen. Aber er war oft hart und brutal zu Madeleine, die nur mit den Schultern zuckte und ihn wie ein ungezogenes Kind behandelte.

Sie wunderte sich übrigens über seine andauernd schlechte Laune und sagte immer wieder: »Ich verstehe dich einfach nicht. Immer wieder beklagst du dich, und dabei hast du doch eine ganz hervorragende Stellung.«

Er wandte ihr den Rücken, ohne ihr zu antworten.

Er hatte sofort erklärt, daß er das Fest seines Chefs nicht besuchen, daß er das Haus dieses Juden nicht betreten werde.

Seit zwei Monaten schrieb ihm Frau Walter jeden Tag, zu kommen, ihr einen Ort zu nennen, an dem sie sich treffen könnten, um ihm – so schrieb sie – die siebzigtausend Francs aushändigen zu können, die sie für ihn gewonnen habe.

Er antwortete ihr nicht und warf diese verzweifelten Briefe ins Feuer. Nicht daß er auf seinen Anteil an ihrem Geschäft verzichtet hätte, er wollte sie nur zum Wahnsinn treiben, wollte sie seine Verachtung fühlen lassen, sie unter die Füße treten. Sie war zu reich! Er wollte ihr seinen Stolz zeigen.

Als Madeleine ihn an dem Tag, an dem das Bild gezeigt werden sollte, darauf hinwies, daß es töricht von ihm sei, das Fest nicht besuchen zu wollen, erwiderte er: »Laß mich in Ruh, ich bleibe zu Hause.« Nach dem Abendessen erkärte er dann plötzlich: »Es ist doch wohl besser, wir nehmen diese Last auf uns. Mach dich schnell fertig.«

Darauf war sie gefaßt gewesen. »In einer Viertelstunde bin ich soweit«, sagte sie.

Knurrend zog er sich an, und auch in der Droschke spuckte er sozusagen noch Gift und Galle.

Der Ehrenhof des Hauses Carlsbourg war von vier elektrischen Kugeln erleuchtet, die wie vier kleine, bläuliche Monde in den vier Ecken hingen. Ein kostbarer Teppich bedeckte die Stufen der hohen Freitreppe, und auf jeder Stufe stand wie eine Marmorstatue ein livrierter Diener.

Du Roy murmelte: »So eine Protzerei!« Er hob die Schultern. Vor Eifersucht krampfte sich ihm das Herz zusammen.

Seine Frau sagte zu ihm: »Sei still... Mache es genauso.«

Sie betraten das Haus, wo ein Diener ihnen die schweren Mäntel abnahm.

Mehrere Frauen waren hier mit ihren Männern, die auch ihre Pelze ablegten. Immer wieder hörte man: »Herrlich! Wunderschön!«

Die große Vorhalle schmückten Tapisserien, die das Abenteuer des Mars und der Venus darstellten. Rechts und links schwangen sich die beiden Züge einer monumentalen Treppe nach oben und vereinigten sich in der ersten Etage. Ihr Geländer war ein Wunder der Handschmiedekunst, und seine verblaßte, alte Vergoldung goß sanftes Leuchten über die Stufen aus rotem Marmor.

Am Eingang in die Salons standen zwei kleine Mädchen, von denen das eine in Rosa, das andere in Blau gekleidet war. Sie überreichten jeder der eintretenden Damen einen Blumenstrauß. Man fand das eine ganz entzückende Idee.

In den Salons befanden sich schon eine ganze Reihe von Besuchern. Der größte Teil der anwesenden Damen war im Straßenkleid, um auf diese Weise darzutun, daß sie eine Ausstellung besuchten und sonst nichts. Die aber, die zum Tanz bleiben wollten, trugen ausgeschnittene Kleider, und ihre Arme waren nackt.

Von ihren Freundinnen umgeben, befand sich Frau Walter in dem zweiten Raum und erwiderte den Gruß der Besucher. Viele kannten sie nicht und gingen durch die Räume, als befänden sie sich in einem Museum, ohne sich auch nur im geringsten um die Gastgeber zu kümmern.

Als sie du Roy erblickte, wurde sie blaß und machte eine Bewegung, als wollte sie ihm entgegengehen. Dann blieb sie aber doch unbeweglich stehen und erwartete ihn. Er begrüßte sie sehr feierlich, während Madeleine sie mit Zärtlichkeiten und Komplimenten überhäufte. Georges ließ seine Frau bei der »Chefin« und verlor sich im Publikum, um all die Bosheiten zu hören, die man sicherlich sagte.

Fünf Salons folgten der eine auf den anderen. Sie waren mit kostbaren Stoffen bespannt, zeigten italienische Stickereien und orientalische Teppiche verschiedenster Farben und Stilarten, und an ihren Wänden hingen Bilder alter Meister. Vor allem bewunderte man einen kleinen Louis-XVI-Salon, eine Art Boudoir, das mit blaßblauer, rosa und gelbgeblümter Seide ausgeschlagen war. Die niedrigen Möbel aus vergoldetem Holz waren mit dem gleichen Stoff bezogen wie die Wände und von geradezu unerhörter Feinheit.

Georges erkannte allerlei Berühmtheiten: die Herzogin de Terracine, den Grafen und die Gräfin de Ravenel, den General und Fürsten d'Andremont, die wunderschöne Marquise des Dunes und dann alle die Männer und Frauen, die man bei Uraufführungen sieht.

Jemand faßte seinen Arm, und eine junge, eine glückliche Stimme flüsterte ihm zu: »Endlich sind Sie da, Sie böser Bel Ami... Warum sieht man Sie denn nicht mehr?«

Es war Suzanne Walter, die ihn unter der krausen Wolke ihres blonden Haares mit ihren Emailaugen ansah.

Er freute sich, sie wiederzusehen, und drückte ihr die Hand. Dann erst entschuldigte er sich: »Ich habe einfach nicht gekonnt. Seit zwei Monaten habe ich so viel zu tun, daß ich nicht vor die Tür gekommen bin.«

Mit ernstem Gesicht erwiderte sie: »Das ist unrecht, sehr, sehr unrecht von Ihnen. Sie haben uns viel Kummer bereitet, denn

Mama und ich beten Sie doch an. Was mich angeht, so kann ich Sie einfach nicht mehr entbehren. Wenn Sie nicht da sind, komme ich um vor Langeweile. Ich sage Ihnen das alles ganz offen, damit Sie fortan nicht mehr das Recht haben, so ohne weiteres zu verschwinden. Reichen Sie mir Ihren Arm, ich will Ihnen selbst ›Christus schreitet über die Wogen‹ zeigen. Es hängt ganz im Hintergrund, im Wintergarten. Papa hat es da aufhängen lassen, damit man erst durch alle Räume gehen muß. Sie können sich gar keine Vorstellung davon machen, wie sehr Papa mit seinem neuen Haus protzt.«

Langsam schritten sie durch die Menge. Man wandte sich um nach dem schönen jungen Mann, der die reizende Puppe begleitete.

Ein bekannter Maler sagte: »Wirklich ein ganz reizendes Paar. Die passen herrlich zueinander.«

Georges dachte: Wenn ich wirklich klug wäre, dann hätte ich die geheiratet. Das war durchaus möglich! Daß ich daran gar nicht gedacht habe! Wie konnte ich nur so dumm sein und die andere nehmen! So eine Verrücktheit! Man handelt immer zu schnell und überlegt niemals genug! Und der Neid, der bittere Neid tropfte ihm in die Seele wie Galle, vergällte ihm alle seine Freude und machte ihm das Leben hassenswert.

Suzanne sagte: »Kommen Sie doch oft zu uns, Bel Ami... Jetzt, wo Papa so reich ist, wollen wir mal dummes Zeug machen und uns ganz gehörig amüsieren.«

Immer noch mit seinen Gedanken beschäftigt, antwortete er: »Sie werden nun einen schönen, etwas ruinierten Prinzen heiraten, und dann werden wir uns kaum mehr sehen.«

Mit verblüffender Offenheit sagte sie: »Nein, vorläufig noch nicht... Ich will einen Mann, der mir gefällt, der mir sogar sehr gefällt, der mir besser gefällt als jeder andere. Ich kann mir das leisten, denn ich habe ja Geld genug.«

Er lächelte ein ironisches und hochmütiges Lächeln und nannte ihr die Namen derer, die an ihnen vorbeigingen. Es waren sehr vornehme Leute, die ihren Titel, der etwas verrostet war, an Töchter von Finanzmännern, wie sie eine war, verkauft hatten und jetzt bei oder getrennt von ihren Frauen lebten, frei, schamlos, bekannt und geachtet. Zum Schluß sagte er: »In einem halben Jahr sind auch Sie auf diesen Köder hereingefallen... Sie werden Marquise, Herzogin oder Prinzessin und werden dann sehr stolz auf mich herabsehen, mein verehrtes Fräulein.«

Sie war empört. Sie schlug ihm leicht mit dem Fächer auf den Arm. Dann versicherte sie ihm hoch und heilig, sie werde, wenn sie heirate, nur der Stimme ihres Herzens gehorchen.

»Wollen mal abwarten«, grinste er, »dazu sind Sie viel zu reich.«

»Sie haben ja auch ganz nett geerbt«, erwiderte sie.

Mitleidig entgegnete er: »Kaum zwanzigtausend Francs Zinsen – was ist das schon für diese Zeiten?«

»Aber Ihre Frau hat doch auch geerbt.«

»Ja, wir beide zusammen eine Million... Vierzigtausend Francs Zinsen – damit können wir uns nicht einmal einen eigenen Wagen leisten.«

Sie hatten den letzten Salon erreicht, und vor ihnen öffnete sich ein großer Wintergarten voll von großen Bäumen aus den warmen Ländern, in deren Schutz ganze Beete seltener Blumen standen. Wenn man unter dieses dunkle Grün trat, über das das Licht wie eine silberne Woge glitt, atmete man die laue Frische der feuchten Erde und von schwerem Duft geschwängerte Luft. Diese künstliche, entnervende und weiche Natur löste in einem eine ganz seltsame, ungesunde und doch so reizende Empfindung aus. Zwischen dichten Hecken aus Sträuchern ging man über dicke Teppiche wie über Moos. Plötzlich sah du Roy zu seiner Linken unter einer großen Kuppel aus Palmen ein großes Becken aus weißem Marmor, in dem man hätte baden können und auf dessen Rand vier große Schwäne aus Delfter Fayence saßen, die aus ihren halboffenen Schnäbeln Wasser in das Becken spien.

Der Boden des Beckens war mit Goldstaub bedeckt, und in dem Becken schwammen ein paar besonders große Goldfische, seltsame chinesische Ungetüme mit vorstehenden Augen, mit blaugeränderten Schuppen, eine Art Mandarine des Wassers, die, sich gegen den Goldgrund abhebend, an die seltsamen Stickereien dieses Landes erinnerten.

Der Journalist blieb mit klopfendem Herzen stehen. Er dachte:

Das ist Luxus. In einem solchen Haus müßte man leben. Andere haben es erreicht – warum sollte ich es nicht erreichen? Und er dachte nach über die Mittel und Wege, seinen Traum Wirklichkeit werden zu lassen. Und da er sie nicht gleich fand, ärgerte er sich über seine Ohnmacht.

Auch seine Begleiterin war ein wenig nachdenklich geworden und sagte nichts mehr. Er betrachtete sie von der Seite, und wieder dachte er: Ich hätte nur diese Marionette aus Fleisch zu heiraten brauchen.

Aber plötzlich schien Suzanne zu erwachen. »Achtung!« sagte sie. Sie schob Georges durch eine Gruppe, die ihnen den Weg versperrte, und wandte sich gleich nach rechts.

Inmitten eines Gebüsches aus seltsamen Pflanzen, die ihre bebenden Blätter wie geöffnete Hände mit zarten Fingern in die Luft streckten, sah man einen Mann unbeweglich auf dem Meer stehen.

Die Wirkung war ganz verblüffend. Das Bild, dessen Seiten in dem beweglichen Grün verborgen waren, schien ein dunkles Loch gegen eine phantastische und packende Ferne.

Man mußte genau zusehen, um zu verstehen. Der Rahmen durchschnitt den Kahn in der Mitte, in dem sich die Apostel befanden, die durch die schrägen Strahlen einer Laterne kaum beleuchtet wurden. Einer von ihnen, der auf dem Rand des Bootes saß, ließ das ganze Licht auf den schreitenden Christus fallen.

Christus setzte den Fuß auf eine Welle, und man sah, wie sie sich unterwürfig, fast liebkosend unter dem göttlichen Schritt höhlte. Alles war dunkel um den Gottmenschen. Nur die Sterne funkelten am Himmel.

In dem vagen Licht der Laterne, die der trug, der auf den Herrn zeigte, schienen die Gesichter der Apostel durch die Überraschung wie verzerrt.

Es war das gewaltige und nicht erwartete Werk eines Meisters, eins jener Werke, die den Geist verwirren und von denen man jahrelang träumt. Die Leute, die es betrachteten, waren zuerst ganz still, dann gingen sie nachdenklich davon und sprachen erst jetzt über den Wert des Gemäldes.

Nachdem du Roy es einige Zeit betrachtet hatte, sagte er:

»Fein, wenn man sich so etwas leisten kann.« Da die, die das Bild sehen wollten, ihn zur Seite drängten, verließ er den Wintergarten. Noch immer ruhte Suzannes kleine Hand auf seinem Arm, und er berührte sie mit leichtem Druck.

Sie fragte ihn: »Wollen Sie ein Glas Champagner trinken? Wir wollen ans Büfett gehen, dort treffen Sie sicher Papa.«

Langsam gingen sie den Weg durch die Salons zurück, in denen die Menge immer größer wurde, dahinwogte, sich wie zu Hause fühlte, eine elegante Menge auf einem öffentlichen Fest.

Plötzlich glaubte Georges eine Stimme sagen zu hören: »Da ist Laroche mit Frau du Roy.« Diese Worte streiften sein Ohr wie jene fernen Geräusche, die der Wind mit sich bringt. Woher kamen sie?

Er sah sich nach allen Seiten um, und dann sah er wirklich seine Frau, die am Arm des Ministers ging. Sie sprachen sehr intim miteinander, lächelten und sahen sich dabei in die Augen.

Er bildete sich ein zu bemerken, daß man, sie betrachtend, flüsterte, und auf einmal hatte er eine brutale Lust, sich auf diese beiden Wesen zu stürzen und sie mit den Fäusten zu bearbeiten.

Sie machte ihn lächerlich. Er dachte an Forestier. Vielleicht sagte man jetzt: »Dieser Hahnrei du Roy!« Wer war sie? Eine kleine, ziemlich geschickte Emporkömmlingin, das war aber auch alles. Man kam zu ihm, weil man ihn fürchtete, weil man wußte, daß er klug war, und doch machte man sicher seine Glossen über den kleinen Journalistenhaushalt. Mit dieser Frau würde er es nie zu etwas bringen, denn sie machte ihr Haus verdächtig, kompromittierte sich dauernd und verriet in allem, daß sie eine Intrigantin war. Sie war jetzt nur eine schwere Fessel an seinem Fuß. Ah! Wenn er das geahnt, wenn er das gewußt hätte! Er hätte ein viel weiteres, viel kühneres Spiel spielen können. Welch herrliche Partie hätte er mit der kleinen Suzanne als Einsatz gewinnen können! Wie hatte er nur so blind sein können, daß er das nicht gleich erkannt hatte!

Sie hatten inzwischen das Eßzimmer erreicht. Es war ein riesengroßer Raum, den Marmorsäulen stützten. Die Wände waren mit alten Gobelins bespannt.

Walter erblickte seinen Redakteur. Er eilte ihm entgegen und ergriff seine Hände. Er war trunken vor Freude. »Haben Sie alles gesehen? Hast du ihm auch alles gezeigt, Suzanne? Ein ganz gewaltiger Andrang bei uns, was, Bel Ami? Haben Sie den Fürsten de Guerche gesehen? Er wollte bei uns ein Gläschen Punsch trinken!« Er ließ du Roy stehen und eilte auf den Senator Rissolin zu, der seine Frau neben sich herschleppte. Sie war ganz verwirrt und geschmückt wie eine Jahrmarktsbude.

Ein Herr grüßte Suzanne, ein großer, schlanker Herr mit blondem Backenbart. Er war ein wenig kahl und hatte jenes Aussehen, an dem man sofort den Weltmann erkennt. Georges hörte, daß er mit Marquis de Cazolles angeredet wurde. Plötzlich erfaßte ihn eine wilde Eifersucht auf diesen Mann. Seit wann kannte sie ihn? Sicher erst, seit sie so reich war. Er ahnte einen Bewerber um ihre Hand.

Jemand ergriff seinen Arm. Es war Norbert de Varenne. Müde und gleichgültig führte der alte Dichter sein fettiges Haar und seinen alten Frack spazieren. »Das nennt man nun Vergnügen«, sagte er. »Gleich wird getanzt, und dann geht man zu Bett, und die kleinen Mädchen werden alle sehr zufrieden sein... Trinken Sie ein Glas Champagner, er ist ausgezeichnet.« Er ließ sich ein Glas füllen, und mit du Roy anstoßend, der auch ein Glas genommen hatte, sagte er: »Ich trinke auf den Sieg des Geistes über die Millionen.« Dann fügte er leise hinzu: »Das soll nicht heißen, daß sie mich bei den anderen genieren oder daß ich ihnen deswegen grolle. Aber ich protestiere aus Prinzip.«

Georges hörte schon nicht mehr auf das, was er sagte. Er suchte Suzanne, die mit dem Marquis de Cazolles verschwunden war. Plötzlich ließ er Varenne stehen und machte sich auf die Suche nach dem jungen Mädchen.

Eine dichte Menge, die etwas trinken wollte, versperrte ihm den Weg. Als er sich endlich mit vieler Mühe einen Weg gebahnt hatte, befand er sich Herrn und Frau de Marelle gegenüber.

Schon längst trafen er und Frau de Marelle sich wieder regelmäßig. Aber ihren Mann hatte er lange nicht mehr gesehen.

Marelle ergriff seine beiden Hände. »Für den Rat, den Sie mir durch Clotilde haben übermitteln lassen, meinen allerherzlichsten Dank. Mit der Marokko-Anleihe habe ich hunderttausend

Francs verdient. Und das verdanke ich Ihnen. Sie sind wirklich ein wertvoller Freund.«

Herren drehten sich um, um diese elegante und hübsche Brünette zu betrachten.

Du Roy entgegnete: »Als Gegenleistung entführe ich Ihnen Ihre Frau, das heißt, ich reiche ihr nur meinen Arm. Eheleute soll man immer voneinander trennen.«

Marelle verbeugte sich. »Da haben Sie recht. Sollte ich Sie verlieren, so treffen wir uns in einer Stunde hier wieder.«

»Einverstanden!«

Und die beiden jungen Leute verschwanden in der Menge, die sie bald von Marelle getrennt hatte.

Clotilde sagte: »Die Walters haben doch ein unverschämtes Glück... Man muß nur den richtigen Riecher haben.«

Georges entgegnete: »Kluge Menschen bringen es immer zu etwas, entweder so oder so.«

»Die beiden Töchter haben jede ein Vermögen von zwanzig bis dreißig Millionen, und Suzanne ist ein niedliches Mädchen«, sagte Clotilde.

Er antwortete nichts. Daß ein anderer Mund seine eigenen Gedanken äußerte, ärgerte ihn.

Sie hatte das Bild noch nicht gesehen. Er machte den Vorschlag, es zusammen noch einmal zu betrachten. Sie machten sich ein Vergnügen daraus, über die Leute zu lästern und über Unbekannte zu spotten. Saint-Potin kam an ihnen vorüber. Auf dem Aufschlag seines Rockes trug er eine ganze Reihe Orden. Sie machten darüber natürlich ihre Glossen. Ein ehemaliger Botschafter, der gleich hinter Saint-Potin ging, hatte bedeutend weniger Orden.

Du Roy sagte: »Das ist hier ein schöner Mischmasch!«

Boisrenard, der ihm die Hand drückte, hatte im Knopfloch das gelb-grüne Band, das er damals schon, gelegentlich des Duells, getragen hatte.

Die dicke und aufgedonnerte Vicomtesse de Percemur plauderte in dem kleinen Louis-XVI-Boudoir mit einem Herzog.

Georges sagte leise: »Ein galantes Tête-à-tête.« Als sie dann durch den Wintergarten gingen, sah er seine Frau neben Laroche-Mathieu sitzen. Beide waren von dem Blattwerk der hohen Pflanzen fast verborgen. Sie schienen sagen zu wollen: »Wir haben uns hier ein Rendezvous, ein öffentliches Rendezvous, gegeben, denn wir pfeifen auf die öffentliche Meinung.«

Frau de Marelle fand den Christus von Karl Marcowitch ganz erstaunlich. Sie gingen wieder zurück. Herrn de Marelle hatten sie verloren.

»Ist Laurine eigentlich immer noch böse auf mich?« fragte er.

»Ja, immer noch. Sie will dich nicht sehen, und wenn wir von dir sprechen, verläßt sie das Zimmer.«

Er erwiderte nichts. Die plötzliche Feindschaft des jungen Mädchens bekümmerte und bedrückte ihn.

An einer Tür begegneten sie Suzanne.

Das junge Mädchen rief: »Da sind Sie ja! Sie müssen nun ein wenig allein bleiben, Bel Ami. Ich nehme die schöne Clotilde mit, um ihr mein Zimmer zu zeigen.«

Schnell entfernten sich die beiden Frauen, glitten mit jener schlangenhaften Bewegung durch die Menge, die Frauen bei solchen Gelegenheiten immer wieder zeigen.

Kaum waren sie verschwunden, als du Roy eine Stimme hörte: »Georges:«

Es war Frau Walter. Ganz leise sprach sie weiter: »Wie grausam du mich behandelst! Und was muß ich durch dich leiden! Ich habe Suzanne beauftragt, dir deine Begleiterin zu entführen, damit ich ein paar Worte mit dir sprechen kann... Ich muß, ich muß dich heute abend sprechen, oder ich weiß nicht, was ich tue. Geh in den Wintergarten. Geh durch die Tür links in den Garten. Geh dann durch die Allee geradeaus. An ihrem Ende steht eine Laube. Warte dort. In zehn Minuten bin ich da. Wenn du nicht willst, mache ich hier einen wilden Skandal.«

»Gut«, erwiderte er, »in zehn Minuten werde ich an dem angegebenen Ort sein.«

Und sie trennten sich. Aber Jacques Rival hielt ihn fest, so daß er beinahe zu spät gekommen wäre. Er hatte seinen Arm gefaßt und erzählte ihm aufgeregt einen ganzen Haufen von Neuigkeiten. Zweifellos kam er vom Büfett. Du Roy überließ ihn den Händen des Herrn de Marelle, der in diesem Augenblick neben ihnen auftauchte. Dann machte er sich auf den Weg nach dem verabredeten Ort. Er mußte vorsichtig sein, daß seine Frau und Laroche ihn nicht sahen. Aber sie schienen so sehr miteinander beschäftigt, daß sie ihn nicht bemerkten. Bald stand er im Garten.

Die kalte Luft packte ihn wie ein eisiges Bad. Er dachte: Einen schönen Schnupfen werde ich bekommen! Er band sich ein Taschentuch um den Hals. Dann ging er langsam durch die Allee, in der er nach dem hellen Licht in den Salons nur schlecht sehen konnte.

Rechts und links sah er blattlose Sträucher, deren dünne Zweige zitterten. Grauer Lichtschein hing in dem Gezweig, ein Lichtschein, der durch die Fenster des Hauses nach draußen fiel. In der Mitte des Weges sah er etwas Weißes vor sich, und Frau Walter stand mit nackten Armen und tief ausgeschnittenem Kleid vor ihm.

Mit bebender Stimme sagte sie: »Da bist du endlich! Was hast du vor? Willst du mich ums Leben bringen?«

»Nur keine Szene, sonst verschwinde ich sofort wieder«, entgegnete er ruhig.

Sie hatte ihm ihre Arme um den Hals gelegt, und den Mund in der Nähe des seinen, sagte sie: »Was habe ich dir denn getan? Du benimmst dich mir gegenüber geradezu gemein... Was habe ich dir getan?«

Er versuchte, sie zurückzudrängen. »Als wir uns das letzte Mal sahen, hast du alle Knöpfe meiner Weste mit Haaren von dir umwickelt, und das hätte beinahe einen Bruch zwischen mir und meiner Frau zur Folge gehabt.«

Sie war zuerst überrascht. Dann machte sie mit dem Kopf eine verneinende Bewegung. »Deiner Frau wäre das ganz egal. Eine deiner Geliebten wird dir wohl eine Szene gemacht haben.«

»Ich habe keine Geliebten.«

»Sei doch still! Aber warum kommst du denn nicht mehr zu mir? Warum weigerst du dich, auch nur einmal in der Woche bei mir zu essen? Was ich zu leiden habe, ist furchtbar. Ich liebe dich. Alle meine Gedanken gelten nur dir. Wenn ich etwas betrachte, sehe ich dich vor mir, wenn ich etwas sage, fürchte ich immer, daß dein Name meinem Mund entschlüpft... Aber das begreifst du nicht... Ich habe ein Gefühl, als würde ich von Krallen gepackt, als würde ich in einen Sack gesperrt – ich weiß es selber nicht. Die Erinnerung an dich, die mir immer gegenwärtig ist, schnürt mir die Kehle zu, zerreißt mir etwas in der Brust, zerschlägt mir die Beine, daß ich kaum noch gehen kann. Und wie ein Tier schleppe ich mich den ganzen Tag herum und denke immer nur an dich.«

Erstaunt betrachtete er sie. Es war nicht mehr die dicke, närrische Frau, die die Jugendliche markierte, sondern ein verzweifeltes, fast wahnsinniges Weib, das zu allem fähig war.

Sein Geist gebar einen vagen Plan. Er entgegnete: »Die Liebe währt nicht ewig. Man nimmt sich, und man gibt sich wieder frei. Aber wenn sie so lange dauert wie zwischen uns, dann wird sie eine ungeheure Last. Und ich mag diese Last nicht mehr tragen. Das ist die ganze Wahrheit. Wenn du aber vernünftig wirst und mich wie einen Freund behandeln und empfangen willst, dann komme ich wieder zu dir wie früher. Glaubst du, daß du hierzu imstande bist?«

Sie legte ihm ihre nackten Arme um den Hals. »Zu allem bin ich imstande, wenn ich dich nur sehe.«

»Also abgemacht: Von heute an sind wir Freunde und weiter nichts.«

Sie stotterte: »Abgemacht.« Dann reichte sie ihm den Mund. »Noch einen Kuß, den letzten.«

Sachte schob er sie von sich. »Nein, wir müssen unsere Abmachungen einhalten.«

Sie wandte sich ab und trocknete sich die Augen. Dann zog sie aus ihrem Mieder ein Bündel Papiere, die von einem rosafarbenen Band zusammengehalten wurden, und gab es du Roy. »Das ist dein Anteil an dem Marokkogeschäft. Ich habe mich so gefreut, das für dich gewonnen zu haben... Nun nimm es schon...«

Er wollte ablehnen. »Nein, das Geld nehme ich nicht.«

Da wurde sie ärgerlich. »Das darfst du mir jetzt nicht antun. Es gehört dir, keinem anderen als dir. Wenn du es nicht nimmst, werfe ich es ins Feuer. Das darfst du mir wirklich nicht antun, Georges.«

Er nahm das kleine Bündel und ließ es in seiner Tasche verschwinden. »Wir müssen ins Warme, du könntest dir eine Lungenentzündung holen.«

»Was ist daran gelegen... Ich wäre froh, wenn ich tot wäre«, sagte sie leise. Sie ergriff seine Hand, küßte sie mit Leidenschaft, mit Wut, mit Verzweiflung und eilte dann in das Haus zurück.

Nachdenklich folgte er ihr. Er betrat den Wintergarten. Hochmütig war sein Gesicht, und um seinen Mund spielte ein Lächeln.

Seine Frau und Laroche waren verschwunden. Die Menge wurde geringer. Alles deutete darauf hin, daß kaum jemand zum Tanz blieb. Er erblickte Suzanne, die Arm in Arm mit ihrer Schwester daherkam. Beide kamen auf ihn zu und baten ihn, die erste Quadrille mit dem Grafen de Latour-Yvelin zu tanzen.

Er war überrascht. »Wer ist das denn wieder?«

Schelmisch entgegnete Suzanne: »Ein neuer Freund meiner Schwester.«

Rose errötete und sagte: »Du bist garstig, Suzanne, der Herr ist ebenso wenig mein Freund wie der deine.«

Die andere lächelte: »Ich weiß Bescheid.«

Ärgerlich wandte Rose ihnen den Rücken zu und entfernte sich.

Du Roy faßte vertraulich den Ellbogen des jungen Mädchens, das neben ihm stehen geblieben war, und sagte mit einschmeichelnder Stimme: »Sagen Sie mal, meine liebe Kleine, halten Sie mich für Ihren treuen Freund?«

»Natürlich, Bel Ami.«

»Haben Sie Vertrauen zu mir?«

»Unbedingt.«

»Wissen Sie noch, was ich Ihnen vorhin sagte?«

»In bezug auf was?«

»Auf Ihre Heirat oder besser den Mann, den Sie heiraten werden.«

»Ja.«

»Wollen Sie mir eins versprechen?«

»Ja, und was?«

»Mich um Rat zu fragen, wenn man um Sie anhält, und niemandes Bewerbung anzunehmen, ohne meine Meinung gehört zu haben.«

»Das verspreche ich.«

»Es bleibt ein Geheimnis zwischen uns beiden. Kein Wort hierüber weder zu Ihrem Vater noch zu Ihrer Mutter.«

»Kein Wort.«

»Schwören Sie es.«

»Ich schwöre es.«

Geschäftig näherte sich ihnen Rival. »Gnädiges Fräulein, Ihr Herr Vater sucht Sie. Der Tanz beginnt.«

»Los, Bel Ami!« sagte sie.

Aber er lehnte ab, wollte gehen, wollte mit seinen Gedanken allein sein. Zu viel Neues stürmte auf seinen Geist ein. Er suchte seine Frau. Bald fand er sie am Büfett, wo sie Schokolade trank. Sie war mit zwei Herren zusammen, die er nicht kannte. Ohne ihre Namen zu nennen, stellte sie ihnen ihren Mann vor.

Nach ein paar Augenblicken fragte er: »Gehen wir?«

»Wenn du willst.«

Sie nahm seinen Arm, und sie gingen durch die Salons, aus denen sich die Menge ziemlich verlaufen hatte.

Sie fragte: »Wo ist die ›Chefin‹? Ich möchte mich von ihr verabschieden.«

»Wozu? Sie würde doch nur versuchen, uns zum Tanz hierzubehalten, und ich habe genug.«

»Ja, da hast du recht.«

Während des ganzen Heimwegs waren sie schweigsam. Aber kaum hatten sie ihr Zimmer betreten, als Madeleine, bevor sie noch den Schleier abgenommen hatte, lächelnd zu ihm sagte: »Ich habe eine Überraschung für dich.«

Verdrießlich brummte er: »Was denn?«

»Rate mal.«

»Das ist mir zu mühsam.«

»Nun, morgen ist der erste Januar.«

»Ja.«

»Der Tag, an dem man sich etwas schenkt.«

»Ja.«

»Und hier ist dein Geschenk, das mir Laroche eben übergeben hat.« Und sie reichte ihm etwas, das wie ein Juwelenkästchen aussah.

Gleichgültig öffnete er das Kästchen und erblickte in ihm das Kreuz der Ehrenlegion. Er wurde ein wenig blaß. Dann lächelte er und sagte: »Zehn Millionen wären mir lieber. Viel hat ihn das nicht gekostet.«

Sie hatte mit einem Freudenausbruch gerechnet. Seine Kälte ärgerte sie. »Du bist wirklich unglaublich... Mit nichts bist du mehr zufrieden.«

Er entgegnete ruhig: »Der Mann bezahlt schließlich doch nur seine Schulden. Und er schuldet mir noch allerhand.«

Der Ton, in dem er diese Worte sagte, überraschte sie. »In deinem Alter das Ehrenkreuz, das ist doch allerhand.«

»Alles ist relativ«, entgegnete er, »ich könnte heute viel mehr haben.« Er hatte das Kästchen in die Hand genommen und stellte es geöffnet auf den Kamin. Einige Augenblicke lang betrachtete er den funkelnden Stern. Dann schloß er das Kästchen, zuckte mit den Schultern und legte sich schlafen.

Der »Officiel« vom 1. Januar brachte die Nachricht, daß der Publizist Prosper-Georges du Roy wegen außerordentlicher Verdienste zum Ritter der Ehrenlegion ernannt worden sei. Der Name war in zwei Worten geschrieben, was Georges mehr Freude machte als die Auszeichnung selbst.

Eine Stunde, nachdem er die Nachricht gelesen hatte, erhielt er einen Brief der »Chefin«, die ihn innig bat, mit seiner Frau zum Abendessen zu ihnen zu kommen, um die Auszeichnung gebührend zu feiern. Er zögerte ein paar Minuten. Dann warf er den Brief, der in seiner Überschwenglichkeit etwas zweideutig war, ins Feuer und sagte zu Madeleine: »Wir essen heute abend bei Walters.«

Sie war überrascht. »Ich dachte, du wolltest ihr Haus nicht mehr betreten.«

»Ich habe mir die Sache anders überlegt«, entgegnete er.

Als sie ankamen, war die »Chefin« allein in dem kleinen Louis-XVI-Boudoir, in dem sie jetzt immer ihre intimen Gäste empfing. Sie trug ein schwarzes Kleid, hatte das Haar gepudert und sah wirklich reizend aus. Von weitem wirkte sie wie eine alte, aus der Nähe aber wie eine junge Frau, und wenn man sie genau betrachtete, so war sie in jeder Hinsicht eine Augenweide.

»Sind Sie in Trauer?« fragte Madeleine.

Traurig antwortete sie: »Ja und nein. Ich habe keinen von den Meinigen verloren. Aber ich habe das Alter erreicht, in dem man seinem Leben nachtrauert. Um diese Trauer zu beginnen, trage ich heute Schwarz. In meinem Herzen werde ich immer Trauer tragen.«

Du Roy dachte: Hoffentlich bleibt sie bei diesem Entschluß.

Das Essen war ein wenig langweilig. Nur Suzanne schwatzte in einem fort. Rose schien mit anderen Dingen beschäftigt. Immer wieder beglückwünschte man den Journalisten.

Nach dem Essen ging man plaudernd durch die Salons und den Wintergarten. Du Roy ging mit Frau Walter als letztes Paar.

Sie hielt ihn am Arm zurück. »Hören Sie«, sagte sie leise zu ihm, »nie wieder will ich mit Ihnen über das Vergangene sprechen... Aber besuchen Sie mich, Georges. Sie merken ja wohl, daß ich Sie nicht mehr duze... Ich kann ohne Sie nicht leben, ich kann es nicht. Es ist eine unvorstellbare Qual... Ich fühle Sie, Sie leben in meinen Augen, in meinem Herzen und in meinem Fleisch, Tag und Nacht. Als hätten Sie mich ein Gift trinken lassen, das mein Inneres zerfrißt. Ich kann nicht... Ich kann es nicht... Ich will für Sie nur noch eine alte Frau sein. Um Ihnen das zu zeigen, habe ich mir das Haar weiß gepudert. Aber kommen Sie dann und wann einmal zu mir, als mein Freund.« Sie hatte seine Hand ergriffen und drückte sie, als wollte sie sie zermalmen, bohrte ihm ihre Nägel in das Fleisch.

Ruhig entgegnete er: »Das haben wir doch schon abgemacht. Wozu also noch einmal davon anfangen? Auf Ihren Brief hin bin ich doch gleich gekommen.«

Walter, der mit seinen beiden Töchtern und Madeleine vorangegangen war, erwartete du Roy vor dem Christus, der über die Wogen schritt. »Stellen Sie sich vor«, sagte er, »gestern habe ich meine Frau vor dem Bild wie in einer Kapelle kniend überrascht. Sie betete. Ich konnte mich vor Lachen kaum halten.«

Mit fester Stimme, mit einer Stimme, in der eine geheime Erregung bebte, erwiderte Frau Walter: »Dieser Christus wird meine Seele retten. Wenn ich ihn ansehe, gibt er mir immer wieder neuen Mut und neue Kraft.« Und vor dem Gott, der über die

Wogen schritt, stehen bleibend, sagte sie leise: »Wie schön er ist! Und wie sehr diese Männer ihn fürchten und ihn doch lieben! Betrachten Sie einmal seinen Kopf, seine Augen: wie einfach und übernatürlich zugleich.«

Suzanne rief: »Aber er gleicht Ihnen, Bel Ami! Natürlich gleicht er Ihnen. Wenn Sie einen Bart hätten oder wenn er rasiert wäre, dann sähe der eine aus wie der andere. Nein, eine ganz frappante Ähnlichkeit.«

Sie wollte, daß er sich neben das Bild stellte, und alle waren der Ansicht, daß die beiden Gesichter sich glichen.

Alle wunderten sich. Walter fand die Sache sehr seltsam. Lächelnd meinte Madeleine, Christus sehe männlicher aus. Frau Walter stand unbeweglich da, betrachtete mit starren Augen das Bild ihres Geliebten neben dem des Heilands, und sie war ebenso weiß geworden wie ihr weißes Haar.

VIII

Während des restlichen Winters gingen du Roys oft zu Walters. Georges war häufig bei ihnen allein zu Gast, denn Madeleine behauptete, sie sei zu abgespannt und wolle lieber zu Hause bleiben.

Der Freitag war sein Besuchstag, und am Freitagabend lud Frau Walter niemanden ein. Der Freitagabend gehörte Bel Ami, ihm ganz allein. Nach dem Abendessen spielte man Karten, fütterte die chinesischen Fische, vertrieb sich so recht gemütlich die Zeit im Familienkreis. Mehrere Male hatte Frau Walter den jungen Mann plötzlich hinter einer Tür, hinter einem Busch im Wintergarten, in einer dunklen Ecke umarmt, hatte ihn mit aller Kraft gegen ihre Brust gedrückt und ihm ins Ohr geflüstert: »Ich liebe dich… Ich liebe dich… Ich liebe dich zum Sterben.« Aber immer wieder hatte er sie kalt von sich gewiesen und schroff zu ihr gesagt: »Wenn das wieder losgeht, haben Sie mich zum letzten Mal gesehen.«

Gegen Ende März sprach man plötzlich von der bevorstehenden Verheiratung der beiden Schwestern. Wie es hieß, sollte

Rose den Grafen de Latour-Yvelin und Suzanne den Marquis de Cazolles heiraten. Diese beiden Herren waren ständige Gäste im Haus geworden, man behandelte sie mit besonderer Zuvorkommenheit und räumte ihnen merkliche Vorrechte ein.

Georges und Suzanne verkehrten miteinander wie Bruder und Schwester. Stundenlang plauderten sie miteinander, machten sich über alle lustig und schienen sich ausgezeichnet zu verstehen.

Nie hatten sie wieder von einer möglichen Heirat des jungen Mädchens gesprochen, mit keinem Wort die Bewerber erwähnt, die sich einfanden.

Eines Tages hatte Walter du Roy mit zum Frühstück genommen. Nach der Mahlzeit wurde Frau Walter gerufen, die ein Lieferant sprechen wollte.

Georges sagte zu Suzanne: »Wir wollen die Fische füttern.«

Beide nahmen vom Tisch ein dickes Stück Weißbrot und gingen in den Wintergarten.

Um das Marmorbecken herum lagen Kissen, damit man niederknien konnte, um den schwimmenden Tieren näher zu sein. Die beiden jungen Menschen wählten zwei nebeneinanderliegende Kissen, und über das Wasser gebeugt, warfen sie den Fischen Brotkügelchen zu, die sie mit den Fingern formten. Sobald die Fische sie sahen, kamen sie herbei, bewegten den Schwanz und die Flossen, rollten die großen, vorstehenden Augen, drehten sich um sich selbst, tauchten, um die versinkenden Kugeln zu erhaschen, und kamen dann wieder nach oben und warteten auf eine neue.

Sie machten mit dem Maul ganz drollige Bewegungen, kamen plötzlich und schnell herangeschossen, wirkten alles in allem wie kleine Ungeheuer. Und gegen den Goldsand auf dem Boden des Beckens hoben sie sich leuchtend rot ab, schossen wie Flammen durch das durchsichtige Wasser oder zeigten, sobald sie still standen, den blauen Rand ihrer Schuppen.

Georges und Suzanne sahen ihr Spiegelbild im Wasser und lächelten ihm zu.

Plötzlich sagte er leise: »Es ist nicht recht von Ihnen, Suzanne, daß Sie Geheimnisse vor mir haben.«

»Was für Geheimnisse?« fragte sie.

»Haben Sie schon vergessen, was Sie mir am Abend des Festes an dieser Stelle versprochen haben?«

»Ich habe es nicht vergessen.«

»Daß Sie mich um Rat fragen wollten, wenn sich ein Bewerber um Ihre Hand einfindet?«

»Und weiter?«

»Man hat doch um Ihre Hand angehalten?«

»Wer denn?«

»Das wissen Sie selbst.«

»Nein, ich schwöre es Ihnen.«

»Natürlich wissen Sie es. Es ist der Marquis de Cazolles, der alte Geck.«

»Ein Geck ist er nun gerade nicht.«

»Mag sein, aber blöde ist er. Er hat sein Vermögen im Spiel vertan und seine Gesundheit durch ein ausschweifendes Leben ruiniert. Das ist wirklich eine ganz ausgezeichnete Partie für ein so hübsches, frisches und kluges Mädchen wie Sie.«

»Und was haben Sie sonst noch gegen ihn?« fragte sie lächelnd.

»Ich? Gar nichts.«

»Natürlich... Er ist wirklich nicht alles das, was Sie sagen.«

»Er ist noch viel mehr... Ein Dummkopf und ein Intrigant dazu.«

Sie wandte sich ein wenig zur Seite und schaute nicht mehr in das Wasser. »Was haben Sie denn?«

Als hätte man ihm ein Geheimnis aus der Tiefe des Herzens gerissen, sagte er: »Ich... ich... bin eifersüchtig auf ihn.«

Ihr Erstaunen war nicht gerade groß: »Sie?«

»Ja, ich.«

»Und warum?«

»Weil ich in Sie verliebt bin, und das wissen Sie Böse ganz genau.«

»Sie sind nicht recht bei Trost, Bel Ami«, entgegnete sie streng.

»Das weiß ich«, erwiderte er. »Dürfte ich sonst als verheirateter Mann Ihnen, dem jungen Mädchen, so etwas überhaupt sagen? Ich bin sogar noch mehr, ich bin ein ganz gemeiner Kerl. Ich habe keinerlei Hoffnung, und bei diesem Gedanken verliere ich den Verstand. Und wenn ich höre, daß Sie heiraten, dann packt mich eine solche Wut, daß ich am liebsten jemanden umbrächte. Sie müssen mir das verzeihen, Suzanne.«

Er schwieg. Die Fische, denen kein Brot mehr zugeworfen wurde, standen unbeweglich, fast in einer Linie, wie englische Soldaten und betrachteten die Gesichter der beiden Menschen, die sich nicht mehr mit ihnen beschäftigten.

Halb traurig, halb fröhlich sagte das junge Mädchen: »Schade, daß Sie schon verheiratet sind... Aber das ist nicht mehr zu ändern.«

Er wandte sich plötzlich zu ihr und sagte ihr ins Gesicht: »Würden Sie mich heiraten, wenn ich noch frei wäre?«

Voller Aufrichtigkeit sagte sie: »Ja, Bel Ami, das würde ich tun, denn Sie gefallen mir viel besser als alle anderen.«

Er stand auf und stammelte: »Dank, tausend Dank... Ich flehe Sie an, geben Sie niemandem Ihr Jawort... Warten Sie noch ein wenig... Ich bitte Sie von Herzen darum! Wollen Sie mir das versprechen?«

Ein wenig verwirrt und ohne zu begreifen, worauf er hinaus wollte, erwiderte sie: »Das verspreche ich Ihnen.«

Du Roy warf das dicke Stück Brot, das er noch in der Hand hielt, ins Wasser und eilte, ohne sich zu verabschieden, davon, als hätte er den Verstand verloren.

Alle Fische stürzten sich gierig auf das große Stück Krume, das – es war von den Fingern nicht geknetet worden – im Wasser schwamm, und zerkleinerten es mit ihren gefräßigen Mäulern. Sie schleppten es an das andere Ende des Beckens, schwammen unter ihm her, bildeten jetzt eine sich bewegende Traube, eine Art lebende und sich drehende Blume, eine lebendige Blume, die mit der Blüte nach unten ins Wasser gefallen war.

Überrascht und ein wenig erschrocken richtete Suzanne sich auf und ging langsam davon. Der Journalist hatte das Haus verlassen.

Ganz ruhig kam er nach Hause, und da Madeleine Briefe schrieb, fragte er sie: »Ißt du Freitag mit bei Walters? Ich gehe hin.«

Sie zögerte: »Nein. Ich fühle mich nicht wohl. Ich will lieber zu Hause bleiben.«

Er entgegnete: »Ganz wie du willst, zwingen tut dich niemand.« Dann nahm er seinen Hut und verließ wieder das Haus.

Seit einiger Zeit spionierte er sie aus, überwachte sie, folgte ihr und wußte alles, was sie tat. Die Stunde, auf die er wartete, war gekommen. Er hatte sich nicht getäuscht, als sie sagte: »Ich will lieber zu Hause bleiben.«

Während der folgenden Tage war er sehr lieb zu ihr. Er war sogar heiter, was er für gewöhnlich nicht war.

Sie sagte zu ihm: »Endlich wirst du wieder nett.«

Am Freitag zog er sich frühzeitig an. Bevor er zu Walters gehe, habe er noch allerlei in der Stadt zu erledigen, wie er behauptete.

Gegen sechs Uhr verabschiedete er sich mit einem Kuß von seiner Frau. An der Place Notre-Dame-de-Lorette stieg er in eine Droschke. Er sagte zu dem Kutscher: »Halten Sie gegenüber Nummer 17 der Rue Fontaine und bleiben Sie dort stehen, bis ich Ihnen sage weiterzufahren. Dann fahren Sie mich in den Coq-Faisan in der Rue Lafayette.«

Der Wagen setzte sich in Bewegung, langsam trabte das Pferd. Du Roy zog die Vorhänge vor die Fenster. Sobald er sich der Haustür des Hauses, in dem er wohnte, gegenüber befand, ließ er sie nicht mehr aus den Augen. Nachdem er zehn Minuten gewartet hatte, sah er Madeleine das Haus verlassen und in Richtung auf die äußeren Boulevards davongehen. Kaum war sie fort, als er dem Kutscher durch das Wagenfenster zurief: »Fahren Sie los.«

Die Droschke setzte sich in Bewegung und hielt vor dem Coq-Faisan, einem in dem Viertel bekannten bürgerlichen Restaurant. Georges betrat das Gastzimmer und aß in aller Ruhe. Von Zeit zu Zeit sah er auf die Uhr. Um halb acht, als er seinen Kaffee getrunken, zwei Cognacs zu sich genommen und eine gute Zigarre geraucht hatte, verließ er das Lokal, rief einen Wagen, der leer vorbeikam, an und ließ sich in die Rue La Rochefoucauld fahren. Ohne sich weiter bei dem Portier zu erkundigen, ging er hinauf in die dritte Etage des Hauses, vor dem der Kutscher gehalten hatte.

Ein Mädchen öffnete die Etagentüre.

»Ist Herr Guibert de Lormes zu Hause?«

»Ja.«

Man führte ihn in den Salon, wo er einige Augenblicke warten mußte. Ein großer Herr, der ein Ordensbändchen im Knopfloch trug, trat ein. Er sah aus wie ein alter Militär. Er hatte graues Haar, obwohl er noch jung war.

Du Roy begrüßte ihn. Dann sagte er: »Wie ich es vermutet hatte, Herr Polizeikommissar, ißt meine Frau mit ihrem Liebhaber in der möblierten Wohnung, die sie in der Rue des Martyrs gemietet haben.«

Der Beamte machte eine kleine Verbeugung. »Ich stehe ganz zu Ihrer Verfügung.«

Georges fuhr fort: »Bis neun Uhr haben Sie also Zeit? Nach neun Uhr können Sie nicht mehr in eine Privatwohnung eindringen, um einen Ehebruch festzustellen?«

»Nein, Herr du Roy, sieben Uhr im Winter und neun Uhr vom 31. März an. Wir haben heute den 5. April, wir haben also Zeit bis neun Uhr.«

»Ich habe unten einen Wagen, Herr Kommissar. Wir können die Beamten, die Sie begleiten sollen, gleich mitnehmen. Dann warten wir ein wenig vor dem Haus. Je später wir kommen, desto mehr Aussicht haben wir, sie auf frischer Tat zu ertappen.«

»Ganz wie Sie wollen, Herr du Roy.«

Der Kommissar verließ den Salon. Nach einiger Zeit kam er wieder. Er trug einen Mantel, der seine dreifarbige Schärpe verbarg. Er trat zur Seite, um du Roy vorgehen zu lassen.

Aber der Journalist, der mit seinen Gedanken ganz woanders war, wollte nicht vor ihm hergehen. Immer wieder wiederholte er: »Nach Ihnen, nach Ihnen.«

Der Beamte entgegnete: »Nach Ihnen, Herr du Roy, ich bin hier zu Hause.«

Mit einer leichten Verbeugung ging du Roy an ihm vorbei.

Zuerst fuhren sie zum Kommissariat, um hier drei Beamte in Zivil abzuholen, die bereits warteten, denn Georges hatte im Lauf des Tages Nachricht gegeben, daß die Überraschung an diesem Abend stattfinden sollte. Einer der Beamten setzte sich neben dem Kutscher auf den Bock. Die beiden anderen nahmen im Wagen Platz, der sie in die Rue des Martyrs fuhr.

Du Roy sagte: »Ich habe den Plan der Wohnung. Sie liegt in der zweiten Etage. Wir kommen zuerst in ein kleines Vestibül und dann gleich in das Schlafzimmer. Die drei Zimmer liegen eins neben dem anderen. Eine Flucht ist somit ausgeschlossen. In der Nähe wohnt ein Schlosser. Er weiß Bescheid und kommt, sobald er von Ihnen benachrichtigt wird.«

Als sie das betreffende Haus erreichten, war es erst Viertel nach acht. Schweigend warteten sie zwanzig Minuten. Kurz vor Viertel vor neun sagte Georges: »Jetzt wollen wir gehen.« Ohne sich weiter um den Portier zu kümmern, der übrigens gar keine Notiz von ihnen nahm, stiegen sie die Treppe hinauf. Einer der Beamten blieb auf der Straße stehen, um den Ausgang zu bewachen.

In der zweiten Etage machten die vier Männer halt. Du Roy legte das Ohr gegen die Tür. Er sah nichts und hörte nichts. Er klingelte.

Der Kommissar sagte zu seinen Beamten: »Sie bleiben hier und warten, bis Sie gerufen werden. Halten Sie sich also bereit.«

Und sie warten. Nach Verlauf von zwei bis drei Minuten klingelte Georges wieder ein paarmal hintereinander. Sie vernahmen Geräusche in der Wohnung. Dann näherten sich leise Schritte der Tür. Jemand sah durch das Guckloch. Mit dem Finger klopfte der Journalist heftig gegen die Türfüllung.

Eine Stimme, eine Frauenstimme, die sich zu verstellen versuchte, fragte: »Wer ist da?«

Der Kommissar erwiderte: »Öffnen Sie, im Namen des Gesetzes.«

Die Stimme fragte weiter: »Wer sind Sie?«

»Der Polizeikommissar... Öffnen Sie, oder ich lasse die Tür aufbrechen.«

»Und was wollen Sie?« fragte die Stimme wieder.

Jetzt antwortete du Roy: »Ich bin es... An ein Entkommen ist nicht zu denken.«

Der leichte Schritt – es war der Schritt nackter Füße – entfernte sich. Nach einigen Augenblicken kam er wieder.

Georges sagte: »Wenn Sie nicht öffnen, brechen wir die Tür auf.« Er faßte den kupfernen Türgriff und stemmte die Schulter gegen die Tür, daß das alte Schloß aufsprang. Die Schrauben sahen aus dem Holz hervor, und der junge Mann wäre beinahe gegen Madeleine gefallen, die in Hemd und Unterrock, mit wirrem Haar und nackten Beinen, eine Kerze in der Hand haltend, im Vorzimmer stand.

Er rief: »Sie ist es... Die hätten wir erwischt.« Und er stürzte in die Wohnung. Der Kommissar, der den Hut abgenommen hatte, folgte ihm. Erschreckt kam die junge Frau mit der brennenden Kerze hinter ihnen her.

Sie kamen in das Eßzimmer, dessen Tisch noch nicht abgedeckt war: leere Champagnerflaschen, eine Terrine Gänseleberpastete, das Gerippe eines Hühnchens und angegessene Stücke Brot. In zwei Tellern auf der Anrichte lagen ganze Haufen von Austernschalen.

Das Schlafzimmer sah aus, als hätte ein Kampf in ihm stattgefunden. Über der Lehne eines Stuhls hing ein Kleid, über der eines Sessels eine Herrenhose. Vier Schuhe, zwei große und zwei kleine, lagen auf der Seite am Fuß des Bettes.

Es war das typische Schlafzimmer einer möblierten Wohnung. Das Mobiliar war gewöhnlich, und in ihm hing jener gemeine und fade Hotelzimmergeruch, der ausgeströmt wird von den Vorhängen und den Matratzen, den Wänden und den Stühlen, der Geruch all der Menschen, die hier einen Tag oder sechs Monate geschlafen oder gelebt, ein wenig von ihrem Geruch zurückgelassen haben, von jenem Menschengeruch, der, sich mit dem der Vorgänger vereinigend, schließlich einen wirren, süßen und unerträglichen Gestank ergibt, der an allen solchen Orten immer wieder der gleiche ist.

Auf dem Kamin standen ein Teller mit Kuchen, eine Flasche Chartreuse und zwei kleine, noch halbvolle Gläser. Der Rahmen der Standuhr wurde von einem Herrenzylinder verdeckt.

Der Kommissar drehte sich schnell um und sah Madeleine scharf an. »Sind Sie Frau Claire-Madeleine du Roy, die legitime Gattin des hier anwesenden Publizisten Prosper-Georges du Roy?«

Mit erstickter Stimme sagte sie: »Ja.«

»Und was tun Sie hier?«

Sie gab keine Antwort.

Der Beamte wiederholte: »Was tun Sie hier? Ich stelle fest, daß Sie sich in halbnacktem Zustand in einer möblierten Wohnung befinden, die nicht die Ihre ist. Was tun Sie also hier?« Er wartete einige Augenblicke. Als sie wieder keine Antwort gab, sagte er: »Da Sie es nicht sagen wollen, muß ich es feststellen...«

Im Bett sah man unter der Decke die Form eines menschlichen Körpers.

Der Kommissar näherte sich dem Bett und rief: »Heda!«

Der Mann im Bett rührte sich nicht. Den Kopf unter dem Kopfkissen versteckt, schien er den unliebsamen Besuchern den Rücken zuzuwenden.

Der Beamte berührte, was er für die Schulter des Mannes hielt, und sagte: »Zwingen Sie mich bitte nicht, zupacken zu müssen.«

Aber der unter der Decke versteckte Körper rührte sich nicht mehr als der eines Toten.

Du Roy, der sich dem Bett genähert hatte, faßte die Decke, schlug sie zurück, riß das Kopfkissen in die Höhe, und man erblickte das fahle Gesicht Laroche-Mathieus. Er beugte sich über ihn, und von wilder Lust gepackt, ihn zu erwürgen, sagte er zwischen den aufeinandergebissenen Zähnen: »Bekennen Sie sich doch wenigstens zu Ihren Gemeinheiten.«

Der Beamte fragte: »Wer sind Sie?« Da der Liebhaber in seiner Verwirrung nicht antwortete, fuhr er fort: »Ich bin Polizeikommissar und fordere Sie auf, mir Ihren Namen zu nennen.«

Georges, der vor bestialischer Wut zitterte, sagte: »Geben Sie Antwort, Sie Feigling, oder ich sage, wer Sie sind!«

Da sagte der Mann, der immer noch im Bett lag: »Herr Kommissar, schützen Sie mich vor den Beleidigungen dieses Mannes. Mit wem habe ich es hier zu tun, mit Ihnen oder mit ihm? Wem muß ich antworten, Ihnen oder ihm?« Er schien keinen Speichel mehr im Mund zu haben.

Der Beamte antwortete: »Mir, Herr, nur mir. Ich frage Sie also noch einmal: Wer sind Sie?«

Der andere schwieg. Er hatte die Decke wieder bis an den Hals in die Höhe gezogen und machte erschreckte Augen. In dem blassen Gesicht wirkte der kleine aufgezwirbelte Schnurrbart pechschwarz.

Der Kommissar fuhr fort: »Wenn Sie nicht antworten wollen, muß ich Sie verhaften. Auf alle Fälle verlassen Sie erst mal das Bett. Ich werde Sie weiter vernehmen, wenn Sie angezogen sind.«

Der Körper im Bett wurde lebendig, und der Kopf murmelte: »Aber ich kann mich in Ihrer Gegenwart doch nicht anziehen.«

»Warum denn nicht?« fragte der Kommissar.

»Weil ich... weil ich... ganz nackt bin«, stammelte der andere.

Grinsend nahm du Roy ein Hemd vom Fußboden auf, warf es auf das Bett und schrie: »Los! Stehen Sie auf! Da Sie sich vor meiner Frau ausgezogen haben, können Sie sich vor mir doch wohl anziehen.« Dann wandte er ihm den Rücken und ging an den Kamin.

Madeleine hatte ihre Kaltblütigkeit wiedergefunden. Sie sah, daß alles verloren war, und war bereit, alles zu wagen. Trotzige Kühnheit ließ ihre Augen funkeln. Sie rollte ein Stück Papier zusammen und zündete, wie zu einem großen Empfang, die zehn Kerzen in den häßlichen Leuchtern an, die rechts und links auf dem Kamin standen. Dann lehnte sie sich gegen den Marmor und hielt einen ihrer nackten Füße gegen die sterbende Glut. Bei dieser Bewegung hob sich ihr Rock hinten, der kaum von den Hüften gehalten wurde. Aus einem Etui aus rosafarbenem Papier nahm sie eine Zigarette, zündete sie an und begann zu rauchen.

Der Kommissar hatte sich ihr genähert. Er wartete, bis ihr Komplice mit Anziehen fertig war.

Herausfordernd fragte sie: »Tun Sie oft solche Arbeit, Herr Kommissar?«

Er erwiderte: »Möglichst selten.«

Sie lachte ihm ins Gesicht: »Ich gratuliere. Eine saubere Arbeit ist das gerade nicht.« Sie tat so, als sähe sie ihren Mann gar nicht.

Inzwischen zog sich der Herr aus dem Bett an. Er hatte seine Hose und seine Schuhe bereits an und kam nun, während er die Weste überzog, näher.

Der Polizeibeamte wandte sich an ihn: »Wollen Sie mir nun sagen, wer Sie sind?«

Der andere antwortete nicht.

Der Kommissar sagte: »Dann muß ich Sie leider verhaften.«

Da rief der Mann plötzlich: »Berühren Sie mich nicht. Ich bin unantastbar.«

Du Roy stürzte auf ihn zu, als wollte er ihn niederschlagen. Er knurrte ihm ins Gesicht: »Sie sind auf frischer Tat ertappt, auf frischer Tat. Ich kann Sie verhaften lassen, wenn ich will... Ja, das kann ich.« Und dann mit bebender Stimme: »Dieser Mann heißt Laroche-Mathieu und ist Minister des Auswärtigen.«

Verblüfft wich der Kommissar einen Schritt zurück und stammelte: »Wollen Sie mir nun endlich sagen, wer Sie sind?«

Der Mann schien einen Entschluß zu fassen, deutlich sagte er: »Dieses eine Mal in seinem Leben hat der Elende die Wahrheit gesagt. Ich heiße Laroche-Mathieu und bin Minister.« Und den Arm nach Georges' Brust hebend, auf der ein kleiner roter Strich leuchtete, fügte er hinzu: »Und dabei trägt der Lump das Kreuz der Ehrenlegion, das ich ihm verschafft habe.«

Du Roy war leichenblaß geworden. Mit einer schnellen Bewegung riß er das kleine flammende Band aus dem Knopfloch und warf es in den Kamin. »So viel ist mir ein Orden wert, den ich einem Schweinehund, wie Sie einer sind, verdanke.«

Sie standen einander gegenüber, Gesicht gegen Gesicht, Zähne gegen Zähne, von wilder Wut erfaßt, mit geballten Fäusten, der eine mager und mit hängendem, der andere dick und mit aufgezwirbeltem Schnurrbart.

Der Kommissar trat schnell zwischen die beiden und schob sie auseinander. »Meine Herren, Sie vergessen sich. Sie lassen es an Haltung fehlen.«

Sie schwiegen und drehten sich auf dem Absatz um. Madeleine rührte sich nicht. Immer noch stand sie unbeweglich da, rauchte und lächelte.

Der Polizeibeamte sagte: »Herr Minister, ich habe Sie allein mit Frau du Roy überrascht. Sie lagen im Bett, und sie war fast nackt. Ihre Kleider liegen in der ganzen Wohnung herum. Es handelt sich hier um Ehebruch, bei dem Sie beide ertappt worden sind. Sie können das nicht leugnen. Was haben Sie zu erwidern?«

Laroche-Mathieu murmelte: »Ich habe nichts zu erwidern. Tun Sie Ihre Pflicht.«

Der Kommissar wandte sich an Madeleine: »Geben Sie zu, daß der Herr Ihr Geliebter ist?«

Ohne jede Scheu sagte sie: »Ich leugne es nicht. Er ist mein Geliebter.«

»Das genügt.« Dann machte sich der Beamte ein paar Notizen über den Zustand und die Lage der einzelnen Zimmer der Wohnung.

Als er mit Schreiben fertig war, fragte der Minister, der sich inzwischen angezogen hatte und mit dem Mantel über dem Arm und dem Hut in der Hand dastand: »Haben Sie mich noch nötig, Herr Kommissar? Was habe ich noch zu tun? Darf ich mich zurückziehen?«

Frech lächelnd wandte du Roy sich ihm zu: »Warum? Wir sind hier fertig. Kriechen Sie nur wieder ins Bett. Wir wollen nicht weiter stören.« Er tippte dem Beamten mit dem Finger auf den Arm: »Wir wollen gehen, Herr Kommissar, hier hätten wir ja alles erledigt.«

Ein wenig überrascht folgte ihm der Beamte.

Auf der Zimmerschwelle blieb Georges stehen, um den anderen vorbeigehen zu lassen.

Der wehrte sich höflich.

Aber du Roy gab nicht nach: »Bitte sehr, Herr Kommissar.«

Der Kommissar sagte: »Nach Ihnen, Herr du Roy.«

Der Journalist verbeugte sich und sagte mit ironischer Höflichkeit: »Nein, dieses Mal sind Sie an der Reihe, ich bin hier fast zu Hause.« Dann zog er sacht und diskret die Tür hinter sich zu.

Eine Stunde später betrat Georges du Roy die Redaktion der »Vie Française«.

Walter war schon da, denn nach wie vor leitete und überwachte er mit aller Sorgfalt seine Zeitung, die eine ungeheure Verbreitung gefunden hatte und die immer umfangreicher werdenden Operationen seiner Bank begünstigte. Er sah von seiner Arbeit auf und fragte: »Da sind Sie ja! Sie sehen ja ganz seltsam aus. Sie waren auch nicht zum Essen bei uns. Woher kommen Sie denn?«

Der Wirkung seiner Worte sicher, erklärte der junge Mann, jedes Wort betonend: »Ich habe eben den Minister des Auswärtigen gestürzt.«

Der andere meinte, es handle sich um einen Scherz. »Wieso gestürzt?«

»Ich werde für eine andere Besetzung des Kabinetts sorgen. Der Schweinehund hätte schon längst zum Teufel gejagt werden müssen.«

Der Alte sah seinen Redakteur erstaunt an, glaubte, er sei betrunken. »Was reden Sie denn für dummes Zeug?« sagte er.

»Ich rede kein dummes Zeug. Ich habe eben den Herrn Laroche-Mathieu überrascht, wie er mit meiner Frau die Ehe brach. Der Polizeikommissar hat die Sache festgestellt. Der Minister ist verratzt.«

Sprachlos schob der Direktor seine Brille auf die Stirn. »Wollen Sie sich über mich lustig machen?«

»Keineswegs, ich werde sogar einen kleinen Bericht über den Vorfall schreiben.«

»Was haben Sie denn vor?«

»Diesen Halunken, diesen Elenden, diesen Verbrecher stürzen.« Georges legte seinen Hut auf einen Sessel und fuhr fort: »Wehe denen, die sich mir in den Weg stellen! Ich verzeihe niemals!«

Walter wollte ihn immer noch nicht verstehen. Er sagte: »Und Ihre Frau?«

»Morgen reiche ich die Scheidungsklage ein. Der tote Forestier kann sie wiederhaben.«

»Sie wollen sich scheiden lassen?«

»Natürlich, ich will mich doch nicht lächerlich machen... Ich habe mich lange genug dumm stellen müssen, bis ich sie überraschen konnte. Aber das wäre nun geschafft, und Herr der Situation bin ich.«

Walter konnte sich gar nicht beruhigen. Mit erschreckten Augen sah er du Roy immer wieder an und dachte: Verdammt, den Burschen muß man sich warm halten, der kann gefährlich werden.

Georges fuhr fort: »Jetzt bin ich frei... Ich habe allerhand Vermögen. Im Oktober werde ich in meiner Heimat, in der ich sehr bekannt bin, für die Wahlen kandidieren. Mit der Frau, der niemand über den Weg traute, war mir das bisher ganz unmöglich.

Der bin ich gründlich auf den Leim gegangen. Aber seit ich ihr Spiel erkannt habe, habe ich sie sozusagen keine Minute mehr aus den Augen gelassen.« Er lachte und fuhr fort: »Der arme Forestier war ein Hahnrei, ohne daß er es wußte. Voller Vertrauen und ganz ruhig teilte er mit dieser Person sein Leben. Nun bin ich die Krätze los, die er mir angehängt hat. Ich trage nun keine Fesseln mehr. Jetzt soll die Welt mal erleben, wozu ich imstande bin.« Er hatte sich rittlings auf einen Stuhl gesetzt. Wie im Traum wiederholte er: »Die Welt soll jetzt mal erleben, wozu ich imstande bin.«

Walter, der ihn mit seinen brillenlosen Augen betrachtete – die Brille saß ihm immer noch auf der Stirn –, sagte sich: »Ja, der Halunke wird es noch zu was bringen.«

Georges stand auf: »Ich will nun eben den Artikel schreiben. Das muß mit aller Diskretion geschehen. Aber er wird für den Minister ein schwerer Schlag sein. Der Mann ist erledigt. Die ›Vie Française‹ hat kein Interesse daran, ihn zu schonen.«

Der Alte zögerte ein paar Augenblicke. Dann sagte er: »Schreiben Sie den Artikel. Jeder muß die Suppe auslöffeln, die er sich eingebrockt hat.«

IX

Ein Vierteljahr war vergangen. Die Ehe zwischen du Roy und seiner Frau war getrennt. Madeleine hatte den Namen Forestier wieder angenommen, und da Walters am 15. Juli nach Trouville wollten, wurde verabredet, vor der Trennung einen Tag auf dem Land zu verbringen

Man wählte einen Donnerstag. Um neun Uhr morgens fuhr man in einem großen Reiselandauer mit sechs Plätzen, der von vier Pferden gezogen wurde, los.

Man wollte in Saint-Germain im Pavillon Henri IV frühstükken. Bel Ami hatte darum gebeten, als einziger Herr mit von der Partie sein zu dürfen, denn die Gegenwart und das Gesicht des Herrn Marquis de Cazolles waren ihm unerträglich. Aber im letzten Augenblick hatte man dann doch beschlossen, den Grafen de Latour-Yvelin mitzunehmen. Man hatte ihm von diesem Plan erst am Abend vorher Kenntnis gegeben.

Der Wagen fuhr die Avenue des Champs-Élysées hinauf und dann durch den Bois de Boulogne.

Es war ein herrlicher, nicht zu heißer Sommertag. Die Schwalben zogen am blauen Himmel ihre weiten Kurven, die man noch zu sehen glaubte, wenn sie schon längst anderswo waren.

Im Fond des Landauers saßen die drei Damen, die Mutter zwischen ihren beiden Töchtern. Auf dem Rücksitz saßen die drei Herren. Walter saß zwischen den beiden Gästen.

Man überquerte die Seine, umfuhr den Mont-Valérien, erreichte Bougival, um dann bis Pecq am Fluß entlangzufahren.

Der Graf de Latour-Yvelin, ein etwas reifer Herr mit langem, dünnem Backenbart, dessen Enden beim geringsten Lufthauch in Bewegung gerieten – was du Roy zu der Äußerung veranlaßte: »Er erzielt mit seinem Bart ganz hübsche Windeffekte« –, betrachtete Rose voller Zärtlichkeit. Sie waren seit einem Monat verlobt.

Georges, der sehr bleich war, betrachtete oft Suzanne, die ihm an Blässe nichts nachgab. Ihre Augen begegneten sich, schienen sich zu verstehen, schienen im geheimen einen Gedanken auszutauschen und sich dann wieder zu fliehen. Frau Walter war glücklich und zufrieden.

Das Frühstück dauerte lange. Bevor man sich wieder auf den Weg nach Paris machte, schlug Georges vor, ein wenig auf die Terrasse zu gehen.

Zuerst bewunderte man die Aussicht. Alle traten an die Mauer und begeisterten sich für die Weite des Horizonts. Am Fuß eines langen Hügels floß die Seine nach Maisons-Lafitte dahin und sah aus wie eine ungeheure Schlange, die sich durch das Grün windet. Rechts, auf dem Gipfel des Hügels, warf der Aquädukt von Marly sein ungeheures Profil, das an eine Raupe mit langen Beinen erinnerte, gegen den blauen Himmel, und unten verschwand Marly in einem dichten Wäldchen.

In der ungeheuren Ebene, die sich vor ihnen dehnte, sah man hier und da ein Dorf. Die Teiche des Vésinet bildeten saubere und deutliche Flecken in dem mageren Grün des kleinen Waldes.

Links sah man in der Ferne den spitzen Kirchturm von Sartrouville.

»Nirgendwo in der Welt gibt es ein solches Panorama, auch in der Schweiz nicht«, sagte Walter.

Dann setzte man sich langsam in Bewegung, um einen kleinen Spaziergang zu machen und diesen Anblick noch ein wenig länger zu genießen.

Georges und Suzanne blieben zurück. Sobald sie ein paar Schritte von den anderen entfernt waren, sagte er mit leiser und verhaltener Stimme zu ihr: »Suzanne, ich bete Sie an... Ich liebe Sie so, daß ich den Verstand darüber verliere.«

»Ich auch, Bel Ami«, erwiderte sie.

»Wenn Sie nicht meine Frau werden, verlasse ich Paris und Frankreich.«

»Halten Sie doch bei Papa um meine Hand an, vielleicht ist er einverstanden.«

Er machte eine kleine Bewegung der Ungeduld. »Ich sage es Ihnen nun schon zum zehntenmal, das hat keinen Zweck. Man wird mir nur die Tür Ihres Hauses verbieten. Bei der Zeitung wird man mich entlassen, und wir beide sehen einander nie wieder. Dieses Ergebnis wird ein Antrag meinerseits bei Ihrem Vater zeitigen. Man hat Sie nun einmal dem Marquis de Cazolles versprochen und rechnet damit, daß Sie eines Tages ja sagen... Und bis dahin wartet man eben.«

»Was soll ich denn tun?« fragte sie.

Er zögerte und sah sie von der Seite an. »Lieben Sie mich so sehr, daß Sie bereit sind, eine Torheit zu begehen?«

Sie antwortete entschlossen: »Ja.«

»Eine große Torheit?«

»Ja.«

»Die größte aller Torheiten?«

»Ja.«

»Haben Sie auch den Mut, Ihrem Vater und Ihrer Mutter zu trotzen?«

»Ja.«

»Wirklich?«

»Ja.«

»Dann hören Sie zu: Es gibt nur ein Mittel, ein einziges Mittel. Alles muß von Ihnen und nicht von mir ausgehen. Sie sind ein verwöhntes Mädchen, Sie dürfen alles sagen, und eine Kühnheit mehr von Ihrer Seite wird niemanden in Erstaunen setzen. Wenn Sie heute abend wieder zu Hause sind, dann werden Sie zuerst zu Ihrer Mutter gehen und ihr sagen, daß Sie mich heiraten wollen. Sie wird sehr erregt und sehr böse werden...«

»Mama ist bestimmt einverstanden«, unterbrach sie ihn.

Lebhaft fuhr er fort: »Nein, Sie kennen sie nicht. Sie wird viel böser und viel wütender sein als Ihr Vater. Sie wird alles ablehnen. Aber Sie dürfen nicht nachgeben. Sie müssen nur darauf bestehen, daß Sie mich und keinen anderen heiraten wollen. Wollen Sie das tun?«

»Ja.«

»Und wenn Sie bei Ihrer Mutter gewesen sind, dann gehen Sie zu Ihrem Vater und sagen dem dasselbe. Sie müssen ganz ernst und entschieden sprechen.«

»Ja. Und dann?«

»Und dann wird die Sache ernst und schwierig... Wenn Sie entschlossen sind, fest entschlossen, ganz fest entschlossen sind, meine Frau zu werden, meine liebe, kleine Suzanne, dann entführe ich Sie.«

Sie bebte vor Freude und hätte am liebsten in die Hände geklatscht. »Nein, dieses Glück! Sie wollen mich entführen? Und wann wollen Sie mich entführen?«

Die ganze Poesie der nächtlichen Entführungen, die Postkutschen, die Herbergen, alle die reizenden Abenteuer, die sie aus Büchern kannte, kamen ihr plötzlich in den Sinn und standen vor ihr wie ein Traum, der Wirklichkeit werden sollte. Sie wiederholte: »Und wann werden Sie mich entführen?«

Leise antwortete er: »Heute abend... Heute nacht.«

»Und wohin gehen wir?« fragte sie bebend.

»Das ist mein Geheimnis. Überlegen Sie genau, was Sie tun. Bedenken Sie auch, daß Sie nach dieser Flucht nur meine Frau werden können. Es ist der einzige Weg, aber er ist für Sie sehr gefährlich.«

»Ich bin zu allem fest entschlossen«, entgegnete sie. »Wo treffe ich Sie?«

»Können Sie das Haus unbemerkt verlassen?«

»Ja, ich weiß, wie man die kleine Tür öffnet.«

»Wenn der Portier gegen Mitternacht zu Bett gegangen ist, dann kommen Sie auf die Place de la Concorde. Ich sitze in dem Wagen, der vor dem Marineministerium hält.«

»Ich komme!«

»Bestimmt?«

»Ganz bestimmt.«

Er ergriff ihre Hand und drückte sie. »Ich liebe Sie unendlich. Wie gut und tapfer Sie sind!... Sie wollen also Herrn de Cazolles nicht heiraten?«

»O nein!«

»War Ihr Vater sehr böse, als Sie nicht wollten?«

»Ich glaube ja, denn er wollte mich in ein Kloster schicken.«

»Sie sehen also, daß Sie energisch sein müssen.«

Sie sah hinaus in den weiten Horizont, und ihre Gedanken kreisten nur um diese Entführung... Noch viel weiter würde sie bald mit ihm gehen, viel weiter, als der Horizont sich dehnte... Sie würde entführt werden... Darauf war sie unendlich stolz. An ihren Ruf dachte sie kaum und an die Folgen ihres Entschlusses noch weniger. Machte sie sich diese Folgen überhaupt klar? Ahnte sie diese auch nur?

Frau Walter drehte sich um und rief: »Nun komm doch endlich, Kleine! Was hast du denn mit Bel Ami?«

Sie waren bald wieder bei den anderen. Man sprach über das Seebad, in das sie sich bald begeben wollten. Über Chatou kam man zurück, um nicht den gleichen Weg wie hinwärts zu fahren.

Georges sagte nichts mehr. Er dachte: Wenn die Kleine nur ein wenig Schneid hat, kann die Sache gar nicht mehr schiefgehen. Seit drei Monaten spann er sie ein in das unwiderstehliche Netz seiner Zärtlichkeiten. Er verführte sie, nahm sie gefangen, eroberte sie. Er hatte es auch bei ihr fertiggebracht, daß sie ihn liebte, wie ihm das bei allen Frauen gelang. Ohne große Schwierigkeiten hatte er sich ihre Puppenseele gewonnen.

Zuerst hatte er es so weit gebracht, daß sie den Marquis de Cazolles ablehnte. Er hatte es erreicht, daß sie mit ihm fliehen wollte. Einen anderen Weg gab es nicht.

Daß Frau Walter nie darein einwilligen würde, ihm ihre Tochter zu geben, das war ihm vollkommen klar. Immer noch liebte sie ihn mit einer Heftigkcit, die zu keinen Konzessionen bereit war, und würde ihn so auch in Zukunft lieben. Er hielt sie durch seine berechnende Kälte ein wenig in Schach, aber er fühlte, daß sie von einer wilden Leidenschaft, über die sie nicht Herr werden konnte, verzehrt wurde. Nie würde es ihm gelingen, sie zum Nachgeben zu bewegen. Nie würde sie darein einwilligen, daß er Suzanne bekäme.

Hatte er die Kleine erst mal fest in der Hand, würde der Vater schon bald klein beigeben.

Mit all diesem beschäftigt, antwortete er nur unzusammenhängend auf das, was man zu ihm sagte, und hörte nur mit halbem Ohr zu. Erst als man in Paris ankam, hatte er sich einigermaßen wieder in der Gewalt.

Auch Suzanne beschäftigte sich mit ihren Gedanken. Die Schellen der vier Pferde klangen in ihrem Kopf, und ihr Geläute ließ sie unendliche Straßen in ewigem Mondschein, tiefe Wälder, Herbergen am Rand der Landstraße und Stallknechte sehen, die den Pferdewechsel vornahmen; denn jeder mußte doch wissen, daß sie verfolgt wurden.

Als der Landauer im Hof des Hauses stand, wollte man Georges zum Essen dabehalten. Aber er lehnte dankend ab und ging nach Hause.

Nachdem er ein wenig gegessen hatte, brachte er Ordnung in seine Papiere, als hätte er eine große Reise vor.

Von Zeit zu Zeit sah er auf die Uhr, die auf dem Kamin stand, und dachte: Bei Walters steht sicher alles in hellen Flammen. Tiefe Unruhe kam über ihn... Wenn der Plan nicht klappte? Aber was hatte er denn zu fürchten? Er würde sich schon irgendwie aus der Sache herausziehen! Er war sich klar darüber, daß er heute abend ein gewagtes Spiel spielte.

Gegen elf Uhr verließ er seine Wohnung, irrte einige Zeit durch die Straßen, nahm dann eine Droschke, ließ sich nach der Place de la Concorde fahren und den Wagen vor den Arkaden des Marineministeriums halten.

Hin und wieder steckte er ein Streichholz an, um auf seiner

Uhr zu sehen, ob die verabredete Zeit noch nicht gekommen war. Als er dann sah, daß es kurz vor Mitternacht war, wurde seine Ungeduld geradezu fieberhaft. Immer wieder streckte er den Kopf aus dem Wagenfenster und schaute, ob sie noch nicht käme.

In der Ferne schlug es Mitternacht auf einer Turmuhr, dann ertönten die zwölf Schläge von einer anderen in der Nähe und dann von zwei Türmen zugleich und schließlich eine letzte wieder in weiterer Ferne. Als diese dann verklungen war, dachte er: Alles vorbei, hat nicht geklappt... Sie kommt nun nicht mehr.

Dennoch war er entschlossen, bis zum Tagesanbruch zu bleiben. Bei solchen Unternehmungen kann man nie Geduld genug haben.

Er hörte, wie es viertel, dann halb, dann dreiviertel schlug. Und dann schlugen alle Turmuhren ein Uhr, wie sie vor einer Stunde zwölf geschlagen hatten. Er wartete nun nicht mehr, er dachte nur an all das, was sich ereignet haben könnte.

Plötzlich zeigte sich ein Frauenkopf am Wagenfenster und fragte: »Sind Sie hier, Bel Ami?«

Er fuhr in die Höhe, der Atem stockte ihm: »Sind Sie es, Suzanne?«

»Ja, ich bin es.«

Es gelang ihm nicht schnell genug, ihre Hand zu ergreifen. Immer wieder sagte er: »Gott sei Dank... Sie sind es... Sie sind es... Steigen Sie in den Wagen...«

Sie stieg ein und ließ sich gegen ihn sinken.

Er rief dem Kutscher zu: »Fahren Sie los!«

Und der Wagen setzte sich in Bewegung.

Sie atmete erregt und sagte kein Wort.

»Wie ist alles gegangen?« fragte er.

Einer Ohnmacht nahe, sagte sie leise: »Ach! Es war ganz furchtbar, vor allem Mama.«

Er bebte vor Unruhe. »Ihre Mama? Was hat sie denn gesagt? Erzählen Sie alles.«

»Es war einfach entsetzlich! Ich bin zu ihr gegangen und habe ihr dann gleich alles erzählt, wie ich es mir vorher zurechtgelegt hatte. Sie wurde sehr bleich und schrie: ›Nie! Nie!‹ Ich habe dann geweint und bin böse geworden und habe geschworen, daß ich keinen anderen als Sie heiraten würde. Am liebsten hätte sie mich geschlagen. Sie war wie nicht bei Sinnen. Sie sagte, ich würde gleich am nächsten Tag in ein Kloster gesteckt. So habe ich Mama noch nie gesehen. Als Papa dann all das dumme Zeug hörte, das sie redete, ist er zu uns gekommen. Er hat sich nicht so aufgeregt wie sie, er hat nur gesagt, daß Sie keine passende Partie für mich wären. Ich war inzwischen auch wütend geworden und schrie noch lauter als sie. Und Papa wies mich mit einer dramatischen Gebärde, die so gar nicht zu ihm paßte, aus dem Zimmer. Da war ich fest entschlossen, zu Ihnen zu gehen. Und nun bin ich da... Wohin geht die Fahrt?«

Sachte hatte er den Arm um ihre Taille gelegt. Aufmerksam und mit klopfendem Herzen hörte er zu und fühlte, wie sich in ihm ein haßerfüllter Groll gegen diese Menschen erhob. Aber er hatte nun ihre Tochter! Die sollten noch allerlei erleben! Er antwortete: »Es ist zu spät, um noch mit der Bahn zu fahren. Die Droschke bringt uns bis nach Sèvres, wo wir die Nacht verbringen. Und morgen fahren wir dann weiter nach La Roche-Guyon. Es ist ein nettes Dorf an den Ufern der Seine zwischen Mantes und Bonnières.«

»Ich habe aber nichts bei mir«, sagte sie leise.

Er lächelte unbekümmert: »Das bringen wir schon in Ordnung.«

Der Wagen rollte durch die Straßen. Georges ergriff die Hand des jungen Mädchens und begann sie langsam und voller Achtung zu küssen. Er wußte nicht, was er ihr erzählen sollte, denn an platonische Zärtlichkeit war er nicht gewöhnt. Dann glaubte er zu sehen, daß sie weinte. Erschrocken fragte er: »Was haben Sie denn?«

Mit tränenerstickter Stimme sagte sie: »Wenn Mama merkt, daß ich das Haus verlassen habe, kann sie sicher kein Auge zutun.«

Sie hatte recht, ihre Mutter konnte kein Auge zutun.

Als Suzanne das Zimmer der Mutter verlassen hatte, war Frau Walter vor ihren Mann hingetreten. Niedergeschlagen und ihrer Sinne kaum noch mächtig fragte sie: »Du lieber Gott, was soll das alles heißen?«

Wütend entgegnete Walter: »Daß dieser Intrigant sie eingefangen hat. Ihm haben wir es zu verdanken, daß sie Cazolles einen Korb gab. Den Burschen reizt natürlich nur die Mitgift.« Erregt ging er durch das Zimmer. »Du konntest ihn ja auch nicht oft genug einladen. Du hast ihm geschmeichelt, schön mit ihm getan. Bel Ami vorn und Bel Ami hinten, vom Morgen bis zum Abend. Und das ist nun der Lohn.«

Bleich erwiderte sie: »Ich? Ich hätte ihn ins Haus geholt?«

Er schrie ihr ins Gesicht: »Ja, du! Ihr seid ja alle wie verrückt hinter ihm her, die Marelle, Suzanne und alle die anderen. Glaubst du denn, ich hätte nicht gemerkt, daß du krank wurdest, wenn er mal zwei Tage hintereinander nicht bei uns war?«

Tragisch richtete sie sich auf: »Ich verbiete dir, so mit mir zu sprechen. Sie vergessen, mein Herr, daß ich nicht in einer Butike groß geworden bin wie Sie.«

Walter war zuerst wie erstarrt, dann schrie er wütend: »Verdammt noch mal!« und verließ das Zimmer. Die Tür knallte er hinter sich zu.

Als sie allein war, trat sie instinktiv vor den Spiegel, um sich zu vergewissern, ob sich etwas an ihr verändert habe, so unmöglich, so ungeheuer kam ihr vor, was sich ereignet hatte. Suzanne liebte Bel Ami. Und Bel Ami wollte Suzanne heiraten! Nein, sie hatte sich geirrt, das konnte doch gar nicht sein! Das Mädchen hatte eine ganz natürliche Zuneigung zu dem hübschen Menschen, sie hatte gehofft, daß man ihn ihr als Mann gebe! Und sie wollte ihn haben und hatte darauf bestanden. Aber er? Er konnte doch mit alledem nichts zu tun haben! Verwirrt wie angesichts einer großen Katastrophe, versuchte sie, Ordnung in ihre Gedanken zu bringen. Nein, Bel Ami hatte sicher keine Ahnung von dem, was Suzanne wollte.

Und lange dachte sie an die Perfidie und die Unschuld, die beide bei diesem Menschen möglich waren. Ein Lump wäre er, wenn er seine Finger hierbei im Spiel hätte! Und was würde weiter passieren? Für die Zukunft sah sie nichts als Gefahren und Qualen!

Wenn er wirklich von nichts etwas wußte, dann konnte man die Sache schon wieder in Ordnung bringen. Man würde ein halbes Jahr lang mit Suzanne verreisen, und damit wäre dann alles wieder beim alten. Aber wie sollte sie es dann anstellen, daß sie ihn wiedersah? Denn sie liebte ihn immer noch. Wie ein Pfeil mit Widerhaken, den man nicht aus der Wunde ziehen kann, steckte diese Leidenschaft in ihr. Ein Leben ohne ihn war ihr nicht möglich – dann schon lieber gleich den Tod.

Und ihre Gedanken verirrten sich in diese Ängste und diese Unsicherheiten. Ein Schmerz begann in ihrem Kopf zu bohren. Ihre Gedanken taten ihr weh, wurden immer wirrer. Immer wieder versuchte sie, die Verhältnisse klar zu erkennen, und war verzweifelt, als ihr diese Erkenntnis verschlossen blieb. Sie sah auf die Uhr auf dem Kamin. Es war nach eins. Sie sagte sich: »Ich kann es nicht ertragen, ich werde wahnsinnig. Ich muß genau wissen, was los ist. Ich will Suzanne wecken und sie fragen.«

Sie zog ihre Schuhe aus, um keinen Lärm zu machen, und machte sich, eine Kerze in der Hand, auf den Weg nach dem Zimmer ihrer Tochter. Vorsichtig öffnete sie die Tür, trat ein und sah nach dem Bett. Es war unberührt. Zuerst begriff sie nicht, sie dachte, daß das Mädchen noch mit dem Vater spreche. Aber dann wurde ein entsetzlicher Verdacht in ihr wach, und sie eilte zu ihrem Mann. Blaß und außer Atem kam sie bei ihm an.

Er lag im Bett und las. Erschrocken fragte er: »Was ist los? Was hast du?«

Sie stammelte: »Hast du Suzanne gesehen?«

»Ich? Nein. Warum?«

»Sie ist weg... In ihrem Zimmer ist sie nicht.«

Er sprang aus dem Bett, zog seine Pantoffel an, und ohne Unterhose, in wehendem Nachthemd, eilte er nun seinerseits nach dem Zimmer seiner Tochter.

Sobald er das Zimmer betreten hatte, gab es für ihn keinen Zweifel mehr: Suzanne war fort. Er ließ sich in einen Sessel sinken und stellte die Lampe vor sich auf den Boden.

Inzwischen hatte auch seine Frau wieder das Zimmer betreten. Sie stotterte: »Nun?«

Er hatte nicht die Kraft, etwas zu antworten. Er hatte auch keinen Zorn mehr. Er stöhnte nur: »Alles vorbei... Der Kerl hat sie in den Klauen... Wir sind verloren.«

Sie verstand ihn nicht. »Wieso verloren?«

»Ja, wir sind verloren... Jetzt muß er sie heiraten.«

Da brüllte sie auf wie ein wildes Tier. »Der? Nie und nimmer! Bist du denn verrückt geworden?«

Traurig antwortete er: »Alles Brüllen und Heulen hat keinen Zweck. Er hat sie entführt, er hat sie entehrt. Das Beste ist noch, sie ihm zu geben. Wenn wir die Sache einigermaßen geschickt anfassen, merkt vielleicht niemand etwas von diesem Abenteuer.«

In furchtbarer Erregung wiederholte sie: »Nie! Nie bekommt er Suzanne... Nie gebe ich meine Einwilligung.«

Bekümmert erwiderte Walter: »Aber er hat sie ja. Daran ist nichts mehr zu ändern. Und er behält sie und versteckt sie, bis wir nachgegeben haben. Um einen Skandal zu vermeiden, müssen wir sofort nachgeben.«

Von einem Schmerz zerrissen, den zu verbergen sie sich vergeblich bemühte, wiederholte seine Frau: »Nein! Nein! Nie und nimmer gebe ich meine Einwilligung.«

Ungeduldig erwiderte er: »Alles Reden hat keinen Sinn. Es bleibt uns einfach nichts anderes übrig. Der Halunke hat uns ganz gewaltig hereingelegt... Er ist schon ein gerissener Hund! Was die Stellung angeht, hätten wir schon was Besseres für Suzanne finden können, aber einen Mann mit mehr Intelligenz und aussichtsreicherer Zukunft hätten wir wohl kaum auftreiben können. Und der Bursche hat eine Zukunft. Der wird noch Deputierter und Minister.«

Mit wilder Energie erklärte Frau Walter: »Nie und nimmer dulde ich, daß er Suzanne heiratet! Hörst du? Nie und nimmer.«

Er wurde nun ärgerlich, und als praktisch denkender Mann begann er sogar Bel Ami zu verteidigen: »Nun sei doch endlich einmal still... Ich sage dir, daß wir um die Heirat nicht herumkommen... Er muß sie heiraten... Und wer weiß? Vielleicht sind wir eines Tages sehr damit zufrieden. Man weiß nie, was man mit solchen Brüdern erlebt. Du hast ja gelesen, wie er in drei Artikeln diesen Hanswurst Laroche-Mathieu fertig gemacht hat, und dabei hat er es keinen Augenblick an der notwendigen Würde fehlen lassen, was in seiner Lage, als betroffener Ehemann, bestimmt nicht so einfach war... Aber wir werden ja sehen. Jedenfalls sind wir gründlich hereingefallen. Das alles ungeschehen zu machen ist unmöglich.«

Am liebsten hätte sie geschrien, sich auf den Fußboden geworfen, sich das Haar gerauft. Wieder sagte sie erregt: »Er bekommt sie nicht... Ich – will – es – nicht!«

Walter erhob sich, griff nach der Lampe und sagte: »Du bist genauso blöde wie alle Weiber. Ihr handelt immer nur aus Leidenschaft. Den Umständen beugt ihr euch nie – weil ihr eben zu blöde seid! Ich kann dir nur sagen, daß er sie heiratet, weil er sie heiraten muß.« Mit schlurfenden Schritten verließ er das Zimmer. Wie ein komisches Gespenst im Nachthemd ging er durch den breiten Korridor des geräumigen, schlafenden Hauses und trat dann geräuschlos in sein Zimmer.

Von unerträglichen Schmerzen zerrissen, hatte sich Frau Walter nicht von der Stelle gerührt. Sie konnte alles noch gar nicht fassen. Sie litt nur. Und dann dachte sie auf einmal, daß sie doch hier nicht unbeweglich stehen bleiben konnte, bis der Tag graute. Sie fühlte in sich das dringende Bedürfnis, zu fliehen, fortzulaufen, Hilfe zu suchen, jemanden zu finden, der ihr beistände.

Sie überlegte, wen sie wohl rufen könne. Wen? Sie fand niemanden. Einen Priester? Ja, einen Priester. Sie würde sich ihm zu Füßen werfen, würde ihm alles gestehen, ihm ihre Sünde beichten und ihre Verzweiflung. Der würde verstehen, daß dieser Elende Suzanne nicht heiraten konnte, würde diese Heirat zu verhindern wissen. Sofort mußte sie einen Priester haben! Aber wo sollte sie den so schnell finden? Wohin sollte sie gehen? Hier konnte sie jedenfalls nicht bleiben.

Da sah sie auf einmal, wie in einer Vision, das heitere Bild des Christus, der über die Wogen schreitet. Sie sah ihn, wie sie ihn sah, wenn sie das Bild betrachtete. Er rief sie! Er sagte zu ihr: »Komm zu mir, knie nieder zu meinen Füßen. Ich will dich trösten und dir sagen, was du tun sollst.«

Sie nahm ihre Kerze, verließ das Zimmer und machte sich auf den Weg nach dem Wintergarten. Das Christusbild befand sich ganz am Ende der Zimmerflucht, in einem kleinen Salon, den man nur durch eine Glastür schloß, damit die Feuchtigkeit der Beete im Wintergarten das Bild nicht beschädigte.

Der Raum erinnerte an eine Art Kapelle in einem Wald aus seltsamen Bäumen.

Als Frau Walter den Wintergarten betrat, den sie bisher nur bei vollem Licht gesehen hatte, blieb sie ergriffen vor seiner dunklen Tiefe stehen. Die schweren Pflanzen aus den tropischen Ländern erfüllten die Atmosphäre mit ihrem drückenden Atem. Und da die Türen nicht mehr geöffnet worden waren, drang die Luft dieses seltsamen Waldes, die unter einer gläsernen Kuppel eingeschlossen war, schmerzvoll in die Brust, verwirrte, berauschte, tat gut und bereitete Schmerzen, ließ das Fleisch erbeben in einer wirren Wollust und in Gedanken an den Tod.

Die arme Frau ging langsam, erregt durch die Finsternis, in der beim irrenden Licht ihrer Kerze die seltsamen Pflanzen auf einmal aussahen wie Ungeheuer, wie schreckliche, seltsame Wesen. Und dann auf einmal sah sie den Christus. Sie öffnete die Tür, die sie von ihm trennte, und sank auf die Knie.

Wie irr flehte sie ihn an, stammelte Worte der Liebe, leidenschaftliche und verzweifelte Anrufungen. Dann beruhigte sich allmählich die Glut ihres Gebets, und sie hob die Augen auf zu ihm, und in ihr lebte nichts als tiefe Angst. Bei der flackernden Helle des einzigen Lichtes, das ihn kaum von unten beleuchtete, hatte er eine solche Ähnlichkeit mit Bel Ami, daß nicht mehr Gott, sondern ihr Liebhaber sie anschaute. Es waren seine Augen, seine Stirn, sein Gesicht mit dem kalten und hochmütigen Ausdruck.

Sie stammelte: »Jesus!... Jesus!... Jesus!« Und dann kam ihr das Wort »Georges« auf die Lippen. Plötzlich dachte sie, daß vielleicht gerade in diesem Augenblick Georges ihre Tochter besaß. Irgendwo war er allein mit ihr in einem Zimmer. Er! Er mit Suzanne!

Wieder sagte sie: »Jesus!... Jesus!« Aber sie dachte an die beiden, an ihre Tochter und an ihren Geliebten... Sie waren allein in einem Zimmer, und es war Nacht. Sie sah sie. Sie sah sie so deutlich, daß sie anstelle des Bildes vor ihr standen. Sie lachten sich an. Sie umarmten sich. Das Zimmer war dunkel, und das Bett halb aufgeschlagen. Sie erhob sich, um ihnen entgegenzugehen, ihre Tochter bei den Haaren zu packen und dieser Umarmung zu entreißen. Sie wollte sie an der Kehle packen, sie erwürgen, ihre Tochter, die sie haßte, ihre Tochter, die sich diesem Mann hingab. Sie berührte die Leinwand des Bildes, die Füße des Christus.

Sie stieß einen Schrei aus und fiel hintenüber. Ihre Kerze erlosch.

Was geschah dann? Lange träumte sie von seltsamen, schrecklichen Dingen. Immer standen Georges und Suzanne vor ihren Augen, und Christus segnete ihre schreckliche Liebe.

Irgendwie kam ihr zu Bewußtsein, daß sie nicht in ihrem Zimmer war. Sie wollte sich erheben, wollte fliehen, aber sie konnte es nicht. Eine bleierne Müdigkeit hatte sie ergriffen, die ihre Glieder fesselte und nur ihren Gedanken Freiheit ließ. Aber diese Gedanken waren wirr, wurden gemartert durch schreckliche, unwirkliche, phantastische Bilder, waren versunken in einen ungesunden Traum, einen jener seltsamen und manchmal tödlichen Träume, die die einschläfernden Pflanzen der tropischen Länder, die Pflanzen mit den seltsamen Formen und dem schweren Duft oft in den Hirnen der Menschen entstehen lassen.

Als der Tag angebrochen war, fand man Frau Walter. Bewußtlos, fast erstickt lag sie vor dem Christus, der über die Wogen schritt. Sie war so krank, daß man um ihr Leben fürchtete. Erst am nächsten Tag war sie wieder klar bei Verstand. Da fing sie an zu weinen.

Suzannes Verschwinden wurde der Dienerschaft gegenüber mit einem plötzlich beschlossenen längeren Aufenthalt in einem Kloster erklärt. Walter beantwortete einen langen Brief du Roys und versprach ihm in diesem Schreiben die Hand seiner Tochter.

In dem Augenblick, in dem sie Paris verließen, hatte Bel Ami die Epistel, die er am Abend vor seiner Abreise geschrieben hatte, in den Postkasten geworfen. In Worten voller Achtung teilte er dem Vater mit, daß er das junge Mädchen schon lange liebe, daß nie irgendeine Verabredung zwischen ihnen beiden getroffen worden und daß sie freiwillig zu ihm gekommen sei, ihm zu sagen: »Ich will deine Frau werden«, daß er sich unter diesen Umständen für berechtigt halte, sie bei sich zu behalten, sie sogar zu verbergen, bis er eine Antwort von den Eltern bekommen habe, deren legaler Wille für ihn einen geringeren Wert habe als der Wille seiner Braut.

Er bat Walter, ihm den Antwortbrief postlagernd zu senden; ein Freund werde für die Weiterbeförderung des Briefs Sorge tragen.

Als er erhalten hatte, was er wollte, brachte er Suzanne nach Paris zurück und schickte sie gleich zu ihren Eltern. Er selbst wartete einige Zeit, bis er sich bei Walters einfand.

Sie hatten sechs Tage am Ufer der Seine in La Roche-Guyon verbracht.

Noch nie hatte sich das junge Mädchen so amüsiert. Sie hatte das Bauernmädchen gespielt. Und da er sie für seine Schwester ausgab, lebten sie in einer freien und keuschen Intimität, in einer Art verliebter Kameradschaft. Er hielt es für richtiger, sie zu respektieren. Gleich am Tag nach ihrer Ankunft hatte sie bäuerliche Wäsche und Kleider gekauft, und mit einem großen, blumengeschmückten Hut auf dem Kopf war sie zum Fischen gegangen. Sie fand die Landschaft ganz köstlich. Hier erhoben sich ein alter Turm und ein altes Schloß, in dem man wundervolle Tapisserien zeigte.

Georges, der eine Bauernbluse trug, die er bei dem Händler des Dorfes gekauft hatte, war mit Suzanne dauernd unterwegs. Entweder gingen sie an den Ufern des Flusses spazieren, oder sie fuhren mit dem Boot. Sie umarmten einander alle Augenblicke, sie in aller Unschuld, er bereit, der Versuchung zu unterliegen. Aber er brachte es fertig, sich zu beherrschen. Und als er zu ihr sagte: »Morgen fahren wir nach Paris zurück, Ihr Vater gewährt mir Ihre Hand«, sagte sie ganz naiv: »Schon? Es war so schön, Ihre Frau zu sein.«

X

Es war dunkel in der kleinen Wohnung in der Rue de Constantinople, denn Georges du Roy und Clotilde de Marelle, die einander vor der Tür getroffen hatten, waren schnell in die Wohnung getreten, und ohne ihm Zeit zu lassen, die Fensterläden zu öffnen, hatte sie gesagt: »Du heiratest also Suzanne Walter?«

Er gab das ganz ruhig zu und sagte dann: »Wußtest du das nicht?«

Wütend und empört stand sie vor ihm. »Du heiratest also Suzanne Walter! Wirklich ein starkes Stück, ein sehr starkes Stück! Seit drei Monaten wickelst du mich ein, damit ich nur nichts erfahre... Jeder weiß es, nur ich nicht. Ausgerechnet mein Mann mußte es mir mitteilen.«

Du Roy begann zu grinsen. Dennoch war er ein wenig verwirrt. Er legte den Hut auf den Kamin und setzte sich in einen Sessel.

Sie sah ihm ins Gesicht und sagte mit leiser, aber gereizter Stimme: »Seit du dich von deiner Frau hast scheiden lassen, hast du diesen Schlag vorbereitet, und bis dahin mußte ich dir als Geliebte aushelfen! Du bist und bleibst ein Schwein!«

Er fragte: »Wieso? Ich hatte eine Frau, die mich betrog. Ich habe sie erwischt. Ich habe mich scheiden lassen und heirate nun eine andere. Das ist doch furchtbar einfach.«

Vor Wut bebend erwiderte sie: »Du bist ein ganz gerissener und gefährlicher Hund!«

Wieder lächelte er: »Dummköpfe und Hanswürste fallen immer herein.«

Aber sie verfolgte noch ihren Gedanken. »Daß ich dich nicht von Anfang an durchschaut habe! Aber ich konnte und wollte es einfach nicht glauben, daß du so gemein wärest.«

Er setzte eine würdevolle Miene auf. »Ich möchte dich bitten, ein wenig auf das zu achten, was du sagst.«

Sie bäumte sich auf gegen diese Arroganz. »Was? Ich soll in sanften Tönen mit dir reden? Du behandelst mich wie ein Stück Vieh, seit ich dich kenne, und nun soll ich dir das nicht einmal sagen dürfen! Jeden betrügst du, jeden beutest du aus; wo du Geld und Vergnügen findest, da nimmst du es für dich in Anspruch, und dabei soll ich dich behandeln, als wärest du ein anständiger Kerl!«

Er stand auf, seine Lippen bebten. »Schweig, oder du fliegst im hohen Bogen hinaus.«

Sie stammelte: »Mich hier hinausschmeißen! Du hast wohl vergessen, daß ich diese Wohnung vom ersten Tag an bezahlt habe. Schon recht! Hin und wieder hast du auch mal die Miete bezahlt... Aber wer hat sie gemietet? Ich... Und wer hat sie damals behalten?... Wieder ich... Und du willst mich hinausschmeißen? Schweig doch, du Taugenichts! Glaubst du denn, ich wüßte nicht, wie du Madeleine die Hälfte ihrer Erbschaft gestohlen hast? Glaubst du denn, ich wüßte nicht, daß du mit Suzanne geschlafen hast, um sie zu zwingen, dich zu heiraten...«

Er packte sie bei den Schultern und schüttelte sie: »Laß das Mädchen aus dem Spiel, sage ich dir!«

Sie schrie: »Geschlafen hast du mit ihr... Ich weiß das ganz genau!«

Alles andere hätte er ruhig hingenommen, diese Lüge aber reizte ihn bis aufs Blut. Die Wahrheiten, die sie ihm eben ins Gesicht geschrien hatte, hatten wohl seine Wut erweckt, aber diese Lüge über das junge Mädchen, das seine Frau werden sollte, erweckte in seiner Hand das wilde Bedürfnis zu schlagen. Wieder sagte er: »Sei ja still... Nimm dich in acht... Halte den Mund...«, und dabei schüttelte er sie wie einen Zweig, von dem man Früchte schüttelt.

Mit wirrem Haar, den Mund weit geöffnet und mit irren Augen schrie sie: »Du hast mit ihr geschlafen!«

Er ließ sie los und schlug ihr derartig ins Gesicht, daß sie gegen die Wand taumelte.

Sie wandte den Kopf zu ihm hin, und auf ihre Handgelenke gestützt, schrie sie noch einmal: »Du hast mit ihr geschlafen!«

Er stürzte sich auf sie, kniete auf ihr und schlug sie, als wenn er auf einen Mann eingeschlagen hätte.

Plötzlich schwieg sie und begann unter den Schlägen zu stöhnen. Sie bewegte sich nicht mehr. Sie hatte ihr Gesicht in der Ecke zwischen Fußboden und Wand verborgen und stieß klagende Schreie aus.

Er hörte auf, sie zu schlagen, und richtete sich auf. Dann ging er einige Male im Zimmer auf und ab, um sich zu beruhigen. Ein Gedanke schien ihm gekommen zu sein, denn er begab sich in das Schlafzimmer, füllte die Waschschüssel mit frischem Wasser und tauchte seinen Kopf hinein. Dann wusch er sich die Hände und kehrte, sich die Hände sorgfältig abtrocknend, in das Wohnzimmer zurück, um zu sehen, was sie machte.

Sie hatte sich immer noch nicht gerührt. Sie lag noch auf dem Fußboden und weinte leise vor sich hin.

Er fragte: »Hast du noch nicht genug geheult?«

Sie gab keine Antwort.

Er blieb in der Mitte des Zimmers stehen, fühlte sich ein wenig unbehaglich und schämte sich auch ein wenig angesichts des vor ihm liegenden Körpers. Dann faßte er plötzlich einen Entschluß. Er griff nach seinem Hut auf dem Kamin. »Guten Abend! Wenn du fertig bist, gib den Schlüssel beim Portier ab. Ich habe keine Lust zu warten, bis du wieder einigermaßen bei Vernunft bist.«

Er verließ die Wohnung, machte die Tür hinter sich zu, ging zu dem Portier, zu dem er sagte: »Die gnädige Frau hat noch etwas zu tun. Sie geht erst später. Sagen Sie dem Hausbesitzer, daß ich zum 1. Oktober kündige. Wir haben heute den 16. August, demnach ist der Kündigungstermin eingehalten.«

Mit großen Schritten ging er davon, denn er hatte noch allerlei Einkäufe für das Brautgeschenk zu machen.

Die Hochzeit war auf den 20. Oktober, nach der Wiedereröffnung der Kammern, festgesetzt. Die kirchliche Trauung sollte in der Madeleine stattfinden. Man hatte schon viel geredet, ohne daß man aber Genaueres gewußt hätte. Allerhand Gerüchte waren in Umlauf. Man redete von einer Entführung, aber Sicheres konnte niemand sagen.

Die Dienerschaft erzählte, Frau Walter spreche mit ihrem zukünftigen Schwiegersohn kein Wort mehr. Gegen Mitternacht des Abends, an dem diese Ehe beschlossen worden sei und sie ihre Tochter in ein Kloster habe bringen lassen, habe sie in ihrer Wut Gift genommen. Halbtot habe man sie gefunden. Sie werde sich bestimmt nicht wieder erholen. Sie sehe aus wie eine alte Frau. Ihr Haar sei ganz grau, und sie sei auf einmal sehr fromm geworden und gehe jeden Sonntag zur Kommunion.

In den ersten Septembertagen meldete die »Vie Française«, der Baron du Roy de Cantel übernehme die Chefredaktion des Blattes, dessen Direktor weiterhin Walter bleibe.

Durch besonders hohe Gehälter zog man von den großen Zeitungen, den alten, mächtigen und angesehenen Zeitungen, einen ganzen Stab bekannter Feuilletonisten, politischer Redakteure, Kunst- und Theaterkritiker hinüber zu der »Vie Française«.

Die alten Journalisten, die ernsten und respektablen Journalisten, zuckten nun nicht mehr mit den Schultern, wenn sie von der »Vie Française« sprachen. Der schnelle und durchgreifende Erfolg hatte alle Mißachtung der ernsten Autoren den Anfängen dieser Zeitung gegenüber wie weggeblasen.

Die Heirat ihres Chefredakteurs war ein sogenanntes Pariser Ereignis, denn seit einiger Zeit hatten du Roy und Walter viel von sich reden gemacht. Alle, deren Namen man in den Zeitungen erwähnt findet, nahmen sich vor, der Trauung beizuwohnen.

Und die Trauung fand an einem hellen Herbstmorgen statt.

Schon um acht Uhr morgens legte das ganze Personal der Madeleine die Stufen der hohen Freitreppe dieser Kirche, die die Rue Royale beherrscht, mit einem breiten roten Teppich aus, was die Passanten veranlaßte, stehen zu bleiben, denn die Pariser Bevölkerung erkannte an diesen Vorbereitungen, daß in der Kirche eine große Feier stattfinden würde.

Die Angestellten, die auf dem Weg in ihre Büros waren, die kleinen Arbeiterinnen und die Ladenjungen blieben stehen, sahen zu und dachten wohl an die reichen Leute, die für eine Hochzeit so viel Geld ausgeben konnten.

Gegen zehn Uhr begannen die Neugierigen sich anzusammeln. In der Hoffnung, daß die Feier gleich beginnen werde, blieben sie stehen, doch schon bald gingen sie weiter.

Um elf Uhr kamen Polizeiaufgebote und forderten die Menschen auf weiterzugehen, denn jeden Augenblick bildeten sich neue Gruppen.

Bald erschienen die ersten Gäste, die einen guten Platz ergattern wollten, um alles genau sehen zu können. Sie sicherten sich die Seitenplätze längs des Mittelschiffes.

Bald kamen andere, Frauen in raschelnden Kleidern, ernste, fast kahle Herren, die in korrekt weltmännischer Haltung einhergingen und an diesem Ort noch ernster wirkten.

Langsam füllte sich die Kirche. Durch das große offene Portal strömte das Sonnenlicht und fiel hell auf die ersten Bänke mit den eingeladenen Freunden. Im Chor, der ein wenig dunkel schien, bildete der mit Kerzen bedeckte Altar eine gelbe Helle, die gegenüber dem Lichtloch des großen Portals bescheiden und fahl wirkte.

Man erkannte sich, nickte sich zu, vereinigte sich zu Gruppen. Die Schriftsteller, die weniger respektvoll waren als die Herren der Gesellschaft, plauderten leise miteinander. Man betrachtete dic Frauen.

Norbert de Varenne, der einen Freund suchte, sah in der Mitte der Stuhlreihen Jacques Rival und setzte sich zu ihm. »Nun«, sagte er, »die Zukunft gehört den Gerissenen!«

Der andere, der nicht neidisch war, entgegnete: »Um so besser für ihn. Der hat's geschafft!«

Und dann sprachen sie über die Gäste in der Kirche.

Rival fragte: »Wissen Sie, was aus seiner Frau geworden ist?«

Der Dichter lächelte: »Ja und nein. Sie lebt sehr zurückgezogen, sie soll im Montmartre-Viertel wohnen. Aber die Sache hat einen Haken... Seit einiger Zeit lese ich in der ›Plume‹ politische Artikel, die mit denen Forestiers und du Roys eine verteufelte Ähnlichkeit haben. Sie stammen von einem gewissen Jean le Dol, einem hübschen und intelligenten Burschen, der aus der gleichen Rasse ist wie unser Freund Georges und dessen frühere Frau kennengelernt hat. Woraus ich dann den Schluß gezogen habe, daß sie die Anfänger immer liebt und immer lieben wird. Sie hat übrigens viel Geld. Vaudrec und Laroche-Mathieu haben nicht umsonst so eifrig bei ihr verkehrt.«

Rival entgegnete: »Die kleine Madeleine ist gar nicht so übel. Sehr schlau, sogar gerissen. Sie muß nackt ganz reizend sein. Aber sagen Sie einmal, wie kommt du Roy nach seiner Scheidung zu einer kirchlichen Trauung?«

»Er wird kirchlich getraut, weil er für die Kirche bisher noch nicht verheiratet war.«

»Wieso denn das?«

»Aus Gleichgültigkeit oder Sparsamkeit hielt unser Freund Bel Ami, als er Madeleine Forestier heiratete, die standesamtliche Trauung für ausreichend. Er hat sich den Segen der Kirche also verkniffen, und dadurch lebte er nach der Auffassung der Heiligen Mutter Kirche mit seiner Frau im Konkubinat. Infolgedessen kommt er heute als Unverheirateter zu ihr, und sie gewährt ihm allen Pomp, der den alten Walter eine schöne Stange Geld kosten wird.«

Der Lärm der anwachsenden Menge wurde unter dem Gewölbe größer. Man hörte Stimmen, die fast laut sprachen. Man machte sich auf Berühmtheiten aufmerksam, und die waren stolz darauf, daß man sie beachtete, und bewahrten jene Haltung, die sie immer in der Öffentlichkeit zur Schau trugen. So verhielten sie sich auf allen Festlichkeiten, deren unentbehrlicher Schmuck, deren Kostbarkeiten sie nach ihrer Auffassung waren.

Rival fuhr fort: »Ist es wahr, daß Frau Walter und du Roy kein Wort mehr miteinander sprechen? Sie kommen doch oft in das Haus, so daß Sie das wissen müßten!«

»Kein Wort... Sie wollte ihm die Kleine nicht geben. Aber er hatte wohl den Alten in der Hand; in Marokko sollen so allerlei Geschichten passiert sein. Er hat dem Alten mit furchtbaren Enthüllungen gedroht. Walter hat an Laroche-Mathieu gedacht und auf der Stelle klein beigegeben. Aber starrköpfig wie alle Frauen hat Frau Walter geschworen, nie wieder mit ihrem Schwiegersohn ein Wort zu sprechen. Sie benehmen sich gegeneinander ganz seltsam. Sie sieht aus wie eine Statue, die Statue der Rache, und er fühlt sich trotz aller Haltung – der Bursche kann sich beherrschen – in seiner Haut nicht gerade wohl.«

Kollegen kamen und grüßten sie. Man vernahm Fetzen einer politischen Unterhaltung. Und vage wie der Lärm eines fernen Meeres drang das Summen des vor der Kirche in dichten Massen stehenden Volkes mit der Sonne durch das Portal in die Kirche, stieg unter das Gewölbe, erhob sich über den gedämpften Lärm des Elite-Publikums, das dichtgedrängt in der Kirche saß.

Plötzlich stieß der Schweizer dreimal mit dem Schaft seiner Hellebarde auf das Pflaster der Kirche. Die Anwesenden wandten den Kopf nach einem Rascheln von Kleidern und dem Rükken von Stühlen. Und die junge Frau erschien am Arm ihres Vaters im hellen Licht des Portals. Sie sah auch heute noch aus wie Spielzeug, wie köstliches Spielzeug. Sie trug ein weißes Kleid und hatte Orangenblüten im Haar.

Sie blieb ein paar Augenblicke auf der Schwelle stehen. Als sie den ersten Schritt in die Kirche tat, brauste die Orgel auf und verkündete mit ihrer metallischen Stimme den Einzug der Braut.

Gebeugten Hauptes ging sie einher. Aber sie war nicht verlegen, vielleicht ein wenig erregt, aber niedlich, reizend, das Miniaturbild einer jungen Gattin. Die Frauen lächelten und machten allerlei Bemerkungen, als sie durch die Kirche schritt. Die Männer flüsterten: »Köstlich, anbetungswert!« Walter bewegte sich mit übertriebener Würde. Er war ein wenig blaß. Die Brille saß ihm keck auf der Nase.

Hinter ihnen gingen vier Brautjungfern, alle vier in rosafarbenen Kleidern und alle vier hübsche Mädchen. Sie bildeten den Hofstaat dieses Kleinods einer Königin. Und die Brautführer, die man dem Typ entsprechend ausgesucht hatte, gingen einher mit Schritten, die von einem Ballettmeister eingeübt zu sein schienen.

Ihnen folgte am Arm des zweiundsiebzigjährigen Marquis de Latour-Yvelin, des Vaters ihres anderen Schwiegersohnes, Frau Walter. Sie ging nicht, sie schleppte sich dahin, bereit, bei jeder Bewegung, die sie dem Altar näher brachte, in Ohnmacht zu fallen. Man sah, daß ihre Füße sozusagen an den Fliesen klebten, daß ihre Beine sie nicht tragen wollten, daß ihr das Herz in der Brust schlug wie einem Tier, das fliehen will.

Sie war sehr mager geworden. Ihr weißes Haar ließ ihr Gesicht noch bleicher und hohler erscheinen.

Sie ging mit niedergeschlagenen Augen, um niemanden zu sehen, vielleicht auch, um nur an das zu denken, was sie marterte.

Und dann kam Georges du Roy, der eine alte, unbekannte Dame führte.

Er ging mit erhobenem Kopf, und unter den ein wenig zusammengezogenen Brauen schauten seine harten Augen geradeaus. Gereizt schien sich sein Schnurrbart auf seiner Lippe zu sträuben. Man sagte allgemein, daß er ein schöner Mann sei. Seine Haltung war stolz, seine Gestalt tadellos und seine Beine schön geformt. Er trug seinen Frack mit Würde, und im Knopfloch des Fracks leuchtete wie ein Blutstropfen das schmale rote Band der Ehrenlegion.

Und dann kamen die Verwandten: Rose mit dem Senator Rissolin. Sie war seit sechs Wochen verheiratet. Graf de Latour-Yvelin geleitete die Vicomtesse de Percemur.

Und dann eine seltsame Prozession der Bekannten und

Freunde du Roys, die er in seine neue Familie eingeführt hatte, Menschen, die in der Pariser Halbgesellschaft bekannt waren und sofort zu den besten Freunden und gegebenenfalls auch zu den entfernten Vettern der reichen Parvenus werden, deklassierte, ruinierte, anrüchige und manchmal auch – was das Schlimmste ist – verheiratete Adelige. Es waren der Herr de Belvigne, der Marquis de Banjolin, der Graf und die Gräfin de Ravenel, der Herzog de Ramorano, der Fürst de Kravalov, der Chevalier Valréali. Dann die, die Walter eingeladen hatte: der Fürst de Guerche, der Herzog und die Herzogin de Terracine, die schöne Marquise des Dunes. Inmitten dieses Vorbeimarsches zeigten die Verwandten von Frau Walter jenes vornehme Äußere, wie es die Provinz schätzt.

Und immer noch sangen die Orgeln, strömten in das weite Gewölbe die rauschenden und rhythmischen Klänge ihrer leuchtenden Kehlen, die die Freude oder den Schmerz der Menschen in den Himmel schreien. Man schloß die Flügel des großen Portals, und plötzlich wurde es dunkel, als hätte man alle Sonne aus der Kirche gejagt.

Jetzt kniete Georges neben seiner Frau im Chor vor dem erleuchteten Altar. Der neue Bischof von Tanger, den Krummstab in der Hand und die Mitra auf dem Kopf, kam aus der Sakristei, sie im Namen des Himmels miteinander zu vereinen. Er stellte die üblichen Fragen, wechselte die Ringe, sprach die Worte, die wie Ketten verbinden, und richtete eine christliche Ansprache an die Ehegatten. In pomphaften Worten sprach er lange über die Treue. Er war ein dicker und großer Mann, einer jener schönen Prälaten, deren Bauch etwas Majestätisches hat.

Schluchzen veranlaßte den einen oder den anderen, sich umzuwenden. Das Gesicht in die Hände vergraben, weinte Frau Walter.

Sie hatte nachgeben müssen. Was hätte sie tun können? Aber seit dem Tag, an dem sie die heimgekehrte Tochter aus ihrem Zimmer gejagt hatte, als sie sich geweigert hatte, sie zu umarmen, seit dem Tag, an dem sie mit leiser Stimme zu du Roy, der sie feierlich begrüßte, als er das erste Mal wieder vor ihr erschien, gesagt hatte: »Sie sind der erbärmlichste Mensch, den ich kenne, sprechen Sie nie wieder ein Wort zu mir, denn ich werde Ihnen nie antworten«, litt sie unerträgliche, nie endende Qualen. Sie haßte ihre Tochter, und ihr Haß bestand aus wilder Leidenschaft und zerreißender Eifersucht, der seltsamen Eifersucht einer Mutter und Geliebten, einer uneingestehbaren, wilden Eifersucht, die wie eine tiefe Wunde brannte.

Und nun traute ein Bischof ihre Tochter und ihren Geliebten in einer Kirche, vor zweitausend Personen, vor ihr! Und sie konnte nichts sagen! Und sie konnte das nicht verhindern! Sie konnte nicht schreien: »Aber dieser Mann gehört mir, er ist mein Geliebter. Die Trauung, die Sie da vornehmen, ist ein Verbrechen.«

Mehrere Frauen waren gerührt. Leise sagten sie: »Wie ergriffen die arme Mutter ist!«

Der Bischof predigte: »Sie gehören zu den Glücklichsten der Erde, den Reichsten und den Geachtetsten. Sie, Herr du Roy, den Ihr Talent über die anderen hinaushebt, der Sie schreiben und das Volk belehren, beraten und lenken, Sie haben eine schöne Mission zu erfüllen und ein gutes Beispiel zu geben...«

Trunken vor Stolz lauschte du Roy seinen Worten. Ein Prälat der römischen Kirche sprach so zu ihm! Und hinter seinem Rükken fühlte er die Menge, eine erlauchte Menge, die seinetwegen gekommen war. Er hatte ein Gefühl, als würde er von einer unsichtbaren Macht getrieben, in die Höhe gehoben. Er wurde einer der Herren der Welt, er, er, der Sohn der armen Bauersleute aus Canteleu.

Plötzlich sah er sie in ihrer ärmlichen Schenke, auf dem Gipfel des Hügels, über dem großen Tal von Rouen, seinen Vater und seine Mutter, die den Bauern der Gegend zu trinken brachten. Aus der Erbschaft des Grafen de Vaudrec hatte er ihnen fünftausend Francs geschickt. Dafür würden sie sich ein Stück Land kaufen und würden glücklich und zufrieden sein.

Der Bischof hatte seine Ansprache beendet. Ein Priester in goldener Stola betrat den Altar. Und wieder spielten die Orgeln zu Ehren der Neuvermählten.

Jetzt verströmten sie lange, ungeheure Klänge, die an das Brausen von Wogen denken ließen; so laut und gewaltig waren sie, daß man meinte, sie müßten das Dach von der Kirche heben, um weiter zu strömen in den blauen Himmel. Ihr bebender Klang erfüllte die ganze Kirche, ließ Fleisch und Seelen erschauern. Dann beruhigten sie sich plötzlich, und feine, flinke Töne kletterten in die Luft, streiften das Ohr wie ein leichter Hauch. Es waren kleine, graziöse, hüpfende Lieder, die wie Vögel durch die Kirche flatterten. Und dann nahm auf einmal diese kokette Musik wieder an Weite zu, wurde erschreckend in ihrer Kraft und Fülle, als hätte sich ein Sandkorn in eine ganze Welt verwandelt.

Und dann erklangen menschliche Stimmen, tönten hinweg über geneigte Köpfe. Vauri und Landeck von der Oper sangen. Zart duftete der Weihrauch, und auf dem Altar vollzog sich das göttliche Opfer. Auf den Anruf des Priesters stieg der Gottmensch herab auf die Erde, um den Triumph des Barons Georges du Roy zu weihen.

Bel Ami, der neben Suzanne kniete, hatte den Kopf gesenkt. Er war in diesem Augenblick fast gläubig, fast fromm, voller Dankbarkeit gegen die Gottheit, die ihn so begünstigt hatte und ihn so gnädig behandelte. Und ohne genau zu wissen, an wen er sich wandte, dankte er ihr für seinen Erfolg.

Als die feierliche Handlung beendet war, hob er den Kopf. Er reichte seiner Frau den Arm, und beide gingen in die Sakristei. Und nun begann der endlose Vorbeizug der Anwesenden. Vor Freude wie von Sinnen, hielt Georges sich für einen König, dem das Volk huldigte. Er drückte Hände, stammelte Worte, die keinen Sinn hatten, erwiderte auf Glückwünsche: »Zu liebenswürdig.«

Plötzlich sah er Frau de Marelle. Und die Erinnerung an all die Küsse, die er ihr gegeben, die sie erwidert hatte, die Erinnerung an alle ihre Liebkosungen, an ihre Zärtlichkeit, den Klang ihrer Stimme, den Geschmack ihrer Lippen ließ plötzlich den Wunsch in seinem Blut erwachen, sie wieder zu besitzen. Sie war hübsch und elegant, sah aus wie ein junges Mädchen, und ihre Augen waren so unendlich lebendig. Georges dachte: Eine herrliche Geliebte, trotz allem.

Ein wenig schüchtern und unruhig kam sie näher und reichte ihm die Hand. Er ergriff sie und ließ sie nicht sofort wieder los. Da fühlte er das leise Rufen ihrer Frauenfinger, den sanften Druck, der verzeiht und von neuem Besitz ergreift. Und da drückte auch er diese kleine Hand, als wollte er sagen: »Ich liebe dich immer noch, ich gehöre nur dir.«

Ihre Augen begegneten sich, lächelnd, leuchtend, voller Liebe.

Mit ihrer anmutigen Stimme sagte sie: »Auf Wiedersehen, Herr du Roy.«

Und heiter erwiderte er: »Auf Wiedersehen, gnädige Frau.«

Und sie entfernte sich.

Andere drängten nach vorn. Wie ein Fluß strömte die Menge vor ihm her. Endlich lichtete sie sich. Die letzten der Teilnehmer an der Feier verließen die Sakristei. Georges reichte Suzanne den Arm, um die Kirche zu verlassen.

Sie war voller Menschen, denn jeder hatte seinen Platz wieder aufgesucht, um das junge Paar noch einmal zu sehen.

Georges ging langsam, mit ruhigem Schritt, den Kopf erhoben, die Augen auf das von Sonne überflutete Türloch gerichtet. Er fühlte, wie lange Schauer ihm über die Haut rannen, jene kalten Schauer, die das Glücksgefühl verursacht. Er sah niemanden. Er dachte nur an sich.

Als er die Schwelle erreichte, sah er die dichte Menge, eine schwarze, lärmende Menge, die seinetwegen, Georges du Roys wegen, da stand. Die Pariser Bevölkerung betrachtete und beneidete ihn.

Dann hob er die Augen und sah hinter der Place de la Concorde die Deputiertenkammer. Und er hatte ein Gefühl, als müßte er vom Portal der Madeleine hinüberspringen nach dem Portal des Palais Bourbon.

Langsam schritt er die Stufen der hohen Freitreppe hinab, die rechts und links von Zuschauern umsäumt war.

Aber er sah diese Zuschauer nicht. Seine Gedanken beschäftigten sich mit der Vergangenheit, und vor seinen von der Sonne geblendeten Augen stand auf einmal das Bild von Clotilde de Marelle, wie sie vor dem Spiegel die kleinen Schläfenlöckchen ordnete, die immer zerzaust waren, wenn sie das Bett verließ.

Pierre und Jean

Roman

Französischer Titel: Pierre et Jean
Erstdruck: La Nouvelle Revue, Dezember 1887 und Januar 1888
Erste Buchausgabe: Verlag Paul Ollendorff, Paris 1888

I

»Verflucht und zugenäht!« rief plötzlich Vater Roland; eine Viertelstunde lang hatte er unbeweglich dagesessen, aufs Wasser gestarrt und nur dann und wann mit einer sehr behutsamen Bewegung seine ins Meer gesenkte Angelleine angehoben.

Madame Roland döste im Heck des Bootes neben der zum Fischen eingeladenen Madame Rosémilly; sie fuhr auf und wandte den Kopf dem Gatten zu: »Aber, aber, Jérôme!«

Wütend antwortete der Biedere: »Jetzt beißt überhaupt keiner mehr an. Seit Mittag habe ich nichts gefangen. Man sollte nur unter Männern angeln; die Frauen sind stets die Ursache, daß man zu spät losfährt.«

Seine beiden Söhne Pierre und Jean, die, der eine nach Backbord, der andere nach Steuerbord, jeder eine Angelleine um den Zeigefinger gewickelt hielten, fingen beide gleichzeitig zu lachen an, und Jean entgegnete: »Du bist zu unserem Gast nicht gerade galant, Papa.«

Monsieur Roland geriet durcheinander und entschuldigte sich: »Verzeihen Sie bitte, Madame Rosémilly; so bin ich nun mal. Ich lade Damen ein, weil ich gern mit ihnen zusammen bin, und sobald ich dann Wasser unter mir verspüre, habe ich nur noch die Fische im Kopf.«

Madame Roland war inzwischen ganz wach geworden; mit gerührter Miene betrachtete sie die aus Steilklippen und Meer bestehende Weite. Leise sagte sie: »Dabei habt ihr doch ganz schön was gefischt.«

Doch ihr Mann schüttelte ablehnend den Kopf; freilich warf er dabei einen wohlwollenden Blick auf den Korb, in dem die von den drei Männern gefangenen Fische noch matt zuckten und zappelten; das ergab ein weiches Geräusch von glitschigen Schuppen und hochstehenden Flossen, von kraftlosen, schlaffen Bemühungen der in der todbringenden Luft aufgesperrten Mäuler.

Vater Roland faßte den zwischen seinen Knien stehenden Korb, neigte ihn, ließ die Silberflut der Tiere bis zum Rand gleiten, damit er die zu unterst liegenden sehen konnte, und ihr Gezappel im Todeskampf wurde stärker; der kräftige Geruch ihrer Leiber, ein gesunder Seegestank, stieg aus dem vollen Innern des Korbs auf.

Der alte Angler sog ihn begierig ein, so, wie man an Rosen riecht, und erklärte: »Donnerwetter, ja! Die sind frisch!« Dann fragte er: »Wieviel hast du eigentlich gefangen, Doktor?«

Pierre, sein ältester Sohn, ein Dreißiger mit schwarzem Bakkenbart, der wie der von Verwaltungsbeamten gestutzt war, mit Schnurrbart und glattrasiertem Kinn, antwortete: »Ach, bloß ein paar, drei oder vier.«

Der Vater wandte sich an den jüngeren: »Und du, Jean?«

Jean war hochgewachsen und blond, mit üppigem Bartwuchs, weit jünger als der Bruder; er lächelte und brummelte: »Fast so viel wie Pierre, vier oder fünf.«

Sie brachten jedesmal die gleiche Lüge vor, und Vater Roland war darob begeistert. Er hatte seine Angelleine um eine Dolle gewickelt, verschränkte die Arme und verkündete: »Nie wieder versuche ich, am Nachmittag zu angeln. Nach zehn ist es aus und vorbei. Dann beißen die Biester nicht mehr, sondern halten in der Sonne Siesta.« Mit selbstzufriedener Besitzermiene ließ er den Blick ringsum über das Meer schweifen.

Er war ein ehemaliger Pariser Bijouteriehändler; maßlose Liebe zur Seefahrt und zum Fischen hatten ihn aus dem Geschäftsbetrieb herausgerissen, sobald er einigermaßen behaglich von seinen Zinsen hatte leben können.

Er hatte sich also in Le Havre niedergelassen, ein Boot gekauft und war Amateur-Seemann geworden. Seine beiden Söhne Pierre und Jean waren in Paris verblieben, wo sie weiterhin zur Schule gegangen und dann und wann zu Ferienaufenthalten gekommen waren, um an den Freuden des Vaters teilzuhaben.

Nach Absolvierung des Gymnasiums hatte Pierre, der ältere, der Jean um fünf Jahre voraus war, nacheinander die Berufung für verschiedenartige Betätigungen verspürt; er hatte sich in einem halben Dutzend versucht, einer nach der andern, hatte nur zu bald von jeder genug gehabt und sich alsbald in neue Hoffnungen gestürzt.

An letzter Stelle hatte die Medizin ihn verlockt, und er hatte sich mit so viel Eifer an die Arbeit gemacht, daß er nach verhältnismäßig kurzem Studium und aufgrund von ministeriellen Zeitdispensen vor kurzem zum Doktor promoviert worden war. Er war exaltiert, intelligent, wankelmütig und zäh und steckte voll von Utopien und philosophischen Ideen.

Jean war ebenso blond wie sein Bruder dunkel, ebenso still wie sein Bruder aufbrausend, ebenso sanft wie sein Bruder reizbar und nachtragend; er hatte gemächlich Jura studiert und zur gleichen Zeit sein Lizentiatendiplom erhalten wie Pierre das Doktordiplom.

Somit verschnauften sich beide ein bißchen bei der Familie, und beide planten, sich in Le Havre niederzulassen, sofern das unter befriedigenden Bedingungen durchzuführen war.

Allein eine vage Eifersucht, eine der schlummernden Eifersuchtsregungen, die fast unspürbar zwischen Brüdern oder Schwestern immer größer werden, bis die Geschwister erwachsen sind, und die dann gelegentlich einer Heirat oder eines dem einen zugefallenen Glücks hervorbrechen, hielt beide in einer brüderlichen, harmlosen Gegnerschaft wachsam. Sicherlich hatten sie einander gern, aber sie belauerten sich. Pierre, der bei Jeans Geburt fünf Jahre alt gewesen war, hatte mit der Feindseligkeit eines verwöhnten jungen Tiers jenes andere junge Tier gemustert, das da unversehens in den Armen der Eltern erschienen war und von ihnen geliebt und gehätschelt wurde.

Von Kind auf war Jean ein Musterbild an Sanftheit, Güte und

ausgeglichenem Charakter gewesen; und Pierre war es nach und nach auf die Nerven gefallen, daß der dicke Junge in einem fort gerühmt und gelobt wurde, dessen Sanftmut ihn Schlappheit dünkte, dessen Güte Albernheit und dessen Wohlwollen Verblendung. Seine Eltern waren geruhsame Leute; sie erträumten sich für ihre Söhne ehrsame, mittelmäßige Lebensstellungen und hatten Pierre oftmals seine Unentschlossenheit, seinen Schwarmgeist, seine abgebrochenen Versuche, all seine ohnmächtige Begeisterung für edelmütige Ideen und dekorative Berufe vorgeworfen.

Seit er zum Mann herangewachsen war, wurde ihm nicht mehr gesagt: »Sieh dir mal Jean an und mach es wie er!« Aber stets, wenn er zum soundsovielten Mal sagen hörte: »Jean hat dies getan, Jean hat das getan«, verstand er nur zu gut, was gemeint war, und die hinter solcherlei Worten verborgenen Anspielungen.

Die Mutter, eine auf Ordnung erpichte Frau, eine sparsame, ein bißchen sentimentale Bourgeoise mit der zarten Seele einer Kassiererin, beschwichtigte ohne Unterlaß die kleinen Rivalitäten, die tagtäglich aus den mancherlei Gegebenheiten gemeinsamen Lebens zwischen ihren beiden großen Söhnen entstanden. Übrigens beeinträchtigte gerade in diesem Augenblick ein unbedeutendes Geschehnis ihre Seelenruhe, und sie befürchtete eine Komplikation; denn im Winter, als die Söhne jeder sein besonderes Studium zu Ende brachten, hatte sie eine in der Nähe wohnende junge Frau kennengelernt, Madame Rosémilly, die Witwe eines Kapitäns mit Patent für große Fahrt, der vor zwei Jahren auf See umgekommen war. Die junge, noch ganz junge, dreiundzwanzigjährige Witwe, eine selbstbewußte, sehr weibliche Frau, die instinktiv um das Dasein wußte, wie ein ungehindertes Tier, als habe sie alles Mögliche erlebt, erlitten, durchschaut und erwogen und es gesunden, nicht eben weiten und wohlwollenden Geistes beurteilt, hatte es sich zur Gewohnheit werden lassen, abends mit einer Gobelinstickerei auf ein Plauderstündchen zu den liebenswürdigen Bekannten zu kommen und mit ihnen eine Tasse Tee zu trinken.

Vater Roland, den seine Manie für seemännisches Gehabe unablässig anstachelte, pflegte die neue Freundin über den verstorbenen Kapitän auszufragen, und ohne die mindeste Verlegenheit, als vernünftige, in ihr Schicksal ergebene Frau, die das Leben liebt und Respekt vor dem Tod hat, berichtete sie über ihn, über seine Reisen und über das, was er früher erzählt hatte.

Als die beiden Söhne bei ihrer Heimkehr die hübsche Witwe gewissermaßen als Hausgenossin vorfanden, hatten sie sogleich begonnen, ihr den Hof zu machen, weniger aus dem Verlangen heraus, ihr zu gefallen, als aus dem Drang, sich gegenseitig auszustechen.

Die lebenskluge, praktische Mutter hoffte innig, daß einer der beiden den Sieg davontrage; die junge Frau war nämlich reich; aber es wäre ihr auch lieb gewesen, wenn der andere sich deswegen nicht gegrämt hätte.

Madame Rosémilly war blond und blauäugig, trug eine Krone flaumigen Haars, das die leiseste Brise hochwirbelte, und hatte ein keckes, kühnes, streitbares Gesichtchen, das absolut nicht ihrer ruhigen Besonnenheit entsprach.

Sie schien bereits Jean vorzuziehen; die Ähnlichkeit der Charaktere brachte sie ihm nahe. Jene Vorliebe bekundete sich übrigens lediglich in einem fast unmerklichen Unterschied von Stimme und Blick, und auch darin, daß sie sich bisweilen zu seinen Ansichten bekannte.

Sie schien zu ahnen, daß Jeans Meinung geeignet war, sie in der ihrigen zu bestärken, während Pierres Meinung unseligerweise stets von der ihrigen abweichen müsse. Kam sie auf die politischen, künstlerischen, philosophischen und moralischen Ideen des Doktors zu sprechen, so sagte sie gelegentlich: »Ihre Hirngespinste.« Dann sah er sie mit dem kalten Blick eines Justizbeamten an, der den Prozeß gegen die Frauen einleitet, gegen alle Frauen, diese armen Wesen!

Nie vor der Heimkehr der Söhne hatte der alte Roland sie zu seinen Angelpartien eingeladen; auch seine Frau hatte er nie dazu mitgenommen; er fuhr nämlich gern schon vor Tagesanbruch los, und zwar mit Monsieur Beausire, einem Hochseekapitän im Ruhestand, den er in den Stunden der Flut am Hafen kennengelernt und mit dem er sich innig angefreundet hatte, und dem alten Matrosen Papagris, mit Spitznamen Jean Bart* genannt; diesem war die Obhut des Bootes anvertraut.

Als nun aber Madame Rosémilly an einem Abend der vorhergegangenen Woche bei ihm zum Essen gewesen war, hatte sie geäußert: »Das Angeln muß doch recht amüsant sein«, und da hatte der ehemalige Bijouteriehändler, der sich in seiner Leidenschaft geschmeichelt fühlte und den die Lust überkam, sie auf andere zu übertragen und ihr, nach Art der Priester, neue Anhänger zu gewinnen, ausgerufen: »Wollen Sie mal mitkommen?«

»Gern.«

»Nächsten Dienstag?«

»Ja, nächsten Dienstag.«

»Sind Sie, als Frau, so geartet, daß Sie morgens um fünf losziehen können?«

Sie stieß verblüfft einen Schrei aus: »Nein, keinesfalls! Das ist denn doch zu früh!«

Er war enttäuscht, ernüchtert und zweifelte sofort an ihrer Berufung. Dennoch fragte er: »Um welche Zeit könnten Sie denn mitkommen?«

»Ja, vielleicht um neun!«

»Eher nicht?«

»Nein, eher nicht, es ist ohnehin schon recht früh!«

Der gute Mann zögerte. Sicherlich würde nichts gefangen werden; denn wenn die Sonne das Wasser erwärmt, beißen die Fische nicht mehr. Aber die beiden Brüder hatten sich ins Zeug gelegt, daß die Partie zustande kommen müsse, und so wurde auf der Stelle alles vereinbart und geregelt.

Also hatte am folgenden Dienstag die »Perle« draußen unterhalb der weißen Felsen von Kap de la Hève geankert, und sie hatten bis Mittag geangelt, dann schläfrig vor sich hingedöst, abermals geangelt, nichts gefangen, und als der alte Roland, der leidlich spät einsah, daß Madame Rosémilly im Grunde nur an der Ruderei auf dem Meer gelegen war, für die sie eine Schwäche hatte, merkte, daß seine Angelschnüre nicht mehr zuckten und zitterten, hatte er in einer Regung unvernünftiger Ungeduld ein

* Berühmter französischer Seeheld (1651–1702), von Ludwig XIV. geadelt. (Anmerkung des Übersetzers)

energisches »Verflucht und zugenäht« ausgestoßen, das sich im gleichen Maß gegen die teilnahmslose Witwe wie gegen die unerlangbaren Tiere richtete.

Jetzt betrachtete er mit der stürmichen Freude eines Geizhalses die gefangenen Fische, *seine* Fische; dann schaute er zum Himmel und stellte fest, daß die Sonne im Sinken sei. »Na, Kinder«, sagte er, »wie wär's, wenn wir so langsam heimführen?«

Die beiden Brüder zogen ihre Schnüre ein, wickelten sie auf, steckten die gereinigten Angelhaken in die Korken und warteten.

Roland war aufgestanden und schaute prüfend wie ein Kapitän den Horizont an. »Flaute«, sagte er. »Müssen pullen, Jungs!« Und dann streckte er mit jäher Bewegung den Arm nach Norden aus und fügte hinzu: »Sieh da, der Dampfer aus Southampton.«

Auf dem flach und glatt daliegenden Meer, das sich wie eine riesige, blaue, schimmernde Stoffbahn mit goldenen und flammenfarbenen Reflexen ausbreitete, erhob sich fern in der gewiesenen Richtung am rosigen Horizont eine schwärzliche Wolke. Und darunter war das Schiff zu gewahren, das ob der Weite ganz klein wirkte.

Nach Süden hin waren noch andere Rauchwolken zu sehen, viele, sie liefen alle der Mole von Le Havre zu, die, ein weißer Strich mit dem an ihrem Ende wie ein Horn aufgereckten Leuchtturm, kaum zu erkennen war.

Roland fragte: »Muß nicht heute die ›Normandie‹ einlaufen?«

Jean antworte: »Ja, Papa.«

»Gib mir mal mein Fernrohr; ich glaube, das da hinten, das ist sie.« Der Vater zog das Messingrohr aus, setzte es ans Auge, stellte es ein, suchte den Punkt und rief in ausbrechender Begeisterung über das Gesehene: »Ja, ja, sie ist es, ich erkenne sie an ihren beiden Schloten. Wollen Sie mal sehen, Madame Rosémilly?«

Sie nahm das Gerät und richtete es auf den fernen Überseedampfer, konnte ihn aber wohl nicht ins Blickfeld bekommen, denn sie sah nichts, nichts als Blaues, und dazu einen bunten Kreis, einen völlig runden Regenbogen, und dann Absonderliches, Verdunkelungen, die sie schwindlig machten. Sie reichte das Fernrohr zurück und sagte dabei: »Ich habe übrigens mit solch einem Instrument nie umgehen können. Mein Mann ist deswegen sogar ganz böse geworden; er selber hat immer stundenlang am Fenster gestanden und die Schiffe vorbeiziehen sehen.«

Verdrossen entgegnete der alte Roland: »Sie müssen einen Sehfehler haben; mein Glas ist nämlich ausgezeichnet.« Dann bot er es seiner Frau an: »Willst du mal sehen?«

»Nein, danke, ich weiß schon im voraus, daß ich damit nicht zu Rande komme.«

Madame Roland war achtundvierzig Jahre alt, was man ihr nicht ansah; mehr noch als die andern schien sie die Bootsfahrt und das Enden des Tages zu genießen.

Ihr kastanienbraunes Haar fing gerade erst an, grau zu werden. Sie wirkte ruhig und vernünftig, glücklich und gütig; es war angenehm, sie anzuschauen. Nach einer Äußerung ihres Sohnes Pierre wußte sie um den Wert des Geldes, was sie durchaus nicht hinderte, den Zauber träumerischer Stimmungen auszukosten. Sie las gern Romane und Gedichte, nicht so sehr um deren künstlerischen Wertes willen als um der schwermütigen, zarten Sinniereien willen, die sie in ihr auslösten. Ein Vers, mochte er gleich häufig banal, häufig schlecht sein, brachte die kleine Saite ins Schwingen, wie sie zu sagen pflegte, und bescherte ihr die Empfindung eines geheimnisvollen, beinahe erfüllten Wunsches. Und sie gefiel sich in solcherlei leichten Gemütsaufwallungen; sie ließen ihrer Seele, die ansonsten wohlgeordnet wie ein Kontobuch war, ein wenig Aufruhr zuteil werden.

Seit der Übersiedlung nach Le Havre hatte sie sich ein ziemlich auffälliges Bäuchlein zugelegt; dadurch war ihre ehedem sehr geschmeidige, sehr schlanke Taille plumper geworden.

Der kleine Ausflug aufs Meer hinaus hatte sie entzückt. Ihr Mann war nicht gerade bösartig, behandelte sie indessen leidlich grob, wie eben die Ladendespoten ohne eigentlichen Zorn und Haß einherpoltern; für sie bedeutet befehlen dasselbe wie schimpfen und fluchen. Vor jedem Fremden nahm er sich zusammen; in der Familie jedoch ließ er sich gehen und gebärdete sich furchterregend, wenngleich er vor allem und jedem Angst hatte. Sie in ihrem Abscheu vor allem Lauten, vor Auftritten und unnützen Auseinandersetzungen gab stets nach und forderte nie auch nur das mindeste; schon seit geraumer Zeit wagte sie es nicht mehr, Roland um eine Bootsfahrt auf dem Meer zu bitten. So hatte sie denn freudig diese Gelegenheit wahrgenommen und genoß das seltene, immer neue Vergnügen.

Seit der Abfahrt hatte sie sich ganz und gar, mit Leib und Seele, dem sanften Gleiten auf dem Wasser überlassen. Sie dachte an nichts, sie vagabundierte nicht in Erinnerungen oder Hoffnungen; ihr war, als woge ihr Herz wie ihr Körper auf etwas Weichem, Flüssigem, Köstlichem einher, das sie einwiegte und benommen machte.

Als der Vater die Rückfahrt befahl: »Alle Mann an die Riemen!«, hatte sie beim Anblick ihrer Söhne, ihrer großen Söhne, gelächelt, die die Jacken auszogen und sich die Hemdsärmel über den nackten Armen aufkrempelten.

Pierre, der den beiden Frauen am nächsten saß, ergriff den Steuerbordriemen, Jean den Backbordriemen, und sie warteten auf den Ruf des Chefs: »Auslegen – los!« Der Vater legte nämlich Wert darauf, daß alle Manöver exakt durchgeführt wurden.

Gleichzeitig tauchten sie die Riemen ein, zogen mit aller Kraft durch und warfen sich dabei zurück; es begann ein Wettkampf, da sie ihre Stärke zeigen wollten. Sie waren gemächlich hinausgesegelt; aber die Brise hatte abgeflaut, und bei der Aussicht, sich miteinander messen zu können, erwachte der Männerstolz der beiden Brüder.

Wenn sie allein mit dem Vater zum Angeln hinausfuhren, pullten sie einfach, ohne daß einer das Ruder handhabte, weil Roland die Angelschnüre vorbereitete und dabei die Fahrt des Bootes kontrollierte; er leitete es mit einer Geste oder einem kurzen Ausruf: »Jean, nachlassen.« – »Pierre, anholen.« Oder er sagte: »Ho – eins, ho – zwei, bißchen Öl in die Arme.« Dann zog der, der vor sich hinträumte, kräftiger durch, und der, der sich wacker ins Zeug legte, dämpfte seinen Eifer, und das Boot ging wieder auf Kurs.

Heute wollten sie sich mit ihrem Bizeps aufspielen. Pierres Arme waren behaart, ein bißchen mager, aber nervig; die Jeans fett und weiß, ein bißchen rosig, mit Muskelbuckeln, die unter der Haut rollten.

Anfangs war Pierre im Vorteil. Mit zusammengebissenen Zähnen, gefalteter Stirn, ausgestreckten Beinen, um den Riemen gekrampften Händen ließ er ihn bei jedem Schlag sich in seiner ganzen Länge biegen; und die »Perle« eilte der Küste zu. Vater Roland saß im Bug; er hatte die ganze Achterbank den Frauen überlassen; er schrie sich beim Kommandieren die Lunge aus dem Hals: »Sachte, eins – anholen, zwei.« »Eins« zog voller Wut noch kräftiger durch, und »zwei« konnte bei dieser regellosen Ruderei nicht mitkommen.

Schließlich befahl der Chef: »Stop!« Gleichzeitig hoben sich die beiden Riemen, und auf Befehl des Vaters machte Jean allein ein paar Schläge. Doch von diesem Augenblick an blieb er im Vorteil; er kam in Schwung, erhitzte sich; der von seiner Kraftentfaltung atemlose und erschöpfte Pierre dagegen ließ nach und schnaufte. Viermal hintereinander ließ der alte Roland stoppen, damit der Ältere wieder zu Atem kam und das vom Kurs abgewichene Boot wieder die richtige Fahrtrichtung gewann.

Mit schweißnasser Stirn, bleichen Backen, gedemütigt und wütend stammelte der Doktor dann: »Ich weiß nicht, was mit mir los ist, ich habe einen Herzkrampf. Anfangs ging es tadellos, und jetzt sind mir die Arme wie gelähmt.«

Jean fragte: »Soll ich beide Riemen übernehmen?«

»Nein, danke, es wird schon vorübergehen.«

Die Mutter sagte unwillig: »Aber Pierre, was für einen Sinn hat es denn, daß du dich in einen solchen Zustand versetzt? Du bist doch kein kleiner Junge mehr.«

Er zuckte die Achseln und legte sich wieder in die Riemen.

Madame Rosémilly schien nichts zu merken, nichts zu verstehen, nichts zu hören. Ihr blondes Köpfchen vollführte bei jeder Bewegung des Bootes einen reizenden Ruck nach rückwärts, wobei ihre feinen Schläfenhaare sich hoben.

Aber Vater Roland rief: »Seht mal, da kommt die ›Prince Albert‹ und überholt uns!« Und alle sahen hin. Lang, niedrig, mit seinen beiden nach rückwärts geneigten Schloten und seinen beiden gelben, wie Backen gerundeten Radkästen kam der Southampton-Dampfer mit Volldampf heran; an Deck standen gedrängt Passagiere mit offenen Sonnenschirmen. Seine raschen, geräuschvollen Ruder peitschten das Wasser, das schäumend zurückfiel; sie machten, daß das Schiff aussah, als habe es große Eile, als sei es ein hastender Kurier; und der steil aufragende Steven durchschnitt die Flut und hob zwei dünne, durchsichtige Wellen empor, die an den Bordseiten hinglitten.

Als der Dampfer der »Perle« ganz nahe war, lüftete Vater Roland den Hut, die beiden Frauen schwenkten die Taschentücher, und ein halbes Dutzend Sonnenschirme beantwortete diese Grüße durch lebhaftes Schwenken; das sich entfernende Postschiff hinterließ auf der stillen, schimmernden Meeresoberfläche ein paar langsame Wellenberge.

Und es waren auch noch andere Schiffe mit Rauchfahnen zu sehen; von allen Punkten des Horizontes her eilten sie der kurzen weißen Mole entgegen, die sie wie ein Maul eins nach dem andern verschlang. Und die Fischerboote und die großen Segelschiffe mit dem leichten, über den Himmel hinweggleitenden Mastwerk, die von kaum wahrnehmbaren Schleppern gezogen wurden, kamen samt und sonders heran, schnell oder langsam näherten sie sich dem fressenden Oger, der von Zeit zu Zeit den Anschein erweckte, er sei gesättigt, und dem offenen Meer eine zweite Flotte von Postdampfern, Briggs, Schonern, Dreimastern mit kompliziertem Rahwerk entgegenwarf. Die eilfertigen Dampfer entwichen nach links über den platten Bauch des Ozeans, während die Segelschiffe, nachdem die Schlepper sie hinausgeschleppt hatten, still liegen blieben und sich nach und nach von den großen Marsstengen bis zu den Bramstengen mit weißem oder braunem, in der untergehenden Sonne rot wirkendem Segelleinen bekleideten.

Madame Roland flüsterte mit halbgeschlossenen Augen: »Mein Gott, wie schön doch das Meer ist!«

Mit einem gedehnten Seufzer, der indessen nichts Trauriges an sich hatte, antwortete Madame Rosémilly: »Ja, aber manchmal richtet es auch Unheil an.«

Roland rief: »Seht mal, jetzt könnt ihr die ›Normandie‹ bei der Einfahrt beobachten. Ist die nun nicht vielleicht groß, was?« Dann erging er sich in Erläuterungen der fernen, fernen Küste drüben an der andern Seite der Seinemündung – zwanzig Kilometer sei sie breit, diese Mündung, sagte er. Er zeigte Villerville, Trouville, Houlgate, Luc, Arromanches, den Fluß, an dem Caen liegt, die Klippen des Calvados, die bis Cherbourg Gefahren für die Schiffahrt bilden. Dann verbreitete er sich über die Sandbänke der Seine, die sich bei jeder Flut verschieben, so daß sogar die Lotsen von Quillebœuf irregeführt werden, wenn sie nicht täglich das Fahrwasser kontrollieren. Er wies darauf hin, daß Le Havre die Scheide zwischen der niederen und der oberen Normandie bilde. In der Nieder-Normandie senke sich die flache Küste mit Weideland, Wiesen und Feldern bis zum Meer hinab. Das Gestade der Ober-Normandie jedoch sei steil, eine große gezackte, gezähnte, großartige Klippenmauer, die bis Dünkirchen einen gewaltigen weißen Wall bilde, und alle seine Einbuchtungen bärgen ein Dorf oder einen Hafen: Étretat, Fécamp, Saint-Valéry, Le Tréport, Dieppe und so weiter.

Die beiden Frauen hörten kaum hin, sie waren ganz benommen vor lauter Wohlbefinden und zugleich überaus angetan vom Anblick des von Schiffen wimmelnden Ozeans; sie tummelten sich wie Tiere vor ihrem Schlupfloch. Beide schwiegen; sie waren ein wenig überwältigt ob der Weite von Luft und Wasser; der besänftigende, großartige Sonnenuntergang machte sie stumm. Nur Roland redete endlos; er gehörte zu den Menschen, denen nichts nahegeht. Frauen sind sensibler; sie spüren bisweilen, ohne zu verstehen, warum, daß das Erschallen einer überflüssigen Stimme aufreizend ist wie eine Unhöflichkeit.

Pierre und Jean hatten sich beruhigt und ruderten langsam, und die »Perle« glitt dem Hafen entgegen und wirkte winzig klein neben all den großen Schiffen.

Als sie am Hafendamm anlegte, reichte der dort wartende Matrose Papagris den Damen die Hand und half ihnen beim Aussteigen; dann ging es in die Stadt hinein. Eine große, gemächliche Menschenmenge, die Menge, die jeden Tag bei Hochflut zur Mole schlendert, kehrte ebenfalls heim.

Die Damen Roland und Rosémilly schritten voraus, die drei Männer hinterher. Beim Hinaufsteigen der Rue de Paris blieben sie dann und wann vor einem Modegeschäft oder einem Juwelierladen stehen und schauten sich einen Hut oder ein Schmuckstück an; nachdem sie dann ihre Meinungen ausgetauscht hatten, gingen sie weiter.

Vor der Place de la Bourse sah sich Roland, wie er es täglich zu tun pflegte, das Becken des Handelshafens an; es lag voller Schiffe; andere Hafenbecken schlossen sich ihm an; die dicken Schiffsrümpfe lagen Bauch an Bauch in vier oder fünf Reihen nebeneinander. Auf einer Strecke von mehreren Kilometern liehen all diese unzähligen Maste, die Maste mit ihren Rahen, Spitzen, ihrem Tauwerk, dieser Öffnung inmitten der Stadt das Aussehen eines großen, abgestorbenen Waldes. Über diesem entlaubten Wald kreisten die Möwen, lugten aus und stießen dann wie fallende Steine auf die ins Wasser geworfenen Abfälle nieder, und ein Schiffsjunge, der eine Talje am äußersten Ende einer Oberbramstenge festzurrte, schien dort hinaufgeklettert zu sein, als wolle er Vogelnester ausnehmen.

»Möchten Sie nicht mit uns ganz ungezwungen zu Abend essen, damit wir den Tag gemeinsam beschließen?« fragte Madame Roland Madame Rosémilly.

»Gern, mit tausend Freuden; ich nehme gleichfalls ganz ungezwungen an. Es wäre traurig, wenn ich heute abend ganz allein heimgehen müßte.«

Pierre, der zugehört hatte und den die Gleichgültigkeit der jungen Frau nachgerade zu kränken begann, brummte vor sich hin: »Na ja, jetzt fügt die Witwe sich ein.« Seit ein paar Tagen nannte er sie »die Witwe«. Obwohl diesem Wort keine besondere Bedeutung anhaftete, machte es Jean allein durch die Betonung gereizt; sie kam ihm gehässig und verletzend vor.

Und weiter sprachen die drei Männer kein Wort, bis sie daheim angelangt waren. Es war ein schmales, aus einem Erdgeschoß und zwei Stockwerken bestehendes Haus in der Rue Belle-Normandie. Das Hausmädchen Joséphine, ein neunzehnjähriges Mädchen, stammte vom Land, diente gegen geringen Lohn und besaß auf übertriebene Weise die erstaunte und zugleich tierischdumme Miene der Bauern; sie machte ihnen auf, schloß die Tür wieder, ging der Herrschaft nach die Treppe hinauf bis in das im ersten Stock gelegene Wohnzimmer und sagte dann: »Es ist ein Herr da gewesen, dreimal.«

Der alte Roland, der nicht den Mund auftun konnte, ohne zu brüllen und zu fluchen, schrie sie an: »Wer war es denn, zum Donnerwetter noch mal?«

Sie ließ sich durch die Stimmentfaltung ihres Herrn nie aus der Ruhe bringen und antwortete: »Einer vom Notar.«

»Von welchem Notar?«

»Na, von Monsieur Canu.«

»Und was hat er gesagt, dieser Herr?«

»Daß Monsieur Canu im Lauf des Abends persönlich herkommen will.«

Maître Lecanu war der Notar und beinahe der Freund des alten Roland; er erledigte dessen geschäftliche Angelegenheiten. Wenn er seinen Besuch für den Abend angekündigt hatte, mußte es sich um etwas Dringliches und Wichtiges handeln; und die vier Rolands schauten einander an, betroffen ob dieser Nachricht, wie eben Leute in bescheidenen Vermögensumständen, bei denen das Eingreifen eines Notars stets eine Menge Vorstellungen von Verträgen, Erbschaften, Prozessen, wünschenswerten oder zu fürchtenden Dingen auslöst.

Nach ein paar Sekunden des Schweigens brummte der Vater: »Was mag das wohl bedeuten?«

Madame Rosémilly mußte lachen: »Natürlich eine Erbschaft. Davon bin ich überzeugt. Ich bringe nämlich Glück!«

Aber die Familie hoffte nicht auf den Tod jemandes, der ihr etwas hätte hinterlassen können.

Madame Roland verfügte über ein ausgezeichnetes Gedächtnis für verwandtschaftliche Beziehungen und machte sich sogleich daran, sämtliche derartige Beziehungen auf der Seite ihres Mannes und der eigenen durchzugehen, die Stammbäume hinaufzusteigen und den Zweigen der Vetternschaften zu folgen. Ohne sich auch nur ihres Hutes entledigt zu haben, fragte sie: »Sag mal, Vater« – daheim nannte sie ihren Mann »Vater« und manchmal, im Dabeisein Fremder, »Monsieur Roland« – »sag mal, Vater, weißt du noch, wen Joseph Lebru in zweiter Ehe geheiratet hat?«

»Ja, eine kleine Duménil, die Tochter eines Papierfabrikanten.«

»Hat er keine Kinder gehabt?«

»Doch, ich glaube – mindestens vier oder fünf.«

»Na, dann ist von *der* Seite nichts zu hoffen.« Sie wurde bei dieser Suche ganz aufgeregt; sie klammerte sich an die Hoffnung auf ein bißchen für sie vom Himmel herabfallenden Wohlstands.

Aber Pierre, der seine Mutter sehr lieb hatte, der wußte, daß sie sich gern in etwas hineinträumte, und der eine Enttäuschung befürchtete, einen kleinen Kummer, sofern es sich statt einer guten um eine schlechte Nachricht handeln würde, unterbrach sie: »Setz dir nichts in den Kopf, Mama. Onkels aus Amerika gibt es nicht mehr. Ich glaube eher, es handelt sich um eine Heiratsaussicht für Jean.«

Dieser Einfall überraschte sie alle, und Jean fühlte sich auf den Fuß getreten, daß der Bruder dergleichen vor Madame Rosémilly aufs Tapet gebracht hatte. »Warum für mich und nicht eher für dich? Die Annahme ist recht anfechtbar. Du bist der ältere; also wäre zunächst an dich gedacht worden. Und außerdem will ich gar nicht heiraten.«

Pierre grinste höhnisch: »Dann bist du also verliebt?«

Mißzufrieden antwortete der andre: »Muß man unbedingt verliebt sein, wenn man sagt, man wolle noch nicht heiraten?«

»Ach so! Das ›noch‹ macht alles klar; du wartest.«

Aber der alte Roland, der zugehört und sich die Sache überlegt hatte, kam plötzlich auf die wahrscheinlichste Lösung. »Den Teufel auch! Wir sind schön dumm, daß wir uns den Kopf zerbrechen. Maître Lecanu ist unser Freund, er weiß, daß Pierre eine Arztpraxis und Jean eine Anwaltspraxis sucht; er hat für einen von euch was ausfindig gemacht.«

Das klang so einfach und wahrscheinlich, daß sie alle beipflichteten.

»Es ist angerichtet«, meldete das Hausmädchen.

Und jeder stieg in sein Schlafzimmer hinauf, um sich die Hände zu waschen, ehe zu Tisch gegangen wurde.

Zehn Minuten später saßen sie in dem kleinen Speisezimmer im Erdgeschoß beim Essen.

Anfangs wurde kaum gesprochen; aber nach kurzer Zeit wunderte Roland sich abermals über den Besuch des Notars.

»Warum hat er uns eigentlich nicht geschrieben, warum hat er uns dreimal seinen Schreiber geschickt, warum kommt er selber?«

Pierre fand das ganz natürlich. »Sicherlich muß er eine sofortige Antwort haben; und vielleicht hat er uns vertrauliche Klauseln mitzuteilen, und so was teilt man nur ungern schriftlich mit.«

Sie blieben jedoch alle vier befangen und ärgerten sich ein bißchen, daß sie diese Fremde geladen hatten; sie würde die Unterhandlungen und die zu fassenden Entschlüsse stören.

Sie waren just wieder oben im Wohnzimmer, als der Notar gemeldet wurde.

Roland sprang auf: »Guten Tag, mein lieber Maître.« Er bedachte Monsieur Lecanu mit der Bezeichnung »Maître«, als sei sie ein Titel; dabei wird sie doch den Namen aller Notare vorangestellt.

Madame Rosémilly erhob sich: »Ich möchte gehen, ich bin arg müde.«

Es wurden schwache Versuche unternommen, sie zum Bleiben zu bewegen; aber sie gab nicht nach und ging, ohne daß einer der drei Herren sie nach Hause brachte, wie es sonst immer geschah.

Madame Roland bemühte sich um den Neuankömmling: »Eine Tasse Kaffee?«

»Nein, danke, ich bin gerade von Tisch aufgestanden.«

»Dann also eine Tasse Tee?«

»Da sage ich nicht nein, aber ein bißchen später bitte, erst wollen wir das Geschäftliche besprechen.«

In der tiefen Stille, die diesen Worten folgte, war nur das rhythmische Ticken der Pendeluhr zu hören und vom unteren Stockwerk her das Geklapper der Kasserollen, die das Hausmädchen abwusch; es war sogar zum Horchen an der Tür zu dumm.

Der Notar fuhr fort: »Haben Sie in Paris einen gewissen Maréchal gekannt, Léon Maréchal?«

Monsieur und Madame Roland riefen aus *einem* Mund: »Das kann man schon sagen!«

»Waren Sie mit ihm befreundet?«

Roland erklärte: »Unser bester Freund war er, aber ein eingefleischter Pariser; der ist nicht vom Boulevardpflaster wegzukriegen. Bürochef im Finanzministerium ist er. Seit ich aus der Hauptstadt weg bin, habe ich ihn nicht wiedergesehen. Und schließlich haben wir aufgehört, einander zu schreiben. Sie wissen ja, wie es geht, wenn man weit auseinander wohnt...«

Mit ernster Miene sprach der Notar weiter: »Monsieur Maréchal ist gestorben!«

Mann und Frau bekundeten beide die kleine Regung trauriger Überraschung, die man, möge sie nun vorgespielt oder echt sein, bei einer solchen Nachricht auf der Stelle zu bezeigen pflegt.

Lecanu fuhr fort: »Mein Kollege in Paris hat mir die wichtigste Verfügung seines Testaments mitgeteilt; dadurch wird Ihr Sohn Jean, Monsieur Jean Roland, zum Alleinerben eingesetzt.«

Das Erstaunen war so groß, daß keiner Worte fand.

Als erste wurde Madame Roland Herrin ihrer Erschütterung; stammelnd stieß sie hervor: »Mein Gott, der arme Léon... unser armer Freund... Mein Gott... mein Gott... Nun ist er tot!« Tränen traten ihr in die Augen, stumme Frauentränen, Kummer, der zu Tropfen geworden ist; sie steigen aus dem Innern empor, rinnen über die Backen, und da sie so klar sind, wirken sie so schmerzlich.

Roland indessen machte sich weniger Gedanken über den traurigen Verlust als über die angekündigte Hoffnung. Allein er wagte es nicht, nun gleich mit Fragen über die Klauseln des Testaments zu kommen und über die Höhe des Vermögens; und um zu dieser interessanten Frage überzuleiten, fragte er: »Woran ist er denn gestorben, der arme Maréchal?«

Davon hatte Lecanu nicht die leiseste Ahnung. »Ich weiß lediglich«, sagte er, »daß der Verstorbene mangels direkter Erben sein gesamtes Vermögen, einige zwanzigtausend Francs Zinsen aus dreiprozentigen Obligationen, Ihrem zweiten Sohn hinterläßt; er hat ihn zur Welt kommen und groß werden sehen und hält ihn dieses Vermächtnisses für würdig. Im Fall der Nichtannahme durch Monsieur Jean soll das Vermögen an die Findelkinder fallen.«

Der alte Roland konnte mit seiner Freude nicht mehr hinterm Berg halten; er rief: »Sackerlot! Das zeugt von einem guten Herzen. Hätte ich keine Nachkommen, dann hätte ich diesen wackeren Freund ebenfalls nicht vergessen!«

Der Notar lächelte. »Ich habe es mir angelegen sein lassen, Ihnen die Sache selber zu vermelden«, sagte er. »Es macht stets Freude, wenn man den Leuten eine gute Nachricht überbringen kann.«

Es war ihm gar nicht in den Sinn gekommen, daß diese gute Nachricht zugleich die vom Tod eines Freundes war, des besten Freundes Vater Rolands, der seinerseits die unmittelbar zuvor so überzeugt verkündete innige Freundschaft miteins vergessen hatte.

Lediglich Madame Roland und ihre Söhne bewahrten eine traurige Miene. Sie weinte nach wie vor ein bißchen, wischte sich die Augen mit dem Taschentuch ab und preßte es dann an den Mund, um tiefe Seufzer zu unterdrücken.

Der Doktor brummelte: »Er war ein braver, ein uns herzlich zugetaner Mensch. Wie oft hat er meinen Bruder und mich zum Abendessen eingeladen!«

Jean saß mit aufgerissenen, glänzenden Augen da, nahm mit einer Geste, die für ihn typisch war, seinen schönen blonden Bart in die rechte Hand und ließ ihn bis zu den letzten Haaren hindurchgleiten, als wolle er ihn in die Länge ziehen und spitziger auslaufen lassen. Zweimal bewegte er die Lippen, als wolle auch er einen angemessenen Satz sagen; nach langem Überlegen fand er nur die Worte: »Er hat mich tatsächlich sehr gern gehabt; bei jedem Besuch hat er mich geküßt.«

Doch die Gedanken des Vaters galoppierten; sie galoppierten um die angekündigte, bereits als Eigentum erachtete Erbschaft herum, um das hinter der Tür verborgene Geld, das auf ein zustimmendes Wort hin auf der Stelle hereinkommen würde. Er fragte: »Könnten sich nicht etwa Schwierigkeiten ergeben? Kein Prozeß? Keine Anfechtung?«

Maître Lecanu schien unbesorgt: »Nein, mein Kollege in Paris schildert mir die Situation als ganz eindeutig. Wir brauchen lediglich Monsieur Jeans Einverständniserklärung.«

»Vortrefflich... Und mit dem Vermögen ist alles in Ordnung?«

»Vollkommen.«

»Sind sämtliche Formalitäten erfüllt worden?«

»Sämtliche.«

Plötzlich überkam den ehemaligen Bijouteriehändler ein wenig Scham, eine unbestimmte, instinktive, durch seine Hast, ins Bild gesetzt zu werden, rasch beiseite gewischte Scham, und er fuhr fort: »Sie verstehen wohl: Wenn ich Sie sofort nach allen diesen Dingen frage, so geschieht das, weil ich meinem Sohn Unannehmlichkeiten ersparen möchte, die er nicht voraussehen könnte. Manchmal sind Schulden vorhanden oder eine heikle Lage, was weiß ich? Und man verstrickt sich in ein undurchdringliches Dickicht. Letztlich bin zwar nicht ich der Erbe, aber ich denke vor allem an den Kleinen.«

In der Familie wurde Jean nach wie vor »der Kleine« genannt, obwohl er viel größer als Pierre war.

Plötzlich schien Madame Roland aus einem Traum zu erwachen, sich an etwas weit Zurückliegendes, fast Vergessenes zu erinnern, etwas, wovon sie ehedem gehört hatte und dessen sie sich überdies nicht sicher war, und sie stammelte: »Sagten Sie nicht, unser armer, lieber Maréchal habe sein Vermögen meinem kleinen Jean hinterlassen?«

»Allerdings.«

Da fuhr sie unumwunden fort: »Das freut mich; es beweist, daß er uns liebgehabt hat.«

Roland war aufgestanden: »Ist es Ihnen recht, lieber Maître, wenn mein Sohn seine Einverständniserklärung jetzt gleich abgibt?«

»Nein, nein, Monsieur Roland. Morgen, morgen, in meiner Kanzlei, um zwei, wenn Ihnen das genehm ist.«

»Freilich, freilich, das will ich meinen!«

Dann trat Madame Roland, die ebenfalls aufgestanden war und die nach ihren Tränen jetzt lächelte, auf den Notar zu, legte die Hand auf die Rückenlehne seines Sessels, bedachte Lecanu mit dem gerührten Blick einer dankbaren Mutter und fragte ihn: »Wie wär's jetzt mit der Tasse Tee?«

»Jetzt gern und mit Vergnügen.«

Das herbeigerufene Hausmädchen brachte zunächst trockenes

Gebäck in tiefen Blechdosen, die faden, bröckeligen englischen Kekse, die für Papageienschnäbel gebacken und für Reisen um die Welt in Metalldosen eingelötet zu sein scheinen. Dann holte sie graue, zu kleinen Vierecken zusammengefaltete Servietten, jene Teeservietten, die in bedürftigen Familien nie gewaschen werden. Zum drittenmal kam sie mit der Zuckerdose und den Tassen; dann verschwand sie, um das Wasser heißzumachen. Darauf wurde gewartet.

Keiner vermochte zu sprechen; es gab zu viel zu bedenken und nichts zu sagen. Einzig Madame Roland bemühte sich um ein paar banale Sätze. Sie erzählte von der Angelpartie und sang das Lob der »Perle« und Madame Rosémillys.

»Reizend, ganz reizend«, redete der Notar ihr nach.

Roland lehnte mit dem Kreuz an der marmornen Kaminplatte, wie im Winter, wenn das Feuer brennt, die Hände in den Taschen; er spitzte dann und wann die Lippen, als wolle er pfeifen; er konnte sich nicht ruhig verhalten; ihn marterte der gebieterische Wunsch, seiner Freude freien Lauf zu lassen.

Die beiden Brüder saßen in zwei gleichen Sesseln rechts und links von dem an der Wandmitte stehenden Tischchen; beide hatten auf die nämliche Weise die Beine übergeschlagen und starrten in der gleichen Haltung vor sich hin, aber mit verschiedenem Gesichtsausdruck.

Endlich erschien der Tee.

Der Notar bediente sich, nahm Zucker, krümelte einen Keks hinein, der zu hart war, als daß man ihn hätte zerbeißen können, und trank aus; dann stand er auf, gab allen die Hand und ging.

»Also abgemacht«, bekräftigte Roland. »Morgen um zwei bei Ihnen.«

Jean hatte kein Wort gesagt.

Nach dem Abschied trat abermals Schweigen ein; dann klapste Vater Roland mit seinen beiden flachen Händen dem jüngeren Sohn auf beide Schultern und rief: »Na, du verdammter Glückspilz, bekomme ich nicht wenigstens einen Kuß?«

Da mußte Jean lächeln; er küßte den Vater auf beide Backen und sagte dabei: »Das ist mir nicht gerade als unbedingt nötig vorgekommen.«

Aber der Alte geriet vollends aus dem Häuschen. Er lief hin und her, spielte mit seinen ungeschickten Pfoten auf allen Möbelstücken Klavier, drehte sich auf den Hacken um sich selbst und sagte immer wieder: »Solch ein Glück! Solch ein Glück! Ist das mal ein Glück!«

Pierre fragte: »Seid ihr früher mit diesem Maréchal tatsächlich so gut bekannt gewesen?«

Der Vater antwortete: »Das will ich meinen! Jeden Abend ist er bei uns gewesen. Du weißt doch sicher noch, daß er dich an Tagen, wo du Ausgang hattest, immer vom Internat abgeholt und dich häufig nach dem Abendessen wieder hingebracht hat? Richtig, am Morgen von Jeans Geburt, da ist er losgezogen und hat den Arzt geholt! Er hatte bei uns zu Mittag gegessen, als deine Mutter Schmerzen bekam. Es war uns sofort klar, was los war, und er hat gemacht, daß er wegkam. In der Hast hat er meinen Hut statt seinen aufgesetzt. Ich weiß das alles noch ganz genau, weil wir später so oft darüber gelacht haben. Es könnte sogar sein, daß er gerade daran hat denken müssen, als es ans Sterben ging, und weil er keinen Erben hatte, hat er sich eben gesagt: ›Wenn ich denn schon bei der Geburt des Jungen mitgewirkt habe, dann will ich ihm mein Vermögen hinterlassen.‹«

Die tief in eine Bergère gesunkene Madame Roland schien ihren Erinnerungen nachzuhängen. Als denke sie laut, sagte sie leise vor sich hin: »Ach, es war wirklich ein guter, ein anhänglicher, ein treuer Freund; so was ist heutzutage was Seltenes.«

Jean war aufgestanden. »Ich möchte ein bißchen spazierengehen«, sagte er.

Der Vater machte große Augen und wollte ihn dabehalten; es mußte doch alles durchgesprochen, es mußten Pläne gemacht und Entschlüsse gefaßt werden. Aber der junge Mann blieb hartnäckig; er schützte eine Verabredung vor. Es bleibe noch Zeit genug zu Besprechungen, ehe er im Besitz der Erbschaft sei.

So ging er denn; es verlangte ihn, allein zu sein, damit er nachdenken konnte. Auch Pierre erklärte, er wolle ein bißchen an die frische Luft, und folgte nach ein paar Minuten dem Bruder.

Sobald der alte Roland mit seiner Frau allein war, schloß er sie in die Arme, küßte sie zehnmal auf beide Backen, und als Antwort auf einen Vorwurf, mit dem sie ihn oftmals bedacht hatte, sagte er: »Siehst du wohl, es wäre zu nichts nütze gewesen, wenn ich länger in Paris geblieben wäre und mich für die Kinder abgeschuftet hätte, anstatt nach hier überzusiedeln und wieder vollkommen gesund zu werden, nun uns dies Vermögen vom Himmel gefallen ist.«

Sie war sehr ernst geworden. »Es ist für Jean vom Himmel gefallen«, sagte sie. »Und Pierre?«

»Pierre? Der hat doch seinen Doktor, der wird schon Geld verdienen, und sein Bruder wird schon was für ihn tun.«

»Nein. Das würde ich nicht annehmen. Und außerdem gehört die Erbschaft Jean, Jean und niemandem sonst. Auf diese Weise ist Pierre arg benachteiligt.«

Der Alte schaute ratlos drein: »Na, dann müssen wir ihm eben testamentarisch ein bißchen mehr vermachen.«

»Nein. Das wäre ebenfalls ungerecht.«

Er rief: »Ach, Unsinn! Schluß damit! Was soll *ich* denn dabei tun? Du hast immer und ewig einen Haufen unangenehmer Einfälle! Immer mußt du mir jede Freude verderben. Ich gehe jetzt zu Bett. Gute Nacht. Ganz egal: Es ist und bleibt Schwein, tolles Schwein!« Und damit trollte er sich, trotz alledem hingerissen und ohne ein Wort des Bedauerns für den so großmütigen Freund.

Madame Roland blieb vor der blakenden Lampe sitzen und begann abermals, in sich hineinzugrübeln.

II

Kaum war Pierre draußen, als er sich auch schon der Rue de Paris zuwandte, der hellen, belebten, lärmerfüllten Hauptstraße von Le Havre. Die ein wenig kühle Luft vom Meer her streichelte ihm das Gesicht, und er ging langsam, den Handstock unterm Arm, die Hände hinterm Rücken.

Er fühlte sich unbehaglich, bedrückt, mißzufrieden wie nach dem Empfang einer ärgerlichen Nachricht. Es machte ihm kein bestimmter Gedanke zu schaffen, und zunächst hätte er nicht sagen können, worauf seine seelische Schwere und seine körperliche Erschlaffung beruhten. Auf irgendeine Weise tat ihm etwas weh, ohne daß er gewußt hätte, wo; in ihm war eine Stelle, die schmerzte, eine der nahezu unspürbaren Verletzungen, deren Ort man nicht festzustellen vermag, die indessen stören, erschöpfen, traurig stimmen, reizen – ein unbekanntes, leichtes Leiden, etwas wie ein winziger Kummer.

Als er auf der Place du Théâtre anlangte, fühlte er sich von dem lichterhellen Café Tortoni angezogen und schlenderte auf die erleuchtete Fassade zu; doch als er hineingehen wollte, bedachte er, daß er dort Freunde und Bekannte antreffen werde, Leute, mit denen er reden müsse; und es überkam ihn ein jäher Widerwille gegen die banale Kameraderie bei Mokkatassen und Schnapsgläsern. So machte er denn kehrt und schlug abermals die Hauptstraße ein; sie führte ihn zum Hafen.

Er überlegte, wohin er gehen könne, und suchte nach einer Stätte, die ihm gefiel, die dem Zustand seines Innern entsprach. Es fiel ihm keine ein; es beunruhigte ihn, allein zu sein, und dennoch hätte er niemandem begegnen mögen.

Als er auf dem großen Hafendamm war, zögerte er nochmals; dann wandte er sich der Mole zu; er hatte sich für die Einsamkeit entschieden.

Auf dem Wellenbrecher streifte er eine Bank und setzte sich; er war des Umhergehens müde und von Widerwillen gegen seinen Spaziergang erfüllt, noch ehe er ihn gemacht hatte. Er fragte sich: »Was habe ich heute abend bloß?« Und er begann in seinem Gedächtnis zu stöbern, welche Widerwärtigkeit ihm wohl zugestoßen sei, wie man einen Kranken befragt, um die Ursache seines Fiebers herauszubekommen.

Er war von Natur zugleich reizbar und bedachtsam; er geriet bisweilen außer sich und stellte danach Vernunfterwägungen an und hieß seine Hitzigkeit gut oder tadelte sie; aber letztlich blieb bei ihm die erstere Eigenschaft die stärkere, und der Gefühlsmensch in ihm überwog stets den Verstandesmenschen.

So forschte er denn nach, woher seine Nervosität rühren könne, sein Verlangen nach Bewegung ohne Lust auf irgend etwas, der Wunsch, jemandem zu begegnen und ihm zu widersprechen, und auch der Ekel vor den Leuten, die er etwa treffen, und vor dem, was sie zu ihm sagen könnten. Und er warf die Frage auf: »Sollte es etwa mit Jeans Erbschaft zusammenhängen?«

Ja, das war immerhin möglich. Als der Notar die Nachricht kundgetan, hatte er sein Herz etwas heftiger pochen fühlen. Nun ist man freilich nicht immer Herr seiner selbst und unterliegt unerwarteten und anhaltenden Erschütterungen, gegen die man vergebens ankämpft.

Er begann, tief über das physiologische Problem des Eindrucks nachzudenken, den ein Geschehnis auf das Instinktive des Menschen macht und in ihm einen Strom schmerzlicher oder freudiger Empfindungen erschafft, Empfindungen, die denen entgegengesetzt sind, die der denkende, sich selbst durch die Pflege des Verstandesmäßigen überlegen gewordene Mensch als denkendes Wesen für gut und heilsam erachtet.

Er versuchte, den Seelenzustand des Sohnes zu verstehen, der ein großes Vermögen erbt, der dank dessen viele seit langem begehrte und durch den Geiz eines dennoch geliebten und betrauerten Vaters verbotene Freuden genießen kann.

Er stand auf und ging dem Molenkopf zu. Jetzt war ihm wohler; er war froh, daß er Klarheit gewonnen, daß er sich ertappt, daß er den andern, der in uns steckt, entlarvt hatte. Ich bin also neidisch auf Jean gewesen, dachte er. Das ist tatsächlich recht niedrig! Jetzt bin ich dessen sicher, denn mein erster Gedanke war der an seine Heirat mit Madame Rosémilly. Dabei mache ich mir gar nichts aus diesem vernunftbegabten Putchen; es ist vollauf angetan, einem den gesunden Menschenverstand und die Klugheit zu verekeln. Also handelt es sich um grundlose Eifersucht, um den Inbegriff der Eifersucht, eine, die ist, weil sie nun mal ist! So was muß kuriert werden!

Er gelangte an den Signalmast, der die Wasserstandshöhe im Hafen anzeigt, und steckte ein Zündholz an, damit er das Verzeichnis der auf See befindlichen Schiffe lesen konnte, die bei der nächsten Flut einlaufen sollten. Es wurden Steamer aus Brasilien, vom La Plata, aus Chile und Japan erwartet, zwei dänische Briggs, ein norwegischer Schoner und ein türkischer Dampfer, was Pierre genauso überraschte, wie wenn er gelesen hätte: »Ein

Schweizer Dampfer«; er sah in einer Art bizarren Traums ein großes Schiff vor sich, das von Männern mit Turbanen bemannt war; mit weiten Hosen kletterten sie in der Takelage herum. Wie dumm von mir, dachte er. Die Türken sind doch ein Seefahrervolk.

Er machte noch ein paar Schritte, blieb dann stehen und schaute auf die Reede hinaus. Zur Rechten, oberhalb von Saint-Adresse, warfen die beiden elektrischen Leuchttürme von Kap de la Hève gleich zwei ungeheuerlichen Zwillingszyklopen ihre langen, mächtigen Blicke übers Meer. Die beiden parallelen Strahlen gingen von den beiden nebeneinanderstehenden Leuchtfeuern aus wie die riesigen Schweife zweier Kometen; sie fielen in gerader, unermeßlicher Neigung vom Kamm der Küste bis zum fernsten Horizont hin ab. Auf den beiden Molen zeigten zwei weitere Leuchtfeuer, Kinder der beiden Kolosse, die Einfahrt nach Le Havre an; und drüben, am andern Seineufer, sah man andere, viele andere, gleichmäßig strahlende oder zwinkernde, aufglänzende und sich verdunkelnde, sich wie Augen öffnende und schließende – Augen der Häfen, gelbe, rote, grüne, die auf das dunkle, von Schiffen bedeckte Meer hinausspähten, lebendige Augen des gastlichen festen Landes, die einzig durch das mechanische, unabänderliche, regelmäßige Sichbewegen ihrer Lider sagten: »Hier bin ich. Ich bin Trouville, ich bin Honfleur, ich bin der Fluß von Pont-Audemer.« Und hoch über allen andern, so hoch, daß er aus der Ferne hätte für einen Stern gehalten werden können, zeigte der luftige Leuchtturm von Étouville das Fahrwasser nach Rouen an, mitten durch die Sandbänke der Mündung des großen Stroms hindurch.

Dann war es, als seien auf der tiefen, der grenzenlosen Flut, die dunkler als der Himmel war, hier und dort Sterne zu sehen. Sie zitterten im Nachtdunst, klein, nah oder fern und ebenfalls weiß, grün oder rot. Fast alle blieben auf derselben Stelle, einige jedoch schienen sich zu bewegen; es waren die Lichter der ankernden, auf die nächste Flut wartenden Schiffe oder die der nach einem Ankerplatz suchenden.

Gerade in diesem Augenblick stieg hinter der Stadt der Mond empor; und er wirkte wie ein riesiges, göttliches Leuchtfeuer, das am Firmament angezündet worden war, um die unendliche Flotte der richtigen Sterne zu leiten.

Fast laut sagte Pierre vor sich hin: »Und uns Menschen steigt um ein paar Sous willen die Galle ins Blut!«

Ganz in seiner Nähe, in dem breiten, schwarzen, offenen Ausschnitt zwischen den Molen, glitt plötzlich etwas Schattenhaftes heran, ein großer, phantastischer Schatten. Pierre beugte sich über die granitene Brüstung und gewahrte ein fahrendes Fischerboot; ohne daß Stimmen laut wurden, ohne daß das Wasser gluckste, ohne daß Riemen knarrten, wurde es langsam von seinem hohen braunen Segel getrieben, das der vom offenen Meer her wehende Wind straffte.

Er dachte: Wenn man auf solch einem Boot leben könnte, wie ruhig wäre man dann – vielleicht! Darauf machte er noch ein paar Schritte und gewahrte einen am Molenkopf sitzenden Mann. Ein Träumer, ein Verliebter, ein Weiser, ein Glücklicher oder ein Betrübter? Wer mochte es sein? Neugierig trat er näher herzu, um das Gesicht dieses Einsamen zu sehen, und erkannte seinen Bruder. »Sieh da, du, Jean?«

»Ach so... Pierre... Was treibst du denn hier?«

»Na, ich schnappe frische Luft. Und du?«

Jean mußte lachen: »Ich schnappe ebenfalls frische Luft.«

Pierre setzte sich zu dem Bruder. »Verdammt schön, was?«

»Ja, tatsächlich.«

Am Klang der Stimme merkte er, daß Jean überhaupt nichts wahrgenommen hatte. Er redete weiter: »Wenn ich hierherkomme, dann packt mich immer eine tolle Lust, wegzufahren, mit all diesen Schiffen auf und davon zu gehen. Nach Norden oder nach Süden. Bedenk doch, alle diese kleinen Lichter da hinten kommen aus allen Weltteilen, aus Ländern mit großen Blumen und schönen blassen oder kupferfarbenen Mädchen, aus Ländern, wo es Kolibris gibt, Elefanten, Löwen auf freier Wildbahn, Negerkönige – aus sämtlichen Ländern, die für uns, die wir nicht mehr an den Gestiefelten Kater oder an Dornröschen glauben, Märchen sind. Es wäre verdammt schick, wenn man sich eine Vergnügungsreise dorthin leisten könnte; aber leider gehört dazu nun mal Geld, viel Geld...«

Er verstummte jäh, weil ihm einfiel, daß sein Bruder ja jetzt jenes Geld habe und daß er, aller Sorgen ledig, frei vom täglichen Broterwerb, unabhängig, ohne Fesseln, froh und glücklich, überall hinreisen könne, wohin es ihm beliebte, zu blonden Schwedinnen oder braunen Havanneserinnen.

Dann durchzuckte ihn, was ihm häufig geschah, einer der Gedanken von ungefähr, die so jäh und so rasch waren, daß er sie weder vorauszusehen noch zu hemmen noch abzulenken vermochte; sie kamen jedesmal, so schien es, aus einer zweiten, unabhängigen, ungestümen Seele: Pah! Er ist zu so etwas viel zu nichtig; er heiratet die kleine Rosémilly.

Er war aufgestanden. »Ich überlasse dich deinen Zukunftsträumen; ich selber muß mir noch ein bißchen die Füße vertreten.« Er drückte dem Bruder die Hand und sagte noch, wobei seine Stimme sehr herzlich klang: »Also, mein Junge, jetzt bist du reich! Ich bin recht froh, daß ich dir heute abend ganz allein begegnet bin; so kann ich dir sagen, wie sehr mich das freut, wie sehr ich dich beglückwünsche und wie lieb ich dich habe.«

Der von Charakter weiche und zärtliche Jean war gerührt und brachte stammelnd hervor: »Danke... danke... mein guter Pierre, danke.«

Und Pierre ging davon, langsam wie stets, den Spazierstock unterm Arm, die Hände hinterm Rücken.

Als er wieder in der Stadt war, überlegte er abermals, was er anfangen solle; der Spaziergang, der so schnell ein Ende gefunden hatte, stimmte ihn mißzufrieden; das Zusammentreffen mit dem Bruder hatte ihn des Meers beraubt. Dann kam ihm eine Erleuchtung: Ich trinke ein Glas Likör bei Papa Marowsko. Und er stieg zum Stadtviertel Ingouville hinauf.

Papa Marowsko hatte er bei seiner Tätigkeit in den Pariser Krankenhäusern kennengelernt. Es war ein alter Pole, ein politischer Flüchtling, wie es hieß, der in seiner Heimat Schreckliches durchgemacht haben sollte, nach Frankreich gekommen war und nach abermaligem Examen seinem Beruf als Apotheker obliegen wollte. Von seiner Vergangenheit wußte niemand Genaueres; daher waren unter den Assistenzärzten und Hilfsärzten und später unter den Nachbarn mancherlei Legenden im Umlauf gewesen. Er stand im Ruf eines gefährlichen Verschwörers, eines Nihilisten, eines Königmörders, eines zu allem fähigen Patrioten, der durch ein Wunder dem Tod entronnen sei; das alles hatte Pierre Rolands abenteuersüchtige, lebhafte Phantasie entzündet, und er hatte sich mit dem alten Polen angefreundet, ohne daß ihm dieser übrigens auch nur das mindeste aus seinem früheren Dasein anvertraut hätte. Dem jungen Arzt hatte der Biedere es zu danken, daß er sich unlängst in Le Havre hatte niederlassen können, in der Hoffnung auf zahlreiche Kundschaft, die der frischgebackene Doktor ihm zuführen würde.

Vorerst hauste er ärmlich in seiner bescheidenen Apotheke und verkaufte den Kleinbürgern und Arbeitern seiner Stadtgegend Medikamente.

Pierre suchte ihn nach dem Abendessen häufig auf und verplauderte ein Stündchen mit ihm; er war angetan von Marowskos ruhigem Gesicht und seiner Wortkargheit; seine langen Schweigepausen hielt er für Tiefsinn.

Eine einzige Gasflamme brannte über dem mit Medizinflaschen bedeckten Ladentisch. Aus Gründen der Sparsamkeit waren die im Schaufenster nicht angezündet worden. Hinter dem Ladentisch saß auf einem Stuhl, mit übergeschlagenen Beinen, ein alter, kahlköpfiger Mann mit großer Adlernase; sie verlängerte seine von Haaren entblößte Stirn und verlieh ihm das Aussehen eines bekümmerten Papageis; er schlief tief, das Kinn auf der Brust.

Beim Anschlagen der Ladenglocke fuhr er hoch, stand auf, erkannte den Doktor und trat mit ausgestreckten Händen auf ihn zu. Der schwarze, mit Flecken von Säure und Sirup getigerte Gehrock war viel zu weit für seinen mageren, spärlichen Körper und wirkte wie eine uralte Soutane; sein Träger sprach mit sehr starkem polnischen Akzent, der seiner schwächlichen Stimme etwas Kindliches lieh, etwas Lispelndes und den Tonfall eines Kindes, das gerade zu sprechen anfängt.

Pierre setzte sich, und Marowsko fragte: »Was gibt's Neues, lieber Doktor?«

»Nichts. Überall und immer dasselbe.«

»Dabei sehen Sie heute abend unfroh aus.«

»Das passiert mir nur selten.«

»Na, aber so was muß man abschütteln. Wollen Sie ein Gläschen Likör?«

»Ja, gern.«

»Dann sollen Sie ein neues Präparat kosten. Seit zwei Monaten versuche ich, etwas aus Johannisbeeren zu destillieren; aus denen hat man bislang immer nur Fruchtsaft gemacht... Na, und es ist mir geglückt... es ist mir geglückt... Ein guter Likör, sehr gut, sehr gut.« Begeistert ging er an einen Schrank, machte ihn auf, suchte nach einer Flasche und brachte sie. Er schüttelte und schwenkte sie mit kurzen, nie vollendeten Gesten; nie streckte er den Arm gänzlich aus, noch tat er mit seinen Beinen einen richtigen Schritt; er vollführte keine einzige abgeschlossene endgültige Bewegung. Seine Gedanken glichen vollauf seinem Tun; er deutete sie an, verhieß sie, skizzierte sie, suggerierte sie, sprach sie indessen nicht aus.

Seine Hauptsorge im Leben schien übrigens der Herstellung von Fruchtsäften und Likören zu gelten. »Mit einem guten Fruchtsaft oder einem guten Likör kommt man zu Vermögen«, sagte er oftmals.

Hunderte von gezuckerten Präparaten hatte er erfunden, ohne daß es ihm gelungen wäre, auch nur ein einziges durchzusetzen. Pierre behauptete, Marowsko erinnerte ihn stets an Marat.

Aus dem Raum hinter dem Laden wurden zwei Gläschen geholt und auf das Experimentierbrett gestellt; dann hoben die beiden Männer sie zur Gaslampe empor und prüften die Färbung der Flüssigkeit.

»Hübsches Rubinrot!« erklärte Pierre.

»Nicht wahr?« Des Polen altes Papageiengesicht schien entzückt.

Der Doktor kostete, schmeckte, überlegte, kostete abermals, überlegte von neuem und rückte dann mit seinem Urteil heraus. »Sehr gut, sehr gut, und ein völlig neues Aroma; ein glücklicher Fund, mein Lieber!«

»Ja, tatsächlich; auch ich bin recht zufrieden damit.« Dann bat Marowsko um Rat, wie er den neuen Likör benennen solle; er war für »Johannisbeergeist« oder »Fine Groseille« oder »Grosélia« oder auch »Groséline«.

Mit keinem dieser Namen war Pierre einverstanden.

Der Alte hatte eine Idee: »Was Sie da vorhin gesagt haben, ist sehr gut, sehr gut: ›Hübsches Rubinrot.‹«

Auch die Eignung dieses Namens bestritt der Doktor, obwohl er sein Einfall gewesen war, und riet ganz einfach zu »Groseillette«, was Marowsko als wunderbar erklärte.

Dann verstummten sie und saßen ein paar Minuten unter der einzigen Gasflamme, ohne daß einer von ihnen etwas sagte.

Endlich brachte Pierre, beinahe ohne es zu wollen, hervor: »Tja, heute abend ist uns was recht Merkwürdiges passiert. Einer der Freunde meines Vaters ist gestorben und hat sein Vermögen meinem Bruder hinterlassen.«

Der Apotheker schien nicht gleich zu verstehen; aber nachdem er sich die Sache überlegt hatte, gab er der Hoffnung Ausdruck, der Doktor werde an der Erbschaft zur Hälfte beteiligt sein. Als ihm alles richtig erklärt worden war, schien er erstaunt und ärgerlich zu sein; und um zu zeigen, wie verstimmt er sei, daß sein junger Freund mit leeren Händen ausgehe, sagte er mehrmals hintereinander: »Das wird keinen guten Eindruck machen.«

Von neuem überkam Pierre seine nervöse Schwächeanwandlung; er wollte wissen, was Marowsko mit jener Äußerung meine. Warum werde es keinen guten Eindruck machen? Was konnte an Üblem dabei herauskommen, wenn sein Bruder das Vermögen eines Freundes der Familie erbte?

Aber der vorsichtige alte Mann drückte sich nicht deutlicher aus. »In einem solchen Fall hinterläßt man beiden Brüdern den gleichen Anteil. Ich sage Ihnen, das wird keinen guten Eindruck machen.«

Und der unwillig gewordene Doktor verabschiedete sich, ging heim ins väterliche Haus und legte sich zu Bett. Eine Zeitlang hörte er noch, wie Jean im Nebenzimmer langsam auf und ab schritt; dann trank er zwei Glas Wasser und schlief ein.

III

Am nächsten Tag erwachte der Doktor mit dem festen Entschluß, es zu Vermögen zu bringen.

Das hatte er sich schon mehrmals vorgenommen, ohne daß er auf die Verwirklichung bedacht gewesen wäre. Zu Beginn aller seiner Versuche, einen neuen Beruf zu ergreifen, hatte die Hoffnung auf schnell zu erwerbenden Reichtum seine Kräfte und sein Selbstvertrauen beschwingt, aber nur bis zum ersten Hindernis, bis zum ersten Fehlschlag, und der hatte ihn dann wieder in neue Bahnen gelenkt.

Eingehüllt in die warmen Bettücher, sann er nach. Wie viele Ärzte waren binnen kurzer Zeit zu Millionären geworden! Dazu gehörte lediglich ein Körnchen Lebensgewandtheit; denn im Verlauf seines Studiums hatte er sich ein Urteil über die berühmtesten Professoren bilden können, und er hielt sie samt und sonders für Esel. Er selber war sicherlich genauso viel wert wie sie, wenn nicht mehr. Sofern es ihm auf irgendeine Art und Weise gelang, der eleganten und reichen Patienten von Le Havre habhaft zu werden, konnte er mit Leichtigkeit jährlich hunderttausend Francs verdienen. Und er berechnete genau die ihm als sicher geltenden Beträge. Vormittags würde er nicht daheim bleiben, sondern Krankenbesuche machen. Bei einem Mindestdurchschnitt von zehn Patienten den Tag, jeder zu zwanzig Francs, würde ihm das im Jahr mindestens zweiundsiebzigtausend Francs einbringen, vielleicht sogar fünfundsiebzigtausend, denn die Zahl von zehn Kranken würde sicherlich hinter der Wirklichkeit zurückbleiben. Nachmittags würde er in der Sprechstunde abermals durchschnittlich zehn Besucher zu je zehn Francs empfangen; das ergab sechsunddreißigtausend Francs. Im Ganzen also rund hundertzwanzigtausend Francs. Die alten Patienten und die guten Bekannten, die er für zehn Francs aufsuchen und denen er fünf Francs abnehmen würde, wenn sie zu ihm in die Sprechstunde kamen, würden vielleicht die Gesamtsumme um ein Geringes vermindern; doch das würde ausgeglichen durch die Konsultationen mit andern Ärzten und die mancherlei kleinen Nebenvorteile, die der Beruf mit sich brachte.

Nichts war leichter, als durch geschickte Reklame dahin zu gelangen, durch Notizen im »Figaro«, die vermeldeten, daß die Häupter der Pariser Ärzteschaft die Augen auf ihn gerichtet hielten und sich für die überraschenden Heilerfolge interessierten, die der junge, bescheidene Mediziner in Le Havre erzielt habe. Und er würde reicher als sein Bruder sein, reicher und berühmt und selbstzufrieden, denn er verdankte sein Vermögen einzig sich selbst; und er würde sich seinen alten Eltern gegenüber als edelmütig erweisen, und sie empfänden gerechten Stolz auf seinen Ruhm. Heiraten wollte er nicht; er wollte sein Dasein nicht mit einer einzigen, lästigen Frau bebürden; er würde sich vielmehr Freundinnen unter seinen hübschesten Patientinnen aussuchen.

Er fühlte sich seines Erfolges so sicher, daß er aus dem Bett sprang, als wolle er ihn auf der Stelle mit Händen greifen; er zog sich an; er wollte sich in der Stadt umtun und Ausschau nach einer ihm zusagenden Wohnung halten.

Als er durch die Straßen schlenderte, sann er darüber nach, wie leicht die bestimmenden Ursachen unserer Handlungen wiegen. Seit drei Wochen schon hätte er diesen Entschluß fassen können, fassen müssen, der so jäh in ihm erstanden war, und zwar zweifellos aufgrund des Umstandes, daß sein Bruder eine Erbschaft gemacht hatte.

Er blieb vor den Türen stehen, an denen ein Schild hing und verhieß, dort sei eine schöne oder eine luxuriöse Wohnung zu vermieten; Ankündigungen ohne schmückendes Beiwort strafte er stets mit Verachtung. Dann besichtigte er sie und tat dabei von oben herab; er maß die Höhe der Zimmerdecken, zeichnete den Grundriß der Wohnung in sein Notizbuch, die Verbindungstüren, die Lage der Ausgänge, ließ wissen, daß er Arzt sei und großen Zulauf habe. Die Treppe müsse breit und reinlich gehalten sein; höher als im ersten Stock könne er nicht wohnen.

Nachdem er sich sieben oder acht Adressen notiert und gut zweihundert Auskünfte hingekritzelt hatte, kehrte er zum Mittagessen heim und verspätete sich dabei um eine Viertelstunde.

Schon im Flur hörte er Tellergeklapper. Es wurde also ohne ihn gegessen. Warum wohl? Nie zuvor war es daheim so pünktlich zugegangen. Er war gekränkt, unzufrieden; das lag an seiner Empfindlichkeit.

Als er ins Zimmer trat, sagte Roland zu ihm: »Na, Pierre, beeil dich mal ein bißchen, zum Donnerwetter! Du weißt doch, daß wir um zwei beim Notar sein müssen. Heute darf nicht getrödelt werden.«

Ohne zu antworten, küßte der Doktor seine Mutter, gab dem Vater und dem Bruder die Hand und setzte sich; aus der mitten auf dem Tisch stehenden tiefen Platte langte er sich das für ihn übriggelassene Kotelett. Es war kalt und trocken. Wahrscheinlich das schlechteste. Er meinte, es hätte bis zu seinem Kommen warmgestellt werden können; die Seinen hätten nicht dermaßen den Kopf verlieren dürfen, daß sie den andern Sohn, den älteren, völlig vergaßen. Die durch sein Eintreten unterbrochene Unterhaltung setzte an dem gleichen Punkt wieder ein, wo sie abgeschnitten worden war.

»Ich«, sagte Madame Roland zu Jean, »würde auf der Stelle folgendes tun. Ich würde mir eine luxuriöse Wohnung einrichten, eine, die ins Auge fällt, dann würde ich mich in der Gesellschaft zeigen, ausreiten, mir ein paar interessante Fälle aussuchen, sie vertreten und mich vor Gericht ins rechte Licht setzen. Ich würde Wert darauf legen, ein sehr gesuchter Anwalt zu sein, der seinen Beruf mehr zum Vergnügen ausübt. Gott sei Dank bist du jetzt der Notwendigkeit des Geldverdienens enthoben; wenn du also dennoch einen Beruf ergreifst, so geschieht es, damit die Früchte deines Studiums nicht verloren gehen und weil der Mensch sich nun mal betätigen muß.«

Der alte Roland, der gerade eine Birne schälte, erklärte: »Du großer Gott! Ich an deiner Stelle würde mir ein hübsches Boot anschaffen, einen Kutter, so, wie unsere Lotsen sie haben. Damit würde ich dann bis zum Senegal segeln.«

Auch Pierre tat seine Ansicht kund. Letztlich mache nicht das Vermögen den moralischen, den intellektuellen Wert eines Menschen aus. Für den Durchschnitt sei es lediglich eine Ursache zum Absinken, während es andererseits in den Händen der Starken zu einem mächtigen Hebel werde. Die seien übrigens selten. Wenn Jean tatsächlich ein besonders gearteter Mensch sei, könne er es jetzt zeigen, nun er der Notwendigkeit des Broterwerbs ledig sei. Aber dann müsse er hundertmal mehr schaffen als unter andern Voraussetzungen. Es gehe nicht darum, für oder gegen die Witwe und das Waisenkind zu plädieren und für jeden gewonnenen oder verlorenen Porzeß so und so viele Taler einzusäckeln, sondern darum, ein hervorragender Jurist zu werden, eine Leuchte der Jurisprudenz. Und abschließend sagte er noch: »Wenn ich Geld hätte, dann würde ich Leichen sezieren, darauf könnt ihr euch verlassen!«

Vater Roland zuckte die Achseln: »Tralala! Das Vernünftigste ist, sich das Leben so angenehm wie möglich zu machen. Wir sind keine Lasttiere, sondern Menschen. Wird man arm geboren, so muß man arbeiten; na, hilft nichts, dann arbeitet man eben; aber wenn man von seinen Zinsen leben kann, heiliger Bimbam, dann müßte man doch ein Tropf sein, wenn man sich abrackerte.«

Von oben herab entgegnete Pierre: »Wir haben halt verschieden geartete Neigungen! Für mich zählen auf dieser Erde nur Wissen und Intelligenz; alles übrige ist verächtlich.«

Madame Roland war von je bemüht gewesen, die ständigen Reibungen zwischen Vater und Sohn zu dämpfen; also lenkte sie das Gespräch in andere Bahnen und kam auf einen Mord zu sprechen, der in der vorhergegangenen Woche in Bolbec-Nointot begangen worden war. Sogleich wandten alle sich den Begleitumständen der Untat zu; das Schauerliche kam ihnen interessant vor, das verlockende Geheimnis, das allen Verbrechern innewohnt; mögen sie noch so vulgär, schmählich und abstoßend sein – sie üben auf die menschliche Neugier eine befremdliche, weit verbreitete Anziehungskraft aus.

Doch ab und zu zog der alte Roland seine Taschenuhr. »Los«, sagte er dabei, »wir müssen jetzt aufbrechen.«

Pierre grinste. »Es ist noch nicht mal eins. Wahrhaftig, es hätte sich erübrigt, mich ein kaltes Kotelett essen zu lassen.«

»Kommst du mit zum Notar?« fragte die Mutter.

Trocken antwortete er: »Ich? Nein. Wozu denn? Mein Dabeisein ist vollkommen überflüssig.«

Jean schwieg in sich hinein, wie wenn es sich gar nicht um ihn handle. Als von dem Mord in Bolbec die Rede gewesen war, hatte er als Jurist ein paar Erwägungen beigesteuert und ein paar Bemerkungen über Verbrechen und Verbrecher gemacht. Jetzt saß er wieder stumm da, aber seine strahlenden Augen, das seine Backen belebende Rot und sogar das Schimmern seines Bartes schienen von seinem Glück zu künden.

Als die Familie weggegangen und Pierre abermals allein war, machte er sich, wie am Morgen, wiederum auf die Suche nach zu vermietenden Wohnungen. Nach zwei oder drei Stunden ständigen Treppaufs und Treppabs entdeckte er endlich auf dem Boulevard François I etwas Hübsches: einen großen Zwischenstock mit Türen nach zwei verschiedenen Straßen, zwei Wohnräumen, einer Glasveranda, in der die Patienten, bis sie an die Reihe kamen, sich inmitten von Blumen ergehen konnten, und einem köstlichen Eßzimmer mit Ausblick aufs Meer.

Als er schon mieten wollte, ließ der Preis, dreitausend Francs, ihn zurückfahren; das erste Quartal mußte nämlich im voraus gezahlt werden, und er besaß nichts, keinen roten Heller.

Das kleine, von seinem Vater zusammengescharrte Vermögen brachte kaum achttausend Francs Zinsen, und Pierre machte es sich zum Vorwurf, daß er die Eltern durch sein langes Zögern bei der Berufswahl, seine immerfort aufgegebenen Versuche und den beständigen Neubeginn seiner Studien oftmals in mißliche Lagen versetzt hatte. Also ging er mit dem Versprechen, sich innerhalb zweier Tage zu entscheiden; es fiel ihm ein, er könne ja seinen Bruder um die Miete für das erste Vierteljahr oder gar Halbjahr bitten, also um fünfzehnhundert Francs, sobald Jean im Besitz seines Erbes sei. Es wäre ein Darlehen für kaum ein paar Monate, dachte er. Vielleicht kann ich es ihm sogar schon vor Jahresende zurückzahlen. Die Sache ist zudem ganz einfach; er wird sich freuen, wenn er das für mich tun kann.

Da es noch nicht vier Uhr war und er nichts, absolut nichts zu tun hatte, ging er in den Stadtpark und setzte sich; lange verblieb er auf seiner Bank, gedankenleer, den Blick zu Boden gerichtet, heimgesucht von einer Schlaffheit, aus der tiefe Niedergeschlagenheit wurde.

An allen vorhergegangenen Tagen, seit seiner Heimkehr ins

väterliche Haus, hatte er vor sich hingelebt, ohne so schrecklich unter der Leere seines Daseins und unter seiner Untätigkeit zu leiden. Wie hatte er nur seine Zeit zwischen Aufstehen und Zubettgehen hingebracht?

Zur Zeit der Hochflut war er auf die Mole hinausgeschlendert, war durch die Straßen geschlendert, hatte sich in den Cafés herumgetrieben. Und nun plötzlich war dieses Leben, das er bislang ohne weiteres in Kauf genommen hatte, ihm zu etwas Hassenswertem und Unerträglichem geworden. Hätte er etwas Geld gehabt, so würde er sich einen Wagen gemietet und eine lange Rundfahrt über Land unternommen haben, längs der von Buchen und Ulmen überschatteten Grenzgräben der Bauernhöfe; so aber mußte er mit dem Preis eines Glases Bier oder einer Briefmarke rechnen, und dergleichen Extravaganzen konnte er sich keinesfalls erlauben. Unvermittelt wurde er sich bewußt, wie hart es ist, über dreißig und gezwungen zu sein, dann und wann die Mutter um ein Goldstück zu bitten und dabei rot zu werden; er kratzte mit der Spitze seines Spazierstocks die Erde und brummte vor sich hin: »Herrgott noch mal! Wenn ich Geld hätte!« Und der Gedanke an die Erbschaft seines Bruders drang wiederum in ihn ein wie ein Wespenstich; doch ungeduldig verscheuchte er ihn; er wollte nicht auf die schiefe Ebene des Neides abgleiten.

Rings um ihn spielten Kinder im Staub der Parkwege. Sie waren blond und hatten langes Haar und häuften mit ernsten Gesichtern und angestrengter Aufmerksamkeit kleine Sandberge auf, um sie alsdann mit einem Fußtritt wieder zu zerstören.

Pierre hatte einen jener stumpfen, trübseligen Tage, an denen man alle Winkel seines Innern durchstöbert und alle Falten ausschüttelt. Was wir tun, ähnelt der Beschäftigung dieser kleinen Lümmel, dachte er. Dann überlegte er, ob es nicht das Vernünftigste im Leben sei, noch zwei oder drei dieser unnützen kleinen Wesen zu zeugen und sie mit Wohlgefallen und Neugierde heranwachsen zu sehen. Das Verlangen zu heiraten streifte ihn flüchtig. Man kommt sich weniger verloren vor, wenn man nicht mehr allein ist. Man hört dann wenigstens in Stunden der Wirrnis und der Ungewißheit jemanden in seiner Nähe sich regen und bewegen; es ist schon etwas wert, zu einer Frau »du« zu sagen, wenn man in innerer Not ist.

Er begann, über die Frauen nachzugrübeln.

Er kannte sie sehr wenig; im Quartier Latin hatte er nämlich nur Liebschaften auf vierzehn Tage gehabt; es war damit zu Ende gewesen, wenn das Monatsgehalt aufgezehrt war, und im nächsten Monat waren sie dann wieder vergeben oder durch andere ersetzt worden. Dabei mußte es doch sehr gutartige, sehr sanfte und sehr trostreiche Frauenwesen geben. Hatte seine Mutter nicht den Daseinsgrund und den Reiz des väterlichen Heims gebildet? Wie gern hätte er eine Frau, eine wahre Frau kennengelernt!

Er sprang auf, fest entschlossen, Madame Rosémilly einen zwanglosen Besuch abzustatten.

Dann setzte er sich mit einem Ruck wieder hin. Er mochte sie nicht. Warum eigentlich nicht? Sie hatte zu viel vulgären, niveaulosen gesunden Menschenverstand; und hatte es außerdem nicht den Anschein, als sei Jean ihr lieber? Ohne daß er es sich unumwunden eingestanden hätte, übte jene Bevorzugung großen Einfluß auf seine Mißachtung für die Intelligenz der Witwe aus; denn wenn er auch an seinem Bruder hing, so konnte er nicht umhin, ihn für einigermaßen durchschnittlich und sich selber für den Überlegenen zu halten.

Indessen konnte er nicht bis zum Anbruch der Dunkelheit hier sitzen bleiben, und wie am Vorabend fragte er sich zerquält: »Was soll ich bloß anfangen?«

Jetzt empfand er ein Verlangen nach Zärtlichkeit, nach einer Umarmung und Trost. Trost? Weswegen denn? Er hätte es nicht zu sagen gewußt, aber er befand sich in jenem Zustand der Schwachheit und des Überdrusses, in dem uns die Nähe einer Frau, das Streicheln einer Hand, das Rascheln eines Kleids, ein sanfter dunkler oder blauer Blick als etwas unserm Herzen Unentbehrliches und auf der Stelle Notwendiges erscheinen.

Und es überkam ihn die Erinnerung an eine kleine Bierstubenkellnerin, die er eines Nachts nach Hause gebracht und hernach gelegentlich wiedergesehen hatte.

Also stand er wiederum auf; er wollte zusammen mit jenem

Mädchen ein Glas Bier trinken. Was sollte er mit ihr reden? Was würde sie mit ihm reden? Wahrscheinlich gar nichts. Was kam es darauf an? Er würde ein paar Sekunden lang ihre Hand halten! Er schien ihr zu gefallen. Warum war er nicht häufiger mit ihr zusammen gewesen?

Er traf sie, als sie in dem fast leeren Bierlokal auf einem Stuhl hockte und döste. Drei Zecher rauchten ihre Pfeifen, wobei sie sich mit den Ellbogen auf die eichene Tischplatte stützten; die Kassiererin las einen Roman; der Wirt hingegen lag in Hemdsärmeln auf einem Wandsofa und schlief.

Sowie sie ihn erblickte, stand das Mädchen lebhaft auf und trat auf ihn zu: »Guten Tag, wie geht's Ihnen?«

»Ganz leidlich, und dir?«

»Tadellos. Sie kommen ja neuerdings immer so selten her?«

»Ja, ich habe nur sehr wenig Zeit für mich. Du weißt ja, daß ich Arzt bin.«

»Ach nein?! Das haben Sie mir noch nicht erzählt. Wenn ich das gewußt hätte – ich habe mich nämlich letzte Woche nicht gut gefühlt –, dann wäre ich zu Ihnen gekommen. Was darf ich Ihnen bringen?«

»Ein Helles. Und was willst du?«

»Auch ein Helles, wenn du mich einlädst.« Und sie fuhr fort, ihn zu duzen, als sei die Einladung die stillschweigende Erlaubnis dazu gewesen.

Sie saßen einander gegenüber und plauderten. Dann und wann langte sie sich mit der zwanglosen Vertraulichkeit käuflicher Mädchen seine Hand, schaute ihn mit einladenden Augen an und fragte: »Warum kommst du nicht öfter? Ich mag dich nämlich sehr, Schatz.«

Aber schon empfand er Ekel vor ihr; sie war dumm, vulgär und roch nach Volk. »Die Frauen«, so sagte er sich, »müßten uns immer in einem Traum erscheinen oder in einer Aureole von Luxus; das könnte ihre Gewöhnlichkeit verklären.«

Sie fragte ihn: »Neulich morgens bist du mit einem schönen blonden Herrn hier vorbeigekommen; er hatte einen langen Bart. Ist das dein Bruder?«

»Ja, mein Bruder.«

»Verdammt hübsch ist er.«

»Findest du?«

»Allerdings, und außerdem sieht er nach einem Schwerenöter aus.«

Welch seltsames Verlangen trieb ihn plötzlich an, dieser Bierkneipenkellnerin von Jeans Erbschaft zu erzählen? Warum trat dieser Einfall, den er, wäre er allein gewesen, weit von sich gewiesen hätte, ihm in diesem Augenblick auf die Lippen, und warum ließ er ihn herausströmen, als verspüre er die Notwendigkeit, abermals vor jemandem sein von Bitterkeit geschwelltes Herz auszuleeren? Er schlug die Beine übereinander und sagte: »Mein Bruder hat tolles Glück gehabt; er hat gerade eine Erbschaft gemacht, die ihm zwanzigtausend Francs Zinsen abwirft.«

Sie riß die blauen, begehrlichen Augen weit auf: »Oh! Und wer hat ihm das hinterlassen, seine Großmutter oder etwa seine Tante?«

»Nein, ein alter Freund meiner Eltern.«

»Bloß ein Freund? Nicht möglich! Und dir, dir hat er nichts hinterlassen?«

»Nein. Ich habe ihn nur recht flüchtig gekannt.«

Sie überlegte ein Weilchen; dann kräuselte ein sonderbares Lächeln ihre Lippen, und sie sagte: »Na, da hat er Glück, dein Bruder, daß er solche Freunde hat! Tatsächlich, es wundert mich nicht, daß er dir so wenig ähnlich sieht!«

Am liebsten hätte er ihr eine geknallt, ohne im Grund zu wissen, warum; indessen fragte er mit verzerrtem Mund: »Was willst du damit sagen?«

Sie hatte sogleich ein dummes, harmloses Gesicht aufgesetzt: »Gar nichts. Nur, daß er mehr Glück hat als du.«

Er warf zwanzig Sous auf den Tisch und ging.

Jetzt wiederholte er sich den Satz: »Es wundert mich nicht, daß er dir so wenig ähnlich sieht.«

Was hatte sie damit gemeint, welch einen Untersinn bargen diese Worte? Sicherlich steckte eine Tücke dahinter, eine Bosheit, eine Gemeinheit. Ja, diese Nutte mußte glauben, Jean sei der Sohn Maréchals.

Die Erschütterung, die er bei dem Gedanken an diesen seine

Mutter befleckenden Argwohn verspürte, war so heftig, daß er stehen blieb und nach einem Platz Ausschau hielt, wo er sich setzen könne.

Ihm gegenüber lag ein anderes Café; er ging hinein, nahm einen Stuhl, und als der Kellner zu ihm hintrat, sagte er: »Ein Helles.«

Er fühlte sein Herz klopfen; über seine Haut liefen Schauer. Und plötzlich fiel ihm ein, was Marowsko am Abend zuvor gesagt hatte: »Das wird keinen guten Eindruck machen.« Ob er den gleichen Gedanken, den gleichen Verdacht gehabt hatte wie jenes Frauenzimmer?

Er saß da, neigte den Kopf über sein Bierglas, sah zu, wie der weiße Schaum knisterte und verging, und fragte sich: »Wäre es denn möglich, daß so etwas geglaubt würde?«

Die Gründe, die diese abscheuliche Vermutung erzeugen konnten, dünkten ihn jetzt einer nach dem andern klar, unzweideutig und im höchsten Maß erbitternd. Daß ein alter Junggeselle ohne Leibeserben sein Vermögen den beiden Söhnen eines Freundes hinterläßt, das ist etwas ganz Einfaches und Natürliches; aber wenn er es ganz und gar nur dem einen jener beiden Söhne vermacht, dann kann es nicht ausbleiben, daß die Leute sich wundern, daß sie tuscheln und schließlich grinsen. Wie hatte er das nicht vorausgesehen, wie hatte sein Vater es nicht gefühlt, wie seine Mutter es nicht geahnt? Nein, sie waren zu froh über das unverhoffte Geld gewesen, als daß jener Gedanke ihnen gekommen wäre. Und überdies: Wie hätten diese anständigen Menschen eine solche Gemeinheit vermuten können?

Aber die Öffentlichkeit, der Nachbar, der Krämer, der Lieferant, alle, die sie kannten, würden die nicht dies Schändliche wiederholen, sich darüber amüsieren, daran ihren Spaß haben, seinen Vater auslachen und seine Mutter verachten?

Und die Bemerkung, die das Bierstubenmädchen gemacht hatte, nämlich daß Jean blond und er braun sei, daß sie einander weder von Gestalt noch im Gang noch in der Haltung noch in der Intelligenz ähnelten, würde jetzt alle Blicke und jedes Denkvermögen betroffen machen. Wenn von einem der Roland-Söhne die Rede war, würde es heißen: »Welcher, der richtige oder der falsche?«

Er stand auf, fest entschlossen, den Bruder ins Bild zu setzen, damit er auf der Hut vor der schlimmen Gefährdung der Ehre ihrer Mutter sei. Aber was würde Jean dann tun? Das Einfachste wäre natürlich, auf die Erbschaft zu verzichten, die dann den Armen zufallen würde, und den Freunden und Bekannten, die um das Vermächtnis wußten, lediglich zu sagen, das Testament enthalte unannehmbare Klauseln und Bedingungen, durch die Jean nicht Erbe, sondern bloß Vermögensverwalter geworden wäre.

Auf dem Heimweg zum väterlichen Haus hatte er nichts im Kopf, als daß er den Bruder ohne Zeugen sehen müsse, damit nicht im Dabeisein der Eltern über ein solches Thema gesprochen zu werden brauchte.

Schon an der Haustür hörte er vom Wohnzimmer her lautes Stimmengewirr und Lachen, und beim Eintreten gewahrte er Madame Rosémilly und den Kapitän Beausire; der Vater hatte die beiden mitgebracht und zum Abendessen dabehalten, um die gute Nachricht tüchtig zu feiern.

Es war, zur Anregung des Appetits, Wermut und Absinth aufgetragen worden; dadurch hatten sich alle zunächst einmal in Stimmung gebracht.

Kapitän Beausire, ein untersetzter Mann, der von dem ewigen Rollen auf See ganz rund geworden war und dessen Gedanken ebenfalls rund und glatt geworden zu sein schienen wie Kieselsteine am Strand, der zudem in einem fort lachte und das »R« im Hals kollern ließ, hielt das Leben für eine vortreffliche, durchaus mitnehmenswerte Angelegenheit. Er stieß mit dem alten Roland an; Jean reichte den Damen zwei frisch gefüllte Gläser.

Madame Rosémilly dankte; Kapitän Beausire jedoch, der ihren verstorbenen Mann gekannt hatte, rief: »Nur zu, nur zu, bis repetita placent, wie wir in unserm Rotwelsch sagen, was so viel heißt wie: ›Zwei Wermut sind nie vom Übel.‹ Sehen Sie, seit ich nicht mehr auf See bin, verschaffe ich mir jeden Tag vor dem Abendessen ein paar künstliche Schlingerbewegungen! Denen füge ich nach dem Kaffee noch ein bißchen Stampfen hinzu, und dann habe ich für den ganzen Abend hohen Seegang. Bis zu einem richtigen Sturm lasse ich es allerdings nie kommen, auf keinen Fall; ich habe nämlich Angst vor Havarien.«

Roland, dessen nautischer Besessenheit der alte Hochseekäpt'n schmeichelte, lachte aus vollem Hals; der Absinth hatte bereits sein Gesicht gerötet und seinen Blick getrübt. Er hatte einen dicken Ladenbesitzerbauch; er bestand aus nichts als Bauch, und der Rest seines Körpers schien da hineingerutscht zu sein; es war einer der schwammigen Bäuche, wie Männer sie bekommen, die stets sitzen, die keine Schenkel mehr haben, keine Brust, keine Arme, keinen Hals, da der tiefe Sessel alles, woraus sie bestehen, auf eine einzige Stelle zusammengeschoben hat.

Beausire dagegen, wenngleich kurz und dick, wirkte ausgefüllt wie ein Ei und hart wie eine Kanonenkugel.

Madame Roland hatte noch nicht einmal ihr erstes Glas ausgetrunken; rosig vor Glück und mit strahlenden Augen betrachtete sie ihren Sohn Jean.

Bei dem war jetzt die Freude zum Durchbruch gekommen. Die Sache war abgeschlossen, verbrieft und besiegelt; er besaß zwanzigtausend Francs Zinsen. Aus der Art und Weise, wie er lachte, wie er mit dröhnender Stimme sprach, wie er die Leute anschaute, aus seinem freieren Benehmen, seiner gewachsenen Selbstsicherheit sprach die innere Festigung, die Geldbesitz verleiht.

Es wurde gemeldet, daß das Abendessen bereit sei, und als der alte Roland Madame Rosémilly den Arm bieten wollte, rief seine Frau: »Nein, nein, Vater, heute ist alles für Jean.«

Auf dem Tisch glitzerte und funkelte ungewohnter Luxus: Jean war der Platz seines Vaters angewiesen worden, und hinter seinem Teller erhob sich ein riesiger Blumenstrauß mit Seidenschleifen, ein richtiger Festtagsstrauß, wie eine mit Wimpeln geschmückte Kuppel, und daneben standen vier Dessertschalen; auf der einen lag eine Pyramide herrlicher Pfirsiche, auf der andern eine monumentale, von Schlagsahne überquellende, mit Zuckergußglöckchen besteckte Torte, eine Biskuit-Kathedrale, auf der dritten Ananasscheiben im hellen Fruchtsaft, und auf der vierten, eine unerhörte Üppigkeit, lagen schwarze Trauben, die aus den Tropen stammten.

»Donnerwetter, ja!« sagte Pierre, als er sich setzte. »Wir feiern die Thronbesteigung Jeans des Reichen.«

Nach der Suppe gab es Madeira; alle redeten bereits zu gleicher Zeit. Beausire erzählte von einem Abendessen, an dem er auf San Domingo teilgenommen habe. Vater Roland hörte ihm zu und versuchte dabei, in die Sätze den Bericht von einem andern Abendessen einzuschmuggeln, das einer seiner Freunde in Meudon veranstaltet habe; jeder der Gäste sei danach vierzehn Tage lang verkatert gewesen. Madame Rosémilly, Jean und seine Mutter verabredeten einen Ausflug mit Mittagessen in Saint-Jouin; sie versprachen sich davon schon jetzt ein enormes Vergnügen; und Pierre bedauerte, daß er nicht allein in einer Kneipe am Meer zu Abend gegessen habe; dann wäre er dem Lärm hier, dem Gelächter, den Freudebekundungen entgangen; all das zerrte an seinen Nerven.

Er überlegte, wie er es jetzt anstellen solle, den Bruder seine Befürchtungen wissen zu lassen und ihn dahin zu bringen, auf das schon entgegengenommene Vermögen zu verzichten, das er genoß, an dem er sich im voraus berauschte. Gewiß, es würde ein harter Schlag für ihn sein, aber es ging nicht anders; er durfte nicht zögern, da der Ruf der Mutter bedroht war.

Das Erscheinen eines riesigen Barschs bot für Roland Anlaß, mit Angelgeschichten aufzuwarten. Beausire gab erstaunliche zum besten, solche aus Gabun, aus Sainte-Marie auf Madagaskar und zumal von den chinesischen und japanischen Küsten, wo die Fische genauso drollige Gesichter haben wie die Einwohner. Und er schilderte die Mienen jener Fische, ihre dicken goldenen Augen, ihre blauen oder roten Bäuche, ihre seltsamen, fächerartigen Flossen, ihre halbmondförmigen Schwänze, und er machte das alles durch so lustige Gebärden anschaulich, daß alle beim Zuhören Tränen lachten.

Nur Pierre wirkte ungläubig und brummte in sich hinein: »Es heißt mit Recht, die Normannen seien die Gaskogner des Nordens.«

Nach dem Fisch gab es eine Blätterteigpastete, dann ein Brathähnchen, Salat, grüne Bohnen und eine Lerchenpastete aus Pithiviers. Madame Rosémillys Hausmädchen half beim Servieren, und die Fröhlichkeit steigerte sich entsprechend der Anzahl der Gläser Wein.

Als der Pfropfen der ersten Champagnerflasche knallte, ahmte der bereits sehr angeregte alte Roland das Geräusch dieser Detonation mit dem Mund nach und erklärte: »Das höre ich lieber als einen Pistolenschuß.«

Der immer gereizter gewordene Pierre antwortete hohnlächelnd: »Dabei ist es für dich vielleicht gefährlicher.«

Roland hatte gerade trinken wollen; er stellte das volle Glas wieder auf den Tisch und fragte: »Warum denn?« Er klagte seit langem über seine Gesundheit, über Magendrücken, Schwindelanfälle, ständige, unerklärliche Beschwerden.

Der Doktor fuhr fort: »Weil eine Pistolenkugel sehr wohl vorbeigehen kann, das Glas Wein dir jedoch unweigerlich in den Bauch geht.«

»Und dann?«

»Dann verbrennt es dir den Magen, bringt das Nervensystem durcheinander, hemmt den Blutkreislauf und bahnt den Schlaganfall an; von dem sind nämlich alle Menschen deiner Konstitution bedroht.«

Der wachsende Rausch des ehemaligen Bijouteriehändlers schien zu verwehen wie Rauch im Wind; er blickte den Sohn mit unruhigen, starren Augen an und versuchte herauszubekommen, ob er sich nicht etwa über ihn lustig mache.

Beausire jedoch rief: »Ach, diese verdammten Ärzte! Immer dasselbe: ›Essen Sie nicht, trinken Sie nicht, lieben Sie nicht und vermeiden Sie Rundtänze. All das macht der lieben Gesundheit Wehwehchen.‹ Na, lieber Herr, ich habe all das gründlich getrieben, und zwar an allen Ecken und Enden der Welt, überall, wo ich nur konnte, und so viel und so sehr ich konnte, und ich befinde mich deswegen nicht schlechter.«

Pierre antwortete säuerlich: »Erstens, Herr Kapitän, sind Sie kräftiger als mein Vater; und zweitens reden alle Lebensgenießer wie Sie, bis sie dann eines Tages... Und dann kommen sie am nächsten Tag nicht zu dem verständigen Arzt und sagen: ›Sie haben recht gehabt, Herr Doktor.‹ Wenn ich meinen Vater tun sehe, was für ihn am unbekömmlichsten und gefährlichsten ist, dann ist es doch selbstverständlich, daß ich ihn warne. Handelte ich anders, so wäre ich ein schlechter Sohn.«

Die verzweifelte Madame Roland mischte sich ein: »Aber Pierre, was hast du denn? Dies eine Mal schadet es ihm wohl kaum. Bedenk doch, was für ein Festtag es für ihn, für uns alle ist. Du verdirbst ihm die ganze Freude und machst uns traurig. Was du da tust, ist häßlich!«

Er zuckte die Achseln und sagte leise: »Er mag tun, was er will; ich habe ihn gewarnt.«

Aber der alte Roland trank nicht. Er blickte auf sein Glas, sein volles Glas mit dem leuchtenden, klaren Wein, dessen leichtherzige, berauschende Seele in Bläschen davonstob; sie stiegen vom Grund auf, eilfertig und schnell, und zergingen an der Oberfläche; er blickte mißtrauisch darauf nieder, wie ein Fuchs, der ein totes Huhn findet und eine Falle wittert. Zögernd fragte er: »Meinst du, daß es mir arg schadet?«

Pierre hatte Gewissensbisse und warf sich vor, daß er die andern seine üble Laune entgelten lasse. »Nein, schon gut, dies eine Mal kannst du getrost trinken; aber treib keinen Mißbrauch damit und laß es dir nicht zur Gewohnheit werden.«

Da hob Vater Roland sein Glas, konnte sich aber noch nicht entschließen, es an die Lippen zu setzen. Schmerzlich betrachtete er es, voller Verlangen und Besorgnis; dann schnupperte er daran, kostete, trank in kleinen Schlucken und genoß sie, im Herzen Angst, Schwäche und Gier und dann, nachdem er den letzten Tropfen hinunter hatte, Reue.

Unvermittelt begegnete Pierre Madame Rosémillys Augen; sie waren klar und blau, hellsichtig und hart auf ihn gerichtet. Und er spürte, er durchschaute, er erahnte den unumwundenen Gedanken, der diesen Blick anfachte, den empörten Gedanken dieser kleinen Frau mit dem schlichten, geraden Verstand; denn jener Blick besagte: »Du bist neidisch. Das ist schmählich.« Er senkte den Kopf und aß weiter.

Er hatte keinen Hunger; er fand alles schlecht. Ein Verlangen, einfach wegzugehen, zwickte ihn, ein Verlangen, nicht länger zwischen diesen Leuten zu sitzen, sie nicht länger schwatzen, scherzen und lachen zu hören.

Vater Roland begann inzwischen schon wieder vom Weindunst umnebelt zu werden; die Ratschläge des Sohns hatte er vergessen, und er schaute mit schrägen, zärtlichen Blicken zu der noch fast vollen Champagnerflasche hin, die neben seinem Teller stand. Aus Furcht vor einer abermaligen Vermahnung wagte er nicht, sie anzurühren; er überlegte, durch welchen Trick, durch welche unauffällig-geschickte Bewegung er sich ihrer bemächtigen könne, ohne Pierre zu neuen Bemerkungen zu reizen. Er verfiel auf die allereinfachste List: Als geschehe es ganz beiläufig, nahm er die Flasche, faßte sie nahe dem Boden an, streckte den Arm über den Tisch hinweg aus, füllte zunächst das leere Glas des Doktors, dann der Reihe nach die anderen Gläser, und als er zu seinem eigenen kam, fing er überlaut zu reden an, und wenn er dann etwas hineingoß, so hätte sicherlich jeder darauf geschworen, es sei aus Unachtsamkeit geschehen. Im übrigen hatte niemand darauf geachtet.

Ohne sich dessen bewußt zu werden, trank Pierre viel. Er war nervös und gereizt; alle paar Augenblicke nahm er das lange, kristallene Glas, in dessen lebendigem, durchsichtigem, flüssigem Inhalt die Bläschen emporperlten, und hob es an die Lippen. Dann ließ er den Champagner ganz langsam in den Mund rinnen, damit er das zuckrige Prickeln der Kohlensäure verspürte, die auf seiner Zunge zerging.

Nach und nach erfüllte seinen Körper weiche Wärme. Vom Bauch her, der ihr Herd zu sein schien, stieg sie zur Brust hinauf und verbreitete sich in allen Gliedern wie eine laue, wohltätige Woge, die Freude mit sich trug. Er fühlte sich besser, weniger mißzufrieden, und sein Entschluß, an diesem Abend noch mit dem Bruder zu reden, schwand hin. Nicht etwa, daß der Gedanke ihn gestreift hätte, gänzlich darauf zu verzichten; er wollte nur nicht so schnell das Wohlbehagen stören, das er in sich verspürte.

Schließlich stand Beausire auf: Er wollte einen Trinkspruch ausbringen. Nachdem er sich leicht vor der ganzen Tafelrunde verbeugt hatte, sagte er: »Alleranmutigste Damen, meine Herren, wir sind hier beisammen, um ein glückliches Geschehnis zu feiern, das einem unserer Freunde zuteil geworden ist. Bislang hieß es, das Glück sei blind; ich dagegen glaube, es ist bloß kurzsichtig oder launisch gewesen und hat sich erst unlängst ein vortreffliches Marinefernglas angeschafft, und das hat ihm ermöglicht, im Hafen von Le Havre den Sohn unseres wackeren Kameraden Roland auszumachen, des Kapitäns der ›Perle‹.«

Alle stießen Bravorufe aus, die durch Händeklatschen bekräftigt wurden, und Vater Roland erhob sich, um zu antworten. Nachdem er sich geräuspert hatte, da er einen Kloß im Hals hatte und spürte, daß ihm die Zunge ein bißchen schwer war, stotterte er hervor: »Danke, Herr Kapitän, danke für mich und für meinen Sohn. Ich werde nie vergessen, wie Sie sich bei dieser Gelegenheit bezeigt haben. Ich trinke auf Ihr Wohl.« Er hatte Augen und Nase voll Tränen und setzte sich wieder, weil er nicht weiter konnte.

Nun ergriff Jean lachend das Wort. »Es ist an mir«, sagte er, »den guten Freunden hier, den vortrefflichen Freunden« – er schaute Madame Rosémilly an – »meinen Dank zu sagen für den rührenden Beweis der Zuneigung, den sie mir heute gegeben haben. Doch nicht durch Worte kann ich Ihnen meine Dankbarkeit bezeigen. Ich will sie Ihnen künftig beweisen, in jedem Augenblick meines Lebens, immer, denn unsere Freundschaft ist keine von denen, die erlöschen.«

Die tief gerührte Mutter sagte leise: »Tadellos, mein Junge.«

Aber Beausire rief: »Los, Madame Rosémilly, jetzt müssen Sie im Namen des schönen Geschlechts was sagen.«

Sie erhob ihr Glas und sagte mit sympathischer, ein wenig traurig getönter Stimme: »Ich möchte auf das gesegnete Andenken Monsieur Maréchals trinken.«

Es traten ein paar Augenblicke der Stille ein, der sittsamen Sammlung, wie nach einem Gebet, und Beausire, der nie um ein Kompliment verlegen war, äußerte: »Nur die Frauen lassen sich etwas so Zartsinniges einfallen.« Dann wandte er sich Vater Roland zu: »Was war eigentlich mit diesem Maréchal? Sie müssen doch dick mit ihm befreundet gewesen sein?«

Der alte Roland, den die Bezechtheit rührselig gemacht hatte, fing zu schluchzen an und blubberte: »Wie ein Bruder... Sie wissen ja... Einer, wie man ihm nicht zum zweitenmal begegnet... Unzertrennlich sind wir gewesen... Jeden Abend kam er zu uns zum Essen... Und immerzu hat er uns ins Theater eingeladen, das war jedesmal ein kleines Fest... Ich sage Ihnen bloß das...

bloß das... bloß das... Ein Freund, ein wahrer... ein wahrer... nicht wahr, Louise?«

Seine Frau antwortete schlicht: »Ja, er war ein treuer Freund.«

Pierre sah seine Eltern an, aber da gleich darauf von anderem gesprochen wurde, machte er sich wieder ans Trinken.

Wie der Abend geendet hatte, dessen erinnerte er sich kaum. Sie hatten den Kaffee getrunken, wacker den Likören zugesprochen und ausgiebig gescherzt und gelacht. Dann war er, gegen Mitternacht, zu Bett gegangen, wirren Geistes und schweren Kopfes. Und er hatte bleischwer geschlafen, bis zum andern Morgen um neun.

IV

Dieser mit Champagner und Chartreuse befeuchtete Schlummer hatte ihn sicherlich beschwichtigt und beruhigt; denn er erwachte in einem recht wohlwollenden Seelenzustand. Beim Anziehen wertete, wog und überdachte er, was er am Vortag empfunden hatte, und er war bemüht, säuberlich und auf das genaueste die wahren, geheimen und persönlichen sowie die äußeren Ursachen seiner Gefühle auseinanderzulegen.

Es konnte tatsächlich so sein, daß das Mädchen aus der Bierstube einen schlechten Gedanken gehabt hatte, einen wahren Prostituierteneinfall, als sie hörte, daß nur einer der Roland-Söhne einen Unbekannten beerbt habe; aber sind dergleichen Geschöpfe nicht stets mit solcherlei Verdächtigungen ohne die leiseste Spur eines Grundes bei der Hand, wenn es um anständige Frauen geht? Hört man sie nicht jedesmal, wenn sie den Mund auftun, alle, deren Makellosigkeit sie wittern, lästern, verleumden, in den Schmutz ziehen? Jedesmal, wenn ihnen gegenüber eine über jeden Vorwurf erhabene Frau erwähnt wird, brausen sie auf, als würde ihnen ein Schimpf angetan, und keifen: »Ach, weißt du, in verheirateten Frauen, da kenn' ich mich aus, das sind mir die Rechten! Die haben mehr Liebhaber als wir, nur halten sie sie geheim, weil sie Heuchlerinnen sind! Ach je, das sind mir die Rechten!«

Unter andern Gegebenheiten hätte er so geartete Verdächtigungen gegen seine arme, gute, schlichte, würdige Mutter schwerlich verstanden oder gar für möglich gehalten. Aber die Hefe des in ihm gärenden Neides hatte seine Seele verstört. Sein überreiztes Gehirn hatte sozusagen, und ohne daß er es gewollt hätte, auf der Lauer nach allem gelegen, was seinem Bruder würde schaden können, und vielleicht sogar diesem Schankmädchen schlechte Absichten unterschoben, die sie gar nicht gehabt hatte. Es konnte sein, daß einzig seine Phantasie, deren er nicht Herr war, die sich unablässig seinem Willen entzog, die zügellos, kühn, auf Abenteuer erpicht und tückisch in die Unermeßlichkeit der Gedankenwelt ausbrach und daraus bisweilen nicht eingestandene, schmähliche Einfälle heimbrachte, die er in sein Inneres, in seinen tiefsten Seelengrund verschloß, in unentwirrbaren Falten, als handle es sich um gestohlenes Gut – es konnte sein, daß einzig seine Phantasie diesen abscheulichen Zweifel geschaffen und ausgeheckt hatte. Sein Herz, das stand fest, sein eigenes Herz barg Geheimnisse, von denen er nichts wußte; und hatte nicht etwa dieses verwundete Herz in jenem erbärmlichen Zweifel ein Mittel gefunden, um den Bruder der Erbschaft zu berauben, um die er ihn beneidete? Er erging sich jetzt in Selbstverdächtigungen; wie die Gläubigen ihr Gewissen, durchforschte er alle Geheimnisse seines Gedankenlebens.

Sicherlich besaß Madame Rosémilly trotz aller Begrenztheit ihrer Intelligenz den Takt, das Witterungsvermögen und das Feingefühl der Frauen. Nun aber war sie auf jenen Einfall überhaupt nicht gekommen, hatte sie doch in vollkommener Harmlosigkeit auf das gesegnete Andenken des verstorbenen Maréchal getrunken! Das hätte sie keinesfalls getan, wenn auch nur der leiseste Argwohn sie gestreift hätte. Jetzt war er sich vollauf klar: Sein unwillkürliches Mißfallen darüber, daß seinem Bruder ein Vermögen in den Schoß gefallen war, und natürlich auch seine abgöttische Liebe zu seiner Mutter hatten seine an sich frommen und achtenswerten, aber übertriebenen Skrupel ins Maßlose gesteigert.

Das Formulieren dieser Schlußfolgerung stimmte ihn froh, wie man es ist, wenn man eine gute Tat vollbracht hat, und er beschloß, sich jedermann gegenüber als liebenswürdig zu bezeigen, wobei er mit seinem Vater den Anfang machen wollte, dessen Narrheiten, dessen nichtige Behauptungen, vulgäre Meinungen und allzu offenbare Durchschnittlichkeit ihn unablässig reizten und ärgerten.

Er kam zum Mittagessen, ohne sich zu verspäten, und amüsierte die ganze Familie durch geistvolle Bemerkungen und Wohlgelauntheit.

Entzückt sagte die Mutter zu ihm: »Pierrot, du ahnst ja gar nicht, wie komisch und geistreich du sein kannst, wenn du nur willst.«

Und er redete drauflos, es fielen ihm witzige Prägungen ein, er brachte sie durch wohlgelungene Charakteristiken ihrer Freunde alle zum Lachen. Als Zielscheibe diente ihm Beausire und auch ein wenig Madame Rosémilly, freilich auf eine diskrete, nicht gar zu boshafte Weise. Und indem er den Bruder ansah, dachte er: Aber tritt doch für sie ein, du Tolpatsch; du magst getrost reich sein – ich überblende dich stets, wenn mir daran gelegen ist. Beim Kaffee fragte er den Vater: »Brauchst du heute die ›Perle‹?«

»Nein, mein Junge.«

»Kann ich sie zusammen mit Jean Bart haben?«

»Natürlich, solange du willst.«

Im ersten Tabaktrafik, an dem er vorüberkam, kaufte er sich eine gute Zigarre und stieg dann beschwingten Schrittes zum Hafen hinab. Er schaute zum klaren, leuchtenden, lichtblauen Himmel empor, der erfrischt, wie vom Seewind reingewaschen wirkte.

Der Matrose Papagris, genannt Jean Bart, lag schlafend auf dem Boden des Bootes; er war beauftragt, es täglich um die Mittagsstunde fahrbereit zu halten, wenn morgens nicht geangelt worden war.

»Wir beide segeln, Skipper!« rief Pierre. Er kletterte die eiserne Hafendammleiter hinab und sprang ins Boot. »Was macht der Wind?« fragte er.

»Noch immer Landwind, M'sieur Pierre. Haben draußen gute Brise.«

»Tadellos! Also 'ran, Alter.«

Sie setzten die Fock, lüfteten den Anker, und das befreite Boot glitt auf dem ruhigen Hafenwasser langsam der Mole entgegen. Der schwache, von den Stadtstraßen her wehende Wind traf die Spitze des Segels so behutsam, daß nichts zu spüren war, und die »Perle« schien von einem eigenen Leben beseelt zu sein, dem Leben der Schiffe; sie wurde von einer geheimnisvollen, in ihr verborgenen Kraft vorwärtsgetrieben. Pierre hatte die Ruderpinne ergriffen; die Zigarre zwischen den Zähnen, die Beine auf der Bank ausgestreckt, die Augen ob der blendenden Sonnenstrahlen halb geschlossen, sah er die großen, geteerten Balken des Wellenbrechers auf sich zukommen.

Als sie den Kopf der nördlichen Mole, die sie geschützt hatte, umrundeten und ins offene Meer gelangten, fuhr die frischere Brise dem Doktor über Gesicht und Hände wie eine etwas kalte Liebkosung, drang ihm in die Brust, die sich in einem gedehnten Seufzer auftat, um sie in sich zu trinken, und blähte das braune Segel, das sich rundete, so daß die »Perle« krängte und schnellere Fahrt machte.

Jean Bart hißte den Klüver, dessen windgefülltes Dreieck wie ein Flügel aussah; dann ging er mit zwei langen Schritten nach achtern und löste das am Mast festgezurrte Treibsegel.

Die Bordwand wurde jäh niedergedrückt, und nun das Boot volle Fahrt machte, entstand das weiche, lebendige Geräusch des brodelnden, fliehenden Wassers.

Der Bug zerteilte das Meer wie eine toll gewordene Pflugschar, und die weiche, schaumweiß aufwellende Flut wölbte sich auf und sank zurück, wie die braune, schwere Ackererde beim Pflügen zurücksinkt.

Bei jeder anrollenden Welle – sie waren kurz und folgten in geringem Abstand eine der andern – erschütterte ein Stoß die »Perle« vom Klüver bis zum Ruder, das in Pierres Hand zitterte; und als der Wind für ein paar Sekunden stärker blies, streiften die Wellen den Bordrand, als wollten sie das Boot überfluten. Ein Kohlendampfer aus Liverpool lag vor Anker und wartete auf die Flut; sie halsten und schauten sich eins nach dem andern die auf der Reede liegenden Schiffe an; dann taten sie einen Schlag in See und sahen zu, wie die Küste sich entfaltete.

Drei Stunden lang trieb Pierre ruhig, still und zufrieden auf dem kabbeligen Wasser umher und lenkte, als sei es ein schnelles, gehorsames Flügeltier, das Gebilde aus Holz und Leinwand, das, einem Druck seiner Finger folgend, nach seinem Belieben sich hierhin und dorthin wendete.

Er träumte vor sich hin, wie man es auf einem Pferderücken oder einem Schiffsdeck tut; er sann über seine Zukunft nach, die schön sein würde, und über die Annehmlichkeiten eines klug geführten Lebens. Am folgenden Tag wollte er den Bruder bitten, ihm für drei Monate fünfzehnhundert Francs vorzuschießen, damit er sich sofort in der hübschen Wohnung am Boulevard François I einrichten könne.

Plötzlich sagte der Matrose: »Zieht Nebel auf, M'sieur Pierre, müssen umkehren.«

Pierre schaute auf und gewahrte nördlich eine graue, tiefe, leichte Schattenwand, die den Himmel einsog und das Meer bedeckte, wobei sie ihnen entgegeneilte wie eine von oben herabgefallene Wolke.

Er ging über Stag und ging mit Achterwind auf Kurs gegen die Mole; der rasche Nebel lief hinterher und holte ihn ein. Als er die »Perle« erreichte und sie mit seiner ungreifbaren Dichtigkeit einhüllte, durchrann Pierres Glieder ein Kälteschauer, und ein Geruch nach Rauch und Schimmel, der absonderliche Geruch der Seenebel, ließ ihn den Mund schließen, damit er diese feuchte, eiskalte Dunstwolke nicht schmeckte. Als das Boot im Hafen wieder am gewohnten Platz lag, war bereits die ganze Stadt unter dem feinen Dampf begraben; ohne zu fallen, machte er alles feucht wie Regen und glitt über Häuser und Straßen hin wie ein fließender Strom.

Mit eisigen Händen und Füßen ging Pierre schnell heim und warf sich aufs Bett; er wollte bis zum Abendessen schlafen.

Als er im Eßzimmer erschien, sagte die Mutter gerade zu Jean: »Die Veranda wird entzückend. Dahinein stellen wir Blumen. Du wirst schon sehen. Ich pflege sie und sorge für neue. Wenn du Feste gibst, wird das ein feenhafter Anblick.«

»Wovon redet ihr denn?« fragte der Doktor.

»Von einer ganz reizenden Wohnung; ich habe sie vorhin für

deinen Bruder gemietet. Ein wahrer Fund! Ein Zwischengeschoß mit Ausgängen nach zwei Straßen. Zwei Wohnzimmer, eine Glasveranda und ein kleines, rundes Eßzimmer, wie geschaffen für einen Junggesellen.«

Pierre erblaßte. Wut preßte ihm das Herz zusammen. »Wo denn?« fragte er.

»Am Boulevard François I.«

Da gab es für ihn keinen Zweifel mehr; er setzte sich, dermaßen aufgebracht, daß er am liebsten losgebrüllt hätte: »Das ist denn doch zu stark! Ist denn alles und jedes nur noch für ihn?«

Die strahlende Mutter redete immer weiter: »Und stell dir vor, ich habe sie für zweitausendachthundert Francs bekommen. Gefordert wurden dreitausend, aber ich habe eine Ermäßigung um zweihundert Francs durchgesetzt, weil ich einen Mietvertrag auf drei, sechs oder neun Jahre vorgeschlagen habe. Dein Bruder ist da erdenklich gut untergebracht. Dazu, daß ein Anwalt sein Glück macht, genügen elegante Praxisräume. So was zieht die Klienten an, wirkt auf sie verführerisch, fesselt sie, flößt ihnen Respekt ein und macht ihnen deutlich, daß jemand, der so wohnt, sich seine Ratschläge teuer bezahlen läßt.« Für ein paar Sekunden schwieg sie; dann fuhr sie fort: »Wir müssen für dich etwas Ähnliches ausfindig machen, aber etwas sehr viel Bescheideneres, denn schließlich hast du ja nichts, aber trotzdem etwas recht Nettes. Du kannst sicher sein: Das wäre dir von großem Nutzen.«

Verächtlich antwortete Pierre: »Ach, ich – ich werde schon durch Arbeit und Können weiterkommen.«

Die Mutter ließ nicht locker: »Ja, aber du kannst sicher sein, daß eine hübsche Wohnung dir dennoch von Nutzen wäre.«

Mitten beim Essen fragte er unvermittelt: »Wie habt ihr diesen Maréchal eigentlich kennengelernt?«

Vater Roland hob den Kopf und kramte in seinen Erinnerungen. »Warte mal, ganz genau weiß ich es nicht mehr. Es ist schon so lange her. Doch, ja, jetzt hab' ich's. Deine Mutter hat ihn im Laden kennengelernt, nicht wahr, Louise? Er hatte irgend was bestellt, und dann ist er oft wiedergekommen. Erst war er unser Kunde, und dann ist er unser Freund geworden.«

Pierre aß weiße Bohnen und piekte sie eine nach der andern mit einer Zinke seiner Gabel auf, als stecke er sie an einen Bratspieß; er fragte weiter: »Zu welcher Zeit hat diese Bekanntschaft eingesetzt?«

Roland überlegte abermals; doch da er sich an nichts mehr erinnerte, appellierte er an das Gedächtnis seiner Frau: »In welchem Jahr war es nur, Louise? Du hast ein so gutes Gedächtnis, du kannst es nicht vergessen haben. Warte mal... War es nun... war es nun im Jahre fünfundfünfzig oder sechsundfünfzig? Besinn dich doch mal, du mußt es besser wissen als ich.«

Tatsächlich besann sie sich ein Weilchen; dann erklärte sie mit sicherer, ruhiger Stimme: »Im Jahr achtundfünfzig war es, Dikkerchen. Pierre war damals drei. Ich bin mir absolut sicher, daß ich mich nicht irre, weil der Junge nämlich in jenem Jahr Scharlach hatte, und dabei ist uns Maréchal – wir kannten ihn erst ganz flüchtig – eine große Hilfe gewesen.«

Roland rief: »Richtig, richtig, er war geradezu großartig! Deine Mutter wußte vor Erschöpfung nicht mehr aus noch ein, ich selber hatte im Laden zu tun, und da ist er immer zum Apotheker gelaufen und hat die Medikamente für dich geholt. Tatsächlich, der hat das Herz auf dem rechten Fleck gehabt. Und als du wieder gesund warst – du kannst dir gar nicht vorstellen, wie er sich da gefreut und wie er dich geküßt hat. Erst von diesem Augenblick an sind wir wirklich dicke Freunde geworden.«

Und da durchschoß Pierres Inneres jäh und gewaltsam wie eine Kugel, die durchlöchert und zerfetzt, der Gedanke: Wenn er mich als ersten gekannt, wenn er so an mir gehangen, wenn er mich so liebgehabt und abgeküßt hat, wenn ich die Ursache seiner engen Verbindung mit meinen Eltern war – warum hat er dann sein ganzes Vermögen meinem Bruder hinterlassen und mir nichts? Er stellte keine weiteren Fragen mehr und saß düster da, mehr in sich verstrickt als versonnen; er barg eine neue, noch unklare Unruhe in sich, den heimlichen Keim neuer Leiden.

Er ging beizeiten fort und begann abermals durch die Straßen zu streifen. Sie lagen im Nebel versunken da; er machte das Dunkel noch lastender, undurchdringlicher und ekelhafter. Es war, als habe ein stinkender Rauch sich auf der Erde niedergeschlagen. Man konnte sehen, wie er über die Gaslaternen hinwegzog; dann und wann schien er sie auszulöschen. Das Straßenpflaster wurde glitschig wie an Glatteisabenden, und aus dem Bauch der Häuser schienen sämtliche üblen Gerüche hervorzuquellen – Gestank aus Kellern, Abzugsgräben, Kloaken, Armenküchen – und sich mit dem entsetzlichen Geruch des wogenden Nebels zu vermischen.

Pierre ging mit gekrümmtem Rücken, die Hände in den Taschen; er wollte bei dieser Kälte nicht im Freien bleiben und suchte Zuflucht bei Marowsko.

Wieder schlief der alte Apotheker unter der Gaslampe, die für ihn wachte. Als er Pierre, den er mit der Anhänglichkeit eines treuen Hundes liebte, erkannte, schüttelte er seine Schlaftrunkenheit ab, holte zwei Gläser herbei und wartete mit seinem Johannisbeerlikör auf.

»Na?« fragte der Doktor. »Wie steht es mit Ihrer ›Groseillette‹?«

Der Pole verbreitete sich darüber, daß vier der wichtigsten Cafés der Stadt bereit seien, den Likör auszuschenken, und daß die Presse, der »Phare de la Côte« und der »Sémaphore havrais«, dafür gegen einige den Redakteuren zur Verfügung gestellte pharmazeutische Produkte Reklame machen wolle. Nach einer langen Schweigepause fragte Marowsko, ob Jean nun unwiderruflich in den Besitz seines Vermögens gelangt sei; dann stellte er noch ein paar weitere vage Fragen zum gleichen Thema. Seine scheue Neigung für Pierre empörte sich gegen diese Bevorzugung.

Und Pierre glaubte ihn denken zu hören; er erriet, verstand, las in dem abgewandten Blick, im zögernden Tonfall der Stimme die Sätze, die dem Polen auf die Lippen kamen, die er nicht aussprach und die er, der Vorsichtige, Schüchterne, Verschlagene, nie aussprechen würde. Jetzt zweifelte er nicht mehr; der Alte dachte: Sie hätten ihn die Erbschaft nicht annehmen lassen dürfen; sie wird Ihre Mutter ins Gerede bringen. Vielleicht glaubte er sogar, Jean sei der Sohn Maréchals. Bestimmt glaubte er es! Wie sollte er es auch nicht glauben, da die Sache doch als wahrscheinlich anmuten mußte, als möglich, als offenbar? Und kämpfte denn er selber, Pierre, der Sohn, nicht seit drei Tagen mit aller Kraft, mit allen Spitzfindigkeiten seines Herzens, um seine Vernunft zu täuschen – kämpfte er nicht gegen diesen schrecklichen Argwohn an?

Und jäh empfand er aufs neue das Verlangen, allein zu sein, damit er nachdenken, damit er mit sich selbst alles durchsprechen, damit er entschlossen, ohne Skrupel, ohne Schwächeanwandlung der ungeheuerlichen Möglichkeit entgegensehen konnte. Jenes Verlangen überkam ihn so gebieterisch, daß er, ohne auch nur sein Glas Groseillette auszutrinken, aufstand, dem verdutzten Apotheker die Hand drückte und wieder in den Straßennebel eintauchte.

Immer aufs neue fragte er sich: »Warum hat dieser Maréchal sein gesamtes Vermögen Jean hinterlassen?«

Jetzt war es nicht mehr Neid, was ihn darüber nachgrübeln ließ, jetzt war es nicht mehr die ein wenig niedrige, natürliche Geldgier, die er in sich verborgen wußte und gegen die er seit drei Tagen ankämpfte, sondern das Entsetzen vor etwas Fürchterlichem, das Entsetzen darüber, daß er selber glaubte, Jean, sein Bruder, sei der Sohn jenes Mannes!

Nein, er glaubte es nicht; nicht einmal stellen konnte er sich diese verbrecherische Frage! Allein es war erforderlich, daß dieser leise, unwahrscheinliche Argwohn völlig und für alle Zeit verworfen wurde. Er brauchte Erhellung, Gewißheit; sein Herz bedurfte unumstößlicher Sicherheit; denn auf der ganzen Welt liebte er nichts als seine Mutter.

So irrte er ganz allein durch die Nacht; er wollte in seinem Erinnerungsvermögen, in seinem Bewußtsein eine peinlich genaue Suchaktion durchführen, aus der sich dann die leuchtende Wahrheit ergeben mußte. Danach würde dann alles vorbei sein; er würde nicht mehr und nie wieder daran denken. Er würde ruhig schlafen können.

Er grübelte in sich hinein: Los, jetzt müssen erst mal die Tatsachen überprüft werden; dann besinne ich mich wohl auf alles, was ich von ihm weiß, auf sein Verhalten meinem Bruder und mir gegenüber; ich will nach allen Ursachen forschen, die diese Bevorzugung hätten begründen können... Er hat Jeans Geburt miterlebt? Ja, aber mich hat er schon vorher gekannt. Wenn er meine Mutter stumm und verhalten geliebt hätte, dann hätte er mich vorziehen müssen, denn durch mich, durch meine Scharlacherkrankung, ist er ein so intimer Freund meiner Eltern geworden. Logischerweise hätte er also mich ausersehen, für mich eine innigere Zuneigung empfinden müssen, sofern er nicht für meinen Bruder, als er ihn heranwachsen sah, ein instinktives Hingezogensein, eine instinktive Vorliebe empfunden hat.

Darauf durchstöberte er sein Gedächtnis und versuchte mit verzweifelter Anspannung seines Denkens, mit all seiner intellektuellen Kraft, jenen Mann wieder vor sich erstehen zu lassen, ihn zu erkennen, zu durchschauen, jenen Mann, der während all seiner Pariser Jahre, seinem Herzen gleichgültig, an ihm vorübergeschritten war.

Aber er hatte das Gefühl, daß das Gehen, die leichte Bewegung seiner Schritte, seine Gedanken ein wenig verwirrte, ihre feste Behendigkeit störte, ihre Tragweite minderte, sein Gedächtnis verschleierte.

Um das Vergangene und die unbekannten Geschehnisse dem geschärften Blick zu unterwerfen, dem nichts entgehen konnte, war es erforderlich, daß er an einer weiten, leeren Stätte sich völlig still verhielt. Und er beschloß, zur Mole zu gehen und sich dort hinzusetzen, wie neulich nachts.

Als er dem Hafen näherkam, hörte er vom offenen Meer her klägliche, düstere Jammerlaute, wie das Gebrüll eines Stiers, nur länger andauernd und mächtiger. Es war das Geheul einer Sirene, der Ruf im Nebel verirrter Schiffe.

Ein Erschauern überrann ihn und krampfte sein Herz zusammen; dieser Notruf war in seiner Seele und seinen Nerven so dröhnend widergehallt, daß er meinte, er selber habe ihn ausgestoßen. In größerer Ferne heulte eine andere, ähnliche Stimme auf; dann stieß ganz in der Nähe die Hafensirene als Antwort einen herzzerreißenden Klageruf aus.

Mit langen Schritten gelangte Pierre zur Mole; sein Kopf war leer; er war nur zu froh, in die unheimliche, röhrende Finsternis eingehen zu können.

Als er sich am Molenkopf niedergesetzt hatte, schloß er die Augen, um nicht mehr die nebelverhangenen elektrischen Feuer zu sehen, die bei Nacht die Hafeneinfahrt weisen, und auch nicht das rote Feuer des Leuchtturms auf der Südmole, obwohl dieses kaum wahrnehmbar war. Dann drehte er sich halb um, stützte die Ellbogen auf den Granit und barg das Gesicht in den Händen.

Ohne daß er das Wort ausgesprochen hätte, wiederholte sein Denken, wie um seinen Schatten zu rufen, wie um ihn zu beschwören und zu reizen: »Maréchal! Maréchal!« Und in der Schwärze seiner gesenkten Lider sah er ihn plötzlich vor sich, wie er ihn gekannt hatte. Es war ein etwa sechzigjähriger Mann mit weißem Spitzbart und dichten, ebenfalls schlohweißen Brauen. Er war weder hochgewachsen noch untersetzt, wirkte umgänglich, hatte graue, freundliche Augen, war von bescheidenem Auftreten, bot das Bild eines braven, schlichten, zartfühlenden Menschen dar. Er hatte Pierre und Jean immer »meine lieben Jungen« genannt, hatte dem Anschein nach nie den einen dem andern vorgezogen und sie stets gemeinsam zum Abendessen zu sich geladen.

Und mit der Zähigkeit eines Hundes, der einer verwischten Spur folgt, machte Pierre sich auf die Suche nach den Worten, den Gesten, dem Tonfall, den Blicken dieses nicht mehr auf Erden weilenden Mannes. Nach und nach entsann er sich seiner ganz und gar, wie er in seiner Wohnung in der Rue Tronchet gewesen war, wenn er den Bruder und ihn an seinem Tisch willkommen hieß.

Zwei Hausmädchen, beide bejahrt, hatten ihn bedient; sicherlich seit langem schon war es ihnen zur Gewohnheit geworden, zu ihnen »Monsieur Pierre« und »Monsieur Jean« zu sagen.

Maréchal pflegte den beiden jungen Leuten seine beiden Hände hinzustrecken, dem einen die rechte, dem andern die linke, je nachdem sie hereingekommen waren. »Tag, Kinder«, hatte er immer gesagt. »Habt ihr Nachricht von euern Eltern? Mir schreiben sie nämlich nie.«

Dann war ruhig und behaglich von alltäglichen Dingen gesprochen worden. Nichts an diesem Mann war überdurchschnittlich gewesen; allein es war viel Annehmliches, Bezauberndes und Anmutiges von ihm ausgegangen. Er war ihnen natürlich ein guter Freund gewesen, einer der guten Freunde, über die man sich kaum Gedanken macht, weil man ihrer zu sicher ist.

Jetzt überfluteten Pierre die Erinnerungen. Da Maréchal ihn mehrere Male mit bekümmerter Miene gesehen und erraten hatte, daß er ein wenig bemittelter Student sei, hatte er ihm spontan Geld angeboten und geliehen, ein paar hundert Francs vielleicht, die beide Teile vergessen hatten und die nie zurückgezahlt worden waren. Also hatte jener Mann ihn nach wie vor gern gehabt, sich nach wie vor für ihn interessiert, da er sich seiner prekären Lage wegen Gedanken gemacht hatte. Warum... warum also mußte er dann sein gesamtes Vermögen Jean hinterlassen? Nein, er hatte es sich nie anmerken lassen, daß ihm der Jüngere lieber als der Ältere, daß er dem einen mehr als dem andern zugetan sei, dem Augenschein nach zu dem einen weniger zärtlich als zu dem andern. Dann... dann hatte es also einen gewichtigen, geheimen Grund gegeben, alles Jean zu geben – alles – und Pierre nichts.

Je mehr er darüber nachsann, je mehr er sich das während der letzten Jahre Geschehene vergegenwärtigte, als desto unwahrscheinlicher und unglaublicher erachtete der Doktor den zwischen ihnen beiden gemachten Unterschied.

Und ein schriller Schmerz, eine unaussprechliche Angst, die in seine Brust eindrang, ließen sein Herz flattern wie einen geschwenkten Lappen. Seine sämtlichen Federn schienen gebrochen, und das Blut wogte ungehemmt durch ihn hindurch und schüttelte und rüttelte ihn stürmisch.

Da sagte er halblaut vor sich hin, so, wie man in Alpträumen spricht: »Ich muß Gewißheit haben. Mein Gott, Gewißheit muß ich haben.«

Er trieb sein Nachforschen jetzt noch weiter zurück, in die ältesten Zeiten, da seine Eltern in Paris gewohnt hatten. Aber die Gesichter entglitten ihm, und eben das trübte sein Erinnerungsvermögen. Vor allem war er hartnäckig darauf bedacht, Maréchal vor sich zu sehen; war er blond, kastanienbraun oder ganz dunkel gewesen? Er brachte es nicht fertig; das letzte Gesicht des Mannes, sein Greisengesicht, hatte alle andern ausgelöscht. Indessen entsann er sich, daß Maréchal ehedem schlanker gewesen sei, daß er eine weiche Stimme gehabt und oft, sehr oft, Blumen mitgebracht habe, denn der Vater hatte ständig gesagt: »Schon wieder Sträuße! Aber das ist doch Irrsinn, mein Lieber, Sie richten sich noch durch Rosen zugrunde.«

Maréchal hatte dann stets geantwortet: »Lassen Sie nur, es macht mir Freude.«

Und plötzlich durchzog ihn, so deutlich, daß er ihn zu hören vermeinte, der Stimmklang der Mutter, als sie gelächelt und gesagt hatte: »Danke, lieber Freund.« Also mußte sie diese drei Worte häufig ausgesprochen haben, denn sonst hätten sie sich dem Gedächtnis des Sohns nicht so tief eingegraben!

So hatte denn also Maréchal, der reiche Mann, der Herr, der Kunde, dieser kleinen Ladeninhaberin, der Frau des bescheidenen Bijouteriehändlers, Blumen mitgebracht. Hatte er sie geliebt? Wie hätte er sich mit diesen Kaufleuten anfreunden können, wenn er die Frau nicht geliebt hätte? Er war ein gebildeter, ein geistig kultivierter Mann gewesen. Wie oft hatte er mit Pierre über Dichtung und Dichter gesprochen! Er hatte die Schriftsteller nicht vom Standpunkt eines Künstlers aus beurteilt, sondern als ein lebhaft von ihnen angetaner Bürger. Der Doktor hatte seine Ausbrüche von Rührung oft belächelt und sie ein bißchen albern gefunden. Heute wurde er sich darüber klar, daß dieser sentimentale Mensch nie im Leben der Freund seines Vaters hätte werden können, seines so diesseitigen, mit beiden Füßen fest auf der Erde stehenden, schwerfälligen Vaters, für den das Wort »Poesie« gleichbedeutend mit Dummheit war.

Dieser Maréchal nun also, ein junger, freier, reicher, zu Liebesbezeigungen jeder Art aufgelegter Herr, war eines Tages ganz zufällig in einen kleinen Laden gekommen, vielleicht, weil ihm darin die hübsche Kaufmannsfrau aufgefallen war. Er hatte etwas gekauft, war wiedergekommen, hatte geplaudert, von Tag zu Tag vertraulicher, und durch häufige Käufe das Recht bezahlt, sich in jenem Haus hinsetzen, der jungen Frau zulächeln und dem Ehemann die Hand drücken zu dürfen.

Und dann später... später... o mein Gott... später?

Er hatte das erste Kind, das Kind des Bijouteriehändlers, gerngehabt und geliebkost, bis zur Geburt des zweiten, und dann war er undurchschaubar bis zu seinem Tod geblieben, und nachdem sich das Grab über ihm geschlossen hatte, nachdem sein Fleisch verwest, sein Name auf der Liste der Lebenden gelöscht, sein ganzes Sein für immer verschwunden war, als er nichts mehr zu vertuschen, zu befürchten und geheimzuhalten brauchte, hatte er sein gesamtes Vermögen dem zweiten Kind zukommen lassen! Warum? Dieser Mensch war intelligent gewesen; er hatte sich darüber klar sein und voraussehen müssen, daß er die Vermutung wecken könne, nahezu unvermeidlich wecken müsse, jenes Kind sei von ihm. Hatte er damit nicht eine Frau entehrt? Wie hätte er das über sich gebracht, wenn Jean nicht sein Sohn gewesen wäre?

Und plötzlich durchzuckte Pierre eine klare, entsetzliche Erinnerung. Maréchal war blond gewesen, blond wie Jean. Es war ihm jetzt ein kleines Miniaturporträt eingefallen, das er früher im Wohnzimmer der Eltern auf dem Kaminsims hatte stehen sehen und das nun verschwunden war. Wo mochte es sein? Verlorengegangen oder versteckt? Könnte er es doch wenigstens für eine Sekunde in Händen halten! Vielleicht bewahrte seine Mutter es in einem ihm nicht bekannten Schubfach, in dem man Liebesreliquien verwahrt.

Seine Beklommenheit bei diesem Einfall wurde so quälend, daß er ein Ächzen ausstieß, einen der kurzen Klagelaute, wie allzu heftiger Schmerz sie der Brust entpreßt. Und plötzlich, als habe sie ihn gehört, als habe sie ihn verstanden und wolle ihm antworten, heulte unmittelbar neben ihm die Molensirene auf. Ihr Schrei, der eines übernatürlichen Untiers, dröhnte lauter als der Donner; es war ein ungebärdiges, fürchterliches Geheul, geeignet, die Stimme des Windes und der Wogen zu übertönen; es hallte durch die Finsternisse über das unsichtbare, unter Nebelschwaden begrabene Meer.

Dann erschollen durch den Nebel hindurch nah und fern von neuem ähnliche Schreie in die Nacht hinein. Sie waren erschreckend, diese von den großen, blinden Dampfern ausgestoßenen Rufe. Dann wurde alles wieder still.

Pierre hatte die Augen geöffnet und hielt Umschau, überrascht, sich hier zu befinden, aus einem Alptraum erwacht. Ich bin irrsinnig, dachte er, ich verdächtige meine Mutter. Und eine Woge von Liebe und Rührung, von Reue, von Gebet und Verzweiflung überschwemmte sein Herz. Seine Mutter! So, wie er sie kannte – wie hatte er sie da beargwöhnen können? War die Seele, war das Leben dieser schlichten, keuschen und treuen Frau nicht klarer als Wasser? Wenn man sie gesehen, sie gekannt hatte, wie konnte man sie anders als über jeden Verdacht erhaben erachten? Und er, der Sohn, hatte es fertiggebracht, an ihr zu zweifeln! Hätte er sie in diesem Augenblick in die Arme schließen können, wie würde er sie geküßt, gestreichelt haben, wie würde er vor ihr in die Knie gesunken sein und sie um Vergebung gebeten haben!

Sie, sie sollte seinen Vater hintergangen haben? Seinen Vater! Freilich, der war ein wackerer, ehrenhafter, im Geschäftlichen redlicher Mann; aber sein Geist hatte nie über den Horizont seines Ladens hinausgereicht. Wie hatte diese Frau, die ehedem so hübsch gewesen war, wie er wußte und wie man es ihr noch immer ansah, wie hatte diese Frau mit der zarten, liebevollen, weichen Seele dareinwilligen können, sich mit einem so völlig von ihr verschiedenen Mann zu verloben und ihn zu heiraten?

Warum darüber nachgrübeln? Sie hatte eben geheiratet, wie alle jungen Mädchen den nicht mittellosen Mann heiraten, den die Eltern ihr vorstellen. Dann hatten sie sich sogleich in ihrem Laden in der Rue Montmartre niedergelassen; und die junge Frau, die am Ladentisch die Hauptperson war und die das Bewußtsein, im neuen, eigenen Heim zu leben, anfeuerte und zugleich das kaum wahrnehmbare, heilige Wissen um die gemeinsamen Interessen, das in der Mehrzahl der Pariser Kaufmannsehen die Liebe und sogar die Zuneigung zu ersetzen vermag – die junge Frau hatte sich mit all ihrer tätigen, zielstrebigen Klugheit an die Arbeit zum Zusammenbringen des erhofften Familienvermögens gemacht. Und so war ihr Leben hingegangen, einförmig, ruhig, ehrenhaft, ohne Liebe und Zärtlichkeit...

Ohne Zärtlichkeit? War es ausdenkbar, daß eine Frau kein einziges Mal geliebt hätte? Eine junge, hübsche, in Paris lebende Frau, die Bücher gelesen, die aus Leidenschaft auf der Bühne sterbenden Schauspielerinnen Beifall geklatscht hatte – hätte die von der Mädchenzeit ins Alter überwechseln können, ohne daß nicht wenigstens ein einziges Mal ihr Herz in Flammen gestanden hätte? Bei einer andern hätte er das nicht für möglich gehalten; warum sollte er es von seiner Mutter glauben?

Freilich, sie hätte geliebt haben können wie jede andere auch! Denn warum hätte sie andersgeartet als alle andern sein sollen, nur weil sie seine Mutter war?

Sie war jung gewesen und aller romantischen Schwächen teilhaftig, wie sie die Herzen junger Menschen verwirren! In ihrer Eingeschlossenheit, ihrem Gefangenendasein in dem kleinen Laden an der Seite eines banalen Lebensgefährten, der immer nur vom Geschäft redete, hatte sie von Mondschein geträumt, von Reisen, von Küssen in der Abenddämmerung. Und dann war eines Tages ein Mann hereingekommen, wie die Liebhaber in den Büchern hereinkommen, und er hatte gesprochen wie jene.

Sie hatte ihn geliebt. Warum auch nicht? Sie war seine Mutter! Na und? Mußte man dermaßen blind und stumpfsinnig sein, daß man das Offenbare verwarf, nur weil es sich um die Mutter handelte?

Hatte sie sich ihm geschenkt? Freilich, denn jener Mann hatte keine andere Freundin gehabt; freilich, denn er war der in die Ferne gezogenen und gealterten Frau treu geblieben; freilich, denn er hatte sein gesamtes Vermögen ihrem Sohn, ihrer beider Sohn, hinterlassen!

Und Pierre sprang auf; er zitterte; in seiner Wut hätte er am liebsten jemanden umgebracht! In seinem ausgestreckten Arm, seiner breit geöffneten Hand war der Drang, zuzuschlagen, zu morden, zu zerquetschen, zu erdrosseln! Wen? Alle, den Vater, den Bruder, den Toten, die Mutter!

Er stürzte davon, er wollte heim. Was sollte er tun?

Als er an einem Türmchen beim Signalmast vorüberging, schlug ihm der schrille Schrei der Sirene ins Gesicht. Das geschah mit so unvermuteter Heftigkeit, daß er fast gefallen wäre und an die granitene Brüstung zurückwich. Er setzte sich darauf, er hatte keine Kraft mehr, er war durch die Erschütterung wie zerbrochen.

Der als erster antwortende Dampfer schien ganz nahe zu sein; er zeigte sich an der Einfahrt; es war Hochflut.

Pierre wandte sich um und gewahrte das rote, vom Nebel getrübte Auge. Dann zeichnete sich in der diffusen Helle der elektrischen Hafenfeuer zwischen den beiden Molen ein großer schwarzer Schatten ab.

Hinter Pierre rief die Stimme des Wachhabenden, die eingerostete Stimme eines alten Kapitäns im Ruhestand: »Wie heißt das Schiff?«

Und aus dem Nebel antwortete die gleichfalls eingerostete Stimme des auf der Brücke stehenden Lotsen: »Santa Lucia.«

»Heimat?«

»Italien.«

»Hafen?«

»Neapel.«

Und Pierre vermeinte, den Feuerfederbusch des Vesuvs vor seinen verstörten Augen erscheinen zu sehen, und am Fuß des Vulkans taumelten Glühwürmchen in den Orangenhainen von Sorrent oder Castellamare! Wie oft hatte er diesen vertrauten Namen träumerisch nachgesonnen, als kenne er sich in jenen Gegenden aus. Ach, wenn er doch hätte wegreisen können, sofort, gleichgültig, wohin, und nie wiederzukommen, nie zu schreiben, nie wissen zu lassen brauchen, was aus ihm geworden sei! Doch das ging nicht, er mußte heim, heim in das väterliche Haus und sich zu Bett legen.

Nun gerade nicht! Er würde nicht heimgehen, sondern hier draußen den Tagesanbruch abwarten. Die Sirenenstimmen gefielen ihm. Er stand auf und ging auf und ab wie ein Wachoffizier auf Deck.

Hinter dem ersten kam ein weiteres Schiff heran, riesig und geheimnisvoll. Es war ein Engländer auf der Rückreise von Indien.

Er sah noch mehrere; nacheinander lösten sie sich aus dem undurchdringlichen Dunkel. Doch als dann die Nebelfeuchtigkeit undurchdringlich wurde, machte Pierre sich auf den Weg zurück zur Stadt. Ihm war so kalt, daß er in eine Matrosenkneipe ging und sich einen Grog bestellte; und als der gepfefferte, heiße Schnaps ihm Gaumen und Kehle verbrannt hatte, spürte er eine Hoffnung in sich aufsteigen.

Ob er sich nicht dennoch getäuscht hatte? Er wußte doch nur

zu gut um das Vagabundieren seiner Unvernunft! Hatte er sich nicht ganz sicher geirrt? Er hatte Beweise aufgehäuft, wie man eine Anklageschrift gegen einen Unschuldigen aufsetzt; der ist immer leicht zu verurteilen, wenn man ihn für schuldig halten will. Wenn er erst mal geschlafen hätte, würde er ganz anders denken. So ging er denn heim, legte sich zu Bett, und vermöge seiner Willenskraft dämmerte er schließlich ein.

V

Aber der Körper des Doktors versank nur für eine oder zwei Stunden in die Wirrnisse eines unruhigen Schlafs. Als er in der Dunkelheit seines überwarmen Zimmers bei geschlossenen Fenstern erwachte, verspürte er, noch ehe sein Denkvermögen wieder in ihm aufgeflammt war, abermals den schmerzhaften Druck, das seelische Unbehagen, wie es ein Kummer in uns hinterläßt, über dem man eingeschlafen ist. Das Unglück, dessen Hieb uns tags zuvor bloß gestreift hat, scheint uns, indessen wir ruhten, unmittelbar ins Fleisch gedrungen zu sein, das es quält und schlaff macht wie ein Fieberanfall. Jäh überkam ihn wiederum die Erinnerung, und er setzte sich im Bett auf.

Da begann er von neuem langsam, eine nach der andern, die Erwägungen anzustellen, die sein Herz auf der Mole gemartert hatten, während die Sirenen heulten. Je mehr er grübelte, desto geringer wurden seine Zweifel. Er fühlte sich von seiner Logik zu der unerträglichen Gewißheit hingeschleppt wie von einer zupackenden, würgenden Hand.

Er hatte Durst, ihm war heiß, sein Herz schlug wild. Er stand auf; er wollte das Fenster aufmachen und tief atmen, und als er auf den Füßen war, drang durch die Wand ein leises Geräusch zu ihm.

Jean schlief ruhig und schnarchte sanft. Der konnte schlafen! Er hatte nichts geahnt, nichts erraten! Jemand, der ihrer beider Mutter gekannt, hatte ihm sein ganzes Vermögen hinterlassen. Er hatte das Geld genommen und hatte das richtig und selbstverständlich gefunden.

Er schlief, reich und zufrieden, ahnungslos, daß sein Bruder vor Schmerz und Verzweiflung keuchte. Und in ihm stand ein Zorn auf gegen diesen sorglosen, arglosen Schnarcher.

Am Abend zuvor hätte er an seine Tür geklopft, wäre hineingegangen, hätte sich ans Bett gesetzt und zu dem durch das jähe Erwachen Verstörten gesagt: »Jean, du darfst das Vermächtnis nicht behalten; schon morgen könnte es Argwohn gegen unsere Mutter erwecken und sie entehren.«

Aber heute konnte er nicht mehr sprechen, er konnte Jean nicht sagen, er halte ihn nicht für den Sohn von ihrer beider Vater. Jetzt mußte er die von ihm entdeckte Schande für sich behalten, sie in sich vergraben, allen gegenüber den Makel geheimhalten, den niemand wahrnehmen durfte, nicht einmal der Bruder, vor allem nicht der Bruder.

Jetzt dachte er kaum noch an den belanglosen Respekt vor der öffentlichen Meinung. Es wäre ihm ganz lieb gewesen, wenn alle Welt seine Mutter beschuldigt hätte, vorausgesetzt, daß er, er allein, um ihre Schuldlosigkeit gewußt hätte! Wie würde er es ertragen können, Tag für Tag neben ihr zu leben und, wenn er sie ansah, zu glauben, sie habe seinen Bruder durch die Liebesumarmung eines Fremden empfangen?

Und dabei: Wie ruhig und heiter wirkte sie, wie selbstsicher! War es denn möglich, daß eine Frau wie sie, eine Frau mit reiner Seele und rechtschaffenem Herzen, in der Hingerissenheit durch eine Leidenschaft zu Fall kommen konnte, ohne daß später etwas von Gewissensbissen, von Erinnerungen an ihre Bewußtseinstrübung zutage trat?

Ach, die Gewissensbisse, die Gewissensbisse! Wie mußten sie sie ehedem, in der ersten Zeit, gequält haben; und dann waren sie hingeschwunden, wie alles hinschwindet. Sicherlich hatte sie ihren Fehltritt beweint, und nach und nach hatte sie ihn dann nahezu vergessen. Sind nicht alle Frauen, alle, der wunderbaren Fähigkeit zum Vergessen teilhaftig, die es mit sich bringt, daß sie, sind ein paar Jahre vergangen, kaum noch den Mann wiedererkennen, dessen Küssen sie ihren Mund und ihren ganzen Körper preisgegeben haben? Der Kuß trifft wie der Blitz, die Liebe zieht vorüber wie ein Gewitter, und danach beruhigt sich das Leben wieder wie der Himmel und beginnt von neuem wie vorher. Erinnert man sich einer Wolke?

Picrre konnte es in seinem Zimmer nicht länger aushalten! Dies Haus, sein Vaterhaus, erdrückte ihn. Ihm war, als laste das Dach auf seinem Kopf, als erstickten ihn die Wände. Und da er sehr durstig war, steckte er seine Kerze an; er wollte ein Glas kaltes Wasser aus dem Filter in der Küche trinken.

Er stieg die beiden Stockwerke hinab, und als er dann mit der gefüllten Karaffe wieder nach oben ging, setzte er sich im Hemd auf eine Treppenstufe, wo ein frischer Luftzug wehte, und trank, ohne Glas, in langen Zügen, wie ein atemloser Wettläufer. Als er aufgehört hatte, sich zu bewegen, ging die Stille dieser Behausung ihm nahe; doch dann unterschied er die geringsten Geräusche eins nach dem andern. Erst das der Wanduhr im Eßzimmer; ihr Ticken schien ihm von Sekunde zu Sekunde lauter zu werden. Dann vernahm er abermals ein Schnarchen, das kurze, mühsame, harte Schnarchen eines alten Mannes, sicherlich das seines Vaters; und er krampfte sich bei der Vorstellung zusammen, als sei sie eben erst in ihm aufgeschossen, daß die beiden Männer, die da im gleichen Haus schnarchten, der Vater und der Sohn, weder das eine noch das andere seien! Kein Band, auch nicht das leiseste, einte sie, und sie wußten es nicht! Sie redeten voller Zuneigung miteinander, sie küßten sich, freuten sich an den gleichen Dingen und gerieten darüber in Rührung, als fließe das gleiche Blut in ihren Adern. Und dabei konnten zwei an den entgegengesetzten Enden der Welt geborene Menschen einander nicht fremder sein als dieser Vater und dieser Sohn. Sie glaubten, sie liebten sich, weil zwischen ihnen eine Lüge ins Kraut geschossen war. Aus einer Lüge war diese Vaterliebe und diese Sohnesliebe entsprossen, einer Lüge, die zu enthüllen unmöglich war und von der niemand je erfahren würde als er, der echte Sohn.

Und dennoch, dennoch, wenn er sich irrte? Wie sollte ihm Gewißheit werden? Ja, wenn eine Ähnlichkeit, auch nur eine ganz leise, zwischen seinem Vater und Jean bestanden hätte, eine der geheimnisvollen Ähnlichkeiten, die sich vom Ahnherrn auf die Urenkel vererben und dartun, daß ein ganzes Geschlecht unmittelbar einem und demselben Kuß entstammt. Er, als Arzt, hätte nur eine Winzigkeit gebraucht, um das zu erkennen, die Form der Kinnbacken, die Biegung der Nase, den Abstand der Augen, die Beschaffenheit der Zähne oder des Haars, und weniger noch: eine Geste, eine Gewohnheit, eine Art und Weise des Sichgehabens, eine vererbte Neigung, irgendein für einen geübten Blick charakteristisches Zeichen.

Er forschte nach, und es fiel ihm nichts ein, nein, nicht das mindeste. Aber er hatte wohl schlecht hingeschaut, schlecht beobachtet, da er ja keinerlei Grund gehabt hatte, auf dergleichen kaum wahrnehmbare Hinweise zu achten.

Er stand auf; er wollte wieder in sein Zimmer gehen und begann langsamen Schrittes die Treppe hinaufzusteigen, noch immer in sich vergrübelt. Als er an der Tür des Bruders vorüberging, blieb er stehen und streckte die Hand aus, um sie aufzumachen. Ein überstarker Impuls war in ihm aufgeschossen, Jean auf der Stelle zu sehen, ihn lange anzuschauen, ihn im Schlaf zu überrumpeln, wenn das Gesicht ruhig ist, die entspannten Züge rasten, wenn jede vom wachen Dasein aufgezwungene Grimasse hingeschwunden ist. Auf diese Weise konnte er das schlummernde Geheimnis seiner Physiognomie erfassen; und falls irgendeine wertbare Ähnlichkeit bestand, würde sie ihm nicht entgehen.

Aber wenn Jean nun aufwachte, was sollte er ihm dann sagen? Wie sollte er diesen Besuch erklären?

Er stand da, die Finger um den Türknauf gekrampft, und suchte nach einer Begründung, einem Vorwand.

Plötzlich fiel ihm ein, daß er dem Bruder vor acht Tagen ein Fläschchen Chloroform zur Stillung heftiger Zahnschmerzen geliehen habe. Er konnte ja heute nacht selber welche haben und sein Medikament zurückerlangen wollen. Also ging er hinein, verstohlenen Schrittes, wie ein Dieb.

Jean schlief mit halboffenem Mund einen animalischen, tiefen Schlaf. Sein blonder Bart, sein blondes Haar bildeten einen goldenen Fleck auf der weißen Bettwäsche. Er erwachte nicht, hörte aber zu schnarchen auf.

Pierre beugte sich über ihn und musterte ihn mit gierigem Blick. Nein, dieser junge Mensch ähnelte dem alten Roland nicht die Spur; und zum zweitenmal erstand in Pierre die Erinnerung an Maréchals verschwundenes Miniaturporträt. Er mußte es ausfindig machen! Wenn er es sah, würde er vielleicht nicht mehr zweifeln.

Der Bruder regte sich; Pierres Anwesenheit störte ihn wohl, oder der durch seine Lider dringende Kerzenschein. Da wich der Doktor auf Zehenspitzen zurück, nach der Tür hin; er schloß sie geräuschlos; dann ging er wieder in sein Zimmer, legte sich jedoch nicht schlafen.

Es dauerte lange, bis es tagte. Die Pendeluhr im Eßzimmer schlug die Stunden an, eine nach der andern; ihr Schlag klang tief und ernst, als habe das kleine, von einem Uhrmacher gefertigte Gerät die Glocke einer Kathedrale verschlungen. Der Hall stieg hinauf durch das leere Treppenhaus, durchdrang die Wände und die Türen und erstarb in den Schlafzimmern, in den tauben Ohren der Schläfer. Pierre hatte angefangen, zwischen Bett und Fenster auf und ab zu gehen. Was sollte er tun? Er fühlte sich zu aufgewühlt, als daß er den Tag im Familienkreis hätte verbringen mögen. Er wollte allein bleiben, mindestens bis zum übernächsten Tag, um nachzudenken, sich zu beruhigen und Kräfte für das Alltagsleben zu gewinnen, das er wohl oder übel wieder auf sich nehmen mußte.

Gut, er würde einfach nach Trouville fahren und dem Gewimmel der Menge am Strand zuschauen. Das würde ihn ablenken, ihn in eine andere Gedankenatmosphäre versetzen und ihm Zeit verschaffen, sich auf das Schreckliche, das er entdeckt hatte, innerlich einzustellen.

Als das Morgenrot sich zeigte, machte er Toilette und zog sich an. Der Nebel hatte sich verflüchtigt; es war schönes, sehr schönes Wetter. Da der Dampfer nach Trouville erst um neun Uhr den Hafen verließ, meinte der Doktor, es sei besser, wenn er der Mutter einen Abschiedskuß gebe.

Er wartete den Zeitpunkt ab, an dem sie jeden Morgen aufstand, und ging dann nach unten. Vor der Tür schlug ihm das Herz so stark, daß er innehalten und Atem schöpfen mußte. Seine auf dem Türknauf liegende Hand war schlaff und zitterte; er war fast außerstande, den Knauf zu drehen und hineinzugehen. Er klopfte.

Die Stimme der Mutter fragte: »Wer ist denn da?«

»Ich, Pierre.«

»Was willst du denn?«

»Mich von dir verabschieden, ich fahre mit Freunden für den ganzen Tag nach Trouville.«

»Ich bin noch im Bett.«

»Gut, dann laß dich nicht stören. Dann bekommst du deinen Kuß, wenn ich heute abend wiederkomme.« Er hoffte, er werde gehen können, ohne sie zu sehen, ohne ihr den geheuchelten Kuß auf die Backen drücken zu müssen, vor dem ihn schon im voraus ekelte.

Doch sie antwortete: »Augenblick, ich mache dir auf. Aber du mußt warten, bis ich wieder im Bett liege.«

Er hörte ihre nackten Füße über den Fußboden tappen und dann das Geräusch des zurückgeschobenen Riegels.

Sie rief: »Jetzt kannst du kommen.«

Er ging hinein. Sie saß im Bett; Roland lag neben ihr, mit einem Tuch um den Kopf, hatte sich zur Wand hingedreht und versteifte sich darauf weiterzuschlafen. Er wurde immer erst wach, wenn er fast bis zum Armausreißen geschüttelt wurde. An Angeltagen mußte das von dem Matrosen Papagris zur verabredeten Stunde herausgeklingelte Dienstmädchen ihren Dienstherrn aus dem unbezwinglichen Schlaf reißen.

Als er auf sie zutrat, schaute Pierre prüfend die Mutter an, und plötzlich war ihm, als habe er sie nie zuvor gesehen.

Sie hielt ihm die Backen hin, er drückte zwei Küsse darauf; dann setzte er sich auf einen niedrigen Stuhl.

»Hast du dich gestern abend zu dem Ausflug entschlossen?« fragte sie.

»Ja, gestern abend.«

»Bist du zum Abendessen wieder da?«

»Das weiß ich noch nicht. Auf alle Fälle wartet nicht auf mich.« Er musterte sie mit verdutzter Neugier. Diese Frau war also seine Mutter! Ihr ganzes Gesicht, das er von Kindheit an gesehen, seit sein Auge es hatte wahrnehmen können, ihr Lächeln, ihre so wohlbekannte Stimme dünkten ihn mit einemmal neu und andersgeartet, als sie bislang für ihn gewesen waren. Jetzt erkannte er, daß er sie zwar liebgehabt, aber nie zuvor richtig angeschaut hatte. Dabei war sie es, und die winzigsten Einzelzüge ihres Gesichts waren ihm vertraut; doch eben jene Einzelzüge erfaßte er zum erstenmal in voller Deutlichkeit. Seine beklommene Aufmerksamkeit enthüllte ihm dieses geliebte Gesicht als etwas völlig anderes; er nahm Züge, nahm einen Ausdruck wahr, die ihm bislang stets entgangen waren.

Er stand auf, er wollte gehen, doch in einem jähen, unüberwindlichen Drang nach Gewißheit, der ihm seit dem vergangenen Abend das Herz zernagte, fragte er: »Sag mal, ich glaube mich zu erinnern, daß früher, in Paris, immer ein kleines Bild Maréchals in unserm Wohnzimmer gestanden hat?«

Sie zögerte eine Sekunde oder zwei; oder wenigstens bildete er sich ein, sie zögere; dann sagte sie: »Ja, freilich.«

»Und was ist aus dem Bild geworden?«

Eigentlich hätte sie noch schneller antworten können: »Das Bild... Warte mal... Genau weiß ich es nicht... Vielleicht habe ich es in meinem Sekretär.«

»Es wäre sehr nett von dir, wenn du es wiederfändest.«

»Ja, ich will danach suchen. Warum möchtest du es haben?«

»Oh, es soll nicht für mich sein. Ich habe gemeint, es wäre doch ganz natürlich, wenn es Jean geschenkt würde; das müßte meinem Bruder doch Freude machen.«

»Ja, da hast du recht, das ist ein guter Gedanke. Ich will danach suchen, sowie ich aufgestanden bin.«

Und er ging.

Es war ein blauer Tag, ohne einen Windhauch. Die Leute auf der Straße wirkten guter Dinge, die Kaufleute gingen ihren Geschäften nach, die Angestellten ins Büro, die jungen Mädchen in ihre Läden. Manche trällerten vor sich hin, so glücklich machte sie das klare Wetter.

Die Fahrgäste strömten bereits auf den Dampfer nach Trouville.

Pierre setzte sich ganz am Heck auf eine Holzbank. Er überlegte: Hat meine Frage nach dem Bild sie beunruhigt oder bloß überrascht? Hat sie es verkramt oder absichtlich versteckt? Weiß sie, wo es steckt, oder weiß sie es etwa nicht? Wenn sie es versteckt hat – warum? Und er vollzog, geradlinig von Deduktion zu Deduktion fortschreitend, folgende Schlußfolgerung:

Das Bild, das Bild des Freundes, das Bild des Liebhabers, war deutlich sichtbar im Wohnzimmer bis zu dem Tag stehen geblieben, da der Frau, der Mutter, als der ersten, vor allen andern, aufgefallen war, daß jenes Bildnis ihrem Sohn ähnelte. Sicherlich hatte sie schon seit geraumer Zeit nach dieser Ähnlichkeit ausgespäht; als sie sie dann entdeckt, als sie gesehen hatte, daß sie immer größer wurde, als sie sich bewußt geworden war, daß sie eines schönen Tages von jedermann festgestellt werden könne, hatte sie eines Abends das ihr Furcht einflößende kleine Gemälde beiseite geschafft und es versteckt, da sie es nicht über sich gebracht hatte, es zu vernichten.

Und jetzt erinnerte Pierre sich ganz genau, daß die Miniatur schon lange, lange vor dem Wegzug der Familie aus Paris, verschwunden war! Sie war verschwunden, so glaubte er, als Jeans Bart zu sprießen begann und ihn plötzlich dem blonden jungen Herrn ähnlich gemacht hatte, der aus dem Rahmen lächelte.

Die Bewegung des abfahrenden Schiffes störte seinen Gedankengang und lenkte ihn in andere Bahnen. So stand er denn auf und schaute aufs Meer hinaus.

Der kleine Dampfer lief zwischen den Molen hindurch, bog nach links ab, fuhr schnaufend, keuchend und erzitternd der fernen Küste entgegen; sie war im Frühdunst wahrzunehmen. Da und dort wirkte das rote Segel eines reglos auf der glatten Flut liegenden, schweren Fischerbootes wie ein dicker, aus dem Wasser ragender Fels. Und die von Rouen heranfließende Seine schien ein breiter Meeresarm zu sein, der zwei benachbarte Länder schied.

Nach einer knappen Stunde liefen sie in den Hafen von Trouville ein, und da gerade Badezeit war, ging Pierre an den Strand.

Von weitem nahm er sich aus wie ein langgestreckter Garten voll bunt schimmernder Blumen. Von der Mole bis zu den Roches-Noires wirkten auf der breiten gelben Sandfläche die vielfarbigen Sonnenschirme, die mannigfach geformten Hüte, die Toiletten in allen Farbabschattungen, teils in Gruppen vor den Kabinen, teils in Zeilen längs der Flut oder hier und dort verstreut, tatsächlich wie riesige Blumensträuße auf einer über die Maßen großen Wiese. Und der wirre, nahe und ferne Lärm der sich in der leichten Luft verteilenden Stimmen, die Rufe, das Kreischen von Kindern, die gebadet wurden, vollführten einen beständigen, weichen Lärm, der sich in die kaum spürbare Brise mischte und mit ihr zusammen eingeatmet wurde.

Pierre schritt inmitten all dieser Leute einher und kam sich verlorener, mehr von ihnen getrennt, einsamer, tiefer in seine quälenden Gedanken versunken vor, als wenn er hundert Meilen vom Land entfernt von einem Schiffsdeck aus ins Meer geworfen worden wäre. Er streifte sie, er vernahm, ohne richtig hinzuhören, ein paar Redensarten, und er sah, ohne genau hinzuschauen, wie die Männer mit den Frauen sprachen und die Frauen den Männern zulächelten.

Plötzlich jedoch, wie wenn er erwacht wäre, nahm er sie deutlich wahr; und es schwoll Haß wider sie in ihm auf, denn sie dünkten ihn glücklich und zufrieden.

Jetzt ging er dicht an den Gruppen vorüber oder umkreiste sie; neue Gedanken hatten sich seiner bemächtigt. All diese bunten Toiletten, die wie auf dem Sand liegende Sträuße aussahen, diese hübschen Stoffe, diese auffälligen Sonnenschirme, diese künstliche Anmut der eng geschnürten Taillen, all diese raffinierten Erfindungen der Mode vom winzigen Schuh bis zum übertrieben großen Hut, das Verführerische von Geste, Stimmklang und Lächeln, kurzum die auf diesem Strand sich spreizende Koketterie kam ihm miteins vor wie ein üppiges Erblühtsein weiblicher Verderbtheit. All diese herausgeputzten Frauen wollten gefallen, verlocken, jemanden in Versuchung führen. Um der Männer willen hatten sie sich schön gemacht, um aller Männer willen, ausgenommen den Gatten; den brauchten sie nämlich nicht mehr zu erobern. Für den Liebhaber von heute und den Liebhaber von morgen hatten sie sich schön gemacht, für den Unbekannten, dem sie von ungefähr begegneten, der ihnen auffiel, den sie vielleicht sogar erwartet hatten.

Und die Auge in Auge bei ihnen sitzenden Männer, die im Gespräch den Mund dem Mund der Partnerin näherten, riefen und begehrten sie, jagten sie wie ein geschmeidiges Wild, das immerfort flüchtete, wenngleich es so nahe und leicht erlegbar schien. Der weite Strand war somit nichts als ein Liebesmarkt, wo die einen sich verkauften, die andern sich verschenkten, diese um den Preis ihrer Liebesbezeigungen feilschten und jene lediglich sich verhießen. Alle diese Frauen dachten nur an eins, nämlich ihren schon hingegebenen, schon verkauften, schon andern Männern versprochenen Körper darzubieten und als begehrenswert erscheinen zu lassen. Und er mußte daran denken, daß dem auf der ganzen Erde so sei.

Seine Mutter hatte getan wie alle andern auch und weiter gar nichts! Wie alle andern? Nein! Es gab Ausnahmen, und zwar viele, viele! Die er hier rings um sich sah, die Reichen, die Liebestollen, die auf körperliche Liebe Versessenen, gehörten alles in allem der eleganten mondänen Lebewelt an oder gar der nach Tarif bezahlten Lebewelt, denn in den Badeorten, in denen legionenweise die Müßiggängerinnen sich ergingen, begegnete man nicht den Scharen der anständigen Frauen, die sich in ihre Häuser einschlossen.

Das Meer stieg und trieb die ersten Reihen der Badegäste nach und nach mehr der Stadt zu. Man sah einzelne Gruppen aufspringen und vor der gelben Flut zurückweichen, die mit einem kleinen Schaumspitzengekräusel anrollte; ihre Liegestühle nahmen sie mit. Auch die Badekarren wurden von Pferden höher hinaufgezogen, und auf den Brettern des Promenadenwegs, der den Strand vom einen Ende zum andern säumt, floß jetzt unablässig, dicht und langsam die elegante Menge entlang; sie bildete zwei Gegenströmungen, die unmittelbar nebeneinander herliefen und ineinanderrannen. Das Gedränge machte Pierre nervös und ärgerlich; er entzog sich ihm, wandte sich der Stadt zu und kehrte zum Mittagessen bei einem einfachen Weinhändler ein, weit draußen, wo die Felder begannen.

Nachdem er seinen Kaffee getrunken hatte, streckte er sich vor der Tür auf zwei Stühlen aus, und da er in der vorhergegangenen Nacht kaum ein Auge zugetan hatte, schlief er im Schatten einer Linde ein.

Nach ein paar Stunden der Ruhe raffte er sich auf, merkte, daß es Zeit war, wieder an Bord zu gehen, und machte sich auf den

Weg; seine Zerschlagenheit schuf ihm Unbehagen; sie hatte sich wohl während des Schlafes eingestellt. Er wollte jetzt heim; er wollte wissen, ob seine Mutter Maréchals kleines Bild wiedergefunden habe. Ob sie als die erste darauf zu sprechen kam, oder mußte er sie abermals danach fragen? Eins stand fest: Wenn sie abwartete, daß nochmals in sie gedrungen wurde, hatte sie einen geheimen Grund, nicht mit der Miniatur herauszurücken.

Doch als er wieder in seinem Zimmer war, zauderte er, zum Abendessen hinunterzugehen. Ihm war zu weh zumute. Sein aufgewühltes Herz hatte noch nicht Zeit gehabt, sich zu beschwichtigen. Doch er entschloß sich und erschien im Eßzimmer, als gerade zu Tisch gegangen wurde.

Alle Gesichter strahlten vor Freude.

»Na«, fragte Roland, »kommt ihr voran mit euren Einkäufen? Ich will nichts sehen, ehe die Einrichtung nicht fix und fertig ist.«

Seine Frau antwortete: »Freilich, wir kommen weiter. Die Sache ist bloß die, daß wir lange hin und her überlegen müssen, damit alles richtig zusammenpaßt. Die Auswahl des Mobiliars macht uns viel zu schaffen.«

Sie hatte den ganzen Tag damit hingebracht, zusammen mit Jean Läden mit Dekorationsstoffen und Möbelgeschäfte zu durchstreifen. Sie wollte üppige, ein bißchen pompöse Stoffe; sie sollten ins Auge stechen. Der Sohn dagegen wünschte etwas Schlichtes und Vornehmes. So hatten sie denn angesichts sämtlicher ihnen vorgelegter Muster ihre Argumente immer von neuem vorgebracht. Sie behauptete, der Klient, der einen Prozeß führen wolle, müsse beeindruckt werden; beim Betreten des Wartezimmers müsse er förmlich erschüttert werden durch den Reichtum.

Jean indessen, der nur elegante und wohlhabende Klienten an sich heranziehen wollte, gedachte die feinen Leute durch seinen sicheren Geschmack für Zurückhaltendes zu gewinnen.

Und die Auseinandersetzung, die schon den ganzen Tag über angedauert hatte, nahm bei der Suppe ihren Fortgang.

Roland äußerte sich nicht. Er sagte bloß: »Ich will nichts davon hören. Ich komme und sehe es mir an, wenn es fertig ist.«

Madame Roland appellierte an das Urteil ihres ältesten Sohnes: »Na, Pierre, wie denkst *du* darüber?«

Seine Nerven waren dermaßen überreizt, daß er am liebsten mit einem Fluch geantwortet hätte. Allein er sagte in trockenem Ton, in dem seine Gereiztheit mitschwang: »Ich? Ach, ich bin völlig Jeans Ansicht. Ich habe nur für Schlichtheit etwas übrig; in Geschmacksdingen ist sie dasselbe wie Geradheit im Charakterlichen.«

Die Mutter sprach weiter: »Bedenk doch, daß wir in einer Handelsstadt leben; hier ist guter Geschmack nicht üblich.«

Pierre antwortete: »Was kommt darauf an? Ist das ein Grund, Halbidioten nachzuäffen? Wenn meine Landsleute beschränkt oder gaunerisch sind, muß ich dann unbedingt ihrem Beispiel folgen? Eine Frau begeht doch keinen Fehltritt, bloß weil ihre Nachbarinnen Liebhaber haben!«

Jean fing an zu lachen: »Du wendest bei deinen Argumenten Vergleiche an, die den Maximen eines Moralisten entnommen zu sein scheinen.«

Pierre gab keine Antwort. Mutter und Bruder fingen aufs neue an, von Stoffen und Sesseln zu reden.

Er musterte sie beide, wie er am Morgen, vor dem Aufbruch nach Trouville, die Mutter gemustert hatte; er schaute sie an wie ein beobachtender Fremder und kam sich tatsächlich vor, als sei er mit einemmal in eine ihm unbekannte Familie geraten.

Zumal sein Vater setzte sein Auge und sein Denken in Erstaunen. Dieser dicke, schlaffe, selbstzufriedene und nichtige Mensch war sein Vater! Nein, nein, Jean besaß mit ihm nicht die leiseste Ähnlichkeit.

Seine Familie! Seit zwei Tagen hatte eine unbekannte, böswillige Hand, die Hand eines Toten, eins nach dem andern alle Bande zerrissen und zerfetzt, die diese vier Menschen zusammengehalten hatten. Es war damit aus, alles war zerstört. Keine Mutter mehr, denn er würde sie nicht länger liebhaben können, da er nicht mehr mit dem unbedingten, zärtlichen, frommen Respekt zu ihr aufzublicken vermochte, dessen ein Sohnesherz bedarf; kein Bruder mehr, denn dieser Bruder war der Sohn eines Fremden; nur ein Vater blieb ihm, dieser dicke Kerl, aus dem er sich, obwohl ihm dabei unbehaglich war, nichts machte. Unvermittelt fragte er: »Sag mal, Mama, hast du das Bild wiedergefunden?«

Sie riß die verdutzten Augen weit auf: »Welches Bild denn?«

»Maréchals Bild.«

»Nein... Das heißt, wiedergefunden habe ich es nicht, aber ich glaube zu wissen, wo es ist.«

»Was denn?« fragte Roland.

Pierre sagte zu ihm: »Ein kleines Bild Maréchals, das früher in eurem Pariser Wohnzimmer gestanden hat. Ich habe gemeint, Jean würde sich freuen, wenn er es bekäme.«

Roland ereiferte sich: »Natürlich, natürlich, ich erinnere mich ganz genau; ich habe es sogar Ende letzter Woche noch gesehen. Als sie ihre Papiere ordnete, hat deine Mutter es aus ihrem Sekretär hervorgekramt. Donnerstag oder Freitag war es. Du weißt es doch noch, Louise? Ich war gerade beim Rasieren, da hast du es aus einem Schubfach genommen und auf einen Stuhl gelegt, der neben dir stand, zusammen mit einem Stapel Briefe, von denen hast du dann die Hälfte verbrannt. Komisch, was? Daß du das Bild ein paar Tage, bevor Jean die Erbschaft zufiel, in Händen gehabt hast! Wenn ich an Vorahnungen glaubte, würde ich behaupten, dies sei eine gewesen!«

Madame Roland antwortete in aller Ruhe: »Ja, ja, ich weiß, wo es ist; ich hole es gleich.«

Also hatte sie gelogen! Sie hatte gelogen, als sie an eben diesem Morgen dem Sohn auf seine Frage, was aus der Miniatur geworden sei, geantwortet hatte: »Genau weiß ich es nicht... Vielleicht liegt es in meinem Sekretär.« Dabei hatte sie es ein paar Tage zuvor gesehen, angerührt, in der Hand gehabt, es angeschaut, und dann hatte sie es wieder in dem Geheimfach verborgen, mit Briefen, mit seinen Briefen an sie.

Pierre blickte die Mutter an, die Mutter, die gelogen hatte. Er blickte sie mit dem verzweifelten Zorn eines getäuschten Sohnes an, dem seine geheiligte Zuneigung gestohlen worden ist, und mit der Eifersucht eines Mannes, der lange blind war und nun einem schmählichen Verrat auf die Spur kommt. Wäre er, ihr Kind, der Ehemann dieser Frau gewesen, so hätte er sie an den Handgelenken gepackt, an den Schultern oder bei den Haaren und sie zu Boden gerissen, verprügelt, gewürgt, zertreten! Und dabei konnte er nichts sagen, nichts unternehmen, nichts sich anmerken lassen, nichts enthüllen. Er war ihr Sohn, er hatte nichts zu rächen, er war ja nicht hintergangen worden.

Doch, doch, sie hatte ihn in seiner Zärtlichkeit, in seiner frommen Achtung hintergangen. Sie schuldete ihm Makellosigkeit, wie alle Mütter sie ihren Kindern schulden. Wenn die Wut, die in ihm angehoben hatte, jetzt bis zum Haß gedieh, so geschah das, weil sie seinem Gefühl nach ihm gegenüber noch verbrecherischer gehandelt hatte als sogar seinem Vater gegenüber.

Die Liebe zwischen Mann und Frau ist ein freiwilliger Pakt, bei dem der Teil, der ihn bricht, sich nur der Treulosigkeit schuldig macht; wenn aber die Frau zur Mutter geworden ist, so sind damit ihre Pflichten größer geworden, da die Natur ihr ein ganzes Geschlecht anvertraut hat. Wenn sie dann unterliegt, ist sie feige, unwürdig und infam.

»Ganz gleich«, sagte Roland plötzlich und streckte die Beine unterm Tisch aus, wie er es jeden Abend tat, wenn er sein Glas Johannisbeerlikör süffelte, »es ist nichts Schlimmes dabei, sein Leben mit Nichtstun hinzubringen, wenn man es sich ein bißchen gut gehen lassen kann. Ich hoffe, Jean wird uns jetzt immer zu extrafeinen Abendessen einladen. Den Teufel auch, hilft nichts, wenn ich dann und wann mal Magenschmerzen davon bekomme.« Dann wandte er sich seiner Frau zu: »Hol doch das Bild, mein Schäfchen, du bist ja fertig mit Essen. Auch ich würde es ganz gern mal wiedersehen.«

Sie stand auf, nahm eine Kerze und ging hinaus. Nach einer Weile, die Pierre lange vorkam, obwohl sie nur drei Minuten gedauert hatte, kam Madame Roland lächelnd wieder herein und hielt am Ring einen altmodischen vergoldeten Rahmen. »Hier«, sagte sie. »Ich habe es fast auf den ersten Griff wiedergefunden.«

Der Doktor hatte als erster die Hand ausgestreckt. Er nahm das Bild an sich, hielt es mit dem Arm etwas von sich weg und sah es genau an. Da er nur zu gut merkte, daß die Mutter ihn anschaute, richtete er langsam die Augen auf den Bruder, um zu vergleichen. Fast hätte er sich von seiner Heftigkeit hinreißen lassen und gesagt: »Sieh mal einer an: Das ähnelt aber Jean.« Wenn er auch diese furchtbaren Worte nicht auszusprechen wagte, so bekundete er doch, was er dachte, durch die Art und Weise, wie er das lebendige mit dem gemalten Gesicht verglich.

Freilich gab es Gemeinsames zwischen beiden: denselben Bart und dieselbe Stirn, aber nichts war so unverkennbar, daß man hätte erklären dürfen: »Das da ist der Vater und das da der Sohn.« Es war vielmehr eine bloße Familienähnlichkeit, eine Verwandtschaft von Physiognomien, die dasselbe Blut durchpulste. Was nun aber für Pierre entscheidender war als die Gesichtszüge, das war der Umstand, daß die Mutter aufgestanden war, ihnen den Rücken zugekehrt und so getan hatte, als schließe sie allzu langsam Zucker und Likör in den Wandschrank ein. Sie hatte durchschaut, daß er im Bild sei, oder zumindest, daß er etwas argwöhnte!

»Gib es mir doch mal«, sagte Roland.

Pierre hielt ihm die Miniatur hin, und der Vater rückte den Leuchter näher heran, um besser zu sehen; dann brummelte er gerührt: »Der arme Kerl! Wenn man bedenkt, daß er so ausgesehen hat, als wir ihn kannten. Herrgott noch mal, wie schnell so was geht! Aber ein hübscher Kerl ist er damals gewesen, und er war im Umgang so sympathisch, nicht wahr, Louise?« Da seine Frau nicht antwortete, redete er weiter: »Und was für ein ausgeglichener Charakter! Nie habe ich es erlebt, daß er schlechter Laune gewesen wäre. Ja, nun ist es mit ihm aus, und es ist von ihm nichts übriggeblieben als das, was er Jean hinterlassen hat. Na, kurz und gut, man kann es beeiden, daß er sich bis zum Schluß als ein guter, treuer Freund bezeigt hat. Sogar auf dem Sterbebett hat er uns nicht vergessen.«

Jean streckte den Arm aus und nahm das kleine Bild an sich. Er beschaute es ein paar Sekunden und sagte dann bedauernd: »Ich erkenne ihn absolut nicht wieder. Ich erinnere mich seiner nur mit weißem Haar.« Und er übergab die Miniatur wieder der Mutter.

Sie warf einen schnellen, rasch abgewandten Blick darauf; er wirkte furchtsam; dann sagte sie, und ihre Stimme klang dabei völlig ungekünstelt: »Jetzt gehört es dir, Jeannot, weil du sein Erbe bist. Wir wollen es in deine neue Wohnung mitnehmen.«

Und da nun ins Wohnzimmer hinübergegangen wurde, stellte

sie die Miniatur auf den Kaminsims, neben die Stutzuhr, wo sie früher gestanden hatte.

Roland stopfte seine Pfeife, Pierre und Jean steckten sich Zigaretten an. Sie rauchten sie wie immer, der eine ging dabei im Zimmer auf und ab, der andere saß mit übergeschlagenen Beinen tief in einem Sessel. Der Vater setzte sich stets rittlings auf einen Stuhl und spuckte von weitem in den Kamin.

Madame Roland ließ sich zumeist auf einem niedrigen Stuhl vor einem Tischchen nieder, auf dem eine Lampe stand, stickte, strickte oder zeichnete Wäsche.

An jenem Abend fing sie mit einem Wandbehang an, der in Jeans Schlafzimmer kommen sollte. Es war eine mühselige, komplizierte Arbeit; gerade der Anfang erforderte all ihre Aufmerksamkeit. Von Zeit zu Zeit indessen hob sich ihr die Stiche zählender Blick und glitt rasch und verstohlen zu dem kleinen, an der Pendeluhr lehnenden Bildnis des Toten hinüber. Und der Doktor, der das enge Wohnzimmer mit vier oder fünf langen Schritten durchmaß, die Hände hinterm Rücken verschränkt und die Zigarette zwischen den Lippen, begegnete jedesmal dem Blick der Mutter.

Man hätte meinen können, sie belauerten einander, es sei ein Kampf zwischen ihnen ausgebrochen; und ein schmerzendes Unbehagen krampfte Pierres Herz zusammen. Gepeinigt und dennoch befriedigt, sagte er sich: »Wie muß sie in diesem Augenblick leiden, wenn sie weiß, daß ich ihr auf die Schliche gekommen bin!« Und jedesmal, wenn er wieder an den Kamin kam, blieb er eine Weile davor stehen und schaute sich Maréchals blondes Antlitz an, um zu bekunden, daß eine fixe Idee ihn durchspuke. Und das Bildchen, das nicht einmal so groß wie eine offene Hand war, schien ein lebender Mensch zu sein, ein bösartiger, erschreckender Mensch, der jäh in dieses Haus und in diese Familie eingedrungen war.

Plötzlich erklang die Haustürglocke.

Die immer so ruhige Madame Roland zuckte zusammen; daraus ersah der Doktor, wie sie mit den Nerven durcheinander war. Dann sagte sie: »Das muß Madame Rosémilly sein.« Und noch einmal richtete ihr ängstlicher Blick sich auf den Kamin.

Pierre verstand ihr Entsetzen und ihre Angst oder glaubte sie zu verstehen. Frauen verfügen über einen durchdringenden Blick, einen behenden Geist und argwöhnische Gedanken. Wenn die, die jetzt gleich hereinkommen mußte, die ihr unbekannte Miniatur gewahrte, so entdeckte sie vielleicht schon beim ersten Hinsehen die Ähnlichkeit zwischen jenem Gesicht und dem Jeans. Dann durchschaute und wußte sie alles! Es überkam ihn Angst, eine jähe, gräßliche Angst, die Schmach könne offenbar werden, und als die Tür aufging, drehte er sich um, nahm das kleine Gemälde und schob es unter die Stutzuhr, ohne daß der Vater und der Bruder etwas gemerkt hätten. Als er abermals den Augen der Mutter begegnete, schienen sie ihm verändert, verwirrt und verstört.

»Guten Abend«, sagte Madame Rosémilly. »Ich möchte eine Tasse Tee mit Ihnen trinken.«

Doch während die andern sie eilends umringten und sich nach ihrem Befinden erkundigten, verschwand Pierre durch die offengebliebene Tür.

Als sie merkten, daß er nicht mehr da war, gab es erstaunte Gesichter.

Jean war unzufrieden der jungen Witwe wegen; er fürchtete, sie fühle sich gekränkt, und stieß leise hervor: »Ist das ein ungehobelter Bursche!«

Madame Roland antwortete: »Ihr dürft es ihm nicht übelnehmen; er fühlt sich heute nicht ganz wohl und außerdem müde von seinem Ausflug nach Trouville.«

»Wenn schon!« entgegnete Roland. »Das ist kein Grund, einfach davonzustürzen wie ein Wilder.«

Madame Rosémilly wollte ausgleichen; sie behauptete: »Ach was, ach was, er hat sich à l'anglaise empfohlen; so verschwindet man immer bei Gesellschaften, wenn man beizeiten gehen will.«

»Na«, antwortete Jean, »bei Gesellschaften, das mag sein; aber seine Familie behandelt man nicht à l'anglaise, und seit einiger Zeit tut mein Bruder nichts als das.«

VI

Während der nächsten Woche oder während der beiden nächsten ereignete sich bei den Rolands nichts Besonderes. Der Vater angelte, Jean richtete sich häuslich ein, wobei die Mutter ihm half; Pierre war düster und erschien nur noch zu den Mahlzeiten.

Eines Abends fragte ihn der Vater: »Warum zum Teufel läufst du mit solch einer Begräbnismiene herum? Nicht erst heute fällt mir das auf!«

Der Doktor antwortete: »Weil ich stärker denn je spüre, wie schwer das Leben ist.«

Das war dem wackeren Mann unverständlich; verdrossen sagte er: »Wirklich, das geht zu weit. Seit das Glück dieser Erbschaft uns zuteil geworden ist, scheinen sich alle unglücklich zu fühlen. Als ob uns etwas Schlimmes zugestoßen wäre, als ob wir jemanden beweinten!«

»Ich beweine tatsächlich jemanden.«

»So? Wen denn?«

»Ach, jemanden, den du nicht gekannt hast; ich habe ihn sehr gern gehabt.«

Roland meinte, es handle sich um eine Liebschaft, um eine leichte Person, mit der sein Sohn Umgang gehabt habe; er fragte: »Sicher doch eine Frau?«

»Ja, eine Frau.«

»Tot?«

»Nein, schlimmer. Verloren.«

»Ach so!« Obwohl er sich über dieses unvorhergesehene Geständnis im Dabeisein seiner Frau und über den absonderlichen Ton des Sohnes wunderte, drang der Alte nicht weiter in ihn; er meinte, dergleichen Dinge gingen keinen Dritten an.

Madame Roland schien nichts gehört zu haben; sie sah aus, als sei sie krank; sie war sehr blaß.

Schon mehrmals hatte ihr Mann, der immer sehr betroffen gewesen war, wenn sie sich auf ihren Stuhl setzte, als falle sie darauf nieder, und wenn er sie schnaufen hörte, als leide sie an Atemnot, zu ihr gesagt: »Wirklich, Louise, du siehst schlecht aus, wahrscheinlich rackerst du dich zu sehr beim Einrichten von Jeans

Wohnung ab. Ruh dich doch mal ein bißchen aus, zum Donnerwetter! Ihm eilt es doch nicht, dem Jungen, er ist ja reich.«

Sie hatte dann stets stumm den Kopf geschüttelt.

An jenem Tag aber war sie dermaßen blaß, daß es Roland wiederum auffiel. »Hör mal«, sagte er, »so kann das ganz und gar nicht weitergehen, Alte; es muß was für dich unternommen werden.« Er wandte sich dem Sohn zu: »Du hast doch sicher auch gesehen, daß deiner Mutter was fehlt. Hast du sie wenigstens mal untersucht?«

Pierre antwortete: »Nein, mir ist nicht aufgefallen, daß etwas bei ihr nicht stimmt.«

Da fuhr Roland auf: »Aber das springt einem doch in die Augen, verflucht noch mal! Wozu nutzt es dir denn, daß du Doktor bist, wenn du nicht mal merkst, daß bei deiner Mutter was nicht stimmt? Sieh sie dir doch bloß mal an, los, sieh sie dir an! Nein, tatsächlich, unsereins könnte krepieren, und dieser Arzt hier hätte keine Ahnung, warum und weshalb!«

Madame Roland hatte angefangen, schwer zu atmen; sie war so bleifahl, daß ihr Mann aufschrie: »Ihr wird schlecht!«

»Nein … nein … Es ist nichts … Es geht schon vorüber … es ist nichts.«

Pierre war zu ihr getreten und schaute ihr fest in die Augen. »Also, was ist los mit dir?« fragte er.

Nochmals, leise und überstürzt, sagte sie: »Ach, nichts … nichts … ganz bestimmt … nichts.«

Roland war hinausgegangen, um Essig zu holen; er kam wieder herein und hielt dem Sohn die Flasche hin: »Da, tu doch was für sie. Hast du wenigstens ihr Herz abgetastet?«

Als Pierre sich bückte, um ihren Pulsschlag festzustellen, riß sie die Hand so heftig zurück, daß sie an einen neben ihr stehenden Stuhl schlug.

»Na«, sagte er kalt, »laß dich doch untersuchen, wenn du krank bist.«

Da richtete sie sich auf und hielt ihm den Arm hin. Ihre Haut war glühend heiß, das Blut pulste stürmisch, in abgehackten Schlägen.

Er murmelte: »Wirklich, die Sache ist ziemlich ernst. Du mußt

Beruhigungsmittel nehmen. Ich schreibe dir ein Rezept.« Und als er sich über das Formular beugte und schrieb, vernahm er hinter sich ein leises Geräusch von gepreßten Seufzern, von Ringen nach Luft, von kurzen, verhaltenen Atemzügen; er fuhr herum.

Sie weinte, beide Hände vorm Gesicht.

Völlig verdattert fragte Roland: »Aber Louise, Louise, was ist dir, was hast du denn?«

Sie gab keine Antwort; es war, als zerfleische sie ein schrecklicher, tiefer Kummer.

Ihr Mann langte nach ihren Händen und wollte sie ihr vom Gesicht wegziehen.

Sie ließ es nicht zu; sie sagte immerfort: »Nein, nein, nein.«

Er wandte sich zu dem Sohn hin: »Was mag sie nur haben? So habe ich sie noch nie gesehen.«

»Halb so schlimm«, sagte Pierre. »Kleine Nervenattacke.« Und ihm war, als erleichtere er sein Herz, nun er mitansah, wie sehr sie litt, als mildere jener Schmerz seinen Haß, als mindere er die schmähliche Schuldenlast der Mutter. Er schaute sie an wie ein Richter, den sein Urteilsspruch befriedigt.

Doch da sprang sie auf und stürzte in so jäher Hast zur Tür, daß es weder vorauszusehen war noch hätte verhindert werden können; sie lief in ihr Schlafzimmer und schloß sich ein.

Roland und der Doktor standen starr und schauten einander an.

»Wirst du klug aus alledem?« fragte der eine.

»Ja«, antwortete der andere. »Es kommt von einer harmlosen kleinen Nervenstörung; dergleichen tritt in Mamas Alter häufig auf. Wahrscheinlich bekommt sie noch eine ganze Reihe solcher Anfälle.«

Tatsächlich erlitt sie weitere, fast jeden Tag; Pierre schien sie durch eine beiläufige Erwähnung auszulösen, als wisse er um das Geheimnis ihres seltsamen, unbekannten Leidens. Er belauerte ihr Gesicht, bis es sich vorübergehend beruhigt hatte, und dann erweckte er mit der Abgefeimtheit eines Folterknechts durch ein einziges Wort den für einen Augenblick beschwichtigten Schmerz.

Und er selber litt im gleichen Maß wie sie! Er litt schrecklich darunter, daß er sie nicht mehr liebhaben, sie nicht mehr achten konnte und sie quälen mußte. Wenn er die blutende Wunde sorglich aufgefrischt, die er diesem Frauenherzen, diesem Mutterherzen eingeschnitten hatte, wenn er spürte, wie elend und verzweifelt sie war, ging er weg, allein, durch die Stadt, von Gewissensbissen und Reue gepeinigt wie durch glühende Zangen, so von Mitleid zerschlagen, so verzweifelt, sie auf solcherlei Weise als Sohn durch seine Verachtung zerschmettert zu haben, daß er sich am liebsten ins Meer gestürzt, sich ertränkt hätte, um alledem ein Ende zu machen.

Wie gern hätte er ihr jetzt vergeben! Aber er brachte es nicht über sich, da er nicht zu vergessen vermochte. Wäre er wenigstens imstande gewesen, sie nicht länger zu quälen! Aber auch das konnte er nicht; er selber litt ja unablässig. Um die Essenszeit kehrte er heim, erfüllt von gerührten Vorsätzen; doch sobald er sie erblickte, sobald er ihre Augen sah, ihre ehedem so unbeirrten und freien und jetzt so unsteten, ängstlichen, verstörten Augen, schlug er wider Willen zu und konnte den perfiden Satz nicht unterdrücken, der ihm auf die Lippen gestiegen war.

Das schändliche Geheimnis, um das nur sie beide wußten, stachelte ihn gegen sie auf. Es war wie ein Gift, das neuerdings seine Adern durchrann und das ihm den Drang eingab, zuzubeißen wie ein tollwütiger Hund.

Nichts hemmte ihn mehr, ohne Unterlaß auf sie einzuhacken; denn Jean hielt sich jetzt so gut wie stets in seiner neuen Wohnung auf und kam lediglich zum Abendessen und zum Übernachten zu den Seinen.

Er bekam oft die Bitterkeit und die heftigen Ausdrücke des Bruders zu spüren und schrieb sie dem Neid zu. Zwar nahm er sich vor, ihn eines Tages zurechtzuweisen und ihm die Leviten zu lesen, denn das Familienleben war infolge der ständigen Szenen recht unerquicklich geworden. Aber da er jetzt sein eigenes Leben lebte, hatte er weniger unter diesen Roheiten zu leiden, und sein Hang zu Ruhe und Frieden trieb ihn zur Geduld. Überdies hatte der Reichtum ihn berauscht, und seine Gedanken weilten nur noch bei Dingen, die ihn unmittelbar etwas angingen. Wenn er kam, hatte er den Kopf voll von neuen kleinen Sorgen, der Schnitt eines Jacketts beschäftigte ihn, die Form eines Filzhuts, die angemessene Größe von Visitenkarten. Und er redete beständig von allen möglichen, sein Haus betreffenden Kleinigkeiten, von Brettern, die in den Wandschrank des Schlafzimmers gelegt worden seien, damit die Bettwäsche daraufgelegt werden könne, von Garderobehaken im Flur, von elektrischen Alarmglocken, die angebracht worden seien, damit niemand sich in die Wohnung schleichen könne.

Es war beschlossen worden, daß zur Feier seines Einzugs eine Landpartie nach Saint-Jouin unternommen und daß nach dem Abendessen bei ihm Tee getrunken werden solle. Roland wollte auf dem Seeweg hinfahren; aber die Entfernung und die Ungewißheit, ob man bei Gegenwind überhaupt hingelangen werde, führten zur Ablehnung seines Vorschlags, und es wurde für den Ausflug ein Landauer gemietet.

Gegen zehn Uhr fuhr man los, um zum Mittagessen anzulangen. Die staubige Sraße wand sich durch das normannische Land, das mit seinen gewellten Ackerbreiten und seinen baumumstandenen Bauernhöfen wie ein endloser Park wirkt. Im Wagen, den zwei schwere, langsam trabende Pferde zogen, saßen die Familie Roland, Madame Rosémilly und Kapitän Beausire und schwiegen, betäubt vom Rollgeräusch der Räder; sie fuhren in einer Staubwolke einher und hielten die Augen geschlossen.

Es war Erntezeit. Neben dunkelgrünen Klee- und grellgrünen Runkelrübenfeldern erhellte gelbes Getreide die Landschaft mit goldblondem Leuchten. Es schien das darauf niedergefallene Sonnenlicht in sich getrunken zu haben. Hier und dort war mit dem Mähen begonnen worden, und auf den Feldern, über die die Sensen sich hermachten, waren Männer zu sehen, die sich wiegend vorwärtsbewegten und die großen, flügelförmigen Klingen dicht über den Boden hinweggleiten ließen.

Nach zweistündiger Fahrt bog der Landauer nach links in einen Feldweg ein, fuhr an einer sich drehenden Windmühle vorüber, einem melancholischen, grauen, halb verfaulten, zum Untergang verdammten Wrack, der letzten überlebenden der alten Mühlen, schwenkte dann in einen hübschen Hof ein und hielt vor einem schmucken Haus, der in der ganzen Gegend berühmten Gaststätte.

Die Wirtin, genannt »die schöne Alphonsine«, erschien lächelnd in der Tür und streckte den beiden Damen die Hand hin; sie zögerten angesichts des allzu hohen Wagentritts.

Unter einem Zeltdach am Rand der von Apfelbäumen beschatteten Wiese saßen bereits Fremde beim Mittagessen, aus Étretat herübergekommene Pariser; und im Hausinnern waren Stimmen, Gelächter und Geschirrgeklapper vernehmlich.

Es mußte in einem der Hotelzimmer gegessen werden; sämtliche Eßräume waren voll. Roland gewahrte an der Wand hängende Netze zum Langustenfang. »Sieh da!« rief er. »Werden hier etwa graue Langusten gefischt?«

»Ja«, antwortete Beausire, »hier werden sogar an der ganzen Küste die meisten gefangen.«

»Verdammt noch mal! Wenn wir nun nach dem Essen mal hingingen?«

Zufällig traf es sich, daß um drei Niedrigwasser war, und es wurde beschlossen, den ganzen Nachmittag über in den Klippen nach Langusten zu suchen.

Sie aßen wenig, damit sie keinen Blutandrang zum Kopf bekämen, wenn sie mit den Füßen im Wasser patschten. Außerdem wollten sie Appetit für das Abendessen aufsparen; sie bestellten eine großartige Speisenfolge; um sechs, wenn sie zurückkämen, sollte alles bereit sein.

Roland vermochte seine Ungeduld kaum zu zügeln. Er wollte die Spezialgeräte kaufen, die bei diesem Fang gebraucht werden; sie haben große Ähnlichkeit mit den Netzen, deren man sich bedient, wenn man auf der Wiese Schmetterlinge haschen will.

Sie heißen »Lanets« und bestehen aus kleinen, taschenartigen Netzen, die an einem Holzreifen befestigt sind; dieser wiederum sitzt am Ende eines langen Stocks. Alphonsine, abermals lächelnd, lieh sie ihnen. Dann verhalf sie den beiden Frauen zu einer improvisierten Bekleidung, damit ihre Kleider nicht naß wurden. Sie gab ihnen Röcke, dicke Wollstrümpfe und Bastschuhe. Die Männer zogen ihre Socken aus und kauften beim Dorfschuster Schlappen und Holzschuhe.

Dann wurde losgezogen, die »Lanets« auf der Schulter, die Kiepe auf dem Rücken. Madame Rosémilly wirkte in diesem Kostüm ganz reizend; sie war von einer unvermuteten, bäurisch-kecken Anmut. Der von Alphonsine geliehene Rock war kokett geschürzt und durch ein paar Stiche befestigt worden, damit sie unbedenklich in den Klippen laufen und springen konnte; er ließ die Fußgelenke und den unteren Teil der Wade frei, die festen Waden einer geschmeidigen, kräftigen kleinen Frau. Die Taille war nicht geschnürt, damit allen Bewegungen volle Freiheit verblieb; als Kopfbedeckung hatte sie einen riesigen Gärtnerhut aufgestöbert; er war aus gelbem Stroh, hatte einen über die Maßen breiten Rand, und es steckte an der hochgebogenen Seite ein Tamariskenzweig daran, was flott und verwegen aussah.

Seit er im Besitz der Erbschaft war, hatte Jean jeden Tag überlegt, ob er sie heiraten solle oder nicht. Bei jedem Wiedersehen fühlte er sich entschlossen, sie zu seiner Frau zu machen; aber wenn er dann wieder allein war, meinte er, daß man, wenn man warte, Zeit zum Nachdenken habe. Sie war jetzt weniger reich als er; sie besaß nämlich nur etwa zwölftausend Francs Zinsen, aber ihr Geld war in Grundstücken, in Pachthöfen und Bauplätzen im Hafenviertel von Le Havre angelegt, und die konnten später einen beträchtlichen Wert darstellen. Die beiden Vermögen waren also etwa gleich groß, und die junge Witwe, das stand fest, gefiel ihm sehr. Als er sie an jenem Tag vor sich herschreiten sah, dachte er: Los, ich muß mich entscheiden. Was Besseres finde ich bestimmt nicht.

Sie folgten einem sich senkenden Tälchen, das vom Dorf hinab zur Steilklippe führte; die Klippenwand am Ende jenes Tals erhob sich achtzig Meter über das Meer. Im Rahmen der grünen Böschungen, die zur Rechten und Linken abfielen, erschien in der Ferne ein großes, in der Sonne bläulich-silbernes Wasserdreieck, und ein kaum sichtbarer Segler darauf mutete an wie ein Insekt. Der lichterfüllte Himmel verschwamm dermaßen mit dem Wasser, daß nicht zu erkennen war, wo der eine endete und das andere anfing, und die beiden Frauen, die vor den drei Männern hergingen, zeichneten sich vor dieser hellen Weite mit ihren von den Miedern betonten Taillen ab.

Mit glänzenden Augen sah Jean die schmalen Fesseln, die wohlgeformten Beine und den großen, herausfordernden Hut Madame Rosémillys vor sich enteilen. Und diese Flucht steigerte sein Begehren und trieb ihn zu dem entscheidenden Entschluß; der wird von Zaudernden und Schüchternen immer ganz jäh gefaßt. Die laue Luft, in die sich der Duft der Hänge mit ihrem Stechginster, ihrem Klee und ihren Gräsern mischte, der Meergeruch der nicht vom Wasser bedeckten Felsen putschten ihn noch mehr auf und versetzten ihn in einen milden Rauschzustand, und jeder Schritt, jede Sekunde, jeder Blick auf die behende Gestalt der jungen Frau festigte seinen Entschluß; er wurde sich darüber einig, nicht länger zu zögern, ihr zu sagen, er liebe sie und wünsche sie zu heiraten. Das Fischen würde ihm helfen, das Alleinsein mit ihr zu erleichtern; und überdies würde es ein hübsches Beiwerk sein, eine hübsche Stätte für Liebesworte: die Füße im durchsichtigen Wasser, beim Beobachten der langbärtigen Krevetten, die unter dem Tang flitzten.

Als sie am Ende des Tals, am Rand des Abgrunds anlangten, gewahrten sie einen schmalen Fußpfad, der sich an der Steilklippe hinzog, und unter sich, halbwegs zwischen dem Meer und dem Fuß der Klippe, ein erstaunliches Chaos riesiger, herabgestürzter, umgefallener, übereinandergehäufter Felsblöcke in einer Art grasiger, wogender Ebene, die sich, so weit das Auge reichte, nach Süden hin erstreckte und durch Erdrutsche in alten Zeiten gebildet worden war. Auf diesem langen Streifen mit Buschwerk und Graswuchs, der, so hätte man sagen können, durch einen Vulkanausbruch aufgeschüttet worden war, wirkten die gestürzten Felsen wie die Ruinen einer großen, verschwundenen Stadt, die ehedem auf den Ozean geblickt hatte und ihrerseits von der weißen, endlosen Mauer der Steilküste überragt worden war.

»Wie schön das ist«, sagte Madame Rosémilly und blieb stehen.

Jean hatte sie eingeholt und bot ihr aufgewühlten Herzens die Hand zum Abstieg auf dem schmalen, in den Fels gekerbten Pfad.

Sie gingen voraus; Beausire reckte sich auf seinen kurzen Beinen auf und bot den gebogenen Arm Madame Roland, der ob der Tiefe Hören und Sehen verging.

Roland und Pierre kamen als die letzten, und der Doktor mußte den Vater mit sich schleppen; dem war so schwindlig, daß er sich von Stufe zu Stufe auf dem Hintern hinabgleiten ließ.

Die jungen Leute, die als die ersten hinabstiegen, gingen rasch, und plötzlich erblickten sie neben einer Holzbank, die etwa auf der Hälfte des abwärtsführenden Pfads zur Rast einlud, eine klare Quelle, die einem kleinen Loch in der Felswand entsprang. Sie ergoß sich zunächst in ein Becken von der Größe einer Waschschüssel, das sie sich gehöhlt hatte, fiel dann in einer kaum zwei Fuß hohen Kaskade herab, floß eilends über den Fußpfad hinweg, auf dem ein Kresseteppich hervorgeschossen war, und verschwand alsdann zwischen Brombeerranken und Gras in der gewellten Ebene mit den gehäuften Felstrümmern.

»Ach, was für einen Durst ich habe«, rief Madame Rosémilly. Aber wie sollte sie trinken? Sie versuchte, das Wasser mit der hohlen Hand zu schöpfen, doch es rann ihr zwischen den Fingern hindurch.

Jean kam ein Gedanke: Er legte einen dicken Stein mitten auf den Weg, und sie kniete darauf nieder, damit sie unmittelbar aus der Quelle trinken konnte, in deren Höhe sich ihre Lippen auf diese Weise befanden.

Als sie den Kopf wieder hob, waren ihre Haut, ihr Haar, ihre Brauen, ihre Bluse mit Tausenden glitzernder Tröpfchen übersprüht, und der zu ihr hin gebeugte Jean flüsterte: »Wie hübsch Sie sind!«

Sie antwortete in dem Tonfall, den man anschlägt, wenn man ein Kind ausschilt: »Wollen Sie wohl den Mund halten?«

Das waren die ersten halbwegs galanten Worte, die sie wechselten.

»Kommen Sie«, sagte Jean verwirrt, »wir wollen machen, daß wir weiterkommen, ehe die andern uns einholen.«

Er gewahrte nämlich ihnen schon ganz nahe Kapitän Beausires Hinterfront; der Kapitän klomm rückwärts herab, damit er mit beiden Händen Madame Roland stützen konnte, und weiter oben, in größerem Abstand, rutschte Roland noch immer auf dem Hosenboden abwärts, wobei er sich auf Füßen und Ellbogen weiterschleppte wie eine Schildkröte; Pierre ging vor ihm her und hatte Obacht auf alle Bewegungen des Vaters.

Der Pfad war jetzt weniger abschüssig; er wurde zu einer Art sich senkenden Feldwegs, der sich um die riesigen, in alten Zeiten herabgefallenen Felsblöcke wand. Madame Rosémilly und Jean setzten sich in Trab und waren bald auf dem Kiesstreifen angelangt. Sie schritten darüber hinweg, um an die Klippen heranzukommen. Sie erstreckten sich auf einer langen, ebenen, mit Seegras bedeckten Fläche, in der unzählige Wasserlachen schimmerten. Weiter unten, ganz in der Ferne, jenseits der von Tanggewächsen glitschigen flachen Strecke, leuchtete schwärzlich grün das verebbende Meer.

Jean krempelte sich die Hose bis über die Waden hoch und die Ärmel bis über die Ellbogen, so daß er, ohne naß zu werden, sich ins Wasser wagen konnte; dann sagte er: »Los!« und sprang entschlossen in den ersten Priel, an den sie kamen.

Die junge Frau war vorsichtiger, wenngleich ebenfalls bereit, sofort ins Wasser zu steigen; mit ängstlichen Schritten ging sie um das schmale Becken herum, weil sie auf den glitschigen Pflanzen immerfort ausrutschte. »Sehen Sie was?« fragte sie.

»Ja, Ihr Gesicht, es spiegelt sich im Wasser.«

»Wenn Sie weiter nichts sehen, werden Sie kaum was fangen.«

Zärtlich flüsterte er: »Ach, von allem, was sich fangen läßt, wäre mir das das Liebste.«

Sie lachte: »Versuchen Sie es doch; Sie werden schon sehen, wie es Ihnen durch die Maschen geht.«

»Dabei... Wenn Sie wollten...«

»Ich will zusehen, wie Sie Langusten fangen, und weiter gar nichts, für den Augenblick wenigstens.«

»Wie gehässig von Ihnen! Also weiter, hier sind keine drin.« Und er bot ihr die Hand, damit sie über die fettglatten Steine hinwegkam.

Sie war ein bißchen unsicher und stützte sich auf ihn, und da überkam ihn jäh die Liebe, das Begehren, der Hunger nach ihr, als habe die in ihm keimende Krankheit just diesen Tag abgewartet, um auszubrechen.

Bald kamen sie an einen tieferen Priel; darin wogten im zitternden Wasser, das durch einen unsichtbaren Spalt ins ferne Meer ablief, lange, dünne, absonderlich gefärbte Gräser, rosafarbene und grüne Haarsträhnen; sie schienen zu schwimmen.

Madame Rosémilly rief: »Da, da, ich sehe eine, eine ganz dicke, da drüben.«

Er hatte sie ebenfalls gesehen und stieg entschlossen in das Loch, obwohl er dabei bis zum Gürtel naß wurde.

Aber das Tier bewegte seine langen Schnurrbartfühler und wich langsam vor dem Netz zurück. Jean trieb sie zu dem Tang hin, er war überzeugt, dort werde er sie fangen. Als sie sich blokkiert sah, glitt sie mit jähem Schwung über das Netz hinweg, flitzte durch den Priel hindurch und verschwand.

Die junge Frau hatte aufgeregt der Jagd zugeschaut und konnte den Ausruf: »Oh, was sind Sie ungeschickt!« nicht zurückhalten.

Er ärgerte sich und zog mit einem planlosen Ruck sein Netz durch eine Vertiefung voller Meergewächse. Als er es aus dem Wasser zog, sah er drei dicke, durchsichtige Langusten darin; er hatte sie blindlings in ihrem unsichtbaren Versteck gefangen.

Triumphierend hielt er sie Madame Rosémilly hin; aber sie wagte nicht, sie anzufassen; sie scheute vor der scharfen, gezähnten Spitze zurück, mit der ihr schmaler Kopf bewehrt ist.

Doch dann entschloß sie sich dazu; sie faßte mit zwei Fingern das dünne Ende des Barts und legte sie eine nach der andern in ihre Kiepe und dazu ein bißchen Tang, der sie am Leben erhalten würde. Als sie dann einen weniger tiefen Priel gefunden hatte, stieg sie zögernden Schrittes hinein; die Kälte, die sich ihrer Füße bemächtigte, benahm ihr ein wenig die Luft, und jetzt fing sie selber zu fischen an. Sie war geschickt und schlau, hatte eine geschmeidige Hand und den erforderlichen Jagdinstinkt. Fast mit jedem Zug bekam sie Langusten zu fassen, die sich durch die raffinierte Langsamkeit ihres Vorgehens hatten täuschen und überraschen lassen.

Jean ergatterte jetzt nichts mehr, folgte ihr indessen Schritt für Schritt, streifte sie, beugte sich über sie, tat völlig verzweifelt über seine Ungeschicklichkeit, wollte lernen. »Zeigen Sie es mir doch«, sagte er, »zeigen Sie es mir doch!«

Als dann ihrer beider Gesichter nebeneinander in dem klaren Wasser erschienen, dessen dunkler Pflanzenwuchs am Grund es zu einer durchsichtigen Spiegelfläche machte, lächelte Jean den Kopf neben dem seinen, der ihn aus der Tiefe anschaute, an, und dann und wann warf er ihm mit den Fingerspitzen eine Kußhand zu; sie schien ihn von oben her zu erreichen.

»Ach, sind Sie langweilig«, sagte die junge Frau. »Mein Lieber, man darf nie zwei Dinge gleichzeitig tun.«

Er antwortete: »Ich tue ja nur eins. Ich liebe Sie.«

Sie richtete sich auf; ihre Stimme klang ganz ernst: »Hören Sie mal, was ist eigentlich seit zehn Minuten mit Ihnen los? Haben Sie den Kopf verloren?«

»Nein, ganz und gar nicht. Ich liebe Sie, endlich bringe ich es über mich, es Ihnen zu sagen.«

Sie standen beide in der Salzwasserlache, die ihnen bis an die Waden reichte, und die triefenden Hände auf die Netze gestützt, schauten sie einander tief in die Augen.

Scherzend und ein wenig verdrossen fuhr sie fort: »Wie unbedacht von Ihnen, mir das in diesem Augenblick zu sagen. Hätten Sie es nicht auf einen anderen Tag verschieben können, anstatt mir das Fischen zu verderben?«

Er murmelte: »Pardon, aber noch länger schweigen – das konnte ich nicht mehr. Ich liebe Sie schon seit so langer Zeit. Heute haben Sie mich so berauscht, daß es mich um den Verstand gebracht hat.«

Sie schien sich plötzlich damit abzufinden, sich darein zu schicken, über Sachliches zu reden und auf ihr Vergnügen zu verzichten. »Wir wollen uns auf den Felsblock da setzen«, sagte sie, »da können wir in aller Ruhe miteinander reden.«

Sie erkletterten den ziemlich hohen Felsen, und als sie dort nebeneinander mit baumelnden Beinen in der hellen Sonne saßen, begann sie: »Lieber Freund, Sie sind kein kleiner Junge mehr und ich kein junges Mädchen. Wir wissen beide ganz genau, um was es sich hier handelt, und wir können alle Folgerungen unseres Tuns abwägen. Wenn Sie sich heute zu einer Liebeserklärung entschlossen haben, nehme ich natürlich an, daß Sie mich heiraten wollen.«

Auf diese unumwundene Klarlegung der Situation war er nicht gefaßt gewesen; er antwortete dümmlich: »Allerdings.«

»Haben Sie schon mit Ihren Eltern darüber gesprochen?«

»Nein; ich habe zuerst wissen wollen, ob es Ihnen recht ist.«

Sie bot ihm die noch nasse Hand, und als er schwungvoll die seine hineinlegte, sagte sie: »Ich bin gern einverstanden. Ich halte Sie für gut und aufrichtig. Aber vergessen Sie nicht, daß Ihre Eltern nichts gegen mich haben dürfen.«

»Glauben Sie vielleicht, meine Mutter habe nichts geahnt, und daß sie Sie so gern hätte, wie sie Sie hat, wenn sie nicht wünschte, daß wir heirateten?«

»Das stimmt, ich bin ein bißchen verwirrt.«

Sie schwiegen. Und es wunderte ihn, daß sie so wenig verwirrt und so vernünftig war. Er war auf galante Tändeleien gefaßt gewesen, auf Weigerungen, die »Ja« bedeuten, auf eine kokette Liebeskomödie beim Fischen, beim Wasserplätschern! Und nun war schon alles aus und vorbei, nach zwanzig Worten fühlte er sich gebunden, verheiratet. Sie hatten einander nichts mehr zu sagen, da sie bereits einig waren, und jetzt saßen sie beide ein bißchen verlegen um dessentwillen da, was sich zwischen ihnen so schnell vollzogen hatte; sie waren sogar ein bißchen bestürzt; sie wagten nicht mehr zu reden, nicht mehr zu fischen; sie wußten nicht, was sie tun sollten.

Rolands Stimme rettete sie: »Kommt mal her, Kinder, kommt mal her! Sehr euch bloß mal Beausire an! Der leert das ganze Meer aus, der Bursche!«

Tatsächlich hatte der Kapitän einen großartigen Fang getan. Naß bis an die Hüften, ging er von Priel zu Priel, machte mit einem einzigen Blick die besten Stellen ausfindig und durchstöberte mit langsamen, sicheren Bewegungen seines Lanets alle unter dem Tang verborgenen Höhlungen.

Und die schönen, durchsichtigen, graublonden Langusten zappelten in seiner Hand, wenn er sie mit einem dürren Griff packte und in seine Kiepe warf.

Die überraschte und entzückte Madame Rosémilly wich ihm

nicht mehr von der Seite und ahmte ihn nach, so gut sie konnte; sie hatte ihre Verlobung fast vergessen und ebenso Jean, der ihr in träumerischer Versonnenheit nachging; sie gab sich völlig der kindlichen Freude hin, die Langusten unter dem wogenden Pflanzengewucher hervorzuholen.

Plötzlich rief Roland: »Seht mal, jetzt kommt unsere Mutter zu uns!«

Sie war zunächst mit Pierre allein am Strand zurückgeblieben; beide hatten keine Lust gehabt, zwischen den Felsblöcken herumzulaufen und in den Prielen zu stöbern; und dabei schuf es ihnen Unbehagen, zusammen zu sein. Sie hatte Angst vor ihm, und ihr Sohn hatte Angst vor ihr und sich selbst, Angst vor seiner Grausamkeit, deren er nicht Herr werden konnte.

So hatten sie sich denn nebeneinander auf den Strandkies gesetzt. Und beide dachten das Gleiche in der durch die Seeluft gemilderten Sonnenhitze, angesichts der gedehnten, weichen, blauen, von Silberstreifen durchzogenen Wasserweite: Wie schön wäre es, wenn man wie früher hier sitzen könnte.

Sie wagte es nicht, Pierre anzureden; sie wußte nur zu gut, daß er mit einer Schroffheit antworten würde; und er wagte es nicht, die Mutter anzureden, denn auch er wußte, daß er, er mochte wollen oder nicht, es barsch und grob tun würde.

Mit der Spitze seines Spazierstocks fiel er über die runden Kiesel her, drehte sie um und schlug auf sie ein. Sie hatte mit abwesendem Blick ein paar Steinchen aufgelesen und ließ sie mit langsamer, mechanischer Geste von einer Hand in die andere gleiten. Dann gewahrte ihr unentschlossener, von ungefähr nach vorn schweifender Blick ihren Sohn Jean, der mitten im Tang mit Madame Rosémilly beim Fischen war. Sie ließ die beiden nicht aus den Augen, sie lugte nach ihren Bewegungen aus; in ihrem mütterlichen Instinkt durchschaute sie verworren, daß die beiden nicht wie sonst immer miteinander redeten. Sie sah, wie sie nebeneinander standen, sich vorbeugten, als sie einander im Wasser anblickten, wie sie sich gegenüberstanden, als sie ihre Herzen befragten, wie sie auf den Felsen kletterten, sich hinsetzten und sich dann verlobten.

Ihrer beider Gestalten hoben sich scharf umrissen ab; inmitten des Horizonts wirkten sie einsam und abgesondert; in der Raumesweite von Himmel, Meer und steilem Klippenhang wurden sie zu etwas Großem und Symbolischem.

Auch Pierre sah zu ihnen hin, und aus seinen Lippen brach ein trockenes Auflachen.

Ohne ihn anzuschauen, fragte Madame Roland: »Was hast du nur?«

Er lachte höhnisch weiter: »Ich unterrichte mich. Ich lerne, wie man sich darauf vorbereitet, zum Hahnrei zu werden.«

Wütend und empört zuckte sie zusammen; der Ausdruck hatte sie verletzt; sie war außer sich über das, was sie verstanden zu haben glaubte. »Auf wen zielst du damit ab?«

»Auf Jean, zum Teufel! Zu komisch, die beiden so beieinander zu sehen!«

Leise, vor Aufregung zitternd, sagte sie: »O Pierre, wie grausam du doch bist! Diese Frau ist die verkörperte Rechtlichkeit. Eine bessere Wahl könnte dein Bruder nicht treffen.«

Da lachte er schallend heraus; es war ein gewolltes, abgehacktes Lachen: »Ha, ha, ha! Die verkörperte Rechtlichkeit! Alle Frauen sind die verkörperte Rechtlichkeit, und alle ihre Männer tragen Hörner. Ha, ha, ha!«

Ohne zu antworten stand sie auf, stieg hastig den Kieselhang hinab und hastete und lief fast, auf die Gefahr hin, auszugleiten, in unter den Pflanzen verborgene Löcher zu fallen und sich Arme und Beine zu brechen, durch die Priele hindurch, blindlings, einfach geradeaus, auf ihren anderen Sohn zu.

Als er sie kommen sah, rief Jean ihr entgegen: »He, Mama, willst du mitmachen?«

Sie gab keine Antwort, sie packte ihn am Arm, als wollte sie zu ihm sagen: »Rette mich, schütze mich!«

Ihre Verstörtheit fiel ihm auf; höchlichst überrascht fragte er: »Wie blaß du bist! Was hast du nur?«

Sie stammelte: »Fast wäre ich hingefallen, ich fühle mich auf den Steinen so unsicher.«

Da führte und stützte Jean sie und erklärte ihr den Vorgang des Fischens, um sie abzulenken. Aber da sie ihm kaum zuhörte, und da er ein heftiges Verlangen spürte, sich jemandem anzuvertrauen, zog er sie abseits und flüsterte ihr zu: »Rate mal, was ich getan habe!«

»Ja... ja... das kann ich doch nicht wissen.«

»Rate.«

»Ich... ich weiß es nicht.«

»Na, dann hör zu: Ich habe Madame Rosémilly gesagt, ich möchte sie heiraten.«

Sie gab keine Antwort, in ihrem Kopf sauste und dröhnte es, ihre innere Not war so groß, daß sie ihn kaum verstanden hatte. Sie fragte: »Sie heiraten?«

»Ja, habe ich recht getan? Sie ist doch reizend, nicht wahr?«

»Ja... reizend... hast recht getan.«

»Dann bist du also einverstanden?«

»Ja... einverstanden.«

»Du sagst das so komisch. Fast klingt es, als freutest du dich nicht.«

»Doch... ich... freue mich.«

»Bestimmt?«

»Bestimmt.« Und um es ihm zu beweisen, schlang sie die Arme um ihn und küßte ihn mit knallenden Mutterküssen mitten ins Gesicht.

Als sie sich dann die Augen abgewischt hatte, in die die Tränen getreten waren, sah sie hinten am Strand einen menschlichen Körper auf dem Bauch liegen, das Gesicht in den Steinen – wie eine Leiche sah er aus; das war der andere, war Pierre, der verzweifelt in sich hineingrübelte.

Da zog sie ihren kleinen Jean noch weiter weg, ganz nahe an den Meeressaum heran, und sie redete lange über die Heirat, an die ihr Herz sich klammerte.

Die steigende Flut trieb sie zu den Fischern hin; sie gesellten sich zu ihnen; dann gingen sie alle wieder zur Felswand zurück. Pierre, der sich schlafend stellte, wurde geweckt; und das Abendessen dauerte sehr lange und wurde ausgiebig mit mancherlei Weinen angefeuchtet.

VII

Auf der Heimfahrt im Landauer nickten die Männer sämtlich ein, bis auf Jean. Alle fünf Minuten sanken Roland und Beausire gegen eine Nebenmannsschulter, die sie mit einem Ruck zurückstieß. Dann reckten sie sich hoch, hörten auf zu schnarchen, rissen die Augen auf und brummelten: »Recht schönes Wetter«, worauf sie fast sofort wieder nach der andern Seite hinsanken.

Bei der Ankunft in Le Havre schliefen sie so fest, daß es große Mühe kostete, sie wachzurütteln, und Beausire lehnte es sogar ab, mit zu Jean hinaufzukommen, wo der Tee ihrer wartete. Er mußte an seiner Haustür abgesetzt werden.

Zum erstenmal wollte der junge Anwalt in seinem neuen Heim übernachten; in einem Anfall großer, etwas bubenhafter Freude, die sich plötzlich seiner bemächtigt hatte, wollte er seiner Verlobten an eben diesem Abend die Zimmerflucht zeigen, die sie bald bewohnen würde.

Das Hausmädchen war nicht mehr da, weil Madame Roland erklärt hatte, sie selber wolle das Wasser aufs Feuer setzen und servieren; sie schätzte es nicht, das Personal lange aufbleiben zu lassen, aus Angst vor einem Brand.

Niemand außer ihr, dem Sohn und den Handwerkern hatte bislang die Wohnung betreten, damit die Überraschung desto größer wurde, wenn alle sähen, wie hübsch sie geworden war.

Im Flur bat Jean, sie möchten warten. Er wollte die Kerzen und die Lampen anstecken, und so ließ er denn Madame Rosémilly, den Vater und den Bruder im Dunkeln stehen; dann rief er: »Jetzt dürft ihr hereinkommen« und machte die Flügeltür weit auf.

Die Glasgalerie wurde durch einen Kristallkronleuchter und bunte Gläser erleuchtet, die hinter den Palmen, den Gummibäumen und Blumen verborgen waren; auf den ersten Blick wirkte sie wie eine Bühnendekoration. Alle staunten sekundenlang. Der von diesem Luxus überwältigte Roland murmelte: »Verflucht und zugenäht!« und hatte nicht übel Lust, in die Hände zu klatschen, wie bei einer Schlußapotheose.

Dann ging es in das erste Wohnzimmer; es war klein und mit

altgoldenem Stoff ausgeschlagen; mit dem gleichen Stoff waren auch die Stühle bespannt. Das große Sprechzimmer war sehr schlicht in blassem Lachsrot gehalten und nahm sich imponierend aus.

Jean setzte sich in den Sessel hinter dem mit Büchern beladenen Schreibtisch und sagte mit ernster, ein wenig gezwungener Stimme: »Ja, Madame, die gesetzlichen Bestimmungen sind klar und eindeutig und geben mir, sofern die Einverständniserklärung erfolgt, auf die ich Sie hingewiesen habe, die absolute Gewißheit, daß die zwischen uns besprochene Angelegenheit innerhalb eines Vierteljahrs eine glückliche Lösung erfährt.«

Er sah dabei Madame Rosémilly an; sie mußte lächeln, als sie zu Madame Roland hinsah; und Madame Roland langte nach ihrer Hand und drückte sie.

Der strahlende Jean machte einen Luftsprung wie ein Schuljunge und rief: »Ha, wie gut die Stimme trägt! Der Raum würde sich vortrefflich zum Plädieren eignen.« Und er fing an zu deklamieren: »Wenn einzig Menschlichkeit, wenn das Gefühl natürlichen Wohlwollens, das wir gegenüber allem Leid empfinden, der Beweggrund für den Freispruch sein sollte, um den wir Sie bitten, dann würden wir an Ihr Mitleid appellieren, meine Herren Geschworenen, an Ihr Vaterherz, Ihr Menschenherz; aber wir haben das Recht auf unserer Seite, und einzig und allein die Rechtsfrage wollen wir Ihnen vor Augen führen...«

Pierre schaute sich die Wohnung an, die die seine hätte sein können, und ärgerte sich über des Bruders Kindereien; ganz entschieden hielt er ihn für allzu nichtig und beschränkt.

Madame Roland machte eine Tür zur Rechten auf. »Dies hier ist das Schlafzimmer«, sagte sie.

An dessen Ausschmückung hatte sie ihre ganze mütterliche Liebe gewandt. Die Wandbespannung bestand aus Rouener Kretonne, einer Imitation von altnormannischem Leinen. Ein Muster im Louis-Quinze-Stil – eine Schäferin in einem Medaillon, das zwei sich schnäbelnde Tauben abschlossen – lieh den Wänden, den Vorhängen, dem Bett und den Sesseln ein zugleich galantes und ländliches Aussehen, das überaus ansprechend wirkte.

»Nein, wie reizend das ist!« sagte Madame Rosémilly; sie war beim Betreten dieses Zimmers ein wenig ernst geworden.

»Gefällt es Ihnen?« fragte Jean.

»Über die Maßen.«

»Wenn Sie wüßten, wie mich das freut!«

Sekundenlang schauten sie einander an; in ihren Augen war viel zärtliches Vertrauen.

Dabei war ihr in diesem Schlafzimmer, das das ihrer Hochzeitsnacht sein würde, leicht beklommen zumute, leicht verwirrt. Beim Hereinkommen war ihr aufgefallen, daß das Bett sehr breit war, ein richtiges Ehebett; Madame Roland hatte es ausgesucht; sicherlich hatte sie vorausgesehen und gewünscht, ihr Sohn werde demnächst heiraten, und diese mütterliche Vorsorge freute die junge Frau, weil sie ihr zu sagen schien, sie werde in der Familie erwartet.

Als sie ins Wohnzimmer zurückgegangen war, riß Jean die Tür zur Linken auf, und alle blickten in das runde, von drei Fenstern durchbrochene Eßzimmer; es war als japanischer Lampion ausgestattet. Mutter und Sohn hatten dort alle Phantasie walten lassen, die sie aufzubringen vermochten. Dieser Raum mit seinen Bambusmöbeln, seinen grotesken Porzellanfiguren, seiner Keramik, seinen goldpaillettierten Seidenstoffen, seinen durchsichtigen Stores, deren Glasperlen wie Wassertropfen wirkten, den an die Wände genagelten Fächern, die die Stoffbespannung festhalten sollten, seinen Wandschirmen, Säbeln, Masken, Kranichen aus echten Federn, seinen vielerlei Kleinkunstdingen aus Porzellan, Holz, Papier, Elfenbein, Perlmutter und Bronze bot den anspruchsvollen und manierierten Anblick, wie ungeschickte Hände und Augen ihn zuwege bringen, die nichts von solcherlei Dingen verstehen, Dingen, die ein Höchstmaß an Takt, Geschmack und künstlerischer Schulung erfordern. Aber gerade er wurde am meisten bewundert. Nur Pierre machte ein paar Vorbehalte, und zwar mit leidlich bitterer Ironie, durch die sein Bruder sich verletzt fühlte.

Auf dem Tisch standen Pyramiden von Früchten, und die Torten steilten sich auf wie Baudenkmäler.

Kaum einer hatte Hunger; sie lutschten an den Früchten und

knabberten an dem Gebäck herum, anstatt richtig zuzulangen. Nach einer Stunde bat Madame Rosémilly, sich zurückziehen zu dürfen.

Es wurde beschlossen, daß der alte Roland sie bis an ihre Haustür begleiten und sogleich mit ihr aufbrechen solle; inzwischen wollte Madame Roland, da das Hausmädchen nicht da war, mit mütterlichem Blick die Wohnung inspizieren, damit es dem Sohn an nichts fehle.

»Soll ich dich abholen?« fragte Roland.

Sie zögerte; dann antwortete sie: »Nein, Dicker, geh du ruhig zu Bett. Pierre bringt mich heim.«

Als sie fort waren, blies sie die Kerzen aus und räumte das Gebäck, den Zucker und die Liköre in einen Schrank, dessen Schlüssel Jean übergeben wurde; dann ging sie ins Schlafzimmer, deckte das Bett auf und überzeugte sich, ob frisches Wasser in der Karaffe und ob das Fenster fest geschlossen sei.

Pierre und Jean waren in dem kleinen Wohnzimmer geblieben, der eine noch gekränkt ob der an seinem Geschmack geübten Kritik, der andere immer aufgebrachter, daß der Bruder diese Wohnung innehabe. Beide saßen und rauchten stumm.

Plötzlich sprang Pierre auf: »Herrgott noch mal!« sagte er. »Die Witwe hat heute abend recht angegriffen ausgesehen; Ausflüge bekommen ihr nicht.«

Jean fühlte sich von einem der jäh aufsteigenden Wutanfälle fortgerissen, wie sie gutherzigen Menschen eigentümlich sind, wenn sie im Innersten getroffen werden. Die Luft blieb ihm weg, so aufgeregt war er; stotternd brachte er hervor: »Ich verbiete dir, fortan ›die Witwe‹ zu sagen, wenn von Madame Rosémilly die Rede ist.«

Pierre schaute ihn überheblich an: »Habe ich recht gehört? Du erteilst mir Befehle? Bist du verrückt geworden?«

Jetzt sprang auch Jean auf: »Ich bin nicht verrückt, aber ich habe dein Benehmen mir gegenüber satt.«

Pierre grinste höhnisch: »Dir gegenüber? Identifizierst du dich mit Madame Rosémilly?«

»Sie wird meine Frau.«

Der andere lachte noch lauter: »Ha, ha! Vortrefflich! Jetzt verstehe ich, warum ich sie nicht mehr ›die Witwe‹ nennen soll. Aber du hast eine komische Art, mir deine Heiratsabsichten mitzuteilen.«

»Ich verbiete dir deine Witzeleien, hast du verstanden? Ich verbiete sie dir.« Jean war auf ihn zugetreten; er war bleich, seine Stimme zitterte, er war außer sich über die Ironie, mit der die Frau bedacht wurde, die er liebte und sich ausersehen hatte.

Doch nun schwoll auch in Pierre die Wut auf. Alles, was sich in ihm an ohnmächtigem Zorn, an unterdrücktem, rachsüchtigem Groll, an seit einiger Zeit niedergerungener Empörung und stummer Verzweiflung aufgestaut hatte, stieg ihm zu Kopf und betäubte ihn wie ein Gehirnschlag. »Das nimmst du dir heraus? Das wagst du? Und ich befehle dir jetzt, die Klappe zu halten, hast du verstanden? Ich befehle es dir!«

Der ob dieser Heftigkeit überraschte Jean verstummte für ein paar Sekunden und suchte in der Geistesgestörtheit, in die einen die Wut versetzt, das, was jetzt angebracht war, den Satz, das Wort, das den Bruder bis ins Herz zu treffen vermochte. Er zwang sich zur Selbstbeherrschung, um besser ausschlagen zu können, langsamer zu sprechen, damit, was er sagen wollte, desto schneidender werde; er brachte hervor: »Ich weiß schon lange, daß du neidisch auf mich bist, weiß es seit dem Tag, da du angefangen hast, von ›der Witwe‹ zu reden, weil du dir bewußt warst, daß mir das weh tat.«

Pierre stieß das ihm eigentümliche, schrille, verächtliche Gelächter aus: »Ha, ha! Mein Gott! Neidisch auf dich! Ich? Ich? Ich? Und worauf denn, du großer Gott? Auf dein Aussehen oder auf deinen Geist?«

Aber Jean spürte nur zu gut, daß er an die heimliche Wunde dieser Seele gerührt hatte. »Ja, neidisch bist du auf mich, neidisch von Kindheit an; und es hat dich erbost, als du merktest, daß jene Frau mir den Vorzug gab und mit dir nichts zu tun haben wollte.«

Außer sich über diese Unterstellung geiferte Pierre: »Ich... ich... auf dich neidisch? Dieser Kruke, dieser Pute, dieser Mastgans wegen?«

Jean merkte, daß seine Hiebe gesessen hatten; er fuhr fort:

»Und der Tag in der ›Perle‹, als du kräftiger als ich hattest rudern wollen? Und alles, was du in ihrer Gegenwart gesagt hast, um dich aufzuspielen? Du platzt ja vor Neid! Und als mir das Vermögen zugefallen ist, da bist du tollwütig geworden, da hast du mich gehaßt und es auf jede erdenkliche Art gezeigt, und du hast es an allen andern ausgelassen, und keine Stunde geht hin, ohne daß du die Galle ausspeist, die dich würgt.«

Pierre ballte vor Wut die Fäuste und verspürte ein unwiderstehliches Verlangen, auf den Bruder loszustürzen und ihn an der Gurgel zu packen. »Jetzt halt gefälligst den Mund und laß das Vermögen aus dem Spiel.«

Jean schrie: »Aber dir schwitzt ja der Neid aus der Haut! Aus jedem deiner Worte zu meinem Vater, zu meiner Mutter oder zu mir platzt er heraus! Du tust, als verachtetest du mich, weil du neidisch bist! Du suchst Zank und Streit mit allen und jedem, weil du eifersüchtig bist! Und nun ich reich bin, kannst du nicht mehr an dich halten, du bist giftig geworden, du quälst unsere Mutter, als habe sie die Schuld!«

Pierre war bis zum Kamin zurückgewichen, mit halboffenem Mund, weit aufgerissenen Augen, in den Klauen eines der wahnwitzigsten Wutanfälle, aus denen heraus Verbrechen begangen werden. Leiser, aber keuchend, sagte er immer wieder: »Halt die Klappe, halt doch die Klappe!«

»Nein! Schon seit langem habe ich dir reinen Wein einschenken wollen; jetzt gibst du mir Gelegenheit dazu, ich kann dir nicht helfen. Ich liebe diese Frau! Du weißt es, und du machst dich in meinem Dabeisein über sie lustig, du treibst mich zum Äußersten, ich kann dir nicht helfen. Aber ich schlage dir die Vipernzähne ein, hast du verstanden? Ich zwinge dich, mich zu achten!«

»Dich, ausgerechnet dich zu achten?«

»Ja, mich!«

»Dich achten, dich, der du uns alle durch deine Habsucht entehrt hast?«

»Was sagst du da? Sag das noch mal... Sag das noch mal!«

»Ich will damit sagen, daß man nicht das Vermögen eines Mannes annimmt, wenn man für den Sohn eines andern gilt.«

Jean stand starr da, er begriff nicht, bestürzt, weil er ahnte, was diese Anspielung bedeuten sollte. »Wie bitte? Was hast du sagen wollen? Sag es noch mal!«

»Ich will damit aussprechen, was alle tuscheln, was alle weitertratschen, nämlich, daß du der Sohn des Mannes bist, der dir sein Vermögen hinterlassen hat. Kurzum, jemand, der auf sich hält, nimmt kein Geld an, das seine Mutter entehrt.«

»Pierre... Pierre... Pierre... ist das dein Ernst? Du... gerade du... du... sprichst diese Gemeinheit aus?«

»Ja, ich, gerade ich. Hast du denn nicht gemerkt, daß ich seit einem Monat vor Kummer krepiere, daß ich nachts keinen Schlaf finde und mich tagsüber verkrieche wie ein Tier, daß ich weder weiß, was ich sage noch was ich tue, noch was aus mir werden soll, so quäle ich mich, so durcheinander bin ich vor Scham und Schmerz; denn anfangs habe ich es bloß geahnt, und jetzt habe ich Gewißheit.«

»Pierre, sei still... Mama ist nebenan! Bedenk doch, daß sie uns hören kann, daß sie uns hört...«

Aber Pierre mußte sein Herz ausschütten! Und er rückte mit allem heraus, mit seinem Verdacht, seinen Überlegungen, seinen inneren Kämpfen, seiner Überzeugtheit, mit der Geschichte des abermals verschwundenen Bildnisses. Er sprach in kurzen, abgehackten, nahezu unzusammenhängenden Sätzen, den Sätzen eines Geisteskranken.

Er schien jetzt Jean und die im Nebenzimmer befindliche Mutter völlig vergessen zu haben. Er redete, wie wenn niemand ihm zuhöre, weil er eben reden mußte, weil er zu sehr gelitten, seine Wunde zu sehr zusammengepreßt und verborgen gehalten hatte. Sie war zu einer Eiterbeule angeschwollen, und diese Eiterbeule war jetzt geplatzt und hatte alle bespritzt. Er hatte wieder damit angefangen, auf und ab zu gehen, wie er es beinahe stets tat; er starrte vor sich hin, er fuchtelte mit den Händen im Irrsinn der Verzweiflung; ein Aufschluchzen in der Kehle, in wiederkehrendem Selbsthaß, redete er, als beichte er sein Elend und das Elend der Seinen, als schleudere er seine Pein in die unsichtbare, fühllose Luft, darin seine Worte davonstoben.

Jean, der jetzt völlig kopflos und plötzlich durch die blinde

Energieentfaltung des Bruders so gut wie überzeugt war, hatte sich mit dem Rücken gegen die Tür gelehnt, hinter der, wie er ahnte, die Mutter ihnen gelauscht hatte.

Sie hatte nicht hinaus können, sie hätte durchs Wohnzimmer gehen müssen. Aber sie war nicht hereingekommen; also hatte sie es nicht gewagt.

Plötzlich stampfte Pierre mit dem Fuß auf und schrie: »Was für ein Schwein bin ich doch, daß ich dir das gesagt habe!« Barhäuptig hetzte er davon, die Treppe hinab.

Der Knall der großen Haustür, die dröhnend ins Schloß fiel, erweckte Jean aus der tiefen Betäubung, in die er gesunken war. Ein paar Sekunden waren hingegangen, die länger als Stunden angemutet hatten, und seines Innern hatte sich eine idiotische Stumpfsinnigkeit bemächtigt. Zwar hatte er das Gefühl, er müsse auf der Stelle alles durchdenken und handeln; allein er wartete ab, er wollte aus Furcht, aus Schwäche und Feigheit nicht einmal mehr begreifen, wissen, sich erinnern. Er gehörte der Rasse der Zauderer an, die alles auf den folgenden Tag verschieben; und wenn er auch auf der Stelle eine Entscheidung hätte treffen müssen, suchte er instinktmäßig ein paar Augenblicke des Aufschubs zu gewinnen.

Aber die tiefe Stille, die ihn jetzt, nach Pierres wüstem Ausbruch, umfing, das jähe Schweigen der Wände, der Möbel im grellen Licht der sechs Kerzen und der beiden Lampen, erschreckte ihn miteins so sehr, daß auch er am liebsten davongerannt wäre. Da rüttelte er sein Denkvermögen und sein Herz durch und versuchte zu überlegen.

Nie zuvor in seinem Leben war er auf Schwierigkeiten gestoßen. Es gibt Menschen, die sich treiben lassen, wie wenn Wasser hinfließt. In der Schule hatte er sorgfältig gearbeitet, um nicht bestraft zu werden, und sein Rechtsstudium geregelt hinter sich gebracht, weil er zu einem geruhsamen Dasein neigte. Alles, was auf Erden geschieht, dünkte ihn selbstverständlich und erregte im übrigen nicht seine Aufmerksamkeit. Ihm lag, seinem Charakter entsprechend, an Ordnung, Besonnenheit und Ruhe; sein Denken verlief glatt, und angesichts dieser Katastrophe war ihm wie einem, der ins Wasser fällt, ohne je geschwommen zu haben.

Zunächst versuchte er zu zweifeln. Hatte sein Bruder nicht etwa aus Haß und Neid gelogen?

Und ferner: Hätte er so nichtswürdig sein können, ihrer beider Mutter etwas Derartiges nachzusagen, wenn er nicht vor Verzweiflung seinen klaren Verstand verloren hätte? Aber zugleich waren in Jeans Ohren, Augen und Nerven bis ins tiefste Körperliche hinein gewisse Worte Pierres haften geblieben, gewisse Schmerzensschreie, Betonungen und Gesten, die in ihrem Gequältsein unabweisbar gewesen waren und ebenso unwiderleglich wie die Gewißheit.

Er stand da, viel zu zerschlagen, um eine Bewegung zu machen oder etwas wie Willenskraft aufzubringen. Seine Niedergeschlagenheit wurde unerträglich; und dabei hatte er das Gefühl, hinter der Tür stehe die Mutter und sie habe alles mit angehört und warte nun.

Was mochte sie tun? Kein Sichregen, kein Erschauern, kein Atemzug, kein Seufzer verriet die Gegenwart eines menschlichen Wesens hinter jenem Holzbrett. Sollte sie etwa weggelaufen sein? Aber wie und wohin? War sie nicht mehr im Zimmer, dann mußte sie durchs Fenster hinab auf die Straße gesprungen sein!

Ein Schreck durchzuckte ihn, so unmittelbar und so gewaltsam, daß er die Tür mehr eindrückte als aufstieß und in sein Schlafzimmer stürzte.

Es schien leer zu sein. Eine einzige, auf der Kommode stehende Kerze erhellte es.

Jean hastete zum Fenster, es war geschlossen, die Laden waren verriegelt. Er wandte sich um, durchspähte mit angstvollen Augen die dunklen Winkel und stellte fest, daß die Bettvorhänge zugezogen waren. Er lief hin und zog sie zurück. Auf seinem Bett lag die Mutter, das Gesicht in das Kopfkissen verwühlt; sie hatte es sich mit den beiden verkrampften Händen über den Kopf geschoben, um nichts mehr zu hören.

Anfangs glaubte er, sie sei erstickt. Er packte sie bei den Schultern und drehte sie um, ohne daß sie das ihr Gesicht verdeckende Kissen losließ; sie biß hinein, um nicht aufzuschreien.

Aber dadurch, daß er den in sich versteiften Körper, die verkrampften Arme berührte, spürte er, wie sie von unsäglicher

Qual durchschüttelt wurde. Die angestrengte Kraftentfaltung, mit der sie mit Fingern und Zähnen sich das von Federn geschwellte Leinen über Mund, Augen und Ohren hielt, damit er sie keinesfalls sehe und sie nicht anrede, ließ ihn durch die Erschütterung, die sich ihm mitteilte, ahnen, bis zu welchem Grad der Mensch zu leiden vermag. Und sein Herz, sein schlichtes Herz, wurde von Mitleid zerrissen. Er war kein Richter, nicht einmal ein barmherziger Richter; er war ein Mann mit allen menschlichen Schwachheiten und ein Sohn voller Zärtlichkeit. Er wußte nichts mehr von alledem, was der andere zu ihm gesagt hatte, er grübelte und haderte nicht; er streifte nur streichelnd den reglosen Körper der Mutter, und da er ihr das Kopfkissen nicht vom Gesicht zu reißen vermochte, küßte er ihr Kleid und rief: »Mama, Mama, arme, liebe Mama, sieh mich doch an!«

Man hätte sie für tot halten können, wenn ihre Glieder nicht ein fast unspürbares Beben durchronnen hätte, das Schwingen einer gespannten Saite. Jean sagte nochmals: »Mama, Mama, hör mich doch an! Es ist ja nicht wahr. Ich weiß ganz genau, daß es nicht wahr ist.«

Ein Krampf durchzuckte sie, als sei sie am Ersticken, und sie schluchzte ins Kopfkissen hinein. Dann entspannten sich alle ihre Nerven, die erstarrten Muskeln wurden schlaff, die Finger öffneten sich und gaben das Kissenleinen frei, und Jean deckte ihr das Gesicht auf.

Es war ganz bleich, ganz weiß, und unter ihren geschlossenen Lidern sah man Tropfen hervorquellen. Er hatte ihr die Arme um den Hals geschlungen, er küßte sie auf die Augen, ganz langsam, mit langen, trostlosen Küssen; seine Lippen wurden feucht von ihren Tränen, und er sagte immer wieder: »Mama, liebe Mama, ich weiß ganz genau, daß es nicht wahr ist. Weine doch nicht, ich weiß es ja! Es ist nicht wahr!«

Sie richtete sich hoch, setzte sich aufrecht, schaute ihn an und sagte mit einem Zusammenraffen des Muts, dessen es in gewissen Fällen bedarf, wenn man sich umbringen will: »Doch, es ist wahr, mein Kind.«

Und sie saßen stumm voreinander.

Noch ein paar Augenblicke lang litt sie an Atemnot; sie reckte den Hals und warf den Kopf zurück, um Luft zu bekommen; dann gewann sie abermals Gewalt über sich und fuhr fort: »Es ist wahr, mein Kind. Warum lügen? Es ist wahr. Du würdest mir nicht glauben, wenn ich löge.« Sie wirkte wie eine Irre.

Entsetzt fiel er am Bett auf die Knie und flüsterte: »Sei still, Mama, sei still.«

Mit erschreckender Entschlußkraft und Energie war sie aufgestanden: »Weiter habe ich dir nichts zu sagen, mein Junge, leb wohl.« Und damit ging sie zur Tür.

Er packte sie mit beiden Armen und schrie: »Was willst du tun, Mama, wo willst du hin?«

»Ich weiß es nicht... Was weiß ich denn... Mir bleibt nichts andres übrig... Ich bin ja ganz allein.« Sie sträubte sich, sie wollte sich ihm entwinden.

Er hielt sie fest; er brachte nur ein einziges Wort hervor und sagte es immer wieder: »Mama... Mama... Mama...«

Und indem sie danach rang, sich aus seinen Armen zu lösen, sagte sie: »O nein, o nein, ich bin jetzt nicht mehr deine Mutter, ich bin nichts mehr für dich, für niemanden, nichts, nichts! Du hast weder Vater noch Mutter mehr, du armer Junge... Leb wohl.«

In jäher Erkenntnis wußte er: Wenn er sie jetzt gehen ließe, würde er sie nie wiedersehen; so hob er sie denn hoch, trug sie zu einem Sessel, drückte sie gewaltsam hinein, kniete nieder und umkettete sie mit den Armen. »Du kommst hier nicht hinaus, Mama; ich habe dich lieb und behalte dich bei mir. Für immer behalte ich dich; du gehörst mir.«

Matt und gedrückt antwortete sie: »Nein, nein, mein armer Junge, das geht jetzt nicht mehr. Heute abend weinst du, und morgen setzt du mich vor die Tür. Auch du würdest mir nicht verzeihen.«

Er antwortete in einem so machtvollen Überschwang unverhohlener Liebe: »Oh, auch ich nicht? Wie schlecht du mich doch kennst!«, daß sie einen Schrei ausstieß, mit beiden Händen seinen Kopf bei den Haaren packte, ihn heftig an sich zog und völlig außer sich sein Gesicht küßte, überall hin. Dann wurde sie ganz still, lehnte die Wange an die des Sohns, spürte durch seinen Bart hindurch seine Körperwärme und flüsterte ihm ganz leise ins Ohr: »Nein, Jeannot. Du würdest mir morgen nicht verzeihen. Du glaubst es, und da täuschst du dich. Heute abend hast du mir verziehen, und das hat mir das Leben gerettet; aber sehen darfst du mich nicht mehr.«

Er drückte sie fester an sich und sagte mehrmals: »Mama, sag so was nicht!«

»Doch, mein Junge, ich muß fort. Wohin, das weiß ich nicht, und auch nicht, wie ich es anstellen und was ich sagen soll, aber es muß sein. Ich könnte es nicht mehr ertragen, dich anzusehen oder dich gar zu küssen, verstehst du das nicht?«

Da flüsterte auch er ihr ganz leise ins Ohr: »Kleine Mama, du bleibst hier, weil ich es will, weil ich dich brauche. Und du versprichst mir fest, daß du mir gehorchen wirst, und zwar sofort.«

»Nein, mein Kind.«

»O Mama, es *muß* aber sein, verstehst du? Es *muß* sein.«

»Nein, mein Kind, es kann und darf nicht sein. Das hieße uns alle zur Hölle verdammen. Ich weiß, was es bedeutet, ich habe diese Marter einen Monat lang durchlebt. Jetzt bist du gerührt, aber wenn das vorbei ist, wenn du mich ansiehst, wie Pierre mich ansieht, wenn du an das denken mußt, was ich dir gesagt habe... O Jeannot, vergiß nicht, daß ich deine Mutter bin...«

»Ich will nicht, daß du von mir gehst, Mama. Ich habe nur dich.«

»Aber bedenke doch, daß wir einander nicht mehr anschauen könnten, ohne alle beide rot zu werden, ohne daß ich das Gefühl hätte, ich müsse vor Scham sterben, und ohne daß ich vor den deinen meine Augen niederschlagen müßte.«

»Das ist ja gar nicht wahr, Mama.«

»Doch, doch, doch, es ist wahr! Oh, laß es gut sein: Ich habe mich in alle Seelenkämpfe deines armen Bruders hineindenken können, vom ersten Tag an. Wenn ich jetzt seinen Schritt im Haus erahne, klopft mir das Herz, als wolle es meine Brust sprengen; wenn ich seine Stimme höre, ist mir, als sinke ich im nächsten Augenblick in Ohnmacht. Dich, dich hatte ich noch! Doch jetzt habe ich dich nicht mehr. Ach, Jeannot, glaubst du denn, ich könnte zwischen euch beiden leben?«

»Ja, Mama. Ich will dich so liebhaben, daß du nicht mehr daran denkst.«

»Oh! Oh! Als ob das möglich wäre!«

»Doch, es ist möglich.«

»Wie soll ich denn nicht mehr daran denken, wenn ich deinen Bruder und dich vor mir habe? Und könnt ihr beide auch nicht mehr daran denken?«

»Ich ganz bestimmt nicht. Ich schwöre es dir!«

»Trotzdem wirst du zu jeder Tagesstunde daran denken.«

»Nein, ich schwöre es dir. Außerdem: Wenn du weggehst, melde ich mich zum Militär und sorge dafür, daß ich falle.«

Diese knabenhafte Drohung beraubte sie aller Fassung; sie umschlang Jean und streichelte ihn mit leidenschaftlicher Zärtlichkeit.

Er sprach weiter: »Ich habe dich sehr viel lieber, als du glaubst, wirklich, sehr, sehr viel lieber. Komm, sei doch vernünftig. Versuch, wenigstens noch acht Tage lang hier zu bleiben. Willst du mir das versprechen: acht Tage? Das kannst du mir doch nicht abschlagen!«

Sie legte beide Hände auf Jeans Schultern und hielt ihn auf Armeslänge von sich ab: »Mein Kind, wir wollen mal versuchen, ruhig zu sein und einander nicht gerührt zu machen. Laß jetzt zuerst *mich* sprechen. Wenn ich ein einziges Mal von deinen Lippen hören müßte, was ich seit einem Monat aus deines Bruders Mund höre, wenn ich ein einziges Mal in deinen Augen sehen müßte, was ich in den seinen lese, wenn ich durch ein bloßes Wort, einen bloßen Blick ahnen müßte, daß ich dir so zuwider wäre, wie ich es ihm bin, dann wäre ich eine Stunde danach – hörst du? –, eine Stunde danach wäre ich auf und davon, auf Nimmerwiedersehen.«

»Mama, ich schwöre dir...«

»Laß mich zu Ende sprechen... Seit einem Monat habe ich durchlitten, was ein Menschenwesen zu erleiden vermag. Von dem Augenblick an, da mir klar war, daß dein Bruder, daß mein anderer Sohn mich beargwöhnte und von Minute zu Minute der Wahrheit näher kam, ist jede Sekunde meines Lebens ein Martyrium gewesen, das dir zu schildern ich außerstande bin.«

Ihre Stimme klang so schmerzlich, daß ihre Qual auf Jean überschwang und ihm Tränen in die Augen trieb.

Er wollte sie küssen, aber sie wies ihn ab: »Laß mich... Hör zu... Ich habe dir noch so vieles zu sagen, damit du verstehst... Aber du wirst es ja nicht verstehen... denn... wenn ich bleiben sollte... dann müßte... Nein, ich kann es nicht sagen...«

»Sag es, Mama, sag es.«

»Also gut, hör zu. Dich wenigstens möchte ich nicht getäuscht haben... Du willst, daß ich bei dir bleibe, nicht wahr? Damit das geschehen kann, damit wir einander noch sehen, sprechen, uns den ganzen Tag über im Haus begegnen können, denn ich wage keine Tür mehr aufzumachen aus Angst, dein Bruder könne dahinter stehen – damit das geschehen kann, bedarf es nicht deiner Verzeihung – nichts tut einem so weh wie ein Verzeihen –, sondern du darfst mir das, was ich getan habe, nicht nachtragen... Du mußt dich so stark fühlen, so andersgeartet als alle übrigen, daß du dir sagen kannst, ohne zu erröten und ohne mich zu verachten, du seiest nicht Rolands Sohn... Ich habe genug gelitten... Ich habe zu tief gelitten, ich kann nicht mehr, nein, ich kann nicht mehr! Und nicht erst seit gestern, das glaub mir, schon seit langem... Aber in all das kannst gerade du dich nie hineindenken! Damit wir noch miteinander leben, einander küssen und umarmen können, Jeannot, mußt du dir stets sagen, daß ich zwar die Geliebte deines richtigen Vaters gewesen bin, aber in noch weit höherem Maß seine Frau, seine wahre und eigentliche Frau, daß ich mich im tiefsten Herzensgrund nicht schäme, daß ich nichts bereue, daß ich ihn noch immer liebe, möge er auch tot sein, daß ich ihn immer lieben werde, daß ich einzig ihn geliebt habe, daß er mein ganzes Leben gewesen ist, meine ganze Freude, meine ganze Hoffnung, mein ganzer Trost; alles, alles, alles ist er mir gewesen und so lange Zeit hindurch! Hör mich an, mein Junge, vor Gott, der mir zuhört: Nie und nimmer hätte ich etwas Gutes im Dasein gehabt, wenn ich ihm nicht begegnet wäre, nie und nimmer, keine Zärtlichkeit, kein liebes Wort, keine der Stunden, die uns so sehr bedauern lassen, daß wir älter werden, nichts! Ihm verdanke ich alles, alles! Nur ihn habe ich auf Erden gehabt und danach euch beide, deinen Bruder und dich.

Ohne euch wäre die Welt für mich leer gewesen, schwarz und leer wie die Nacht. Nie hätte ich jemanden geliebt, nichts erlebt, nichts gewünscht und begehrt, nicht mal geweint hätte ich, denn ich habe geweint, Jeannot. Ach ja, ich habe oft geweint, seit wir hierhergezogen sind. Ich hatte mich ihm rückhaltlos und gänzlich geschenkt, mit Leib und Seele, für alle Zeit, voller Beglükkung, und länger als zehn Jahre bin ich seine Frau gewesen, wie er mein Mann gewesen ist – vor Gott, der uns füreinander geschaffen hatte. Und dann habe ich gemerkt, daß seine Liebe sich minderte. Er war zwar nach wie vor gütig und zuvorkommend, aber ich war für ihn nicht mehr, was ich gewesen war. Es war zu Ende! Oh, wie habe ich geweint! Wie erbärmlich und voller Trug ist doch das Leben! Nichts ist von Dauer... Und dann sind wir hierher übergesiedelt, und nie habe ich ihn wiedergesehen, nie ist er hergekommen... Immer wieder hat er es versprochen, in allen seinen Briefen... Und immer habe ich auf ihn gewartet... Und nie habe ich ihn wiedergesehen... Und jetzt ist er tot! Aber er hat uns nach wie vor liebgehabt, da er ja doch an dich gedacht hat. Ich werde ihn liebbehalten bis zu meinem letzten Seufzer, und ich werde ihn nie verleugnen, und dich habe ich lieb, weil du sein Kind bist, und angesichts deiner könnte ich mich seiner nicht schämen! Hörst du? Ich könnte es nicht! Wenn du willst, daß ich bei dir bleibe, mußt du dich darein schicken, sein Sohn zu sein, dich darein schicken, daß wir manchmal von ihm sprechen und daß du ihn ein wenig liebhaben mußt und daß wir an ihn denken, wenn wir einander anschauen. Wenn du das nicht willst, wenn du das nicht kannst, dann leb wohl, mein Junge, dann können wir jetzt unmöglich noch beisammenbleiben! Ich werde deiner Entscheidung entsprechend handeln.«

Mit weicher Stimme antwortete Jean: »Bleib, Mama.«

Sie schloß ihn in die Arme und begann von neuem zu weinen; dann sagte sie, die Wange an seiner Wange: »Ja, aber Pierre? Was soll aus uns werden, wenn er dabei ist?«

Jean murmelte: »Wir werden schon eine Lösung finden. Du kannst nicht länger in seiner Nähe leben.«

Bei dem Gedanken an den älteren Sohn verzerrte sich ihr Gesicht vor Angst. »Nein, das kann ich nicht länger, nein, nein!« Sie warf sich Jean an die Brust und rief in höchster Seelennot: »Rette mich vor ihm, du mußt mich vor ihm retten, mein Junge, unternimm etwas, mir fällt nichts ein... Denk nach... Rette mich!«

»Ja, Mama, ich will darüber nachdenken.«

»Jetzt gleich... Es muß sein... Gleich jetzt... Laß mich nicht im Stich! Ich habe solche Angst vor ihm, solche Angst!«

»Mir wird schon etwas einfallen. Ich verspreche es dir.«

»Oh! Aber schnell, schnell! Du kannst dir nicht klarmachen, was in mir vorgeht, wenn ich ihn bloß sehe.« Dann flüsterte sie ihm ganz leise zu: »Behalt mich hier, bei dir.«

Er zögerte und durchschaute mit seinem gesunden, praktischen Menschenverstand das Gefährliche dieses Vorschlags. Aber er mußte geraume Zeit mit ihr hin und her reden, ihre Kopflosigkeit und ihre Ängste mit genauen Argumenten bekämpfen.

»Nur für heute abend«, sagte sie, »nur für diese Nacht. Du kannst ja morgen zu Roland sagen, mir sei nicht wohl gewesen.«

»Das geht nicht, weil Pierre inzwischen nach Hause gekommen ist. Komm, sei tapfer. Morgen bringe ich alles in Ordnung, das verspreche ich dir. Ich komme um neun zu euch. Komm, setz deinen Hut auf. Ich bringe dich heim.«

»Ich tue, was du willst«, sagte sie mit kindlicher, furchtsamer und dankbarer Nachgiebigkeit. Sie versuchte aufzustehen; aber der Schock war zu heftig gewesen; sie konnte sich noch nicht auf den Beinen halten.

Da gab er ihr ein Glas Zuckerwasser zu trinken, ließ sie Ammoniak riechen, rieb ihr die Schläfen mit Essig ein. Sie duldete es, zerschlagen und erleichtert wie nach einer Niederkunft.

Endlich vermochte sie zu gehen und nahm seinen Arm. Es schlug drei, als sie am Rathaus vorübergingen.

Vor der Haustür küßte er sie und sagte: »Gute Nacht, Mama, sei tapfer.«

Verstohlenen Schrittes stieg sie die lautlose Treppe hinauf, ging ins Schlafzimmer, zog sich geschwind aus und schlüpfte mit der gleichen Erregung wie damals in den Zeiten ihrer Ehebrüche zu dem schnarchenden Roland.

Als einziger im Haus war Pierre wach; er hatte sie heimkommen hören.

VIII

Als Jean wieder in seiner Wohnung war, sank er erschöpft auf ein Ruhebett; denn der Kummer und die Sorgen, die seinem Bruder den Drang eingaben, umherzulaufen und zu fliehen wie ein gehetztes Tier, wirkten sich auf seine schläfrige Natur anders aus: Sie lähmten ihm sämtliche Glieder. Er fühlte sich so schlaff, daß er keine Bewegung tun, daß er sich nicht zu seinem Bett schleppen konnte – schlaff an Leib und Seele, zerrüttet und trostlos. Er war nicht, wie es Pierre geschehen war, in der Reinheit seiner Sohnesliebe getroffen, in der geheimen Würde, die die schützende Hülle stolzer Herzen ist, sondern durch einen Schicksalsschlag zu Boden gestreckt worden, der zugleich bedrohte, was ihm am teuersten war.

Als sein Inneres sich endlich beruhigt, als sein Denken sich geklärt hatte wie Wasser, das gepeitscht und durcheinandergewühlt worden war, suchte er Klarheit über die Tatsachen zu gewinnen, die ihm an diesem Abend enthüllt worden waren. Hätte er auf irgendeine andere Weise das Geheimnis seiner Geburt erfahren, so hätte er sich sicherlich entrüstet und tiefen Kummer empfunden; aber nach dem Streit mit dem Bruder, nach der heftigen, brutalen, sein Nervensystem ins Wanken bringenden Beschuldigung hatte die tiefe Erschütterung durch die Beichte der Mutter ihn aller Kraft zur Empörung beraubt. Der seiner Feinfühligkeit versetzte Schlag war stark genug gewesen, alle Vorurteile und alle geheiligten Empfindlichkeiten eingeborener Moral in einem unwiderstehlichen Gefühl der Rührung hinschmelzen zu lassen. Überdies war Widerstand nicht seine Sache. Er mochte gegen niemanden ankämpfen und noch weniger gegen sich selber; also schickte er sich in alles, und durch eine instinktive Neigung, ein ihm innewohnendes Verlangen nach Ruhe, nach einem angenehmen, stillen Leben schufen ihm sogleich die Störungen Unruhe, die durch eben jenen Schlag rings um ihn aufbranden und sich auch auf ihn auswirken konnten. Er ahnte, daß sie unausbleiblich seien, und um ihnen auszuweichen, entschloß er sich zu einem übermenschlichen Einsatz von Energie und Tatkraft. Sofort, schon am nächsten Morgen, mußte der

Knoten durchhauen werden; denn gelegentlich brachte Jean auch das Verlangen nach raschen Lösungen auf, in dem die Kraft der Schwachen, zu längerer Willensanspannung Unfähigen beruht. In seiner Eigenschaft als Anwalt war er es ja gewohnt, komplizierte Situationen zu entwirren und zu studieren, sich mit den Fragen der Wiederherstellung der Ordnung im Heim von Familien, deren Mitglieder einander in die Haare geraten waren, zu befassen; und so war er sich auf der Stelle klar über die nächsten Folgeerscheinungen im Seelenzustand seines Bruders. Unwillkürlich betrachtete er, was jetzt eintreten würde, beinahe vom beruflichen Standpunkt aus, als handle es sich um die Regelung der künftigen wechselseitigen Beziehungen von Klienten nach einer moralischen Katastrophe. Fest stand, daß ein ständiger Umgang mit Pierre für ihn etwas Unmögliches war. Er würde ihm leicht aus dem Weg gehen können, wenn er bei sich daheim blieb; aber genauso unzulässig war, daß die Mutter künftig mit dem älteren Sohn unter einem Dach wohnte.

Und so sann er denn lange nach, als er reglos auf den Kissen lag, erdachte und verwarf Möglichkeiten und Pläne, ohne daß ihm etwas eingefallen wäre, das ihn hätte befriedigen können.

Doch plötzlich bestürmte ihn ein Gedanke: Das Vermögen, das ihm zuteil geworden war – würde ein anständiger Mensch das behalten?

Zunächst antwortete er sich: »Nein!« und beschloß, es den Armen zukommen zu lassen. Das war hart, aber es half eben nichts. Er würde seine Wohnungseinrichtung verkaufen und arbeiten wie andere auch, wie alle Anfänger arbeiten. Dieser zugleich mannhafte und schmerzliche Entschluß peitschte seinen Mut an; er stand auf und lehnte die Stirn an die Fensterscheibe. Er war arm gewesen und würde wieder arm werden. Daran würde er schließlich nicht zugrunde gehen. Seine Augen richteten sich auf die Gaslaterne, die ihm gegenüber auf der anderen Straßenseite brannte. Da aber eine Frau, die sich verspätet hatte, über den Bürgersteig schritt, mußte er plötzlich an Madame Rosémilly denken, und das durchrüttelte sein Herz mit einer jener tiefen Erschütterungen, wie sie eine grausame Vorstellung in uns erstehen läßt. Alle trostlosen Folgen, die sein Entschluß mit sich bringen würde, erschienen gleichzeitig vor seinen Augen. Er würde darauf verzichten müssen, diese Frau zu heiraten, verzichten auf Glück, auf alles verzichten. Konnte er so handeln, nun er sich ihr gegenüber verpflichtet, sich mit ihr verlobt hatte? Sie hatte eingestimmt, im Wissen, daß er reich sei. Auch wenn er arm wäre, würde sie ihn nehmen; aber besaß er das Recht, sie um dieses Opfer zu bitten, es ihr aufzuerlegen? War es nicht besser, das Geld vorerst zu behalten, gewissermaßen, als sei es bei ihm hinterlegt, um es dann später Bedürftigen zu erstatten?

Und in seinem Innern, wo die Selbstsucht sich die Maske der Ehrenhaftigkeit aufgesetzt hatte, bekämpften und bekriegten sich sämtliche getarnten Interessen. An die Stelle der anfänglichen Skrupel traten abgefeimte Überlegungen; dann erschienen sie aufs neue und schwanden abermals hin.

Er hatte sich wieder hingesetzt und suchte nach einem entscheidenden Beweggrund, einem allmächtigen Vorwand zur Überwindung seines Schwankens, zum Überzeugen seiner angeborenen Rechtlichkeit. Schon an die zwanzigmal hatte er sich die Frage gestellt: »Da ich der Sohn jenes Mannes bin, da ich es weiß und mich darein füge, ist es da nicht etwas ganz Natürliches, daß ich auch sein Erbe annehme?« Doch dieses Argument vermochte nicht das »Nein« zu unterdrücken, das sein Gewissen ihm zuflüsterte.

Da jedoch fiel ihm etwas ein: »Ich bin nicht der Sohn dessen, den ich für meinen Vater gehalten habe, also kann ich künftig nichts mehr von ihm annehmen, weder zu seinen Lebzeiten noch nach seinem Tod. Das wäre weder würdig noch gerecht und billig. Es hieße meinen Bruder bestehlen.«

Dieser neue Gesichtspunkt erleichterte ihn und beschwichtigte sein Gewissen; er stand auf und trat wieder ans Fenster. »Ja«, sagte er sich, »ich muß auf mein Familienerbteil verzichten, muß es ganz und gar Pierre überlassen, da ich nicht der Sohn seines Vaters bin. Das ist gerecht und billig. Aber ist es dann nicht auch gerecht und billig, daß ich das Geld meines eigenen Vaters behalte?«

Nun er erkannt hatte, daß er sich Rolands Vermögen nicht zunutze machen dürfe, nun er sich entschlossen hatte, abzuglos darauf zu verzichten, gab er nach und schickte sich darein, das Maréchals zu behalten; denn wenn er beides abgelehnt hätte, wäre er an den Bettelstab gekommen.

Nach Regelung dieser heiklen Angelegenheit kam er wieder auf die Frage nach Pierres Verbleiben in der Familie zurück. Wie konnte er fortgeschafft werden? Er verzweifelte schon daran, eine praktische Lösung ausfindig zu machen, als der Pfiff eines in den Hafen fahrenden Dampfers ihn zu einem Einfall anregte. Da legte er sich völlig angekleidet aufs Bett und grübelte bis zum Tagesanbruch.

Gegen neun verließ er das Haus, um sich zu vergewissern, ob die Durchführung seines Vorhabens im Bereich des Möglichen liege. Nachdem er ein paar Schritte unternommen und ein paar Besuche gemacht hatte, ging er heim zu seinen Eltern.

Seine Mutter hatte sich im Schlafzimmer eingeschlossen und erwartete ihn dort. »Wenn du nicht gekommen wärst«, sagte sie, »hätte ich nie hinunterzugehen gewagt.«

Sogleich erscholl Rolands Stimme im Treppenhaus: »Wird heute eigentlich überhaupt nicht gegessen, zum Donnerwetter?« Er bekam keine Antwort; da brüllte er: »Joséphine, zum Teufel, wo stecken Sie?«

Aus der Tiefe des Untergeschosses rief das Hausmädchen: »Hier, was soll ich denn?«

»Wo ist Madame?«

»Oben, mit M'sieu Jean!«

Da hob er den Kopf zum oberen Stockwerk und schnauzte: »Louise?«

Madame Roland machte die Tür spaltbreit auf und antwortete: »Was denn?«

»Gibt es heute nichts zu essen, zum Satan?«

»Doch, wir kommen schon.«

Und sie stieg hinab, Jean folgte ihr.

Beim Erblicken des jungen Mannes rief Roland: »Na, du bist hier? Langweilst du dich schon in deiner Wohnung?«

»Nein, Vater; aber ich hatte heute morgen etwas mit Mama zu besprechen.« Jean trat mit geöffneter Hand auf ihn zu, und als er spürte, wie der väterliche Druck des alten Mannes seine Finger umschloß, überkam ihn eine absonderliche, unvorhergesehene Empfindung, nämlich die einer Trennung, eines Abschieds ohne Hoffnung auf Wiederkehr.

Madame Roland fragte: »Ist Pierre nicht nach Hause gekommen?«

Ihr Mann zuckte die Achseln: »Doch, aber da ist nichts zu machen, er kommt ja stets zu spät. Wir wollen ohne ihn anfangen.«

Sie sagte zu Jean: »Du solltest ihn holen, mein Junge; es kränkt ihn, wenn nicht auf ihn gewartet wird.«

»Ja, Mama, ich gehe schon.« Und der junge Mann ging hinaus. Mit der fiebrigen Entschlossenheit eines Feiglings, der ein Duell ausfechten muß, stieg er die Treppe hinauf.

Als er an die Tür geklopft hatte, antwortete Pierre: »Herein.«

Er ging hinein.

Der andere saß über den Tisch gebeugt und schrieb.

»Guten Tag«, sagte Jean.

Pierre stand auf. »Guten Tag.«

Und sie reichten einander die Hand, als sei nichts geschehen.

»Kommst du nicht zum Mittagessen?«

»Ach, die Sache ist nur die: Ich habe viel zu arbeiten.« Die Stimme des Älteren schwankte, und sein ängstlicher Blick schien den Jüngeren zu fragen, was er beabsichtige.

»Wir warten auf dich.«

»Ach so! Sag mal, ist... ist unsere Mutter auch unten?«

»Ja, und sie hat mich sogar zu dir geschickt, damit ich dich hole.«

»Ach so! Ja, dann komme ich.« Vor der Eßzimmertür zögerte er, als erster zu erscheinen; dann machte er sie mit einem kurzen Ruck auf und sah, wie sein Vater und seine Mutter einander gegenüber am Tisch saßen. Zuerst trat er zu ihr hin, ohne aufzublicken, ohne ein Wort zu sagen; er beugte sich vor und hielt ihr die Stirn zum Kuß hin, wie er es seit einiger Zeit tat, anstatt sie, wie früher immer, auf die Backen zu küssen. Er merkte, daß sie sich seinem Mund näherte, spürte aber kaum die Lippen auf seiner Haut und richtete sich unter Herzklopfen nach dieser andeutungsweisen Zärtlichkeitsbezeigung auf. Er fragte sich: »Was mögen sie miteinander geredet haben, als ich weggegangen war?«

Jean sagte in einem fort »Mutter« und »liebste Mama«, nahm sich ihrer an, bediente sie und goß ihr zu trinken ein.

Da erkannte Pierre, daß sie miteinander geweint hatten; aber was sie dachten, konnte er nicht durchschauen. Hielt Jean seine Mutter für schuldig oder seinen Bruder für nichtswürdig? Und alle Vorwürfe, die er sich gemacht, weil er das Entsetzliche gesagt hatte, stürmten aufs neue auf ihn ein, schnürten ihm die Kehle zu und schlossen ihm den Mund, so daß er weder sprechen noch essen konnte.

Er empfand jetzt einen unerträglichen Fluchtdrang, das Verlangen, dies Haus, das nicht mehr das seine war, diese Menschen zu verlassen, die nur noch durch kaum wahrnehmbare Bande an ihm hingen. Am liebsten wäre er sofort auf und davon gegangen, gleichgültig, wohin; er fühlte, daß alles aus und vorbei sei, daß er nicht mehr bei ihnen bleiben könne, daß er sie unausgesetzt, mochte er wollen oder nicht, durch seine bloße Gegenwart quäle und daß er durch sie ohne Unterlaß eine Marter werde erleiden müssen, der er nicht gewachsen war.

Jean redete; er unterhielt sich mit Roland. Pierre hörte nicht zu und verstand deswegen nichts. Indessen glaubte er in der Stimme des Bruders eine gewisse Absicht wahrzunehmen und horchte auf den Sinn seiner Worte.

Jean sagte: »Anscheinend wird es das schönste Schiff ihrer Flotte. Sechstausendfünfhundert Tonnen, heißt es. Nächsten Monat tritt sie die Jungfernreise an.«

Roland staunte: »Schon? Ich habe gemeint, sie könne diesen Sommer noch nicht in See gehen.«

»Entschuldige, die Arbeiten sind mit allen Mitteln vorangetrieben worden, damit sie ihre erste Überfahrt noch vor Herbstbeginn machen kann. Ich bin heute morgen im Kontor der Reederei gewesen und habe mit einem der Aufsichtsräte gesprochen.«

»Ach nein? Mit wem denn?«

»Mit Monsieur Marchand, dem intimsten Freund des Präsidenten des Aufsichtsrats.«

»Sieh mal einer an! Den kennst du?«

»Ja. Und noch dazu mußte ich ihn um eine kleine Gefälligkeit bitten.«

»So, so! Dann könntest du mir also eine Möglichkeit zur eingehenden Besichtigung der ›Lorraine‹ verschaffen, sobald sie in den Hafen bugsiert worden ist, nicht wahr?«

»Freilich, das ist ganz leicht!« Jean schien zu zögern, nach dem richtigen Ausdruck zu suchen, einer Überleitung nachzusinnen, die er nicht gleich fand. Er fuhr fort: »Kurz und gut, man führt auf diesen großen Überseedampfern ein durchaus annehmbares Leben. Mehr als den halben Monat verbringt man an Land in zwei prachtvollen Städten, New York und Le Havre, und die übrige Zeit auf See, mit reizenden Leuten. Da kann man dann sogar sehr angenehme und für später nützliche Bekanntschaften machen, ja, sehr nützliche, nämlich unter den Passagieren. Bedenk bloß mal, daß der Kapitän durch Einsparungen an Kohle es jährlich auf fünfundzwanzigtausend Francs bringen kann, wenn nicht mehr...«

Roland stieß ein »Den Teufel auch!« aus, dem er einen Pfeiflaut anschloß; damit bekundete er tiefe Hochachtung für die Summe und für den Kapitän.

Jean sprach weiter: »Der Zahlmeister kann es auf zehntausend bringen, und der Arzt hat fünftausend als festes Gehalt, dazu Unterkunft, Verpflegung, Licht, Heizung, Bedienung und so weiter. Das bedeutet alles in allem mindestens zehntausend; feine Sache.«

Pierre hatte aufgeblickt; seine Augen begegneten denen des Bruders, und er verstand. Da fragte er nach kurzem Zaudern: »Ist es sehr schwierig, eine Anstellung als Bordarzt auf einem Überseer zu bekommen?«

»Ja und nein. Das hängt völlig von den Umständen und den Beziehungen, der Fürsprache ab.«

Ein langes Schweigen entstand; dann fragte der Doktor: »Die ›Lorraine‹ läuft also nächsten Monat aus?«

»Ja, am siebten.«

Und weiter wurde vorerst nichts gesprochen.

Pierre dachte nach. Sicherlich wäre es eine Lösung, wenn er als Bordarzt mit diesem Dampfer in See gehen könnte. Später würde man dann sehen; vielleicht würde er den Dienst wieder aufgeben. Inzwischen verdiente er seinen Lebensunterhalt und brauchte die Familie um nichts zu bitten. Vorgestern hatte er seine Taschenuhr verkaufen müssen; denn jetzt konnte er der Mutter nicht mehr die Hand hinhalten! Ein anderes Mittel als dieses hatte er nicht besessen, keine andere Möglichkeit, als das Brot des für ihn unbewohnbar gewordenen Vaterhauses zu essen, in einem andern Bett, unter einem andern Dach zu schlafen. So sagte er denn ein wenig zögernd: »Wenn ich könnte, würde ich nur zu gern mitfahren.«

Jean fragte: »Und warum solltest du nicht können?«

»Weil ich niemanden von der ›Transatlantischen Reederei‹ kenne.«

Roland sperrte Mund und Nase auf: »Und all deine schönen Pläne zum Vorwärtskommen, was soll aus denen werden?«

Pierre sagte leise: »Es gibt Momente, in denen man sich bereitfinden muß, alles zu opfern und auf die verlockendsten Hoffnungen zu verzichten. Überdies ist es ja nur ein Anfang, ein Mittel, ein paar tausend Francs zusammenzubringen; danach könnte ich mich dann niederlassen.«

Sofort war der Vater überzeugt: »Ja, das stimmt. Innerhalb zweier Jahre kannst du sechs- oder siebentausend Francs beiseite legen, und wenn du die gut anlegst, kannst du es damit weit bringen. Was hältst du davon, Louise?«

Leise und kaum verständlich antwortete sie: »Ich glaube, Pierre hat recht.«

Roland rief: »Dann will ich mal mit Monsieur Poulin reden; wir sind gute Bekannte! Er ist Richter am Handelsgericht, und ihm unterstehen die Angelegenheiten der Reederei. Außerdem wäre da noch der Reeder Lenient; der steht sich gut mit einem der Vizepräsidenten.«

Jean fragte den Bruder: »Wäre es dir recht, wenn ich heute noch bei Monsieur Marchand vorfühlte?«

»Ja, nur zu sehr.« Nachdem er ein Weilchen überlegt hatte, fuhr Pierre fort: »Vielleicht wäre es am besten, ich schriebe an meine Lehrer von der École de médecine; sie haben mich geschätzt. Es werden häufig unzulängliche Ärzte an Bord geschickt. Nachdrückliche Empfehlungsschreiben der Professoren Mas-Roussel, Rémusot, Flache und Borriquel würden innerhalb einer Stunde die Sache besser voranbringen als zweifelhafte Empfehlungen. Die Briefe brauchten nur durch deinen Freund Monsieur Marchand dem Aufsichtsrat vorgelegt zu werden.«

Jean war vollauf einverstanden: »Das ist ein glänzender Gedanke von dir, wirklich, ein glänzender!« Und er lächelte, beruhigt, beinahe zufrieden, des Erfolges sicher; er war außerstande, sich lange trüben Gedanken hinzugeben. »Du mußt ihnen heute noch schreiben«, sagte er.

»Gleich jetzt, sofort. Ich gehe schon. Nein, ich möchte heute keinen Kaffee, ich bin zu nervös.« Damit stand er auf und ging hinaus.

Jean wandte sich der Mutter zu: »Was hast du vor, Mama?«

»Nichts... Ich weiß nicht recht.«

»Willst du mit mir zu Madame Rosémilly gehen?«

»Aber... Ach ja... ja...«

»Du weißt, ich muß heute unbedingt zu ihr.«

»Ja... ja... richtig.«

»Warum: unbedingt?« fragte Roland; er war es übrigens gewohnt, daß er nie verstand, wovon in seiner Gegenwart die Rede war.

»Weil ich ihr versprochen habe, ich käme.«

»Ach so, gut. Dann ist es etwas anderes.« Und er machte sich daran, seine Pfeife zu stopfen, und Mutter und Sohn stiegen die Treppe hinauf, um ihre Hüte zu holen.

Als sie auf der Straße waren, fragte Jean sie: »Willst du mich nicht unterhaken, Mama?« Er hatte ihr bislang nie den Arm geboten; sie waren es gewohnt gewesen, nebeneinander herzugehen.

Sie fand sich dazu bereit und stützte sich auf ihn.

Eine Zeitlang sprachen sie nicht; dann sagte er: »Siehst du wohl, Pierre ist durchaus einverstanden zu verschwinden.«

Sie flüsterte: »Der arme Junge!«

»Warum ›der arme Junge‹? Er ist auf der ›Lorraine‹ ganz und gar nicht übel dran.«

»Nein, ich weiß; aber mir geht so mancherlei im Kopf herum.« Sie versank in langes Nachdenken und schaute vor sich hin, wobei sie im gleichen Schritt mit dem Sohn ging; dann sagte sie mit dem absonderlichen Stimmklang, in den man gelegentlich verfällt, um eine lange, heimliche Gedankenfolge abzuschließen: »Wie gemein doch das Leben ist! Beschert es einem einmal ein bißchen was Schönes und Liebenswertes, dann wird man schuldig, wenn man sich ihm anbefiehlt, und später muß man sehr teuer dafür bezahlen.«

Sehr leise sagte er: »Sprich nicht mehr davon, Mama.«

»Wie brächte ich das fertig? In einem fort muß ich daran denken.«

»Du wirst vergessen.«

Wiederum schwieg sie; dann sagte sie wehmütig: »Ach, wie glücklich hätte ich sein können, wenn ich einen anderen Mann geheiratet hätte!« Dann ereiferte sie sich gegen Roland, sie warf ihm seine Häßlichkeit vor, seine Dummheit, sein ungeschicktes, plumpes Wesen, die Schwerfälligkeit seines Geistes, den vulgären Anblick, den er bot: All das machte sie verantwortlich für ihren Fehltritt und ihr Unglück. Um der Gewöhnlichkeit dieses Mannes willen habe sie ihn betrügen müssen, habe sie einen ihrer Söhne zur Verzweiflung getrieben und dem andern die schmerzlichste Beichte ablegen müssen, die das Herz einer Mutter zum Bluten zu bringen vermöge. Sie murmelte: »Es ist so grauenhaft für ein junges Mädchen, wenn es einen Mann wie den meinen heiraten muß.«

Jean antwortete nicht. Er dachte an den, für dessen Sohn er sich bislang gehalten hatte, und vielleicht auch daran, daß das unklare Wissen um die väterliche Unzulänglichkeit, das er seit langem in sich trug, die beständigen ironischen Bemerkungen des Bruders, die verächtliche Gleichgültigkeit der andern bis hinab zu der Verachtung, die das Hausmädchen Roland bezeigte, ihn innerlich auf das schreckliche Geständnis der Mutter vorbereitet hatten. Desto weniger fiel es ihm schwer, der Sohn eines andern zu sein; und wenn er auf die große seelische Erschütterung des Vortages nicht mit Empörung, Unwillen und Zorn reagierte, wie Madame Roland es befürchtet hatte, so war das geschehen, weil er schon seit langem unbewußt darunter gelitten hatte, sich als Sohn dieses gutmütigen Tölpels zu fühlen.

Sie waren vor Madame Rosémillys Haus angelangt.

Sie bewohnte an der Ausfallstraße nach Sainte-Adresse den zweiten Stock eines großen Miethauses, das ihr gehörte. Von ihren Fenstern aus war die ganze Reede von Le Havre zu überblikken.

Als sie Madame Roland gewahrte, die als erste eingetreten war, bot sie ihr nicht, wie sonst immer, die Hände dar, sondern breitete ihr die Arme entgegen und küßte sie; sie ahnte, was Jeans Mutter hergeführt habe.

Das Plüschmobiliar des Wohnzimmers trug stets Überzüge. An den mit geblümten Tapeten belebten Wänden hingen vier Stahlstiche, die noch von dem ersten Mann, dem Kapitän, gekauft worden waren. Sie stellten sentimentale Szenen aus dem Seemannsleben dar. Auf dem ersten war eine Fischersfrau zu sehen, die am Gestade stand und ein Taschentuch schwenkte, während am Horizont der Segler verschwand, der ihren Mann von dannen trug. Auf dem zweiten kniete dieselbe Frau am selben Gestade, rang die Hände und schaute in die Ferne, auf ein Meer mit unwahrscheinlich hohen Wellen unter blitzdurchzucktem Himmel, und das Boot des Gatten ist am Sinken.

Die beiden anderen Stiche stellten ähnliche Szenen dar, nur daß sie sich in einer höheren Gesellschaftsschicht ereigneten.

Eine junge blonde Frau stützt sich träumerisch auf die Reling eines ausfahrenden großen Dampfers. Mit tränenfeuchten, sehnsüchtigen Augen schaut sie zu der schon fernen Küste hin.

Wen mag sie zurückgelassen haben?

Dann sitzt dieselbe junge Frau an einem nach dem Ozean hinausgehenden Fenster in einem Sessel und ist ohnmächtig geworden. Ein Brief ist von ihren Knien auf den Teppich gefallen.

Er ist also tot, wie trostlos!

Im allgemeinen waren die Besucher gerührt und gebannt ob der banalen Traurigkeit dieser leicht zu durchschauenden, romantischen Motive. Sie waren auf den ersten Blick verständlich, ohne Erklärungen und Tüfteleien, und die armen Frauen wurden bedauert, obwohl man sich über die Natur des Kummers der Vornehmeren nicht ganz klar zu werden vermochte. Aber gerade diese Ungewißheit kam dem träumerischen Nachsinnen zugute. Sicherlich hatte sie den Verlobten verloren! Gleich beim Eintreten wurde das Auge unwiderstehlich von den vier Bildern angezogen und wie durch einen Zauberbann festgehalten. Es löste sich nur davon, um immer darauf zurückzugleiten und immer wieder den vierfachen Gesichtsausdruck der beiden Frauen zu betrachten, die einander ähnelten wie zwei Schwestern. Zumal von der sauberen, vollendeter durchgeführten, gepflegten, nach Art eines modernen Stahlstichs eleganten Zeichnung und von den schimmernden Rahmen ging ein Eindruck von Sauberkeit und Lauterkeit aus, den die sonstige Ausstattung des Zimmers noch verstärkte.

Die Sessel standen in unabänderlicher Ordnung da, die einen an der Wand, die andern um den Tisch. Die makellos weißen Gardinen hatten so steile und regelmäßige Falten, daß einen die Lust überkam, sie ein bißchen zu zerknüllen; und nie trübte ein Staubkorn die Glasglocke, unter der die vergoldete Stutzuhr im Empirestil, eine von einem knienden Atlas getragene Weltkugel, zu reifen schien wie eine im Zimmer gezüchtete Melone.

Beim Sichsetzen verschoben die beiden Damen ein wenig die normale Stellung ihrer Sitzgelegenheiten.

»Sind Sie heute nicht ausgegangen?« fragte Madame Roland.

»Nein. Ich muß Ihnen nämlich gestehen, daß ich ein bißchen abgespannt bin.« Und als wolle sie Jean und seiner Mutter dafür danken, sprach sie von der großen Freude, die ihr der Ausflug und das Langustenfischen bereitet habe. »Sie müssen wissen«, sagte sie, »daß ich meine Languste heute mittag gegessen habe. Köstlich war sie. Wenn es Ihnen recht ist, machen wir dieser Tage den Ausflug noch einmal...«

Der junge Mann fiel ihr ins Wort: »Wollen wir nicht lieber, ehe wir den zweiten anfangen, den ersten zu Ende führen?«

»Wieso? Mir scheint doch, er liegt hinter uns?«

»O Madame, ich habe nämlich in den Klippen von Saint-Jouin ebenfalls einen Fang getan, und den möchte ich heimbringen.«

Sie setzte eine naive, durchtriebene Miene auf: »Sie? Was denn? Was haben Sie ergattert?«

»Eine Frau! Und Mama und ich sind hergekommen, um jene Frau zu fragen, ob sie sich heute morgen die Sache nicht anders überlegt hat.«

Sie fing an zu lachen: »Nein, ich überlege mir nie etwas anders.«

Da bot er ihr ungehemmt die Hand, und sie ließ die ihre lebhaft und entschlossen hineinfallen. Er fragte: »Möglichst bald, nicht wahr?«

»Wann Sie wollen.«

»In sechs Wochen?«

»Ich darf darüber nichts sagen. Wie denkt meine künftige Schwiegermutter darüber?«

Mit einem etwas melancholischen Lächeln erwiderte Madame Roland: »Ach, ich denke überhaupt nichts. Ich danke Ihnen lediglich, daß Sie Jean überhaupt gewollt haben; Sie werden ihn nämlich sehr glücklich machen.«

»Man tut, was man kann, Mama.« Zum erstenmal wurde Madame Rosémilly ein bißchen gerührt; sie stand auf, nahm Madame Roland in beide Arme und küßte sie lange, wie ein Kind; und dieser neuen Zärtlichkeitsbezeigung wegen ging der armen Frau das kranke Herz auf.

Was sie empfand, hätte sie nicht sagen können. Es war zugleich traurig und mild und beschwichtigend. Sie hatte einen Sohn verloren, einen großen Sohn, und es war ihr statt seiner eine Tochter, eine große Tochter, zuteil geworden.

Als sie in ihren Sesseln wieder einander gegenübersaßen, faßten sie sich bei den Händen und verblieben so; sie schauten und lächelten einander an; Jean schienen sie nahezu vergessen zu haben.

Dann sprachen sie über einen Haufen Dinge, an die bei der bevorstehenden Hochzeit gedacht werden mußte, und als alles beschlossen und geregelt worden war, schien Madame Rosémilly plötzlich noch etwas einzufallen, und sie fragte: »Nicht wahr, Sie haben sich doch mit Monsieur Roland besprochen?«

Jäh stieg Mutter und Sohn die gleiche Röte in die Wangen.

Die Mutter, und nur sie, antwortete: »Ach was, das ist unnötig!« Dann zögerte sie; sie spürte, daß eine Erklärung erforderlich sei, und fuhr fort: »Wenn wir was unternehmen, sagen wir ihm nie was davon. Es genügt, wenn ihm mitgeteilt wird, was wir beschlossen haben.«

Madame Rosémilly war darob durchaus nicht überrascht; sie lächelte; dies kam ihr ganz natürlich vor, da der Wackere ja kaum mitzählte.

Als Madame Roland und ihr Sohn wieder auf der Straße waren, schlug sie vor: »Wie wäre es, wenn wir zu dir gingen? Ich möchte mich ein bißchen ausruhen.« Sie hatte das Gefühl, ohne Zuflucht, ohne Obdach zu sein; vor ihrem Haus graute es ihr.

So gingen sie denn in Jeans Wohnung.

Sobald sie spürte, daß die Tür sich hinter ihr geschlossen habe, stieß sie einen tiefen Seufzer aus, als habe das Schloß ihr Sicherheit beschert; aber anstatt sich auszuruhen, wie sie gesagt hatte, begann sie die Schränke zu öffnen, die Wäschestapel zu überprüfen, die Taschentücher und die Socken nachzuzählen. Sie änderte die getroffene Anordnung und suchte nach besseren Lösungen, die ihrem Hausfrauenblick mehr zusagten; und als sie alles nach ihrem Sinn eingeteilt, die Handtücher, die Unterhosen, die Hemden jeweils in besonderen Fächern aufgereiht, die gesamte Wäsche nach den drei Hauptarten Leibwäsche, Bettwäsche und Tischwäsche geordnet hatte, trat sie zurück, musterte ihr Werk und sagte: »Komm doch mal her, Jean, und sieh dir an, wie hübsch es sich jetzt ausnimmt.«

Er stand auf und äußerte Bewunderndes, um ihr eine Freude zu machen.

Als er sich dann wieder hingesetzt hatte, trat sie leichten Schrittes von hinten an seinen Sessel heran, legte ihm den rechten Arm um den Hals, küßte ihn auf die Wange und legte einen kleinen, in weißes Papier gewickelten Gegenstand, den sie in der andern Hand gehalten hatte, auf den Kaminsims.

Er fragte: »Was ist denn das?«

Da sie nicht antwortete, verstand er; er erkannte die Form des Rahmens wieder. »Gib es mir!« sagte er.

Sie jedoch tat, als habe sie nichts gehört, und wandte sich wieder ihren Schränken zu.

Er stand auf, nahm rasch die leidvolle Reliquie an sich, durchschritt die Wohnung und verschloß sie sorgfältig im Schubfach seines Schreibtischs.

Da tupfte sie sich mit den Fingerspitzen eine Träne vom Saum der Augen, worauf sie mit etwas zittriger Stimme sagte: »Jetzt will ich mal nachsehen, ob dein neues Hausmädchen deine Küche gut instand hält. Sie ist augenblicklich nicht da, also kann ich alles in Augenschein nehmen und mich vergewissern.«

IX

Die Empfehlungsbriefe der Professoren Mas-Roussel, Rémusot, Flache und Borriquel, die sich in den schmeichelhaftesten Ausdrücken über ihren Schüler Dr. Pierre Roland ergingen, waren durch Monsieur Marchand dem Aufsichtsrat der »Transatlantischen Reederei« unterbreitet und von Monsieur Poulin, dem Handelsrichter, Monsieur Lenient, dem großen Reeder, und Monsieur Marival, dem Adjunkten des Bürgermeisters von Le Havre, dem intimen Freund Kapitän Beausires, befürwortet worden.

Es traf sich gut, daß der Bordarzt für die »Lorraine« noch nicht bestimmt worden war, und so hatte Pierre das Glück, nach ein paar Tagen dazu ernannt zu werden. Der Brief, der die Nachricht enthielt, wurde ihm eines Morgens, als er beinahe mit Anziehen fertig war, durch das Hausmädchen Joséphine überbracht.

Zunächst kam er sich vor wie ein zum Tod Verurteilter, dem seine Begnadigung mitgeteilt wird; sogleich spürte er, daß sein Leid durch den Gedanken, er könne wegreisen, und an das geruhsame Dasein im steten Gewiegtwerden durch das wogende Wasser, das schweifende, an keinen Ort gebundene Dasein ein wenig gelindert wurde.

Er lebte jetzt in seinem Vaterhaus als ein schweigsamer, zurückhaltender Fremder. Seit dem Abend, da er sich das von ihm entdeckte schmähliche Geheimnis vor seinem Bruder hatte entschlüpfen lassen, war ihm gewesen, als habe er die letzten Bande mit den Seinen zerrissen. Reue plagte ihn, daß er es Jean gesagt habe. Er hielt sich für hassenswert, unsauber, tückisch und gemein, und dennoch fühlte er sich erleichtert, es ausgesprochen zu haben.

Nie mehr begegnete er dem Blick der Mutter oder dem Blick

des Bruders. Ihre Augen hatten, um einander auszuweichen, eine überraschende Beweglichkeit angenommen; sie gehabten sich listig wie Feinde, dic ein Zusammentreffen scheuten. Immer aufs neue fragte er sich: »Was mag sie Jean gesagt haben? Hat sie es eingestanden, oder hat sie es abgeleugnet? Was glaubt mein Bruder? Was denkt er von ihr, was denkt er von mir?« Er kam nicht dahinter und geriet deswegen in Verzweiflung. Übrigens sprach er kaum mehr mit ihnen, außer in Rolands Dabeisein, um dessen Fragen auszuweichen.

Als er den Brief mit der Nachricht von seiner Ernennung erhalten hatte, zeigte er ihn noch am selben Tag der Familie. Der Vater, der nur zu sehr dazu neigte, sich über alles und jedes zu freuen, klatschte in die Hände. Jean sagte mit ernster Stimme, jedoch mit freudeerfüllter Seele: »Ich gratuliere dir von ganzem Herzen; ich weiß nämlich, daß du viele Mitbewerber hattest. Sicherlich verdankst du es den Briefen deiner Professoren.« Und die Mutter schaute zu Boden und sagte leise: »Ich bin so froh, daß du Erfolg gehabt hast.«

Nach dem Mittagessen ging er zum Kontor der Reederei, um sich nach tausenderlei Dingen zu erkundigen; er ließ sich auch den Namen des Bordarztes der »Picardie« sagen, die am nächsten Tag auslaufen sollte, weil er sich bei ihm über alle Einzelheiten seines neuen Lebens und die Besonderheiten unterrichten wollte, mit denen er sich würde auseinandersetzen müssen.

Dr. Pirette war an Bord; Pierre ging hin und wurde in einer kleinen Dampferkabine von einem jungen, blondbärtigen Herrn empfangen; er sah dem Bruder ähnlich. Sie plauderten lange miteinander.

In den hallenden Tiefen des großen Schiffes war ein verworrenes, andauerndes, geräuschvolles Hin und Her vernehmlich; das Niederplumpsen von Stückgütern, die im unteren Schiffsraum aufgestapelt wurden, vermischte sich mit Schritten, mit Stimmen, mit dem Gequietsch der Spille, die Kisten einluden, mit den Pfiffen der Bootsmänner und dem Rasseln der Ketten, die von heiser keuchenden Dampfwinden eingezogen oder entrollt wurden; der ganze Rumpf des großen Dampfers erzitterte leise davon.

Doch als Pierre sich von dem Kollegen verabschiedet hatte und wieder auf der Straße war, überkam ihn abermals Trübsinn und hüllte ihn ein, wie die übers Meer heranwehenden Nebelschwaden; sie kommen vom Ende der Welt und tragen in ihrer ungreifbaren Dichtigkeit etwas Geheimnisvolles und Unreines mit sich, als sei es der Pesthauch der Gesundheit schädlicher, ferner Länder.

Auch in den Stunden seines tiefsten Elends hatte er, wie er spürte, nie bis zum Hals in solch einer Kloake von innerer Not gesteckt. Dem war so, weil der letzte Riß vollzogen worden war; jetzt hatte er nirgendwo mehr Halt. Selbst als er die Wurzeln aller liebevollen Zuneigung sich aus dem Herzen gerissen, hatte er nicht solche Trostlosigkeit – sie war wie die eines verlaufenen Hundes – empfunden, wie sie ihn jetzt überkommen hatte.

Es war keine quälende Seelennot mehr, sondern die Kopflosigkeit eines obdachlosen Tiers, die physische Bangnis eines umherirrenden Menschenwesens, das nicht Heim noch Herd mehr hat und dem Regen, dem Wind, dem Gewitter, allen brutalen Kräften der Welt ausgesetzt ist. Als er das Dampferdeck betreten hatte, als er in die kleine, auf den Wogen schwankende Kabine hineingegangen war, hatte sein Körper, der bislang immer nur in einem unbeweglichen, ruhigen Bett geschlafen hatte, sich gegen die Unsicherheit aller künftigen Tage aufgelehnt. Bislang hatte sein Körper sich durch feste, in die Erde gesenkte und durch sie Halt empfangende Mauern und Wände geschützt gefühlt und durch die Gewißheit, an immer der gleichen Stelle ruhen zu können, unter dem Dach, das dem Wind wehrt. Jetzt würde alles, dem man in der Wärme einer abgeschlossenen Behausung Trotz zu bieten gewohnt ist, zu einer Gefahr werden und ständig neue Leiden schaffen.

Keinen festen Boden mehr unter den Füßen, sondern das wogende, grollende, verschlingende Meer. Keinen Raum mehr rings um sich her, in dem man sich ergehen, herumlaufen, sich Wegen anbefehlen kann, sondern ein paar Meter Decksplanken, auf denen man auf und ab ging wie ein Verurteilter inmitten anderer Gefangener. Keine Bäume mehr, keine Gärten, Straßen, Häuser – nichts als Wasser und Wolken. Und ohne Unterlaß würde er das Schiff unter seinen Füßen schwanken fühlen. An Unwettertagen würde er sich gegen Schotten lehnen, an Türen Halt suchen, sich am Rand der schmalen Koje festklammern müssen, um nicht am Boden zu rollen. An windstillen Tagen würde er das röhrende Sichdrehen der Schiffsschraube hören und spüren, wie das Schiff, das ihn trug, immer weiterfuhr und sich auf unablässiger, regelmäßiger, erbitternder Flucht befand.

Und er, er war zu diesem Dasein eines umherschweifenden Sträflings einzig und allein verdammt, weil seine Mutter sich den Liebesbezeigungen eines Mannes preisgegeben hatte.

Er ging vor sich hin; jetzt schwand seine Kraft in der trostlosen Schwermut der Menschen hin, die auswandern müssen.

In seinem Herzen waren nicht länger hochmütige Geringschätzung und verächtlicher Haß gegen die vorübergehenden Unbekannten, sondern ein jämmerliches Verlangen, mit ihnen zu sprechen, ihnen zu sagen, er müsse Frankreich verlassen, das Verlangen, angehört und getröstet zu werden. Im tiefsten Seelengrund verspürte er einen schmählichen Drang, wie ihn ein zum Ausstrecken der Hand genötigter Bettler empfinden muß, einen beklommenen, heftigen Drang zu merken, daß sein Fortgehen für jemanden einen Schmerz bedeutete.

Marowsko fiel ihm ein. Einzig der alte Pole hing so an ihm, daß er eine ungeheuchelte, tiefe Erschütterung verspüren würde; sogleich entschloß der Doktor sich, ihn aufzusuchen.

Als Pierre in den kleinen Laden trat, zuckte der Apotheker, der gerade dabei war, in einem marmornen Mörser Pulver zu zerreiben, ein wenig zusammen und unterbrach sein Tun. »Sie lassen sich kaum noch sehen!« sagte er.

Der junge Herr setzte ihm auseinander, er habe mannigfache Schritte unternehmen müssen, ohne daß er indessen den Grund dafür enthüllte; er setzte sich und fragte: »Na, und macht sich das Geschäft?«

Nein, es mache sich durchaus nicht, das Geschäft. Die Konkurrenz sei entsetzlich, die Kranken in diesem Arbeiterviertel selten und unbemittelt. Es ließen sich nur wohlfeile Medikamente an sie verkaufen; und die Ärzte verschrieben hier kaum je die ausgefallenen, komplizierten Mittel, an denen fünfhundert Prozent verdient würden. Der arme Kerl schloß mit den Worten: »Wenn das noch drei Monate so weitergeht, muß ich den Laden schließen. Verließe ich mich nicht auf Sie, lieber Herr Doktor, wäre ich längst Schuhputzer geworden.«

Pierre spürte, wie sein Herz sich zusammenkrampfte, und er entschied sich, da es sein müsse, auf der Stelle loszuschlagen: »Ach! Ich... ich... ich kann Ihnen fortan nicht mehr helfen. Anfang nächsten Monats kehre ich Le Havre den Rücken.«

Marowsko nahm die Brille ab, so bestürzt war er. »Sie... Sie... Was haben Sie da eben gesagt?«

»Ich habe gesagt, ich ginge auf und davon, armer Freund.«

Niedergeschmettert stand der Alte da; er fühlte, daß seine letzte Hoffnung zerbröckelte, und da überkam ihn eine jähe Empörung wider diesen Menschen, dem er nachgefolgt war, den er schätzte, zu dem er so viel Vertrauen gehabt hatte und der ihn jetzt einfach im Stich lassen wollte. Er stammelte: »Aber Sie werden doch an mir keinen Treubruch begehen?«

Pierre war so gerührt, daß er ihn am liebsten umarmt hätte: »Ich begehe doch keinen Treubruch an Ihnen. Ich habe bloß keine Möglichkeit gefunden, mich hier niederzulassen; deshalb werde ich Bordarzt auf einem Überseedampfer.«

»O Monsieur Pierre! Und Sie hatten mir so fest versprochen, mir durchzuhelfen!«

»Es hilft eben nichts. Ich selber muß mir durchhelfen. Ich habe keinen roten Heller Vermögen.«

Marowsko sagte: »Was Sie da tun, ist schlecht. Jetzt bleibt mir nichts, als Hungers zu sterben. In meinem Alter ist nichts mehr zu machen. Schlimm, schlimm. Sie lassen einen armen Mann im Stich, der nur hierhergekommen ist, um Ihrem Rat zu folgen. Schlecht und schlimm ist das.«

Pierre wollte ihm alles darlegen, Einwände machen, seine Gründe auseinandersetzen, beweisen, daß er nicht habe anders handeln können; der Pole hörte gar nicht mehr hin; ihn empörte diese Fahnenflucht, und schließlich sagte er, wobei er wohl auf politische Geschehnisse anspielen wollte: »Ihr Franzosen, ihr haltet nie eure Versprechungen.«

Da stand Pierre auf – jetzt fühlte auch er sich verletzt – und sagte einigermaßen von oben herab: »Sie sind ungerecht, Papa Marowsko. Um sich zu dem zu entschließen, was ich unternommen habe, bedarf es sehr nachhaltiger Gründe; das sollten Sie einsehen. Auf Wiedersehen. Hoffentlich bezeigen Sie sich bei unserer nächsten Begegnung vernünftiger.« Damit ging er. Meinetwegen, dachte er, es wird sich niemand wirklich nach mir sehnen.

Sein Denken suchte; es wandte sich allen zu, die er kannte oder gekannt hatte, und mitten in all den Gesichtern, die in seiner Erinnerung vorüberzogen, stieß er auf das des Mädchens in der Bierstube, das den Argwohn gegen die Mutter angeregt hatte.

Er zögerte, in ihm verharrte ein instinktiver Groll gegen sie; doch dann entschloß er sich, weil er dachte: Schließlich hat sie dennoch recht gehabt. Und er hielt Umschau, wo er sei, damit er die richtige Straße wiederfand.

Zufällig war die Bierstube voller Menschen und auch voller Rauch. Die Gäste, Bürgersleute und Arbeiter – es war nämlich ein Feiertag –, riefen, lachten, schrien, und der Wirt bediente eigenhändig, lief von Tisch zu Tisch, trug leere Gläser weg und brachte volle, schäumende wieder.

Als Pierre einen Platz unweit der Theke gefunden hatte, wartete er in der Hoffnung, daß die Kellnerin ihn sehe und wiedererkenne.

Aber sie ging mehrmals an ihm vorbei und kam zurück, ohne ihn mit einem Blick zu bedenken; sie trippelte in ihren Röcken mit einem niedlichen Wiegen der Hüften einher.

Schließlich klopfte er mit einem Geldstück auf den Tisch.

Sie kam herbeigelaufen. »Sie wünschen?« Sie sah ihn nicht an, sie hatte nichts als das Berechnen des von ihr Servierten im Kopf.

»Nanu?« fragte er. »Begrüßt man sich so unter alten Bekannten?«

Sie richtete den Blick auf ihn und antwortete hastig und obenhin: »Ach so, Sie sind es. Hoffentlich geht's Ihnen gut. Aber ich habe heute keine Zeit. Wollen Sie ein Helles?«

»Ja, ein Helles.« Als sie es brachte, fuhr er fort: »Ich möchte mich von dir verabschieden. Ich verreise.«

Gleichgültig erwiderte sie: »So? Wohin denn?«

»Nach Amerika.«

»Soll ein ganz hübsches Land sein.«

Und das war alles. Wirklich, es war unangebracht, an diesem Tag mehr mit ihr reden zu wollen. Es waren gar zu viele Menschen in der Kneipe!

Und Pierre ging weg, dem Meer zu. Als er auf der Mole war, sah er die einfahrende »Perle« mit seinem Vater und Kapitän Beausire an Bord. Der Matrose Papagris pullte; und die beiden achtern sitzenden Männer rauchten ihre Pfeifen und sahen glücklich und zufrieden aus. Als er sie vorbeigondeln sah, dachte der Doktor: Selig sind die Einfältigen. Und er setzte sich auf eine der Bänke des Wellenbrechers und versuchte, in dösenden Stumpfsinn zu versinken.

Als er abends nach Hause kam, sagte die Mutter zu ihm, ohne daß sie es gewagt hätte, ihm ins Gesicht zu sehen: »Du brauchst doch sicher für deine Abreise noch einen Haufen Dinge; ich kenne mich darin nicht recht aus. Vorhin habe ich dir Leibwäsche bestellt, und ich bin auch der Anzüge wegen beim Schneider gewesen; aber brauchst du nicht vielleicht noch anderes, Dinge, von denen ich nichts verstehe?«

Er machte den Mund auf; er war nahe daran, »nein, nichts« zu sagen. Aber da fiel ihm ein, daß er sich doch zumindest anständig ausstatten lassen müsse, und so antwortete er ihr denn ganz ruhig: »Ich weiß es auch nicht; ich will mich mal bei der Reederei erkundigen.« Er erkundigte sich und erhielt ein Verzeichnis des Unentbehrlichen ausgehändigt.

Als die Mutter es entgegennahm, schaute sie ihn zum erstenmal seit geraumer Zeit voll an, und in ihren Augen war ein demütiger, sanfter, flehender Ausdruck, wie der eines armen, geprügelten Hundes, der um Vergebung bittet.

Am 1. Oktober lief die »Lorraine«, von Saint-Nazaire kommend, in den Hafen von Le Havre ein, um am 7. des gleichen Monats wieder mit der Bestimmung New York in See zu gehen; und Pierre Roland mußte von der kleinen, schwimmenden Kabine Besitz ergreifen, in der fortan sein Leben gefangengesetzt sein würde.

Als er tags darauf das Haus verlassen wollte, begegnete er auf der Treppe der Mutter; sie hatte auf ihn gewartet und flüsterte mit kaum vernehmbarer Stimme: »Darf ich dir wohl behilflich sein, wenn du dich auf dem Schiff einrichtest?«

»Nein, danke, es ist schon alles fertig.«

Sie murmelte: »Ich sähe so gern dein Kämmerchen.«

»Ist nicht der Mühe wert. Es ist sehr häßlich und sehr eng.«

Er ging weiter und ließ sie niedergeschmettert stehen; mit fahlem Gesicht lehnte sie sich an die Wand.

Roland indessen, der die »Lorraine« an jenem Tag besichtigt hatte, redete während des Abendessens von nichts als von dem prächtigen Schiff und wunderte sich höchlichst, daß seine Frau keine Lust zeigte, es sich mal anzuschauen, wo doch ihr Sohn sich darauf einschiffen sollte.

Während der nun folgenden Tage hielt sich Pierre kaum noch im Familienkreis auf. Er war nervös, reizbar, hart, seine brutale Ausdrucksweise schien sie alle aufzupeitschen. Aber am Tag vor dem Auslaufen wirkte er unvermittelt völlig verwandelt und sehr zartgestimmt. Als er die Eltern küßte, bevor er zum erstenmal an Bord übernachtete, fragte er: »Kommt ihr morgen zum Abschiednehmen aufs Schiff?«

Roland rief: »Selbstverständlich, selbstverständlich, verdammt noch mal. Nicht wahr, Louise?«

»Aber gewiß doch«, sagte sie sehr leise.

Pierre fuhr fort: »Wir laufen Punkt elf aus. Spätestens um halb elf müßtet ihr da sein.«

»Paßt mal auf!« rief der Vater. »Mir fällt was ein. Wenn wir dir Lebewohl gesagt haben, machen wir, daß wir zur ›Perle‹ kommen, damit wir draußen vor den Molen auf dich warten und dich noch mal sehen können. Nicht wahr, Louise?«

»Ja, gewiß.«

Roland redete weiter: »Auf diese Weise kannst du uns aus der Menschenmenge herausfinden, die sich immer am Kai drängt, wenn die Überseedampfer auslaufen. In solch einer Massenansammlung kann man die Seinen nie erkennen. Ist dir das recht?«

»Natürlich ist es mir recht. Einverstanden.« Eine Stunde danach lag er in seiner kleinen Koje; sie war schmal und lang wie ein Sarg. Lange verblieb er so, mit offenen Augen, und überdachte alles, was ihm innerhalb zweier Monate seines Lebens widerfahren, und zumal, was in seinem Innern vorgegangen war. Da er gelitten und den andern Leid angetan hatte, war sein angreiferischer, auf Rache erpichter Schmerz erlahmt wie eine stumpf gewordene Klinge. Er brachte nicht einmal mehr die Kraft auf, jemandem zu zürnen, gleichgültig, aus welchem Grund, und er ließ seine Empörung zu Wasser werden wie sein Dasein. Er war des Kämpfens, des Dreinschlagens, des Verabscheuens, alles dessen so satt, daß er nicht mehr konnte und versuchte, sein Herz mit Vergessenheit zu betäuben, wie man in den Schlaf sinkt. Von ungefähr vernahm er rings um sich her die ihm neuen Schiffsgeräusche; sie waren leise und in dieser stillen Hafennacht kaum vernehmlich; und auch von seiner bislang so grausam qualvollen Wunde verspürte er nur noch ein schmerzhaftes Ziehen, als sei sie am Vernarben.

Er hatte tief geschlafen, als das Hin und Her der Matrosen ihn aus dem Schlummer riß. Es tagte; der Anschlußzug langte auf dem Kai an und brachte die Pariser Fahrgäste.

Dann wanderte er ziellos auf dem Schiff umher, inmitten geschäftiger, unruhiger Menschen, die ihre Kabinen suchten, einander etwas zuriefen und antworteten, wie es gerade kam, alle im Fieber der beginnenden Reise. Er begrüßte den Kapitän und schüttelte seinem Reisegenossen, dem Zahlmeister, die Hand; darauf ging er in den Salon, in dessen Ecken bereits ein paar schläfrige Engländer hockten. Der große Raum mit den weißen, von goldenem Netzwerk umrahmten Marmorwänden verlängerte in Spiegeln die Perspektive seiner langen Tische mit den davorstehenden beiden Reihen mit granatrotem Samt bezogener Drehsessel bis ins Unendliche. Es war so recht die geräumige, schwimmende, kosmopolitische Halle, in der die reichen Leute aller Kontinente gemeinsam speisen sollten. Der opulente Luxus war derjenige der Grand-Hotels, der Theater und der Vergnügungsstätten, der imposante und zugleich banale Luxus, wie er den Augen von Millionären gefällt. Der Doktor war dabei, in den der zweiten Klasse vorbehaltenen Teil des Schiffs zu gehen, als ihm einfiel, daß am Vorabend eine ganze Herde von Auswanderern eingeschifft worden sei, und er stieg ins Zwischendeck hinab. Als er es betrat, schwoll ihm ein ekelerregender Geruch von armen, schmutzigen Menschen entgegen, der Gestank nackter Leiber, der noch widerwärtiger ist als der von haarigen oder wolligen Tierfellen. In einer Art dunklem, niedrigem Kellergeschoß, das wie ein Bergwerksstollen anmutete, gewahrte Pierre Hunderte von Männern, Frauen und Kindern, die auf übereinandergestellten Holzpritschen lagen oder in Haufen am Boden wimmelten. Einzelne Gesichter konnte er nicht erkennen, wohl aber als ein verschwommenes Ganzes die stumpfe, zerlumpte Masse, die Masse der Unglücklichen, vom Leben Besiegten, erschöpft und niedergetreten, mit einer abgemagerten Frau und entkräfteten Kindern, die nach einem unbekannten Erdteil aufbrachen, von dem sie erhofften, daß sie dort vielleicht nicht Hungers zu sterben brauchten.

Und indem er über die Arbeit nachgrübelte, die sie hinter sich gebracht hatten, die vergebliche Arbeit, die fruchtlosen Mühen, den erbitterten, jeden Tag aufs neue vergeblich aufgenommenen Kampf, über die vergeudete Energie dieser Bettelarmen, die abermals, ohne zu wissen, wo, das erbärmliche Elend ihres Daseins von neuem beginnen wollten, hätte der Doktor ihnen am liebsten zugerufen: »Springt doch lieber mitsamt euren Weibern und Kindern ins Wasser und ersäuft euch!« Und sein Herz wurde so sehr von Mitleid gewürgt, daß er wegging; er konnte den Anblick nicht ertragen.

Die Eltern, der Bruder und Madame Rosémilly erwarteten ihn bereits in seiner Kabine.

»So früh?« fragte er.

»Ja«, antwortete Madame Roland mit zitternder Stimme, »wir haben noch ein bißchen mit dir zusammen sein wollen.«

Er schaute sie an. Sie war in Schwarz, als trage sie Trauer, und jäh stellte er fest, daß ihr im letzten Monat noch graues Haar jetzt anfing, ganz weiß zu werden.

Er hatte beträchtliche Mühe, den vier Leuten in seiner kleinen Behausung Sitzgelegenheiten zu verschaffen; er selber schwang sich auf sein Bett. Durch die offengebliebene Tür sahen sie eine zahlreiche Menge sich vorüberschieben, wie die auf einer Straße an einem Feiertag; es hatten nämlich sämtliche Freunde der Passagiere und eine Heerschar bloßer Gaffer den riesigen Dampfer überschwemmt. Sie durchfluteten die Wandelgänge, die Salons, alles, und es streckten sich Köpfe in die Kabine, und draußen murmelten Stimmen: »Hier wohnt der Doktor.«

Da klappte Pierre die Tür zu; aber sobald er sich in dem engen Raum mit den Seinen allein fühlte, drängte es ihn, sie wieder aufzumachen; denn das Gewoge auf dem Schiff hatte sie über ihre Beklommenheit und ihre Wortkargheit hinweggetäuscht.

Madame Rosémilly wollte schließlich dem Schweigen ein Ende machen: »Durch diese kleinen Fenster da kommt recht wenig frische Luft herein.«

»Das ist ein Bullauge«, antwortete Pierre.

Er zeigte ihnen, wie dick das Glas sei; es könne auch dem stärksten Wellenanprall widerstehen; dann erklärte er ihnen des langen und breiten, wie der Verschluß funktionierte.

Auch Roland wollte etwas sagen; er fragte: »Hast du hier drinnen auch die Apotheke?«

Der Doktor öffnete einen Schrank und zeigte ihnen eine Anzahl aufgereihter Fläschchen; alle trugen auf weißen Papierschildern lateinische Bezeichnungen. Er nahm eins heraus und zählte die Eigenschaften des Medikaments auf, das darin war, dann ein zweites, dann ein drittes; er veranstaltete ein wahres therapeutisches Kolleg, dem, wie es schien, mit großer Aufmerksamkeit gelauscht wurde.

Roland nickte in einem fort vor sich hin: »Wie interessant das ist!«

Es wurde leise an die Tür geklopft.

»Herein!« rief Pierre.

Und es erschien Kapitän Beausire. Er reichte allen die Hand und sagte dabei: »Ich komme so spät, weil ich eure Herzensergießungen nicht habe stören wollen.«

Auch er mußte sich aufs Bett setzen. Und abermals trat Schweigen ein.

Doch plötzlich horchte der Kapitän auf. Durch die Wand hindurch vernahm er Kommandorufe; und er verkündete: »Höchste Zeit, daß wir von Bord gehen, wenn wir mit der ›Perle‹ in See wollen, damit wir Sie noch beim Auslaufen sehen und Ihnen draußen Lebewohl sagen können.«

Der alte Roland legte darauf großen Wert, sicherlich, um bei den Passagieren der »Lorraine« Eindruck zu schinden; hastig und eifrig stand er auf. »Also dann los; adieu, mein Junge.« Er küßte Pierre auf den Backenbart und machte die Tür wieder auf.

Madame Roland rührte sich nicht; mit gesenkten Augen und sehr blaß blieb sie sitzen.

Ihr Mann tupfte sie auf den Arm: »Los, los, wir müssen uns beeilen, wir haben keine Minute zu verlieren.«

Da stand sie auf, trat auf den Sohn zu und hielt ihm, eine nach der andern, die wachsbleichen Backen hin; er küßte sie wortlos. Dann drückte er Madame Rosémilly die Hand, dann die des Bruders, wobei er fragte: »Wann heiratest du?«

»Genau weiß ich es noch nicht. Wir wollen es auf eine deiner Reisen abstimmen.«

Endlich gingen sie alle aus der Kabine hinaus und stiegen an Deck; es wimmelte von Zuschauern, Gepäckträgern und Matrosen.

Im Riesenbauch des Schiffes, das vor Ungeduld zu beben schien, schnob der Dampf.

»Leb wohl«, sagte Roland; er hatte es nach wie vor eilig.

»Leb wohl«, antwortete Pierre; er stand oben an einer der kleinen, hölzernen Laufbrücken, die die Verbindung zwischen der »Lorraine« und dem Kai bildeten. Nochmals drückte er ihnen allen die Hand; dann zog seine Familie ab.

»Schnell, schnell, einsteigen!« rief der Vater.

Eine Droschke wartete auf sie und brachte sie zum Außenhafen, wo Papagris die »Perle« fahrbereit hielt.

Kein Windhauch regte sich; es war einer der trockenen, stillen Herbsttage, an denen das blanke Meer kalt und hart wie Stahl wirkt.

Jean ergriff einen Riemen, der Matrose legte den andern in die Dolle, und sie fingen an zu pullen. Auf dem Wellenbrecher, auf den Molen stand bis an die Granitbrüstung eine zahllose, wogende, lärmende Menge und wartete auf die »Lorraine«.

Die »Perle« glitt zwischen diesen beiden Menschenwogen hindurch und war bald außerhalb der Mole.

Kapitän Beausire saß zwischen den beiden Frauen, hielt die

Ruderpinne und sagte: »Passen Sie auf, wir kommen genau in ihr Fahrwasser, ganz genau.«

Und die beiden Ruderer zogen aus Leibeskräften durch, damit sie so weit wie möglich hinauskamen.

Plötzlich rief Roland: »Da ist sie! Ich sehe ihre Masten und die beiden Schlote. Sie läuft aus dem Binnenhafen aus.«

»Losgelegt, Jungs!« sagte Kapitän Beausire immer wieder.

Madame Roland zog ihr Taschentuch hervor und drückte es sich an die Augen.

Roland war aufgestanden und hielt sich am Mast fest; er verkündete: »Jetzt schwenkt sie in den Außenhafen ein... Sie liegt still... Jetzt kommt sie wieder in Bewegung... Sicher hat sie ihren Schlepper vorgespannt... Jetzt ist sie in Fahrt... Bravo... Sie fährt zwischen den Molen durch!... Hört ihr, wie die Leute toben und schreien?... Bravo!... Die ›Neptun‹ schleppt sie... Jetzt kann ich ihren Bug sehen... Da kommt sie, da kommt sie... Herrgott noch mal, ist das ein Schiff! Herrgott noch mal, seht doch bloß!«

Madame Rosémilly und Beausire schauten zurück; die beiden Männer hörten auf zu rudern; nur Madame Roland regte sich nicht.

Der riesige Dampfer wurde von einem kräftigen Schlepper bugsiert, der ihm gegenüber wie eine Raupe wirkte; langsam und königlich verließ er den Hafen. Und das Volk von Le Havre, das sich auf den Molen drängte, am Strand, in den Fenstern, wurde von patriotischer Begeisterung gepackt, fing an zu rufen: »Hoch die ›Lorraine‹!« und jubelte unter Händeklatschen dieser prächtigen Ausfahrt zu, dieser Niederkunft einer großen Seestadt, die das Meer mit ihrer schönsten Tochter beschenkte.

Sie jedoch warf, sobald sie die enge Durchfahrt zwischen den beiden Granitwällen hinter sich hatte und sich endlich frei fühlte, von ihrem Schlepper los und fuhr aus eigener Kraft weiter wie ein gewaltiges, über das Wasser hinwegrauschendes Fabelgeschöpf.

»Sie kommt! Sie kommt!« rief Roland nach wie vor. »Sie läuft gerade auf uns zu.«

Und der strahlende Beausire betonte nochmals: »Na, was habe ich euch versprochen? Kenne ich ihren Kurs oder nicht?«

Jean sagte ganz leise zu seiner Mutter: »Sieh hin, Mama, sie kommt näher.«

Und Madame Roland nahm das Taschentuch von ihren vor Tränen blinden Augen.

Die »Lorraine« kam in dem schönen, klaren, windstillen Wetter heran; seit sie aus dem Hafen heraus war, lief sie mit voller Kraft.

Beausire hatte sein Fernglas gezückt und meldete: »Obacht! Monsieur Pierre steht ganz allein am Heck, deutlich sichtbar! Paßt auf!«

Hoch wie ein Berg und schnell wie ein Zug fuhr das Schiff jetzt vorbei, so nahe, daß es die »Perle« fast gestreift hätte.

Und Madame Roland streckte ihm kopflos und gänzlich außer sich die Arme entgegen, und sie sah ihren Sohn, ihren Sohn Pierre mit der goldbordierten Mütze, wie er ihr zum Abschied mit beiden Händen Küsse zuwarf.

Aber er fuhr davon, er entfloh, verschwand, er war schon ganz klein geworden, verwischt wie ein kaum wahrnehmbarer Fleck auf dem gigantischen Schiff.

Sie mühte sich ab, ihn noch zu erkennen, und nahm ihn nicht mehr wahr.

Jean hatte nach ihrer Hand gelangt. »Hast du ihn gesehen?« fragte er.

»Ja. Wie gut er ist!«

Und es wurde zur Stadt zurückgefahren.

»Herrgott noch mal, wie schnell so was geht«, erklärte Roland überzeugt und begeistert.

Der Dampfer wurde tatsächlich von Sekunde zu Sekunde immer kleiner, als zerschmelze er im Ozean. Madame Roland hatte sich ihm zugewandt und sah ihm nach, wie er in die Weite eintauchte, einem unbekannten Land am andern Ende der Welt entgegen. Auf diesem Schiff, das nichts zum Stoppen bringen konnte, auf diesem Schiff, das sie gleich nicht mehr sehen würde, war ihr Sohn, ihr armer Junge. Und ihr war, als entschwinde mit ihm die Hälfte ihres Herzens, und ihr war auch, als sei ihr Leben jetzt zu Ende; und ferner war ihr, als werde sie ihr Kind nie wiedersehen.

»Warum heulst du eigentlich?« fragte ihr Mann. »Noch ehe der Monat um ist, ist er ja wieder da!«

Sie stammelte: »Ich weiß nicht. Ich weine, weil es mir weh tut.«

Als sie wieder an Land waren, verabschiedete Beausire sich sogleich; er wollte bei seinem Bekannten zu Mittag essen. Dann ging Jean mit Madame Rosémilly voran, und Roland sagte zu seiner Frau: »Aussehen tut er tadellos, unser Jean.«

»Ja«, antwortete die Mutter. Und da ihr Inneres allzu verstört war, als daß sie hätte überlegen können, was sie sagte, fügte sie hinzu: »Ich bin recht froh, daß er Madame Rosémilly heiratet.«

Roland sperrte Mund und Nase auf: »Na hör mal! Was? Er will Madame Rosémilly heiraten?«

»Freilich. Wir haben dich heute fragen wollen, wie du darüber denkst.«

»Sieh mal einer an! Spielt die Geschichte schon lange?«

»Ach was. Erst seit ein paar Tagen. Jean wollte sicher sein, daß sie ihn nähme, ehe er sich mit dir besprach.«

Roland rieb sich die Hände: »Ausgezeichnet, ausgezeichnet. Tadellos. Ich bin voll und ganz einverstanden.«

Als sie sich anschickten, den Kai zu verlassen und in den Boulevard François I einzubiegen, wandte seine Frau sich noch einmal um und warf einen letzten Blick auf das offene Meer; allein sie sah nichts mehr als eine kleine graue Rauchwolke, so fern, so dünn, daß sie aussah wie ein bißchen Dunst.

Honoré de BALZAC
Ausgewählte Werke
Größe und Niedergang des César Birotteau ROMAN
8591
Das Chagrinleder ROMAN
6891
Der Landarzt ROMAN
8513
Die Frau von dreißig Jahren ROMAN
8361
Die Lilie im Tal ROMAN
8529
Eugénie Grandet ROMAN
6900
Glanz und Elend der Kurtisanen ROMAN IN VIER TEILEN
8374
Oberst Chabert und andere Erzählungen
8459
Tante Bette ROMAN
8476
Vater Goriot ROMAN
8396
Verlorene Illusionen ROMAN IN DREI TEILEN
8385
Vetter Pons ROMAN
8494
GOLDMANN